W9-AHF-429

BASTEI
LÜBBE
TASCHENBUCH

Petra Hülsmann

Meistens kommt es anders, wenn man denkt

Roman

BASTEI
LÜBBE
TASCHENBUCH

BASTEI LÜBBE TASCHENBUCH
Band 17823

Dieser Titel ist auch als Hörbuch und E-Book erschienen

Originalausgabe

Dieses Werk wurde vermittelt durch die
Literarische Agentur Thomas Schlück GmbH, 30131 Hannover

Copyright © 2019 by Bastei Lübbe AG, Köln
Lektorat: Stefanie Kruschandl, Hamburg
Titelillustration: © iStockphoto: Daria Voskoboeva;
© Shutterstock: Tasiania | davorana
Umschlaggestaltung: Manuela Städele-Monverde
Satz: hanseatenSatz-bremen, Bremen
Gesetzt aus der Stempel Garamond LT Std
Druck und Verarbeitung: CPI books GmbH, Leck – Germany
ISBN 978-3- 404-17823-0

2   4   5   3

Sie finden uns im Internet unter
www.luebbe.de
Bitte beachten Sie auch: www.lesejury.de

Für alle, die in ihrem Leben
nicht der kürzesten oder praktischsten,
sondern der landschaftlich schönsten Route folgen

Kennen wir uns nicht?

Tage, die um sieben Uhr morgens mit einem Anruf meiner Mutter begannen, versprachen meist, keine guten Tage zu werden. Nichts gegen meine Mutter, ich hatte sie sehr lieb, aber ein Anruf um diese frühe Uhrzeit konnte nur zwei Gründe haben: schlechte Nachrichten oder ganz schlechte Nachrichten. Ich putzte mir gerade die Zähne, als mein Handy die Guten-Morgen-Playlist abrupt unterbrach und anfing zu klingeln und zu brummen. Vor Schreck hätte ich fast die Zahnbürste fallen lassen, und als ich sah, dass es meine Mutter war, fing mein Herz an zu rasen. Hastig spuckte ich die Zahnpasta aus und ging ran. »Mama? Ist was passiert?« In Gedanken sah ich mich schon zu meinem jüngeren Bruder Lenny ins Krankenhaus eilen, weil sein Herz nun doch wieder schlappgemacht hatte.

»Hallo, Nele«, erwiderte meine Mutter so gut gelaunt, wie nur sie es morgens um sieben Uhr sein konnte. »Nein, alles in Ordnung. Hast du gut geschlafen?«

»Äh, ja, danke. Ist wirklich alles okay bei euch? Geht es Lenny gut?«

»Ja, natürlich. Uns allen geht es gut.«

Meine Knie zitterten so sehr, dass ich mich auf den Rand der Badewanne sinken ließ. »Mann, Mama. Wie kannst du mich so erschrecken?«

»Was? Wieso habe ich dich denn erschreckt?«

»Na, weil Anrufe zwischen 22 und 8 Uhr normalerweise nichts Gutes bedeuten!«

»Ach, Nele-Schätzchen«, rief meine Mutter bestürzt. »Das tut mir leid, ich habe gar nicht darüber nachgedacht. Ich wollte dich nur unbedingt noch erreichen, bevor du ins Büro gehst. Bei der Arbeit wollte ich dich lieber nicht stören. Du bist ja noch neu da, und die sollen doch nicht denken, dass du den ganzen Tag von deiner Mutter am Telefon terrorisiert wirst.«

»Wenn du mich *einmal* anrufst?«, fragte ich ungläubig.

»Das wäre schon klargegangen, denke ich. Außerdem hättest du mir ja auch eine Nachricht schreiben können.«

»Das dauert doch immer so lange.«

Meine Mutter war tatsächlich eine grauenhafte Nachrichten-Schreiberin. Ein Text von ihr sah etwa so aus: *Jallo Nwle ewie gegts lommst du motgen nit zu Oma wit fshrem un drei tsxhüs mama hab dick lien grüsse aucj von papa und lemmy.* An ihrem Online-Status konnte ich dann sehen, dass sie weiterhin schrieb, also wartete ich, und wartete und wartete, nur um drei Minuten später folgende Nachricht zu erhalten: *Lenny.* Meine Mutter behauptete immer, ihre Finger seien zu dick fürs Display, sodass sie nie die richtigen ›Knöppe‹ träfe. Groß- und Kleinschreibung oder Korrekturen waren ihr zu nervig. Also durchaus verständlich, dass die Option ›Nachricht schreiben‹ für sie heute Morgen nicht infrage gekommen war. »Na gut. Aber worum geht es denn nun eigentlich?«

»Es gibt fantastische Neuigkeiten! Großartige, wunderbare Neuigkeiten. Papa und ich möchten es dir und Lenny gern zusammen sagen, deswegen laden wir euch morgen zum Frühstück ein. Ich weiß, dass das sehr kurzfristig ist, aber ich hoffe, du hast Zeit?«

»Ja, habe ich. Habt ihr im Lotto gewonnen?«

»Nein, besser.«

»Habt ihr …«

»Ich verrate nichts, Nele«, fiel meine Mutter mir lachend ins Wort. »Bis morgen früh dauert es ja nicht mehr lang. Also dann um zehn im Entenwerder 1?«

»Alles klar.« Ich war furchtbar neugierig, aber ich wusste, dass es zwecklos war. Wenn meine Mutter nichts verraten wollte, würde sie auch nichts verraten. »Wie geht's Lenny?«, erkundigte ich mich.

»Bestens. Er hat auch Neuigkeiten für dich. Wird er dir bestimmt morgen erzählen.«

»Weißt du eigentlich, wie fies es ist, mich erst anzutrailern und mir dann den Film nicht zu zeigen?«

»Ja, weiß ich«, erwiderte meine Mutter vergnügt. »Jetzt erzähl doch mal: Wie ist es in der neuen Agentur?«

Apropos Agentur. Allmählich musste ich mich beeilen, um nicht zu spät zu kommen. Die Arbeitszeiten waren zwar flexibel, aber ich war erst seit zwei Wochen da und wollte auf keinen Fall für faul gehalten werden. Also erhob ich mich vom Badewannenrand und ging zum Waschbecken. Das Handy stellte ich auf Lautsprecher, um beide Hände zum Schminken frei zu haben. »Der neue Job ist toll«, fing ich an zu schwärmen, während ich Make-up im Gesicht verteilte. »Meine Kollegen und Olli, einer der beiden Chefs, sind supernett. Heute lerne ich auch endlich den zweiten Inhaber kennen, bislang war der im Urlaub. Die Agentur hat extrem interessante Kunden, und die Kampagnen sind genial. Kennst du zum Beispiel diese Dating-App Searchlove?«

»Nein, leider nicht. Oder zum Glück nicht, wie man es nimmt.«

Ich legte einen dezenten Lidschatten auf. »Na, jedenfalls war die App so gut wie am Ende, weil alle zu Findlove gewechselt sind. Aber dann hat die Agentur Searchlove ein völlig neues Image verpasst, und die Firma hat seitdem einen

Zuwachs von zweiunddreißig Prozent verzeichnet. Zweiunddreißig Prozent! Ist das nicht der Hammer?« Ich konnte mein Glück noch immer kaum fassen, seit zwei Wochen Mitarbeiterin der PR-Agentur M&T zu sein. Der Name stand für die beiden Agenturinhaber Claas Maurien und Oliver Thevs, die die Agentur vor fünf Jahren gegründet hatten. Mit ihren innovativen Ideen und genialen Konzepten waren sie innerhalb kürzester Zeit zu einer der angesagtesten Agenturen in der Branche geworden. Schon viermal hatte ich mich dort beworben. Alle Versuche waren erfolglos geblieben, doch dann hatte es endlich geklappt – ausgerechnet, als ich mich am absoluten Tiefpunkt meines Lebens befunden hatte. Ich war unglaublich froh darüber, endlich meine Chance bekommen zu haben, und hundertprozentig entschlossen, alles zu geben, um bei M&T die Karriereleiter hinaufzuklettern. Jeden einzelnen Schritt hatte ich bereits geplant, und langfristig war es mein Ziel, in die Geschäftsführung aufzusteigen. Schließlich brauchte jeder Mensch eine Vision, und das war meine.

»Ich freu mich so für dich, Nele«, sagte meine Mutter und riss mich damit aus meinen Karriereträumen. »Du hast dir diesen Job wirklich verdient, ich weiß doch, wie hart du dafür gearbeitet hast. Na gut, dann will ich dich mal nicht länger aufhalten. Ich wünsch dir einen schönen Tag, und benimm dich, wenn du heute den anderen Chef kennenlernst.«

»Natürlich benehme ich mich, Mama.«

»Ach, das weiß ich doch, meine Große. Also dann, bis morgen im Entenwerder.«

»Ja, bis morgen. Was feiern wir noch mal? Euer neues Haus?«

Meine Mutter lachte nur. »Vergiss es, Nele.«

Nachdem ich mich fertig geschminkt hatte und im Ergebnis absolut natürlich und nicht geschminkt aussah, tüdelte ich mir eine Kombination aus Flechtfrisur und lockerem Knoten ins Haar. Ich schlüpfte in mein dunkelblaues Lieblingskleid, das mit winzig kleinen Kirschen bedruckt war. Ich hatte es mir zur Belohnung genäht, nachdem Lenny seine letzte Herz-OP überstanden hatte und die lange Zeit des Bangens endlich vorbei war. Tobi, mein Ex, hatte das Kleid gehasst und viel zu unsexy gefunden, sodass ich es während unserer Beziehung kaum getragen hatte. Aber zum Glück war mir seit zwei Monaten komplett egal, was Tobi von meinen Klamotten oder mir hielt. Ich betrachtete mich kritisch im Spiegel meines Kleiderschranks und drehte mich hin und her. Dabei fiel mein Blick auf den Plan, den ich nach der Trennung von Tobi verfasst und dorthin gehängt hatte, um ihn mir täglich vor Augen zu führen. Er war an der Ostsee entstanden, wohin ich mich nach zwei Wochen intensiven Selbstmitleids verzogen hatte, um den Kopf frei zu kriegen. Nach einem endlos langen Spaziergang am Strand hatte ich mich in den Sand gesetzt und den Wellen zugeschaut. Der Wind war mir durchs Haar gestrichen, die Sonne hatte mich gewärmt und die Möwen hatten mir zugerufen: »Jetzt sieh doch nur, wie schön die Welt ist. Das ist *deine* Zeit, lass sie dir nicht von irgendwelchen beknackten Typen versauen.« Ich fand die Ostsee-Möwen sehr klug, also holte ich umgehend mein Notizbuch aus der Tasche und erstellte einen Zukunftsplan. Als Erstes verordnete ich mir einen absoluten Männerstopp. Nach etlichen Beziehungspleiten musste ich mir wohl endlich eingestehen, dass ich für die Liebe nicht geschaffen war und die Liebe nicht für mich. Ich hatte es immer wieder versucht, und immer wieder war ich gescheitert. Mein lädiertes Herz benötigte dringend eine Pause. Außerdem konnte ich mich durch den Männerstopp voll und ganz auf meinen Job konzentrieren. Ich liebte meine Arbeit und wollte meine Karriere endlich anpacken, statt immer nur darüber zu reden. Und zu guter Letzt wollte ich endlich mal wieder Zeit für mich haben und tun und lassen, was *ich* wollte. In den letzten Jahren hatte ich immer wieder den Fehler gemacht, mich selbst in Beziehungen zu verlieren. Der Typ war Stand-up-Paddler? Dann ging ich halt zum Stand-up-Paddeln. Er interessierte sich für Fußball? Dann fand ich mich alle zwei Wochen am Samstagnachmittag im Stadion wieder. Er hasste ›Heimchen am Herd‹? Dann tat ich eben so, als könnte ich nicht mal Wasser kochen. Aber darauf hatte ich keine Lust mehr, jetzt war ich wieder ich. Nele Wilkens. Jetzt ging es um mich, um *mein* Leben. Und das tat mir verdammt gut.

»So«, sagte ich schließlich zu meinem Spiegelbild. »Ich geh jetzt Karriere machen und beim neuen Chef einen guten Eindruck hinterlassen.«

Auf dem Weg zur Tür schaute ich kurz in der Küche nach, ob Anni, meine beste Freundin und Mitbewohnerin, noch da war. War sie allerdings nicht. Vermutlich hatte sie bei Sebastian geschlafen, unserem Nachbarn, mit dem sie seit zwei Monaten zusammen war. Die beiden waren noch immer frisch verliebt. Also wirklich *äußerst* frisch verliebt. Ich freute mich für sie, denn Anni hatte sich schwer damit getan, ihr Glück zuzulassen. Allerdings war ich auch immer ganz froh, wenn die beiden nicht in Annis Zimmer, sondern bei Sebastian ihre Freizeit gestalteten, um es mal vorsichtig auszudrücken. Das allerdings geschah dann zum Leidwesen von Kai, Sebastians Mitbewohner. Kai und ich waren in den letzten Monaten jedenfalls oft zum jeweils anderen geflüchtet, um gemeinsam eine Folge *Doctor Who* nach der anderen zu schauen. Und den Ton dabei sehr laut zu drehen.

Eine halbe Stunde später stieg ich an der U-Bahn-Haltestelle Christuskirche aus und ging durch die sommerliche Morgenluft zum Büro. Die Agentur lag am Rand des szenigen Schanzenviertels in einer ruhigen Straße mit hohen Linden und wunderschönen Jugendstilreihenhäusern. Ringsum gab es ein paar nette Restaurants, Bars und portugiesische Cafés sowie einen kleinen Wochenmarkt, der einmal in der Woche stattfand. Heute war Markttag, also kaufte ich am Fleischerstand geräucherten Schinken und ließ mir außerdem noch Leberwurst zum Probieren andrehen. Vom Bäcker holte ich mir ein frisches Brötchen und legte schließlich die restlichen paar Meter zur Agentur zurück.

Es war kurz nach acht, und wie üblich war um diese frühe Zeit noch niemand da. Erst zwischen neun und halb zehn trudelten die anderen ein. Ich mochte diese friedliche Stunde, wenn ich den Raum, den ich mir mit Julius, Linda und Britt teilte, ganz für mich allein hatte. Mit den dreien hatte ich mich zwar auf Anhieb gut verstanden, aber ich liebte es auch, in aller Ruhe am Platz zu frühstücken, während ich mir Ideen für die Projekte notierte, an denen ich mitwirkte.

Ich öffnete weit das Fenster, um die Morgenluft hereinzulassen, die noch kühl war, aber bereits wunderbar nach Sommer und Wärme duftete. Dann kickte ich meine Schuhe unter den Schreibtisch, fuhr meinen Rechner hoch und kramte meine Einkäufe aus der Tasche, um barfuß über den Parkettboden im Flur in die Küche zu tapsen. Noch etwas, das ich liebte, wenn ich morgens ganz allein in der Agentur war. Ich konnte tun und lassen, was ich wollte, als würde das alles hier mir gehören. Es wäre schon toll, in einer Wohnung wie dieser zu wohnen, mit hohen Stuckdecken, glänzendem Parkett und einer Mischung aus modernen Möbeln und ein paar Highlights aus den Fünfzigern, Sechzigern und Siebzigern. Der

Kaffeevollautomat in der Küche stammte wahrscheinlich aus den Achtzigern. Er hatte seine besten Tage eindeutig hinter sich, und Julius behauptete steif und fest, Claas Maurien hätte ihn in Neapel einer siebenundsechzigjährigen einäugigen Prostituierten abgekauft. Ob das stimmte, konnte ich nicht beurteilen, aber der Kaffee schmeckte großartig. Ich musste an das Gespräch mit meiner Mutter denken und fragte mich, was sie wohl zu verkünden hatte. Oder was Lennys Neuigkeiten waren. Unwillkürlich fing ich an, eins der Lieder vor mich hin zu singen, das sich auf der Mix-CD befand, die Lenny für mich aufgenommen und mir mit folgenden Worten überreicht hatte: »Hier, mein Nele-Herz, damit du nicht mehr so traurig bist.« Das war kurz nach der Trennung von Tobi gewesen, als ich versehentlich vor meiner Familie in Tränen ausgebrochen war. Normalerweise hatte ich mich vor ihnen gut im Griff, aber in dem Moment war es einfach so aus mir herausgeplatzt. Lenny hatte es noch nie ertragen können, wenn ich traurig war, und gleich mitgeweint. Wie viele Menschen mit Down-Syndrom war er sehr emotional, besonders wenn es um seine Liebsten ging. Das erste Lied auf der CD war von Vicky Leandros, denn Lenny war ein großer Schlager-Fan, und dieser Song war sein »absoluter Lieblingssong«, wie er sagte.

»Nein, sorg dich nicht um mich. Du weißt, ich liiiiebe das Leeeben«, trällerte ich vor mich hin, während ich mein Brötchen aufschnitt. »Und weine ich manchmal noch um dich, das geht vorüber sicherlich.« Ich belegte eine Hälfte mit dem köstlichen Schinken. Dem Fleischer zuliebe beschmierte ich die andere mit der Leberwurst. Bestimmt würde es ihn traurig machen, wenn ich sie nicht probierte. »Vielleicht gefällt's mir wieder frei zu sein, vielleicht verlieb ich miiiiiich auf's Neu'«, stieß ich allmählich in die höchsten Töne des Liedes vor und war froh, dass ich allein war. »Man wird ja sehen, die Welt ist schön. Wie's kommt ist einerlei, dadadadaAAAHHH«, schrie ich mitten im Lied auf, als mich etwas Kaltes, Nasses am nackten Unterschenkel berührte. Ich fuhr herum und entdeckte hinter mir einen mittelgroßen blonden Hund mit rotem Halsband und lustigen Schlappohren. Offensichtlich hatte er an meinem Bein geschnuppert, und nun sah er zu mir auf, um mich freundlich anzulächeln. Auch wenn Hunde wahrscheinlich gar nicht lächeln konnten – dieser tat es definitiv. »Du hast mich ganz schön erschreckt«, sagte ich vorwurfsvoll. »Soll ich aufhören zu singen? Hast ja recht, das war furchtbar.«

Der Hund lächelte und hechelte mich unverändert freundlich an. Falls er meinen Gesang scheußlich gefunden hatte, ließ er es sich zumindest nicht anmerken.

»Du musst Sally sein«, meinte ich, als mir einfiel, was meine Kollegen mir erzählt hatten: Claas Maurien besaß einen Hund namens Sally, den er mit ins Büro brachte.

Offenbar lag ich richtig, denn als ich »Sally« sagte, fing der Hund an, mit dem Schwanz zu wedeln. Ich musste lachen, weil der ganze Körper sich dabei mitbewegte. Und dann noch dieses breite Hunde-Grinsen … Mein Herz schmolz nur so dahin. Ich hielt Sally meine Hand hin, damit sie ausgiebig daran schnuppern konnte. »Hallo, ich bin Nele«, stellte ich mich vor. Sie schien mich okay zu finden, denn sie schleckte zärtlich über meine Hand und schmiegte sich dann an meine Beine. »Ach Herrje, bist du süß«, sagte ich in dieser albernen hohen Stimme, in der Menschen oft mit Tieren oder Kindern sprachen. »Warum hat mir denn keiner gesagt, wie süß du bist?« Ich beugte mich zu Sally runter, um sie hinter dem Ohr zu kraulen, was ihr offenbar gut gefiel, denn sie schmiegte entzückt ihren Kopf in meine Hand. »So eine Hübsche bist du. Sieh dir doch nur dein wunderschönes blondes Fell an«, schmeichelte ich, während ich sie kraulte. »Und ich wette, *du* musstest nicht zwei Stunden beim Frisör sitzen, um dir kara-mell- und honigfarbene Strähnchen machen zu lassen.«

Sally sah mich mitleidig an, nur um dann weiterhin meine Streicheleinheiten zu genießen. Meine Komplimente schien sie auch ganz gern zu hören.

»Hey, magst du eigentlich Leberwurst?«

Bei dem letzten Wort hob sie den Kopf und reckte schnüf-felnd ihre Nase in die Luft, was wohl so viel wie ›Ja, aber hallo‹ hieß.

»Wobei … darfst du überhaupt Leberwurst essen? Ich meine, vielleicht bist du ja Vegetarierin oder so was. Oder Le-berwurst ist schlecht für Hunde.«

Sallys Blick wurde tieftraurig. Sie wirkte auf einmal völlig ausgehungert auf mich. Die Arme. Sie sah so unglücklich aus, und ich allein war ihre Rettung.

»Machen wir es doch so: Du bekommst ein Stück Le-berwurstbrötchen ab, aber du darfst es niemandem petzen. Okay?«

Von Sally kam kein Widerspruch, also riss ich eine Ecke meines Brötchens ab und hielt es ihr hin. Statt mir die Beute gierig aus der Hand zu schnappen, sah sie mich fragend an und schien auf meine Erlaubnis zu warten, woraufhin ich mich nur noch mehr in sie verknallte. Höflich war sie auch noch!

»Bitte schön.« Sie nahm mir das Stück Brötchen vorsichtig ab, nur um es innerhalb von Sekundenbruchteilen zu verschlin-gen und sich begeistert das Maul zu schlecken. »Davon kannst du doch gar nichts geschmeckt haben«, lachte ich und hockte mich hin, um sie ausgiebig zu kraulen. »Dinge, die du rich-tig gern magst, solltest du unbedingt genießen, verstehst du? Du weißt ja nie, wann du sie das nächste Mal bekommst. Also schließ die Augen und koste den Moment so lang wie möglich aus.«

Sally legte sich halb auf meinen Schoß und kuschelte sich so eng und vertrauensvoll an mich, dass mein Herz förmlich überquoll. »Oh Mann, du bist wirklich unfassbar niedlich.«

Sie grinste mich an, als wollte sie sagen: ›Weiß ich doch.‹

Lachend zog ich sie noch näher an mich. »Ja, das weißt du, oder? Das weißt du ganz genau, du süßes Hundemädchen. Und so höflich und klug bist du, du hübsche, bildschöne ...«

»Mach ihr besser nicht zu viele Komplimente. Das steigt ihr immer furchtbar zu Kopf«, ertönte eine tiefe Stimme von der Tür.

Ich zuckte erschrocken zusammen, während Sally den Kopf hob und fröhlich mit dem Schwanz wedelte. Verdammt noch mal, wieso hatte ich mich derart von diesem Hund um die Pfote wickeln lassen? Ich hatte überhaupt keinen Gedanken darauf verschwendet, dass das dazugehörige Herrchen ganz in der Nähe sein musste. Das dazugehörige Herrchen, auf das ich unbedingt einen sehr kompetenten und professionellen Eindruck machen wollte. Als ich mich umdrehte, entdeckte ich einen hochgewachsenen dunkelhaarigen Mann in der Tür, der Sally und mich amüsiert beobachtete. Ich erkannte Claas Maurien sofort, immerhin waren wir einander im letzten Jahr auf einer Marketingtagung vorgestellt worden. Aber daran konnte er sich garantiert nicht erinnern. Außerdem hatte ich sein Bild etliche Male im Internet und in Branchenmagazinen gesehen. Bei meinen Bewerbungsgesprächen war er unterwegs gewesen, sodass ich ihm jetzt zum ersten Mal als seine neue Mitarbeiterin gegenüberstand, oder genauer gesagt gegenüberhockte. Fast fühlte ich mich eingeschüchtert. Er war eine echte Größe in der Branche, und ich konnte und wollte eine Menge von ihm lernen.

Unvermittelt kniff er die braunen Augen zusammen, um

mich eingehend zu mustern. »Wir kennen uns doch von dieser Tagung in Berlin.«

Das wusste er noch?! Ich musste mich schwer zusammenreißen, um ihn nicht anzustarren, als würde ihm ein Leberwurstbrötchen aus dem Ohr wachsen. Schnell schob ich Sally von meinem Schoß, rappelte mich vom Boden auf und ging mit ausgestreckter Hand auf ihn zu. »Äh, ja. Stimmt. Ich bin die Neue. Nele …«

»Wilkens, ich weiß«, sagte er und ergriff meine Hand, um sie zu schütteln. »Claas …«

»Maurien, ich weiß. Und das mit der Tagung wissen Sie auch noch?«

»Du«, korrigierte er. »Ja, das weiß ich noch. Wieso, sollte ich nicht?«

»Nein, ich meine, doch. Ich hätte nur nicht gedacht, dass du dich daran erinnern kannst, das ist alles.«

Er lächelte mich so nett an, dass es ansteckend war. »Ach, ich habe ein Elefantengedächtnis. Also dann … herzlich willkommen.«

»Danke.« Mir wurde bewusst, dass wir einander immer noch die Hand schüttelten, also zog ich meine schnell zurück.

»Und du und Sally seid bereits die besten Freundinnen?«, fragte er und wandte sich von mir ab, um sich eine Tasse aus dem Schrank zu holen.

Ich beugte mich wieder zu Sally, um sie zu kraulen, was sie mit einem verzückten Blick quittierte. »Definitiv BFFs. Auf mich wirkt sie übrigens total bescheiden. Ich kann mir nicht vorstellen, dass sie von ein paar Komplimenten gleich abhebt.«

»Oh doch. Von Komplimenten und Leberwurst.«

Ich wich seinem Blick aus. »Leberwurst?«

»Du willst doch wohl nicht leugnen, dass du ihr was von deinem Brötchen abgegeben hast.«

»Na ja. Ein bisschen. Tut mir leid, ich hoffe, ich hab sie nicht vergiftet oder so. Aber das war Bio-Leberwurst. Ganz frisch.«

Das amüsierte Funkeln in seinen Augen schien sich noch zu verstärken. »Ach so. Na wenn's bio war, ist das natürlich etwas völlig anderes.«

Ich wollte gerade zu einer längeren Erklärung ausholen, als er abwinkte. »Ist doch okay, wenn sie ab und zu mal was zugesteckt bekommt. Für Leberwurst würde sie übrigens töten.«

»Na, dann hab ich ja ins Schwarze getroffen, was?« Ich fühlte mich beobachtet und sah runter zu Sally, die mich intensiv anstarrte. »Was ist denn los, Süße?«

Sie äußerte sich nicht dazu, sondern versuchte weiterhin, mich mit ihrem Blick zu hypnotisieren.

»Sie antwortet leider nur sehr selten«, meinte Claas grinsend, woraufhin ich ebenfalls lachen musste. »Aber ich vermute, sie überlegt, wie sie dich zu noch mehr Leberwurst überreden kann oder ob ihr karamell- und honigfarbene Strähnchen stehen würden.«

Vor Schreck blieb mir das Lachen im Hals stecken. »Dann standst du also die ganze Zeit in der Tür?«

»Nein, am Anfang stand ich im Flur. Ich war mir nicht sicher, ob ich euch beide stören darf.« Er stellte die Tasse unter die Kaffeemaschine und ließ sich einen doppelten Espresso machen. »Und, hast du dich gut eingelebt?« Sein Tonfall war genauso freundlich wie vorher, aber das war eine klare Chef-Frage. Also sollte ich mal dringend etwas Jobbezogenes von mir geben.

»Ja, habe ich. Ich find's toll, hier zu arbeiten. Ich hab mich schon mehrmals beworben, und bin froh, dass es endlich geklappt hat.«

»Tja, ich sag's ja immer wieder: Hartnäckigkeit zahlt sich irgendwann aus.«

»Ich bin übrigens absolut begeistert von der Searchlove-Kampagne. Als ich das Video gesehen habe, war ich kurz davor, mich da anzumelden.«

»Vielen Dank.« Er rührte unfassbare drei Löffel Zucker in seinen Espresso und trank ihn in zwei großen Schlucken aus. »Also, ich nehme an, wir sehen uns nachher in der Besprechung?«

»Klar.«

»Schön.« Er stellte seine Tasse in die Spüle und ging zur Tür. Dort drehte er sich zu mir um. »Dann nochmals herzlich willkommen bei M&T, Nele Wilkens.« Er wandte sich an seinen Hund und machte einen Schnalzlaut. »Na komm.«

Sally ging zu ihm, doch auf halbem Weg drehte sie sich zu mir um, als wollte sie schauen, ob ich mitkam. Als ich mich nicht rührte, blieb sie stehen und blickte verwirrt zwischen mir und ihrem Herrchen hin und her.

»Äh, hallo? Mylady? Wenn ich bitten dürfte?«, fragte Claas kopfschüttelnd.

Sally schaute mich beinahe entschuldigend an und lief zu ihm.

»Hat sie sich gewundert, wieso *ich* nicht auf dein Schnalzen reagiere?«, überlegte ich.

Er lachte. »Manchmal weiß man einfach nicht, was in ihr vorgeht. Also, bis später.« Er nickte mir noch mal zu, und dann waren er und Sally verschwunden.

Das war also Claas Maurien. Ich hatte ihn bei unserem kurzen Treffen in Berlin schon nett und gar nicht mal so unattraktiv gefunden, und heute war er echt … auch nett gewesen. Es war doch gut, einen netten Chef zu haben. Ich konnte nur hoffen, dass er keinen schlechten Eindruck von mir gewonnen hatte, schließlich hatte ich mich nicht übermäßig fleißig und kompetent präsentiert, sondern vor allem mit seinem Hund geflirtet. Aber ich würde ihn schon noch von meiner Kompetenz überzeugen. Ich schüttete meinen inzwischen kalten Cappuccino in die Spüle, um mir einen neuen zu machen. Dabei fiel mein Blick auf meine Füße. Meine *nackten* Füße. So viel also zum professionellen ersten Auftritt. Mist.

Ab neun Uhr trudelten nach und nach meine Kollegen Julius, Linda und Britt ein. Linda kam aus Rotterdam, wohnte aber schon seit mehr als zehn Jahren in Hamburg. Sie sprach perfektes Deutsch, aber mit diesem süßen holländischen Akzent, der leider *so* süß war, dass niemand es ihr abkaufte, wenn sie böse war oder sich aufregte. Im Moment empörte sie sich über ihren Nachbarn, der zu ihrem Leidwesen angefangen hatte, Trompete zu spielen. »Könnt ihr euch vorstellen, wie es klingt, wenn einer Trompete spielt, der das gar nicht kann?«

»Nein«, antwortete Julius. »Aber schön wird's nicht sein.« Julius war der klassische Hipster, nicht nur äußerlich, sondern auch innerlich. Er war ständig auf dem Swutsch, und eigentlich hatte er für die Arbeit gar keine Zeit. In den zwei Wochen, seit ich bei M&T angefangen hatte, war Julius dreimal erst mittags aufgetaucht und gegen fünf Uhr schon wieder verschwunden. Ich hätte mich das nie getraut.

»Sei froh, dass er nicht Schlagzeug lernt«, meinte Britt und rollte mit ihrem Stuhl zum Drucker, um ein paar Seiten herauszuholen. Sie war die Dienstälteste in unserer Runde und schon seit der Agenturgründung mit an Bord. Über ihr Privatleben sprach sie nie, weswegen alle die Vermutung hatten, sie wäre eine Geheimagentin. Aber Geheimagentin hin oder her, ich mochte sie und arbeitete gern mit ihr zusammen.

Linda seufzte schwer. »Ihr habt ja keine Ahnung, was ich durchmache.«

»Ein bisschen kann ich es mir schon vorstellen«, sagte ich, während ich ein paar ausgedruckte E-Mails auf meinem Schreibtisch sortierte und fein säuberlich abheftete. »Meine beste Freundin und Mitbewohnerin Anni spielt Klavier. Sie spielt zwar wirklich gut und ich höre ihr gern zu, aber manchmal übt sie ein und dieselbe Stelle wieder und wieder. Zwei Takte, stundenlang. Da könnte ich echt ausflippen.«

»Ach ja?«, fragte Julius. »Du kannst ausflippen? Bislang kommst du eher so welpenmäßig rüber.«

»Sie hat gesagt sie *könnte* ausflippen«, meinte Linda grinsend. »Aber egal, ich muss allmählich mal was tun.«

Daraufhin kehrte Ruhe ein, und wir machten uns konzentriert an die Arbeit. In der Mittagspause holten wir uns Currywurst und setzten uns damit auf eine Bank unter einer riesigen Eiche. Der Sommer gab in diesem Jahr wirklich alles, und ganz Hamburg konnte sein Glück kaum fassen. Niemand wagte es allerdings, laut darüber zu sprechen, aus Angst, die Sonne damit zu verjagen. Und obwohl ich eigentlich sehr gern arbeitete, fiel es mir bei dem schönen Wetter gar nicht so leicht, ins Büro zurückzukehren. Linda, Britt und Julius ging es ebenso, und so fragten wir uns den ganzen Nachmittag ständig, wieso wir keinen Job hatten, bei dem es hieß: »Freitag ab eins macht jeder seins.«

Irgendwann warf ich einen Blick auf meine Uhr. »Es ist kurz vor vier. Das Meeting geht gleich los.« Ich raffte Notizblock, Kuli und Kaffeetasse zusammen und war schon auf dem Weg zur Tür.

»Sie ist eine ziemliche Streberin, oder?«, fragte Julius in Britts Richtung.

Doch sie hob nur die Schultern und folgte mir.

Freitags und montags fanden immer Agenturmeetings statt, denn die Philosophie bei M&T lautete, dass man die Woche im Team begann und beendete. Im Konferenzraum waren schon viele Stühle, Fensterbänke und Sitzbälle mit meinen Kolleginnen und Kollegen besetzt. Die Fenster standen weit offen, um die sommerliche Luft hereinzulassen, und vom Bäcker nebenan zog der Duft von frisch gebackenen Franzbrötchen zu uns empor. Mir lief das Wasser im Mund zusammen, doch es war keine Zeit mehr, um mir eins zu holen. Linda, Julius und ich nahmen am Konferenztisch Platz, während Britt sich zu Oliver Thevs, der von allen nur Olli genannt wurde, auf eine Fensterbank gesellte. Er hatte die Vorstellungsgespräche mit mir geführt und mich an meinem ersten Arbeitstag in Empfang genommen. Olli war immer im Stress, immer auf dem Sprung, furchtbar chaotisch, aber auch verdammt gut in seinem Job.

Als einer der Letzten betrat Claas den Raum, dicht gefolgt von Sally. Er hatte zwei große Tüten vom Bäcker dabei, aus denen dieser unverwechselbar verführerische zimtig-süße Duft nach Franzbrötchen strömte.

Linda reckte die Nase. »Sind das etwa Franzbrötchen, Claas? Es ist so schön, dass du aus dem Urlaub zurück bist.«

Er nickte. »Franzbrötchen für alle als Dankeschön dafür, dass ihr in der nächsten Zeit so viele Überstunden machen werdet.«

»Werden wir das?«, fragte Julius.

»Oh ja. Das werdet ihr.«

»Na dann.« Julius zog ein Franzbrötchen aus einer der Tüten und reichte sie weiter an mich.

Mein Blick fiel auf Sally, die eine Runde durch den Konferenzraum drehte und sich von jedem Einzelnen streicheln ließ. Nicht nur einmal wurde ihr verstohlen ein Häppchen zugesteckt, und ich vermutete, dass jeder in seinem Schreibtisch eine Tüte Leckerlis versteckt hielt. Als Sally mich entdeckte, wedelte sie begeistert mit dem Schwanz und begrüßte mich so überschwänglich, als hätte sie sich ewig nach mir verzehrt. Lachend streichelte ich sie. »Ich hab dich auch vermisst. Ja, das habe ich«, versicherte ich ihr in meiner bescheuerten Hundestimme, die Sally dazu brachte, sich noch mehr zu freuen. »Ich hab dich so doll vermisst, du süße, kleine …«

»Ihr kennt euch bereits?«, erkundigte Julius sich interessiert.

»Ja, Nele und Sally sind sich heute Morgen in der Küche begegnet«, erwiderte Claas an meiner Stelle. »Da hat das mit den beiden angefangen.«

Linda grinste. »Scheint ja 'ne dicke Sache zu sein.«

»Das Gefühl habe ich allerdings auch«, meinte er.

Ich räusperte mich und schob Sallys Vorderpfoten von meinem Schoß, streichelte sie allerdings weiter, da ich ihr nicht das Gefühl geben wollte, ich hätte sie nicht mehr lieb. »Ich hatte Leberwurst«, erklärte ich Linda.

In dem Moment rief Olli: »Okay Leute, dann können wir ja anfangen.«

Ich riss mich von Sally los, setzte mich aufrecht hin und schlug mein Notizbuch auf. Jetzt war es auch mal gut mit Hundekuscheln. Claas musste ja denken, ich würde das Ganze hier für einen Streichelzoo halten.

Olli sprang von der Fensterbank und kam an den Konferenztisch. »Also, wie Claas schon angedroht hat, wird es hier in den nächsten Monaten rundgehen. Von Sommerloch kann bei uns keine Rede sein, denn wir haben zwei richtig schöne Aufträge an Land gezogen.«

Ich wollte schon mit den Knöcheln auf die Tischplatte klopfen, doch dann fiel mir die zurückhaltende Reaktion meiner Kollegen auf. »Heißt das, der Sommerurlaub ist gestrichen?«, fragte Linda besorgt.

Claas schüttelte den Kopf. »Nein, jeder, der bereits Urlaub eingereicht hat, kann ihn auch nehmen. Aber wer jetzt noch für den Sommer freinehmen will, hat Pech gehabt. Tut mir leid.«

Ein paar der Mitarbeiter stöhnten auf, und alle redeten darüber, wer schon Urlaub geplant hatte und wer sich nun seinen spontanen Kurztrip nach London abschminken konnte. Nur Julius und ich beteiligten uns nicht an den Gesprächen. Stattdessen reichte er mir die Bäckertüte. »Hier, du hattest noch keins.«

Ich holte mir ein wunderbar fetttriefendes Franzbrötchen heraus. »Mmmh, Wahnsinn, die sind ja noch warm«, murmelte ich. Beim Klang meiner Stimme klopfte Sally, die auf meinen Füßen lag, zweimal mit dem Schwanz auf den Boden, rührte sich ansonsten jedoch nicht. Ich riss ein Stück Franzbrötchen ab und steckte es mir in den Mund. Es schmeckte herrlich sabschig, süß und zimtig – genauso, wie Franzbrötchen sein sollten.

»Hey, Leute, können wir uns bitte alle mal wieder beruhigen?«, rief Olli. Das Stimmengewirr ebbte allmählich ab. »Also, wie ich schon sagte, sind das wirklich sehr schöne Aufträge. Projekt Nummer eins lautet ...« Er legte eine Kunstpause ein und rief schließlich: »Wir machen die Heide sexy! Also, die Lüneburger Heide. Wie ihr ja alle wisst, steht die Heideblüte vor der Tür.«

Ich nickte, doch die meisten anderen hoben nur ratlos die

Schultern. »Meistens fängt sie im August an und zieht sich bis in den September«, sagte ich und fügte dann erklärend hinzu: »Meine Mutter stammt aus Undeloh, und wir besuchen oft unsere Verwandten. Ist sehr schön da.«

»Das findet die Tourismuszentrale der Lüneburger Heide auch«, erklärte Olli. »Daher wollen sie die Besucherzahlen für die anstehende Heideblüte noch mal ordentlich in die Höhe schrauben.«

»Sorry, aber niemand, der was auf sich hält, fährt am Wochenende zu Kaffee und Kuchen in die Heide«, meinte Julius. »Damit outet man sich doch als Oberspießer. Anwesende natürlich ausgenommen.« Er tätschelte mir den Unterarm.

Julius ließ öfter mal diese kleinen Spitzen ab. Ich wusste nicht so recht, warum er das tat, so gut kannte ich ihn noch nicht. Wahrscheinlich war es einfach seine Art von Humor, die ich nur nicht verstand. Ich hob die Schultern. »Kein Problem. Mir ist klar, dass die Heide nicht hip ist. Schön ist sie trotzdem. Und einzigartig.«

»Genau«, stimmte Olli zu. »Und unsere Aufgabe ist es, diese Tatsache noch bekannter zu machen. Wir werden dafür sorgen, dass jeder, der was auf sich hält, dorthin will, Julius.«

Was für ein tolles Projekt! Ich hatte schon mindestens fünf Ansätze, wie ich Mamas alte Heimat für geplagte Großstädter sexy machen konnte. Die Leute würden sich darum reißen, dorthin zu fahren, jawohl.

»Ich verstehe es nicht«, meinte Julius. »Wieso karrt man nicht einfach Horst Lichter an, dann rennen die Rentner den Heidjern doch die Türen ein.«

»Super Idee«, meinte Olli. »Allerdings ist es unser Ziel, die Heide für ein *jüngeres* Publikum sexy zu machen.«

»Okay, das war Projekt Nummer eins«, brachte Claas das

Ganze zum Abschluss. »Kommen wir nun zu Projekt Nummer zwei. Das ist nicht ganz so … nun ja, sexy.« Ein Grinsen huschte über sein Gesicht, dann fuhr er fort: »Uns hat ein Hilferuf der Durchschnittspartei erreicht.« Claas holte ein zusammengerolltes Poster neben seinem Stuhl hervor. Er ging zum Whiteboard, wo er das Poster entrollte und mit Klebestreifen befestigte. »Konkret geht es um diesen Mann.«

Es war ein klassisches Wahlkampfposter, auf dem ein Typ undefinierbaren Alters abgebildet war. Er hatte schütteres graues Haar, das er zu einem Seitenscheitel gekämmt trug, ein schmales Gesicht und schmale Lippen. Auf seiner etwas zu langen Nase saß eine silberumrandete Brille, und sein Lächeln wirkte leicht gequält. Oben waren das Parteilogo und der Name des Mannes abgedruckt: Rüdiger Hofmann-Klasing. Unten stand der Slogan: *Ehrlich. Zuverlässig. Kompetent. Für Hamburg.* Ich hatte diesen Mann noch nie im Leben gesehen, nie etwas von ihm gehört. Und kaum hatte ich den Blick vom Poster abgewendet, hatte ich sein Gesicht auch schon wieder vergessen.

»Also?«, fragte Claas in die Runde. »Wer von euch kennt ihn?«

Keiner sagte etwas, alle hoben nur ratlos die Schultern.

»Und genau das ist das Problem. Rüdiger Hofmann-Klasing ist Spitzenkandidat und Zugpferd der Durchschnittspartei. Er soll unser neuer Bürgermeister werden. Am 20. Oktober ist die Bürgerschaftswahl, aber kein Schwein kennt ihn, und Umfragen zufolge liegen seine Sympathiewerte im Keller.«

»Verstehe ich gar nicht«, meinte Linda mit erhobenen Augenbrauen. »Er ist doch ehrlich und zuverlässig.«

»Und kompetent«, fügte ich hinzu.

»Auf jeden Fall ist er ein ziemlich lahmes Zugpferd was?«, meinte Julius. »Und darf man fragen, welche hirnverbrannte Agentur für dieses Plakat und diesen Slogan verantwortlich ist?«

»Die Damen und Herren von der Durchschnittspartei haben das bislang ohne Agentur gemacht«, meinte Claas.

Britt zog scharf die Luft ein. »Autsch. Das sieht man.«

»Das heißt, wir sollen deren Wahlkampf managen?«, fragte Julius.

»Nein, dafür wurden gerade erst die Kollegen von Rieger engagiert.«

Ich zuckte zusammen. Das war meine Ex-Agentur, bei der noch immer mein Ex-Freund Tobi arbeitete.

»Wir werden natürlich mit Rieger kooperieren, konzentrieren uns aber einzig und allein auf die Imagekampagne für Rüdiger Hofmann-Klasing«, fuhr Claas fort. »Langfristig sieht die Partei ihn sogar in der Bundespolitik, um mal deutlich zu machen, wie wichtig er ist.«

Nachdenklich betrachtete ich das Poster. »Was ist denn konkret das Problem mit diesem Typen? Kann man die Umfrageergebnisse mal sehen?«

»Ja, klar.« Claas gab einen Stapel DIN A4-Zettel rum. »Das Hauptproblem ist, dass er von 65 Prozent der Befragten als absolut farb- und profillos angesehen wird. Keiner weiß, wer er ist oder wofür er steht. Niemand hat das Gefühl, dass ihn die Belange der Bürger wirklich interessieren. Wir müssen dafür sorgen, dass die Menschen ihn lieben.«

Es tat mir ja wirklich leid für den farb- und profillosen Rüdiger Hofmann-Klasing, aber mein Herz schlug für die Heide.

»Okay, das erwartet uns also in den nächsten Wochen«, sagte Olli. »Zusätzlich natürlich zu den anderen Projekten, die bereits laufen. Ich möchte für die Lüneburger Heide gern unser ehemaliges Harz-Team wieder zusammentrommeln, also Britt, Lukas, Carola und Boris.«

Schade. Also würde ich die Heide nicht sexy machen.

Nun ergriff Claas das Wort. »Bei der Imagekampagne würde ich gern mit Julius und Linda arbeiten.«

»Nele sollte auch dabei sein«, meinte Olli. »Sie kommt von Rieger und hat Erfahrung mit Imagekampagnen.«

Claas sah mich zweifelnd an. »Hast du denn auch schon einen Politiker betreut?«

Ich spürte, wie mein Körper sich versteifte. »Nein, mit Politikern hatte ich bislang noch nicht das Vergnügen. Aber ich mache diesen Job seit fast fünf Jahren und weiß durchaus, was ich tue.«

»Hm«, machte Claas, offenbar immer noch skeptisch.

Fast kam ich mir vor wie damals in der Grundschule, als ich im Sportunterricht bei der Mannschaftswahl immer als Letzte auf der Bank gesessen hatte. Dabei war ich gar nicht *so* schlecht im Brennball gewesen. Und in meinem Job war ich verdammt noch mal auch nicht schlecht! Ganz im Gegenteil, ich war gut, sehr gut sogar. Schnell nahm ich die Schultern zurück und reckte das Kinn. »Imagekampagne ist Imagekampagne, oder nicht? Ob der Kunde nun Politiker, Banker oder Sportler ist.« Dann trank ich einen Schluck von meinem inzwischen eiskalten Kaffee. ›Lass dir bloß nichts anmerken‹, ermahnte ich mich innerlich. Denn wenn ich eines in der Agentur-Welt gelernt hatte, war es das: Niederlagen musste man mit möglichst viel Würde wegstecken, und nie, niemals durfte man anderen seine Schwächen offenbaren.

Ich zuckte zusammen, als Claas mit den Händen leicht auf die Tischplatte schlug. »Im Grunde hast du ja recht, Nele. Imagekampagne ist Imagekampagne. Also dann, herzlich willkommen im Team Hofmann-Klasing.«

Erleichtert atmete ich auf.

Olli nickte zufrieden. »Na gut, dann haben wir es. Am Montag setzen sich die beiden Teams zusammen. Dann könnt ihr eure Ideen für die Kampagnen präsentieren. Also, das war's für heute. Schönes Wochenende allerseits.«

Nach und nach leerte sich der Raum, und von den Geräuschen wurde Sally wach. Sie erhob sich von meinen Füßen und schüttelte sich ausgiebig. Dann ging sie rüber zu Claas, der aufgestanden war, um das Hofmann-Klasing-Poster abzunehmen. »Hey, Sally«, sagte er und strich ihr über den Kopf. »Harter Tag, was?«

Ich sammelte Notizbuch, Kuli und Kaffeetasse ein, und war schon fast zur Tür hinaus, doch dann drehte ich mich noch mal zu Claas um. »Hör mal, du musst eins wissen: Dieser Job ist mir verdammt wichtig, und ich habe nicht vor, ihn zu versauen.«

Claas rollte das Poster ein und legte es auf den Tisch. »Ich gehe davon aus, dass du ihn nicht versauen wirst. Du hast diesen Job ja nicht ohne Grund bekommen.« Er sah mich ernst an. »Tut mir leid, dass ich dich vor allen angezweifelt habe. Normalerweise bin ich nicht so.«

Sally kam zu mir und stupste mit ihrer kalten, nassen Nase meine Hand an. Sie wedelte mit dem Schwanz und schenkte mir ein fröhliches Hundelächeln, als wollte sie die Behauptung ihres Herrchens bestätigen.

»Okay«, sagte ich. »Dann hätten wir das ja geklärt.«

Claas nickte. »Gut.«

»Also dann. Danke für die Franzbrötchen.«

»Gern geschehen.«

Ich verließ den Besprechungsraum und ging zurück an meinen Platz. In meinem Kopf drehte sich alles. Hoffentlich stimmte es, dass Claas nicht an meinen Fähigkeiten zweifelte.

Am Montag würde ich ihn jedenfalls mit meinen genialen Ideen zu der Hofmann-Klasing-Kampagne umhauen. Gut, aktuell hatte ich noch keine einzige Idee, aber wozu waren Sonntage schließlich da? Jetzt hieß es erst mal: Wochenende.

Überraschungen

Am nächsten Morgen machte ich mich mit dem Fahrrad auf den Weg nach Entenwerder. Eine morgendlich kühle Brise blies mir ins Gesicht, doch die Sonne wärmte schon meine Haut und die Vögel zwitscherten munter vor sich hin. Es versprach, ein wunderbar heißer und sonniger Tag zu werden. Ich liebte es, an diesem Teil der Elbe entlangzuradeln. Hier war es längst nicht so überlaufen wie an den Landungsbrücken, denn an diesem Flussabschnitt gab es wenig, über das die Reiseführer berichten konnten: keinen Strand, keine Hafenrundfahrten, große Pötte oder imposante Konzerthallen. Stattdessen gab es viel Deich, einen schönen Park und auf der anderen Elbseite Industrieanlagen, die einen ganz besonderen Charme besaßen. Und es war herrlich grün. Das Entenwerder 1 war schon seit ein paar Jahren das Lieblingsfrühstückslokal meiner Familie – zumindest im Sommer, denn es befand sich auf einem Ponton auf der Elbe. Ich schloss mein Fahrrad ab und ging über die lange Brücke zum Café. Die Möbel im Außenbereich wirkten ein bisschen zusammengesucht und in die Jahre gekommen, aber genau das machte den Reiz aus. Es gab alte bunt angestrichene Holzstühle, Strand-Liegestühle, Blumen und Lichterketten. Der Kaffee kam aus der kleinen Kaffeerösterei direkt gegenüber und die Kräuter aus dem Kübel neben der Küche. Der Elbwind wehte mir um die Nase und im Näherkommen hörte ich schon die leise *Café del Mar*-Musik.

Es war Punkt 10 Uhr, trotzdem war ich mir sicher, dass

meine Eltern und Lenny schon da waren. Lenny hasste es nämlich, sich zu verspäten. Aus diesem Grund wollte er immer viel zu früh los, worunter wir alle zu leiden hatten. Beziehungsweise jetzt nur noch meine Eltern, denn ich war im März letzten Jahres von zu Hause ausgezogen. Es war mir nicht leichtgefallen, denn Lenny war furchtbar traurig darüber gewesen. Noch heute fragte er manchmal, ob ich nicht wieder zurückkommen wollte. Aber ich wusste, dass er mich nicht mehr so sehr brauchte wie früher. Als ich ausgezogen war, hatte er die letzte Herz-OP überstanden gehabt und war für mehrere Monate in die Reha gegangen. Und ich hatte das Gefühl gehabt, dass es mit sechsundzwanzig Zeit für mich wurde, auf eigenen Füßen zu stehen. Lenny ging es inzwischen viel besser, er genoss sein Leben in vollen Zügen und holte alles nach, was er in seiner Kindheit und Jugend durch die vielen Krankenhausaufenthalte verpasst hatte.

Ich schob mich vorbei an Tischen, Stühlen und Bänken und entdeckte meine Familie an einem Vierertisch direkt am Wasser. »Hey!«, rief ich und winkte ihnen zu.

Meine Mutter blickte von ihrem Kaffee auf. Sie winkte eifrig zurück und lachte, wobei sich ihre Nase kräuselte. Mein Vater, der ihr gegenüber saß, drehte sich zu mir um und stand auf, um mich mit wilden Handzeichen in die richtige Richtung zu lenken – was überflüssig war, da ich die drei ja schon entdeckt hatte und auf dem Weg zu ihnen war.

Dann fiel mein Blick auf Lenny, und Lennys Blick fiel auf mich. Ein breites Strahlen erschien auf seinem Gesicht. »Nele!« Er sprang von seinem Stuhl auf, um mit ausgebreiteten Armen auf mich zuzulaufen. »Mein Nele-Herz!«

»Mein Lenny-Herz«, rief ich lachend, als er bei mir angekommen war und mich stürmisch umarmte. Lenny war ein großer Freund von Umarmungen, er zelebrierte sie geradezu.

Und wie jedes Mal, wenn ich ihn sah, wurde mein ganzer Körper von Wärme erfüllt. Es war, als würde er die Sonne in mir anknipsen. Von Anfang an hatte er diese Macht über mich gehabt, seit ich ihn zum ersten Mal gesehen hatte, damals vor zwanzig Jahren. Ich wusste es noch genau. Ich war eigentlich nicht gerade begeistert darüber gewesen, nach acht Jahren Alleinherrschaft von einem Geschwisterchen vom Thron gestoßen zu werden. Und dann fuhren meine Eltern auch noch ohne mich ins Krankenhaus, als Lenny sich auf den Weg machte. Ich musste bei Oma bleiben, und damals empfand ich das als totale Frechheit. Als Papa am nächsten Morgen aus dem Krankenhaus kam, machte er ein ganz ernstes Gesicht. Oma und er redeten leise miteinander, aber ich verstand nicht, worüber. Dann nahm er mich auf den Schoß und sagte: »Dein kleiner Bruder Lennart ist da. Aber du musst etwas über ihn wissen: Er hat das Down-Syndrom. Das heißt, er ist anders als die anderen Kinder, und wird es wahrscheinlich immer schwerer haben. Und sein Herz funktioniert nicht richtig.« Und dann weinte er.

Sofort bekam ich es mit der Angst zu tun und malte mir die schlimmsten Dinge aus. Mein Bruder hatte ein Syndrom, ich wusste nicht, was das war, aber es klang gruselig. War er ein Monster? Später fuhren wir ins Krankenhaus, und dort weinte auch Mama und nahm mich ganz fest in den Arm. Dann weinten Mama und Papa zusammen, und mir machte das noch mehr Angst, also zog ich mich zurück. Ich entdeckte das kleine Bettchen neben dem meine Mutter saß und wollte nun endlich wissen, was mit diesem Monster-Baby los war. Also nahm ich all meinen Mut zusammen und trat an das Bettchen heran, fest entschlossen, diesen kleinen Bruder, der meine Eltern zum Weinen brachte, zu hassen. Doch dann sah ich Lenny. Er lag da ganz allein, so winzig und zart, und da waren überall Schläuche an ihm dran. Seine Augen waren geöffnet, und irgendetwas war komisch mit seinen Augen, aber ich konnte nicht sagen, was. Nur, dass er gar nicht aussah wie ein Monster, das konnte ich sicher sagen. Ich zögerte kurz, doch dann streichelte ich mit meinem Zeigefinger ganz vorsichtig sein winzig kleines Händchen. Da griff er nach meinem Finger und hielt ihn ganz fest, und von diesem Moment an war es um mich geschehen. Mir wurde warm ums Herz und im Bauch, und ich wusste, dass ich meinen kleinen Bruder wahnsinnig lieb hatte. »Ich pass auf dich auf, versprochen. Für immer«, flüsterte ich ihm zu. Dann drehte ich mich zu meinen Eltern um. »Ich finde es nicht schlimm, dass Lennart nicht so ist wie andere Kinder. Ich mag ihn sogar noch viel lieber deswegen. Und ihr sollt nicht wegen ihm weinen. Wenn ihr ihn zum Weinen findet, dann hole ich ihn und lauf mit ihm weg.« Meine Eltern weinten daraufhin nur noch mehr und nahmen mich wieder ganz fest in den Arm. Ich verstand immer noch nicht, was eigentlich los war, aber irgendwie war von da an alles anders. Wir scharten uns um Lennys Bett, und ich durfte ihn in meinen Armen halten, trotz all der Schläuche erlaubte Mama es mir. Von da an waren wir eine Familie, und ich stieg freiwillig von meinem Thron im Hause Wilkens und beförderte meinen kleinen Bruder hinauf.

Heute wusste ich, dass meine Eltern damals nicht geweint hatten, weil sie Lenny für ein Monster hielten oder weil sie ihn nicht liebhatten. Sie waren nur nicht darauf vorbereitet gewesen, ein Kind mit Trisomie 21 zu bekommen, denn bei den Voruntersuchungen hatte nichts darauf hingedeutet. Im Kreißsaal zog es meinen Eltern dann den Boden unter den Füßen weg, als man Lenny nicht gleich meiner Mutter in die Arme legte, sondern ihn zu Untersuchungen wegbrachte mit dem Hinweis, dass da »etwas nicht in Ordnung« sei. Irgendwann hatte man ihnen Lenny dann übergeben und gesagt, dass er das Down-Syndrom hätte und, wie viele Kinder mit Down-Syndrom, auch einen Herzfehler. Der Arzt meinte, es wäre nicht auszuschließen, dass Lenny nur ein paar Tage, Monate oder Jahre alt werden würde. »So ist das eben, wenn man mit achtunddreißig keine vernünftige Pränataldiagnostik macht«, hatte er gesagt. »Man hätte ja noch abtreiben können. Dann wäre so etwas nicht passiert.«

Also kein Wunder, dass meine Eltern völlig verzweifelt waren und nicht wussten, wie es weitergehen sollte. Aber es ging weiter, Schritt für Schritt, von Tag zu Tag. Lenny eroberte unsere Herzen im Sturm, und das obwohl – oder gerade weil – sein Herz nicht richtig funktionierte. Die allermeisten Herzfehler von Säuglingen mit Down-Syndrom konnten frühzeitig mit einer OP behoben werden. Doch Lennys Herzfehler stellte sich als extrem selten heraus, sodass es nicht mit einer Operation kurz nach der Geburt getan war. Er musste mehrmals operiert werden und seine ganze Kindheit und Jugend über wegen der Herzinsuffizienz kürzer treten. Im März letzten Jahres hatte der Herzfehler dann endlich endgültig korrigiert werden können.

Trotz der schweren Momente war Lenny ein unglaublich süßes Kind gewesen. Niemand lachte so laut wie er, niemand freute sich so sehr über einen Schmetterling, ein Stück Kuchen oder einen Bagger. Lenny lernte krabbeln und laufen, sprechen, lesen, schreiben und rechnen – zwar alles ein bisschen später, und es fiel ihm schwerer als mir. Aber er lernte es. Mein Vater sagte immer, Lenny würde für viele Dinge in seinem Leben nicht die kürzeste oder praktischste Route nehmen, sondern die landschaftlich schönste, auf der man am meisten zu sehen bekam. Und er knipste die Sonne in meinem Herzen an, damals wie heute.

Als die Erinnerungen in mir hochkamen, drückte ich Lenny nur noch fester an mich. Er machte absichtlich Röchellaute, als würde ich ihn zum Ersticken bringen, und kämpfte sich aus meinem Klammergriff. »Mann, Nele, willst du mich kaputtdrücken?«

»Ja, will ich«, erwiderte ich lachend und legte ihm einen Arm um die Schulter. Zusammen gingen wir zu Mama und Papa an den Tisch. Lenny war einen Kopf kleiner als ich, und er hatte immer noch seinen Babyspeck. So wie ich hatte er blonde Haare, die er relativ lang trug. Seine strahlend blauen Augen waren hinter einer Nickelbrille verborgen, die ich furchtbar fand, die er sich jedoch selbst ausgesucht hatte. »Ich hab Neuigkeiten, Nele«, erzählte er, als wir am Tisch angekommen waren. »Willste hören?«

»Ja klar, sofort«, erwiderte ich und umarmte meine Mutter zur Begrüßung.

»Mensch Nele-Schätzchen, wir haben uns ja schon ewig nicht mehr gesehen«, behauptete sie.

»Aber ich war doch gerade erst letzte Woche bei euch.«

»Willste hören, Nele?«, bohrte Lenny nach.

»Ja, sofort, Lenny. Lass mich doch erst mal Hallo sagen.« Ich umarmte meinen Vater, der wie immer meine Haare verwuschelte und mir auf den Rücken klopfte, als wäre ich ein alter Bernhardiner. »Du wirst immer hübscher, Nele«, behauptete er, so wie jedes Mal, wenn wir uns sahen.

»Ich würde lieber immer klüger werden«, antwortete ich, ebenfalls wie jedes Mal und setzte mich.

Lenny klopfte mit der Hand auf den Tisch. »Nele! Ich hab Neuigkeiten, das errätst du nie!«

»Also gut. Dann lass hören. Ich hänge an deinen Lippen.«

Lenny wippte aufgeregt mit dem Bein. »Rat mal.«

»Aber ich errate es doch sowieso nicht.«

»Bitte, rat mal, Nele.«

»Na schön. Ähm …«

»Ich hab eine Freundin!«, platzte es aus ihm heraus, und er strahlte mit der Sonne um die Wette. Wobei er gewann.

Für einen Moment verschlug es mir die Sprache. Lenny hatte eine Freundin? Mein kleiner Bruder? Er war doch fast noch ein Kind! »Äh … das ist ja … Wie heißt sie denn? Und wie alt ist sie, was macht sie, was machen ihre Eltern, ich meine …« Hilflos brach ich ab. »Du bist doch noch ein Baby, Lenny. Darfst du überhaupt schon eine Freundin haben?«

»So ähnlich hab ich auch reagiert«, raunte meine Mutter mir zu.

Lenny lachte. »Na klar, Mann, ich bin zwanzig! Sie heißt Mia, und sie ist auch zwanzig, und ich bin mega verliebt. Ich kenn sie aus der Werkstatt, aber sie …« Wie immer, wenn Lenny ganz besonders aufgeregt war, wurde seine Sprache undeutlicher. Für Außenstehende war er dann kaum noch zu verstehen, und obwohl wir als seine Familie ihn natürlich sehr gut verstanden, fanden wir es wichtig, dass er sich auch Fremden gegenüber verständlich machen konnte. Vor allem, wenn er aufgeregt war.

»Ruhig, Lenny«, sagte ich. »Tief durchatmen. Also, du kennst sie aus der Werkstatt. Und weiter?«

Er atmete tief durch und fuhr dann ruhiger fort: »Sie arbeitet eigentlich in einer Schulkantine. In einer ganz normalen Schule. Sie ist sehr hübsch. Und sehr nett.«

Wenn ich mir so seine strahlenden Augen ansah und hörte, wie er über sie schwärmte … Ach, eigentlich war es doch süß. »Ja, davon gehe ich aus, wenn du in sie verliebt bist. Das ist toll, Lenny. Ich freu mich für dich.« Ich beugte mich über den Tisch, um ihn in den Arm zu nehmen. Also so etwas … Nicht nur, dass er seinen Schulabschluss in der Tasche hatte und nun in einer Werkstatt für Menschen mit Behinderung arbeitete – jetzt war er auch noch verliebt. Es war so schön, dass er endlich sein Leben voll auskosten konnte.

»Und weißt du was, Nele?«, fragte Lenny, als ich ihn losgelassen und mich wieder gesetzt hatte. »Mia ist echt cool. Deswegen will ich mit dir einkaufen gehen, damit du mir Klamotten aussuchst. Und du musst auch mit mir zum Frisör gehen und eine Brille kaufen. Damit ich schick aussehe für Mia.«

Lenny setzte seinen feinsten Hundeblick auf, aber das war gar nicht nötig. Ich hätte es so oder so gemacht. Mein Vater ging nämlich immer mit ihm einkaufen, und das sah man leider auch, denn Lenny war quasi eine Miniaturausgabe von ihm. Heute trugen sie beide sommerliche Stoffbuntfaltenhosen, kurzärmlige Hemden und Segelschuhe. Selbst ihre Brillen und Frisuren waren ähnlich. Der Look war ja okay für einen Sechzigjährigen, aber an meinem zwanzig Jahre alten Bruder wirkte er doch ein bisschen absurd. »Ja, natürlich gehe ich mit dir einkaufen. Warum holst du mich nächste Woche nicht mal nach Feierabend von der Agentur ab? In der Gegend gibt es viele coole Läden, Frisöre und Optiker.«

Lenny hielt die Hand hoch, damit ich einschlagen konnte. »Abgemacht.«

»Wie schön, dann wäre das ja geklärt«, sagte meine Mutter. »Wollen wir bestellen? Ich habe allmählich Hunger.«

Wir gaben unsere Bestellungen auf, und als wir unsere Getränke bekommen hatten, holte meine Mutter tief Luft. »Also gut, dann komme ich jetzt zu unseren Neuigkeiten.« Sie machte eine Kunstpause, in der sie Lenny und mich feierlich ansah. »Euer Vater …«

»Nele, du musst noch was machen!«, fiel Lenny ihr ins Wort.

»Ja, aber jetzt wollte Mama doch …«

»Nein, erst ich«, beharrte er.

Meine Eltern und ich tauschten einen kurzen Blick, und schließlich sagte ich: »Na schön, Lenny. Was muss ich machen?« Wenn mein kleiner Bruder sich etwas in den Kopf gesetzt hatte, war es sinnlos, ihn davon abbringen zu wollen.

»Du musst mit Mia und mir zum Schlagermove gehen.«

Wieder hatte er es geschafft, mich völlig zu verblüffen. »Ich muss *was*?«

»Ja, weil ich doch Schlager so gern mag und immer schon mal hinwollte. Mia ist eigentlich Rockerin und hört nur Heavy Metal, aber da kann sie ja nichts für. Ich hab sie trotzdem lieb. Sie hat gesagt, dann geht sie halt mit mir zum Schlagermove, und ich geh mit ihr nach Wacken. Dahin musst du aber nicht mitkommen, da fahren wir mit Mias Vater hin.«

»Äh … okay.« Fieberhaft durchforstete ich mein Hirn nach einer Ausrede. Auch wenn ich freundlicherweise nicht mit nach Wacken kommen musste – ich hatte auch noch nie das Bedürfnis gehabt, auf den Schlagermove zu gehen. Zum einen war das nicht gerade meine Lieblingsmusik, und zum anderen jagten mir Menschenmengen und Paraden meist Angst ein. »Es ist nur so, dass ich eigentlich nicht so der Schlagerfan bin.«

»Aber die CD von mir findest du gut, oder?«

Automatisch schoss mir ›Neeeiiin, sorg dich nicht um mich. Du weißt, ich liiiebe das Leeeben‹ durch den Kopf. Seit zwei Monaten wurde ich diesen Ohrwurm nicht mehr los. »Ja, klar«, erwiderte ich zögerlich. »Aber ich finde die CD vor allem deshalb gut, weil sie von dir ist und du dir so viele Gedanken über mich gemacht hast.«

»Aber du findest auch die Lieder gut«, behauptete er. »Und außerdem musst du mit mir dahin gehen, weil Mama und Papa sagen, dass ich lieber nicht alleine gehen soll. Obwohl ich das echt albern finde. Du durftest mit zwanzig auch überall allein hin.«

Eigentlich wollte ich nicht auf den Schlagermove. Echt nicht. Aber wie konnte ich da Nein sagen? »Also gut. Ich komme mit.«

Lenny fiel mir so heftig um den Hals, dass mir der Löffel mit Milchschaum, den ich mir gerade in den Mund schaufeln wollte, aus der Hand fiel. »Cool! Das wird richtig cool! Kann ich dann bei dir in der WG schlafen?«

»Ja klar. Und ich frage Anni mal, ob sie mitkommt zum Schlagermove. Vielleicht haben Kai und Sebastian ja auch Lust.«

»Ja, die dürfen alle mitkommen«, gestattete Lenny gnädigerweise.

In dem Moment kam unser Essen. Es fiel mir verdammt schwer, mich nicht augenblicklich auf mein Porridge mit frischen Heidelbeeren zu stürzen, doch nun waren erst mal die Neuigkeiten meiner Mutter dran.

Sie legte die Hand auf den Arm meines Vaters, wodurch sie seinen Versuch vereitelte, vom Rührei zu naschen. Dabei strahlte sie ihn jedoch so sehr an, dass er ihr das bestimmt nicht übelnahm. Dann wandte sie sich mit leuchtenden Augen an Lenny und mich. »Euer Vater und ich … werden heiraten!«

Für einen Moment war ich vollkommen baff. Doch dann fragte Lenny »Wen denn?«, und ich fing heftig an zu kichern.

»Na, uns«, erklärte mein Vater grinsend. »Gegenseitig.«

»Hä?« Lenny sah die beiden verständnislos an. »Warum?«

»Weil wir finden, dass es nach dreißig gemeinsamen Jahren ein schönes Zeichen ist«, meinte meine Mutter. Sie und Papa lachten einander an wie frisch Verliebte.

Mir ging das Herz auf, als ich meine Eltern so sah. Dass

sie nicht verheiratet waren, war zwar nie ein großes Thema gewesen, und bei Lenny konnte ich nicht mal sagen, ob es ihm überhaupt bewusst gewesen war. Aber offensichtlich machte die Tatsache, dass sie nun doch heiraten würden, meine Eltern sehr glücklich. »Das sind ja mal geniale Neuigkeiten«, rief ich und stand auf, um sie zu umarmen. »Herzlichen Glückwunsch. Ich fasse es nicht, meine Eltern heiraten! Nach dreißig Jahren wilder Ehe. Seid ihr euch denn auch wirklich sicher, dass ihr die Richtigen füreinander seid? Habt ihr euch das gut überlegt?«

»Wir riskieren es einfach. Entweder es klappt oder es klappt nicht«, erwiderte mein Vater lachend.

Auch bei Lenny war die Neuigkeit inzwischen angekommen, und er fiel unseren Eltern um den Hals. »Du wirst bestimmt sehr schön aussehen, Mama. Ziehst du dann ein weißes Kleid an wie die im Fernsehen?«

Sie winkte ab. »Ach, das weiß ich noch nicht so genau, Lenny. Für ein Sahnebaiser-Brautkleid fühle ich mich zu alt, glaube ich.«

Lenny zog eine enttäuschte Miene.

»Wann soll die Hochzeit überhaupt stattfinden?«, wollte ich wissen.

»Am 19. Oktober.«

»Oh, einen Tag vor der Bürgerschaftswahl«, entfuhr es mir, was mein Vater mit einem befremdeten Blick quittierte. »Ist das ein Problem für dich? Musst du dich da intensiv auf die Wahl vorbereiten und hast keine Zeit?«

»Nein, aber …« Ich unterbrach mich mitten im Satz, denn die Imagekampagne für Rüdiger Hofmann-Klasing war natürlich vertraulich zu behandeln. »Das ist mir nur so eingefallen. Bis zum 19. Oktober sind es nur noch drei Monate. Ihr habt's ja auf einmal sehr eilig, was?«

Meine Mutter nickte. »Es ist ganz schön knapp, ja. Aber das ist eben unser dreißigster Jahrestag.«

»Übrigens haben wir noch einen Angriff auf dich und Lenny vor«, sagte Papa. »Wir hätten euch gern als unsere Trauzeugen. Wenn ihr wollt.«

»Ja, klar will ich«, rief ich. »Wow, was für eine Ehre!«

»Wenn Nele will, will ich auch«, verkündete Lenny entschieden.

Wir saßen noch ein paar Stunden zusammen, genossen das herrliche Sommerwetter und den Blick auf die Elbe. Dabei schmiedeten wir eifrig Hochzeitspläne. Ich fand es einfach nur toll, meine Eltern so glücklich zu sehen. Und wer konnte schon von sich behaupten, mit achtundzwanzig Jahren Trauzeugin bei der Hochzeit der eigenen Eltern zu sein?

»Hallo? Jemand zu Hause?«, rief ich, als ich ein paar Stunden später die Wohnungstür aufschloss. Niemand antwortete, und ich ging davon aus, dass Anni bei Sebastian oder im Park war. Doch dann entdeckte ich zu meinem Entzücken sowohl Anni als auch Sebastian und Kai auf unserem winzigen Balkon. Anni hatte die Füße in einen Eimer Wasser gesteckt und wedelte sich mit einer Zeitschrift Luft zu, wobei ihr dunkler Pony immer wieder hochflog. Sebastian und Kai hingen kraftlos auf ihren Stühlen und schienen ebenso unter der Hitze zu leiden wie Anni.

»Hey, hier seid ihr«, begrüßte ich die drei. »Wieso quetscht ihr euch denn auf den Balkon, hier sind es doch mindestens hundert Grad? Da draußen geht wenigstens ein Lüftchen.«

»Der Weg in den Park kam uns so weit vor«, meinte Sebastian, der den Kopf an die Wand gelehnt und die Augen geschlossen hatte. Selbst im Sitzen war er noch ein ganzes Stück größer als Anni.

»Außerdem dachten wir, wir warten auf dich«, fügte sie hinzu, während sie mit den Zehen im Wasser plätscherte und mich aus ihren großen blauen Augen ansah. Sie wirkte jünger, als sie war, was in ihrem Lehrerjob manchmal für Verwirrung sorgte, wenn neue Schüler nicht wussten, ob es sich bei ihr um eine Abiturientin, Referendarin oder Lehrerin handelte. Außerdem war sie bei Fremden oft furchtbar schüchtern. Ich wusste noch genau, wie sie damals zu uns in die 11. Klasse gekommen war. Unser Lehrer hatte die neue Mitschülerin vorgestellt. Während er redete, hatte Anni neben ihm gestanden, mit gesenktem Kopf und zusammengezogenen Schultern, als wolle sie sich unsichtbar machen. Ich hatte sie sofort ins Herz geschlossen und sie unter meine Fittiche genommen. Meine beiden Freundinnen Lisa, Gülcan und ich hatten sie einfach immer mitgeschleppt und großzügig darüber hinweggesehen, dass sie kaum etwas sagte und uns oft musterte, als würde sie nicht so ganz verstehen, was hier vor sich ging. Irgendwann war sie dann aufgetaut, und jetzt, als Erwachsene, hatte sie viel mehr Selbstbewusstsein. Trotzdem war sie für mich irgendwie die sanftmütige und sympathisch-verstrahlte Anni geblieben. Und noch immer hatte ich das Gefühl, ein bisschen auf sie aufpassen zu müssen.

»Wie war das Frühstück mit deiner Familie?«, erkundigte sich Kai. Er hörte im Regelfall lieber zu als selbst etwas zu erzählen. Was in seinem Kopf vorging, wusste man nie so genau, denn er war Schriftsteller. Seit neuestem schrieb er an einem, wie er es nannte, ›Fantasy-Science-Fiction-Crossover mit Thrillerelementen‹ und schwebte ständig in anderen Sphären. Wir waren in den letzten Monaten sehr gute Freunde geworden, angesichts der Tatsache, dass Anni und Sebastian auch mal ihre Paar-Zeit brauchten. Außerdem hatte er mir in der ersten heftigsten Tobi-Liebeskummerphase sehr geholfen und mich abgelenkt. Okay, die Live-Fantasy-Rollenspiele, zu denen er mich mitgenommen hatte, waren schon abgefahren gewesen. Aber ich mochte seine LARP-Freunde. Außerdem hatte ich im Laufe der Zeit meine Rolle als ›Gana, die Zerstörerin‹ perfektioniert und war zu einer gefürchteten Kämpferin geworden.

»Das Frühstück war toll«, erwiderte ich. »Aber bevor ich anfange zu erzählen – wollen wir nicht unsere Sachen packen und zum Elbstrand fahren?«

Die drei blieben sitzen und sahen einander ratlos an, rührten sich jedoch nicht.

»Hallo?«, rief ich. »Könnt ihr mal bitte aufwachen aus eurem Phlegma? Es ist Sommer, die Sonne scheint, wir müssen raus!«

»Psst«, machte Anni. »Sag es doch nicht so laut, sonst fällt es dem Wetter noch auf und dann wird es wieder schlecht. Meine Ferien haben gerade erst begonnen.«

Sebastian zog Anni spielerisch an ihrem Zopf. »Schon wieder. Deinen Job möchte ich haben. Vormittags hast du recht und nachmittags frei, und dann auch noch mehr als drei Monate Urlaub im Jahr.« Er neckte Anni liebend gern. Das war von Anfang an so gewesen, schon bevor sie seine Freundin geworden war. Lehrerwitze machte er besonders gern – vermutlich, weil Anni sich so herrlich darüber aufregte.

Jetzt war sie allerdings wohl zu träge dazu. Sie sah ihn nur strafend an, dann sagte sie: »Na gut. Ab nach draußen mit uns. Am besten sagen wir auch Lisa, Gülcan und den Jungs Bescheid. Wir könnten doch grillen.«

Wir packten schnell alles Nötige für einen Nachmittag und Abend mit Picknick am Elbstrand zusammen. Schwer beladen machten wir uns eine Stunde später auf den Weg nach Övelgönne. Wie immer war es dort an einem Samstagnachmittag bei strahlendem Sonnenschein brechend voll. In der Nähe der Strandperle breiteten wir unsere Decken aus und ließen uns völlig kraftlos darauf fallen – Anni und Sebastian auf die eine, Kai und ich auf die andere. Für eine Weile lagen wir alle einfach nur da und blinzelten in den blauen Himmel. Ich grub meine Zehen in den Sand und warf einen Blick zur Seite, wo Kai mit geschlossenen Augen lag. Vorsichtig stupste ich ihn an.

»Hm?«, machte er.

»Nimmst du mich mal wieder mit zum LARP? Gana sinnt auf Rache.«

Ein Grinsen breitete sich auf seinem Gesicht aus. »Ich weiß nicht so recht. Inzwischen haben alle Angst vor dieser Wahnsinnigen.«

»Und wenn ich verspreche, es beim nächsten Mal ruhiger angehen zu lassen? Ich könnte einen Pakt mit den Ushuli schließen. Wir könnten uns gegen die Xarog verbünden. Was meinst du?«

Kai brach in Gelächter aus. »Ein Bündnis mit dir? Niemals.«

Anni setzte sich auf und kramte in der Kühltasche, um für jeden ein Stück kalte Melone herauszuholen. »Jetzt erzähl mal von dem Frühstück, Nele. Wie geht's Lenny?«

»Er ist verliebt«, erwiderte ich.

Anni machte große Augen. »Echt? Wahnsinn. Der kleine Lenny wird erwachsen, was?«

»Sieht so aus. Lenny hat mir übrigens das Versprechen abgerungen, dass ich mit ihm und seiner Freundin zum Schlagermove gehe. Würdet ihr vielleicht mitkommen?« Bevor die drei etwas erwidern konnten, fuhr ich fort: »Es ist okay, wenn ihr nicht möchtet.«

»Also, ich bin dabei«, sagte Anni. »Schlager sind eigentlich nicht mein Ding, aber im letzten Schuljahr habe ich mich immerhin schon mit Hip Hop angefreundet. Also … wer weiß?« Anni war Musiklehrerin, wäre aber fast klassische Konzertpianistin geworden. An ihrer Schule im Brennpunktviertel stieß sie immer wieder an ihre Grenzen oder überschritt diese. Nicht nur musikalisch. »Was ist mir dir, Sebastian?«, fragte sie und knuffte ihn sanft in die Seite. »Kommst du mit?«

Er zog eine Grimasse. »Anni, ich glaube, es gibt nichts, was ich weniger will, als auf den Schlagermove zu gehen.«

»Also kommst du mit?«

»Es gibt wirklich *gar nichts*, was ich weniger will, als auf den Schlagermove zu gehen.«

»Das heißt aber nicht, dass du nicht mitkommst.«

Ich musste lachen. Anni konnte wirklich verdammt hartnäckig sein. Und letzten Endes gab Sebastian ihr sowieso immer nach. Er wusste es, sie wusste es, alle wussten es.

»Du bist eine unfassbare Nervensäge, weißt du das eigentlich?«, fragte er in so zärtlichem Tonfall, dass es sich eher nach einem Kompliment anhörte. Sie hatte keine Chance, ihm eine Antwort zu geben, denn er zog sie an sich und küsste sie lang und ausgiebig.

Kai und ich tauschten einen Blick. Er griff in die Kühltasche und hielt mir ein Astra hin. »Bierchen?«

»Danke, gern.«

»Ich komme übrigens mit auf den Schlagermove. Ist zwar nicht unbedingt meine Welt, aber dir zuliebe mach ich's.«

»Vielen Dank«, sagte ich lächelnd. Es gab kaum einen netteren Menschen auf der Welt als Kai.

Am frühen Abend stießen Gülcan und Lisa mit ihren Freunden Sascha und Tim zu uns. Sie kamen ebenfalls schwer beladen mit Kühltaschen und Picknickdecken über den Sand gestapft und ließen sich ächzend neben uns fallen. »Wieso ist es nur so heiß?«, jammerte Lisa und wischte sich mit einem Papiertaschentuch den Schweiß vom Gesicht, wobei ein paar Flusen kleben blieben. »Das hält doch kein Mensch aus.«

Ihr Freund Tim deutete auf seine Stirn. »Lisa, du …«

»Was?«, fiel sie ihm ins Wort und starrte ihn aus zusammengekniffenen Augen an. »Was ist los? Gibt es irgendeinen triftigen Grund dafür, mir einen Vogel zu zeigen? *Irgendeinen*? Muss ich mich den ganzen Tag lang, permanent und in einer Tour von dir kritisieren lassen?«

Huch. Was war mit ihr denn los? So gereizt kannte ich sie gar nicht.

Tim ließ seine Hand sinken. »Ähm, nein. Sorry.« Offenbar traute er sich nicht, sich noch mal mit Lisa anzulegen, und auch kein anderer von uns war mehr mutig genug, sie auf die Taschentuch-Flusen in ihrem Gesicht hinzuweisen oder sie sonst irgendwie anzusprechen.

Nur Anni konnte es mal wieder nicht lassen. »Die Ausdrücke ›den ganzen Tag lang‹, ›permanent‹ und ›in einer Tour‹ haben sehr ähnliche Bedeutungen. Das war quasi dreifach gemoppelt, und …« Mitten im Satz hielt sie inne, vermutlich weil sie von Lisas mörderischem Blick getroffen worden war. Anni wischte sich eine Haarsträhne aus der Stirn, und ihre Wangen liefen rot an. »Na ja. Ich meine ja nur«, murmelte sie.

Gülcan warf Lisa eine Tüte mit Weingummis zu. »Hier, iss mal ein paar davon. Scheint so, als würdest du wieder an Unterzuckerung leiden. Und dann erzähl uns doch ein bisschen was über die attraktiven Altersvorsorge- und Geldanlagepakete, die du für uns schnüren könntest.«

Lisa war Bankkauffrau und immer sehr besorgt um unsere

Altersvorsorge. Sie versuchte ständig, mich zu einem Termin herbeizuzitieren und zum Riestern zu überreden, weil sie meinte, ich würde später im Alter komplett unterversorgt sein und Flaschen sammeln müssen. »Ach, das ist mir doch im Grunde alles völlig schnuppe«, sagte Lisa. Sie riss die Tüte mit den Weingummis auf und stopfte sich eine Handvoll in den Mund. »Ich meine, es ist doch zum Kotzen, dass ich meine Freunde mit Finanzkram terrorisiere, und das auch noch in meiner Freizeit. Dieses Monster von Bank frisst nach und nach meine Seele auf, und die meiste Zeit über merke ich es nicht mal!«

Ah, daher wehte also der Wind. Es war mal wieder Zeit für Lisas persönliche Bankenkrise. Dass sie überhaupt Bankkauffrau geworden war, war ohnehin erstaunlich, denn zu Schulzeiten war sie eher links gewesen. Na gut, sehr links. Na gut, sie war Kommunistin gewesen. Als sie irgendwann erzählte, dass sie eine Ausbildung zur Bankkauffrau machen würde, hatten wir es alle nicht glauben wollen. Doch sie hatte einfach keinen blassen Schimmer gehabt, was sie sonst tun sollte, und ihr Vater war mit dem Personalchef der HamBank befreundet gewesen. Im Laufe ihrer Ausbildung hatte Lisa sich allerdings mehr und mehr für das, was sie tat, begeistert, und inzwischen mochte sie ihren Job – abgesehen von etwa drei Abenden im Jahr, an denen sie sich volllaufen ließ und nach dem vierten Tequila verkündete, sie hätte ihre Seele an den Teufel verkauft.

Ich ging rüber zu ihr, hockte mich neben sie und zupfte ihr die Taschentuchflusen aus dem Gesicht. »Also, ich finde es sehr süß von dir, dass du dich so um unsere finanzielle Absicherung kümmerst.«

»Finde ich auch«, stimmte Anni mir zu. »Und für mich hast du ein total attraktives Altersvorsorgepaket geschnürt.«

Lisa seufzte tief. »Ihr seid lieb. Ach, ich weiß auch nicht, was heute mit mir los ist. Ich bin einfach nicht gut drauf.«

»Hey, das macht doch nichts. Wir haben alle mal einen schlechten Tag.« Gülcan kramte unzählige Plastikdosen, Gläser und Schüsseln aus ihrer Kühltasche hervor. »Und was hilft da besser als Essen?« Gülcan arbeitete im Unternehmen ihres Vaters, das Oliven, gefüllte Weinblätter, Paprika und sonstige Köstlichkeiten aus der Türkei importierte und vertrieb. Nicht wenige dieser Köstlichkeiten landeten auch in unseren Bäuchen. Ihr Freund Sascha warf die Grills an, und bald darauf starteten wir ein ausgiebiges Festmahl in der Abendsonne am Ufer der Elbe. Hinterher lagen wir faul auf unseren Decken, tranken ein paar kühle Biere, blickten hinauf in den Himmel und ließen uns den Wind um die Nase wehen.

»Wie ist eigentlich dein neuer Job, Nele?«, erkundigte Sascha sich bei mir, während er versonnen mit Gülcans Haaren spielte, deren Kopf auf seinem Schoß lag.

»Ich *liebe* meinen neuen Job«, erwiderte ich begeistert und brach in eine fünfminütige Schwärmerei über M&T aus.

»Und wie sind die Chefs?«, wollte Tim wissen.

Claas erschien vor meinem inneren Auge. »Och, ganz okay soweit. Wobei ich mir bei einem von beiden nicht ganz sicher bin, was er von mir hält. Aber es ist ja klar, dass ich mich erst mal beweisen muss.«

»Übrigens Nele«, meinte Gülcan unvermittelt. »Mein Cousin Cano ist seit Kurzem wieder Single. Vierunddreißig, Anwalt, sieht ziemlich gut aus. Wir könnten doch mal …«

»Ernsthaft, Gülcan?«, fiel ich ihr ins Wort. »Du willst mich verkuppeln?«

»Ich würde es nicht verkuppeln nennen, sondern nur ein Zusammenbringen zweier Singles zwecks unverbindlichen

Kennenlernens. Alles ganz easy, einfach nur mal gucken. Wo ist denn das Problem?«

»Das Problem ist, dass ich keine Beziehung will. Wieso glaubt einem denn niemand, wenn man sagt, dass man gerne Single ist? Ich habe überhaupt kein Interesse daran, irgendeinen Typen kennenzulernen oder auch nur ›einfach mal zu gucken‹.«

»Ist ja gut«, sagte Gülcan mit beschwichtigend erhobenen Händen. »Tut mir leid.«

Kai drehte sich auf die Seite und stützte seinen Kopf mit der Hand ab. »Nur mal so aus Neugierde: Wie lang soll diese selbstverordnete Männerpause eigentlich gehen?«

»Keine Ahnung, ich hab mir kein Zeitlimit gesetzt. Vielleicht bleibe ich für immer Single. Ich finde es toll, wieder ich selbst sein zu können. Zum Beispiel nähe ich wieder, und ich merke jetzt erst, wie sehr mir das gefehlt hat. Ich bin endlich voll und ganz auf meine Karriere konzentriert.« Ich knuffte Kai in die Seite. »Außerdem habe ich als Single viel mehr Zeit für euch. Ist doch super. Hey, was haltet ihr davon, wenn wir morgen frühstücken gehen?«

Daraufhin wurden verstohlene Blicke unter den Pärchen ausgetauscht, und nach und nach sagten alle ab, weil sie schon etwas anderes vorhatten. Aber egal, ich musste ja ohnehin noch bis Montag meine Ideen für die Politiker-Imagekampagne sammeln und in eine halbwegs präsentable Form bringen.

»Ich gehe mit dir frühstücken, Nele«, sagte Kai. Auf ihn war eben Verlass.

Wir blieben bis spät in die Nacht hinein an der Elbe. Ab und zu spielten wir eine Runde Frisbee oder Fußball, aber die meiste Zeit saßen und lagen wir einfach nur herum, genossen den Sonnenuntergang und atmeten auf, als die Hitze des Tages endlich einer kühlen Brise wich. Wir redeten über Gott und die Welt, und ganz nebenbei quetschte ich meine Freunde möglichst unauffällig darüber aus, was ihnen bei Politikern wichtig war. Da hatte ich gleich einen Ansatz für die Imagekampagne.

Nachdem Kai und ich uns am nächsten Morgen ein ausgedehntes Frühstück bei unserem Lieblingsportugiesen gegönnt hatten, machten wir uns an die Arbeit. Wir holten unsere Laptops raus auf den Balkon, wo Kai an seinem Fantasy-Science-Fiction-Crossover mit Thrillerelementen schrieb, während ich mich an die Kampagne für Rüdiger Hofmann-Klasing setzte. Ich legte mich richtig ins Zeug, recherchierte im Internet, bezog die Aussagen meiner Freunde mit ein und hatte am Abend endlich einen Schlachtplan erstellt. Sicherheitshalber fuhr ich die klassische Linie, schließlich ging es hier um einen Politiker. Allzu abgefahren konnte es also nicht werden. Hoffentlich konnte ich Claas mit meinen Ideen von mir überzeugen und ihm klarmachen, dass seine Zweifel an meiner Erfahrung unbegründet gewesen waren.

Team RHK

Am Montagmorgen kam ich um Viertel nach acht im Büro an, und wie üblich war um diese Zeit noch alles still. Ich freute mich auf meine ruhige Dreiviertelstunde, in der ich bei einem Kaffee die Präsentation noch mal durchgehen konnte. Doch kaum hatte ich die Eingangstür hinter mir geschlossen, stürzte Sally aus Claas' Büro und rannte mir mit wehenden Schlappohren entgegen. Kurz vor mir machte sie eine Vollbremsung und schlitterte die restlichen Meter über den Parkettboden.

»Hallo, du Verrückte«, sagte ich lachend und beugte mich runter, um das fröhlich um mich herumspringende Hundemädchen ausgiebig zu streicheln. »Ich hab dich doch auch vermisst«, versicherte ich Sally mit meiner albernen Hundestimme. Begeistert schleckte sie meine Hand ab und drückte sich an meine Beine.

»Was für eine Wiedersehensfreude«, hörte ich Claas' Stimme vom anderen Ende des Flurs. Er hatte den Kopf durch seine Bürotür gesteckt und beobachtete uns grinsend.

Schnell richtete ich mich auf, um mit betont nüchterner Nicht-Hundestimme zu sagen: »Ach, hallo, Claas. Schönes Wochenende gehabt?«

»Hallo, Nele«, erwiderte er, in ebenso betont geschäftsmäßigem Tonfall. »Danke, ja, sehr schön. Und selbst?«

»Ebenso, vielen Dank.« Ich tätschelte Sally total distanziert und professionell den Kopf.

Sally fand nun offenbar, dass sie mir genug Aufmerksamkeit geschenkt hatte, denn sie stürmte zu ihrem Herrchen, um ihn freudig zu begrüßen. Dabei hatte sie ihn nur etwa eine Minute lang nicht gesehen.

Claas schüttelte den Kopf. »Du spinnst echt ein bisschen, weißt du das?«, fragte er liebevoll und kraulte ihr den Rücken. Dann sah er mich an. Mir fiel auf, dass Sally und Claas nicht nur beide nett lächelten, sondern auch die gleiche Augenfarbe hatten: ein sehr schönes dunkles Braun. »Du scheinst ja eine echte Frühaufsteherin zu sein«, sagte er.

»Unter der Woche schon. Und du? Bist du immer so früh hier?«

»Ja. Ich bin zwar absolut kein Frühaufsteher, aber mein Hund ist es. Und Sally ist definitiv keine, die mich ausschlafen lässt, während sie schon mal Brötchen holt und Frühstück macht.«

Sally wedelte bekräftigend mit dem Schwanz und grinste mich an.

Obwohl ich mich Claas gegenüber eigentlich besonders professionell geben wollte, musste ich lachen. »Wie fies. Kannst du ihr das nicht beibringen?«

»Ich glaube, so viel Leberwurst gibt auf der ganzen Welt nicht.«

Für eine Weile standen wir stumm da und grinsten uns an. Schließlich räusperte ich mich sagte: »Tja. Dann werde ich mal arbeiten.«

Claas nickte. »Okay. Also dann ... bis später.«

Ich brachte meine Sachen an den Platz, holte mir einen Kaffee und riss die Fenster auf. Kühle Morgenluft strömte herein, und ich genoss die Ruhe in unserem Zimmer. Konzentriert ging ich meine Stichpunkte zur Hofmann-Klasing-Kampagne noch mal durch, doch bald darauf trudelten Linda, Britt und Julius ein, und mit der Stille war es vorbei. Als Julius einen Blick über meine Schulter warf, lachte er mich aus und bezeichnete mich wieder als Streberin, weil ich mir am Wochenende so viele Gedanken über die Kampagne gemacht hatte.

»Aber wie willst du im Meeting präsentieren, ohne Konzept?«, fragte ich verwundert.

»Na, Freestyle. Improvisieren. Einfach ein paar Ideen raushauen.«

Aha. Improvisieren konnte ich auch, wenn es nötig war. Aber ich fühlte mich einfach wohler, wenn ich mich gut vorbereitet hatte. Vor allem, wenn mir eine Sache so wichtig war wie der Job hier.

Julius lächelte mich nachsichtig an. »Was soll's, es gibt nun mal die Arbeitsesel und diejenigen, denen alles so zufliegt. So sind wir alle anders, hm?«

Wäre die Bemerkung nicht so wahr gewesen, hätte ich mich möglicherweise dagegen gewehrt. Aber es stimmte, ich hatte mich schon immer für alles anstrengen müssen. Einfach zugeflogen war mir noch nichts im Leben. Und wenn ich planmäßig in ein bis zwei Jahren zum Senior PR-Manager befördert werden wollte, würde ich wohl auch weiterhin ackern müssen. Selbst wenn Julius mich für eine Streberin hielt.

Nach dem Montagsmeeting hielt Claas Linda, Julius und mich zurück. »Ich bin auf dem Sprung zu einem Termin, aber heute Nachmittag wieder da. Also treffen wir uns um vier in meinem Büro? Dann kann Team RHK loslegen.«

Mist, ich war um fünf mit Lenny zum Shoppen verabredet. Und er war der pünktlichste Mensch der Welt. Aber länger als eine Stunde würde unser Meeting ja wohl nicht dauern.

»Team RHK?«, fragte Linda.

»Ja, ich finde den Namen Rüdiger Hofmann-Klasing eindeutig zu lang«, meinte Claas.

»Klar. Wenn ich an die Zeit denke, die wir beim Aussprechen dieser drei Wörter verlieren.«

Er lachte. »Genau. Und Zeit ist Geld, wie ihr wisst.« Damit nickte er uns noch mal zu und war auch schon verschwunden.

Den ganzen Tag über war ich in Gedanken bei Rüdiger Hofmann-Klasing. Beziehungsweise bei meiner Präsentation der Imagekampagne. Um kurz vor vier hob Sally, die den Nachmittag unter meinem Schreibtisch verbracht hatte, abrupt den Kopf und stieß prompt gegen den Rollcontainer. Dann sprang sie wie von der Tarantel gestochen auf und wetzte in Lichtgeschwindigkeit aus dem Zimmer.

»Ah, der Chef kommt«, meinte Britt, und tatsächlich steckte kurz darauf Claas den Kopf zur Tür herein.

»Seid ihr soweit? Dann kann es losgehen.«

Linda, Julius und ich standen auf und folgten Claas. Neugierig schaute ich mich in seinem Büro um. Es war gemütlich und chaotisch zugleich. Sein Schreibtisch sah aus, als hätte er schon seinem Urgroßvater gehört, der Chefsessel und die Besucherstühle hingegen waren modern. Auf einem weißen Sofa in der Ecke tummelten sich etliche Unterlagen und Notizen. Es gab ein paar Zimmerpflanzen, die allerdings in bemitleidenswertem Zustand waren. Eine halbaufgegessene Packung Kekse lag auf dem Glastisch vor der Couch. Sally hatte sich hier offenbar ebenso häuslich eingerichtet wie ihr Herrchen, denn neben ihrer Decke stand ein Napf mit Wasser, und auf dem Sofa lagen ein Ball und eine kleine Stoffgiraffe, von der ich annahm, dass sie nicht Claas gehörte.

Er sammelte die Unterlagen auf dem Sofa zusammen und ließ sich darauf fallen. Linda und Julius nahmen die beiden Sessel in Beschlag, sodass für mich nur der Platz neben Claas übrig blieb. Kaum saß ich, sprang auch schon Sally hoch und legte sich zwischen uns.

Claas trank einen großen Schluck von seinem Kaffee, dann sagte er: »Das erste Treffen mit Rüdiger Hofmann-Klasing ist nächste Woche Freitag. Bis dahin muss die Kampagne also stehen. Gut, dann bin ich gespannt auf eure Ideen.«

Ich sah kurz Linda und Julius an, doch die beiden machten keine Anstalten, das Wort zu ergreifen. Jetzt war meine Gelegenheit, Claas zu beweisen, dass ich hier richtig war. Ich rückte meinen Spickzettel zurecht und holte noch mal tief Luft. »Da RHK Spitzenkandidat und Zugpferd der Durchschnittspartei ist, sollten wir uns als Allererstes natürlich mit der Frage beschäftigen, was den Menschen generell bei einem Politiker überhaupt wichtig ist.« Ich stand auf, ging zu dem Whiteboard, das neben Sallys Körbchen stand und nahm den Stift in die Hand. »Umfragen zufolge stehen für 74,3 % der Wähler politische Inhalte an erster Stelle.« Ich notierte *INHALTE* auf dem Whiteboard. »An zweiter Stelle steht mit 66,6 % die Persönlichkeit des Politikers, also genau unsere Kernaufgabe. Hierbei werden vor allem zwei Namen immer wieder beispielhaft als große Politiker-Persönlichkeiten genannt: mit 87,9 % Helmut Schmidt und mit 71,2 % Barack Obama.« Ich schrieb *PERSÖNLICHKEIT* auf das Whiteboard und wandte mich dann wieder zu meinen Kollegen um. »Gut, also was genau macht die beiden zu Vorbild-Politikern? Eine Studie besagt, dass mit 92,8 % Authentizität an erster Stelle steht, gefolgt von Intelligenz mit 89,4 %, Leidenschaft beziehungsweise Herz mit 83,2 % und Charakterstärke mit 72,1 %.« Ich notierte die Stichpunkte auf dem Whiteboard, und wollte gerade fortfahren, als Claas fragte: »Was sind das für Zahlen? Woher hast du die?«

Mist. Sonst fragte mich das nie jemand. Die allermeisten

Menschen sprachen dem Vortragenden automatisch eine höhere Intelligenz und Glaubwürdigkeit zu, wenn er mit Zahlen um sich warf. »Wie gesagt, das ist das Ergebnis einer Studie.«

»Welcher Studie?«, bohrte Claas nach.

Für einen Moment zog ich es in Betracht, etwas von der University of Massachusetts (war es nicht *immer* die University of Massachusetts?) oder alternativ der Polytechnischen Universität von Shijiazhuang zu brabbeln. Doch es war ja selten eine gute Idee, seinen Chef anzulügen, also gab ich zu: »Das war eine Umfrage unter meinen Freunden.«

»Ah. Verstehe. Okay, dann weiter bitte.«

Hoffentlich dachte er jetzt nicht, ich würde mich andauernd mit erfundenen Statistiken durchmogeln. Aber egal, darüber konnte ich mir später einen Kopf machen. »Ich habe mir gestern ein paar Reden und Wahlkampfauftritte von Rüdiger Hofmann-Klasing angeschaut und kann eins mit Sicherheit sagen: Wir werden aus ihm weder einen Helmut Schmidt noch einen Barack Obama machen. Aber die gute Nachricht ist: Müssen wir auch gar nicht.« Ich unterstrich das Wort *Authentizität* doppelt. »Das hier ist nämlich meiner Meinung nach der Knackpunkt. Wir müssen das herauskitzeln, was bei Rüdiger Hofmann-Klasing bereits in Ansätzen vorhanden ist. Und es gibt da durchaus etwas, worauf wir aufbauen können. Laut Lebenslauf hat er vom neunzehnten bis zum fünfundzwanzigsten Lebensjahr Nachtschichten in einer Fabrik für Dichtungen gekloppt, um sich sein Studium zu finanzieren. Der Mann hat also am Fließband malocht, er kennt die Sorgen und Nöte der Arbeitnehmer. Das müssen wir unbedingt publik machen. Wir sollten ihn außerdem als einen Familienmenschen präsentieren, der das Herz am rechten Fleck hat. Social Media wurde bislang sträflich vernachlässigt, der Mann ist im Internet so gut wie nicht existent. Das kann sich heutzutage keiner mehr erlauben, und das müssen wir dringend für ihn nachholen. Außerdem braucht Rüdiger Hofmann-Klasing neue Wahlplakate, ein Wirkungs- und Charisma-Coaching und ein gemäßigtes Umstyling. Alles in allem machen wir ihn so zu einem Mann mit Profil. Zu einem Typen, den man gern zum Bürgermeister hätte.« Damit war ich am Ende meines Vortrags angekommen und sah erwartungsvoll in die Runde.

Linda grinste, während Julius mich mit erhobenen Augenbrauen ansah. Claas hingegen saß mit relativ ausdrucksloser Miene da. Ich dachte schon, dass ich ihn offensichtlich nicht von mir überzeugt hatte, doch dann sagte er: »Vielen Dank, Nele. Du hattest mich eigentlich schon mit den gefälschten Statistiken im Kasten, aber auch der Rest deiner Präsentation war sehr überzeugend.«

Ich spürte, wie sich ein Strahlen auf meinem Gesicht ausbreitete, und wie so häufig, wenn ich mich freute oder geschmeichelt war, wurden auch meine Wangen ganz heiß. Meine Hand wanderte unwillkürlich an mein Ohrläppchen. Mist! Tobi hatte mir mal gesagt, dass das kleinkindhaft wirkte. Schnell ließ ich die Hand sinken und setzte mich wieder neben Claas.

»Das war echt klasse präsentiert«, meinte Linda anerkennend.

»Wir werden die Kampagne auf jeden Fall auf deinen Ideen aufbauen, Nele«, sagte Claas. »Du hast dich für die klassische, konservative Variante entschieden, was für RHK auch absolut angemessen ist und den Vorgaben des Kunden entspricht. Ein bisschen mutiger hättest du aber ruhig sein können, vor allem, weil wir ja eine jüngere Wählerschaft mit ins Boot holen wollen. Da müssen wir noch nacharbeiten, aber im Großen und Ganzen können wir daraus eine Menge machen.«

Ha! War ich also doch nicht ganz zu Unrecht bei M&T.

»Wenn die Kampagne erst mal gestartet hat, arbeiten wir am besten in Zweier-Teams«, fuhr Claas fort. »Linda und Julius, ihr seid in erster Linie für Social Media zuständig. Übrigens sollte RHK dringend darin geschult werden, das übernimmst du, Linda. Nele und ich begleiten ihn auf die Termine.«

Oha, das hieß also, ich würde in den nächsten Wochen verdammt eng mit Claas zusammenarbeiten.

Julius runzelte die Stirn. »Also ich bin im Media-Team? Ich hätte gedacht, dass ich mit auf Termine gehe. Schließlich hat Nele ja nicht viel Erfahrung in so was.«

Moment mal! »Ich habe durchaus Erfahrung in *so was*«, betonte ich.

»Ja, aber nicht, wenn es um Politiker geht.«

»Das Thema hatten wir doch bereits, Julius, und es ist erledigt«, sagte Claas gelassen und warf mir einen Seitenblick zu. »Da das, was wir mit RHK vorhaben, größtenteils auf Neles Ideen aufbaut, sollte sie auch mit ihm arbeiten.«

Julius klickte ein paarmal mit dem Knopf seines Kugelschreibers und wippte mit dem Bein, dann sagte er: »Klar. Das sehe ich natürlich auch so.«

Als Nächstes fingen wir an, die Kampagne detailliert zu planen. Bis zu dem Freitag, an dem wir RHK und einer Abordnung seiner Partei unser Konzept präsentieren würden, war noch eine Menge zu tun. Meine To-do-Liste wurde länger und länger, und ich sah mich schon vor lauter Schlafmangel zombieartig durch die Gegend wandeln. Irgendwann waren wir am Ende des Meetings angekommen, und ich klappte mein Notizbuch zusammen.

Linda warf einen Blick auf ihre Uhr. »Zwanzig nach fünf. Perfekt, dann kann ich mit den Kindern noch beim Wasserspielplatz vorbeigehen.«

Zwanzig nach fünf?! Hastig sprang ich auf, wobei Sally aus dem Schlaf hochfuhr und mich vorwurfsvoll ansah. »Oh verdammt, ich muss los. Ich war um fünf mit meinem Bruder verabredet, und er ist der schlimmste Pünktlichkeitsfanatiker der Welt. Er wird mich umbringen, wenn ich …«

Im gleichen Moment öffnete sich die Tür und Lenny höchstpersönlich spazierte herein. »Mann, Nele, wo bleibst du denn? Es ist schon zweiundzwanzig Minuten nach fünf!«, rief er aufgebracht. Seine mandelförmigen Augen funkelten vor Wut. Hinter ihm entdeckte ich Mona aus der Grafik, die ihn offensichtlich hereingelassen und in Claas' Büro geführt hatte. Sie winkte mir zu und war gleich darauf wieder verschwunden.

In Sekundenbruchteilen erfasste ich die Reaktionen der anderen. Linda und Julius verkrampften in einer Mischung aus Unsicherheit und Nervosität. Und Claas … Claas war vollkommen entspannt. »Tut mir leid, ich fürchte, das war meine Schuld. Ich habe Ihre Schwester aufgehalten«, sagte er.

Lenny musterte ihn unverhohlen. Offenbar überlegte er, ob er Claas diese Verzögerung verzeihen konnte. Doch bevor er sich entschieden hatte, wurde er von Sally abgelenkt, die vom Sofa aufgestanden war, um ihn zu beschnuppern und freundlich zu begrüßen.

Bei ihrem Anblick wurden Lennys Züge weich, und ein Lächeln breitete sich auf seinem Gesicht aus. »Hey, du Hundchen«, sagte er zärtlich und kniete sich zu ihr, um sie zu umarmen.

Ich zuckte zusammen, doch Sally schien die Umarmung nicht zu stören, im Gegenteil. Sie wackelte freundlich mit dem Hinterteil und ließ sich ausgiebig knuddeln und herzen. »Wer bist du denn?«

»Das ist mein Hund Sally«, erklärte Claas.

»Und wer bist du?«

»Ich bin Claas Maurien.«

»Ich bin Lennart Wilkens. Aber du darfst mich ruhig Lenny nennen.«

»Dann bin ich natürlich Claas.«

Noch immer war mein Hirn eifrig mit der Verarbeitung dieser Situation beschäftigt. Es war so merkwürdig, Lenny auf einmal hier in meinem Arbeitsumfeld zu sehen. Inzwischen hatte er sich auch mit Julius und Linda bekannt gemacht und setzte sich auf einen der Sessel. Sally folgte ihm, um sich weiterhin streicheln zu lassen. »Wieso sagst du denn eigentlich nichts, Nele?«, wollte Lenny wissen. »Geht's dir nicht gut?«

»Doch, doch«, versicherte ich. »Wir sollten jetzt auch mal los, sonst schaffen wir es nicht mehr zum Frisör.«

Lenny nickte, doch er streichelte Sally unbeirrt weiter und schien es hier ziemlich interessant zu finden. »Bist du Neles Chef?«, erkundigte er sich bei Claas, der daraufhin nickte.

Lenny deutete mit dem Kopf auf mich und fragte mit ernster Miene: »Und? Macht meine Nele ihre Arbeit denn auch gut?«

Oh Mann. Mit Lenny wurde es echt nie langweilig. Julius und Linda kicherten, doch Claas blieb ernst. »Ja, klar. Macht sie.«

Lenny strahlte ihn stolz an. »Ja, oder? Nele ist nämlich sehr schlau. Sie kann ja auch sehr gut rechnen. Ich nicht, aber Nele hilft mir immer.«

»Das ist ja nett«, meinte Claas lächelnd.

»Mhm. Nele ist sehr nett«, prahlte Lenny weiter. »Und hübsch ist sie auch, oder?«

»Lenny!«, sagte ich scharf. Am liebsten wäre ich im Boden versunken.

»Äh, ja«, erwiderte Claas. »Doch. Sehr hübsch.«

Ich spürte, wie die Hitze in meine Wangen stieg, und obwohl ich es gar nicht wollte, freute ein klitzekleiner Teil von mir sich über dieses Kompliment. Dabei hatte es rein gar nichts zu bedeuten, denn es war erzwungen worden. So wie ich Claas einschätzte, war er viel zu höflich, um irgendetwas anderes zu erwidern. »Tja, ich schicke immer meinen Bruder vor, damit er nach Komplimenten für mich fischt. Es ist so mühsam, das selbst zu machen.«

Linda, Julius und Claas lachten, während Lenny ungerührt Sally kraulte.

»Wollen wir mal los, Lenny?«, fragte ich ihn.

Doch offenbar war er gerade in Plauderlaune. »Was ist das denn eigentlich für ein Hund?«, wollte er von Claas wissen.

»Sie ist ein Mischling. Es steckt wahrscheinlich ein Cockerspaniel mit drin, und noch ein paar andere Hunderassen, vielleicht ein Golden Retriever oder Labrador. Welche genau, weiß aber niemand. Ich habe Sally aus dem Tierheim. Woher sie ursprünglich kommt, ist unbekannt.«

»Ist ja auch egal, oder? Hunde mag ich sehr gern, egal welche.«

»Und was habt ihr heute noch vor?«, erkundigte sich Linda.

»Coole Klamotten und eine neue Brille kaufen. Und zum Frisör.« In stolzem Tonfall fuhr Lenny fort: »Ich hab nämlich eine Freundin. Hast du eine Freundin?«, wollte er von Claas wissen.

Wahrscheinlich hätte ich ihn ermahnen sollen, nicht so im Privatleben anderer Leute zu stochern, allerdings musste ich zugeben, dass das keine schlechte Frage war.

»Nein, ich bin Single«, erwiderte Claas.

Irritiert bemerkte ich, dass mein Herz einen kleinen Hüpfer machte. Aber nur einen winzig kleinen. Momentan freute ich mich einfach über jeden Menschen, der ebenfalls Mitglied im Single-Club war.

»Nele ist auch Single«, informierte Lenny meinen Chef.

Der warf mir einen Seitenblick zu und sagte: »Ah. Ach so?«

Es wurde höchste Zeit, den Rückzug anzutreten, bevor Lenny noch mehr aus meinem Intimleben plauderte. »Lenny, wollen wir …«

»Nele laufen nämlich immer die Männer weg«, fiel er mir prompt ins Wort.

Peng, das hatte gesessen. »Sag mal, spinnst du, Lenny?«

»Wieso, das hat Oma gesagt«, erwiderte er, als wäre die Aussage dadurch weniger schlimm. »Sie hat gesagt, sie hatte in deinem Alter schon längst Kinder. Aber du kannst Männer nicht halten, deswegen laufen sie dir weg.«

Claas, Linda und Julius sahen mich betreten an, während ich schockiert dasaß und mich fragte, ob diese Situation es in die Top 5 der größten Demütigungen meines Lebens schaffte. Sie war auf jeden Fall ein heißer Anwärter auf einen der Spitzenplätze. So redete meine Oma über mich? Dachte sie das wirklich? Dachten das etwa alle? Stimmte es am Ende vielleicht sogar? Abrupt stand ich vom Sofa auf. »Wir müssen los, Lenny.«

»Aber ich unterhalte mich doch gerade so gut.«

»Ja, das merke ich. Aber wenn wir jetzt nicht losgehen, kannst du die neue Frisur und die neue Brille vergessen.«

»Na gut.« Lenny streichelte Sally über den Kopf. »Tschüss, Sally.« Dann stand er auf und ging auf Claas zu, um ihm zum Abschied ganz weltgewandt die Hand zu schütteln. »Man sieht sich, nä?«

»Ja, man sieht sich«, erwiderte Claas. »War nett, dich kennenzulernen.«

Ich verabschiedete mich von allen und verließ schleunigst mit Lenny den Raum. Als wir endlich draußen an der sommerlich warmen Luft standen, atmete ich tief durch. »Wenn du mich das nächste Mal auf der Arbeit besuchst, könntest du dann bitte *nicht* solche Sachen über mich erzählen?«

»Was denn für Sachen?«, fragte Lenny.

»Na, was Oma gesagt hat, zum Beispiel. Oder dass ich Single bin. Oder wie gut ich Mathe kann und wie hübsch und schlau ich bin.«

»Wieso soll ich das denn nicht sagen?«

»Weil das total übertrieben ist und du nicht so mit mir prahlen sollst. Und was Oma gesagt hat, ist einfach nur fies.« Aber möglicherweise war es auch wahr. Und dieser Gedanke gefiel mir gar nicht. Ich warf einen Blick auf meine Uhr. »Es ist schon Viertel vor sechs. Wollen wir mit dem Frisör anfangen? Bei Männern geht es ja meistens schnell. Es sei denn, du willst Strähnchen oder eine Dauerwelle.«

Lenny lachte laut. »Quatsch, spinnst du?« Er legte einen Arm um meine Schulter und drückte mich an sich. »Du redest manchmal einen Blödsinn, mein Nele-Herz.«

Spätestens jetzt war meine Gereiztheit verschwunden. Es war mir einfach unmöglich, Lenny lange böse zu sein. Wir schlenderten durch die Straßen und genossen die trubelige Sommerabendatmosphäre. Die Tische vor den Restaurants waren vollbesetzt, und jetzt zur Feierabendzeit waren viele Leute unterwegs, die ihre Einkäufe für den Grillabend oder das Picknick im Park erledigten.

Bald darauf betraten Lenny und ich den Retro-gestylten Frisörsalon, den Linda mir empfohlen hatte. Aus dem Hinterzimmer kam ein kleiner, dünner Junge nach vorne, der auf den ersten Blick aussah wie Bill Kaulitz zu besten Tokio-Hotel-Zeiten: schwarz gefärbte Haare, crazy Frisur, Kajal um die Augen, schwarzer Nagellack. Um seine schmalen Hüften hatte er einen Gürtel geschlungen, an dem die Frisörtasche hing wie ein Colt. Er musterte Lenny und mich von oben bis unten. Schließlich sagte er mit überraschend tiefer Stimme: »Hi, ich bin Robert. Um wen von euch beiden geht es denn?«

»Um mich, und ich bin Lenny«, erwiderte der. Er musterte Robert ehrfürchtig, und ich ahnte, dass er ihn unfassbar cool fand.

Mir hingegen wurde doch ein kleines bisschen unwohl angesichts Roberts Frisur. *Der* sollte Lenny umstylen?

»Jaja, ich sehe schon«, meinte Robert und musterte kritisch Lennys Haare. »Setz dich erst mal.«

Lenny nahm auf einem der Frisörstühle Platz, und ich setzte mich auf den Stuhl neben ihm. Dabei fiel mir auf, dass wir die einzigen Kunden waren.

»Hm. Hm, Hm«, machte Robert-Bill, während er weiterhin Lennys Haare begutachtete. »Also, was darf es denn sein?«

»Na ja, er hätte gern eine neue Frisur«, erklärte ich überflüssigerweise, woraufhin Roberts Augenbraue nach oben wanderte. »Mal was ganz anderes. Aber auch nicht *zu* anders«, fügte ich schnell hinzu, angesichts Roberts Tokio-Hotel-Frisur.

Bevor ich mich näher erklären konnte, rollte Robert-Bill genervt mit den Augen und rief aus: »Ihr seid doch alle gleich! Kurz, aber nicht zu kurz, anders, aber nicht zu anders. Das ist mega uninspirierend! Ich mache hier Kunst, verdammt noch mal!«

»Eine Frisur wie Florian Silbereisen vielleicht?«, fragte Lenny, der ja normalerweise eher Befehle erteilte, ungewohnt schüchtern.

»Wer?«, fragte Robert-Bill mit gekräuselter Stirn.

»Der ist der Ex von Helene Fischer«, erklärte Lenny.

»Nein, Lenny, doch nicht wie Florian Silbereisen«, wandte ich ein. »Du wolltest doch eine coole Frisur haben.«

»Ja, aber Florian Silbereisen *ist* doch cool!«

»Könnte mir mal bitte jemand ein Bild von diesem Typen zeigen?«, fragte Robert.

Lenny holte sein Handy hervor und gab den Namen in die Suche ein. »Hier.« Robert-Bill und ich beugten uns zu ihm und warfen einen Blick auf das Display. Ich deutete auf ein Foto, auf dem Florian Silbereisen die Haare kurz trug. »So wie da. Okay?«

Eigentlich hatte ich Lenny gefragt, doch Robert-Bill sagte: »Na schön. Ich kann es als Inspiration nehmen, aber am besten lasst ihr mich einfach machen.« Er hob ein paar von Lennys Haarsträhnen hoch. »Wir schneiden es hier und hier kürzer, da und da lassen wir es länger, damit mehr Volumen und Stand reinkommt. Und dann können wir es noch ganz geckig im Nacken und an den Seiten etwas anrasieren.«

»Hört sich *sehr* gut an«, meinte Lenny, doch ich bezweifelte, dass er verstanden hatte, was Robert-Bill vorhatte. Ich zumindest verstand es nicht.

»Lieber nichts Geckiges«, meinte ich. Nicht, dass Lenny am Ende doch noch aussah wie ein Bandmitglied von Tokio Hotel. Mama würde mich umbringen.

Doch dann legte Robert los, und bald darauf saß ein völlig neuer Lenny vor mir. Er sah toll aus! Auch Lenny schien zufrieden zu sein, denn er blickte selbstverliebt in den Spiegel, drehte seinen Kopf nach rechts und links und strahlte von einem Ohr zum anderen. »Damit findet Mia mich bestimmt cool. Vielen Dank, Robert, das sieht spitzenmäßig aus!«

»Denk dran, dass du regelmäßig zur Nachsorge kommst«, ermahnte er Lenny. »Es reicht nicht, dir einmal 'ne Frise verpassen zu lassen und das war's. Daran musst du arbeiten.«

Wir gingen zur Kasse, und Robert fing an, eifrig Zahlen einzutippen. Er hörte gar nicht mehr auf damit, und allmählich machte ich mir Sorgen. Zu Recht, wie sich herausstellte.

»Das macht sechzig Euro«, verkündete Robert.

Huch! Ich hatte gedacht, Männer würden maximal zwanzig bezahlen.

Lenny holte sein Portemonnaie hervor. »Oha, oha. Ich glaub, so viel hab ich gar nicht, oder, Nele?«

Ich warf einen Blick hinein. Er hatte zweihundert Euro dabei. »Doch, du hast so viel. Überleg mal in Ruhe.«

Ich half Lenny beim Bezahlen und schließlich verließen wir Roberts Salon. Auf dem Weg zum Klamottenladen schaute Lenny sich in jedem Schaufenster an. »Das sieht ja genial aus.«

»Stimmt. Jetzt fehlen nur noch ein paar neue Klamotten und eine schicke Brille, und dann denken nicht mehr alle, du wärst mein Papa«, sagte ich und knuffte Lenny in die Seite.

Für einen Moment stutzte Lenny, doch dann lachte er und umarmte mich. »Du bist echt witzig.«

Das Projekt ›neue Brille‹ mussten wir aufs nächste Mal verschieben, denn bis Ladenschluss waren Lenny und ich damit beschäftigt, Jeans, Shorts, T-Shirts und Chucks zu kaufen. Eine Shorts, ein T-Shirt mit Alien-Aufdruck und die Converse-Schuhe behielt Lenny gleich an. Stolz wie Bolle stand er vor mir und strahlte. Sein Geld hatte für die Einkäufe nicht gereicht, aber ich hatte ihm ausgeholfen. Eigentlich sollte er lernen, mit seinem Geld hauszuhalten, aber ich fand es nicht schlimm, ihm hin und wieder etwas Kohle zu leihen beziehungsweise ihm etwas zu kaufen, das er gern haben wollte. Denn im Gegensatz zu ihm verdiente ich gut in meinem Job. Also warum nicht?

»Glaubst du, Mia findet mich so auch schön?«

»Sie findet dich ganz sicher sowieso schön, Lenny. Sonst wäre sie doch nicht mit dir zusammen. Aber dein neuer Look wird ihr bestimmt gefallen.«

Lenny grinste zufrieden. »Das ist sehr gut. Gehen wir jetzt Eis essen?«

»Ach, ich weiß nicht. Ich hatte heute Mittag schon eins.«

Lenny sah mich an, als würde er sich fragen, wer diese fremde Frau neben ihm war. »Bei Eis hört der Spaß aber auf, Nele.«

Lachend hakte ich ihn unter. »Tut mir leid. Komm, ich zeig dir eine richtig gute Eisdiele.«

Wir schlenderten zurück in Richtung Büro, und als wir schon fast bei der Eisdiele angekommen waren, blieb Lenny stehen. »Da, sieh mal.« Er zeigte auf ein Plakat, das an einer Bushaltestelle hing. Es zeigte eine Gruppe von Männern und Frauen in Business-Outfits, die vor einem Imbisswagen standen und Fischbrötchen aßen. Sie waren alle unterschiedlichen Alters und unterschiedlicher Hautfarbe. Unter ihnen stand in großen Lettern: #wirsindhamburg. Das war eine neue Kampagne des Hamburger Stadtmarketings. Es gab viele verschiedene Plakate, die die unterschiedlichsten Menschen bei den unterschiedlichsten Tätigkeiten zeigten. Seit etwa einer Woche hingen die Plakate überall in der Stadt. Mir gefielen sie eigentlich ganz gut, wobei ich den Schriftzug zu undynamisch fand. »Was ist denn damit?«

»Da ist schon wieder keiner mit Behinderung dabei«, empörte sich Lenny. »Alle sind bei dieser Kampagne dabei, wirklich alle. Aber keiner mit Behinderung, nicht mal ein Rollifahrer. Sind wir nicht Hamburg?«

»Vielleicht kennst du nur noch nicht jedes Plakat«, meinte ich. Ich googelte auf meinem Handy nach der Kampagne und fand auf der Seite des Stadtmarketings eine Übersicht.

Auf diesen Plakaten gab es alte Menschen, junge Menschen, dicke, dünne, hellhäutige, dunkelhäutige, schöne, hässliche, arme und reiche Menschen. Es gab Punks, Nerds, Alternative, Hipster, Yuppies, Normalos, St. Pauli-, HSV- und Eintracht Hamburg-Fans. Aber kein einziger von all den Menschen auf den Plakaten der #wirsindhamburg-Kampagne hatte eine Behinderung.

»Das ist doch scheiße, oder nicht?«, hakte Lenny nach. In seinem Blick mischten sich Wut und Traurigkeit.

»Das ist allerdings scheiße.« Ich legte ihm einen Arm um die Schulter und zog ihn an mich. »Du bist auch Hamburg, natürlich bist du das. Diese Idioten haben Menschen mit Behinderung nur ganz einfach vergessen. Komm, lassen wir uns davon nicht den Tag verderben, okay?« Ich hakte Lenny unter und zog ihn mit in Richtung Eisdiele.

Mit viel Glück ergatterten wir draußen noch zwei freie Plätzchen. Ich lehnte mich zurück und studierte in aller Ruhe die Karte. Lenny warf ebenfalls einen Blick hinein, allerdings eher halbherzig. Er nahm ohnehin immer das Gleiche: drei Kugeln Schokolade mit Sahne. Prompt verkündete er: »Ich nehme drei Kugeln Schoko mit Sahne.«

»Willst du nicht mal was anderes probieren? Hier, der Joghurtbecher klingt lecker. Und heute Mittag habe ich eine Kugel Salzkaramell gegessen. Würde dir bestimmt auch schmecken.«

»Nö, lass mal.« Lenny bewunderte sich im Display seines Handys, und ich musste mir ein Lachen verkneifen. »Ich mag Schoko. Wenn ich weiß, was ich mag, muss ich doch nicht weitersuchen.«

Das war eine Logik, gegen die ich nicht anargumentieren konnte. Trotzdem versuchte ich es immer wieder. »Ich finde es so schade, dass du nie etwas Neues ausprobierst.«

»Hm. Na gut, Nele. Dann esse ich heute was anderes.«

»Mach das«, sagte ich überrascht.

In diesem Moment kam ein sehr gestresst wirkender Kellner an unseren Tisch. »Hi, was kann ich euch bringen?«

»Vier Kugeln Schoko mit Sahne«, bestellte Lenny.

Ich brach in Gelächter aus. »Wow, du bist heute ja vollkommen crazy.« Er war manchmal so süß, dass ich ihn hätte knutschen können.

»Darf's für dich auch was sein?«, pampte der gestresste Kellner mich an.

»Ähm, ja. Für mich einen Joghurtbecher, bitte.«

Kaum hatte ich es ausgesprochen, war der Kellner auch schon davongeeilt.

Lenny konnte sich endlich von seinem Anblick im Display losreißen und legte das Handy zur Seite. »Komisch, dass Mama und Papa heiraten, oder?«

»Ein bisschen schon. Aber ich freu mich darüber, du nicht?«

»Doch.« Lenny spielte mit einem Bierdeckel herum, den er aus dem Ständer auf dem Tisch genommen hatte. »Mia hat gesagt, dass sie auf der Hochzeit ihrer Cousine etwas aufgeführt haben. Meinst du, wir müssen das auch bei Mama und Papa machen?«

Mannomann, mein kleiner Bruder hatte sich aber deutlich mehr Gedanken um die Hochzeit unserer Eltern gemacht als ich. »Ja, wahrscheinlich schon. Finde ich gut, die Idee, Lenny.«

»Wir sind doch immer alle zusammen nach Italien gefahren. Dann können wir ihr italienisches Lieblingslied singen. Und dazu tanzen.«

»Welches Lied denn?«

»Na, *Vivo per lei*«, erwiderte er in einem Tonfall, als sei das die selbstverständlichste Sache der Welt und sang dann hemmungslos laut und schief in Fantasie-Italienisch ein paar Takte des Liedes.

Die Leute am Nachbartisch sahen grinsend zu uns rüber.

»Das ist *dein* Lieblingslied, Lenny. Nicht Mamas und Papas.«

In dem Moment brachte der Kellner unser Eis. Besser gesagt, er schmiss es uns quasi im Vorbeigehen zu. Ich widmete mich meinem köstlichen Eisbecher, der aus Joghurt-, Vanille- und Waldfruchteis bestand. Außerdem gab es reichlich frische Beeren und als Krönung einen ordentlichen Berg Sahne, der mit einer dunklen Beerensauce besprenkelt war. Ich tauchte meinen Löffel in das Eis, steckte ihn mir in den Mund und schloss die Augen. Ich schmeckte Süße, Säure und Fruchtigkeit, und vor allem schmeckte ich Sommer. »Mmmh, ist das lecker. Ist deins auch so gut?«

»Ja, schmeckt *sehr* gut. Also, wegen der Hochzeit: Mama und Papa finden *Vivo per lei* auch sehr schön. Außerdem singen das ein Mann und eine Frau. Dann können wir uns abwechseln.«

»Da gibt es nur ein Problem: Ich kann weder singen noch tanzen.«

Lenny winkte ab. »Macht doch nichts. Ich zeig dir das. Ich bin doch jetzt in der Tanzgruppe vom Jugendhaus und kann spitzenmäßig Discofox tanzen.«

»Na, dann kann ja nichts mehr schiefgehen.«

»Also machen wir das?«

»Nein! Ich will das nicht machen.«

»Aber ich! Wieso sollen wir immer nur machen, was *du* willst? Nie machen wir, was *ich* will.«

Das war eine so dermaßen monströse Lüge, dass ich beinahe laut geworden wäre. Doch im letzten Moment atmete ich tief durch und zählte innerlich bis drei. »Na schön, Lenny.

Kompromissvorschlag: Wir singen *Vivo per lei*. Aber ich werde *nicht* tanzen. Okay?«

Lenny nickte zufrieden. »Okay. Du musst aber den Text noch ändern.«

Ich stutzte. »Bitte was muss ich?«

Er schob sich noch einen Löffel Eis in den Mund. »Du musst einen neuen Text schreiben über Mama und Papa. Hat Mia gesagt.«

Seufzend holte ich mein Notizbuch hervor und schrieb diesen Punkt auf meine To-do-Liste. Dann kratzte ich die letzten Reste meines Joghurtbechers zusammen.

»Du musst noch was machen, Nele.«

Was kam denn jetzt noch? Sollte ich eine fünfstöckige Hochzeitstorte backen, jedem Gast ein eigenes Platzset häkeln oder eine von Einhörnern gezogene Hochzeitskutsche organisieren? »Ach ja?«, fragte ich mit schwacher Stimme.

Lenny sah mich ernst an. »Du musst mir helfen, eine neue Arbeit und eine eigene Wohnung zu finden.«

Für einen Moment saß ich regungslos da und versuchte, Lennys Worte zu verdauen. »Wie meinst du das? Du arbeitest doch in der Werkstatt. Ich dachte, das macht dir Spaß. Und eine eigene Wohnung … wie soll das denn funktionieren?«

»Nee, das macht mir überhaupt keinen Spaß mehr. Ich hasse das in der Werkstatt, das ist stinklangweilig. Und viele mit Down-Syndrom haben eine eigene Wohnung. Ich will was Richtiges arbeiten und alleine wohnen.«

»Langsam, Lenny«, mahnte ich, denn er war so in Rage, dass er für Außenstehende kaum noch zu verstehen war.

Lenny verdrehte die Augen, fuhr dann aber ruhiger fort: »Ich will so leben wie alle anderen. Ich bin doch auch normal, nur auf meine eigene Art. Mia arbeitet in einer ganz normalen Schulkantine. Und sie darf bald ausziehen. Ich will das auch.«

Ein ungutes Gefühl breitete sich in meinem Magen aus. »Das verstehe ich ja. Aber dein Herz ist gerade erst wieder gesund. Der Arzt hat doch gesagt, dass du noch vorsichtig sein musst.«

»Das hat er vor einem Jahr gesagt. Jetzt ist alles anders.«

Vor meinem geistigen Auge sah ich Lenny im Krankenhaus liegen. Überall waren diese Schläuche aus ihm herausgekommen, aber er war so tapfer gewesen. Und das hatte er immer wieder durchmachen müssen, seine ganze Kindheit und Jugend hindurch. Bis er zuletzt mit achtzehn die große Herz-OP gehabt hatte. Acht Stunden hatten Mama, Papa und ich im Warteraum gesessen. Es war der Horror gewesen. Während der OP war etwas schief gelaufen, Lenny wäre fast gestorben. Zweimal. Auf dem OP-Tisch und danach noch mal auf der Intensivstation. Es war knapp gewesen, verdammt knapp. Hinterher war Lenny Ewigkeiten kaum ansprechbar gewesen. Es hatte lange gedauert, bis er sich endgültig erholt hatte. Und es war garantiert nicht gut, wenn er sich jetzt diesen Stress antat. Einen neuen Job außerhalb der Werkstatt, die ihn schützte. Und dann auch noch eine eigene Wohnung. Außerdem war da ja nicht nur sein Herz. Seine Behinderung konnte man auch nicht einfach ignorieren. Es war völlig undenkbar, dass Lenny ohne jegliche Hilfe zurechtkam. »Okay, du hast dich inzwischen erholt, aber trotzdem ist dein Herz ...«

»Mein Herz ist gesund, und ich will es jetzt auch richtig benutzen! Ich will raus, arbeiten und leben. Ganz normal, wie alle anderen. Ich kann das, auch mit Down-Syndrom!«

»Mann, Lenny!«, rief ich aus. »Sei doch nicht immer so melodramatisch. Dann sag mir bitte, wo du arbeiten willst. Bei Mia in der Kantine?«

»Nein, da doch nicht. Ich will Tierpfleger werden. Mit Tieren kann ich nämlich gut.«

Ich hatte keine Ahnung, ob das stimmte. Mit Sally zumindest war er vorhin gut klargekommen. Aber es war auch unmöglich, *nicht* mit ihr klarzukommen. Nachdenklich kaute ich an meinem Daumennagel. »Wir müssen gucken, ob das mit deinem Schulabschluss und deiner Behinderung überhaupt möglich ist. Vielleicht gibt es da ja bereits ein Projekt. Und wir müssen uns auch schlaumachen, welche betreuten Wohnformen ...«

»Wir?«, unterbrach Lenny mich. »Dann hilfst du mir?«

Ich stutzte. Es war eigentlich gar keine bewusste Entscheidung gewesen, aber ... »Ja, Lenny. Allerdings nur unter Vorbehalt. Wir sprechen mit Mama und Papa, und dann machen wir uns erst mal schlau, okay?«

Lenny kratzte sich an der Nase. »Aber Mama und Papa wollen nicht, dass ich Tierpfleger werde. Oder ausziehe.«

»Ja, aber du kannst das doch nicht gegen ihren Willen machen. Wenn sie Nein sagen, hat sich das Ganze leider erledigt.«

Lennys Miene verfinsterte sich. »Das ist echt so ungerecht.«

Mein Herz zog sich schmerzhaft zusammen, als ich seine Enttäuschung spürte. »Ich würde dir ja gern helfen, Lenny. Aber du kannst nun mal manche Dinge nicht allein entscheiden. Deswegen sind doch Mama und Papa vom Gericht als deine Betreuer bestimmt. Damit sie dir bei manchen Entscheidungen helfen können.«

Ein kämpferischer Ausdruck trat in Lennys Gesicht. »Aber ich weiß viel besser, was ich will. Außerdem meinte die Richterin, dass ich immer zum Gericht kommen kann und es sagen soll, wenn ich mich mit der Betreuung nicht mehr wohlfühle. Dann kann ich ja auch sagen, dass *du* meine Betreuerin werden sollst.«

Für einen Moment blieb mir das Herz stehen. »Lenny, das kannst du Mama und Papa doch nicht antun.«

»Doch, du bist viel cooler als sie. Schon damals, als du mir gezeigt hast, wie man mit Bus und Bahn fährt.«

In diesem Punkt täuschte Lenny sich ganz gewaltig. Ich war alles andere als cool, nur konnte ich offenbar gut verbergen, dass ich die größte Glucke von allen war. Es stimmte, ich hatte mit Lenny geübt, wie man Bus und Bahn fährt. Wir waren es immer wieder zusammen durchgegangen. Dann hatten wir so getan, als wäre ich nicht dabei, bis Lenny schließlich allein losgezuckelt war. Zumindest hatte er gedacht, er wäre allein, denn ich war immer heimlich hinter ihm hergelaufen, um zu überprüfen, ob er es auch tatsächlich allein schaffte. Mein Vater war es letztlich gewesen, der meinte, dass ich Lenny auch mal vertrauen müsste. Von da an war ich ihm nicht mehr gefolgt, aber ich hatte anfangs immer ein ungutes Gefühl gehabt, wenn er allein unterwegs gewesen war. Es hatte lange gedauert, bis sich das gelegt hatte. »So cool bin ich gar nicht, Lenny. Ich mach mir auch Sorgen um dich.«

»Ja, ich weiß, aber trotzdem. Bitte, du musst mir helfen, Nele.« Lenny legte seine Hand auf meinen Arm. »Du darfst arbeiten, wo du willst und wohnen, wo du willst. Du musst nie jemanden fragen. Aber ich soll immer ein Kind bleiben. Würdest du das wollen?«

Tränen schossen mir in die Augen, denn mit seinen Worten hatte er einen wunden Punkt bei mir getroffen. Ich wusste, wie unfair es war, dass ich leben konnte, wie ich es wollte, und Lenny nicht. »Nein, das würde ich nicht wollen«, sagte ich leise. Dann atmete ich tief durch und fuhr fort: »Also schön, Lenny. Ich kann verstehen, dass du ausziehen möchtest und einen neuen Job willst, und ich möchte dir dabei helfen. Wir finden zusammen heraus, wie dein neues Leben aussehen kann. Zuerst besorgen wir uns alle Informationen, die wir brauchen. Und dann erstellen wir einen Plan. Etwas Hieb-

und Stichfestes, das wir Mama und Papa präsentieren können. Wenn wir ihnen zeigen, wie ernst es dir ist, werden sie ihre Meinung womöglich ändern und dich unterstützen.«

Lenny sprang auf und reckte die Fäuste in die Luft. »Cool!« Dann fiel er mir stürmisch um den Hals. »Danke, mein Nele-Herz.«

Lachend erwiderte ich seine Umarmung. »Hey, ich sagte *womöglich*. Vielleicht ändern sie ihre Meinung ja gar nicht. Obwohl, vorstellen kann ich es mir nicht, schließlich halten sie dich nicht in Gefangenschaft. Auch wenn es dir momentan so vorkommt.«

Als ich mich von Lenny verabschiedet hatte und auf dem Weg nach Hause war, ließ meine Zuversicht allerdings nach, und ein ungutes Gefühl breitete sich in meinem Magen aus. Zum einen widerstrebte es mir, diesen Plan hinter dem Rücken meiner Eltern auszuhecken. Und zum anderen fand ich es ebenfalls fraglich, ob Lenny dem Leben, das er sich so sehr wünschte, überhaupt gewachsen war. Aber fürs Erste passierte ja nichts Dramatisches. Wir holten Informationen ein, sammelten Adressen, sprachen mit ein paar Leuten. Lenny war noch in Sicherheit. Also gab es keinen Grund, mir jetzt schon Sorgen zu machen.

Die Krawattenfrage

In der folgenden Woche herrschte in der Agentur enormer Stress, sodass ich nicht dazu kam, mit Lenny sein neues Leben zu planen. Zum Glück sprachen mich weder Claas noch Linda oder Julius darauf an, dass ich meinem Bruder oder eher meiner Oma zufolge eine frustrierte alte Jungfer war, die ›keinen Mann halten‹ konnte. Claas erkundigte sich zwar danach, ob Lenny noch coole Klamotten gefunden hatte, aber auf meine Männerprobleme ging er nicht ein. Allerdings hatten wir auch wirklich Wichtigeres im Kopf, schließlich arbeiteten wir intensiv an der Kampagne für Rüdiger Hofmann-Klasing. Am Freitag kam er mit seiner Frau und einer Abordnung der Durchschnittspartei zu uns in die Agentur, damit wir die Kampagne präsentieren konnten. Unter Hochdruck sammelten wir Ideen und arbeiteten sie aus, gaben eine aussagekräftige Blitzumfrage in Auftrag und analysierten die Ergebnisse. Schließlich erstellten wir einen Zeitplan und bastelten vor dem Meeting noch den ganzen Abend und bis tief in die Nacht hinein an der Präsentation. Zumindest Julius, Claas und ich, denn Linda war um sechs Uhr gegangen, da ihr Mann geschäftlich unterwegs war und sie keinen Babysitter gefunden hatte.

»Fertig.« Claas ließ sich auf seinem Stuhl zurücksinken, als wir um zwei Uhr morgens endlich den letzten Slide erstellt hatten und die Präsentation nochmals durchgegangen waren. Müde rieb er sich die Augen.

»Vor allem mit den Nerven«, fügte Julius hinzu, der in den

letzten drei Stunden etwa siebzehn Liter Kaffee in sich hineingeschüttet hatte.

Ich starrte so intensiv auf den Bildschirm, dass es vor meinen Augen zu flimmern begann. »Ich finde, wir sollten das Ganze sicherheitshalber noch mal durchgehen. Nicht, dass wir etwas übersehen haben und …«

»Bist du irre, Mädchen?«, fiel Julius mir ins Wort. »Wir sind das Ganze mindestens zehn Mal durchgegangen, wir haben nichts übersehen. Und selbst wenn – dann improvisieren wir halt.«

»Er hat recht«, meinte Claas. »Es ist zwei Uhr morgens, in acht Stunden kommt der Kunde, und wir sollten zusehen, dass wir vorher noch etwas Schlaf bekommen. Übrigens Nele, du wirst morgen die Kampagne vorstellen.«

Ich ließ die Kaffeetasse, die ich mir gerade zum Mund führen wollte, wieder sinken. Bei Rieger hatte ich nie eine derart wichtige Präsentation halten dürfen! Also hatte ich Claas in den letzten Tagen scheinbar doch von mir überzeugt.

Julius setzte sich kerzengerade hin und fragte »Nele?!«, in einem Tonfall, als hätte Claas soeben verkündet, ich wäre in Wahrheit Jennifer Lawrence und würde hier nur hospitieren, um mich besser in eine Rolle einfühlen zu können.

»Ja, Nele. Die Kampagne beruht zum größten Teil auf ihren Ideen, und ihre Präsentation im internen Meeting war großartig.«

»Natürlich«, beeilte Julius sich zu sagen. »Ich bin nur davon ausgegangen, dass die Präsentation bei so einem wichtigen Kunden … Chefsache ist.«

Oho, fühlte Julius sich etwa von mir, der Neuen, vom Thron gestoßen? Wen genau meinte er denn überhaupt mit *Chef*? Er hatte sagen wollen ›*meine* Sache‹, da war ich mir ganz sicher. Ich überlegte, wie ich am besten auf diesen kleinen Biss in meine Wade reagieren sollte, doch da kam Claas mir zuvor.

»Wie üblich macht derjenige die Präsentation, der der Richtige dafür ist, Julius. Beziehungsweise *die*jenige.« Trotz seiner äußerlichen Gelassenheit spürte ich eine winzige Anspannung in seiner Stimme und Körperhaltung, und der kurze Blick, den die beiden tauschten, sagte mir, dass da etwas zwischen ihnen im Gange war. Und zwar nicht erst seit heute. »Vielen Dank für die Chance, Claas«, sagte ich und wäre am liebsten vor Freude durchs Büro getanzt. Ich konnte es mir nicht verkneifen, Julius einen kurzen triumphierenden Blick zuzuwerfen.

Der runzelte für den Bruchteil einer Sekunde kaum merklich die Stirn, doch dann hatte er sich wieder im Griff. Lächelnd sagte er: »Du wirst das großartig machen, Nele. Du bist wirklich die Beste für diesen Job. Na gut, ich mach mich auf den Weg.« Damit stand er auf, rief uns »Gute Nacht« zu und verließ das Büro.

Claas und ich saßen für einen Moment stumm da. Unsere Blicke trafen sich, und irgendwie konnte ich nicht anders, als ihn anzulächeln. Er erwiderte mein Lächeln, und in meiner Magengegend spürte ich auf einmal ein winzig kleines Flattern. Ach du Schande, was war das denn? Schnell wandte ich mich dem Laptop zu, klappte den Bildschirm runter und packte mein Notizbuch ein. »Gut, dann also … vielen Dank für die Chance.«

»Du hast dich bereits bedankt«, erwiderte er. »Obwohl es da nichts zu danken gibt, ich habe dir den Job ja nicht gegeben, um dir einen Gefallen zu tun.«

»Ich weiß. Trotzdem freut es mich, dass ich die Präsentation halten darf.« Ich hängte mir meine Tasche um. »Dann mach ich mich mal besser auf den Weg, damit ich mich noch auf morgen vorbereiten kann. Na ja, also nicht wirklich vorbereiten«, korrigierte ich mich schnell. Womöglich hielt Claas mich sonst noch für unsicher. »Ich möchte nur noch mal alles ganz entspannt überfliegen.«

»Ach so. Verstehe«, meinte er in ernstem Tonfall, doch um seine Mundwinkel zuckte es. »Na gut, dann mach du mal ganz entspannt.« Damit stand er vom Stuhl auf und ging rüber zu Sally, die seit viereinhalb Stunden schnarchend auf dem Sofa lag. Claas strich ihr über den Kopf und sagte leise: »Hey, Sally. Aufwachen.« Er hatte ausgesprochen schöne Hände, wie mir auffiel. Große, zupackende Hände, aber seine Bewegungen waren sanft. Er konnte bestimmt verdammt gut streicheln. Also, Hunde natürlich.

Sally hörte auf zu schnarchen und öffnete langsam die Augen, um so niedlich verpennt aus der Wäsche zu gucken, dass ich kichern musste. »Sie ist wirklich der süßeste Hund der Welt.«

»Und der müdeste. Hey, aufwachen, Sally«, wiederholte er und klopfte ihr zärtlich auf den Hinterlauf.

Im Zeitlupentempo hob sie den Kopf, gähnte herzzerreißend und sah ihr Herrchen dann sehr vorwurfsvoll an.

Claas und ich lachten.

»Ich weiß, du hast es sehr schwer, aber nach Hause müssen wir leider trotzdem.« Er stutzte kurz, dann wandte er sich an mich. »Wie kommst du denn überhaupt nach Hause?«

»Ich ruf mir ein Taxi, das ist kein Problem.«

Claas schwieg für einen Moment, dann sagte er: »Ich könnte dich auch fahren.«

»Nein, lass mal.« Ich deutete auf Sally, der es äußerst schwer zu fallen schien, ihre Augen offen und den Kopf oben zu halten. »Die Arme muss nach Hause. Macht ihr euch ruhig auf den Weg.«

Claas nickte zögerlich. »Okay.«

Einen Augenblick lang blieben wir reglos voreinander stehen. Dann schüttelte er den Kopf, als hätte er einen Gedanken verworfen und sagte: »Na gut, dann sehen wir uns morgen.« Er machte sein Schnalzgeräusch. »Sally, hoch mit dir.«

Wie von der Tarantel gestochen schreckte sie auf, sprang vom Sofa, stieß gegen den Couchtisch und düste zur Tür. Dort legte sie aus Gründen, die ihr wahrscheinlich selbst nicht klar waren, eine Vollbremsung hin und drehte sich zu uns um.

»Was zur Hölle war das?«, fragte Claas grinsend.

»Ich habe keine Ahnung.«

Wir sahen uns in die Augen, einen winzigen Moment zu lang, und dann passierte der absolute Supergau: Mein Puls beschleunigte sich. Das war Herzklopfen, verdammt noch mal!

»Gute Nacht, Nele«, sagte Claas.

»Gute Nacht. Bis morgen.«

Kaum war er weg, ließ ich mich auf meinen Stuhl fallen. Musste ich mir etwa Sorgen machen wegen dieses Anflugs von Herzklopfen? Eigentlich doch nicht. Es kam vermutlich daher, dass ich morgen die Präsentation halten durfte. Ja, klar, ich fand Claas durchaus sympathisch. Ich schätzte ihn als Vorgesetzten, und ich mochte seinen Hund. Aber mehr auch nicht.

Ich rief mir ein Taxi, druckte die Präsentation aus und löschte die Lichter in der Agentur. Um drei Uhr nachts war ich endlich zu Hause. Mit der Präsentation legte ich mich ins Bett und feilte an meinen Worten. Wer brauchte schon Schlaf? Die paar Stunden würden ohnehin keinen Unterschied machen. Doch mein Körper schien das anders zu sehen, denn ab fünf Uhr morgens wurden meine Gedanken immer unklarer, und ich konnte mich kaum noch konzentrieren. Verzweifelt versuchte ich, meine Augen offenzuhalten, doch sie fielen immer wieder zu. Um halb sechs schaute ich das letzte Mal auf die Uhr, doch dann verlor ich endgültig meinen Kampf gegen die Müdigkeit, und sank in einen tiefen Schlaf.

Nur eine Stunde später klingelte der Wecker. Meine Augenlider wogen schwer wie Blei, und mein Hirn war unfähig, auch nur einen klaren Gedanken zu fassen. Wo war ich? Und *wer* war ich überhaupt? Dann fiel mir die Präsentation ein, und ich stöhnte auf. Verdammt, ich war eingeschlafen. Ich quälte mich aus dem Bett, um ins Bad zu hasten und mir die Zähne zu putzen. Als ich mich im Spiegel sah, zuckte ich zusammen. »Ach du Schande, wie siehst du denn aus?«, fragte ich mein Spiegelbild, doch aufgrund der Zahnpasta und Zahnbürste im Mund kam nur ein unverständliches Genuschel dabei heraus. Die Antwort meines Spiegelbilds hingegen war ganz klar: Heute war eindeutig der perfekte Tag für meine Algen-Frischekick-Maske! Ich klatschte mir die grüne Pampe großzügig ins Gesicht, und während sie hoffentlich ihr Bestes gab, um mich dynamisch und nach Möglichkeit auch kompetent aussehen zu lassen, munterte ich mein Spiegelbild auf. »Du siehst verdammt gut aus heute, du siehst geradezu hammermäßig aus. Echt jetzt«, beteuerte ich, doch da ich durch die Algenpampe im Gesicht große Ähnlichkeit mit Shrek hatte, kam das ein bisschen unglaubwürdig rüber. Dann also mein altbewährtes Mantra: »Du bist eine selbstbewusste, stolze und kluge Frau und stehst über allem«, redete ich mir gut zu. »Du bist überhaupt nicht nervös, sondern cool, gelassen und entspannt. Was im Grunde drei Wörter für den gleichen Zustand sind, wie Anni jetzt sagen würde, aber egal. Du wirst diese Politiker-Fritzen so dermaßen vom Hocker hauen. Du kannst das, Nele.« Schnell sprang ich unter die Dusche, föhnte mir anschließend die Haare und band sie im Nacken zu einem strengen Zopf zusammen. Meine Güte, so nervös kannte ich mich gar nicht. Ich hatte zwar vor einer Präsentation schon immer Lampenfieber gehabt, aber jetzt hatte ich geradezu Angst. Allerdings hatte ich auch noch nie vor einem so wichtigen Kunden die erste, große Präsentation halten dürfen. Ich wusste, dass das ein riesiger Vertrauensbeweis von Claas war, und ich wollte ihn auf keinen Fall enttäuschen. Vor allem, weil er anfangs an mir gezweifelt hatte. Ich schminkte mich dezent, schlüpfte in eine weiße Bluse und den langweiligsten schwarzen Hosenanzug, den die Welt je gesehen hatte. So konservativ ging es in der Agentur sonst eigentlich nicht zu, aber für ein Meeting mit Politikern fand ich dieses Outfit vollkommen angemessen.

Im Büro verzog ich mich sofort an meinen Schreibtisch und setzte mich an die Präsentation. Irgendwann hielt ich inne, denn ich hörte aus dem Flur das Geräusch von Krallen, die über Parkettboden kratzten. Sekunden später stürmte Sally in mein Büro, um mich liebevoll zu begrüßen, so wie sie es jeden Morgen tat.

»Moin, Nele.« Ich blickte auf und entdeckte Claas in der Tür.

»Guten Morgen.«

»Wie sieht's aus, hattest du schon einen Kaffee?«

Ich schüttelte den Kopf.

»Dann wird's aber höchste Zeit, sonst pennst du nachher im Meeting noch ein. Kommst du mit?«

»Klar. Kaffee klingt gut.«

Wir gingen in die Küche, und holten unsere Tassen hervor. Claas nahm mir galant meine Tasse ab und bereitete mit der altersschwachen Maschine einen doppelten Espresso für mich zu. Mit einer butlerartigen Verbeugung überreichte er mir den Kaffee. »Bitteschön, die Dame.«

»Vielen Dank. Sag mal, hast du dieses Ding eigentlich wirklich einer einäugigen neapolitanischen Prostituierten abgekauft?«, fragte ich.

Er lachte. »Nein. Aber ich habe diese Geschichte in Umlauf gebracht und bin stolz darauf, dass sie sich durchgesetzt hat.«

Wie immer wirkte sein Lachen ansteckend auf mich. »Es ist ja auch eine gute Geschichte.«

»Ich weiß.«

»Und woher hast du die Maschine wirklich?«

»Das ist leider total unspektakulär. Vom Flohmarkt.«

»Stimmt, die Geschichte mit der einäugigen neapolitanischen Prostituierten ist besser.«

Wir grinsten uns an, und ich hätte ewig mit ihm hier stehenbleiben und quatschen können. Doch dann unterbrach Claas unvermittelt unseren Blickkontakt. Er räusperte sich und deutete zur Tür. »Da fällt mir ein, dass ich einen wichtigen Telefontermin habe. Und du willst bestimmt ganz entspannt die Präsentation noch mal überfliegen.«

»Also, ich … ja. Genau.«

»Na dann. Bis später.« Kaum hatte er es gesagt, war er auch schon verschwunden.

Verwirrt sah ich ihm nach. Hatte ich etwas Falsches gesagt? Er hatte mich doch gefragt, ob wir einen Kaffee holen wollten. Soweit ich wusste, war das in jedem Büro auf dieser Welt Synonym für einen kleinen Klönschnack. Und dann fiel ihm urplötzlich ein, dass er einen Telefontermin hatte? Aber es stimmte ja, ich sollte mich tatsächlich wieder an die Präsentation setzen. Ich trank den Rest des Kaffees und ging zurück an meinen Platz. Jetzt hieß es Konzentration auf das Wesentliche: und zwar auf meine Arbeit.

Um halb zehn trudelten Linda und Julius ein, und pünktlich um zehn steckte Claas seinen Kopf zur Tür herein. »Der Kunde ist da. Kommt ihr?«

Am Empfangstresen warteten vier Personen auf uns. Rüdiger Hofmann-Klasing erkannte ich sofort, immerhin hatte ich mich in der vergangenen Woche intensiv mit diesem Mann befasst. Er war ein Mensch, der sich unter Kontrolle hatte, so viel stand fest. Er hielt sich sehr gerade, seine Augen blickten wachsam, sein Körper war angespannt. Claas stellte Linda, Julius und mich vor, und Rüdiger Hofmann-Klasing gab uns die Hand.

»Freut mich sehr, Sie kennenzulernen«, sagte ich.

Sein Blick streifte mich nur kurz, um sich dann wieder auf Claas zu konzentrieren. Offenbar hatte er mich als unwichtige Randfigur abgetan. Immerhin erging es Linda und Julius nicht besser, denn deren Begrüßung fiel ebenso knapp aus.

Nun stellte Claas auch die drei Begleiter von Rüdiger Hofmann-Klasing vor. Zunächst deutete er auf eine schlanke, mittelgroße Frau im Business-Kostüm – RHKs Frau Sybille. Sie hatte sich offensichtlich ebensolche Mühe gegeben, tadellos auszusehen, wie ich. Auch bei ihr saß nichts am falschen Platz, kein Fusselchen hing auf ihrem Hosenanzug, kein Fältchen hatte sich in ihre Bluse verirrt. Ihr Händedruck war fest, und ihre Stimme klang überraschend tief, als sie »Guten Tag, Frau Wilkens« sagte. Doch ihr Lächeln erreichte die Augen nicht, und auch sonst wirkte sie ebenso beherrscht wie ihr Ehemann.

Als Nächstes stellte Claas Herrn Dr. Wilfried Meier vor, einen großen, kräftigen Mann in den Fünfzigern, seines Zeichens Vizelandesvorsitzender der Durchschnittspartei. Mit seinen breiten Schultern und roten Wangen kam er so kernig rüber, dass er mich eher an einen Landwirt oder Heringsfischer erinnerte. Im Gegensatz zu Herrn und Frau Hofmann-

Klasing strahlte er über das ganze Gesicht. »Frau Wilkens, ich grüße Sie«, dröhnte er mit lautem Organ und rollendem R.

Zu guter Letzt gab ich Herrn Fangmann die Hand, der sich als Referent für Öffentlichkeitsarbeit vorstellte. Ich schätzte ihn auf Claas' Alter, also sechsunddreißig, und er war mit seinen blonden Haaren und stahlblauen Augen durchaus nicht unattraktiv.

Nachdem die Begrüßungsrunde abgeschlossen war, führten wir unsere Besucher in den Besprechungsraum, wo wir uns mit Kaffee und Keksen versorgten und erst mal höflich über den traumhaften Hamburger Sommer und den herrlichen Sonnenschein plauderten. Zumindest taten das alle bis auf die Hofmann-Klasings, die nur mit ernster Miene dabeisaßen. Frau Hofmann-Klasing hatte nicht mal ein winziges Schokoladenplätzchen genommen, und RHK schaute immer wieder auf seine Uhr, als würde dieser Termin dadurch schneller vorübergehen. Als gerade für ein paar Sekunden eine Gesprächspause entstanden war, weil alle entweder von ihrem Kaffee tranken oder an ihrem Keks kauten, brach es aus ihm hervor: »Nun gut, ich würde sagen, wir kommen zum Wesentlichen.«

Claas stellte seine Kaffeetasse ab. »Natürlich, das ist eine gute Idee.« Er deutete auf mich. »Frau Wilkens wird Ihnen die Kampagne im Einzelnen vorstellen.«

»Ah, prima«, sagte Herr Dr. Meier mit rollendem R und klatschte dabei in die Hände. »Dann legen Sie mal los, Frau Wilkens.«

Jetzt, wo es endgültig soweit war, machte mein Herz einen aufgeregten Hopser. ›Bleib cool, gib dich souverän und tu so, als würdest du täglich dreimal superwichtige Präsentationen vor superwichtigen Kunden halten‹, schärfte ich mir ein. Ich lächelte freundlich (und hoffentlich kompetent) in die Runde. »Also, die Aufgabe, die sich uns stellte, war …«

»Entschuldigung, aber dürfte ich fragen, wie alt Sie überhaupt sind?«, fiel RHK mir ins Wort.

Völlig baff starrte ich ihn an. »Bitte?«

Mit Daumen und Zeigefinger rückte er seine Brille zurecht. »Nun, ich hatte angenommen, diese Kampagne sei wichtig genug, dass ein höhergestellter Kollege sich darum kümmert. Beziehungsweise der Chef. Aber das scheint nicht der Fall zu sein, stattdessen lässt man die Praktikantin ran.« Er wandte sich an Herrn Dr. Meier und Herrn Fangmann. »Das muss ich mir doch wohl nicht bieten lassen.«

Für zwei Sekunden, die mir wie eine halbe Ewigkeit vorkamen, war es totenstill im Raum. Verdammt noch mal, jetzt fing dieser Typ auch noch so an? Allmählich hatte ich die Schnauze gestrichen voll von diesen blöden Machos, die mich und meine Fähigkeiten in Frage stellten, nur weil ich eine Frau und unter dreißig war. Aus den Augenwinkeln bemerkte ich, dass Claas etwas erwidern wollte, doch ich kam ihm zuvor. »Ich bin keine Praktikantin, Herr Hofmann-Klasing«, sagte ich kühl. »Und zwar schon ziemlich lange nicht mehr.«

»Ach ja? Wie alt sind Sie denn nun?«, blaffte er.

›Wie alt sind *Sie* denn?‹, hätte ich am liebsten zurückgeblafft, doch ich konnte mich gerade noch beherrschen. Stattdessen sagte ich betont ruhig: »Mein Alter tut überhaupt nichts zur Sache. Ich versichere Ihnen, dass ich …«

»Wie gesagt, ich hatte erwartet, dass ich mit mehr Respekt behandelt werde«, fiel dieser unmögliche Blödmann mir erneut ins Wort. Er hob das Kinn und fixierte mich von oben herab.

»Sollte nicht *jeder Mensch* erwarten dürfen, dass er mit Respekt behandelt wird?«, konterte ich.

RHK plusterte sich daraufhin erst recht auf, doch bevor er

anfangen konnte, auf mich einzuhacken, fasste seine Frau ihn am Unterarm. »Rüdiger, bitte«, zischte sie.

»Wozu sollen wir uns das noch weiter anhören?«, meckerte er. »Ich habe von Anfang an gesagt, dass ich gegen diesen Unsinn bin. *Imagekampagne.* So etwas habe ich überhaupt nicht nötig.«

»Doch, haben Sie«, stellte Claas fest. »Sie kennen die Umfrageergebnisse.«

»Das sind überhaupt keine aussagekräftigen Zahlen! Diese Diskussion haben wir schon tausendmal geführt.«

»Und hier ist nun wirklich nicht der richtige Rahmen, diese Diskussion zum tausend und ersten Mal zu führen«, meldete sich Herr Fangmann zu Wort.

»Die Zahlen sind absolut aussagekräftig, Herr Hofmann-Klasing«, sagte ich. »Und vor allem sind sie bedenklich. 44,7 % der Befragten wissen mit Ihrem Namen nichts anzufangen. 32,3 % kennen Sie zwar, halten Sie aber nicht für geeignet, Bürgermeister von Hamburg zu werden. Finden Sie nicht, dass Sie sich Gedanken machen sollten, woran das liegt und wie Sie das Vertrauen der Wähler gewinnen können?«

»Ich gewinne das Vertrauen der Wählerinnen und Wähler, indem ich ehrlich, zuverlässig und kompetent bin«, zitierte er seinen Wahlkampfslogan. »Für Hamburg«, fügte er dann auch noch hinzu.

»Rüdiger Hofmann-Klasing ist ein sehr authentischer Mensch«, erklärte seine Frau Sybille, und für einen Moment fragte ich mich, ob es noch einen anderen Rüdiger Hofmann-Klasing gab. »Daher hat er Schwierigkeiten, sich mit dieser Imagekampagne anzufreunden.«

»Und dann muss ich mir auch noch von so einem jungen Ding anhören, wie ich mich zu geben habe!«, ereiferte er sich. »Seit meinem achtzehnten Lebensjahr mache ich Politik, und ich bin bislang immer sehr gut ohne PR-Heinis ausgekommen, die mir vorschreiben, wie ich meinen Job zu erledigen habe! Sie werden mir doch nur was über Facebook, Instagramm, Flatchat, und wie sie alle heißen, erzählen! Meine Wählerinnen und Wähler sind keine Social-Media-Nutzer!«

»Ja, aber genau das ist doch unter anderem Ihr Problem, Herr Hofmann-Klasing«, entfuhr es mir. Mist, war das zu unhöflich gewesen? Ich schaute schnell zu Claas, doch ich hatte nicht den Eindruck, dass er mein Verhalten unmöglich fand. Im Gegenteil, er nickte zustimmend.

»Frau Wilkens hat recht«, sagte er. »Gerade in der Altersgruppe der 18- bis 26-Jährigen sind Ihre Umfragewerte katastrophal. Wenn Sie Bürgermeister werden wollen, müssen Sie diese Gruppe dringend mit ins Boot holen.«

»Also soll ich jetzt täglich twittern, so wie Trump, oder was?«, motzte RHK.

»Gott steh uns bei, bloß nicht wie Trump!«, rief Herr Dr. Meier entsetzt. »Wenn auch nur eine Trump-mäßige Aktion kommt, haben wir sofort die Basis am Hals. Von den Jungen Durchschnittlichen mal ganz zu schweigen, und vom Bundesvorstand möchte ich gar nicht erst anfangen.«

»Sie können sich sicher sein, dass wir keinen Donald Trump aus Ihnen machen wollen«, beruhigte ich die Herren. »Ich schlage vor, Sie hören sich erst mal in Ruhe an, was ich zu sagen habe.«

RHK rückte seine tadellos sitzende dunkelgraue Krawatte zurecht und atmete tief durch. »Einverstanden.«

»Gut. Sie haben vorhin das Stichwort Authentizität genannt, Frau Hofmann-Klasing. Und das ist ein gutes Stichwort, denn genau darum geht es uns in der Kampagne.« Ich stand auf, stellte den Beamer an, und rief die ersten Slides auf. Nachdem der Start meiner Präsentation so gründlich schiefgelaufen war, war ich nun merkwürdig ruhig. Als wäre der ganze Druck von mir abgefallen, denn das Schlimmste war ja bereits eingetreten. Ich schmiss mit Zahlen um mich, als ich die Ergebnisse unserer Blitzumfrage analysierte und war froh darüber, dass sie dieses Mal nicht ausgedacht waren. Dann ging ich über zu unserer Strategie und legte dar, welche Kernpunkte unsere Kampagne umfasste. »Wir möchten Ihre Stärken betonen und dafür sorgen, dass alle Welt mitbekommt, was Ihre Stärken sind. Daher sollten Sie hier und da ein paar Emotionen zeigen. Ich meine, Sie mögen doch Kinder, oder?«

RHK zuckte mit den Schultern. »Ja, gut durchgebraten, mit einem Hauch Rosmarin.«

»Rüdiger, bitte!«, sagte seine Frau pikiert.

»Du musst zugeben, dass unsere Söhne momentan nicht gerade die reine Freude sind.«

Frau Hofmann-Klasing wandte sich an mich. »Ruben und Korbinian sind in der Pubertät. Sie machen eine schwierige Phase durch, das war es, was Rüdiger Hofmann-Klasing sagen wollte. Aber seit Korbinian die Schule gewechselt und Ruben mit dem Rauchen aufgehört hat, sind sie wirklich sehr liebe Jungs.«

Ich bemerkte, dass Linda sich schnell abwandte, um eine Notiz zu machen, und auch Julius schaute angestrengt auf seine Unterlagen. »Ähm … okay. Das ist ja schön«, meinte ich. »Jedenfalls, um mal auf die Emotionalität zurückzukommen. Sie sollten etwas nahbarer sein. Nehmen Sie doch zum Beispiel bei einer Veranstaltung einfach mal ein Kind auf den Arm.«

»Ich weiß nicht so recht«, meinte Herr Fangmann. »Kinder auf den Arm nehmen könnte einen faden Beigeschmack bei den Leuten wecken.«

»Na schön, dann umarmen Sie eine Rentnerin.«

Bedächtig wiegte er den Kopf. »Heikel, heikel. Ein Politiker hat ja schnell den Ruf eines notgeilen Grabschers weg.«

»Gut, dann eben einen Rentner.«

»Da gilt das Gleiche.«

Schließlich schaltete Claas sich ein. »Dann umarmen Sie eben niemanden, sondern wuscheln dem Kind durchs Haar und klopfen dem Rentner auf die Schulter. Oder machen diese Mischung aus Händeschütteln und Schulterklopfen. Kommt immer gut an.«

Herr Fangmann schien sich Claas' Vorschlag für einen Moment durch den Kopf gehen zu lassen. »Ja, das kann man machen.«

»Na, wunderbar«, sagte ich erleichtert. »Außerdem sollten wir daran arbeiten, dass Ihre Reden emotionaler werden, Herr Hofmann-Klasing. Da muss mehr Feuer rein, verstehen Sie?«

»Ich halte am laufenden Band emotionale Reden!«, empörte er sich.

Da waren Linda, Julius, Claas und ich allerdings anderer Meinung, denn uns war aufgefallen, dass er im Grunde nur einen einzigen Gesichtsausdruck und einen Tonfall kannte. Nämlich *scheintot*. »Natürlich tun Sie das, Sie müssen nur noch etwas mehr aus sich herauskommen.« Jetzt kam ich zu einem Punkt, von dem mir klar war, dass er bei RHK nicht besonders gut ankommen würde. »Nun zu den Wahlplakaten. Die sind der absolute Supergau, das kann ich leider nicht anders sagen.«

»Seht ihr, ich habe doch von Anfang an gesagt, dass diese Plakate nicht gut sind«, sagte Herr Dr. Meier triumphierend. »Es ist die gestreifte Krawatte, richtig? Ich habe gleich gesagt, dass man das nicht machen kann. Gestreifte Krawatten sind ein absolutes No-Go auf Wahlkampfplakaten. Habe ich recht, Frau Wilkens?«

Davon hatte ich zwar noch nie etwas gehört, aber gut. »Na ja. Es liegt nicht in erster Linie an der Krawatte.« Ich deutete auf die Wand, an die der Beamer das Wahlplakat der Durchschnittspartei projizierte. »Sie sehen verunsichert aus, beinahe ängstlich. Der Slogan sollte auf die Stadt bezogen sein. Was können Sie für Hamburg tun? Ehrlich, zuverlässig und kompetent sein? Das ist alles? Wir werden also neue Plakate drucken lassen, und zwar schnellstmöglich. Und wenn wir schon mal dabei sind, werden wir auch ein bisschen an Ihrem Äußeren arbeiten.«

RHK setzte sich aufrecht hin. »An meinem Äußeren? Was soll das denn heißen?«

»Wir möchten, dass Sie moderner rüberkommen. Eine andere Brille, die Frisur etwas aufpeppen, an der Kleidung feilen.«

»Aber vorhin haben Sie doch noch etwas von Authentizität erzählt«, ereiferte er sich. Inzwischen tat er mir schon fast leid. Es war bestimmt nicht schön, so auf den Prüfstand gestellt zu werden.

»Sie sollen ja auch authentisch bleiben«, erwiderte ich. »Aber Sie wissen doch: Kleider machen Leute. Heutzutage lässt sich jeder Mensch beraten, der in der Öffentlichkeit steht. Allen voran die Queen, Barack Obama oder Angela Merkel.«

»Hauptsache, er trägt keine gestreifte Krawatte auf dem Bild«, betonte Herr Dr. Meier. »Das ist sehr wichtig, darauf legt der Vorstand großen Wert. Und die Basis sowieso.«

»Okay, keine gestreifte Krawatte«, sagte ich geduldig und tat so, als würde ich es mir notieren.

Herr Dr. Meier rieb sich das Kinn. »Auch keine schwarze, wenn ich es recht bedenke. Wir wollen ja kein falsches Zeichen setzen. Grün, gelb und rot gehen natürlich auch nicht.

Von blau und braun mal ganz zu schweigen.« Nun wandte er sich an RHK und Herrn Fangmann. »Wenn ich es mir recht überlege, ist mir das doch ein bisschen zu heikel. Wir sollten das unbedingt mit der gesamten Parteispitze noch mal abstimmen. Oder einen außerordentlichen Parteitag einberufen, damit auch die Basis ...«

»Herrgott noch mal, Wilfried«, zischte Frau Hofmann-Klasing. »Es geht hier um eine Krawatte!«

Herr Dr. Meier hob einen Zeigefinger und erklärte: »An einer Krawatte sind schon Wahlen gescheitert.«

»Ach ja? Wann denn?«, fragte sie schnippisch. Doch dann fasste sie sich kurz ans Haar und saß danach wieder reglos da.

»Gut, also ich schlage vor, die Krawattenfrage wird parteiintern noch mal diskutiert«, mischte Claas sich ein. »Und wir merken uns solange Ihre Parteifarbe violett als mögliche Krawattenfarbe vor, oder alternativ pink, rosa, weiß, grau oder ein neutrales Beige.«

Ich spürte ein Lachen in mir aufsteigen, doch es gelang mir, es unter Kontrolle zu halten.

Nachdem dieser Teil der Präsentation abgehakt war, berichtete Linda kurz über die Social-Media-Kampagne, während Julius ein paar Sätze zu den Printmedien und Fernsehsendern sagte, mit denen er in engem Kontakt stand. Dann erläuterte ich den Zeitrahmen und endete schließlich mit: »Und bei der Bürgerschaftswahl werden Sie sehen, dass all diese Maßnahmen, zusammen mit der Partei-Kampagne von Rieger, etwas bewirkt haben. Nämlich, dass die Hamburger Sie als neuen Bürgermeister wollen und ihre Kreuzchen an den richtigen Stellen machen.« Damit war ich am Ende der Präsentation angekommen. Für einen Moment hielt ich den Atem an, und fast erwartete ich frenetischen Beifall. Ich hatte meine Sache doch nicht schlecht gemacht, oder? Linda grinste mich freundlich an, Julius machte sich ein paar Notizen. Claas schaute mich mit unergründlichem Blick an und nickte mir beinahe unmerklich zu.

»Vielen Dank für die Präsentation«, sagte Herr Dr. Meier. »Ich muss gestehen, dass die Kampagne mir gefällt. Klingt so, als hätte das alles Hand und Fuß. Nicht zu viel, nicht zu wenig. Was meinst du?«, fragte er Herrn Fangmann.

Der nickte und sagte: »Sehe ich auch so.«

Die Meinung von Rüdiger Hofmann-Klasing und seiner Frau schien nicht relevant zu sein, denn die zwei wurden nicht gefragt.

»Wie sehen Sie das Ganze denn?«, wandte Claas sich an die beiden. »Immerhin geht es hier in erster Linie um Sie.«

RHK rückte seine Brille zurecht. »Ich muss gestehen, dass es mir sehr widerstrebt, diesen Wahlkampf so an meiner Persönlichkeit festzumachen. Meines Erachtens sollte es um politische Inhalte gehen und nicht darum, wie gerne und oft ich Rentner in den Arm nehme.«

Herr Dr. Meier klopfte mit beiden Händen auf die Tischplatte. »Sie werden verstehen, dass wir das Ganze noch mal besprechen müssen. Unter anderem natürlich auch die Krawattenfrage.« Er schien total fixiert auf dieses Thema zu sein.

»Natürlich«, erwiderte Claas. »Besprechen Sie das alles noch mal und dann melden Sie sich bei uns.«

Damit war das Meeting beendet, und nachdem die Kundschaft weg war, saßen Claas, Linda, Julius und ich für eine Weile reglos auf unseren Plätzen.

»Tja«, sagte Julius nach einer Weile. »Es wird zweifellos keine leichte Aufgabe, RHK zum Bürgermeister zu machen.«

Linda nickte. »Krass, dass du am Anfang so ruhig geblieben bist, Nele. Ich glaube, ich wäre ausgeflippt.«

»Innerlich bin ich auch ausgeflippt. Aber dann dachte ich

mir, dass ich mir von diesem Typen nicht die Präsentation versauen lassen werde.«

»Gut gemacht«, meldete Claas sich zu Wort. »RHK hat sich dir gegenüber wirklich unmöglich benommen. Ich war kurz davor einzugreifen, aber du hattest die Lage ja selbst im Griff. Deine Präsentation war großartig.«

»Ach«, winkte ich bescheiden ab. Doch es gelang mir einfach nicht, cool zu bleiben. Ich freute mich wie Bolle über sein Lob. Und außerdem fand ich doch auch, dass ich meine Sache nicht schlecht gemacht hatte.

Julius hielt seine Hand hoch, damit ich ihm High Five geben konnte. »Geile Performance. Wie sieht's aus, machen wir Mittag?«

Für den Bruchteil einer Sekunde zögerte ich, denn ich hatte auf einmal nicht übel Lust, hier sitzen zu bleiben, um mit Claas zu quatschen. Doch zum einen hatte er heute bereits deutlich gemacht, dass er an privaten Klönschnacks kein Interesse hatte, und zum anderen … Hallo?! Claas war mein Chef, und bislang hatte ich noch nie das Bedürfnis gehabt, mit einem Vorgesetzten in irgendeiner Form privat zu werden. Schon gar nicht mit einem, der so wichtig für meine Karriere war. Je weniger ›privat‹ ich mit Claas wurde, desto besser. Schnell stand ich auf und kramte meinen Kuli und meinen Notizblock zusammen. »Klar. Machen wir Mittag.« Ich nickte Claas noch mal zu und folgte Julius und Linda in unser Büro. Es wurde wirklich höchste Zeit fürs Wochenende und somit eine Claas-Pause!

Wahnsinn (... Hölle, Hölle, Hölle)

Am nächsten Morgen wurde ich von der Sonne geweckt, die mir durch die offenen Vorhänge mitten ins Gesicht schien. Ich hatte etwas Wunderschönes geträumt und wollte eigentlich gar nicht wachwerden. Doch dann fiel mir ein, dass Lenny und seine Angebetete Mia heute zu Besuch kamen, damit wir zusammen zum Schlagermove gehen konnten. Also blieb mir nichts anderes übrig, als aufzustehen. Beinahe wäre ich über den riesigen Berg Schlagermove-Utensilien vor meinem Bett gestolpert, die ich mir bei Freunden geliehen und in einem Kostümverleih gekauft hatte: riesige Siebzigerjahre-Sonnenbrillen, Blumenketten, Perücken in Pink, Blau, Regenbogenfarben und Grün, Haarreifen mit glitzernden Bommeln und so weiter und so fort. Zum Glück hatten Anni und ich noch von der Bad-Taste-Party, die Lisa an Silvester 2016 gegeben hatte, Minikleider in schrillen Mustern. Damit Mia nicht ohne Kleid dastand, hatte ich gestern noch etwas Stoff gekauft und schnell ein einfaches Hänger-Kleidchen genäht, in das sie garantiert passen würde, egal ob sie Größe 32 oder 58 trug. Alle drei Kleider hatte ich über Ilse-zwo drapiert, die Schneiderpuppe, die in einer Ecke meines Zimmers stand. Ich hatte sie von meiner Oma Ilse bekommen, die in den Fünfzigerjahren eine Ausbildung zur Schneiderin gemacht hatte. Sie war aus Holz (also die Puppe, nicht meine Oma), stand auf einem verschnörkelten Fuß und besaß wunderschöne Rundungen. Meine Klamotten passten ihr zwar eigentlich nicht, da ich schmaler in den Hüften und obenrum leider nicht ganz so gut ausgestattet war. Aber zum Längen abstecken und Parken eines unvollendeten Kleidungsstücks erfüllte sie allemal ihren Dienst.

Ich trat in den Flur und wurde von köstlichem Kuchenduft empfangen. Das Wasser lief mir im Mund zusammen, und es zog mich magisch in die Küche, wo Anni schokoladigen Teig in die Vertiefungen eines Muffinblechs füllte. Auf einem Rost kühlte etwas aus, das verdächtig nach … »Ist das etwa Zitronenkuchen?«, fragte ich hoffnungsvoll. »Sag, dass das alles für mich ist, Anni.«

Sie sah von ihrer Arbeit auf und grinste mich an, wobei sie ihre Nase immer so süß krauszog, dass mir ganz warm ums Herz wurde. »Es ist *auch* für dich. Ich dachte, wenn Lenny und seine Freundin kommen, freuen sie sich bestimmt über Kuchen.«

»Lenny würde für Kuchen sterben, das weißt du doch. Und ich auch. Das riecht köstlich!«

Anni machte sich wieder an die Arbeit und kratzte den Teig zusammen, um die letzte Vertiefung zu füllen. »Ach, das sind nur einfache Schokomuffins. Und ja, das da ist Zitronenkuchen.« Sie fuhr mit dem Finger durch die leere Teigschüssel und leckte ihn genüsslich ab.

»Ich liebe deinen Zitronenkuchen!«, rief ich entzückt. »Wenn wir unser Café aufmachen, muss der unbedingt auf der Karte stehen.«

Anni und ich träumten schon lange davon, ein eigenes Café aufzumachen, am liebsten in einem wunderschönen alten Reetdachhaus am Meer. Eine von uns beiden musste dieses Reetdachhaus allerdings erben, weil wir es uns nie im Leben leisten konnten, so ein Haus zu kaufen. Das Problem war nur, dass weder Anni noch ich Verwandtschaft hatten, die in einem Reetdachhaus am Meer wohnte. Trotzdem blieb das unser absoluter Lieblingstraum, und wir konnten uns stundenlang ausmalen, wie großartig dieses Café werden würde. Seit ich wieder angefangen hatte zu nähen, war es zu einem Näh-Café geworden, in dem Anni backte und sich um die Gäste kümmerte, während ich Schneiderkurse gab und selbst designte Kleider verkaufte.

»Kaffee?«, fragte ich.

Anni schob das Muffinblech in den Ofen. »Gerne. Ich bin ganz schön müde, nachdem wir gestern noch so lange auf deinen Triumph bei der Präsentation angestoßen haben.«

Ich kochte uns einen Kaffee, während Anni zwei Scheiben von dem Zitronenkuchen abschnitt und sie auf zwei Teller legte. »Schon seltsam, dass du bei dieser Imagekampagne mit deiner alten Agentur zusammenarbeiten musst«, meinte Anni. »Und mit Tobi. Dabei bist du ja seinetwegen von Rieger weg. Jetzt hast du ihn doch wieder am Hals.«

»Ja, aber zum Glück nur indirekt. Bislang konnte ich jeglichen Kontakt vermeiden, und ich hoffe, dass es dabei weitestgehend bleibt.« Ich schenkte jedem von uns eine Tasse Kaffee ein. »Wie sieht's aus, setzen wir uns nach draußen?«

Wir setzten uns raus auf den Balkon, wo ich gleich ein Stück von dem Zitronenkuchen abbrach, um es mir in den Mund zu stecken. Der Kuchen war himmlisch. Wunderbar leicht und fluffig, und gleichzeitig zitronig-fruchtig und süß. »Mmmh«, machte ich.

Für eine Weile genossen wir unseren Kuchen und die warme Sommerluft. Irgendwann fragte Anni: »Sag mal … hängst du eigentlich noch sehr an Tobi? Beziehungsweise, trauerst du noch?«

Ich ließ mir Zeit mit der Antwort. »Was heißt trauern? Ich weine mich nicht mehr in den Schlaf, und es tut mir sehr gut, Single zu sein. Aber es ist erst zwei Monate her, dass Tobi mich abgeschossen hat. Ich muss erst mal irgendwie wegstecken, dass er mir so völlig aus dem Blauen eröffnet hat, ich wäre doch nicht die Richtige. Und das, obwohl ich mir solche Mühe gegeben habe, die Richtige für ihn zu sein.« Nachdenklich rührte ich in meiner Kaffeetasse. »In mir muss sich ganz viel zurechtrücken, verstehst du? Ich lecke meine Wunden, und will erst mal herausfinden, wieso ich mich immer wieder für Typen verbiege. Und woran es liegt, dass nicht nur Tobi, sondern bislang jeder Mann sich von mir getrennt oder mich betrogen hat.«

»Ich hoffe, du denkst nicht, dass es an dir liegt.«

Ich hob die Schultern. »Vielleicht ja doch? Es könnte doch sein, dass ich die Typen verschreckt habe oder dass ich … na ja, dass man mich halt betrügt.« Wie hatte meine Oma es noch formuliert? Dass ich Männer nicht halten konnte.

»Das ist doch Unsinn.«

»Aber wenn bislang alle Männer sich so verhalten haben, muss ich doch mal überlegen, ob es an mir liegt. Wenn alle in die gleiche Richtung fahren, nur ich nicht, was glaubst du, wer dann die Geisterfahrerin ist?«

»Ach Nele, das bringt doch nichts«, sagte Anni bekümmert. »Du bist so toll, jetzt steigere dich nicht in diesen Quatsch rein. Du hast es überhaupt nicht nötig, dich zu verbiegen.«

»Nein, das werde ich auch von jetzt an nicht mehr machen. Versprochen.« Um sie von dem Thema abzulenken, fragte ich: »Wie ist es denn bei dir und Sebastian? Es läuft ganz gut, was?« Ich grinste sie breit an, weil das vermutlich die Untertreibung des Jahrtausends war.

Ein Lächeln erschien auf ihrem Gesicht, und ihre Augen begannen zu strahlen. »Ich hätte nie gedacht, dass dieser Blödmann mich so glücklich machen würde.«

Liebevoll knuffte ich sie in die Seite. »Ach komm, das hat doch jeder von Anfang an gewusst.«

»Na, ich nicht. Übrigens lerne ich morgen seinen Bruder und dessen Frau und Tochter kennen.« Auf einmal wurde sie wieder ernst. »Ich hab echt Bammel.«

»Wieso das denn?«

Sie wich meinem Blick aus. »Du weißt doch, dass andere Menschen mich oft nicht mögen.«

»Ach, Anni.« Mein Herz quoll über vor Mitgefühl. Als Jugendliche war Anni heftig gemobbt worden, und noch heute hatte sie Schwierigkeiten, unbefangen auf fremde Menschen zuzugehen. »Die Menschen, die dich nicht mögen, zählen doch überhaupt nicht. Die kannst du getrost vergessen. Denn die Menschen, auf die es ankommt, die mögen dich. Immer und ausnahmslos.«

Anni seufzte tief. »Das sagt sich so leicht. Und, hey, vielleicht solltest du dir das selbst auch mal hinter die Löffel schreiben. Jedenfalls hoffe ich wirklich, dass ich mit Sebastians Bruder und seiner Familie gut klarkomme.«

»Sie werden dich lieben, Anni. Glaub mir.« Ich stopfte mir den Rest meines Zitronenkuchens in den Mund. »So, ich muss dringend unter die Dusche und mich anziehen.«

»Mach das. Und du bist keine, die man betrügt. Rede dir so was bloß nicht ein.«

Dankbar lächelte ich sie an, dann verschwand ich im Bad, putzte mir die Zähne und duschte ausgiebig.

Eine Viertelstunde vor der verabredeten Zeit klingelte es an der Tür, und somit war klar, dass es Lenny sein musste. Ich betätigte den Türöffner und während ich wartete, dass er und Mia raufkamen, zupfte ich nervös mein Siebzigerjahre-Kleid zurecht. Hilfe, wieso war ich denn so aufgeregt, nur, weil ich die Freundin meines Bruders kennenlernte? Kurz darauf stand Lenny auch schon vor mir, immer noch ungewohnt für mich mit seiner schicken neuen Frisur. Inzwischen hatten wir auch eine coole schwarze Hornbrille für ihn ausgesucht, und ich betrachtete Lenny voller Schwesternstolz. Wie süß er war! »Hallo, mein Nele-Herz«, sagte er und drückte mich an sich. Mit Lenny gab es keine von diesen vorsichtigen Umarmungen, bei denen man sich eigentlich gar nicht berühren wollte, und die genau dadurch die schlimmsten Umarmungen überhaupt waren. Er umarmte mit vollem Körpereinsatz.

»Hi, mein Lenny-Herz«, erwiderte ich und drückte ihn ebenso fest zurück. Dann musterte ich neugierig die etwa einen Meter fünfundfünfzig kleine junge Frau neben ihm. Mia hatte ein rundes, offenes Gesicht, und alles an ihr strahlte: ihre mandelförmigen, blauen Augen, ihr Mund, ja, sogar die kleine Lücke zwischen ihren beiden oberen Schneidezähnen schien zu strahlen, und jede einzelne Sommersprossen auf ihrer Nase gleich mit. »Hi, ich bin Nele«, sagte ich und hielt ihr meine Hand hin.

»Hi, Nele.« Sie ergriff meine Hand, nur um mich dann an sich zu ziehen und in den Arm zu nehmen. »Ich bin total aufgeregt.«

Verdattert erwiderte ich ihre Umarmung. »Echt?«

Mia ließ mich los und blies sich den fransigen Pony aus der Stirn, wobei sie das Gesicht zu einer lustigen Grimasse verzog. »Ja, klar. Lenny erzählt immer so viel von dir.« Sie betrachtete mich eingehend. »Du siehst voll schön aus.«

»Oh, danke«, sagte ich geschmeichelt. »Du aber auch. Übrigens bin ich auch aufgeregt, dich kennenzulernen.«

Lenny legte einen Arm um sie und sagte stolz: »Das ist meine Freundin. Mia.«

»Das habe ich mir schon gedacht, Lenny«, erwiderte ich grinsend.

Mia und Lenny himmelten sich gegenseitig an, und dann küssten sie sich. Reflexartig zuckte ich zusammen und wandte schnell meinen Blick ab. Meine Güte, das war schräg. Mein kleiner Bruder knutschte! »Kommt doch mit in die Küche, Anni hat Kuchen gebacken. Und Eiskaffee gibt's auch.«

Ich ging den beiden voraus, und sie folgten mir in die Küche, wo sie von Anni, Sebastian und Kai begrüßt wurden. Erst jetzt fiel mir auf, dass Mias Niedlichkeit im krassen Gegensatz zu ihrem Styling stand. Sie trug eine enge schwarze Jeans, klobige Dr. Martens und ein viel zu großes schwarzes Iron-Maiden-T-Shirt, auf dem ein langhaariges Monster in einem brennenden Reifen Bassgitarre spielte. Ich versorgte alle mit Eiskaffee, während Kai Muffins und Zitronenkuchen verteilte. Schließlich quetschten wir uns zu sechst auf unseren winzigen Balkon.

Nachdem wir eine Weile über Gott und die Welt gequatscht und den leckeren Kuchen gegessen hatten, warf ich einen Blick auf die Uhr. »Wenn wir den Umzug nicht verpassen wollen, müssen wir uns allmählich fertigmachen.«

Lenny sprang sofort auf. »Dann beeilt euch. Sind wir schon zu spät? Wir dürfen nicht zu spät kommen, Nele.«

»Nein, wir sind nicht zu spät«, beruhigte ich ihn.

Nach einer halben Stunde waren wir fertig aufgebrezelt und machten uns auf den Weg zu den Landungsbrücken. Unsere Gruppe sah einfach fantastisch aus. Obwohl Mia, Kai und Sebastian zunächst jede Art von Verkleidung rigoros abgelehnt hatten (norddeutsche Menschen haben ja größtenteils ein recht gestörtes Verhältnis zu diesem Thema), konnte ich sie dann doch überreden, sich etwas aufzuhübschen. Ich stattete sie mit bunten Perücken, Sonnenbrillen, Blumenketten,

Klebekoteletten und Brusthaartoupets aus und fand, dass sie damit ganz entzückend aussahen. Sie selbst guckten allerdings ziemlich zerknittert aus der Wäsche, daher rechnete ich es ihnen hoch an, dass sie den Spaß Lenny und mir zuliebe mitmachten. Lenny selbst war nicht davon abzubringen gewesen, auch noch eine Schlaghose und ein Siebzigerjahre-Hemd mit Blumenmuster anzuziehen, was ihm ausgesprochen gut stand.

Als wir an den Landungsbrücken aus der S-Bahn stiegen, wurden wir geradezu verschluckt von den buntgekleideten Menschenmassen. Augenblicklich hatte ich das Bedürfnis, Lenny und Mia an die Leine zu nehmen, damit ich sie nicht verlor. Was für eine Schnapsidee, mit ihnen hierher zu kommen! »Ihr habt eure Handys dabei, oder?«

Die beiden nickten.

»Wenn wir uns verlieren, ruft mich unbedingt an. Mia, wir beide müssen noch Nummern tauschen. Sollten wir uns nicht erreichen, treffen wir uns vor der Elbphilharmonie. Jeder weiß, wo das ist, ihr könnt also jeden fragen.«

Lenny tippte sich mit dem Finger an die Stirn. »Wir wissen doch selbst, wo das ist.«

»Gut. Also, wenn wir uns verlieren, telefonieren wir und treffen uns vor der Elbphilharmonie. Alles klar?«

»Jaha«, sagten Lenny und Mia genervt.

Aber egal, schließlich war ich hier ja die Verantwortliche, nicht sie. »Was machen wir, wenn wir uns verlieren?«

»Telefonieren und Elbphilharmonie«, erwiderte Mia, doch Lenny war geistig schon ganz woanders. Er reckte seinen Kopf nach allen Seiten und schaute sich interessiert die Menschen an. Als ein großer Mann in Schlaghosen, buntem Hemd und Plateauschuhen an ihm vorbeiging, lachte er laut. »Guck mal, ich hab auch 'ne Schlaghose an«, rief er dem Typen zu.

»Sehr cool«, meinte der anerkennend und hob eine Faust,

damit Lenny einschlagen konnte, dann war er auch schon in der Menge verschwunden.

Inzwischen hatten wir uns aus der S-Bahn-Station herausgekämpft und standen auf der Überführung, von der aus man einen großartigen Blick über den Hafen hatte. An normalen Tagen stand ich gern hier oben, um mir den Wind um die Nase wehen zu lassen und meine alten Freunde zu begrüßen: die Elbphilharmonie, die Cap San Diego und die Rickmer Rickmers, Barkassen und Fähren, Kreuzfahrt- und Containerschiffe, die Musical-Theater auf der anderen Elbseite und natürlich die Möwen. Heute allerdings hatte ich für all das keinen Sinn, denn heute war ich im Gluckenmodus hoch zehn. Menschenmassen tummelten sich auf der Straße, schon hier oben auf der Überführung war es so voll, dass ich keine Ahnung hatte, wie wir jemals runterkommen sollten.

»Hier ist aber ganz schön viel los, oder?«, fragte Mia und blickte sich verunsichert nach allen Seiten um.

»Ja, allerdings.« Ich sah sie prüfend an. »Wenn es dir zu viel wird, sagst du Bescheid, okay?«

Lenny legte ihr einen Arm um die Schulter. »Ist nicht schlimm, wenn ja. Dann gucken wir uns das von hier oben an. Ich liebe dich sowieso, genauso wie du bist.«

Mia lehnte ihren Kopf an seine Schulter. »Ich liebe dich auch.«

Dann mussten die beiden erst mal ein bisschen knutschen, und ich wandte mich ab, um das Schlagermove-Schauspiel zu beobachten. Der erste Wagen des Umzugs war bereits in der Ferne zu erkennen, und von überall her war Musik zu hören. Jeder schien einen Ghettoblaster oder eine kleine Box mit angeschlossenem Handy dabeizuhaben, und jeder schien das gleiche Lied zu hören, denn von überallher dröhnte es »Hossa!«

»Das ist Wahnsinn«, kommentierte Sebastian trocken.

»Warum schickst du uns in die Hölle?«, fragte Kai, und Sebastian fügte hinzu: »Hölle, Hölle, Hölle, Hölle.«

»Ihr spinnt doch«, sagte ich, musste aber trotz aller Anspannung lachen. Die Menschen waren lustig verkleidet oder zumindest mit Blumenketten und Sonnenbrillen ausgestattet. Sie lachten, gingen Hand in Hand oder Arm in Arm, und keiner von ihnen machte den Eindruck, als wäre er auf Krawall aus. Im Gegenteil. Es herrschte eine friedliche und fröhliche Atmosphäre, der ich mich kaum entziehen konnte. Und wenn ich mir meinen Bruder so anschaute, war ich wirklich froh, dass wir hierhergekommen waren. Lenny strahlte über das ganze Gesicht. »Lass uns doch endlich runtergehen«, bettelte er.

Wir schoben uns durch die Menge und fanden einen guten Platz in der Nähe des Fischmarkts, wo es nicht ganz so voll war. Inzwischen waren die ›Hossas‹ schon deutlich lauter zu hören, was bedeutete, dass der Umzug näher kam. Lenny wurde immer hibbeliger, und als der erste Wagen in Sicht kam, sprang er vor Freude auf und ab. »Da sind sie!«, rief er und nahm vor lauter Begeisterung erst Mia und dann mich in den Arm. Der Wagen war über und über mit Luftballons und Girlanden geschmückt, die Menschen, die darauf mitfuhren, waren noch bunter gekleidet als wir, und sie verteilten freundlicherweise Becher mit Sekt.

»Was für eine geniale Idee«, hörte ich Anni sagen. Sie und Sebastian nahmen ein paar Becher entgegen und gaben sie weiter an Kai und mich.

»Hey, was ist mit Mia und mir?«, fragte Lenny.

Anni warf mir einen verunsicherten Blick zu. »Dürft ihr denn Alkohol trinken?«

»Nein«, antwortete ich.

»Ja«, sagten Mia und Lenny gleichzeitig.

»Na klar dürfen wir Alkohol trinken«, behauptete Lenny. »Wir sind zwanzig und keine Babys mehr.«

»Aber wenn ich dabei bin, dürft ihr es nun mal nicht.«

»Oh Mann, Nele. Ich bin erwachsen, genau wie du.«

Kai stieß mir leicht in die Seite. »Nun sei doch nicht so streng. Wir passen alle mit auf, und wenn es nur bei einem kleinen Sekt bleibt, wird schon nichts Schlimmes passieren.«

Na toll, jetzt stand ich wie die letzte Spielverderberin da. Aber seit Lenny aus der Reha raus war, trank er tatsächlich ab und zu mal Alkohol, auch im Beisein meiner Eltern. Und es wäre doch gemein, ihm seinen Tag zu verderben, indem ich die große Schwester raushängen ließ – vor den Augen seiner Freundin. »Also gut«, gab ich schließlich nach und nahm noch zwei Becher Sekt von einem der Partypeople auf dem Umzugswagen entgegen. »Aber trinkt bitte langsam, ja?«

Wir stießen alle an und riefen »Hossa!«

»Das ist so cool hier, Nele«, rief Lenny und schaute sich selig um. Er freute sich über einfach alles und lachte immer wieder laut vor Glück. Alles versetzte ihn in Begeisterung: die bunt geschmückten Wagen, die verkleideten Menschen ringsherum und natürlich am meisten die Musik. Schon bald gab es für ihn kein Halten mehr, er kletterte über die Absperrung und fing ausgelassen an zu tanzen. Bislang standen alle noch relativ ruhig da, denn der Hamburger an sich braucht ja im Regelfall ein Weilchen, bis der Samba in ihm zu brodeln beginnt. Lenny war also der Erste, der das Tanzbein schwang, und dann noch in so exponierter Lage. Er hätte sich auch gleich auf eine Bühne stellen können. »Du hast mich tausendmal belogen«, grölte er ziemlich schief und legte eine abgefahrene Choreographie dazu hin. »Los, kommt tanzen!«, rief er Mia und mir zu.

Mia zögerte. Unter all den bunten Schlagerfans gab sie in ihren schwarzen Rockerklamotten eine Exotin ab – dagegen konnten auch die regenbogenfarbene Perücke und die Blumenkette nichts ausrichten. Nach ein paar Sekunden gab Mia sich einen Ruck. Sie kletterte ebenfalls unter der Absperrung durch und tanzte mit Lenny auf der Straße. Die beiden fassten sich an den Händen und drehten sich im Kreis, erst langsam, aber dann immer schneller und schneller.

»Nicht so wild, Lenny«, rief ich, denn es war immer noch ungewohnt für mich, ihn so zu sehen. Fast sein ganzes Leben lang war er herzkrank gewesen, und jetzt tanzte er hier, als wolle er den Regen heraufbeschwören. Er musste doch auf sich aufpassen.

»Komm, Nele.« Mia winkte mich zu sich und Lenny heran.

Ich wollte schon Nein sagen, doch ich konnte einfach nicht. Das Wetter war herrlich, fast ganz Hamburg war heute hierhergekommen, um zu feiern, bekloppte Klamotten zu tragen, noch beklopptere Musik zu hören und für einen einzigen Nachmittag den ganzen Mist zu vergessen, den das Leben einem servierte. Und ich wollte dabei sein, statt nur am Rand zu stehen. Außerdem sollte ich doch wirklich jede Gelegenheit nutzen, mit meinem Bruder zu feiern. Kurzentschlossen gesellte ich mich zu Mia und Lenny. Mia und ich machten Lennys alberne Choreographie zu *Du hast mich tausendmal belogen* nach, und schon bald kamen auch noch andere Feierwütige zu uns. Zum Beispiel Anni, die hochbegabte Pianistin, die einem stundenlang etwas über Beethoven, Mozart oder Schubert erzählen konnte. Jetzt tanzte sie ausgelassen in ihrem lustigen Stil, von dem Sebastian immer behauptete, er würde sie an eine wildgewordene Vierjährige erinnern.

Kai und Sebastian standen zunächst noch etwas schüchtern am Rand, aber als dann tatsächlich *Wahnsinn* von Wolle Petry gespielt wurde, meinte Kai »Ach, scheiß drauf« und begann ebenfalls zu tanzen. Kurz darauf folgte ihm Sebastian, der von Anni geradezu frenetisch begrüßt wurde. Den Jungs schienen ihre albernen Verkleidungen inzwischen gar nichts mehr auszumachen. Spontan schlang ich meine Arme um Kais Hals und drückte ihn an mich. »Ich bin ganz schön froh, dass ihr meine Freunde seid«, rief ich ihm ins Ohr.

Kai tätschelte mir den Rücken. »Wir sind auch ganz schön froh, dass du unsere Freundin bist.«

Und dann wurde auch noch *Ich liebe das Leben* von Vicky Leandros gespielt, als hätte Lenny diesen Nachmittag höchstpersönlich inszeniert. Von da an gab es kein Halten mehr. Von Vicky Leandros über *Griechischer Wein* und *Ich will 'nen Cowboy als Mann* bis hin zu *Atemlos durch die Nacht* – völlig egal, welches Lied gespielt wurde, wir waren voll dabei. Irgendwann waren wir alle schweißgebadet, vor allem Lenny verausgabte sich total. Mit hochrotem Kopf, die Perücke auf Halbmast, ließ er Mia eine Drehung nach der anderen machen. Auch Mia sah ziemlich derangiert aus. Ihre Perücke hatte sie schon vor einer ganze Weile im Gewühl verloren, stattdessen hatte sie sich die Blumenkette um den Kopf gebunden. Als Lenny sie kurz losließ, geriet sie durch das viele Drehen ordentlich ins Trudeln und wäre beinahe gefallen, wenn Sebastian sie nicht im letzten Moment aufgefangen hätte. »Hui, ich fahre Karussell«, lachte sie.

Obwohl mir der Schlagermove wahnsinnig viel Spaß machte, war ich doch ganz froh, als der letzte Wagen irgendwann an uns vorbeigezogen war. Lenny tanzte seit drei Stunden ohne Pause, und selbst wenn ich seinen Wunsch, das Leben zu feiern, absolut nachvollziehen konnte – übertreiben musste er es ja auch nicht. »Wir sollten allmählich mal nach Hause fahren.«

»Nein«, protestierte Lenny. »Ich will noch zu der Party auf dem Heiligengeistfeld.«

»Dafür haben wir doch gar keine Karten.«

»Gehen wir dann noch einen Burger essen?«

Sebastian und Kai stimmten sofort zu. Ich selbst war eigentlich kein großer Burger-Fan, aber wenn ich mit Lenny unterwegs war, landeten wir früher oder später sowieso immer in einem Burgerladen. Also hatte ich schon fast damit gerechnet.

Nachdem wir uns die Bäuche vollgeschlagen und uns zum Nachtisch noch ein Eis geholt hatten, nahmen wir zu Hause wieder unsere Plätze auf dem Balkon ein. Inzwischen war die Hitze des Tages verschwunden und ein laues Lüftchen brachte die Blätter der großen Linde vor unserem Haus zum Rauschen. Anni, Sebastian, Kai und ich tranken ein paar eiskalte Biere, während Mia und Lenny sich ein Alster gönnten. Wir saßen noch eine ganze Weile draußen, genossen die Sommernacht in der Stadt und quatschten. Um Punkt elf Uhr wurde Mia von ihrem Vater abgeholt. »War sehr schön, dich kennenzulernen«, sagte ich, als ich sie zum Abschied umarmte.

Mia drückte mich fest an sich. »Finde ich auch. Du bist zwar ein bisschen stressig, aber nett.«

Lenny und Mia gaben sich zum Abschied noch einen ausgiebigen Kuss, und dann ging sie runter zu ihrem Vater, der im Wagen wartete. Lenny lehnte sich mit schwärmerischem Gesichtsausdruck an die soeben geschlossene Wohnungstür. »Ich bin echt verliebt, Nele.«

»Ach ja? Merkt man gar nicht.«

»Sie ist sehr nett, oder?«

»Ich finde sie super. Du hast dir eine tolle Freundin ausgesucht.«

»Na klar hab ich das«, sagte er bemüht cool, aber seine Wangen liefen rot an und er grinste von einem Ohr zum anderen.

Wir gingen zurück auf den Balkon, wo wir noch bis spät in die Nacht mit Anni, Sebastian und Kai zusammensaßen. Irgendwann zogen die drei sich dann aber doch zurück, und auch Lenny und ich gingen ins Bett. Obwohl es in der Wohnung noch immer heiß war, machte Lenny es sich auf seiner Gästematratze kuschelig und zog sich die Decke bis unter die Nase. »Das war ein schöner Tag.«

»Finde ich auch.« Ich löschte das Licht und sagte: »Gute Nacht, Lenny. Schlaf gut.«

»Du auch.« Für eine Weile blieb es still, doch irgendwann stöhnte Lenny auf. »Ist das hell hier. So kann man doch nicht schlafen.«

Es stimmte, dunkel war es in meinem Zimmer nicht. Vor dem Fenster stand nämlich eine Straßenlaterne, die die ganze Nacht hindurch brannte und den Raum erleuchtete. Tobi hatte das ebenfalls wahnsinnig gemacht, zumal ich keine Jalousien hatte und die Vorhänge nie zuzog. Von absoluter Dunkelheit war ich noch nie ein Fan gewesen. Ich fand es verstörend, aufzuwachen und in nichts als Schwärze zu blicken. Außerdem wusste ich beim Aufwachen gern sofort, ob es noch früh oder schon später war und ob es draußen regnete oder die Sonne schien. »Mir gefällt es so. Ich mag es, wie die Dinge nachts aussehen.«

»Aber die Nacht ist doch dazu da, um nichts zu sehen. Sonst würden wir doch beim Schlafen nicht die Augen zumachen.«

»Hm. Klingt logisch. Trotzdem hab ich es auch nachts gerne hell.«

Lenny schwieg für ein paar Sekunden, dann sagte er: »Weil du Angst im Dunkeln hast.«

»Quatsch.«

»Na na, Nele. Darf man lügen?« Ich konnte ein Grinsen in Lennys Stimme hören.

»Ich lüge nicht. Ich mag Dunkelheit nicht, aber das heißt doch nicht, dass ich Angst habe.«

Lenny kicherte. »Meine große Schwester ist ein Schisshase.«

»Können wir jetzt bitte schlafen?«

»Klar. Ich pass auf dich auf. Soll ich unter deinem Bett gucken, ob da ein Monster ist? Ist ja hell genug, ich kann alles sehen.«

Ich setzte mich auf, griff nach meinem Kopfkissen und warf es in Lennys Richtung. »Du bist kein besonders netter kleiner Bruder.«

Er lachte laut und warf das Kopfkissen zu mir zurück. »Aber du hast keinen anderen, deswegen musst du mich liebhaben.«

»Ich hab dich sowieso lieb, Lenny.« Ich legte mich wieder hin und steckte mir das Kissen unter den Kopf. »Und jetzt lass uns schlafen.«

»Okay, ich kann es ja mal versuchen. Gute Nacht, mein Nele-Herz.«

»Gute Nacht, mein Lenny-Herz.«

Für einen Moment glaubte ich, Lenny würde weitersabbeln, doch er blieb still, und bald darauf hörte ich ihn tief und gleichmäßig atmen. Ich lag noch eine Weile wach und starrte an die Decke, an der sich das Licht der Straßenlaterne brach. Es war schön gewesen heute, mit Lenny und meinen Freunden. Und mit Mia. Eigentlich hatte ich keine Lust auf den Schlagermove gehabt, aber dann hatte sich das Ganze doch als sehr witzig herausgestellt. Unabhängig davon musste ich allerdings zugeben, dass Lenny mich gar nicht als Kindermädchen gebraucht hätte. Er hätte das auch ohne mich hingekriegt. Das musste ich meinen Eltern unbedingt sagen. Allmählich wurden meine Gedanken immer unklarer, und schließlich fielen mir die Augen zu.

Am Sonntag waren Anni und Sebastian bei seinem Bruder und Kai mit einem Kumpel verabredet. Also konnte ich mir viel Zeit für mich nehmen und in aller Ruhe einer großen Leidenschaft von mir nachgehen: Sachen sortieren. Sachen sortieren war für mich wie eine Schatzsuche, denn jedes Mal machte man die allertollsten Funde: die EC-Karte, die man ewig gesucht und dann hatte sperren lassen. Den Lippenstift, den man vor sieben Jahren gekauft und gleich vergessen hatte. Den passenden Slip zum Lieblings-BH, der sich aus unerfindlichen Gründen zwischen die Strumpfhosen gemogelt hatte, die man seit drei Jahren nicht mehr trug, aber trotzdem aufbewahrte, weil sie zu einem bestimmten Rock passten, den man ebenfalls seit drei Jahren nicht mehr trug. Die DVD, die man sich vor sechs Jahren von seiner Freundin geliehen, und immer steif und fest behauptet hatte, man hätte sie schon längst zurückgegeben.

Sachen sortieren, genau das wollte ich jetzt machen. Und zwar die in meinem Kleiderschrank. Mit dem Sockenfach fing ich an. Normalerweise warf ich Socken einfach in die Schublade, und suchte mir im Bedarfsfall zwei zueinander passende heraus. Jetzt verschaffte es mir eine seltsame Befriedigung, den Riesenberg durchzugehen, all die Socken-Singles miteinander zu verkuppeln und sie fein säuberlich als Paar zusammenzulegen. Am Ende blieben sieben Einzelsocken übrig. Das waren offensichtlich die, die wirklich Single sein wollten. So wie ich.

Als Nächstes teilte ich meine Unterwäsche in drei Kategorien ein: 1) Will heute definitiv Sex haben, 2) Gut genug, um heute eventuell Sex zu haben und 3) Lege heute keinen Wert darauf, Sex zu haben, und auch morgen, übermorgen und in fünf Jahren nicht. Stapel drei war am größten, was ich irgendwie bedenklich fand. Vielleicht hatte ich ja den ein oder anderen Typen mit meiner Unterwäsche verjagt. Konnte doch sein. Nachdem ich auch meine Hosen sortiert hatte, kümmerte ich mich um meine Oberteile, die ich in vier Kategorien (gemütlich, bürotauglich, ausgehtauglich, königliche Hochzeit) einordnete. Dabei pickte ich zwei Blusen und ein T-Shirt heraus, die ich eigentlich sehr hübsch fand, die mir aber nicht mehr passten. Außerdem sortierte ich einen Rock aus, der so kurz war, dass ich mich darin nicht hinsetzen konnte. Vielleicht konnte ich den ausgedienten Klamotten ja zu einem zweiten Leben verhelfen. Ich zog Ilse-Zwo das Kleid für Mia aus, drapierte die Teile um sie herum und fixierte sie mit Stecknadeln. Mehrmals wechselte ich hin und her, bis jedes einzelne Muster gut zur Geltung kam, aber trotzdem mit den anderen eine harmonische Einheit bildete. Ich trat zwei Schritte zurück und betrachtete mein Werk. Ja, so konnte das was werden. Anhand meines Lieblingskleides erstellte ich ein Schnittmuster und war schon bald so vertieft in meine Arbeit, dass ich mein Kleiderschrank-Sortier-Projekt vergaß.

Als ich abends im Bett lag, wanderten meine Gedanken zu Claas. Wie hatte er wohl sein Wochenende verbracht? Ich fand den Gedanken, ihn morgen zu sehen, gar nicht mal so unangenehm. Fast schon freute ich mich darauf. Ach Mann, das war doch echt krank. Wer dachte denn so an seinen Chef? Ich jedenfalls bitteschön nicht! Schon gar nicht, wenn ich mir gerade erst vorgenommen hatte, nicht in irgendeiner Form ›privat‹ mit meinem Vorgesetzten zu werden. Das beinhaltete ja wohl auch solche Gedanken an ihn. Also zwang ich mich dazu, mich auf fette Schäfchen zu konzentrieren, die über einen Zaun sprangen. Als ich bei Nummer 198 angekommen war, fragte ich mich, wieso Einschlaf-Schäfchen immer über Zäune springen mussten und warum meine Einschlaf-Schäfchen so übergewichtig waren. Und während ich darüber nachgrübelte, sprang ich endlich selbst über den Zaun hinein ins Reich der Träume.

Sally kann Sitz!

Am nächsten Morgen holte ich mir auf dem Weg ins Büro ein Franzbrötchen und ging auf den Markt, um beim Fleischer etwas Leberwurst für Sally zu kaufen. Als ich nach einem Naschi für Hunde fragte, packte er mir ein paar ›leckere Hühnerherzen‹ ein.

Ich schloss die Bürotür auf und wurde auf der anderen Seite freudig von Sally erwartet. »Hallo, Süße. Hattest du ein schönes Wochenende?« Noch immer konnte ich es nicht lassen, ihr Fragen zu stellen, obwohl Claas recht behalten hatte: Sie antwortete nur äußerst selten. Ich ging in die Küche, dicht gefolgt von Sally, und steckte auf dem Weg dorthin den Kopf durch Claas' offene Bürotür. »Guten Morgen.«

Er sah von seiner Tastatur auf und lächelte mich an. »Morgen, Nele. Wie war dein Wochenende?«

»Witzig. Ich war Samstag mit Lenny auf dem Schlagermove. Er fand es klasse, und ich auch, ehrlich gesagt. Und wie war es bei dir?«

»Ganz nett, aber nicht wirklich witzig.«

Ich war kurz davor, ihn zu fragen, ob er auch einen Kaffee wollte, doch ich verkniff es mir im letzten Moment. »Schön. Dann bis später«, sagte ich stattdessen.

»Ja, bis später. Ach Nele, warte mal. Ich habe eine Mail von Herrn Fangmann bekommen. Die Kampagne wurde intern besprochen und abgesegnet. Das heißt, es kann losgehen.«

Ich spürte, wie ein Strahlen sich auf meinem Gesicht ausbreitete. »Ernsthaft? Ich fass es nicht!«

Claas lachte. »Das war doch klar.«

»Mir nicht. Jedenfalls nicht so klar, dass ich mich nicht darüber freuen würde. Dann müssen jetzt also schleunigst neue Wahlplakate her. Ich kümmere mich um einen Fototermin.«

»Mach das. Ach so, und denk dran, dass die Krawatte auf keinen Fall gestreift, schwarz, braun-rot, grün, gelb oder blau ist.«

»*Natürlich* nicht«, grinste ich.

»Perfekt. Wir müssen uns übrigens schnellstmöglich mit deinen ehemaligen Kollegen von Rieger treffen, die sich um den Wahlkampf kümmern. Da ist unter anderem ein Herr …« Er kramte in den Unterlagen auf seinem Schreibtisch und holte schließlich eine Visitenkarte hervor. »… Grothe zuständig.«

Mein Herz setzte einen Schlag aus. Das war Tobi. Verdammt, ich hatte gehofft, dass mir das erspart bleiben würde.

»Ist was?« Claas sah mich prüfend an.

»Nein, wieso?«

»Du wirkst irgendwie … ich weiß auch nicht. Wenig begeistert. Seid ihr denn nicht im Guten auseinandergegangen?«

»Äh … bitte?« Woher wusste er das von Tobi und mir? Und nein, wir waren ganz und gar nicht im Guten auseinandergegangen!

»Na, du hast doch nicht gekündigt, weil bei Rieger irgendetwas vorgefallen ist, oder?«

Oh, er redete von Rieger, nicht von Tobi. »Nein, es ist nichts vorgefallen«, sagte ich schnell. »Ich mache einen Termin mit Herrn Grothe aus.« Allein den Namen auszusprechen kostete mich Überwindung. Ich drehte mich um und ging in die Küche. Mist, verdammter. Ich hatte darauf spekuliert, dass wir alles, was zu regeln war, telefonisch regeln konnten. Wieso musste Claas denn so old-school sein und auf einem Meeting bestehen? Ich hatte nicht die geringste Lust, Tobi wiederzusehen. In der Küche legte ich meine Tasche auf der Arbeitsfläche ab und packte die Einkäufe aus. Sally schien die Hühnerherzen zu wittern, denn kaum hatte ich die Tüte hervorgeholt, kam sie schon angetapst. »Hey, weißt du was? Ich hab dir was mitgebracht.« Ich spähte kurz zur Tür, doch Claas war nirgends zu entdecken. Also nahm ich ein Hühnerherz aus der Tüte und präsentierte es Sally. »Ich schwöre dir, du flippst aus, so lecker sind die. Aber das bleibt unter uns, okay?«

Sally machte ganz und gar nicht den Anschein, als hätte sie vor zu petzen.

»Kannst du eigentlich Sitz?«, erkundigte ich mich bei ihr.

Prompt setzte sie sich auf den Hintern.

Völlig baff sah ich sie an. »Wahnsinn, du kannst das ja echt! Ich hätte Hundedompteurin werden sollen«, rief ich und streichelte Sally überschwänglich. »Du bist aber schlau, Süße.«

Sie wedelte mit dem Schwanz und sah sehr zufrieden mit sich aus.

Ich hielt ihr ein Hühnerherz hin, und sie nahm es vorsichtig aus meiner Hand, um es im Ganzen zu verschlucken und sich anschließend begeistert das Maul zu lecken.

»Was hat sie denn gemacht?«, fragte Claas, der plötzlich in der Tür aufgetaucht war.

Sehr zu meinem Ärger, denn genau diese Situation hatte ich vermeiden wollen. »Sie hat Sitz gemacht«, erklärte ich.

Er fing an zu lachen. »Ernsthaft? Das ist ja unglaublich.« Sein Blick fiel auf die Tüte. »Hühnerherzen. Hast du ein Glück, Sally.« Er nahm sich eine Tasse und stellte sie unter die Kaffeemaschine. »Dafür kann sie eigentlich auch etwas mehr machen als Sitz.«

Sally, die sich gerade hingelegt hatte, rappelte sich wieder auf, um sich hinzusetzen. Erwartungsvoll sah sie Claas an.

»Was kann sie denn noch?«, erkundigte ich mich.

»Du kannst dir zum Beispiel High Five von ihr geben lassen.«

»Wie cool. Und was muss ich dafür tun?«

Er nahm sich seinen fertigen Espresso und rührte die üblichen drei Löffel Zucker rein. »Mach einfach, was du machen würdest, wenn ich dir High Five geben soll.«

Ich hatte meine Zweifel, dass das funktionieren würde. Trotzdem hockte ich mich vor Sally hin, hielt meine Hand hoch und sagte: »Gib mir fünf.«

Sie hob ihre Pfote, klatschte meine Hand ab und ließ sie wieder sinken.

»Genial. Du bist ja echt der klügste Hund der Welt. Das hast du *so* toll gemacht.«

Sally sah sichtlich geschmeichelt aus, und als ich ihr auch noch das Hühnerherz gab, war sie komplett im Glück. Sie robbte ein Stück näher an mich heran und schmiegte sich an mich. »Du hast echt einen tollen Hund.«

»Ja, ich weiß.«

Claas und ich lächelten uns an, und wieder regte sich etwas Verdächtiges in meiner Magengegend. Schnell rappelte ich mich vom Boden auf. »Jedenfalls, ich finde es großartig, dass du Sally aus dem Tierheim gerettet hast.«

Claas schwieg für ein paar Sekunden, und ich dachte schon, dass er sich gar nicht dazu äußern würde. Doch dann sagte er leise: »Sie hat mich genauso gerettet.«

»Wie meinst du das?«

Das Lächeln war aus seinem Gesicht verschwunden, stattdessen sah er mich ernst an. Doch bevor er mir antworten konnte, ertönte ein »Moin zusammen«.

Claas und ich rissen unsere Blicke voneinander los und sahen zur Tür. Julius stand dort und beobachtete uns interessiert. »Ihr seid ja heute früh dran, was?«

Claas trat einen Schritt von mir weg, obwohl wir gar nicht so eng zusammenstanden. »Nicht früher als sonst.«

»Aha. Wie war euer Wochenende?«, erkundigte sich Julius.

»Schön«, erwiderte ich und drehte mich zur Arbeitsfläche, um die Hühnerherzen wieder einzuwickeln und in den Kühlschrank zu packen. »Ich war mit meinem Bruder und meinen Freunden auf dem Schlagermove. Das war ganz witzig.« So ein Mist, dass Julius ausgerechnet jetzt reingekommen war. Ich hätte wirklich gern gewusst, vor wem oder was Sally Claas gerettet hatte. Wobei, nein – *gut*, dass Julius reingekommen war. Je weniger ich über Claas wusste, desto besser.

Julius nahm sich eine Tasse und stellte sie unter die Kaffeemaschine. »Stimmt ja. Ich kann immer noch nicht fassen, dass du auf so etwas Prolliges wie den Schlagermove stehst.«

Obwohl ich mich über Julius' Bemerkung ärgerte, hob ich nur die Schultern. Wahrscheinlich wollte er mich bloß ein bisschen aufziehen. »Dass ich darauf stehe, habe ich nie gesagt. Es hat einfach nur Spaß gemacht. Prollig fand ich es überhaupt nicht.«

»Na ja. Mein Ding wäre es jedenfalls nicht.«

Claas trat noch einen Schritt zurück und fuhr sich mit der Hand durchs Haar. »Herr Fangmann hat sich übrigens gemeldet«, informierte er Julius. »Es kann losgehen mit der Kampagne.«

»Cool. Aber eine große Überraschung ist das ja nicht, nachdem Nele am Freitag so fett abgeliefert hat.«

Ich wurde einfach nicht schlau aus seinem Verhalten.

»Nele kümmert sich um die neuen Fotos und den Termin

mit Rieger. Es wäre gut, wenn du die Dichtungsfabrik kontaktieren könntest, bei der RHK damals gearbeitet hat. Er soll schnellstmöglich die Belegschaft treffen.«

Julius nickte. »Geht klar.«

»Okay.« Damit drehte Claas sich um und verschwand, dicht gefolgt von Sally.

Auch Julius und ich gingen in unser Büro und machten uns an die Arbeit. Wenig später kam Linda, und wir konnten ihr von unserem Triumph berichten. »Wie cool! Dann kann ich ja loslegen mit der Social-Media-Kampagne.«

»Und ich müsste eigentlich mit der Dichtungsfabrik telefonieren«, sagte Julius. »Dabei habe ich noch die Kampagne von der Stadtreinigung am Hals, die gerade in der heißen Phase ist. Und für Wolf Powerriegel muss ich bis heute Abend die Präsentation für den *Girls Football Day* erstellen. Ich weiß gar nicht, wie ich das alles schaffen soll.«

»Wenn du willst, kann ich mich um die Dichtungsfabrik kümmern.« Ich trank meinen letzten Schluck Kaffee und suchte die Telefonnummer des Fotografen heraus, der die Fotos von RHK machen sollte. »Ich muss sowieso den ganzen Tag lang telefonieren.«

»Ehrlich? Du bist ein Schatz, Nele. Vielen Dank.«

»Es ist ja nur die erste Kontaktaufnahme. Ab dann kannst du wieder übernehmen. Also kein Problem.«

Nachdem ich mit RHKs Assistentin sowie dem Fotografen den Fototermin abgestimmt hatte, rief ich bei der Dichtungsfirma an. Nach einigem Hin und Her bekam ich den Geschäftsführer an die Strippe, der zunächst nicht übermäßig begeistert von der Idee war, einer ehemaligen Aushilfskraft einen großen Empfang zu bereiten – selbst wenn diese Aushilfskraft im Oktober möglicherweise Bürgermeister von Hamburg werden würde. Als ich aber versprach, dass der Besuch maximal eine Stunde dauern und dass der Name des Unternehmens durch die Medien geistern würde, sagte er schließlich doch zu.

Schließlich konnte ich ein bestimmtes Telefonat nicht mehr länger hinauszögern. Ich atmete noch mal tief durch und wählte Tobis Nummer. Nach dreimal Klingeln ging eine mir unbekannte Frau ran. »Hallo, hier ist Nele Wilkens. Ich würde gern mit Tobias Grothe sprechen.«

»Kleinen Moment bitte«, antwortete die Frau. Dann landete ich in der Warteschleife, und Paolo Conte säuselte mir *Via con me* ins Ohr. Ich hatte diesen Song schon immer gemocht, denn er erinnerte mich an herrlich faule Sommer in Italien voller Sonnenschein und Limoncello. Trotz meiner Nervosität konnte ich nicht anders als mitzusummen, doch kaum hatte ich mich etwas beruhigt und nach Italien geträumt, wurde die Musik auch schon unterbrochen. »Hallo?«, sagte ich. Hoffentlich hatte Tobi mich nicht singen gehört, ich wusste, dass er meinen Gesang kaum ertragen konnte.

»Ja, hallo, Frau Wilkens.« Es war wieder die Frau. »Tut mir leid, Herr Grothe ist unabkömmlich. Kann ich Ihnen weiterhelfen?«

Wie bitte?! Tobi war *unabkömmlich*?! Als ob! Garantiert saß er jetzt neben dieser Tussi, die wahrscheinlich eine Praktikantin war, und flüsterte ihr ins Ohr, was sie sagen sollte. »Es geht um Rüdiger Hofmann-Klasing. Wir müssen unsere Kampagnen schnellstmöglich abstimmen«, sagte ich möglichst kühl. »Wie wäre es mit einem Termin morgen am späten Nachmittag?«

»Warten Sie, ich schaue kurz in Herrn Grothes Kalender.«

Ich verdrehte die Augen. Klar. Sie schaute in seinen Kalender.

»Morgen um halb sechs würde es den Herren passen.«

»Ja, das passt bei uns auch. Den Herren und den Damen.«

»Fein. Dann kommen Sie zu uns nach St. Georg?«

»Alles klar. Bis morgen.« Nachdem ich aufgelegt hatte, starrte ich finster vor mich hin und klopfte mit meinem Kuli auf den Notizblock vor mir. Was bitte sollte diese Nummer mit der *Unabkömmlichkeit*? Reichte es nicht, dass Tobi mit mir Schluss gemacht hatte? Und reichte es nicht, dass *ich* zu einer anderen Agentur gewechselt war, weil ich es nicht ertragen hatte, seine Hackfresse weiter tagtäglich sehen zu müssen? Tobi hatte mich abgeschossen, von meinem Arbeitsplatz verjagt und zum Abschied vor allen gedemütigt – und nun ließ er sich auch noch am Telefon verleugnen? Das war ja wohl wirklich das Allerletzte! Für den Rest des Tages hatte ich schlechte Laune. Und zu allem Überfluss würde ich Tobi morgen auch noch wiedersehen. Da hatte ich ja mal was, worauf ich mich freuen konnte.

Um sechs Uhr fuhr ich meinen Rechner runter und machte mich auf den Weg nach Altona, wo ich mit meiner Mutter verabredet war. Der Sommer legte eine Pause ein, dichte Regenwolken waberten über der Stadt, und inzwischen war es unangenehm schwül geworden. Es kam mir vor, als hätte Hamburg sich in ein riesiges Gewächshaus verwandelt. Ich stieg aus dem Bus und ging den restlichen Weg zu Fuß zu dem tibetanischen Restaurant, in dem Mama und ich uns immer trafen, wenn wir allein miteinander verabredet waren. Wir hatten dieses Restaurant vor ein paar Jahren zufällig beim Vorbeifahren entdeckt und spontan angehalten. Tibetanisch hatten wir beide noch nie gegessen und wollten es unbedingt mal ausprobieren. Und dann hatte es uns so gut gefallen, dass es unser Stammlokal geworden war. Ich liebte schon allein den Anblick der tibetanischen Gebetsfahnen, die vor dem Restaurant fröhlich im Wind wehten. Nur Papa und Lenny konnten wir nicht davon überzeugen mal mitzukommen. Nachdem ich mich kurz umgesehen hatte, entdeckte ich meine Mutter an einem der Außentische, wo sie sich in ihren Stuhl zurücklehnte, mit dem Handy daddelte und einen Mango Lassi schlürfte. »Hi, Mama«, sagte ich, als ich unmittelbar vor ihr stand.

»Hallo, meine Große.« Sie legte ihr Handy zur Seite, stand auf und zog mich fest an sich. Dann hielt sie mich auf Armeslänge von sich und musterte mich mit ihrem typischen Mütterblick. »Wie geht's dir? Alles gut?«

»Ja, alles gut. Mich nervt nur dieses schwüle Wetter. Ich hatte mich gerade so an den herrlichen Sommer gewöhnt.«

»Tja.« Meine Mutter setzte sich wieder und trank einen Schluck Mango Lassi. »Das kommt nur, weil alle den Jahrhundertsommer beschrien haben. War doch klar, dass er dann nicht hält.«

»Sollten wir nicht besser reingehen?«, fragte ich und warf einen Blick in den grauen Himmel.

»Ach was. Es dauert noch mindestens fünf Stunden bis es losgeht mit dem Gewitter. Und? Wie ist der Job? Macht's noch Spaß?«

Ich zog die Speisekarte zu mir heran und warf einen Blick hinein, obwohl ich mir schon auf dem Weg hierher überlegt hatte, was ich essen wollte. »Ja, klar, und wie. Ich hab dir doch von dieser superwichtigen Kampagne erzählt, an der ich gerade mitarbeite. Am Freitag durfte ich sie sogar dem Kunden präsentieren.«

»Hey, das ist ja großartig.« Sie lächelte mich an und strich mir über die Wange. »Unsere Mustertochter. Ich bin stolz auf dich.«

In diesem Moment kam die Kellnerin, um unsere Bestellung aufzunehmen. Bald darauf brachte sie mir ebenfalls einen Mango Lassi und eine Flasche Weißwein für Mama und mich.

»Was ist denn eigentlich mit Tobi?«, fragte sie, als wir wieder allein waren, und traf damit zielsicher ins Schwarze.

»Was soll mit ihm sein? Nichts ist mit ihm.«

»Bist du über ihn hinweg?«

Ich hob die Schultern. »Es ist schon okay, denke ich.« Mama hatte momentan viel um die Ohren mit ihrem Vollzeitjob, der anstehenden Hochzeit und Lenny, der dabei war sich abzunabeln. Da musste ich sie nicht auch noch mit meinen Männerproblemen belasten.

»Ich finde es toll, dass du dich nicht unterkriegen lässt«, lobte sie. »Ach, meine vernünftige Große, ich bin wirklich stolz auf dich. Habe ich das schon erwähnt?«

»Ja. Ist noch gar nicht so lange her«, sagte ich grinsend, obwohl ich nicht das Gefühl hatte, dieses Lob verdient zu haben.

Bald darauf kamen unsere Vorspeisen an den Tisch. Es gab würzige Kartoffeln, Hühnerspieße, Spinat mit Sesam, Pakora, Frühlingsrollen und die köstlichen tibetischen Teigtaschen, die sich Momo nannten und mit exotisch gewürztem Fleisch oder Gemüse gefüllt waren. Wir schwelgten in den verschiedenen Aromen und waren so konzentriert aufs Essen, dass wir kaum redeten. Mit einem zufriedenen Seufzen legte ich schließlich meine Gabel weg und wischte mir den Mund ab. »Ich kann einfach nicht verstehen, wieso Papa und Lenny dieses Essen nicht mögen.«

Meine Mutter winkte ab. »Die beiden sind halt Gewohnheitstiere. Bloß nichts Neues ausprobieren.«

Vielleicht wäre jetzt ein guter Moment, vorsichtig vorzufühlen, wie sie über das Job- und Wohnungsthema dachte. »Lenny zumindest hätte ja schon Lust, etwas Neues auszuprobieren.«

»Du redest davon, dass er Tierpfleger werden und ausziehen will?«

»Ja, aber Lenny hat gesagt, dass ihr dagegen seid.«

»Natürlich sind wir dagegen. Lenny ist quasi gerade erst aus der Reha raus. Und sein Immunsystem ist immer noch nicht optimal, er muss nach wie vor Medikamente nehmen. Warum kann er es denn nicht ruhig angehen lassen? Er hat doch einen Job. Er hat zwei Jahre Zeit, sich in der Werkstatt in allen Bereichen umzuschauen und die richtige Arbeit für sich zu finden.«

»Er möchte halt einen Job auf dem allgemeinen Arbeitsmarkt. Ich glaube, er hat keine Lust auf diese geschützte Werkstatt-Blase.«

»Aber wieso muss es denn ausgerechnet Tierpfleger sein? Was da alles passieren kann, mag ich mir gar nicht ausdenken. Wieso kann es denn nicht eine Kita oder eine Gärtnerei sein?«

»Und was ist mit der Wohnung?«

»Lenny ist noch lange nicht so weit, dass er auf eigenen Füßen stehen kann. Wahrscheinlich wird er sein Leben lang in bestimmten Dingen Hilfe benötigen. Du weißt doch, wie schusselig und vergesslich er manchmal ist. Außerdem kann er nicht mit Geld umgehen, er kommt morgens nicht aus dem Bett, und wenn man ihn nicht stoppt, hört er nicht auf zu essen. Und das sind nur ein paar harmlose Beispiele.«

Ich ließ mir ihre Worte durch den Kopf gehen. »Hilfe könnte er doch aber in einer betreuten WG bekommen. Es muss ja nicht zwangsläufig *eure* Hilfe sein. Die Probleme, die du gerade geschildert hast, haben übrigens auch viele Menschen ohne Down-Syndrom. Und die hindert man nicht daran, sich ein eigenes Leben einzurichten.«

Meine Mutter wischte sich mit einer ungeduldigen Bewegung eine Haarsträhne aus der Stirn. »Jetzt komm mir nicht so. Stell mich nicht als die böse Übermutter dar, die ihr behindertes Kind einsperrt.«

»Das tue ich doch gar nicht!«

»Doch, das tust du. Wir haben Lenny immer gefordert und gefördert, trotz Down-Syndrom, Herzfehler und Immunschwäche. In seinen ersten Lebensjahren stand in meinem Terminkalender fast nur Lenny, eben *damit* er selbstständig leben kann. Physiotherapie, Ergotherapie, Logopädie, Reittherapie, Schwimmen, Malkurs, Kinderbauernhof, Ernährungsberatung, Lesetraining, und so weiter und so fort. Er kann sich im Rahmen seiner Möglichkeiten frei bewegen, dafür habe ich alles getan, was möglich war. Nur bringt das Down-Syndrom nun mal gewisse Grenzen mit sich, so leid es mir tut.«

»Das ist mir schon klar. Nur waren wir doch auf dem Schlagermove, und ich war da völlig überflüssig. Ich frage mich, ob man … na ja, ob man die Leine nicht etwas lockerer lassen könnte.«

»Die Leine?«, wiederholte meine Mutter fassungslos. »Fang du nicht auch noch an, mir Vorwürfe zu machen, Nele. Es reicht, dass Lenny das in letzter Zeit andauernd tut. Ich dachte eigentlich, du wärst vernünftig genug, mich zu unterstützen. Bislang war es jedenfalls immer so, dass ich mich auf dich verlassen konnte.« Schwer atmend hielt sie inne. Es gab diese sehr seltenen Momente, in denen ihre gewohnte Fröhlichkeit in sich zusammenfiel. Dann verschwand das Lachen in ihren Augen und wich Müdigkeit und Sorge. So ein Moment war jetzt.

Ich legte ihr meine Hand auf den Arm. »Ich wollte dir wirklich keine Vorwürfe machen, Mama. Tut mir leid, wenn das so rüberkam.«

Sie atmete laut aus. »Schon gut. Ich weiß, dass irgendwann

der Tag kommt, an dem Lenny auszieht. Aber momentan ist er noch nicht so weit.«

Oh Mann, was sollte ich denn jetzt machen? Ich konnte die Bedenken meiner Mutter so gut nachvollziehen, denn ich selbst machte mir ja auch Sorgen um Lenny. Andererseits konnte ich seinen Wunsch nach einer eigenen Wohnung und seinem Traumjob auch voll und ganz verstehen.

Unsere Hauptgerichte kamen an den Tisch, und das leckere Essen lenkte uns von dem Thema ab. Meine Mutter stürzte sich auf ihren gebratenen, mit Rindfleisch gefüllten Momo, während ich wunderbar zartes Lammcurry genoss.

»Wie sieht's überhaupt mit eurer Hochzeitsplanung aus?«, erkundigte ich mich, nachdem unsere Teller leer waren. »Habt ihr schon eine Location gefunden?«

Meine Mutter stöhnte auf. »Hör mir bloß damit auf. Ich hätte nie gedacht, dass eine Hochzeit derart in Stress ausarten könnte. Die haben mich überall ausgelacht, als ich gefragt habe, ob sie am 19. Oktober noch etwas freihaben.«

»Ach komm, irgendeine Location werdet ihr schon finden.«

»Ja, *irgendeine.* Ich hatte allerdings gehofft, dass es, wenn ich schon mal heirate, eine richtige Traumhochzeit wird.«

»Wo wäre denn deine Traumlocation?«

»An der Elbe. Dein Vater und ich haben unser halbes Leben am Elbstrand verbracht. Sowohl als Paar als auch später mit Lenny und dir. Aber das Beste kommt ja erst noch: Wir können nicht in Altona heiraten.«

Irritiert schüttelte ich den Kopf. »Bitte?«

»Ja, denn es ist gar nicht so, dass heutzutage niemand mehr heiratet. Heutzutage heiraten alle, und zwar im Standesamt Altona. Die haben keinen einzigen freien Termin mehr für den Rest des Jahres! Das musst du dir mal vorstellen: Dein

Vater ist in Altona geboren und hat sein ganzes Leben dort verbracht. Ich lebe seit über dreißig Jahren dort.«

»Ja, und jetzt? Ist die Hochzeit geplatzt oder wie?«

»Nein, natürlich nicht. Aber wir können auf jeden Fall nicht in Altona heiraten.«

»Dann macht es doch im Bezirksamt Mitte. Von da ist man schnell zu Fuß an der Alster. Zum Hafen ist es auch keine Weltreise.«

Meine Mutter schwenkte nachdenklich ihr Weinglas. »Bei dir hört sich das gar nicht so schlimm an.«

»Ist es doch auch nicht. Jetzt entspann dich mal, Mama. Das wird eine tolle Hochzeit. Vielleicht anders als du sie dir vorgestellt hast, aber schön wird sie definitiv.« Ich schenkte ihr noch etwas Weißwein nach.

Dankbar nahm sie ihr Glas und trank einen Schluck. »Ich muss zugeben, dass die Planung mich ganz schön belastet. Im Job ist gerade so viel los und Lenny ist momentan auch sehr fordernd.«

»Dann helfe ich dir«, sagte ich entschlossen. »Immerhin bin ich deine Trauzeugin. Außerdem tue ich doch alles dafür, dass ich endlich kein uneheliches Kind mehr bin.«

Der Blick meiner Mutter wurde schon etwas hoffnungsvoller. »Ehrlich? Das wäre so eine große Erleichterung.«

»Das mach ich doch gerne. Das Wichtigste ist, dass ihr einen Termin beim Standesamt bekommt. Darum musst du dich allerdings selbst kümmern, am besten gleich morgen. Ich klappere ein paar Locations an der Elbe ab. Standesamt und der Ort für die Feier haben oberste Priorität. Und dann kommt alles Weitere.«

Wir bestellten uns Sesam-Eis auf Mango-Creme zum Dessert und schmiedeten für den Rest des Abends Hochzeitspläne. Wahnsinn, was es alles zu bedenken gab. Das alles in einer Rekordzeit von zwei Monaten auf die Beine zu stellen war ein verdammt sportliches Vorhaben. Kein Wunder, dass meine Mutter so gestresst gewesen war. Und gut, dass ich da war, um ihr zu helfen.

Ein (fast) perfekter Auftritt

Am nächsten Tag warf ich mich besonders in Schale, schließlich würde ich heute meinem Ex-Arbeitgeber und meinem Ex-Freund begegnen. Kleidung war für mich schon immer so etwas wie ein Schutzschild gewesen. Wenn ich mich unsicher fühlte und voller Selbstzweifel war, wollte ich wenigstens nach außen hin so wirken, als hätte ich alles im Griff. Ich suchte mir also ein Outfit heraus, in dem ich rüberkam wie eine souveräne, erfolgreiche und selbstbewusste Frau, die immer genau das bekam, was sie haben wollte. Ich entschied mich für einen eng geschnittenen hellgrauen Hosenanzug, ein hochgeschlossenes schwarzes Seidentop und High-Heels. Meine Haare band ich zu einem strengen Knoten zusammen, und mein Make-up hielt ich sehr dezent. Dann ratterte ich mein Mantra herunter: »Du bist eine selbstbewusste, stolze und kluge Frau und stehst über allem.« Wie oft musste ich mir das eigentlich noch vorbeten, bis ich es endlich mal glaubte?

In der Agentur gelang es mir fast den ganzen Tag lang, das Meeting weitestgehend aus meinen Gedanken zu verbannen und konzentriert zu arbeiten. Gegen Mittag schaute Claas kurz bei uns im Büro vorbei. »Wann machen wir uns nachher auf den Weg, Nele? Um Viertel nach fünf?«

»Das schaffen wir doch nie im Leben. Vom Hauptbahnhof ist es noch ein Stück zu laufen, und …«

»Wir können meinen Wagen nehmen.«

»Um von hier nach St. Georg zu fahren? In der Rushhour? Da ist die U-Bahn doch eindeutig die bessere Wahl.«

Er winkte ab. »Ach, mit dem Auto geht es genauso schnell.«

Ich wollte zwar ganz und gar nicht mit Claas auf so engem Raum eingepfercht sein, allerdings fiel mir kein weiteres Gegenargument ein. Wenn er sich vom Feierabendverkehr nicht abschrecken ließ, dann von gar nichts. Also gab ich mich geschlagen. »Na schön, wenn du meinst. Aber trotzdem sollten wir besser um fünf losfahren. Um die Zeit ist doch die Hölle los in der Stadt.«

»Alles klar, dann bis fünf.« Bevor er rausging, wandte er sich an Julius. »Hast du den Termin mit RHKs Dichtungsfabrik eigentlich schon gemacht?«

Julius nickte. »Klar, hab ich erledigt. Steht in deinem Kalender. Die waren gar nicht so leicht davon zu überzeugen, aber ich hab's hinbekommen. Um die Details muss ich mich natürlich noch kümmern, aber der Termin steht.«

Ich hörte wohl nicht richtig. *Er* hatte überhaupt nichts gemacht, das war *ich* gewesen.

»Super, vielen Dank«, erwiderte Claas.

Kaum war er weg, beugte Julius sich zu mir rüber und sagte leise: »Er muss ja nicht unbedingt wissen, dass du mir ausgeholfen hast. Manchmal reagiert er ein bisschen heikel bei so was.«

»Aha. Okay.«

Julius lehnte sich in seinem Stuhl zurück und verschränkte die Arme hinter dem Kopf. »Du kannst es dir vielleicht nicht vorstellen, aber unser Claasi lässt ganz schön den Chef raushängen, wenn ihm danach ist.«

Ich wusste nicht, was ich darauf sagen sollte. Es war ja durchaus verständlich, dass Claas als Chef gelegentlich mal den Chef raushängen ließ. Konnte ja mal passieren, so was.

Britt sah von ihrer Arbeit auf. »Du lässt hier auch gerne mal den Chef raushängen. Dabei bist du nicht mal einer.«

Julius hob ungerührt die Schultern. »Wie auch immer. Ich mach Mittag. Kommt jemand mit?«

Linda, Britt und ich verneinten und so zog Julius allein los.

Je näher der Termin rückte, desto nervöser wurde ich. Und je nervöser ich wurde, desto mehr war ich genervt von mir selbst. Nur weil ich Tobi wiedersehen würde, schob ich jetzt so einen Film? Was sollte denn schon passieren? Es war ja nicht so, als ob ich ihn wiederhaben wollte. Allerdings wäre es natürlich schön, wenn er mich sehen und merken würde, was für ein Riesenfehler es gewesen war, mich in den Wind zu schießen. Dass ich eine faszinierende, schillernde und hocherotische Frau war. Auf Knien sollte er mich anflehen, zu ihm zurückzukehren, aber ich würde ihn eiskalt abblitzen lassen. Oder nein, erst würde ich wieder mit ihm zusammenkommen, nur für ein paar Tage, um ihn dann eiskalt abzuservieren. Ja, dieser Gedanke gefiel mir ausgesprochen gut. Um Punkt fünf Uhr klopfte ich an Claas' offene Bürotür. »Wollen wir?«

»Ja, Moment.« Er drückte schnell noch ein paar Knöpfe auf der Tastatur des PCs, griff nach seinem Handy und kramte in dem Durcheinander auf seinem Schreibtisch herum, bis er einen Schlüsselbund hervorzauberte. »Okay, wir können.«

Unten angekommen spazierte Claas zielstrebig zu dem ältesten und schrottreifsten Auto an der Straße. Ich hatte mir nie Gedanken darüber gemacht, was für ein Auto er wohl fuhr, aber mit dem Gefährt, das nun vor uns stand, hatte ich beim besten Willen nicht gerechnet. Es war ein mindestens fünfundzwanzig Jahre alter knallgrüner Volvo-Kombi, der aussah, als würde er jeden Moment zusammenbrechen. Aus den eckigen Vorderleuchten schaute er uns traurig an, und ich konnte ihn förmlich stöhnen hören: ›Oh nein. Ich will mich nicht bewegen, lasst mich einfach schlafen.‹

»Wow. So ein Auto hätte ich dir gar nicht zugetraut.«

Claas hielt mir formvollendet die Beifahrertür auf. »Was stimmt denn nicht damit?«

»Gar nichts. Es gefällt mir.« Ich stieg ein und versank beinahe in dem weichen Sitz. Sofort machte sich das seltsame Gefühl in mir breit, dass dieses alte Auto schon auf mich aufpassen würde.

Claas stieg auf der Fahrerseite ein, steckte den Schlüssel in die Zündung und schnallte sich an. »Dann bin ich ja beruhigt. Ich wäre echt beleidigt gewesen, wenn du etwas gegen Agnetha gesagt hättest.«

»Agnetha?«, fragte ich verdutzt. »Dein Auto hat einen Namen?«

»Natürlich.« Claas ließ den Motor an, und sofort erklang ein tiefes gleichmäßiges Brummen.

»Agnetha scheint ja noch ganz fit zu sein«, meinte ich. »Und das, obwohl sie schon eine sehr ... erfahrene Autodame ist.«

»Ja, sie ist eine treue Seele, und ich werde mich wohl erst von ihr trennen können, wenn sie auseinanderfällt. Ich hab sie als Student meinem Vater abgekauft.«

»Aber sollte man als Mitinhaber einer PR-Agentur nicht irgendwas ... Repräsentatives fahren? Was Schneidiges, Schickes? Irgendeinen sexy Sportwagen?«

Claas hob die Schultern. »Ich weiß nicht. Sollte man das? Mir war es schon immer relativ egal, was man tun sollte und was nicht. Ich mag Agnetha nun mal.«

Mir wurde ganz warm ums Herz, und ich konnte mir nicht helfen, aber für diese Einstellung hätte ich Claas am liebsten umarmt. »Ich mag Agnetha auch.«

»Freut mich.«

Für eine Weile fuhren wir schweigend durch den dichten Stadtverkehr. Mist, ich hatte doch gewusst, dass es mir nicht guttat, Claas besser kennenzulernen. Wieso musste ich immer wieder Seiten an ihm entdecken, die ich anziehend fand? Ich krallte meine Finger in die Handtasche, die auf meinem Schoß lag und starrte aus dem Fenster. Der Verkehr wurde immer dichter, und auf einmal merkte ich, wo wir waren. »Fährst du über Dammtor?«

»Ja, klar.«

»Wäre es nicht sinnvoller, du würdest oben langfahren?«

»Du meinst einmal um die Alster rum? Das ist doch ein Riesenumweg.«

»Ja, aber am Dammtor ist um diese Zeit immer Stau, immer. *Immer*«, wiederholte ich eindringlich.

»Ich hab das nicht so ganz verstanden. Was sagtest du, wie oft am Dammtor um diese Zeit Stau ist?«

Eigentlich wollte ich nicht lachen, aber ich tat es trotzdem. »Immer!«, wiederholte ich. »Wenn ich du wäre, würde ich oben langfahren. Ich sag's ja nur.«

Claas hob die Augenbrauen. »Aha. So eine bist du also.«

»Was für eine?«

»Du bist eine von diesen aktiven Beifahrerinnen, die ständig reinquatschen und alles besser wissen.«

»Nein. *Das* nennt man Navi. Ich gebe nur liebgemeinte Tipps.«

»Ja, aber ich kenne die Straßen der Stadt wie meine Westentasche. Über Dammtor zu fahren ist immer noch schneller als oben lang. Vertrau mir.«

»Okay.« Ich schwieg für eine Weile, dann sagte ich: »Soll ich schon mal bei Rieger anrufen und sagen, dass wir später kommen?«

»Das ist nicht nötig«, behauptete Claas, doch aufgrund des immer dichter werdenden Verkehrs wirkte er nicht mehr ganz so selbstsicher.

Etwa einen Kilometer vor dem Bahnhof Dammtor ging dann gar nichts mehr. Alle Fahrspuren waren in beide Richtungen verstopft, und es gab keine Möglichkeit, zu wenden oder hier wegzukommen. Die Ampel, die wir in etwa dreihundert Metern Entfernung erkennen konnten, wurde grün und wieder rot, ohne dass wir auch nur einen Zentimeter vorwärts kamen. »Verdammt«, stöhnte Claas auf und ließ entnervt den Kopf gegen die Stütze fallen.

Ich hätte gerne, wirklich liebend gerne einen Kommentar abgegeben, aber ich biss mir auf die Lippen.

»Komm schon. Sag es«, forderte Claas mich auf.

»Was denn?«, fragte ich und sah ihn möglichst unschuldig an.

»Wir wissen doch beide ganz genau, was. Also lass es raus.«

»Ich weiß nicht, wovon du redest.«

»Oh doch, ich sehe es dir an der Nasenspitze an. Du platzt, wenn du es nicht rauslässt, es ist stärker als du, es …«

»Also schön«, rief ich lachend. »Ich hab's dir doch gesagt.«

»Da haben wir's«, meinte Claas und stimmte in mein Lachen ein. Nach zehn Minuten griff ich nach meinem Handy. »Ich ruf jetzt an.« Kurz darauf hatte ich Aisha, die Empfangsdame von Rieger am Telefon, und informierte sie, dass wir im Stau standen und uns etwas verspäten würden.

»Wir hätten mit der Bahn fahren sollen«, meinte Claas.

»Ach was.«

Nach weiteren zehn Minuten, in denen wir weder vor noch zurückkamen, begann seine Gelassenheit zu schwinden. Mit den Fingern trommelte er auf dem Lenkrad herum. »Ich stehe nicht besonders auf Stau.«

»Echt nicht? Du bist ja ein schräger Vogel. Die meisten Menschen sind doch geradezu verrückt danach.«

Wieder kehrte Ruhe ein, doch jetzt wurde Claas zappelig. »Ich stehe echt überhaupt nicht auf Stau«, betonte er fünf Minuten später. »Ich hasse Stau! Herrgott noch mal, das gibt's doch gar nicht, es geht überhaupt nicht weiter!«

»Ja, aber dass du meckerst, ändert nichts daran.«

»Man wird über dieses gottverdammte Verkehrschaos doch noch meckern dürfen. Ich wette, da sind wieder irgendwelche Idioten, die sich nicht einordnen können.« Claas schwieg für ein paar Sekunden, dann wandte er sich zu mir. »Die Zeit würde schneller vergehen, wenn du mir was erzählst.«

»Was soll ich dir denn erzählen?«

»Irgendetwas über dich, das ich noch nicht weiß.«

»Sollten wir nicht besser noch mal durchgehen, wie wir uns gleich in dem Meeting positionieren? Außerdem fände ich es gut, wenn wir den Fototermin mit RHK besprechen.«

»Jetzt vergiss doch mal die Arbeit. Wir sind perfekt auf das Meeting vorbereitet, und zum Fototermin gibt es nichts zu besprechen.«

Ich nestelte mit den Fingern an meiner Tasche herum. »Also gut, mal überlegen. Ich habe mein Abitur am Christianeum gemacht, mit einer Durchschnittsnote von 2,0. Danach habe ich Kommunikationswissenschaften studiert. Anschließend bin ich ...«

»Nele«, fiel Claas mir ins Wort. »Das ist nicht dein Ernst, oder? Deinen Lebenslauf kenne ich bereits, also erzähl mir bitte irgendetwas anderes. Etwas über *dich*.«

Puh. Wollte ich ihm überhaupt etwas Persönliches von mir erzählen? Eigentlich war das ja so ziemlich das Gegenteil von dem, was ich mir vorgenommen hatte. Doch noch während ich überlegte, hörte ich mich sagen: »Na schön. Ähm ... Ich bin geboren, aufgewachsen, zur Schule gegangen, habe studiert und einen Job gefunden. Freunde sind gekommen und gegangen, aber die besten sind geblieben. Hm, was gibt es sonst noch zu sagen?« Für eine Weile schwieg ich, dann fuhr ich fort: »Ich habe noch nie woanders gelebt als in Hamburg, und ich kann mir auch nicht vorstellen, jemals woanders zu leben. Ich sortiere gerne Sachen, gerade erst vorgestern habe ich drei Stunden damit verbracht, meinen Kleiderschrank umzuorganisieren. Wenn es mir schlecht geht, fahre ich ans Meer oder an die Elbe. Ich lebe mit meiner besten Freundin Anni zusammen in einer Zweier-WG in Eilbek. Eigentlich ist es eine Vierer-WG, denn unsere Nachbarn Sebastian und Kai hängen ständig bei uns rum. Ich hasse Gewitter. Was Beziehungen angeht, bin ich leider nicht sonderlich erfolgreich. Ich bin so musikalisch wie ein Briefkasten, aber ich singe gern. Allerdings nur heimlich. Ich habe meinen Blinddarm nicht mehr, und eine Zeitlang hatte ich rote Haare. In drei Monaten heiraten meine Eltern, Lenny und ich sind Trauzeugen.« Ich hob die Schultern. »Das klingt wahrscheinlich langweilig.«

Claas sah mich für ein paar Sekunden an. Dann lächelte er, sodass ausgesprochen nette Grübchen in seinen Wangen zum Vorschein kamen. »Nein, überhaupt nicht. Ich nehme an, deine Eltern heiraten sich gegenseitig?«

»Genau. Es soll eine romantische Geste zu ihrem dreißigsten Jahrestag sein.«

»Schön. Ich wäre bei der Hochzeit meiner Eltern auch gern dabei gewesen«, meinte Claas. Er betrachtete mich eingehend. »Rote Haare also, ja? Interessant.«

Ich rümpfte die Nase. »Es sah bescheuert aus. War 'ne Schnapsidee. Ich war dreiundzwanzig, hatte mich gerade von meinem Freund getrennt und fand, dass es auch haartechnisch Zeit für eine einschneidende Veränderung war.«

»Warum hast du dich von ihm getrennt?«

Ich zögerte. »Weil er nicht der Richtige war.«

»Wieso nicht?«

Hilfe, war das etwa ein Thema für nettes, unverbindliches Geplauder? Aber ich selbst hatte das Thema angeschnitten, also blieb mir wohl nichts anderes übrig als zu antworten. »Wir hatten absolut nichts gemeinsam. Und offen gestanden hat mich das mit dem Fremdgehen irgendwie gestört.«

»Verstehe«, sagte Claas langsam. »Und der Blinddarm? Wann ist das passiert?«

»Als ich zwanzig war.«

»Und wie war das?«

Ich musste lachen. »Du willst alles ganz genau wissen, was? Das war nicht schön, überraschenderweise. Ich war an dem Wochenende in Berlin und hab meine Freundin Gülcan besucht, die dort ein Praktikum gemacht hat. Mir ging es das ganze Wochenende über schlecht, und ich hatte furchtbare Bauchschmerzen. Auf dem Rückweg war es dann so schlimm, dass ich im Zug ohnmächtig geworden bin. Das erste und einzige Mal in meinem Leben. Am nächsten Bahnhof musste ein Not-Stopp eingelegt und ein Rettungswagen gerufen werden.« Ich grinste. »Mit Stolz kann ich sagen, dass ich höchstpersönlich für eine ICE-Verspätung verantwortlich bin.«

»Respekt. Und wo hat der Rettungswagen dich hingebracht?«

»Nach Ludwigslust ins Krankenhaus. Da bin ich notoperiert worden. Das war ziemlich schrecklich, weil ich dort niemanden kannte. Meine Eltern und Lenny haben mich zwar besucht, und meine Freunde sind auch vorbeigekommen, aber die meiste Zeit war ich allein. So heftiges Heimweh wie in dieser Woche hatte ich noch nie. Und habe es danach auch nie wieder gehabt.«

»Tut mir leid, dass du dich damals so allein gefühlt hast.«

Claas' Blick war so warm und mitfühlend, dass mir der Atem stockte.

Hinter uns ertönte ein wütendes Hupen, und wir zuckten zusammen. Ich sah nach vorne und stellte fest, dass der Verkehr inzwischen wieder lief. Claas ließ den Wagen an und fuhr weiter. Ich fragte mich, ob ich nicht viel zu viel Persönliches preisgegeben hatte. Wahrscheinlich schon. Nein, ganz sicher sogar. Aber er machte es mir auch so verdammt leicht, alles zu vergessen, was ich mir vorgenommen hatte.

Bald darauf bogen wir in die Straße ein, in der meine ehemalige Agentur lag. Claas parkte Agnetha auf einem Platz, der selbst für einen Smart zu klein gewesen wäre. Die Hälfte des Wagens stand auf dem Gehsteig, und mit der Motorhaube berührte Agnetha einen Poller. Man konnte fast meinen, dass sie ihn abknutschen würde. »Bequem sieht das aber nicht aus«, kommentierte ich, nachdem ich ausgestiegen war.

»Nein, und das tut mir auch echt leid für Agnetha.«

»Okay, aber wenn …« Mitten im Satz hielt ich inne. Ich wollte ja nicht schon wieder als nervende aktive Beifahrerin rüberkommen.

»Wenn was?«, hakte Claas nach.

»Ach, nichts.«

»Na dann.« Grinsend schloss er den Wagen ab. »Gehen wir?«

Jetzt, wo der Termin unmittelbar bevorstand, wurde ich wieder nervös. Im Aufzug kontrollierte ich mit den Händen meinen Haarknoten und steckte eine vorwitzige Strähne fest, die sich daraus gelöst hatte. Dann strich ich mein Seidentop glatt und knöpfte mein Jackett zu. Ich spürte Claas' Blick auf mir und sah zu ihm auf. Aber er sagte nichts, und bevor ich selbst etwas sagen konnte, waren wir oben angekommen.

Wir betraten die Agenturräume, und sofort kam Aisha

hinter ihrem Empfangstresen hervor und stürzte auf mich zu. »Hey, Nele. Na?« Sie klang, als würde sie mit einer schwerkranken Patientin sprechen und rieb mir den Oberarm. »Wie geht's dir?«

»Sehr gut, Danke.«

»Ehrlich?«, trällerte sie in diesem furchtbaren, mitleidigen Ton. »Das ist schön. Du siehst echt gut aus, Süße.«

»Ja, ich … tue mein Bestes.« Ich trat einen Schritt zurück. »Wir gehen einfach schon mal in den Besprechungsraum, okay?«

Aisha nickte lächelnd, und ich dachte schon, sie würde mir in die Wange kneifen und ›Dutzi, dutzi‹ sagen. Bevor sie das tun konnte, stapfte ich los. Claas folgte mir, doch weit kamen wir nicht, denn jetzt trat Jonas aus der Grafik mit einer Tasse in der Hand aus der Kaffeeküche. Im gleichen mitleidigen Tonfall wie Aisha sagte er: »Hey, Nele. Na, wie geht's?«

»Prima, vielen Dank.«

Jonas lächelte mich milde an. »Wie schön.«

»Mhm.« Ich nickte ihm noch mal zu und setzte meinen Weg fort, nur um nach fünf Metern Frau Glaser aus der Buchhaltung in die Arme zu laufen. Meine Güte, hatten die sich alle verschworen, oder was? »Ach, Frau Wilkens!«, rief sie und steuerte zielstrebig auf mich zu, um mich fest an ihre ausladende Brust zu drücken. »Na, wie geht es Ihnen denn? Gut sehen Sie aus.«

»Danke, Frau Glaser, mir geht es bestens«, stieß ich zwischen zusammengepressten Zähnen hervor.

Sie gab mich wieder frei und sagte: »Machen Sie es gut, Frau Wilkens, ja? Nicht unterkriegen lassen.«

»Klar, Frau Glaser. Schönen Feierabend.« Ich lächelte ihr höflich zu und rannte dann förmlich in den Besprechungsraum. Dort ließ ich mich auf einen der Stühle fallen, atmete tief aus und überprüfte nochmals den Sitz meines Haarknotens.

Claas setzte sich neben mich und lehnte sich bequem zurück. »Will ich wissen, was hier vorgefallen ist, bevor du gegangen bist?«, fragte er nach einer Weile.

»Nein. Willst du nicht.«

»Eins steht jedenfalls fest: Die haben alle komplett einen an der Waffel. Ich bin heilfroh, dass ich dich aus diesem Irrenhaus herausgeholt habe.«

Mit erhobenen Augenbrauen sah ich ihn an. »Du hast mich nicht herausgeholt. Ich habe mich wegbeworben.«

»Und ich habe dich eingestellt.«

»Genau genommen hat Olli mich eingestellt. Als ich mich das *fünfte* Mal beworben hatte.«

»Immer diese Haarspalterei.«

Ich wollte gerade etwas erwidern, als ich ein Räuspern von der Tür hörte. Mein Herz machte einen Satz, und mein Körper verkrampfte sich von Kopf bis Fuß. Claas und ich erhoben uns und wandten uns zur Tür. Ich entdeckte meinen ehemaligen Chef, Herrn Rieger, der auf mich zukam. Und dann fiel mein Blick auf Tobi. Automatisch hatte ich das Bedürfnis, meine Frisur zu richten, aber ich zwang mich, nichts dergleichen zu tun. Tobi hatte sich nicht verändert, was nicht weiter erstaunlich war, schließlich hatten wir uns erst vor ein paar Wochen das letzte Mal gesehen. Da hatte ich zum Abschied in der Agentur ein paar Flaschen Sekt ausgegeben. Tobi war zum Schluss ganz schön angetrunken gewesen, und ich wusste noch, wie erleichtert ich gewesen war, ihn nie wiedersehen zu müssen. Er hatte mich zum Abschied umarmt und gesagt: »Es tut mir wirklich sehr leid, Nele. Aber du warst mir einfach ein bisschen zu bieder.« Alle hatten es mitbekommen. Ich hätte irgendetwas Schlagfertiges sagen oder ihm wahlweise eine reinhauen sollen, aber ich war nicht dazu in der Lage gewesen. Darüber ärgerte ich mich heute noch. Und als Krönung ließ er sich jetzt auch noch am Telefon verleugnen, wenn ich anrief, als befürchtete er, dass ich ihn stalken wollte oder dergleichen. Während Claas und Herr Rieger sich begrüßten, nickte ich Tobi zu. »Hallo.«

»Hallo, Nele. Wie geht's dir?« Immerhin verzichtete er auf diese mitleidige Stimme.

»Bestens, vielen Dank.«

»Frau Wilkens, hallo«, wandte Herr Rieger sich an mich und gab mir lächelnd die Hand. »Schön, Sie zu sehen.«

»Ja, finde ich auch«, meinte ich und erwiderte sein Lächeln. Ich mochte Herrn Rieger. Er hatte zwar das Taktgefühl eines Bulldozers, aber er war ein schlauer Geschäftsmann.

Claas beobachtete uns aufmerksam, doch dann beanspruchte Tobi seine Aufmerksamkeit.

»Hallo, Herr Maurien«, sagte er und hielt ihm zur Begrüßung die Hand hin. »Ich bin Tobias Grothe. Wir sind uns letztes Jahr auf der Marketingtagung in Berlin vorgestellt worden, Sie erinnern sich bestimmt.«

Claas runzelte die Stirn und gab Tobi die Hand. Dann schien es ihm zu dämmern, denn er sah kurz rüber zu mir und wieder zurück zu Tobi. »Ich bin mir nicht sicher. Waren Sie die Begleitung von Frau Wilkens?«

Tobi zuckte leicht zusammen, wahrscheinlich, weil es ihm nicht passte, als mein Anhängsel gesehen zu werden. »Ja, genau.«

»Setzen wir uns doch«, schlug Herr Rieger vor, woraufhin wir unsere Plätze einnahmen.

Tobi versorgte uns mit Kaffee und Wasser, während Herr Rieger ein bisschen Smalltalk machte. »Und, Frau Wilkens? Wie geht's Ihnen?«

»Sehr gut, vielen Dank«, erwiderte ich und nahm einen Schluck von meinem Kaffee.

»Schön, dass Sie uns nun dank der Durchschnittspartei doch noch ein bisschen erhalten bleiben. Vor allem Herrn Grothe. Sie waren ja ein echtes Dream-Team. Er vermisst sie bestimmt sehr, was?«

Prompt verschluckte ich mich an meinem Kaffee und brach in einen Hustenanfall aus. Na super, Nele. Total souveräner Auftritt.

Claas klopfte mir auf den Rücken, während Tobi an meiner Stelle antwortete: »Wir haben im Grunde kaum an gemeinsamen Projekten gearbeitet.«

Inzwischen hatte ich mich von meinem Hustenanfall erholt und bemühte mich um etwas Würde. »Gut, ich schlage vor, dass wir zum Geschäftlichen kommen.« Ich sah Claas fragend an.

Er erwiderte meinen Blick in der für ihn so typischen Gelassenheit. »Unbedingt. Am besten stellen Sie uns doch erst mal die neue Wahlkampfkampagne für die Durchschnittspartei vor, Herr Rieger. Anschließend sprechen wir über die Imagekampagne für Rüdiger Hofmann-Klasing, und dann sehen wir, inwieweit wir uns noch abstimmen müssen.«

»Alles klar«, meinte Herr Rieger. Für einen Moment dachte ich, er würde das Zepter an Tobi übergeben, doch dann ergriff er selbst das Wort. Während er die Kampagne präsentierte, saß Tobi neben ihm und reichte ihm auf Zuruf Muster von Plakaten, Slogans und Flyern. »Das war es im Großen und Ganzen«, endete Herr Rieger schließlich seinen Vortrag. »Das ist natürlich noch nicht komplett ausgefeilt, aber ich denke es reicht, damit wir uns abstimmen können.«

»Wir liegen gar nicht so weit auseinander, aber das war aufgrund der Vorgaben des Kunden ja auch nicht anders zu erwarten. Unsere Kampagne beruht größtenteils auf den Ideen von Frau Wilkens«, meinte Claas.

Am liebsten hätte ich Tobi die Zunge herausgestreckt.

Claas wandte sich an mich: »Du hast ja am Freitag schon vor dem Kunden präsentiert, also bist du noch im Flow. Schieß los.«

Oh, diese Genugtuung! Ich fühlte mich so wenig bieder und bemitleidenswert wie schon lange nicht mehr. Stattdessen war ich die Souveränität und das Selbstbewusstsein in Person, als ich meinen Stuhl zurückschob und aufstand, um meine Handouts Herrn Rieger und Tobi rüberzureichen. Und dann ging alles ganz schnell und in Zeitlupe zugleich. In meinem triumphalen Übermut übersah ich die Wasserflasche in der Mitte des Tisches und stieß dagegen, wodurch sie bedenklich ins Wanken geriet. Reflexartig griff ich danach, um sie am Umfallen zu hindern, wobei ich allerdings die Kaffeekanne rammte – mit dem Ergebnis, dass sowohl Kaffeekanne als auch Wasserflasche umfielen. Der heiße Kaffee ergoss sich über meine Hand, und ich schrie auf. Die Wasserflasche kullerte davon unbeeindruckt über den Tisch und knallte auf den Granitfußboden, wo sie in tausend Scherben zersprang – genau zwischen meinem Ex-Freund und meinem Ex-Chef. Starr vor Schock stand ich da und versuchte zu verarbeiten, was in den vergangenen zweieinhalb Sekunden passiert war. Aber in meinem Hirn herrschte gähnende Leere.

»Alles in Ordnung, Nele?«, hörte ich Claas' Stimme. Als ich zur Seite sah, bemerkte ich, dass er neben mir stand. Er griff nach meiner Hand, um einen Blick darauf zu werfen. Allmählich kam ich wieder zu mir, und mir wurde bewusst, dass meine Hand nicht das Problem war. Viel schlimmer war der jämmerliche Auftritt, den ich gerade hingelegt hatte. ›Los jetzt‹, rief ich mir innerlich zu. ›Funktioniere, mach etwas!‹

»Wie dumm von mir.« Ich stürzte auf die andere Seite des Tisches und hockte mich zwischen Herrn Rieger und Tobi, um die Scherben aufzusammeln, doch dann hielt ich plötzlich inne. Zum einen, weil ich mich geschnitten hatte und zum anderen, weil mir bewusst wurde, dass ich zwischen meinem Ex-Chef und meinem Ex-Freund auf den Knien herumrutschte. Und diese Position gefiel mir ganz und gar nicht. Schnell stand ich auf, ließ die Scherben Scherben sein und kümmerte mich stattdessen mithilfe von ein paar Servietten um die Kaffeepfütze auf dem Tisch.

»Nele«, sagte Claas ruhig. Er sah mich einfach nur an, nicht mitleidig, wütend, peinlich berührt oder amüsiert. Sondern eher ... abwartend. Fragend. Ich wusste nicht, wieso, aber seltsamerweise brachte dieser Blick mich dazu, mich zusammenzureißen. Ich atmete tief durch, nahm meine Schultern zurück und hob das Kinn. »Tut mir sehr leid. Wow, was für eine Kettenreaktion.«

»Allerdings. Das hätte ich gern auf Video, sonst glaubt es einem doch keiner«, meinte Claas.

Herr Rieger und Tobi schmunzelten, wobei Tobis Schmunzeln mir eher wie ein gehässiges Grinsen vorkam. Zu meinem Trost wurde er von Herrn Rieger dazu verdonnert, die Scherben auf dem Boden aufzusammeln und die Wasserpfütze zu beseitigen. Das nannte ich ausgleichende Gerechtigkeit, vor allem, weil Claas derjenige war, der den Rest Kaffee vom Tisch aufwischte und die Servietten in den Mülleimer beförderte, statt mich dazu aufzufordern. Und wieder machte er es durch diese einfache Geste leichter für mich, denn er vermittelte mir damit das Gefühl, dass wir ein Team waren. Was mir etwas von der verlorenen Souveränität zurückgab. Als alle wieder an ihren Plätzen saßen, ergriff ich das Wort. »Kommen wir zurück zur Imagekampagne für Rüdiger Hofmann-Klasing. Ich verspreche auch, dass ich nichts mehr umschmeißen werde.«

Ich verteilte endlich meine Handouts an Herrn Rieger und Tobi. Nachdem ich ohne weitere Zwischenfälle unsere Kampagne präsentiert hatte, stimmten wir uns über die wichtigsten Punkte ab und besprachen den Ablauf der kommenden drei Monate. Nach einer halben Stunde hatten wir alle Punkte besprochen, und Claas und ich konnten den Rückzug antreten.

»Tschüs, Frau Wilkens«, sagte Herr Rieger, als er mir zum Abschied die Hand gab. »Sie hatten heute ja wirklich eine umwerfende Wirkung, was?«

»Scheint so«, erwiderte ich und zwang mich zu einem Lachen. In Wahrheit ärgerte ich mich noch immer schwarz über mich selbst. Das hätte ein perfekter Auftritt werden können, aber die Chance hatte ich verpasst.

»Tschüs, Nele«, sagte Tobi zu mir.

Ich sah ihm in die Augen. Dieses Blau berührte mich nicht mehr, mein Herz schlug langsam und ihm Takt. Nichts regte sich in mir. Ich war definitiv nicht mehr in Tobi verliebt. Das Einzige, was geblieben war, war die Wut darüber, dass er mich abgeschossen und gedemütigt hatte. »Tschüs, Tobi«, sagte ich und drehte mich um, um schnellstmöglich die Agentur zu verlassen. Ich wartete nicht auf den Aufzug, sondern lief die Treppen runter und stürmte hinaus ins Freie. Mehrmals holte ich tief Luft, doch es war immer noch schwül und stickig. Dieses verdammte Gewitter hing seit gestern drohend in der Luft, aber es kam einfach nicht.

Claas tauchte an meiner Seite auf, und ohne ein Wort zu sprechen setzten wir uns in Bewegung. Wir gingen langsam nebeneinander her, ohne dass ich hätte sagen können, wohin. Oder warum ich mich nicht einfach von ihm verabschiedete, um nach Hause zu fahren und mich dort in aller Ruhe über mich selbst zu ärgern.

»Also, ich bin nach wie vor davon überzeugt, dass du bei M&T viel besser aufgehoben bist«, sagte Claas irgendwann im Plauderton. »Wenn du deren halbe Einrichtung in Schutt und Asche legst, spricht das doch eine klare Sprache. Bei uns hast du das noch nie gemacht.«

»Tut mir leid«, sagte ich kleinlaut. »Ich hoffe, du bist nicht sauer. Mir ist klar, dass das ein unendlich peinlicher Auftritt war, und ich könnte es vollkommen verstehen, wenn du …«

»Das muss dir nicht leidtun«, fiel Claas mir ins Wort. »Mach dir doch keinen Kopf um so eine Belanglosigkeit. Du hast etwas umgeworfen, na und?«

»Was heißt hier Belanglosigkeit? Ich wollte unbedingt eine perfekte Performance hinlegen«, brach es aus mir hervor. »Stattdessen mache ich mich zum Horst.«

Claas schwieg für ein paar Sekunden, dann sagte er: »Ich sehe das vollkommen anders. Zugegeben, du hast eine kleine Slapstick-Nummer eingelegt. Aber du hast dich berappelt, weitergemacht und dann abgeliefert. Das finde ich großartig. Übrigens stören gelegentliche Slapstick-Einlagen mich nicht«, fuhr Claas fort. »Ich habe immerhin schon mal eine Bewerberin eingestellt, die während des Vorstellungsgesprächs vom Stuhl gefallen ist.«

Entsetzt schlug ich eine Hand vor den Mund. »Au weia, die Arme. Wem ist das denn passiert?« Schnell ging ich im Kopf sämtliche Kolleginnen durch, aber *das* konnte ich mir von keiner vorstellen. Außer von mir vielleicht.

»Du kennst sie nicht, sie hat den Job nicht angenommen. Beziehungsweise hat sie ihn zwar angenommen, aber kurz vorher doch noch abgesagt.«

»Wieso denn?«

»Ich weiß es nicht mehr genau. Das ist ewig her, wir hatten die Agentur gerade erst eröffnet. Wenn ich mich recht erinnere, hat sie gemerkt, dass der Job doch nicht das Richtige für sie war.«

»Was war denn das Richtige für sie?«

Er hob die Schultern. »Keine Ahnung. Das war kein besonders nettes Gespräch. Ich war ziemlich beleidigt, weil ich mich sehr dafür eingesetzt hatte, dass sie diesen Job bekommt. Sie hätte wirklich gut ins Team gepasst.«

»Schade, dass sie ihn abgelehnt hat.«

»Das fand ich auch. Aber wer weiß, wofür es gut war?«

Wir lächelten uns an, dann sagte Claas unvermittelt: »Er ist dein Ex, richtig? Tobias Grothe meine ich.«

Ich nickte. Leugnen war ohnehin zwecklos. »Hast du ihn wiedererkannt, von der Tagung?«

»Nein, aber ich wusste noch, dass du damals in Begleitung warst. Und als er sagte, wir wären uns vorgestellt worden, habe ich eins und eins zusammengezählt.«

»Tja, Tobi ist einer der vielen Männer, die ich nicht halten konnte, wie meine Oma sich ausdrücken würde.«

Claas schnaubte. »Ich finde diesen Gedanken vollkommen absurd, und ich bin mir nicht sicher, ob du einfach nur nach Komplimenten fischst. Aber dafür hast du ja normalerweise Lenny, und …«

»Ich fische nicht nach Komplimenten. Fakt ist: Bislang haben alle Männer, mit denen ich zusammen war, entweder mit mir Schluss gemacht oder mich betrogen. Wenn meine Beziehungen immer nach dem gleichen Muster ablaufen, muss ich diesen Gedanken doch mal zu Ende denken, oder nicht?«

»Nein. Musst du nicht. Geh einfach mal davon aus, dass es nicht an dir lag, sondern daran, dass du bislang ausschließlich mit Vollidioten zusammen warst. Wenn du dir etwas vorzuwerfen hast, dann höchstens, dass du offensichtlich einen miserablen Männergeschmack hast.« In der Ferne ertönte ein Grummeln. Claas schaute hinauf in den Himmel, der inzwischen schon so grau war, dass er aussah, als würde er jeden Moment platzen. »Gehen wir zurück?«

Verwirrt sah ich mich um und stellte fest, dass wir inzwischen fast an der Alster waren. Ich konnte schon die Weltkugel auf dem Dach des Hotel Atlantic erkennen. »Auf jeden Fall. Nicht, dass wir noch ins Gewitter geraten.

»Stimmt. Du magst Gewitter ja nicht.« Für eine Weile gingen wir still nebeneinander her, dann fragte er: »Hast du dich von Rieger wegbeworben, weil du nicht mehr mit deinem Ex zusammenarbeiten wolltest?«

»Ja, ich dachte anfangs zwar, dass ich es schon auf die Reihe kriegen würde. Aber es hat sich schnell herausgestellt, dass ich es nicht konnte.«

»Ist er der Ex, der dich betrogen hat? Der, wegen dem du dir die Haare rotgefärbt hast?«

»Nein, Tobi hat mich nicht betrogen, soweit ich weiß. Wie ist das denn überhaupt bei dir?«, drehte ich den Spieß um. Es reichte mir allmählich, dass die ganze Zeit nur ich auf dem heißen Stuhl saß. Die unsichtbare Grenze zwischen uns hatten wir heute ohnehin schon weit überschritten, also wenn, dann auch richtig. Ab morgen würde wieder alles anders sein. »Du bist doch auch Single und kannst nicht viel mehr Glück in der Liebe gehabt haben als ich.«

Sein Gesicht verdüsterte sich. »Nein. Dass ich Glück gehabt habe, kann man wirklich nicht behaupten.« Mehr sagte er nicht.

»Wie meinst du das?«, hakte ich nach, und dann landeten die ersten Tropfen auf meiner Haut.

Claas deutete zum Himmel hinauf. »Sollten wir uns nicht besser beeilen?«

Ich hatte den Eindruck, dass ihm die Unterbrechung ganz recht kam, weil er so nicht auf meine Frage antworten musste. Doch ins Gewitter geraten wollte ich auch nicht. Also liefen Claas und ich ohne ein weiteres Wort zeitgleich los, durch den immer stärker werdenden Regen, bis wir bei Agnetha angekommen waren. Es hätte mich nicht gewundert, wenn sie abgeschleppt worden wäre oder Claas zumindest ein saftiges Ticket für Falschparken erhalten hätte. Aber sie stand unbehelligt an ihrem Platz und schien uns zur Begrüßung freundlich anzulächeln.

Ich hätte zum Hauptbahnhof gehen und die Bahn nehmen sollen, aber ich kam nicht mal auf die Idee. Claas scheinbar ebenso wenig. Wie selbstverständlich schloss er die Beifahrertür auf und öffnete sie für mich. Und wie selbstverständlich ließ ich mich in den weichen Sitz fallen, rieb meine Arme und zupfte an meinem regennassen Top herum. Was für ein Riesenglück, dass ich mich für ein schwarzes, und nicht für ein weißes entschieden hatte. Sonst hätte ich ohne Weiteres den Miss-Wet-Shirt-St.-Georg-Contest gewinnen können und somit meinem ohnehin fragwürdigen Benehmen heute die Krone aufgesetzt.

Claas nahm auf der Fahrerseite Platz, zog sein Jackett aus und fuhr sich mit beiden Händen durchs Haar. Auch er war klatschnass, und irgendwie stand ihm das ausgesprochen gut. Es wirkte so wunderbar unperfekt.

Nachdem er den Motor gestartet hatte, machte er die Heizung an. Er fragte mich nach meiner Adresse, und danach redeten wir nicht mehr, sondern fuhren schweigend durch die Straßen Hamburgs. Aber es war ein friedliches, angenehmes Schweigen. Ich beobachtete Claas aus den Augenwinkeln, nahm seinen konzentrierten Blick wahr und seine Hände, mit denen er schaltete und das Lenkrad hielt. Er hatte wirklich schöne Hände. Sally war beneidenswert, denn sie wurde andauernd von diesen Händen … ›Herrje, Nele, geht's noch?‹, flüsterte meine innere Stimme mir zu. Entnervt stöhnte ich auf und sah aus dem Fenster.

»Was ist?«, fragte Claas.

»Nichts. Mir ist nur gerade etwas eingefallen, das ich … noch erledigen muss.« Genau. Mich unter die kalte Dusche stellen zum Beispiel, das würde mir guttun.

Schon bald darauf hielten wir vor meinem Wohnhaus, und ich wusste nicht, ob ich deswegen erleichtert oder traurig sein sollte. »Also dann. Danke fürs Heimfahren. Wir sehen uns morgen.« Ich machte Anstalten auszusteigen, doch Claas hielt mich am Arm zurück. »Ärgere dich nicht mehr darüber, dass du heute in dem Meeting etwas umgeworfen hast. Ich fand dich trotzdem … Du hast das trotzdem großartig gemacht.«

»Danke, es ist nett, dass du das sagst.«

»Das hat nichts mit Nettigkeit zu tun. Wenn ich deinen Auftritt ärgerlich oder peinlich gefunden hätte, dann hätte ich es dir gesagt. Aber dir ist nur ein Missgeschick passiert. Mehr nicht.«

»Ich werde es mir immer wieder in Erinnerung rufen.«

»Wie schlimm ist es denn eigentlich?« Claas griff nach meiner Hand und betrachtete sie eingehend. »Verbrennungen hast du nicht«, murmelte er. »Tut es noch weh?«

Ich hatte keine Ahnung, wovon er redete. Was sollte wehtun? Seine Berührung etwa? Die tat absolut nicht weh, ganz im Gegenteil. Nun strich er auch noch leicht mit dem Daumen über meine Handinnenfläche und meine Finger. Mein Atem ging schneller, und meine Haut kribbelte, als stünde sie unter Strom – einem sehr angenehmen, zarten Strom. Irgendwann wurde mir bewusst, dass Claas mich abwartend ansah. Stimmt, er hatte mich etwas gefragt, aber ich wusste beim besten Willen nicht mehr, was genau. Also zuckte ich mit den Schultern und sagte: »Ach, na ja«, denn das passte ja eigentlich immer.

Er lächelte mich an, auf seine typische Claas-Art, mit diesem warmen, freundlichen Ausdruck in den braunen Augen. Und dieses Lächeln traf mich so heftig mitten ins Herz und in den Bauch, dass ein Schauer über meinen ganzen Körper lief. Oh Mann, dieser Typ hatte es echt in sich. Doch dann ließ er plötzlich meine Hand los, als hätte ich eine hochansteckende Krankheit, und seine Miene wurde wieder neutral. »Also dann, bis morgen, Nele.«

Das war dann wohl die kalte Dusche, die ich mir soeben noch gewünscht hatte. »Ähm, ja. Bis morgen.« Ich schnallte mich ab, griff nach meiner Tasche und verließ schleunigst das Auto. Auf wackligen Knien lief ich zum Haus und schloss die Tür auf. In der Wohnung angekommen, hörte ich Stimmen aus der Küche. Ich warf einen Blick hinein und sah Anni, Sebastian und Kai am Tisch sitzen. Offenbar hatten sie gerade zusammen gegessen, denn es duftete noch nach Pasta und Sebastians köstlicher Tomatensauce. »Hey, Nele«, sagte Anni, als sie mich in der Tür entdeckte. »Du bist ja ganz schön spät zurück. Aber freu dich, wir haben dir Pasta und Rotwein übrig gelassen.«

»Danke, das ist lieb. Ich muss nur schnell die nassen Klamotten loswerden.« Ich eilte ins Bad, zog meine klatschnassen Sachen aus und stellte mich *nicht* unter die kalte Dusche, denn die hatte ich ja soeben schon genossen. Stattdessen ließ ich heißes Wasser auf meine Haut prasseln und wünschte mir, ich könnte damit auch die Gedanken an Claas wegspülen. Das heute war ja mal so was von absolut daneben gewesen. Er war mein Chef, verflucht noch mal. Warum nur vergaß ich das immer wieder? Er war mein Vorgesetzter. Der Typ, in dessen Agentur ich hoch hinaus wollte. Ich hatte mich heute komplett unangemessen benommen, und ihm Dinge erzählt, die so was von ... *unangemessen* waren. Über meine Männerprobleme hatte ich ihn vollgejammert, wie peinlich war das denn bitte? Außerdem war er nicht nur mein Chef, sondern auch noch nett. Und die Netten waren die Schlimmsten, das hatte die Erfahrung mich gelehrt. Diejenigen, denen man vertraute, von denen man nicht erwartete, dass sie einem wehtun würden. Nur taten sie das eben doch – irgendwann, wenn man am wenigsten damit rechnete. Sie logen, nutzten einen aus. Gingen fremd. Oder sie eröffneten einem, man sei doch nicht die Richtige, weil man zu bieder, flippig, laut, leise, groß, klein, dick, dünn oder was auch immer sei. Denn so wie man war, war man eben nicht richtig. Nicht gut genug. Ja, die netten Typen waren die gefährlichsten, und genau so ein Typ war Claas. Er brachte mein Herz immer wieder dazu, schneller zu schlagen, und mich brachte er auf dumme Gedanken. Aber kaum wurde es persönlich, verwandelte er sich zurück in den freundlich-distanzierten Chef, sodass ich belämmert dastand und nicht wusste, was Sache war. Auf Männer wie Claas war ich wieder und wieder und wieder hereingefallen, und das würde ich garantiert nicht noch einmal tun. Männer wie er waren in meiner Lebensplanung nicht mehr vorgesehen. Nur schien ich leider machtlos gegen Claas zu sein. Er war für mich so etwas wie ein warmes Franzbrötchen. Auch wenn ich wusste, dass sie ungesund waren – wenn ich eins roch, musste ich es einfach haben. Und das war ein Problem, das ich dringend in den Griff kriegen musste. Meine Haut war inzwischen knallrot, also stellte ich den Wasserhahn aus und trocknete mich ab. Ich schlüpfte in trockene Klamotten und ging zu den anderen in die Küche.

Der Raum war winzig und der Tisch mitsamt den vier

Stühlen passte eigentlich gar nicht hinein, sodass ich über Kai klettern musste, um an meinen Platz zu kommen. Kraftlos ließ ich mich auf meinen Stuhl fallen und griff nach der Rotweinflasche. Kai stellte mir einen Teller Pasta mit Tomatensauce hin.

»Vielen Dank, das ist nett.« Ich schenkte mir ein großzügiges Glas Rotwein ein und aß von der Pasta. »Extrem lecker«, lobte ich mit vollem Mund.

»Ich weiß«, erwiderte Sebastian in aller Bescheidenheit.

Anni musterte mich aus zusammengekniffenen Augen. »Stimmt etwas nicht?«

»Wieso?«

»Du siehst so … aufgewühlt aus.« Anni wandte sich an Kai und Sebastian. »Findet ihr nicht, dass sie aufgewühlt aussieht?«

Nun betrachteten alle drei mich prüfend.

»Hm«, machte Sebastian. »Ich finde eher, sie sieht rot aus.«

»Finde ich auch«, bestätigte Kai. »*Gut durch* würde ich das bezeichnen.«

»Ach, ich hatte einfach einen komischen Tag.« Ich nahm einen großen Schluck Wein. »Ich hab Tobi wiedergesehen.« Ha, das war heute ja wohl mein kleinstes Problem gewesen.

Anni riss erschrocken die Augen auf. »Ach, du Schande, stimmt ja, du hattest heute dieses Meeting. Wie war es denn?«

Ich versuchte, meine Gedanken zu sortieren. »Es war … seltsam. Sicher ist, dass ich nicht mehr verliebt in ihn bin. Es tat auch nicht weh, ihn zu sehen, aber … ich bin immer noch so wütend auf ihn. Und ich habe dieses nicht besonders nette Bedürfnis, ihm eins auszuwischen. Ihn zu demütigen, so wie er mich gedemütigt hat, als er vor versammelter Mannschaft verkündet hat, ich wäre ihm zu bieder. Ich will ihn vernichten, wie ein Insekt zertreten, und dann …«

»Hilfe, Nele«, rief Kai. »Hör auf, du machst mir Angst. Und dabei schreibe ich einen Thriller.«

Anni sah mich verständnisvoll an. »Der Hölle Rache kocht in deinem Herzen, was?«

»Bitte?«

»Das ist die zweite Arie der Königin der Nacht. Ihr wisst schon, aus Mozarts *Zauberflöte*.«

»Nee«, erwiderte Sebastian. »Wissen wir nicht, Süße.«

»Aber ihr kennt das Stück ganz sicher.« Sie verzog das Gesicht zu einer teuflischen Fratze, zeigte in dramatischer Geste mit dem Finger auf mich und sang: »Fühlt nicht durch dich Sarastro Todesschmerzen, Sarastro Todesschmerzen, so bist du meine Tochter nimmermehr.« Danach trällerte sie eine Melodie, die ich tatsächlich schon mal gehört hatte – wahrscheinlich, als bei *The Voice of Germany* eine Opernsängerin angetreten war.

»Jetzt habe ich noch mehr Angst«, behauptete Kai. »Was ist denn heute los mit euch Frauen?«

»Sorry«, meinte Anni kleinlaut.

Sebastian legt ihr einen Arm um die Schulter. »Ich fand das sehr schön. Und beängstigend.«

Anni lachte. »Dann habe ich doch alles richtig gemacht. Die Zauberflöte ist wirklich toll. Die Geschichte ist spannend, und die Musik wunderschön. Ich kenne niemanden, der diese Oper nicht mag.« Inzwischen sprach sie mehr zu sich selbst als zu uns. »Das wäre doch was für meine Kleinen aus der 6d im nächsten Schuljahr. Wir könnten sogar in eine Aufführung an der Staatsoper gehen.« Ohne ein weiteres Wort stand Anni auf und verließ die Küche.

Kai, Sebastian und ich tauschten vielsagende Blicke. So war das mit Anni, sie lebte ein bisschen in ihrer eigenen Welt.

»Tja, man hat es nicht immer leicht, wenn man mit einem

Genie zusammen ist«, meinte Sebastian. »Ich erledige dann mal den Abwasch.«

Während die Jungs sich um den Abwasch kümmerten, aß ich den Rest meiner Pasta. »Sag mal, Kai?«

»Ja?« Er drehte sich mit einem Teller in der einen und einem Geschirrtuch in der anderen Hand zu mir um.

»Wann gehen wir denn mal wieder zum LARP? Ein Abend als Gana würde mir verdammt guttun.«

Kai wandte sich von mir ab und bearbeitete den Teller mit dem Geschirrtuch. »Ach, ich glaube, nicht so bald. Irgendwie habe ich im Moment wenig Lust darauf.«

Da Kai mir den Rücken zukehrte, konnte ich seinen Gesichtsausdruck nicht erkennen. »Keine Lust? Aber LARP zählt doch zu deinen größten Hobbys. Mir war nicht klar, dass man darauf jemals die Lust verliert.«

»Ich schon. Sorry, aber Gana wird wohl noch eine Weile an der Leine bleiben müssen. Was allerdings auch besser so ist.«

»Sie ist eine ganz schöne Furie, was?«, fragte ich grinsend.

»Oh ja. Das ist sie.« Kai schmiss die letzte Gabel in die Besteckschublade und hängte das Geschirrtuch an den Haken. Anschließend setzte er sich zu mir an den Tisch und schenkte sich Rotwein nach.

Sebastian verließ die Küche, wahrscheinlich um seine leicht verrückte Freundin zu suchen. Kai und ich blieben allein am Tisch sitzen. Ich zog meine Beine an, nahm einen Schluck Wein und musterte Kai nachdenklich. »Wie läuft es mit deinem Buch? Kommst du gut voran?«

»Irgendwie nicht. Mir geht im Moment so viel im Kopf herum. Da ist kein Platz für meine Figuren und deren Geschichten.«

»Was geht dir denn im Kopf herum?«

Er zuckte mit den Schultern. »Alles und nichts. Es tut sich halt gerade viel bei mir.«

»Ich weiß, was du meinst. Bei mir auch. Ist es der Job bei dir?«

Kai schüttelte den Kopf.

»Die Liebe?«

»Möglich.«

»Bist du verliebt?«, fragte ich mit angehaltenem Atem. Kai war noch nie in einer Beziehung gewesen, solange ich ihn kannte. Sebastian erwähnte zwar ab und zu eine Exfreundin, und ich wusste, dass es Frauen in seinem Leben gegeben hatte. Seitdem wir uns kannten, war er aber Single.

»Na ja. Nein, eigentlich nicht. Bei mir passiert momentan einfach viel.« Kai deutete auf seinen Kopf und dann auf seine Brust. »Hier und hier. Und irgendwie ist es so viel, dass ich es nicht in Worte fassen kann.«

Ich nickte. »Weil es so diffus ist und du keine Ahnung hast, was du davon halten sollst und wie es weitergeht?«

Er nickte und ein sehr ernster Ausdruck lag in seinen Augen. »Ja, ganz genau.«

»Mir geht es auch so«, sagte ich leise.

»Wegen eines Typen?«

»Wegen der Liebe allgemein, wegen der Männer, wegen eines bestimmten Mannes, wegen meines Jobs, wegen Lenny und vor allem wegen mir selbst.«

»Verstehe.«

Wir blieben noch eine Weile zusammen in der Küche sitzen, tranken unseren Wein und redeten über dies und das. Irgendwann fragte ich Kai, ob er Lust auf ein paar Episoden *Doctor Who* hatte, doch er sagte, dass er müde sei, wünschte mir eine gute Nacht und ging nach nebenan. Es war erst zehn Uhr, und ich war im Gegensatz zu Kai nicht müde. Unwillkürlich tauchte Claas vor meinem inneren Auge auf. Wie er nach meiner Hand gegriffen und mit dem Daumen ganz zart über die Innenfläche gestrichen hatte, als wüsste er genau, wie überaus empfindlich diese Stelle meines Körpers war. Und wie er meine Hand abrupt wieder losgelassen hatte, als wäre es ihm unangenehm, mich zu berühren. Entschlossen ging ich in mein Zimmer, setzte mich an den Schreibtisch, griff nach meinem Notizblock und schrieb: WAS GEGEN CLAAS SPRICHT. Darunter führte ich folgende Punkte auf: 1. Er ist mein Chef. 2. Er ist nett. 3. Männer sind in meinem Leben tabu. 4. Die Arbeit steht an erster Stelle. 5. Er ist viel zu alt für mich. 6. Ich will mich nicht verlieben. 7. Er will sowieso nichts von mir. 8. Er nimmt drei Löffel Zucker in seinen Espresso. 9. Er hat dunkle Haare und braune Augen – ich stehe eigentlich auf Blonde mit blauen Augen. 10. Er lässt seine Pflanzen vertrocknen. 11. Er ist so groß, dass es auf Dauer unbequem wäre, ihn zu küssen. 12. Es interessiert mich ja auch überhaupt nicht, wie es wäre, ihn zu küssen. 13. Ich will mich nicht verlieben. 14. Er hat einen beigen Anzug. 15. Er ist HSV-Fan. 16. Er nimmt keine guten Tipps beim Autofahren an. 17. Er kann nicht einparken. 18. Er benimmt sich im Stau wie ein quengeliges Kleinkind. 19. Ich will mich nicht verlieben. 20. Er ist gar nicht so toll. 21. Er erlaubt Sally nicht, Franzbrötchen zu essen. 22. Ich will mich nicht verlieben. 23. Er ist mein Chef. 24. Er ist nett. 25. Männer sind in meinem Leben tabu.

Und schon war ich am Ende der Seite angelangt. Da hatten wir es doch: eine ganze Seite voll mit sehr guten und stichhaltigen Gründen, die gegen Claas sprachen. Zufrieden riss ich die Seite aus meinem Notizblock und legte sie auf mein Bett. Dann setzte ich mich an die Nähmaschine, um an meinem Patchwork-Kleid zu arbeiten. Schon bald war ich so vertieft in meine Aufgabe, dass ich erschrocken zusammenzuckte, als es an meine Tür klopfte. Gleich darauf steckte Anni ihren Kopf zur Tür herein. »Schläfst du?«

Ich lachte. »Ja, tief und fest, du Witzbold.«

Anni kam zu mir an den Schreibtisch und schaute mir über die Schulter. »Was wird das?«

»Ein Kleid aus alten Klamotten.«

»Sieht cool aus. Du, hör mal, es tut mir leid, dass ich vorhin einfach so abgehauen bin, als du von dem Meeting erzählt hast.«

»Macht doch nichts.«

»Doch. Ich hätte dir zuhören sollen, stattdessen habe ich nur die Schule und das nächste Schuljahr im Kopf und lasse dich sitzen.«

»Ich war ja nicht allein. Kai und Sebastian haben mir zugehört.«

Anni winkte ab. »Ach, die. *Ich* sollte dir zuhören. Vor allem, wenn du diesem Tobi-Idioten begegnest. Warum warst du eigentlich erst so spät zurück?«

Ich wich ihrem Blick aus und wandte mich wieder der Nähmaschine zu. »Weil Claas und ich danach noch spazieren waren.«

Es war schon verrückt, aber ich konnte förmlich hören, wie Anni ihre Augenbrauen hochzog. »Ach.«

»Ja, wir haben geredet, dann sind wir durch den Regen gelaufen, und er hat mich nach Hause gebracht. Alles ganz normal.« Ich versuchte, mich auf das Nähen zu konzentrieren, doch dann gab ich auf. »Anni, ich hab ein Problem. Mit meinem Chef.«

»Ja, das Gefühl habe ich auch«, sagte sie sanft.

Ich drehte mich zu ihr um und bemerkte, dass sie auf meiner Bettkante saß. In der Hand hielt sie die Anti-Claas-Liste und betrachtete sie interessiert. »Der scheint ja ein *richtiger* Arsch zu sein.« Sie bemühte sich, ernst zu bleiben, doch um ihre Mundwinkel zuckte es verdächtig. »Er nimmt drei Löffel Zucker in seinen Espresso, und er ist HSV-Fan? Was für ein Typ, ey!«

Ich ging zu ihr und riss ihr die Liste aus der Hand. »Sehr witzig.«

»Tut mir leid«, kicherte sie. »Wie alt ist er denn eigentlich?«

»Sechsunddreißig.«

Nun fing sie endgültig an zu lachen. »Acht Jahre älter als du. Das ist doch krank! Er könnte dein Opa sein.«

»Jetzt sei nicht so albern«, sagte ich streng.

»Entschuldige. Du hast einige Punkte übrigens doppelt aufgeführt. Und einen sogar vierfach.«

»Ich weiß«, seufzte ich und ließ mich neben sie aufs Bett sinken.

Anni grinste mich an. »Eigentlich bin ich hier, um mit dir über Tobi zu reden, und jetzt das. Also Claas Maurien, ja?«

»Nein. Eben nicht. Es ist nur … Ach, ich kann es gar nicht genau sagen. Er bringt mich durcheinander, daher muss ich jetzt sehr auf mich aufpassen.«

Anni sah mich nachdenklich an. »Ich kann gut verstehen, dass du vorsichtig geworden bist. Auf deiner Liste steht, dass er nichts von dir will. Glaubst du das wirklich?«

»Ich weiß bei Männern nicht mehr, was ich glauben soll.«

»Dann mach einfach nichts. Leb dein Leben. Warte ab, ob sich was entwickelt.«

»Aber ich will doch gar nicht, dass sich was entwickelt!«

»Dagegen kannst du im Fall des Falles nur leider nichts tun.«

Ich atmete laut aus und lehnte den Kopf an ihre Schulter.

Wir saßen noch eine ganze Weile zusammen, und Anni erzählte mir von ihren Plänen für das nächste Schuljahr. Nachdem sie es zu Beginn ihrer Lehrerinnenlaufbahn recht locker hatte angehen lassen, war sie inzwischen ein richtiges Arbeitstier geworden. Sie plante nicht weniger als drei AGs, und schon allein ihre Musical-AG nahm wahnsinnig viel Zeit in Anspruch.

»Meinst du nicht, dass du dir da ein bisschen zu viel vornimmst?«

»Nein. Es ist alles eine Frage der Organisation.«

Ich hatte da so meine Zweifel, aber ich kannte Anni gut genug, um zu wissen, dass sie sich nicht von ihren Plänen abbringen lassen würde.

Haarnarchie

In den nächsten Tagen gelang es mir ziemlich gut, Claas aus dem Weg zu gehen. Was zwar in erster Linie daran lag, dass er ständig unterwegs war – unter anderem in München, Berlin und Frankfurt –, aber ich wollte ja nicht allzu kleinlich sein. In der Agentur gab es wahnsinnig viel zu tun, und wir alle stöhnten unter dem hohen Arbeitsaufkommen. Nicht nur die Imagekampagne für Rüdiger Hofmann-Klasing fraß viel Zeit, sondern auch die anderen Projekte, an denen ich mitarbeitete. Außerdem hatten wir einen weiteren Großauftrag bekommen: Eine Kaffeehauskette, die im Zentrum einiger Shitstorms gestanden hatte, wollte dringend ihr Image aufpolieren lassen. Ausgerechnet in der Ferienzeit war die Auftragslage in der Agentur so hoch, dass alle Mitarbeiter, die nicht im Urlaub waren, sich doppelt und dreifach anstrengen mussten.

Am Tag vor dem Fotoshooting mit Rüdiger Hofmann-Klasing stellte ich zum etwa vierzigsten Mal sicher, dass alles richtig laufen würde. Ich rief den Fotografen noch mal an, um den Termin zu bestätigen, ebenso wie RHKs Assistentin. Auch der Haarstylist bestätigte – inzwischen reichlich genervt –, dass er den Termin auf dem Zettel hatte. Ich ging den Kleiderständer durch, auf dem die neuen Outfits hingen, die ich für RHK zusammengestellt hatte.

»Sieht gut aus, Nele«, meinte Julius anerkennend, der mich von seinem Schreibtisch aus beobachtet hatte. Britt und Linda waren schon nach Hause gegangen, sodass nur noch wir beide da waren. »Damit wird unser spießiger Rüdi ein flotter Feger.«

»Ich will es hoffen.«

Julius' Telefon klingelte, und während er telefonierte, kümmerte ich mich um die Kaffee-Kampagne. Ich war tief in meine Arbeit versunken, sodass ich zusammenschreckte, als Julius den Hörer aufknallte und »Verdammt!« rief.

»Was ist denn?«

»Dieser bescheuerte Wolf-Marketing-Heini hat die Entwürfe der Flyer schon wieder abgelehnt, weil die Druckerei bei den Farben Bockmist gebaut hat. Jetzt muss ich mich bis morgen darum kümmern. Dabei müsste ich eigentlich den Dichtungsfabrik-Termin für RHK vorbereiten. Ich weiß überhaupt nicht, wo mir der Kopf steht!«

»Es ist echt schlimm im Moment, oder?«

»Allerdings.« Julius starrte finster vor sich hin. »Dann kann ich das Treffen mit meiner älteren Schwester heute Abend wohl vergessen. Toll, ich habe sie seit drei Monaten nicht mehr gesehen, weil sie so lange zur Kur war.« Er griff nach seinem Handy und tippte darauf herum.

»Warte mal«, hörte ich mich sagen. »Würde es dir helfen, wenn ich mit der Druckerei spreche? Um die Dichtungs-Fabrik kannst du dich doch auch noch morgen kümmern. Oder ich mach es. Ich kenne den Geschäftsführer ja eh schon.«

Julius sah mich hoffnungsvoll an. »Echt? Würdest du das tun?«

»Klar. Deine Schwester will dich bestimmt sehen, nach so langer Zeit. Warum war sie denn überhaupt zur Kur?«

»Ach, das ist eine unschöne Geschichte. Was Psychisches.«

»Verstehe. Na, dann musst du sie unbedingt sehen. Gib mir mal den Flyer-Kram und die Nummer von der Druckerei.«

»Du bist echt die beste Kollegin der Welt, Nele!« Julius kam zu mir an den Schreibtisch, legte einen Arm um meine Schulter und drückte mir einen Kuss auf die Wange. »Vielen, vielen Dank. Ehrlich, das werde ich dir nie vergessen.«

»Schon gut.« Ich wand mich aus seiner Umarmung und rieb mir reflexartig die Wange. »Dafür musst du mich nicht gleich küssen. Beim nächsten Mal hilfst *du mir* dann einfach.«

»Natürlich, das ist doch Ehrensache.« Julius holte einen Packen Unterlagen und einen dicken Aktenordner von seinem Schreibtisch und drückte mir alles in die Hand. »Tausend Dank, Nele. Ich mach mich besser auf den Weg, meine Schwester wartet schon. Also, bis morgen. Und danke.«

Seufzend machte ich mich an die Arbeit und führte ein zähes Telefonat mit der Druckerei, dem Kunden und dann wieder mit der Druckerei. Zum Glück konnte ich aushandeln, dass die neuen Entwürfe bis morgen da sein würden, anderenfalls wäre mir der hypernervöse Marketing-Typ des Powerriegel-Herstellers wahrscheinlich durchs Telefon an die Kehle gesprungen. Als die Telefonate erledigt waren, kümmerte ich mich um den Termin in der Dichtungsfirma und schrieb anschließend noch ein paar E-Mails, die ich seit zwei Tagen unbeantwortet gelassen hatte. Unvermittelt zuckte ich zusammen, als ich Sallys Nase an meiner Haut spürte. Es war ihre bevorzugte Art, mich auf sich aufmerksam zu machen: Sie stupste mich sanft irgendwo an, wo ihre kalte und feuchte Nase besonders gut zur Geltung kam. Dieses Mal hatte sie sich meinen Fuß ausgesucht. »Hilfe, hast du mich erschreckt, Schatz«, versuchte ich zu schimpfen, aber es kam so zärtlich hervor, dass Sally es wahrscheinlich eher als Lob empfand. »Du könntest dich doch auch auf andere Art bemerkbar machen. Höflich an die Tür klopfen, zum Beispiel. Vielleicht sollte ich dir das mal beibringen.«

»Dafür wäre ich dir sehr dankbar«, hörte ich Claas'
Stimme von der Tür, und zum zweiten Mal innerhalb von nur
einer Minute zuckte ich erschrocken zusammen. »Oh, tut mir
leid«, meinte er im Näherkommen. »Jetzt habe ich dich auch
erschreckt.«

»Nicht so schlimm.«

Er warf einen Blick auf meinen Schreibtisch. Als er die
Unterlagen von Wolf sah, runzelte er die Stirn. »Seit wann arbeitest du an der Powerriegel-Kampagne mit?«

»Tue ich eigentlich gar nicht. Ich hab nur ein paar Telefonate erledigt.«

»Warum?«

»Aushilfsweise?«

»Das ist aber überaus nett von dir. Du hast selbst mehr als
genug zu tun und erledigst zusätzlich die Arbeit von Julius?«

»Es waren ja nur ein paar Telefonate, und außerdem …«
Mitten im Satz hielt ich inne. Irgendetwas sagte mir, dass das
hier ein heikles Thema war.

»Außerdem was?«, bohrte Claas nach.

Ich wich seinem Blick aus und kraulte stattdessen Sallys
Brust. »Wie kommst du darauf, dass es Julius' Arbeit war?«

Claas schnaubte. »Ich kann hellsehen. Pass auf, dass du
nicht als seine Dienstmagd endest, Nele. Kümmere dich lieber
um deine eigenen Aufgaben.«

»Ich kümmere mich doch um meine Aufgaben«, rief ich
empört. »Und ich spiele garantiert für niemanden die Dienstmagd.«

Claas sah mich für ein paar Sekunden an. »Dann ist es ja
gut.«

»Hm«, machte ich nur und konzentrierte mich wieder auf
Sally.

»Sind das die Outfits für RHK?«, erkundigte sich Claas.

»Ja. Eigentlich wollte ich sie dir zeigen, aber du warst in der letzten Woche fast nie da, und wenn, hattest du keine Zeit.« Ich ging zum Kleiderständer. »Aber wir können sie ja jetzt durchgehen.«

»Ich gehe davon aus, dass du schon das Passende …«

»Nein, es ist besser, wenn du das absegnest.« Ich nahm die Liste, die ich am Kleiderständer befestigt hatte. »Ich habe die Outfits in mehrere Kategorien unterteilt: sehr seriös, seriös, mittelmäßig seriös, lässig-seriös und Freizeit-seriös. Grundsätzlich war es mir wichtig, RHKs Stil beizubehalten, aber aufzupeppen. Modernere Schnitte, neue Farben und …«

»Ist das nicht alles genauso grau wie vorher?«

»Nein, überhaupt nicht«, erwiderte ich würdevoll. »Da sind jetzt auch Anzüge in Blau und Braun dabei. Außerdem sind die neuen Grautöne viel frischer.«

»Verstehe. Ein frischeres Grau also.«

»Ja, du weißt schon. Mit einem höheren Blau- oder Grünanteil. Bislang hat RHK fast ausschließlich Steingrau getragen, aber die neuen Outfits sind eher taubengrau oder staubgrau. Siehst du?« Ich deutete auf die entsprechenden Anzüge.

Um Claas' Mundwinkel begann es zu zucken. »Mhm. Schön. Aber pass auf, dass die Outfits nicht zu crazy werden. Ein Graphitgrau oder Mausgrau könnte die Wähler verschrecken.«

Ich wollte nicht lachen, auf gar keinen Fall. Aber ich konnte nichts dagegen tun, meine Mundwinkel verzogen sich zu einem Lächeln, und schließlich brach ein Kichern aus mir hervor. »Vielleicht kann man beim Grau mal was wagen, wenn man keine gestreifte Krawatte nimmt. Übrigens habe ich das Gefühl, dass du diese Sache nicht wirklich ernst nimmst.«

»Ich nehme das sehr ernst« beteuerte er. »Und ich finde,

dass du sehr gute Outfits rausgesucht hast. Aber das mit den Grautönen ist mir dann doch eine Nummer zu hoch.«

Ich hängte den stahlgrauen Anzug zurück auf die Stange. »Es ist ein bisschen wie bei Loriot, oder? Aber es gibt wirklich große Unterschiede in Grautönen. Mein Nachbar Sebastian ist Malermeister, und er kann dir stundenlange Vorträge über Farben und deren Wirkungen halten.«

»Und die hörst du dir in deiner Freizeit regelmäßig an?«

»Gelegentlich.« Mist, ich wollte ihm doch nichts Privates mehr erzählen. »Also, RHK kommt morgen um zehn, es reicht, wenn du um zwölf dazu stößt. Vor dem Shooting wird er ja noch umgestylt.«

»Aber ich bin morgen gar nicht dabei. Ich habe einen Termin bei Searchlove. Du machst das schon.«

Wahnsinn! Er ließ mich so einen wichtigen Termin ganz allein übernehmen? »Vielen Dank!«

»Wofür?«

»Dass ich den Termin übernehmen darf.«

»Äh … das ist dein Job, Nele.«

»Aber du lässt es mich *allein* machen. Bei Rieger durfte ich so wichtige Kunden nie allein betreuen.«

»Tja, ich hab doch gesagt, dass du bei uns besser aufgehoben bist.«

Wir sahen uns in die Augen, einen Moment zu lang. Doch dann wandten wir zeitgleich den Blick voneinander ab, als wäre uns beiden gerade klar geworden, dass das keine gute Idee war. Ich zupfte schnell an einem Outfit herum, während Claas Sally zu sich rief. »Also dann. Mach nicht mehr so lang, okay?«

Ich schwankte zwischen Erleichterung und totaler Frustration darüber, dass dieser Moment zwischen uns schon wieder vorbei sein sollte. »Nein, mach ich nicht. Bis morgen.«

Dann verließen Claas und Sally das Büro, und ich spürte so stark wie noch nie zuvor das Bedürfnis, die beiden festzuhalten.

Am nächsten Morgen brachte ich die Outfits in den Besprechungsraum, wo das Styling und auch das Shooting stattfinden würden. Anschließend kontrollierte ich, ob alles vorbereitet und der Tisch eingedeckt war. Um zehn Uhr wollte Rüdiger Hofmann-Klasing mit seinem Gefolge erscheinen. Um Viertel vor zehn tauchte Joachim von Bolten auf, der Fotograf. Jetzt fehlte nur noch der Stylist. Ich verließ den Besprechungsraum und eilte an meinen Arbeitsplatz. »Hat der Stylist sich gemeldet?«, fragte ich Britt.

»Nein, hat er nicht.«

Ich suchte seine Kontaktdaten im Adressbuch heraus und rief ihn an. »Der meldet sich nicht«, sagte ich, nachdem nach fünfmal Klingeln die Mailbox rangegangen war. »Verdammt, wieso meldet der sich denn nicht? Er hat gestern noch den Termin bestätigt.« Ich atmete tief durch. »Wird schon. Sag Bescheid, wenn du was hörst, ja?« In dem Moment klingelte es an der Tür, und ich ging zum Empfangsbereich, um RHK zu begrüßen. Er hatte Herrn Dr. Meier und Herrn Fangmann im Schlepptau, allerdings war er heute ohne seine Frau erschienen. »Hallo, Herr Hofmann-Klasing«, sagte ich und ging mit ausgestreckter Hand auf ihn zu. »Wie wäre es, wenn ich Ihnen die neuen Outfits zeige, bevor wir anfangen?« So konnte ich Zeit schinden, bis der Stylist auftauchen würde.

RHK musterte mich von oben herab. »Wo ist denn Herr Maurien?«

Innerlich stöhnte ich auf. Hätte ich mir ja denken können. »Er ist bei einem wichtigen Termin, der leider nicht verschoben werden konnte.«

»Also sind wir kein wichtiger Termin?«, fragte er schmallippig.

Ich würde mich ganz sicher nicht noch einmal von ihm zur Praktikantin abstempeln lassen. »Natürlich sind Sie das. Vertrauen Sie mir, Herr Hofmann-Klasing. Sie sind bei mir in den besten Händen.«

Er sah zwar nicht wirklich überzeugt aus, verkniff sich jedoch einen weiteren Kommentar.

Ich führte unsere Kundschaft in den Besprechungsraum. Nachdem ich ihnen Joachim von Bolten vorgestellt hatte, ging ich zu den Kleiderständern und zeigte den Herren die neuen Outfits. Zu Beginn wirkte RHK zwar noch misstrauisch, doch je länger ich redete, desto mehr entspannte er sich.

»Gut, dann kommen wir jetzt zur Brille«, sagte ich schließlich. Ich holte die erste aus ihrem Etui. »Das hier ist ein randloses Modell. Sehr dezent und schick.« Ich hielt RHK die Brille hin.

Erst betrachtete er sie mit einem Gesichtsausdruck, als würde ich ihm eine Nacktschnecke zum Verzehr anbieten, doch dann gab er sich einen Ruck, setzte seine Harry-Potter-Brille ab und die randlose auf.

Nett, aber leider genau so langweilig wie vorher. Mir wurde bewusst, dass alle Herren mich abwartend ansahen. »Nicht schlecht«, sagte ich. »Aber ich glaube, da ist noch mehr drin. Wie gefällt Sie Ihnen denn?«

Gequält verzog er das Gesicht. »Was weiß denn ich?«

»Machen Sie doch ein Selfie und schicken es Ihrer Frau«, schlug ich vor. Schließlich wusste ich, wie der Brillenkauf bei den meisten Paaren ablief.

Dankbar sah er mich an. »Das ist eine gute Idee.« Er kramte sein Handy hervor und drückte auf dem Display herum. »Wie geht denn das mit diesen Selfies?«

Ich kam ihm zur Hilfe. »Lassen Sie mich das doch machen.«

Er gab mir das Handy, und ich knipste ein Foto von ihm, das er umgehend an seine Frau weiterleitete.

»Ich weiß nicht«, meinte Herr Dr. Meier. »Erinnert an Stoiber.«

»Oder Müntefering«, sagte Herr Fangmann.

Ich gab RHK die nächste Brille. Kritisch betrachtete er sich im Spiegel. »Also, das ist doch eindeutig Steinmeier.«

Herr Fangmann nickte. »Oder Dobrindt.«

»Das wird die Basis niemals akzeptieren«, sagte Herr Dr. Meier. Wir hätten lieber was Eigenes.«

»Ich finde die Brille nicht schlecht«, meinte ich. »Sie ist ein bisschen mutiger und unterstreicht die Intelligenz. Soll ich ein Foto machen?«

RHK übergab mir sein Handy und wir wiederholten die Prozedur.

»Okay, kommen wir zu Modell Nummer 3«, sagte ich, während ich meinen Favoriten hervorholte. Ich wählte meine Worte ganz bewusst. »Sie ist ein Mittelding aus den beiden vorherigen. Nicht zu auffällig, nicht zu unauffällig, sondern sympathisch, dynamisch und frisch.«

Herr Fangmann und Herr Dr. Meier tauschten einen Blick und nickten sich zu. Hatte ich mir gedacht, dass diese Umschreibung ihnen gefallen würde. RHK setzte die Brille auf, betrachtete sich im Spiegel und sah dann uns an. »Die geht doch. Oder?«

Ich hatte richtig vermutet, diese Halbrandbrille war ein Volltreffer. »Die Brille ist perfekt.«

»Finde ich auch«, stimmte Herr Dr. Meier zu, und Herr Fangmann nickte bekräftigend. »Und ich kenne keinen Kollegen, der so eine Brille trägt.«

Ich machte wieder ein Foto und RHK sendete das Bild seiner Frau.

»Was ist denn eigentlich mit den Krawatten, Frau Wilkens?«, erkundigte sich Herr Dr. Meier. »Wir haben das intern diskutiert, und es ist für uns essenziell, dass die Krawatte auf dem neuen Plakat nicht gestreift, schwarz, rot, grün …«

»Alles okay, Herr Dr. Meier. Die Aufnahmen werden in Schwarzweiß gemacht, da sieht man die Krawattenfarbe nicht. Und es sind keine gestreiften Modelle dabei.«

Herr Dr. Meier nickte zufrieden. »Gut.«

Das Handy von RHK piepte. Er schaute auf das Display und sagte: »Die letzte Brille ist es.«

»Na, dann haben wir es doch«, meinte ich. Jetzt fehlte nur noch der verdammte Stylist. Ich warf einen Blick auf mein Handy. Es war bereits zwanzig nach zehn. »Entschuldigen Sie mich kurz?« Ich hetzte in unser Büro. »Hat der Stylist angerufen?«

Britt nickte unglücklich. »Gerade eben. Er hatte einen Autounfall. Ist zwar nur ein Blechschaden, aber er schafft es auf keinen Fall.«

Ich schlug die Hände über dem Kopf zusammen. »Verdammter Mist, die Fotos müssen heute gemacht werden.« So viel also zu dem Vertrauen, das Claas mir entgegengebracht hatte. Bestimmt durfte ich nie mehr einen Kunden allein betreuen. Aber so schnell würde ich nicht aufgeben. »Okay«, sagte ich und atmete tief durch. »Dann muss ich eben improvisieren. Ich brauchte einen Stylisten, und zwar *jetzt*. Oder zumindest einen Frisör. Einen Frisör, der sofort bereitsteht, der in der Nähe ist, der … Oh Mann, ich hab's!« Ich stürzte an Lindas Rechner, schubste sie unsanft zur Seite und schmiss Google an. Schnell hatte ich die gesuchte Nummer gefunden und auf Lindas Telefon gewählt.

»Hi, hier ist Robert von *Haarnarchie*«, meldete er sich in gelangweiltem Tonfall.

»Hier ist Nele Wilkens von der Agentur M&T. Ich habe einen absoluten Notfall und …«

»Hast du dir blonde Strähnchen gemacht, und jetzt siehst du aus wie ein Zebra?«

»Äh, nein.«

»Pony selbst geschnitten?«

»Nein! Es geht nicht um mich. Wir haben heute ein wichtiges Fotoshooting mit einem Lokalpolitiker, der vorher noch einen neuen Look braucht. Könntest du einspringen?«

Robert ließ sich Zeit mit seiner Antwort. Allerdings hörte ich ein paar seltsame Geräusche vom anderen Ende der Leitung, so als würde etwas umfallen. »Da muss ich aber einiges hin und her schieben und eine Menge Leute hängenlassen«, sagte er schließlich.

»Wir werden dich gut bezahlen.« Ich nannte ihm die stattliche Summe, die ich auch dem Stylisten gezahlt hätte.

Ich hätte schwören können, dass Robert nach Luft schnappte. »Na schön«, sagte er schließlich betont gleichmütig, wobei seine Stimme jedoch ein bisschen zitterte. »Dann bis gleich.«

»Vielen Dank, Robert!« Ich hetzte zurück in den Besprechungsraum. Joachim von Bolten war dabei, seine Fotoausrüstung aufzubauen, während die drei Herren von der Durchschnittspartei am Konferenztisch saßen, mit ihren Handys und Tablets daddelten oder telefonierten. »So, wir können dann losgehen zum Stylisten.«

»Losgehen?«, fragte Rüdiger Hofmann-Klasing irritiert. »Kommt er denn nicht hierher?«

»Er wird zum Shooting hierher kommen, aber zum Schneiden braucht er seine gewohnte Umgebung«, erklärte ich, als wäre das die normalste Sache der Welt. »Es ist gleich um die Ecke.«

Die Herren tauschten einen Blick, und ich dachte schon, dass sie sich weigern würden mitzukommen. Doch dann steckte Herr Fangmann sein Handy ein und stand auf. »Na gut. Dann mal los.«

Ich nahm unsere Kunden unter meine Fittiche und führte sie den kurzen Weg durch die Straßen Eimsbüttels zu Roberts *Haarnarchie*. Wir betraten den Salon, und gleich darauf kam Robert uns entgegen. Hatte er beim letzten Mal noch stark an Bill Kaulitz erinnert, sah er heute frisurentechnisch eher nach Prince zu *Purple-Rain*-Zeiten aus: eine lackschwarze Lockenmähne und prächtige Koteletten zierten sein zartes Haupt. »Wir haben telefoniert?«, fragte er mich. »Warte mal, ich kenn dich doch. Du warst doch neulich mal hier mit diesem Behin… Jungen.«

»Stimmt. Das war mein Bruder.«

»Ah ja.« Robert musterte eingehend Rüdiger Hofmann-Klasing, Herrn Dr. Meier und Herrn Fangmann. Seine Stirn zog sich dabei in immer tiefere Falten. »Um wen von euch dreien geht es denn? Nötig hättet ihr es ja alle.«

»Es geht um Herrn Hofmann-Klasing«, sagte ich und deutete auf ihn.

Robert nickte. »Na gut. Dann setz dich mal«, forderte er ihn auf. »Ihr anderen könnt euch auch setzen. Der Salon ist für euch geblockt.«

Die Herren von der Durchschnittspartei schauten leicht indigniert aus der Wäsche, doch schließlich setzten sie sich ohne einen Kommentar abzugeben.

Robert klatschte in die Hände und rief: »Dennis!«

Kurz darauf eilte ein junger Mann herbei, der maximal achtzehn Jahre alt sein konnte. Mit seinen knallroten Wuschelhaaren stand er im scharfen Kontrast zu Robert. »Setzt du uns mal bitte einen Kaffee auf, Dennis?«

Aha. Der Azubi. Er musste beim letzten Mal Berufsschule gehabt haben.

Robert zauberte wie aus dem Nichts einen schwarzen Umhang hervor, den er in der Luft aufbauschte. Der womöglich zukünftige Bürgermeister von Hamburg zuckte ängstlich zusammen. Robert band ihm den Umhang um und betrachtete RHK eingehend im Spiegel. »Hm, hm, hm. Eine graue Maus«, murmelte er. »Du siehst aus wie eine graue Maus. Ist das das Konzept? Willst du das?«

RHK warf mir im Spiegel einen Blick zu.

»Er soll seriös aussehen«, kam ich ihm zur Hilfe. »Wir dachten …«

Robert ignorierte mich einfach. Er fasste RHK an den Schultern und rief dramatisch: »*Willst* du das?!«

»Das kann ich so pauschal nicht beantworten«, erwiderte RHK. »Da müsste man erst mal drüber diskutieren und versuchen zu eruieren, was per definitionem eine graue Maus ist.«

Ich schaltete mich wieder ein. »Wir hätten es gerne natürlich und moderner. Aber trotzdem seriös.«

Robert legte eine Hand an die Brust und atmete tief durch. »Jetzt sag mir doch mal bitte, was ich mit dieser Aussage anfangen soll. Na gut, ich bin hier also auf mich allein gestellt.« Er trat näher an RHK heran und fuhr ihm durchs Haar. »Schau mal, ich werde hier etwas kürzen, und hier lass ich es länger, dann bekommen wir mehr Volumen und Stand rein. Dann werde ich minimal stufen. Außerdem möchte ich mit Farbe arbeiten.«

»Farbe?«, fragte RHK. »Nein, das lehne ich kategorisch ab.«

»Da bin ich auch strikt dagegen«, mischte Herr Dr. Meier

sich ein. »Das geht zu weit. Da werden doch alle denken, wir von der Durchschnittpartei hätten nur noch Frisuren und Anzüge im Kopf. Nein, nein, das kriegen wir bei der Basis nie durch.«

Robert rang theatralisch die Hände. »Herrgott noch mal, ich will doch nur ein paar Highlights setzen, in einem etwas frischeren Grau. Der Laie wird den Unterschied nicht sehen, sondern unbewusst wahrnehmen.«

Inzwischen kam Dennis zurück und servierte uns Kaffee.

»Also? Bist du einverstanden?«, fragte Robert und sah dabei RHK im Spiegel an.

»Was sagen Sie denn dazu?«, wollte der von mir wissen.

»Sie sollten ihm vertrauen. Er weiß, was er tut.« Schließlich hatte er bei Lenny ja auch einen guten Job gemacht.

Die drei Herren von der Durchschnittspartei berieten sich leise. Schließlich sagte Herr Dr. Meier: »Also gut. Einverstanden.«

»Na, Gott sei Dank!«, rief Robert aus. »Dann bereite ich schon mal alles vor. Er verschwand im Hinterzimmer, dafür kam Dennis mit einem Haufen Magazine herbeigeeilt. »Darf es was zu lesen für dich sein?«, fragte er eifrig und hielt RHK eine Cosmopolitan, eine Emotion und eine GQ unter die Nase.

Er musterte die bunten Illustrierten mit kritischem Blick. »Nein, danke. Haben Sie eine Tageszeitung da?«

»Nein«, erwiderte Dennis bestürzt. »Aber ich kann schnell eine MOPO holen.«

»Danke, das ist nicht nötig«, bestimmte Herr Dr. Meier. »Wir haben ohnehin noch zu arbeiten.«

Irgendwie konnte RHK einem ja schon leidtun. Offenbar hatte er nicht besonders viel zu melden in diesem Dreiergespann.

Bald darauf kehrte Robert mit einem Frisörwagen zu uns zurück. Er stellte sich hinter RHK, warf mit einer schwungvollen Kopfbewegung seine Prince-Tolle zurück und bewegte ein paarmal seine Finger, als müsse er sie aufwärmen.

RHK sank währenddessen immer tiefer in seinen Stuhl. »Es darf auf keinen Fall zu kurz werden.«

»Du musst dich mal ein bisschen entspannen und vertrauen lernen. Also schön, dann wollen wir mal.« Doch statt mit dem Schneiden anzufangen, blickte Robert zur Zimmerdecke. Schließlich sagte er: »Dennis, machst du mal bitte andere Musik an? Das finde ich gerade komplett uninspirierend.«

»Klar.« Dennis eilte davon. Kurz darauf verstummte die Technomusik und die ersten Takte von *Purple Rain* erklangen.

Robert lauschte mit geschlossenen Augen.

Sollte das jetzt das ganze Lied über so gehen? »Entschuldigung?«, fragte ich vorsichtig.

Robert rührte sich nicht, doch Dennis machte »Psst« und sah mich empört an. »Er sucht nach Inspiration.«

»Ich weiß, und das verstehe ich vollkommen. Aber es ist leider so, dass wir nicht so wahnsinnig viel Zeit haben.«

Robert schnalzte missbilligend mit der Zunge. »Die Muse lässt sich zwar nicht gern hetzen, aber vielleicht macht sie für euch ja mal eine Ausnahme.« Ruckartig zog er Schere und Kamm aus der Frisörtasche, die an seinem Gürtel befestigt war.

RHK zuckte zusammen, und für einen kurzen Moment dachte ich, er würde aufspringen und weglaufen. Aber er hielt tapfer durch.

Robert setzte Kamm und Schere an und fing an zu schneiden. »Und? Hast du denn dieses Jahr schon deinen Urlaub geplant?«

»Nein, ein Urlaub ist in diesem Jahr aus zeitlichen Gründen nicht drin.«

»Bist im Stress, was? Ich war im Juni mit meiner Freundin für ein Wochenende in London, aber zu mehr komme ich auch nicht. Ich liebe London, du nicht auch?!«

»Ja. Doch.« RHK beobachtete Robert ängstlich im Spiegel. Der schnitt unbeirrt weiter. »Hast aber schon ein bisschen Schuppen, oder?«, fragte er im Plauderton. »Ich mach dir nachher eine ganz tolle Pflege rein, die gebe ich dir auch mit nach Hause. Wirklich, ein ganz tolles Produkt, das benutze ich selbst auch. Und ganz wichtig …« Robert hörte auf zu schneiden. »Nicht zu heiß waschen, und bloß nicht zu viele Stylingprodukte reinmachen. Am besten gebe ich dir auch ein Produkt zum Stylen mit. Du brauchst nur eine erbsengroße Menge, damit definierst du hier und da, bringst ein bisschen Form rein – et voilà. Und sonst so? Alles in Ordnung in der Politik?«

»Äh, ja. Doch.«

Während Robert weiterschnitt, zählte er eine ganze Reihe von Punkten auf, die er in der Stadt gerne geändert hätte. Derweil geriet die Frisur immer mehr in Form, und allmählich entspannte RHK sich. Als Robert die Alufolie herausholte und mit den Strähnchen anfing, wurde er zwar kurzzeitig wieder nervös, aber im Großen und Ganzen überstand er die Prozedur doch recht souverän. Schließlich war Robert fertig und betrachtete sein Werk wohlwollend im Spiegel. Er hatte tatsächlich einen tollen Job gemacht. Fand er selbst offensichtlich auch.

»Ist doch gut geworden, oder?«, fragte Robert, während er RHK im Handspiegel die Frisur von hinten zeigte. »Siehst du, das hat jetzt wieder viel mehr Volumen und wirkt in sich geschlossener. Und vor allem schön dynamisch und jung.«

RHK drehte seinen Kopf hin und her. »Mhm. Ja, nicht schlecht. Ich denke, damit kann ich mich sehen lassen.«

»Findste auch gut?« Robert stieß RHK kumpelhaft in die Seite.

»Ja, finde ich gut«, erwiderte er lächelnd.

»Siehste. Wusste ich doch.«

Auch Herr Dr. Meier und Herr Fangmann sahen sehr zufrieden aus.

Halleluja. Ich hatte improvisiert, aber es war alles gut gegangen. Meine Karriere war gerettet.

Robert klatschte energisch in die Hände. »So, Kinder, auf zum Shooting.« Er eilte davon, um kurz darauf mit einem Visagistenkoffer und zwei Flaschen zurückzukommen, die er dem verdatterten RHK in die Hand drückte. »Guck mal, hier habe ich die Pflege und das Stylingprodukt für dich. Setze ich mit auf die Rechnung. Jetzt aber schnell, der Fotograf wartet bestimmt schon.«

»Hey, du«, raunte Robert mir zu, als wir auf dem Rückweg in die Agentur waren. Aus seinen dick mit Kajal umrandeten Augen sah er mich ernst an. »Vielen Dank für diesen Auftrag. Der kam genau zur richtigen Zeit.« Für einen winzigen Moment konnte ich hinter seine Maske schauen. Und was ich da entdeckte, war kein Figaro, keine gequälte Künstlerseele, kein Bill Kaulitz und kein Prince. Sondern einfach nur ein junger Frisör, der sich selbstständig gemacht hatte und ums Überleben kämpfte.

»Hör mal, du solltest dich mit dem Fotografen gut stellen«, riet ich ihm. »Dann bucht er dich vielleicht mal als Stylisten. Und wie sieht es mit deinem Internetauftritt aus? Mit Social Media? Machst du da genug?«

Er zuckte mit den Schultern. »Keine Ahnung.«

Ich griff mir an den Haarknoten. »Mein Haar braucht viel Pflege. Vielleicht könnten wir uns gegenseitig aushelfen?«

Robert grinste mich an. »Abgemacht.«

In der Agentur angekommen gingen wir in den Besprechungsraum. Bald darauf war Rüdiger Hofmann-Klasing fertig geschminkt und umgezogen. Ich war ehrlich stolz auf mein Werk. Die Veränderungen waren nur ganz dezent. Aber die Wirkung war enorm, denn er sah viel moderner und sympathischer aus. Und was das Wichtigste war: Er sah aus wie ein Mensch, der etwas zu sagen hatte.

Während des Shootings stellte sich jedoch heraus, dass RHK sich äußerlich zwar verändert hatte. Innerlich war er aber noch genauso steif wie vorher und fühlte sich sichtlich unwohl beim Shooting. Schließlich verwickelte ich ihn in ein Gespräch, wobei ich herausfand, dass er sich für Fußball interessierte. Beim Fachsimpeln über die erstaunlich gute Saison, die Eintracht Hamburg hingelegt hatte, taute er allmählich auf. Seine Augen begannen zu leuchten, und sein Lächeln wirkte echt. Nach etwa zwei Stunden hatte Joachim von Bolten genug gute Aufnahmen im Kasten, und wir konnten das Shooting beenden.

Als alle sich verabschiedet hatten und ich allein im Besprechungszimmer war, ließ ich mich auf einen der Stühle fallen und atmete tief durch. Das war also mein erster Kundentermin in Eigenregie gewesen. Der Tag hatte zwar holprig angefangen, aber am Ende war doch alles gut ausgegangen. Und es hatte mir Spaß gemacht. Dieser Job war definitiv der beste, den ich jemals gehabt hatte. Zum ersten Mal wurde ich richtig gefordert und durfte eigenverantwortlich arbeiten. Diese Chance würde ich mir ganz sicher nicht von meinen blöden Gefühlen kaputtmachen lassen!

Alter Schwede!

Als ich am Sonntagmorgen wach wurde, schien die Sonne hell in mein Zimmer, und der Himmel war von einem wunderschönen klaren Blau. Ich stand auf, sprang unter die Dusche und machte mich an die Frühstücksvorbereitungen. Lenny würde um elf Uhr vorbeikommen, und da ich Sonntagsmorgen-Frühstücke liebte und geradezu zelebrierte, hatte ich einiges zu tun. Als ich gerade den Tisch auf dem Balkon gedeckt hatte, klingelte es an der Tür. Zehn vor elf. Überpünktlich und somit typisch Lenny.

Ich nahm den Hörer des Türsummers ab. »Ja, hallo? Wer ist da?«

»Na, ich«, hörte ich Lennys Stimme.

»Wer ist ich?«

»Oh Mann, Nele!«

»Woher kennen Sie meinen Namen?«, kicherte ich. »Egal, ich habe keine Zeit mehr für dieses Gespräch, mein Bruder kommt jeden Moment zum Frühstück.«

»Ist das wieder einer deiner komischen Witze?«, fragte Lenny.

»Ja, ist es. Sorry.« Ich drückte auf den Summer, und kurz darauf kam Lenny die Treppen hoch und sah mich strafend an. »Das ist echt kein bisschen lustig, Nele.«

»Hallo, mein Lenny-Herz. Drück mich mal«, sagte ich unbeirrt und zog ihn an mich.

Nachdem Lenny mich fest gedrückt hatte, gingen wir auf den Balkon.

Ich schenkte ihm Kaffee ein und holte das Nutella aus dem Kühlschrank. »Siehst du. Extra für dich gekauft und sogar gekühlt.«

»Cool. Das ist ein *sehr* leckeres Frühstück.«

Wir frühstückten in aller Ruhe, wobei Lenny mir von Mia vorschwärmte und ich ihm von der Agentur erzählte. Nebenbei blätterten wir die Werbeheftchen durch, die jedes Wochenende im Briefkasten landeten, und machten uns gegenseitig auf besonders tolle Angebote aufmerksam. »Ich will das auch haben«, sagte Lenny irgendwann, und für einen Moment glaubte ich, er würde von einem Artikel aus dem Edeka-Prospekt sprechen. Doch dann fuhr er fort: »Eine Küche, in der ich Frühstück für mich machen kann. Oder für meinen Besuch. Dann kannst du bei mir frühstücken. Das wäre cool, oder?«

Ich wusste nicht, was ich darauf antworten sollte. »Ja, klar. Das wäre es.«

»Oder Mia kann mich besuchen. Dann kann sie bei mir schlafen, mit mir in einem Bett, und ich mache ihr Frühstück.«

Oha, wurde das jetzt etwa *so ein* Gespräch?

»Wir wollen nämlich Sex haben«, informierte Lenny mich.

Okay, also wurde es *so ein* Gespräch. Hilfe, darauf war ich überhaupt nicht vorbereitet. Was sagte man denn da als ältere Schwester, ohne allzu gluckenhaft zu erscheinen? »Wenn ihr das beide wollt, dann ...« *Haut rein? Hossa? Olé olé?* »... vergesst nicht zu verhüten.«

Lenny verdrehte die Augen. »Wir haben das Down-Syndrom, aber wir sind nicht blöd.« Er nahm einen großen Bissen von seinem Nutellabrötchen und sagte mit vollem Mund: »Hast du eigentlich schon nach Adressen und so was geguckt?«

Mist, ich hatte Lenny ja versprochen, ihm bei der Wohnungs- und Jobsuche zu helfen. Bislang war das Thema in meinem Alltagsstress total untergegangen, und irgendwie hatte ich auch ein bisschen darauf spekuliert, dass das nur eine fixe Idee von ihm gewesen war. »Ich bin bislang nicht dazu gekommen. In der Agentur war so viel zu tun, dass ich keine Zeit für etwas anderes hatte.«

Missmutig verzog er das Gesicht. »Du hast es versprochen!«

»Tut mir leid.«

»Warum machen wir es nicht jetzt?«

»Stimmt, warum eigentlich nicht?« Ich holte mein Handy hervor und gab etwas bei Google ein.

»Was machst du denn da?«

»Na, googeln.«

»Aber doch nicht am Handy«, protestierte Lenny. »Das ist alles so klein, und wir können gar nicht zusammen gucken.«

»Tut mir leid, aber unser WLAN-Router ist Schrott, und alle, die ich kenne, sind unterwegs.«

»Aber ich hasse es, mit dem Handy ins Internet zu gehen«, jammerte er.

Schnell überlegte ich, was es sonst noch für Möglichkeiten gab. Ich hatte keine Ahnung, ob so etwas wie ein Internetcafé überhaupt noch existierte. Und zu unseren Eltern konnten wir ja wohl schlecht. Mir fiel nur eine Lösung ein: »Ich habe einen Schlüssel von der Agentur. Wir können da recherchieren.«

Lenny sprang auf. »Okay. Fahren wir?«

Zweifelnd sah ich an mir herab. Ob ich mich umziehen sollte? Eine kurze Jeansshorts und ein Tank Top waren wohl kaum bürotauglich. Andererseits ging ich ja nicht zum Arbeiten in die Agentur. »Also gut, dann los.« Ich schlüpfte in meine Flip-Flops und verließ mit Lenny die Wohnung.

»Wenn wir unsere Infos zusammen haben, können wir noch an die Elbe fahren. Was hältst du davon?«, fragte ich, als wir aus der U-Bahn stiegen und durch die sommersonntäglich trägen Straßen Eimsbüttels gingen.

»Klar. Das ist sehr gut, um halb fünf bin ich mit Mia am Museumshafen verabredet.«

Bald darauf betraten Lenny und ich das Haus, in dem sich die Agentur befand. Wir stiegen die Treppen hoch, und oben angekommen öffnete ich die Eingangstür. Ich fummelte den Schlüssel für die Alarmanlage heraus, doch bevor ich sie ausschalten konnte, hörte ich ein freudiges Bellen. Gleich darauf stürzte Sally aus Claas' Büro und kam mit wehenden Ohren auf mich zugerannt. Nur vergaß sie dieses Mal leider, rechtzeitig abzubremsen, sodass sie mit Karacho gegen meine Beine knallte. Prompt verlor ich die Balance und landete unsanft auf dem Hosenboden.

Mein schrecklicher Bruder fing lauthals an zu lachen, während Sally zwar den Anstand hatte, für etwa zwei Sekunden schuldbewusst zu gucken, mich dann allerdings so stürmisch begrüßte, als wäre ich ihre seit Jahren totgeglaubte Schwester. »Ach Sally, du Verrückte«, sagte ich und versuchte, ihre Zärtlichkeiten abzuwenden. Aber wie konnte ich ihr böse sein, wenn sie mir das Gefühl vermittelte, ich allein hätte ihrem Tag einen Sinn verliehen?

»Nele?«, hörte ich Claas' Stimme vom anderen Ende des Flurs.

Schon beim Klang dieser Stimme fing mein blödes Herz schneller an zu klopfen. Ich sah an Sally vorbei, die auf meinen Schoß gestiegen war und ihre Vorderpfoten auf meinen Schultern abgelegt hatte. »Ach, Claas. Hi. Du auch hier?«, sagte ich möglichst lässig – auch wenn mir das anhand meiner misslichen Lage schwerfiel.

»Sieht so aus. Sally!«, rief er streng, woraufhin sie von mir abließ und zu ihrem Herrchen rannte. Claas kam über den Flur auf uns zu. Er sah anders aus als sonst, in diesen abgewetzten Jeans und dem verwaschenen T-Shirt. Seine Haare standen ihm strubbelig vom Kopf ab, als hätte sein einziges Zugeständnis an so etwas wie Haarstyling heute darin bestanden, sich mit den Händen ein paar Mal hindurch zu fahren. Inzwischen war er bei mir angekommen und hielt mir die Hand hin. Ich ergriff sie, und er zog mich hoch, bis ich unmittelbar vor ihm stand und direkt in seine braunen Augen sah. Schnell trat ich einen Schritt zurück, denn ich war ihm so nah, dass ich sein Aftershave riechen konnte. Nur ganz leicht, aber doch genug, um zu erkennen, dass es mein absolutes Lieblings-Aftershave war.

»Tut mir leid, dass Sally dich getackelt hat. Eigentlich haben wir den Deal, dass sie jeden begrüßen aber nicht überrennen darf.«

»Jetzt macht sie es ja richtig«, meinte ich mit einem Seitenblick auf Sally, die schwanzwedelnd vor Lenny saß und sich von ihm streicheln ließ. »Gerade hatte sie es wohl für einen kleinen Moment vergessen.«

Nun ging Claas auf Lenny zu und gab ihm die Hand. »Hallo, Lenny.«

»Hi, äh ... Neles Chef.«

»Claas bitte«, sagte er lachend. »Was macht ihr überhaupt hier, an einem Sonntag?«

»Neles WLAN ist kaputt. Wir wollen googeln, wie ich Tierpfleger werde und eine eigene Wohnung finde.«

»Ich hoffe, es ist okay, dass wir das hier machen?«, fragte ich. »Es ist ein absoluter Notfall. Und eine Ausnahme natürlich.«

»Na, wenn es ein Notfall ist, kann ich natürlich schlecht Nein sagen.«

Ich musste mich geradezu zwingen, Claas nicht anzustarren. Das Freizeitoutfit stand ihm extrem gut. Er trug zwar öfter Jeans im Büro, aber so lässig hatte ich ihn noch nie gesehen.

Vor allem diese Strubbelhaare … Ich steckte die Hände in die Taschen meiner Jeansshorts. In dem Moment wurde mir bewusst, dass auch ich heute äußerst leger daherkam. Ich hatte nie vorgehabt, vor meinem Chef so viel Bein zu zeigen. Das Top war zwar nicht übermäßig tief ausgeschnitten, aber trotzdem vollkommen unangemessen, und meine Haare hingen mir wild und ungebändigt über die Schultern. Schnell holte ich ein Haargummi aus meiner Hosentasche und band meine Mähne zu einem Pferdeschwanz zusammen. Ich wusste, dass Claas mich beobachtete, ich konnte seinen Blick förmlich auf meiner Haut spüren. Und obwohl ich es eigentlich nicht wollte, musste ich ihn einfach ansehen. In meinem Bauch kribbelte es, als ich den interessierten Ausdruck in seinen Augen wahrnahm.

»Wollen wir jetzt googeln, Nele?«, hörte ich Lennys Stimme wie aus weiter Entfernung.

»Ähm, ja. Klar.«

»Okay«, sagte Claas. »Dann mache ich mich wieder an die Arbeit.«

Lenny und ich setzten uns an meinen Schreibtisch und starteten unsere Google-Recherche. Zunächst kümmerten wir uns um die Ausbildung zum Tierpfleger. Leider stellte sich schnell heraus, dass es kein Projekt gab, bei dem Menschen mit Behinderung im Tierheim oder Zoo arbeiten konnten. Es gab nicht mal einen Einzelfall oder ein Vorreitermodell. »Wenn du wirklich Tierpfleger werden willst, wirst du kämpfen und dich um alles selbst kümmern müssen.«

Lenny zog ein langes Gesicht. »Also kann ich nicht Tierpfleger werden?«

Es tat mir in der Seele weh, ihn enttäuschen zu müssen, aber es war auch nicht fair, ihm etwas vorzumachen. »Das habe ich nicht gesagt. Aber es wird wahrscheinlich schwierig werden. Und es ist nicht sicher, dass es klappt.«

»Alles ist immer nur schwierig. Alle können einfach so Tierpfleger werden, wieso denn ich nicht? Das ist echt unfair.« Tränen glänzten in seinen Augen.

Es tat mir so leid für ihn, dass er immer wieder diese Enttäuschungen erleben musste. »Wenn du das unbedingt willst, dann musst du eben alles dafür tun, dass es klappt. Ich helfe dir dabei, aber versteif dich bitte nicht so sehr darauf.«

Lenny nickte. »Ja. Ist gut.« Er lehnte sich zu mir rüber und nahm mich in den Arm. »Danke, mein Nele-Herz.«

Als Nächstes gab ich ›Down-Syndrom, Wohnungen, Hamburg‹ in die Suchleiste und fand über einige Umwege eine Aufstellung aller Adressen, die wir kontaktieren konnten.

»Warum guckst du nicht bei Immonet nach Wohnungen?«, erkundigte sich Lenny.

Ich sah vom Bildschirm auf. »Du kannst dir doch nicht einfach über Immonet eine Wohnung suchen.«

»Wieso nicht? Du hast dir doch auch so eine Wohnung gesucht.« Er schubste meine Hände von der Tastatur und öffnete Immonet. Dann rief er sämtliche Wohnungen auf, die in Hamburg zu mieten waren. »Siehst du, 1165 Stück. Ich will hier in Eimsbüttel wohnen. Oder in Ottensen.«

Natürlich. Wo auch sonst? Ich stöhnte auf, lehnte mich in meinem Stuhl zurück und verschränkte die Arme vor der Brust.

Lenny begrenzte die Suche auf Eimsbüttel und Ottensen. »Oha, jetzt sind es nur noch vierunddreißig, Nele.« Er scrollte ein Stück weiter runter. »Guck mal, gleich die erste Wohnung. Top Lage mitten im Herzen von Eimsbüttel – saniert«, las er vor. »Hört sich *sehr* gut an.«

»Mhm«, machte ich nur.

Lenny klickte die Fotos durch. »Das sieht spitzenmäßig aus, oder? Alles neu. Und sogar einen Garten gibt es. Die nehme ich.«

Manchmal war es zum Verzweifeln mit ihm. »Lenny, die Wohnung hat 50 Quadratmeter und kostet 945 Euro. Und da kommen die Nebenkosten noch hinzu.«

»Das ist viel, oder?«

»Ja, das ist verdammt viel, vor allem, weil du kaum was … ich meine, nicht so wahnsinnig viel verdienst.« Ich holte tief Luft. »Komm, warum schauen wir uns nicht mal ein paar der betreuten Wohneinrichtungen an? Da sind bestimmt tolle Wohnungen dabei.«

»Von mir aus«, grummelte er missmutig.

Wir klickten uns durch die Liste. »Guck mal, diese Organisation hat WGs in Ottensen. Und in Eimsbüttel auch.«

»Ach, echt?« Allmählich war Lenny wieder etwas gnädiger gestimmt. Wir klickten uns weiter durch die Angebote, bis ich schließlich sagte: »Das hört sich doch gut an. Ich finde, wir sollten da mal hingehen und uns beraten lassen.«

»Machen wir das morgen?«

»Morgen kann ich nicht. Was ist mit Dienstag?«

»Da fahre ich doch in die Ferien, mit meiner Theatergruppe.«

»Dann machen wir es, wenn du wieder da bist.«

»Okay.« Lenny lehnte sich zurück und warf einen Blick auf die Uhr. »Drei Uhr. Eis-Zeit, oder?«

»Es ist immer Eis-Zeit.« Ich schaltete meinen Rechner aus und ging Lenny voraus in den Flur.

Doch mein Bruder überholte mich und steuerte zielstrebig Claas' Büro an. Mir blieb nichts anderes übrig, als ihm zu folgen.

Claas saß am Schreibtisch und sah von einem Berg Unterlagen auf, als wir hereinkamen. »Na? Wollt ihr los?«

»Ja, wir wollen Eis essen und an die Elbe«, berichtete Lenny und hockte sich zu Sally, um sie zu kraulen.

»Habt ihr es gut. Seid ihr denn jetzt schlauer, was eine Wohnung und die Ausbildung zum Tierpfleger angeht?«

»Ein bisschen schon«, meinte ich. »Es ist alles nicht so einfach, aber das ist es ja eigentlich nie.«

»Ich darf nämlich ganz oft nicht machen, was ich gerne machen will«, beschwerte sich Lenny. »Weil ich das Down-Syndrom habe.«

»Verstehe«, sagte Claas. »Das ist bestimmt manchmal ganz schön doof, oder?«

Lenny nickte. »Ja. Richtig doof. Aber meistens ist es gut. Das Down-Syndrom ist halt irgendwie in mir drin und gehört zu mir dazu.« Er zuckte mit den Schultern. »Es ist ja nur ein Chromosom mehr. Wenn ich das nicht hätte, wäre ich nicht ich, oder?«

»Stimmt.«

»Darf ich mal mit Sally spazieren gehen? Dann kann ich schon üben, wie man Tierpfleger ist.«

»Klar darfst du das. Sehr gerne sogar.«

Ach Mann, wieso musste er nur so toll sein? Das war doch völlig unangemessen für einen Chef.

»Echt? Cool.« Lennys Augen strahlten vor Glück. »Ich kann jetzt gleich mit Sally spazieren gehen.«

»Aber wir wollten doch Eis essen und an die Elbe fahren«, wandte ich ein.

»Na, dann kommen Sally und Claas einfach mit uns mit.«

Ha, ja sicher, das fehlte mir gerade noch. Und Claas wollte seinen Sonntag garantiert nicht mit einer Mitarbeiterin verbringen. »Er hat doch gar keine Zeit«, behauptete ich. »Schließlich ist er zum Arbeiten hier.«

»Na ja.« Claas sah mich nachdenklich an. »Eigentlich hätte ich schon Zeit.«

Mist. Meinen Sonntag mit ihm zu verbringen war völlig

ausgeschlossen. Das ging gar nicht, auf keinen Fall! »Du, es ist wirklich völlig okay, wenn du Nein sagst. Wir nehmen dir das nicht übel. Dann halt beim nächsten Mal.«

Claas nickte. »Klar.«

Hatte ich es doch gewusst. Er hatte die Gelegenheit auszuweichen dankbar genutzt. War eh besser so.

Doch dann meinte er: »Ich sage aber gar nicht Nein. Sally und ich wären dabei.«

»Cool!«, rief Lenny. »Wollen wir jetzt endlich los?«

Claas schaute mich fragend an. »Was sagst du?«

Was sollte ich schon sagen? Wenn ich jetzt Nein sagte, stand ich doch wie die totale Spielverderberin da. Dann musste ich halt meinen Sonntag mit dem Mann verbringen, mit dem ich besser nicht mal fünf Minuten allein sein sollte. Andererseits waren wir ja nicht allein, sondern in Begleitung von Lenny. Und mit Sally als Anstandswauwau würde ich garantiert nicht auf dumme Gedanken kommen. »Klar, gerne«, sagte ich schließlich. »Dann nichts wie los.«

Eine halbe Stunde später gingen wir den steilen Weg von der Elbchaussee hinunter zur Elbe. Die Sonne glitzerte im Wasser, das sich mit dem Himmel darum stritt, wer in einem schöneren Blau strahlte. Über uns kreischten ein paar Möwen. Lenny hielt Sally an der Leine und hatte dabei ein seliges Lächeln auf den Lippen. »Ich will zum Alten Schweden«, verkündete Lenny. Natürlich wollte er dorthin. Er hatte diesen riesigen Findling schon als Kleinkind abgöttisch geliebt, und für ihn war ein Besuch am Elbstrand gleichbedeutend mit einem Besuch beim Alten Schweden.

»Okay, gehen wir zum Alten Schweden«, sagte ich. »Da ist es bestimmt auch nicht ganz so voll wie hier.« Ich schaute auf die vielen Menschen, die an der Strandperle auf Decken lagen oder im Sand saßen, picknickten und die Sonne genossen.

Claas deutete mit dem Kopf zum Tresen. »Wollen wir uns noch mit Getränken eindecken?«

»Unbedingt. Ich geb einen aus.« Ich besorgte für jeden eine kalte Limonade, dann zogen wir schleunigst weiter, raus aus dem Gewühl. Je mehr wir uns von der Strandperle entfernten, desto ruhiger wurde es. »Du kannst Sally jetzt ruhig ableinen«, sagte Claas irgendwann.

Lenny machte die Leine ab und Sally stürmte ans Ufer, um ausgelassen im Wasser zu planschen und Wellen zu jagen.

Lenny lachte laut. »Die hat Spaß, oder? Nele, machen wir ein Wettrennen?«

»Klar. Wer zuerst beim Alten Schweden ist.« Ich wandte mich entschuldigend an Claas. »Das machen wir immer. Kannst du das mal kurz halten?« Ich drückte dem überrumpelten Claas meine Flasche in die Hand, und auch Lenny gab ihm seine.

Lenny und ich stellten uns nebeneinander auf und fixierten den Alten Schweden, der noch etwa zweihundert Meter von uns entfernt war. »Auf die Plätze«, begann ich, »fertig …«

»Los!«, rief Lenny und rannte juchzend davon. Er reckte die Arme in der Luft und machte immer wieder Freudensprünge. Ich ließ ihm einen kurzen Vorsprung, zog meine Flip-Flops aus, und dann hetzte ich ihm hinterher durch den warmen, goldgelben Sand. Vor mir sah ich meinen Bruder, der endlich rennen konnte, ohne aufgrund seines Herzfehlers schon nach wenigen Metern außer Puste zu sein. Und obwohl ich am liebsten ›Nicht so schnell, Lenny‹ gerufen hätte, tat ich es nicht. Sally war inzwischen neben mir aufgetaucht und lief mit mir zusammen Lenny hinterher. Irgendwann waren wir am Alten Schweden angekommen. »Gewonnen!«, rief Lenny und machte eine Siegerfaust. »Ich hab gewonnen.«

Sally stupste mich an, ein bisschen rüpelhaft, was sehr ungewohnt für sie war. Aber sie lächelte, und ich wusste, dass sie mich zum Spielen aufforderte. »Hey, du Frechdachs«, rief ich und tat so, als wollte ich sie schnappen. Sie lief vor mir weg, und ich jagte sie über den Strand, dicht gefolgt von Lenny. Irgendwann ließ sie sich von mir schnappen, und ich raufte ein bisschen mit ihr, nur um dann vor ihr wegzulaufen. Nun waren sie und Lenny diejenigen, die mich jagten, und dieses Spiel spielten wir noch ein paar Minuten weiter, bis Lenny und ich aufgaben und uns vor dem Alten Schweden in den Sand warfen. »Ich kann nicht mehr«, japste ich.

Auch an Sally war unser Spiel nicht spurlos vorbeigegangen, denn die Zunge hing ihr so weit aus dem Maul, dass sie fast auf dem Boden aufkam. Als sie einsah, dass sie Lenny und mich kaputt gespielt hatte, lief sie an die Elbe, um sich einen großen Schluck zu gönnen.

Claas, der uns lachend beobachtet hatte, gesellte sich zu uns und hielt uns unsere Limoflaschen hin. »Kleine Erfrischung gefällig?«

Wir nahmen ihm die Flaschen ab und tranken sie auf ex.

»Ich muss unbedingt Tierpfleger werden«, verkündete Lenny. »Ich kann echt gut mit Tieren umgehen.«

Sally hatte ihren Durst inzwischen wohl gestillt, denn sie kam angetrottet, legte sich in unsere Mitte und machte ganz den Eindruck, als wäre sie rundum zufrieden mit der Welt.

»Kannst du nicht erst mal ein paar Praktika machen?«, fragte Claas. »Bei Hagenbeck, in einem Tierheim oder einer Tierpension. Dann kannst du herausfinden, ob der Job überhaupt was für dich ist, und die Einrichtungen haben eine Möglichkeit, dich kennenzulernen.«

»Ich finde die Idee super«, meinte ich.

Lenny lehnte sich an den Alten Schweden und blickte hinauf in den Himmel. »Und wie komme ich an ein Praktikum?«

»Indem du dich bewirbst.«

»Helft ihr mir dabei?«, fragte Lenny und sah uns auf eine Weise an, die Sallys Hundeblick in nichts nachstand.

»Klar helfe ich dir«, sagte ich. »Ich kümmere mich darum, wenn du aus dem Urlaub wieder da bist, okay?«

»Ich kann dir auch beim Bewerbungen schreiben helfen«, schlug Claas vor. »Und Bewerbungsgespräche mit dir üben. Damit kenne ich mich ganz gut aus.«

Ungläubig starrte ich ihn an. Ich wusste ja, dass er nett war. Aber dass er sich bereit erklärte, meinem Bruder in einem solchen Ausmaß zu helfen, haute mich um.

»Danke, mein Nele-Herz«, rief Lenny und fiel mir um den Hals.

Dann war auch Claas an der Reihe. Lenny umarmte ihn so überschwänglich, dass ihm beinahe die Limoflasche aus der Hand gefallen wäre. »Danke, Claas.«

Der war völlig überrumpelt, doch dann legte er seinen freien Arm um Lenny und erwiderte die Umarmung. »Das mach ich doch gern.«

Lenny strich Sally durchs Fell. »Wollen wir weitertoben?«

Ich lehnte mich faul an den Alten Schweden an und streckte meine Beine aus. »Also, ich brauch noch 'ne Weile zum Regenerieren.«

»Du könntest Sally mal apportieren lassen«, schlug Claas vor. »Hast du Lust?«

Lenny nickte eifrig. »Ja, klar.«

Die drei gingen ein paar Meter den Strand runter. Claas erklärte Lenny, wie das mit dem Apportieren, Ballspielen und

Leckerchen Suchen funktionierte. Während ich mir die Sonne auf die Nase scheinen ließ, hörte ich immer wieder ihr Lachen und ab und zu einen kurzen fröhlichen Kläffer von Sally. Claas hatte seine Schuhe ausgezogen und lief barfuß durch den Sand. Seine dunklen Haare waren vom Wind inzwischen noch verwuschelter, und wenn er den Ball warf, rutschte sein T-Shirt manchmal ein kleines Stück hoch, sodass ich einen Blick auf seinen Rücken oder seinen Bauch erhaschen konnte. Nicht, dass ich ihn angaffte oder so. Das würde ich natürlich niemals tun, aber ich war einfach fasziniert von diesem Freizeit-Claas. Nach einer Weile kehrte er zurück zu mir, während Lenny und Sally weiterspielten. Er ließ sich neben mich in den Sand fallen und lehnte sich ebenfalls am Alten Schweden an.

Wir beobachteten Lenny und Sally, die unermüdlich damit beschäftigt waren, Ball zu spielen. Zwei junge Frauen gingen an uns vorbei. Die eine stieß die andere an und zeigte auf Lenny. Der lachte gerade lauthals, weil Sally ihm den Ball regelrecht zugeworfen hatte.

»Oh, sieh mal, wie süß«, schwärmte die junge Frau. »Da ist ein Downie. Ich *liebe* Downies! Die sind einfach *immer* glücklich. Sie sind so bescheiden und mit ganz wenig zufrieden. Da könnten wir uns doch alle mal eine Scheibe von abschneiden.« Die beiden Frauen entfernten sich, und ich konnte nicht mehr hören, was sie sprachen.

»Im ersten Moment dachte ich, die Frau redet über Sally«, meinte Claas, während er ihnen nachblickte.

»Tja, das ist das beliebte Klischee vom ›Happy Downie‹. Klar, Lenny ist ein fröhlicher und ungezwungener Mensch. Aber meine Güte, er ist doch nicht immer nur glücklich. Er ist auch mal wütend, ungeduldig, traurig, und sorry, alles andere als bescheiden. Er ist verliebt, hat eine Freundin, Hoffnungen und Träume. Er hat gute und schlechte Eigenschaften, so wie jeder andere auch. Es nervt mich einfach, wenn er auf die Rolle des allzeit glücklichen Downies reduziert wird. Mal ganz abgesehen davon, dass Lenny dieses Wort hasst.«

Claas schwieg eine Weile, dann sagte er: »Hältst du es eigentlich für realistisch, dass Lenny einen Job als Tierpfleger bekommt? Ich würde es ihm echt wünschen.«

»Nicht als Tierpfleger. Als eine Art Tierpflegerhelfer vielleicht. Ob das realistisch ist ... Ich würde sagen, auf einer Skala von 1 bis 10 liegt der Realitätsgrad bei 3. Ich werde ihm auf jeden Fall helfen, so gut ich kann.«

»Und deine Eltern?«

»Die sind nicht überzeugt von der Idee. Lenny arbeitet momentan in einer Werkstatt für Menschen mit Behinderung. Das finden sie auch ganz gut so, weil er dort geschützt ist. Und ich fühle mich damit eigentlich auch wohler als mit dem Gedanken, dass er Löwenbändiger wird.«

»Wovor ist er geschützt in der Werkstatt?«

Ich zuckte mit den Schultern. »Vor Verletzungen, psychischen und physischen. Vor Überforderung, blöden Sprüchen oder Schlimmerem.«

»Schlimmerem?«

Ich redete eigentlich nicht gern über dieses Thema, daher ärgerte ich mich darüber, es überhaupt angeschnitten zu haben. Trotzdem beantwortete ich seine Frage, beinahe gegen meinen Willen. »Nicht jeder ist ein Fan von Menschen mit Down-Syndrom oder ganz allgemein mit Behinderungen. Eins musst du dir klarmachen: Wir leben in einer Gesellschaft, in der das Wort ›behindert‹ von einigen auch als Schimpfwort verwendet wird. Lenny ist in seinem Leben also nicht nur Menschen begegnet, die ihm wohlgesonnen waren. Klar, die meisten sind nett zu ihm, aber vor allem als Kind ist er von den anderen auch gehänselt und beschimpft worden. Er wurde auch schon körperlich drangsaliert. Ins tiefe Schwimmbecken gestoßen, obwohl er gesagt hat, dass er nicht schwimmen kann.« Bei den letzten Worten fing meine Stimme an zu zittern, als die Erinnerung an diesen schrecklichen Moment wieder hochkam. Fahrig wischte ich mir über die Augen. »Ich war an dem Nachmittag mit Lenny im Schwimmbad und hab auf ihn aufgepasst. Blöderweise habe ich für einen Moment nicht hingeschaut.« Und das nur, weil Alex, mein großer Schwarm, direkt vor meiner Nase waghalsige Sprünge vom Beckenrand gemacht hatte und ich ihn natürlich dabei bewundern musste.

»Wie alt warst du denn da?«

»Ich war vierzehn und Lenny sechs. Ich hab erst gemerkt, was passiert ist, als ich ihn schreien hörte. Ich bin ins Wasser gesprungen, um ihn rauszufischen, und zum Glück war der Bademeister auch gleich da.« Ich griff in den warmen Sand und ließ ihn durch meine Finger rieseln. »Als Lenny dann in Sicherheit war, bin ich total ausgerastet. Es war ein Junge, der in meine Schule gegangen ist. Er *wusste*, dass Lenny nicht schwimmen kann. Ich hab diesen Jungen angeschrien, und dann ... na ja, habe ich ihm den Arm ausgekugelt, und irgendwie hat er auch einen Zahn verloren.«

In Claas' braunen Augen lag so viel Wärme und Mitgefühl, dass ich mich am liebsten in seine Arme gestürzt hätte. »Ich kann das vollkommen verstehen«, sagte er. »So hätte wahrscheinlich jeder an deiner Stelle reagiert.«

»Nein, das war nicht in Ordnung. Ich sehe noch heute manchmal das Blut aus seinem Mund tropfen, und manchmal träume ich davon. Ich bin sonst nicht so eine Furie.«

Um seine Mundwinkel begann es zu zucken. »Es ist mir auf jeden Fall eine Warnung, mich niemals mit dir anzulegen.«

Ich grinste, und war dankbar, dass Claas diesen emotional aufgeladenen Moment etwas entspannt hatte.

196

»Hey, Nele!« Beim Klang von Lennys Stimme zuckte ich zusammen. Er war wie aus dem Nichts vor uns aufgetaucht. Suchend sah ich mich nach Sally um. Sie stand bis zum Bauch im Fluss, wahrscheinlich um sich abzukühlen. Nebenbei schlabberte sie gierig vom Elbwasser. »Ich muss dringend los«, sagte Lenny. »Es ist schon vier Uhr. Um halb fünf bin ich mit Mia am Museumshafen verabredet. Das wird echt knapp.«

»Das schaffst du locker«, beruhigte ich ihn. »Von hier aus läufst du nur eine Viertelstunde bis dorthin.«

»Ja, aber ich will auf jeden Fall pünktlich sein.« Lenny versuchte, mit den Fingern seine Frisur zu ordnen. »Sehe ich okay aus?«

»Du siehst fantastisch aus«, bestätigte ich.

»Dann ist ja gut. Ich muss mich echt beeilen, also Tschüs!« Er umarmte mich und gab Claas High Five. Gleich darauf lief er auch schon den Strand runter in Richtung Neumühlen.

Sally schüttelte sich ausgiebig das Wasser aus dem Fell und trottete Lenny ein paar Schritte hinterher. Doch dann blieb sie stehen, sah zu Claas und mir und entschied sich gnädigerweise für uns. Sie kam rüber und legte sich mit ihrem nassen Fell genau zwischen uns in den Sand.

Obwohl Lenny schon seit einer ganzen Weile nicht mehr wirklich anwesend gewesen war, wurde ich auf einmal schüchtern. Denn jetzt waren Claas und ich definitiv allein. Mal abgesehen von Sally, aber ich war mir nicht sicher, ob ich mich auf sie als Anstandswauwau wirklich verlassen konnte. Ich wusste, dass ich jetzt besser gehen sollte, und zwar schnell. Aber ich rührte mich nicht von der Stelle. Und auch Claas machte keine Anstalten, zu flüchten. Noch immer strahlte die Sonne vom Himmel herab, doch inzwischen war sie so weit gewandert, dass Claas und ich im Schatten saßen. Auf der Elbe fuhr eine kleine, wunderhübsche blaue Holzyacht mit weißen Segeln an uns vorbei, die sofort den Wunsch in mir weckte mitzusegeln.

»Ist dir eigentlich schon mal aufgefallen, dass wir immer nur über mich reden?«, platzte es unvermittelt aus mir heraus. »Ich finde, jetzt bist du mal dran, etwas von dir zu erzählen.«

»Ich bin doch vollkommen uninteressant.«

»Ich bin auch vollkommen uninteressant.«

Er hob nur eine Augenbraue, äußerte sich aber nicht weiter dazu. Doch schließlich seufzte er tief und sagte: »Na schön, ich sehe es ein. Du hast schon viel von dir erzählt, jetzt bin ich mal dran. Also gut, mal überlegen. Ich komme gebürtig nicht aus Hamburg, sondern aus Kiel. Wir sind hierher gezogen, als ich acht war, und ich hatte anfangs großes Heimweh. Ich habe mir als Kind innerhalb eines Jahres zweimal das rechte Bein gebrochen, erst beim Schlittschuhlaufen und dann beim Fußball. Zu Abizeiten und am Anfang des Studiums habe ich Gitarre in einer Heavy-Metal-Band gespielt, die *The Slow Death of Heavy Metal* hieß. Obwohl ich PRler bin, interessiert es mich seit einer Weile immer weniger, was hip ist. Ich hasse alles, bei dem das Wort ›urban‹ davorsteht. Ich hasse übrigens auch Porridge, ich besitze keinen Weber Grill, Pulled Pork lässt mich völlig kalt, genau wie Burger oder Süßkartoffelpommes. Stattdessen mag ich Old School-Dinge wie italienisches Essen, Scholle Finkenwerder Art und Bratkartoffeln. Fast all meine Freunde sind in festen Beziehungen und haben Kinder, und manchmal finde ich es ätzend, der gefühlt einzige Single auf der Welt zu sein. Und …« Claas legte eine kurze Pause ein, dann fuhr er fort: »Ich habe die Führerscheinprüfung erst im zweiten Anlauf geschafft.«

Ich war wie erschlagen von dieser Flut an Informationen, die jede für sich schon ein mehrstündiges Gespräch wert gewesen wäre. »Warum bist du denn durchgefallen?«

»Es lag am Einparken.«

Ich gackerte los. »Nein! Das überrascht mich jetzt aber.«

»Ich hab so das Gefühl, dass es ein Fehler war, dir das zu verraten.«

»Das war ein Riesenfehler. Und sag mal, gibt es Videoaufnahmen von *The Slow Death of Heavy Metal*? Ist da irgendwas auf YouTube?«

»Nein«, behauptete er. »Keinerlei Beweise im ganzen Internet.«

»Sicher? Das lässt sich sehr leicht herausfinden, weißt du.«

Claas zog eine schmerzerfüllte Grimasse. »Wieso habe dir bloß den Bandnamen verraten?«

»Keine Angst, ich schaue es mir nicht in deiner Gegenwart an. Du stehst also nicht auf Urban Hiking? Urban Gardening? Urban Cooking? Urban ...«

Claas zog eine Grimasse. »Hör bloß auf!«

»Was das Essen angeht, bin ich absolut deiner Meinung. Ich mache mir auch nichts aus Burgern und Süßkartoffelpommes.«

»Wie stehst du allgemein zu Süßkartoffeln?«, erkundigte er sich.

»Auf jeden Fall gratuliere ich dir zu dieser wichtigen Grundsatzfrage. Ich finde es gut, dass wir das klären.«

»Ja, man muss solche Themen einfach mal anpacken.«

»Absolut. Ich finde Süßkartoffeln seltsam. Wenn sie auf meinem Teller liegen, esse ich sie, aber ich mache sie mir nicht selbst.«

»Da bin ich ganz bei dir«, sagte Claas grinsend.

Ich kraulte Sallys noch immer nasses Fell. »Übrigens finde ich es nicht so schlimm, dass es dich immer weniger interessiert, was gerade hip ist. Dafür hast du ja mich, und als deine Mitarbeiterin ist es doch mein Job, dir da auf die Sprünge zu helfen.«

»Als meine Mitarbeiterin ...« Claas schwieg für ein paar Sekunden. Dann schüttelte er den Kopf und sagte: »Stimmt ja. Es ist so leicht zu vergessen, dass du für mich arbeitest. Das passiert mir immer wieder.«

Mein Herz machte einen Satz und stolperte dann aufgeregt vor sich hin. Ich hörte Alarmglocken in meinem Kopf, ich sah rote Warnlichter aufleuchten – aber ich dusselige Kuh stellte mich blind und taub. »Mir auch«, sagte ich leise.

»Ich habe übrigens einen Punkt in meiner Aufzählung ausgelassen. Einen nicht ganz unwesentlichen Teil meines Lebens. Und ich weiß, dass ich dir das womöglich nicht erzählen sollte. Aber ich merke, dass ich es dir erzählen *will*.«

»Was denn?«

Er zögerte noch eine Weile, doch dann gab er sich einen Ruck. »Ich war verheiratet. Etwa sechs Monate lang, dann ist meine Frau gestorben.«

Ich saß völlig regungslos da und starrte Claas an. Die Worte schwebten zwischen uns in der Luft, ich hatte sie gehört, konnte sie förmlich sehen, aber mein Hirn hatte Schwierigkeiten, sie zu verarbeiten. Claas sah mich unsicher an, und mir wurde bewusst, dass ich dringend etwas sagen musste. »Tut mir leid, ich ... Das ist ja furchtbar.«

Er hob die Schultern. »Es ist schon ziemlich lange her. Sechs Jahre, um genau zu sein.«

»Was ist denn passiert? Hatte sie einen Unfall?«

»Nein, sie hat sich einfach nicht gut gefühlt, also ist sie nach unserer Hochzeitsreise zum Arzt gegangen. Wir dachten, sie wäre vielleicht schwanger. Aber stattdessen stellte sich heraus, dass sie einen äußerst aggressiven Tumor in der Bauchspeicheldrüse hatte. Er hatte schon metastasiert, und ... na ja. Man konnte eigentlich nichts mehr machen. Es hat dann auch keine Behandlung angeschlagen, wir haben wirklich alles versucht. Sie hat sich so sehr mehr Zeit gewünscht, nur ein Jahr oder zwei. Aber fünf Monate nach der Diagnose war sie tot.«

Am liebsten hätte ich ihn berührt, um ihn zu trösten, aber ich traute mich nicht. »Ich weiß überhaupt nicht, was ich sagen soll.«

Claas blickte nachdenklich auf die Elbe. »Tja, wenn man heiratet, geht man nicht davon aus, dass ein halbes Jahr später schon wieder alles vorbei ist. Wir hatten so viele Pläne. Aber so ist das halt. Das Leben interessiert sich selten für deine Pläne. Und der Tod erst recht nicht.«

Mein Herz quoll über vor Mitgefühl, und ich musste mich schwer zusammenreißen, nicht zu heulen. Aber Claas war so gefasst und stark, dass es absolut unangemessen gewesen wäre, wenn ich jetzt geheult hätte. »Das muss unfassbar hart gewesen sein. Ich kann mir nicht mal vorstellen, was du durchgemacht haben musst.«

Claas atmete tief durch. »Es war … scheiße. Dabei hatten wir im Grunde Glück, denn wir wussten, was kommt. So blöd sich das vielleicht anhört.«

»Nein, ich verstehe das schon. Ihr hattet wenigstens ein bisschen Zeit, euch darauf vorzubereiten.«

»Ja, genau. Wir konnten uns voneinander verabschieden. Zusammen heulen, wütend sein, aber vor allem die Zeit bewusst miteinander genießen. Was natürlich mehr als schwer war, aber wir haben es versucht. Wenn ich mir vorstelle, wie es gewesen wäre, wenn Bea einen Unfall gehabt hätte und einfach so von einer Sekunde auf die andere aus dem Leben gerissen worden wäre, womöglich auch noch nach einem blöden Streit … Ich glaube, dann wäre es noch viel härter für mich gewesen.«

Sally legte ihren Kopf auf Claas' Schoß und schaute ihn besorgt an. Gedankenverloren kraulte er ihre Schlappohren.

»Aber es war so garantiert schon hart genug«, sagte ich leise.

»Die ersten Monate nach ihrem Tod waren die absolute Hölle. Ich war so verbittert, und ich habe Bea so sehr vermisst, dass ich es kaum ausgehalten habe. Aber meine Familie und Freunde waren für mich da. Nachdem ich fast ein halbes Jahr lang nur in der Wohnung gehockt, die Wände angestarrt und mit meinem Schicksal gehadert habe, haben sie mir in den Hintern getreten.«

»Da bin ich aber froh«, sagte ich und lächelte ihn an.

Er erwiderte das Lächeln, was mein Herz dazu brachte, erneut einen Gang höher zu schalten. »Ja, und es war verdammt nötig. Irgendwann fing Olli dann an, mir in den Ohren zu liegen, dass wir endlich unsere Agentur aufmachen sollen. Davon haben wir schon während des Studiums geträumt. Das haben wir dann auch gemacht, ein Jahr nach Beas Tod. Und ich hab mich voll reingekniet. In den ersten Monaten war ich nur im Büro, von morgens um acht bis abends um zehn, jeden Tag.«

»Das klingt nicht gerade gesund.«

Claas zwirbelte einen kleinen Irokesenkamm auf Sallys Kopf. Sie ließ sich das ganz entspannt gefallen, aber sie konnte ja auch nicht ahnen, wie bescheuert sie damit aussah. »Nein, gesund war das nicht. Aber es hat mir geholfen, diese Zeit durchzustehen. Einer unser ersten Aufträge kam damals vom Tierschutzverein. Olli und ich sind also ins Tierheim, wobei ich ganz bestimmt nicht vorhatte, mir einen Hund anzuschaffen. Aber sie haben uns dort herumgeführt, und dann war da auf einmal Sally. Sie saß in ihrem Zwinger und hat so einsam und verloren ausgesehen. Genau wie ich mich gefühlt habe. Sie hatte niemanden, ich hatte niemanden … Also hab ich sie adoptiert.«

»Warum war sie denn im Tierheim?«

Er hob die Schultern. »Sie war damals zwei und hatte in ihrem kurzen Leben schon vier Besitzer. Kaum hatte sie einen Menschen ins Herz geschlossen, wurde sie weitergereicht. Vermutlich, weil sie ein sehr anstrengender, ungestümer, grobmotorischer Junghund war. Und irgendwann auch sehr verunsichert und misstrauisch.«

Als würde Sally ahnen, worüber wir redeten, kuschelte sie sich noch enger an Claas.

»Und wie war sie, als du sie nach Hause geholt hast?«

»Es hat lange gedauert, bis sie aufgetaut ist. Aber ich hab nicht lockergelassen, und mit der Zeit hat sie Vertrauen zu mir gefasst. Und dann sind wir zu einem richtig guten Team geworden. Ein bisschen ungestüm und grobmotorisch ist sie allerdings noch immer. Ab und zu jedenfalls.«

Ich grinste. »Du meinst, wenn sie irgendwo gegenstößt oder über den Flur schlittert?«

»Zum Beispiel. Oder wenn sie dich über den Haufen rennt.«

»Das war ja nur ein Unfall.« Ich entzwirbelte Sallys Irokesenkamm und machte ihr einen adretten Seitenscheitel. »Deswegen hast du also gesagt, dass Sally dich gerettet hat.«

»Ja. Wenn man für ein Lebewesen verantwortlich ist, muss man morgens aufstehen und sich kümmern. Ich glaube, ich brauchte sie noch mehr als sie mich.«

Für eine Weile saßen wir beide schweigend da. Jetzt, wo ich all das über Sally wusste, hatte ich sie fast noch mehr lieb als vorher. So oft war sie enttäuscht worden, und trotzdem hatte sie immer wieder den Mut gefunden, sich auf jemanden einzulassen. »Du vermisst deine Frau bestimmt sehr, oder?«

Claas ließ sich Zeit mit der Antwort, und ich dachte schon, dass er gar nicht auf meine Frage eingehen würde. Doch dann sagte er: »Natürlich gibt es noch immer Momente, in denen ich an sie denke. Aber es ist sechs Jahre her, das ist eine verdammt lange Zeit. Ich hätte mein Leben gern mit ihr gelebt, sehr gern sogar. Aber es ist eben anders gekommen, und das habe ich akzeptiert. Im Leben gibt es nicht nur den Plan A. Das Alphabet hat noch viele andere Buchstaben, die auch sehr schön sind.«

»Wem sagst du das? Ich glaube, ich bin inzwischen bei F. Oder G?«

Claas lockerte den Seitenscheitel auf, den ich Sally gemacht hatte. »Übrigens hört sich das vielleicht alles sehr abgeklärt an, aber es waren mehrere Jahre intensiver Trauerarbeit nötig, bis ich damit abschließen konnte. Mein Therapeut fährt jetzt einen schicken neuen Kleinwagen.«

»Hauptsache, er hat dir geholfen.«

»Hat er. Er und Sally, meine Familie, meine Freunde, die Agentur. Ohne sie alle würde ich wahrscheinlich immer noch in unserer alten Wohnung in Eppendorf rumhängen und die Decke anstarren.«

»Gut, dass sie für dich da waren. Hat deine Frau eigentlich auch in der PR-Branche gearbeitet?« Sobald die Worte meinen Mund verlassen hatten, hätte ich sie am liebsten wieder zurückgeholt. Das ging mich doch überhaupt nichts an. Wobei, streng genommen ging mich nichts von dem etwas an, was Claas mir erzählt hatte.

»Nein, sie war Journalistin. Und du? Warst du immer nur mit PRlern und Werbern zusammen?«

Ich stutzte aufgrund der krassen Kehrtwende in diesem Gespräch. Um Zeit zu gewinnen, drehte ich Sally aus einer Strähne ein kleines Zöpfchen auf ihrer Stirn, das frech nach oben stand.

»Was machst du denn da?«, fragte Claas lachend. »Damit sieht sie total albern aus.«

»Na, immerhin besser als deine Punk-Frisur.«

»Das war keine Punk-Frisur, sondern ein Marco-Reus-Iro. Das ist etwas ganz anderes.«

»Ja, aber Sally ist ein Mädchen, sie will keinen Fußballer-Iro tragen. Ich fand meinen Seitenscheitel flott, aber den hast du ja zerstört.«

»Der war nicht flott, damit sah sie aus wie eine Streberin.« Jetzt musste ich auch lachen. »Sie sah intelligent damit aus.«

Sally wurde es offenbar zu bunt, denn sie stand auf und sah uns strafend an. Dann trottete sie ein paar Meter von uns weg und schnüffelte im Sand.

Claas und ich tauschten einen Blick und grinsten uns an.

»So viel dazu«, meinte Claas. »Was ist jetzt mit dir und den PRlern?«

»Ich hatte zwei Beziehungen mit PRlern. Einer von beiden war Tobi, der andere David. Er lebt inzwischen in Berlin.«

»War er derjenige, der dich betrogen hat und wegen dem du dir die Haare rotgefärbt hast?«

»Das mit den roten Haaren lässt dich echt nicht los, oder?«

»Nein, das fasziniert mich halt.«

»Aber er war nicht derjenige. Er hat mich zwar betrogen, im großen Stil sogar. Die Haare habe ich mir seinetwegen aber nicht gefärbt.«

»Was heißt im großen Stil?«

Ich legte den Kopf schief. »Wieso reden wir jetzt eigentlich schon wieder über mich? Wir waren doch gerade noch bei dir?«

»Das ist ein Geben und Nehmen, weißt du? Mal bin ich dran, dann wieder du.«

»Also schön. David hatte die ganze Zeit über neben mir noch was anderes am Laufen. Ich weiß bis heute nicht, ob ich nun seine Freundin oder seine Affäre war. Nach zwei Jahren waren wir eines Abends in einer Kneipe, und plötzlich wurde ich von einer Frau angeblafft, dass ich gefälligst die Finger von ihrem Freund lassen soll. Da kam dann alles raus.«

Claas sah mich erschrocken an. »Ach du Schande.«

»Tja. Ich dachte immer, so etwas passiert nur im Film oder es passiert nur anderen und ich selbst wäre nie so dämlich und blind. Aber dann ist es eben doch passiert, und ich musste feststellen, dass ich noch viel dämlicher und blinder war als alle anderen.« Ich beobachtete Sally dabei, wie sie mit viel Herzblut ein Loch buddelte. »Rückblickend habe ich natürlich all die komischen Momente gesehen, in denen ich zwar gestutzt, aber nicht weiter drüber nachgedacht habe. Da hat das alles Sinn ergeben, und ich habe mich gefragt, wieso zur Hölle ich nicht eins und eins zusammengezählt habe.«

»Klar, hinterher ist man immer schlauer.«

»Bist du schon mal betrogen worden?«

»Nein. Nicht, dass ich wüsste.«

»Dafür ist die große Liebe deines Lebens gestorben. Dagegen kommt mir mein Kram banal vor.« Ich hielt kurz inne. »Tut mir leid, das war eine blöde Bemerkung. Schließlich ist das kein Wettbewerb, wer von uns es schwerer hat.«

»Den würde ich auch lieber nicht gewinnen wollen«, meinte Claas.

Ich bohrte die Zehen tiefer in den Sand. »Hattest du eigentlich nach deiner Frau wieder eine Beziehung?«

Claas zögerte kurz, dann sagte er: »Keine ernsthafte, nein.«

Ich konnte mir in etwa vorstellen, was er damit meinte. Obwohl mir klar gewesen war, dass er wohl kaum sechs Jahre lang im Zölibat gelebt hatte, versetzte die Vorstellung mir einen Stich. Na toll, jetzt war ich auch noch eifersüchtig, oder was? Das wurde ja immer schlimmer! Ich spürte Claas' Blick, und als ich den Kopf zu ihm drehte, sah ich, dass er mich aufmerksam beobachtete. So, als versuchte er meine Gedanken zu lesen. Schließlich fragte er: »Das war ganz schön viel Input für einen Nachmittag, oder?«

»Allerdings.«

Als hätten wir beide uns stillschweigend auf eine Pause geeinigt, wandten wir unsere Blicke voneinander ab und beobachteten Sally, die sich inzwischen schon so tief vorgebuddelt hatte, dass ihr Kopf fast vollständig in dem Loch verschwunden war.

Claas schnalzte mit der Zunge und rief: »Sally!«

Sie zog ihren Kopf aus dem Loch und schaute hoch. Bei ihrem Anblick brachen wir beide in Gelächter aus. Ihre Schnauze und ihre Nase waren über und über von Sand bedeckt.

»Wie sieht's aus, machen wir uns allmählich auf den Weg?«, fragte Claas.

Ein Blick auf die Uhr zeigte mir, dass es halb sechs war. Das Wasser war in den vergangenen zwei Stunden weit zurückgegangen, und ich hatte es nicht mal gemerkt. Alles, was ich wahrgenommen hatte, war Claas. Ich wollte noch nicht gehen. Aber aufdrängen wollte ich mich auch nicht, also sagte ich: »Klar.«

Wir standen auf und schlenderten den Elbstrand runter. Am Fähranleger Övelgönne warteten Horden von Menschen auf die nächste Fähre, die bereits von Finkenwerder herübergeschippert kam. Das Herz wurde mir schwer, weil die letzten Stunden wie ein Traum gewesen waren. Und ich wollte nicht daraus erwachen, denn dann würden Claas und ich wieder einfach nur Chef und Angestellte sein. »Das war ein sehr schöner Nachmittag.«

»Finde ich auch.«

»Tja, also dann … bis morgen.«

»Nein, ich bin nächste Woche unterwegs.«

Ein blödes Gefühl machte sich in meinem Bauch breit. »Wieso das denn?«

»Na, ich bin erst auf der Tagung in London, dann bei Searchlove in Berlin, und danach habe ich einen Tag frei.«

»Du hattest doch gerade erst Urlaub.«

Claas lachte. »Ich weiß, aber einer meiner ältesten Freunde heiratet, und ich bin Trauzeuge. Ich hoffe, das ist okay?«

Ich spürte, wie ich knallrot anlief. »Ähm … ja, natürlich. Tut mir leid.«

»Macht nichts«, sagte er lächelnd.

Die Fähre legte an, und die Gangway wurde heruntergelassen. Also hieß es jetzt Abschied nehmen. Für eine Woche. Ohne darüber nachzudenken legte ich die Hände auf Claas Schultern, stellte mich auf die Zehenspitzen und küsste ihn auf die Wange. Ich spürte, wie seine Schultern sich versteiften, doch er blieb ganz still stehen. Sein Dreitagebart kratzte an meiner Haut, und ich nahm wieder diesen Hauch meines Lieblingsaftershaves wahr. In meinem Bauch flatterte ein ganzer Schwarm Schmetterlinge aufgeregt umher. Dann wurde mir bewusst, was ich da überhaupt tat. Hastig löste ich mich von Claas und trat einen Schritt zurück. Er sah mich an mit einer Mischung aus Verwunderung und … ja, was war es? Ich wusste es nicht, aber auf jeden Fall funkelte es so sehr in seinen Augen, dass sich die Härchen in meinem Nacken aufstellten. »Ich muss los«, sagte ich schnell, bevor er eine Chance hatte, irgendwie zu reagieren.

Ich war schon fast bei der Fähre, als ich auf dem Absatz kehrtmachte und zurückrannte, um Sally hastig über den Kopf zu streichen. »Tschüs, mein Schatz«, murmelte ich.

Dann lief ich endgültig die Gangway rauf aufs Schiff und ergatterte noch ein Plätzchen an der Reling. Sally und Claas standen auf dem Ponton und sahen zu mir hoch. Die Fähre legte ab, und der Abstand zwischen uns wurde immer größer. Ich hob meine Hand und winkte ihnen zu. Claas winkte zurück, und ich konnte sehen, dass er lächelte. Er schien es mit Fassung zu tragen, dass ich über ihn hergefallen war. Immerhin.

Das Leben ist keine Hüpfburg

In der Nacht bekam ich kein Auge zu, weil ich andauernd den Nachmittag mit Lenny, Claas und Sally noch mal durchging. Dieser Sonntag war so schön gewesen, und gleichzeitig so furchterregend. In was für eine Sache hatte ich mich da nur hineinmanövriert? Und wie sollte ich Claas jetzt gegenübertreten? Sollte ich mich entschuldigen? Oder behaupten, dass ich ihn nur aus Mitleid geküsst hatte? Das hatte ich allerdings nicht. Außerdem hielt ich es nicht für ganz ausgeschlossen, dass Claas ähnliche Gefühle für mich hegte. Und wenn das stimmte, hatten wir ein riesengroßes Problem. Denn in einem Chef-Angestellten-Verhältnis waren solche Gefühle mehr als unangemessen.

Wahrscheinlich war es am besten, ihm zu sagen, dass wir uns doch beide darüber einig waren, diese komische Sache zwischen uns zu vergessen. Aber was, wenn ich mir nur einbildete, dass Claas sich für mich interessierte? Dann würde er mich doch für vollkommen irre halten, wenn ich sagte, wir sollten das mit uns vergessen.

Nein, am besten war es wohl, die einfachste Variante zu wählen, mit der ich bislang immer gut gefahren war: so tun, als wäre überhaupt nichts passiert. Das war doch meine leichteste Übung. Schließlich würde ich Claas erst nächste Woche wiedersehen. Bis dahin hatten wir beide den Nachmittag an der Elbe bestimmt vergessen.

Nach einer schlaflosen Nacht fuhr ich ins Büro. Es fiel mir schwer, mich auf meine Arbeit zu konzentrieren, denn irgendwie rechnete ich die ganze Zeit damit, Sallys Hundekrallen oder Claas' Stimme zu hören.

»Nele, kannst du das mal bitte lassen?«, fragte Julius irgendwann genervt.

»Was denn?«

»Dieses andauernde Seufzen.«

Oh. Mir war gar nicht aufgefallen, dass ich geseufzt hatte. »Sorry.«

Julius starrte angestrengt auf seinen Bildschirm. »Ich verstehe deine Notizen zu dem Dichtungsfabrik-Termin nicht. Mit wem hast du diese Absprachen denn getroffen, und wie genau sieht der Zeitplan aus? Da geht doch alles durcheinander.«

Ich stand auf und trat hinter ihn. »Das ist doch völlig klar«, sagte ich und deutete auf den Monitor, um ihm den Zeitplan zu erläutern.

Julius fuhr sich mit der Hand durchs Haar. »Es ist echt ungünstig, mich so kurz vor Ende der Planungen noch in die Sache einzuklinken. Du kennst dich jetzt viel besser damit aus.«

»Ja, das liegt aber an dir«, sagte ich. Schließlich hatte er mir seine Aufgaben aufs Auge gedrückt. »Aber egal, ich kann den Rest auch noch erledigen. Es stimmt ja, im Grunde ist es Quatsch, wenn du dich jetzt noch einschaltest.«

»Vielen Dank, Nele«, meinte er, sichtlich erleichtert. »Wird nicht wieder vorkommen, versprochen. Es ist nur so, dass ich momentan einfach nicht mehr weiß, wo mir der Kopf steht. Ich habe so viele Projekte auf dem Tisch.«

»Schon gut.« Ich machte mich gleich ans Werk und telefonierte eine halbe Ewigkeit mit Herrn Dierksen von der Dichtungsfirma, der wegen des anstehenden Termins immer nervöser wurde. Außerdem buchte ich den Fotografen und informierte die Presse.

»Und?«, erkundigte sich Julius, als ich meine Telefonate beendet hatte. »Hat es geklappt?«

»Ja, alles geregelt. Jetzt muss ich nur noch den Zeitplan an alle Beteiligten schicken.«

»Lass nur«, meinte Julius. »Das kann ich doch machen, du hast schon so viel für mich getan.«

Für den Rest der Woche steckte ich bis zum Hals in Arbeit. Trotzdem war ich mit den Gedanken immer wieder bei Claas und Sally und musste feststellen, dass ich die beiden vermisste. Spätestens da war mir klar, dass es so nicht weitergehen konnte. Eine Krisensitzung mit meinen Freunden musste her, und zwar schleunigst!

Am Samstagabend machte ich mich mit Anni, Sebastian und Kai auf den Weg zum Kiez. Es gelang uns, noch einen Tisch im Kiezhafen zu ergattern, einer Kneipe am Hans-Albers-Platz, in die Anni und Sebastian gern gingen. Ich mochte den Laden auch, obwohl – oder vielleicht auch *weil* – er ziemlich abgerockt war.

»Weswegen wolltest du denn eigentlich eine Krisensitzung?«, fragte Anni, nachdem wir eine Weile über belangloses Zeug geplaudert hatten. »Wobei, ich hab da so eine Ahnung.«

»Ich würde gern sagen, dass es um die aktuelle weltpolitische Lage geht oder um eine verzwickte Rechenformel, an der ich arbeite. Aber leider geht es um einen Mann.«

Anni grinste. »Lass mich raten: um Claas?«

Ich nickte unglücklich.

Sebastian trank den letzten Schluck seines Bieres. »Wer war jetzt noch mal Claas?«

»Neles Chef«, erklärte Anni. »Wartet auf mich, ich hole

schnell die nächste Runde. Und dann reden wir über Claas.«
Ohne unsere Antwort abzuwarten, stand sie auf.

»Bring ein paar Käsebrötchen mit«, rief Sebastian, als sie
schon im Gehen war. Er blickte ihr nach, und dabei umspielte
ein so zärtliches Lächeln seine Lippen, dass ich ganz wehmütig wurde. Es musste schön sein, so geliebt zu werden.

Bald darauf kehrte Anni an unseren Tisch zurück und
stellte drei Schnapsgläser voll dunkelroter Flüssigkeit vor uns
hin. »Hier ist eine Runde Mexikaner – ein kleiner Gruß von
der Theke, genauer gesagt von Irina, der Wirtin. Und dann
habe ich euch noch jemanden mitgebracht«, verkündete sie
strahlend und deutete über ihre Schulter. »Das ist Knut – der
Amor unter Hamburgs Taxifahrern.«

Hinter ihr stand ein großer kräftiger Mann in den Fünfzigern. Auf den ersten Blick sah er gefährlich aus mit seinen tä-
towierten Armen, den langen dunklen Haaren, dem buschigen
Vollbart und dem St.-Pauli-Totenkopfshirt. Doch er grinste
uns freundlich an, wobei er einen fehlenden Schneidezahn
offenbarte. Außerdem wusste ich von Anni, dass sich unter
seiner harten Schale ein sehr weicher Kern verbarg. Anni und
Sebastian hatten Knut hier im Kiezhafen kennengelernt und
mir schon viel von ihm erzählt. Getroffen hatte ich ihn aber
bislang noch nie, daher freute ich mich umso mehr, dass ich
endlich die Gelegenheit dazu bekam. Er hielt ein Tablett mit
vier Bierflaschen und einem Pappteller voller Käsebrötchen
hoch. »Moin, zusammen. Ich hädde hier 'ne Lieferung abzugeben«, sagte er mit tiefer Stimme und in breitem Hamburger
Slang.

Sebastian stand auf, um Knut über den Tisch hinweg die
Hand zu reichen. »Moin, Knut. Wie sieht's aus?«

»Löppt. Und bei dir? Ich hab gehört, du und die Frau Lehrerin, ihr habt's endlich auf die Kedde gekricht? Ich hab's ihr

ja gleich gesacht!« Er betrachtete Anni wohlwollend aus seinen dunklen Knopfaugen. »Hab ich's dir nich gleich gesacht?«

»Ähm, na ja«, meinte Anni zögernd. »Streng genommen nicht gleich, sondern … ach, egal.« Sie winkte ab. »Willst du dich vielleicht zu uns setzen? Das sind übrigens unsere Freunde Kai und Nele.«

Knut gab erst Kai und dann mir die Hand. Es fühlte sich an, als wäre sie in einen Schraubstock geraten, doch zum Glück war der Händedruck kräftig aber kurz. Knut musterte mich interessiert und nickte mir grinsend zu. »Moinsen. Freut mich.«

»Mich auch.«

»Tja nu, denn setz ich mich doch einfach mal zu euch, näch? Irina is eh grad im Vollstress.« Er nahm auf dem Stuhl neben Anni Platz und deutete auf das Tablett. »Denn haut mal rein. Ich muss ja noch fahren, daher halt ich mich lieber an Kaffee. Is schon mein zweider Pott«, sagte er und hielt seine Kaffeetasse hoch. »Irina macht wirklich sehr leggeren Kaffee. Kann ich nur empfehlen. Irina is nämlich meine Freundin, müsster wissen«, sagte er in Kais und meine Richtung.

Ich warf einen Blick zur Wirtin des Kiezhafens, die das genaue Gegenteil von Knut war: klein und zierlich, aber knallhart. Sie führte ein strenges Regiment in ihrem Laden. Niemals hätte es jemand gewagt, sich an ihrem Tresen vorzudrängeln, sich unhöflich zu benehmen oder gar herumzupöbeln. Irina trug immer ein pinkes T-Shirt mit der Aufschrift *Kiezkönigin* – und das traf es schon ganz gut.

Anni verteilte die Mexikaner an Sebastian, Kai und mich. »Bitteschön. Auf den Kurzen muss ich leider verzichten, ich habe ja diese Tomatenallergie entwickelt«, behauptete sie, obwohl sie vor etwa vier Stunden noch mit Genuss einen Tomatensalat verputzt hatte. Die Allergie musste also ganz neu sein.

Sebastian sah sie mit erhobener Augenbraue an, sagte jedoch nichts, sondern griff nur nach seinem Glas. »Also dann. Auf Knut und vor allem auf Irina.«

Wir stießen an, und ich kippte den Schnaps runter. Augenblicklich brach bei mir die Hölle in Mund und Kehle los. Ich hatte schon in vielen Kneipen Mexikaner getrunken, aber dieser war der schärfste, mit dem meine armen Eingeweide jemals in Berührung gekommen waren. Tränen traten mir in die Augen, und ich musste heftig husten. Schnell griff ich zu einer der Astraflaschen, um den Brand mit ein paar Schlucken Bier zu löschen.

Sebastian schien ebenfalls um Fassung zu ringen, doch Kai nickte anerkennend. »Nicht schlecht. Endlich mal jemand, der mutig mit dem Tabasco ist.«

Knut strahlte und klopfte Kai freundschaftlich auf die Schulter. »Ich merke, du bist ein Mann von Welt. Du weißt, was schmeckt.«

Kai nickte geschmeichelt. »Ich könnte mir Mexikaner auch sehr gut auf Nudeln vorstellen.«

Innerlich schüttelte ich mich, doch Knut sah durchaus nicht abgeneigt aus. »Da sachste was. Müsste man mal ausprobieren.« Dann wandte er sich an Anni. »Und, wie löppt's? Hast Ferien, wa?«

Anni nickte. »Ja, aber ich bereite mich gerade auf das neue Schuljahr vor und überlege, welche AGs ich anbieten soll.«

»Haste nich diese … was war es noch? Was mit Theater?«

»Die Musical-AG, ja. Die mache ich auf jeden Fall weiter. Aber ich möchte auch ein Umweltprojekt machen. Außerdem würde ich gerne einen Unterstufenchor gründen und Gesangs- oder Klavierunterricht anbieten. Oder beides.«

Knut pfiff durch die Zähne. »Bei dir gibt's nur hopp oder top, wa? Meinste nich, dass das 'n büschn viel is?«

Anni winkte ab. »Ach, das schaffe ich schon. Alles eine Frage der Organisation.«

»Na denn is ja gut.« Knut sah zu Kai und dann zu mir. »Und bei euch beiden? Alles im Lack?«

Kai nickte energisch. »Klar. Alles bestens.«

Knut wirkte nicht überzeugt, doch er erwiderte: »Das is doch schön.« Dann wandte er sich an mich. »Und bei dir?« Ich hatte das Gefühl, dass er bis auf den Grund meiner Seele blicken konnte.

Anni griff nach einer der Bierflaschen und trank einen Schluck. »Nele wollte uns gerade von einer Krise erzählen, die sie wegen ihres Chefs hat«, erklärte sie Knut.

»Na ja, es ist leider so, dass ich immer mehr merke, dass ich ihn mag«, sagte ich.

»Na und?«, fragte Knut. »Macht doch nix. Is ja nich jeder Chef 'n Idiot.«

»Ich mag ihn nur leider nicht so, wie man seinen Chef mag, sondern so, wie man einen Mann mag. Und das geht nicht, da werdet ihr mir doch wohl zustimmen. Mal angenommen, er empfindet das Gleiche für mich – was ich wohlgemerkt gar nicht weiß – und wir würden ein Paar werden. Dann würde ich mir damit doch jede Chance verbauen, in der Agentur Karriere zu machen. Egal, wie sehr ich es verdient habe, alle werden denken, ich wäre die kleine Mieze vom Chef, die sich hochgeschlafen hat. Darauf habe ich überhaupt keinen Bock.«

»Wie wäre es mit einem Jobwechsel?«, fragte Sebastian.

»Nein, ich will den Job nicht wechseln. Ich habe schon einen Jobwechsel hinter mir, weil ich mich mit einem Kollegen eingelassen habe und es schiefgelaufen ist. Noch mal will ich das auf keinen Fall tun.«

Sebastian, Kai und Anni schienen über meine Worte nachzudenken, und auch Knut rieb sich das Kinn. »Nich, dass ich mich einmischen will oder so. Ich sach immer ›Leude‹, sach ich immer, ›seht ihr man zu, wie ihr klarkommt.‹ Eure Angelegenheiten gehen mich ja auch gor nix an, näch?«

Ich hob die Schultern. »Also, ich wäre durchaus offen für Ratschläge, falls du welche hast. Anni hat mir schon erzählt, wie sehr du ihr weitergeholfen hast.«

Knuts Wangen färbten sich rötlich, und er strahlte stolz, was irgendwie so gar nicht zu seinem taffen Äußeren passen wollte. Er klopfte Anni auf die Schulter. »Ehrlich, das haste gesacht? Das is aber nett von dir, Lüdde.«

»Ist nur die Wahrheit«, erwiderte Anni.

Knut wandte sich wieder an mich. »Gut, also denn mal Budder bei die Fische: Scheiß auf das Gerede der Leude, und zieh dein Ding durch.«

»Absolut«, stimmte Sebastian ihm zu.

»Weißte, ich kenn da 'n Paar, da war er erst ihr Chef, und nu is sie seine Chefin – is 'ne komplizierde Geschichte, die Firma gehört ihrem Vadder. Was machen die noch mal … irgendwas mit Schiffen. Ich hätt sie ja fragen können, die beiden waren bis vor 'ner halben Stunde noch hier. Nu sind sie wech, mussten noch …« Er unterbrach sich mitten im Satz und winkte ab. »Aber is ja auch egal, was ich eigentlich sagen will: Die zwei haben sich nie 'nen Kopp drum gemacht, ob irgendjemand denken könnde, einer von beiden hädde sich hochgeschlafen.« Er wiegte bedächtig den Kopf. »Gut, die ham sich wegen tausend anderer Dinge 'nen Kopp gemacht, vor allem sie. Aber jedenfalls, jetzt sind sie sehr glücklich miteinander.«

Es dauerte eine Weile, bis ich aus diesem Wirrwarr von Informationen etwas Brauchbares für mich herausgefiltert hatte. »Okay, ich sehe ein, dass es Beziehungen zwischen Chefs und Angestellten geben kann, die funktionieren. Aber das heißt doch nicht, dass es bei allen funktioniert. Ich habe bislang ausschließlich miese Erfahrungen mit Männern gemacht. Mein letzter Beziehungsfehlgriff ist erst drei Monate her, und ich bin noch mitten in der Bewältigungsphase. Was für mich jetzt an erster Stelle steht, ist mein Job. Deswegen ist mein Chef tabu. Also muss ich irgendwie zusehen, dass ich das mit dem Mögen wieder abstelle.«

Knut schlürfte übertrieben laut einen Schluck Kaffee. »Das geht leider nich, Lüdde.«

»Muss es aber. Ich kann mir nicht schon wieder das Herz brechen lassen. Es ist ja noch nicht mal wieder heil.«

»Vielleicht wird es aber auch gar nicht gebrochen«, meinte Kai.

»Hallo? Ich bin es. Natürlich wird es gebrochen. Und das ist dann vielleicht das eine Mal zu viel. Dann ist es für immer kaputt, versteht ihr?«

Sebastian schüttelte den Kopf. »Nee. Ich verstehe nämlich kein Weinerlich.«

»Sebastian!«, rief Anni empört.

»Er hat ja recht. Ich bin ein Jammerlappen.«

Knut griff nach einem der Käsebrötchen und biss herzhaft hinein. »Weißte, was ich denke?«, nuschelte er mit vollem Mund. Er schluckte runter und fuhr fort: »Ich denke, du häddest dich gar nich verliebt, wenn dein Herz noch nich wieder bereit dafür wär. Außerdem hält so 'n Herz ganz schön viel aus. Das ist zäh.«

»Moooment«, sagte ich. »Ich bin nicht verliebt in Claas. Ich mag ihn, und bin in höchster Gefahr, mich zu verlieben. Aber es ist noch nicht zu spät.«

Die anderen sahen mich mit Blicken an, die zwischen Belustigung und Mitleid schwankten.

»Ach Nele, wir verlieben uns nun mal«, sagte Anni schließlich. »Ob wir wollen oder nicht.«

»Sach ich doch. Außerdem: Das Leben is nu mal keine Hüpfburg. Du hast nich immer 'ne schöne digge Madde drunter, wenn du aufn Mors fällst. Im echten Leben tut das halt richtich weh. Aber trotzdem kannste doch nich aufhören zu hüpfen. Das wär doch bescheuert.«

Nachdenklich knibbelte ich am Etikett meiner Bierflasche herum. »Ich persönlich fände so eine dicke Matte unterm Hintern aber gar nicht so schlecht. Also, hat nun irgendjemand hier einen Tipp für mich, wie ich die Gefühle für Claas abstellen kann?«

Alle schüttelten einhellig die Köpfe.

Knut hatte sein Käsebrötchen inzwischen aufgegessen und spülte mit seinem Rest Kaffee nach. »Gefühle abstellen funktioniert nich. Das schreib dir mal schön hinter die Löffel. Und selbst wenn es immer wieder wehtut – von der Liebe darfste dich nich feddichmachen lassen.«

In diesem Moment trat Irina an unseren Tisch. Sie beugte sich zu Knut runter und gab ihm einen Kuss auf die Wange. Der errötete und lächelte sie schwärmerisch an. So viele glückliche Paare um mich herum. Und ich versuchte verzweifelt, mich *nicht* zu verlieben.

»So Leude, ich muss mal wieder ins Taxi« verkündete Knut. Dann wandte er sich an mich. »Mach dir bloß nich so 'nen Kopp, Lüdde. Lass das mal alles ganz sutsche piano auf dich zukommen.« Er stand auf und klopfte mit den Knöcheln auf den Tisch. »Also, seht zu, Leude. Und denkt dran: Nich feddichmachen lassen.«

»Ich werd's versuchen«, sagte ich.

Irina sammelte die leeren Gläser und das Tablett ein. »Wenn ihr noch einen Mexikaner wollt, meldet ihr euch, ja?« Knut und Irina winkten uns noch mal zu und gingen zurück an den Tresen.

»Man muss Knut einfach liebhaben, oder?«, fragte Anni verzückt.

»Ja, er ist ziemlich cool«, meinte ich.

»Wie sieht's aus, Leute?«, fragte Kai. »Trinken wir hier noch eine Runde oder wollen wir weiterziehen?«

»Wir könnten ins Hong-Kong Hotel gehen«, schlug ich vor. »Ich hab Lust zu kickern.«

Die anderen waren einverstanden, und so machten wir uns auf zum Hamburger Berg. Anni und Sebastian hingen schon bald ein ganzes Stück zurück, weil sie sich immer wieder küssen mussten. Kai und ich schlenderten untergehakt über die Reeperbahn. Er war sehr still und in sich gekehrt.

»Du bist in letzter Zeit immer so ruhig«, sagte ich. »Also noch ruhiger als sonst. Ist da immer noch so viel los in deinem Kopf und deinem Herzen?«

Er nickte. »Ja, schon.«

»Vielleicht brauchst du ja auch eine Krisensitzung. Du kannst mir ruhig erzählen, was los ist. Vielleicht hilft es, darüber zu sprechen.«

Für eine Weile sah er mich schweigend an, doch dann sagte er: »Ich muss mir erst mal selbst klar werden, was genau es ist, bevor ich darüber spreche. Okay?«

»Na gut. Das kann ich schon verstehen. Aber wenn du doch reden willst – ich bin für dich da.«

Es war brechend voll in der Bar des Hong-Kong Hotels, und der Kickertisch war leider belegt. Aber dafür fanden wir noch ein freies Eckchen zum Knobeln. Zu meinem Ärger verlor ich fast alle Runden, und mein Portemonnaie wurde ordentlich geschröpft. Während ich am Tresen die vierte Runde besorgte, fragte ich mich, wer diesen unfassbar dämlichen Spruch ›Pech im Spiel, Glück in der Liebe‹ verbrochen hatte. Bei mir war es jedenfalls nie so abgelaufen. Aber wie hatte

Knut doch gleich gesagt: Das Leben war schließlich keine Hüpfburg. Also nützte alles Jammern nichts.

Am Montag war Claas wieder im Büro, und obwohl ich mich sehr angestrengt hatte, mich nicht auf ihn und Sally zu freuen, tat ich es natürlich doch. Aber ich hatte es gut im Griff und freute mich auf eine sehr unverliebte Art. Schon bald nach seiner Rückkehr musste ich allerdings feststellen, dass der nette, wunderbare und entspannte Claas auch eine ganz andere Seite hatte. Am Montag und Dienstag war noch alles normal. Jeder in der Agentur hatte viel zu tun, Claas war permanent in Meetings oder am Telefon, und ich bekam ihn kaum zu sehen. Am Mittwoch hatten Julius und Britt dann zusammen mit Claas eine Besprechung für die Ballerspiel-Kampagne. Zwei Stunden später kamen die beiden zurück in unser Büro. Sie hatten hochrote Köpfe und sahen alles andere als fröhlich aus.

»Was ist denn mit euch los?«, fragte ich erstaunt.

Julius reagierte nicht, und Britt schüttelte nur den Kopf.

Kurz darauf betrat Claas unser Zimmer. Er hatte die Stirn in Falten gelegt, und seine Lippen waren zu einer missmutigen Linie zusammengepresst. »Nele, du denkst dran, dass morgen der Termin mit RHK in der Dichtungsfabrik ist?«

Was war das denn für eine Frage? »Natürlich denke ich daran.« Schließlich hatte ich diesen Termin organisiert. Wobei … Das konnte Claas ja gar nicht wissen, denn eigentlich war das Julius' Aufgabe gewesen.

»Gut. Wir fahren um zehn Uhr los. Und Julius: Ich habe gerade mit Herrn Bach von Action Games telefoniert. Ich brauche die Entwürfe für die Online-Banner bis Dienstag.« Ohne ein Lächeln oder einen Gruß verließ er den Raum.

»Was ist mit dem denn los?«, fragte ich völlig geplättet.

Julius schob mit Schwung seine Schreibtischschublade zu.

»Ich hab dir doch gesagt, dass er gerne mal den Chef raushängen lässt.«

Etwa eine Viertelstunde, nachdem Claas unser Büro verlassen hatte, kam Sally zu mir getrottet, sah mich mit Leidensmiene an und bettelte um ein paar Streicheleinheiten. Wahrscheinlich brauchte sie etwas menschliche Wärme, bei der schlechten Laune, die ihr Herrchen heute hatte. Nachdem ich ihr ausgiebig die Ohren gekrault und ihr versichert hatte, wie süß und lieb sie war, legte sie sich unter meinen Schreibtisch und schmollte vor sich hin.

Für den Rest des Tages waren Britt und Julius kurz angebunden und wechselten keine fünf Wörter mehr miteinander. Und auch Claas lief mit einer missmutigen Miene durch die Agentur, die ich noch nie an ihm gesehen hatte. Als ich mir meinen Nachmittagskaffee holen wollte und ihn in der Küche entdeckte, machte ich reflexartig kehrt. Allerdings kam ich nur etwa einen Schritt weit, da hörte ich ihn sagen: »Flüchtest du vor mir?«

Ich drehte mich um und bemühte mich um eine möglichst unschuldige Miene. »Ich? Nein, Quatsch.«

Claas lehnte sich mit verschränkten Armen an die Arbeitsfläche und musterte mich aus zusammengekniffenen Augen. »Das war doch aber gerade ein Fluchtversuch, oder nicht?«

»Nein, ich … Ach, was soll's.« Ich stellte meine Tasse unter die Kaffeemaschine. »Du hast recht, ich wollte flüchten.«

»Und warum? Wir haben uns kaum gesehen, seit ich wieder da bin.«

»Weil du extrem mies gelaunt bist.«

»Das hat aber nichts mit dir zu tun.« Er kam auf mich zu und stellte sich dicht vor mich. Dann drückte er auf den An-Schalter der Kaffeemaschine hinter mir. »Siehst du, ich mach dir sogar Kaffee.«

Claas war mir auf einmal viel zu nah. So nah, dass ich den Kopf in den Nacken legen musste, um ihn anzusehen. Seine Miene wirkte gar nicht mehr so missmutig, und der harte Ausdruck war aus seinen Augen verschwunden. Ob er wohl wieder dieses süchtig machende Aftershave trug? Doch bevor ich noch auf die Idee kommen konnte, an ihm zu schnuppern, riss ich meinen Blick von ihm los, nahm meine inzwischen volle Tasse und ging zum Kühlschrank, um die Milch herauszuholen. »Danke für den Kaffee.«

»Gern geschehen.«

Ich gab einen Schuss Milch in meinen Kaffee und stellte sie zurück in den Kühlschrank. »Na dann. Bis später.«

Er runzelte die Stirn. »Ja. Bis später.«

Obwohl ich eigentlich gar nicht gehen wollte und ihn gern gefragt hätte, warum er so schlecht drauf war, kehrte ich zurück an meinen Platz. Es war besser so.

Am nächsten Morgen war Claas wieder einigermaßen normal. Er wirkte zwar noch angespannt, aber immerhin erweckte er nicht mehr den Anschein, als wollte er jeden, der ihm auf dem Flur begegnete, am liebsten anschnauzen. Um Punkt zehn Uhr machten Claas und ich uns mit Agnetha auf den Weg nach Rothenburgsort, wo die Hanse Seal GmbH & Co. KG, Hersteller von Dichtungen für den Sanitär- und Elektrobereich, ansässig war. Auf der Fahrt gingen wir den Ablauf noch mal durch und telefonierten nebenbei mit Linda und Julius. Sie warteten auf Bilder, um sie möglichst zeitnah in den sozialen Netzwerken verbreiten zu können. Schließlich sollte ja jeder mitbekommen, dass Rüdiger Hofmann-Klasing, der Bürgermeisterkandidat, in seiner Jugend in einer Fabrik geknechtet hatte und noch immer den Kontakt zu seinem früheren Arbeitgeber und den Kollegen pflegte. Dieser Besuch war zwar von vorne bis hinten eine Inszenierung, aber so lief das Spiel nun mal. Wir fuhren auf den Hof der Hanse Seal und parkten den Wagen. RHK und sein Gefolge waren noch nicht da, also blieb uns etwas Zeit, alles noch mal mit dem Geschäftsführer, Herrn Dierksen, durchzugehen. Wir betraten das Bürogebäude und wurden von einer adretten Empfangsdame begrüßt, die uns bei Herrn Dierksen anmeldete. Nicht mal eine Minute später kam er schon zu uns. Er war ein kleiner, rundlicher Mann in den Fünfzigern, der einen Dreiteiler mit Krawatte und Einstecktuch sowie auf Hochglanz polierte Lackschuhe trug. Seine Stirn glänzte feucht, und als er mir die Hand gab, stellte ich fest, dass er auch dort zu schwitzen schien. »Wir sind schon sehr gespannt auf den Besuch«, meinte er. »Ich kann ich mich nur leider nicht an Herrn Hofmann-Klasing erinnern.«

»Das macht gar nichts«, sagte ich zum gefühlt tausendsten Mal, denn diese Sorge hatte Herr Dierksen während unserer Telefonate bereits mehrfach geäußert. »Es geht bei dem Besuch ja nicht darum, in Erinnerungen zu schwelgen.«

»Könnten wir noch einen schnellen Blick in die Halle werfen, bevor es losgeht?«, fragte Claas.

Herr Dierksen nickte und ging voraus zu einer langgestreckten Fabrikhalle. Etwa fünfzehn Mitarbeiter liefen dort geschäftig zwischen den Maschinen herum – alle in blauer Arbeitskleidung und mit Schutzhelmen. Genau wie wir es am Telefon besprochen hatten.

»Sind die Schutzhelme unbedingt nötig?«, fragte Claas.

Herr Dierksen stutzte. »Eigentlich nicht. Aber Frau Wilkens hat am Telefon doch gesagt, dass sie heute getragen werden sollen.«

»Frau Wilkens?«

Oh, verdammt. War es denn unbedingt nötig, mich zu erwähnen?

Doch Herr Dierksen setzte noch einen oben drauf. »Ja, sie hat uns für den Termin doch extra eine Ladung Helme geschickt.«

Claas musterte mich stirnrunzelnd. »Ach ja?«

»Ich finde die Helme super«, sagte ich, wohl wissend, dass es ihm eigentlich nicht um die Helme ging. Sondern darum, dass er mir zu verstehen gegeben hatte, dass ich mich um meine eigenen Aufgaben kümmern sollte, statt um die von Julius.

Doch er sagte nichts weiter dazu, sondern wandte sich an Herrn Dierksen. »Okay, dann sind wir hier fertig.«

»Also bleiben die Helme auf?«, fragte er unsicher. »Ich könnte den Leuten sonst sagen ...«

»Nein, nein«, meinte Claas. »Alles in Ordnung.«

Wir verließen die Halle, und während Herr Dierksen ins Bürogebäude ging, blieben Claas und ich auf dem Hof, um auf unseren Schützling zu warten.

Ich räusperte mich. »RHK wird sich großartig mit Helm machen. Das ist es, was die Leute immer wieder gern sehen: einen Politiker, der anpackt.«

»Ich verstehe die Idee dahinter durchaus. Aber das hier ist doch Julius' Event. Oder nicht?«

Ich starrte überflüssigerweise auf mein Handy, das ich in der Hand hielt. »Ja, natürlich. Ich habe nur ein paar Telefonate für ihn übernommen.«

»Ah ja«, meinte er in unheilvollem Ton. Zum Glück trudelte in diesem Moment das Kamerateam des NDR ein. »Ist jetzt auch egal, wir können später weiterreden.«

Lieber nicht. Denn selbst wenn Julius nicht mein bester Freund war – in die Pfanne hauen wollte ich ihn auf keinen Fall.

Nach und nach kamen die restlichen Pressevertreter und

der von mir engagierte Fotograf an. Dann rollte eine schwarze Limousine auf den Hof, und RHK stieg aus. Er wirkte viel zu ernst und gar nicht so, als würde er sich darüber freuen, seine ehemalige Wirkungsstätte zu besuchen. Ich machte ein paar Bilder mit meiner Handykamera und schickte sie Linda per WhatsApp.

Damit kann ich nichts anfangen, schrieb sie gleich darauf zurück.

Nachdem das Begrüßungsprozedere abgeschlossen war, wurde RHK von Herrn Dierksen in die Fabrikhalle geführt. Hier bekam er einen Helm überreicht und setzte ihn auf. Das sah klasse aus. Claas und ich tauschten einen Blick, und er lächelte mir zu. Ich machte schnell ein paar Fotos und schickte sie Linda. Die antwortete mir kurz darauf: *Besser. Aber ausbaufähig.*

Unter den neugierigen Blicken der Mitarbeiter wurden RHK die einzelnen Maschinen gezeigt, wobei Herr Dierksen alles ganz genau erklärte. Er war definitiv ein Dichtungsmensch aus Leidenschaft. »Hier werden Dichtungen aus Vulkanfiber hergestellt. Die Hanse Seal GmbH & Co. KG stellt ja seit mehr als vierzig Jahren sehr erfolgreich Dichtungen aus Vulkanfiber her. Haben Sie das im Kasten?«, fragte er den Kameramann, der den Daumen in die Höhe hob.

Herr Dierksen nickte zufrieden und klärte dann RHK ausführlich darüber auf, woraus Vulkanfiber bestand, wie genau die Maschine funktionierte und in welchen Verpackungseinheiten die Dichtungen ausgeliefert wurden.

RHK nickte verständig und sagte immer wieder »Mhm, interessant«. Ich war mir nicht sicher, ob er wirklich wusste, wovon Herr Dierksen sprach. Doch falls er keine Ahnung hatte, ließ er sich das zumindest nicht anmerken.

Dann führte Herr Dierksen ihn eine Maschine weiter.

»Wie Sie sehen, geht unser Herr Stukenbrock hier mit besonderer Sorgfalt vor. Die Mitarbeiter der Hanse Seal GmbH & Co. KG werden sehr gut geschult und sind gewissenhaft und mit Herz bei der Sache. Nicht wahr, Herr Stukenbrock?«

»Jo, Chef«, sagte der und pfefferte sorglos ein paar Dichtungen in einen Karton.

»Haben Sie das alles drauf?«, wollte Herr Dierksen vom Kameramann wissen, der es wiederum bestätigte.

»Ich sehe schon ... vortreffliche Arbeit«, sagte RHK und klopfte dem Arbeiter auf die Schulter. »Immer weiter so.«

Den Schulterklopfer hatte ich mit meiner Kamera festhalten können. Die Bilder schickte ich umgehend an Linda.

Derweil wurde RHK an die nächste Maschine geführt, wo Herr Dierksen referierte: »Wir verstehen unsere Kunden und unsere Zulieferer auch als Freunde und Partner und sind jederzeit bemüht um ein gutes Miteinander – immer im Sinne der Dichtung. Nein, Moment, den letzten Satz würde ich gern noch mal machen.« Er wischte sich den Schweiß von der Stirn und nahm einen neuen Anlauf: »Wir verstehen unsere Kunden und unsere Zulieferer auch als Freunde und Partner und sind jederzeit bemüht um ein gutes Miteinander – denn wir haben die Dichtung im Herzen.«

Eins stand fest: Herr Dierksen nutzte seine Chance zu hundert Prozent. Leider stellte er mit seinem enthusiastischen Auftritt RHK komplett in den Schatten. »Eventuell erinnern Sie sich noch an unseren Emre Demirci.« Herr Dierksen zog einen etwa fünfzigjährigen Mann hinter der nächsten Maschine hervor. »Er hat damals ja schon hier gearbeitet.«

RHK musterte den Mann eingehend. »Ja, natürlich«, behauptete er und klopfte ihm auf die Schulter. »Wie geht's denn so?«

»Alles gut«, antwortete der Mann.

Sein Chef nickte wohlwollend. »Wir bei der Hanse Seal GmbH & Co. KG nehmen unsere Rolle als Arbeitgeber sehr ernst. Wir …«

»Vielen Dank, Herr Dierksen«, sagte Claas freundlich. »Herr Hofmann-Klasing, wie wäre es denn, wenn Sie mal Ihrer alten Tätigkeit nachgehen und ein paar Dichtungen herstellen?«

RHK fühlte sich sichtlich unwohl, aber er sagte zögerlich: »Gut, also dann …«

»Dazu sollten Sie aber Ihr Sakko ausziehen«, schaltete ich mich ein. »Nicht, dass es in die Maschine gerät. Krempeln Sie am besten auch die Hemdsärmel hoch.«

RHK warf mir einen Blick zu, der deutlich machte, was er von mir im Allgemeinen und meiner Idee im Besonderen hielt: nämlich gar nichts. Aber er zog artig sein Sakko aus und krempelte seine Hemdsärmel hoch. Dann stellte er sich zu Herrn Demircan an die Maschine, der ihm erklärte, was er zu tun hatte.

Aus dem Augenwinkel nahm ich wahr, dass Herr Dierksen sich dazugesellen wollte, doch Claas hielt ihn zurück. Ich knipste das Ganze wie verrückt, denn das waren doch endlich mal Bilder, mit denen ich etwas anfangen konnte. Rüdiger Hofmann-Klasing, der mit hochgekrempelten Ärmeln und einem gelben Schutzhelm auf dem Kopf an der Maschine arbeitete. Großartig.

Während RHK Dichtungen vor sich hin produzierte, schien er tatsächlich minimal aufzutauen. Es dauerte etwa fünfzehn Minuten, bis die Fotografen endlich zufrieden waren, und dann ging unser Tross auch schon in die Kantine. Gemeinsam mit den Arbeitern holte RHK sich Essen von der Ausgabe und setzte sich mit ihnen an einen Tisch, um Mittag zu machen. Es war ein tolles Bild. Allerdings lief das Gespräch relativ zäh, und RHK war anzusehen, dass Smalltalk nicht sein Ding war. Doch irgendwann ging es um politische Themen, und dabei fühlte unser Schützling sich sicher. Die Arbeiter klagten ihm ihr Leid über den Mindestlohn, der in einer Stadt wie Hamburg vorn und hinten nicht reichte. RHK zeigte Verständnis und nutzte die Gelegenheit darzulegen, was er alles für die Arbeiter und Geringverdiener tun wollte. »Ich weiß, wie es euch geht, denn ich kann mich sehr gut an meine Zeit in der Fabrik erinnern«, schloss er.

Am liebsten hätte *ich* jetzt den Kameramann gefragt, ob er das auch drauf hatte. Ich fühlte fast so etwas wie Stolz in mir.

»Immer, wenn du meinst, es geht nicht mehr«, flüsterte Claas mir zu.

Nach dem Essen wurden ein paar Gruppenbilder vor der Fabrik gemacht, dann führten die Journalisten noch ihre Interviews und schließlich entschwand RHK auch schon wieder zum nächsten Termin. Claas und ich verabschiedeten uns von Herrn Dierksen. »Vielen Dank, dass wir hier einfallen durften. Das ist super gelaufen«, sagte ich.

»Ach, Sie haben uns so genau instruiert, Frau Wilkens. Da konnte ja nichts schiefgehen.«

Claas warf mir einen schnellen Seitenblick zu, dann wandte er sich an Herrn Dierksen. »Von mir auch vielen Dank. Sollte ich jemals Dichtungen benötigen, werde ich mich definitiv an Sie wenden.«

Herr Dierksen lachte. »Das freut mich.«

Auf dem Rückweg schwiegen Claas und ich eine ganze Weile vor uns hin. Er konzentrierte sich auf den Verkehr, schien aber ansonsten tief in Gedanken versunken zu sein. Seiner Miene nach konnten es keine besonders erfreulichen Gedanken zu sein.

»Das ist doch ganz gut gelaufen, oder?«, meinte ich schließlich, als ich die tonnenschwere Stille nicht mehr aushielt. »Anfangs war es zwar zäh, aber am Ende hat RHK die Kurve ja noch gekriegt.«

Claas nickte. »Ja, aber er muss dringend noch mal gecoacht werden. Es kann doch nicht sein, dass jemand Bürgermeister werden will, der keinen Smalltalk halten kann.« Wir hielten an einer roten Ampel, und nun sah Claas mich durchdringend an. »Dann kommen wir doch mal zurück auf das Thema von vorhin: Was genau an dem heutigen Termin ist eigentlich auf Julius' Mist gewachsen?«

Ich wich seinem Blick aus und kurbelte das Fenster runter.

»Nele?«, hakte er nach.

»Keine Ahnung. Wir haben es halt irgendwie zusammen gemacht.«

Claas trommelte mit den Fingern auf dem Lenkrad herum. »Definiere ›zusammen‹.«

»Manches hat Julius gemacht, manches ich.«

Hinter uns ertönte ein ärgerliches Hupen, also fuhr Claas schnell weiter. »Das war *seine* Aufgabe. Du solltest dich um das Shooting kümmern, er um den Dichtungs-Termin. Richtig?«

»Richtig, und ich habe mich ja auch um das Shooting gekümmert.«

»Das hast du, absolut. Der Dichtungs-Termin war aber nun mal nicht deine verdammte Aufgabe, sondern die von Julius, und ich frage mich, was zur Hölle an ›Julius kümmert sich um den Dichtungs-Termin‹ so schwer zu verstehen ist!«

Auf einmal war er wieder ganz der übel gelaunte Claas von gestern. Allerdings war ich mir keiner Schuld bewusst. »Okay, es war nicht meine Aufgabe. Aber die Arbeit wurde erledigt, wer von uns nun was gemacht hat, spielt doch keine Rolle.«

»Für mich spielt es aber aus verschiedenen Gründen sehr wohl eine Rolle!«, blaffte er mich an. »Ich will nicht, dass du die Arbeit von Julius erledigst. Alles klar?«

Das also meinte Julius mit seiner Behauptung, Claas könne gelegentlich ganz schön den Chef raushängen lassen. Natürlich war das sein gutes Recht, allerdings musste ich feststellen, dass ich nicht besonders gut damit klarkam, wenn er das tat. Schon gar nicht, wenn ich überhaupt nichts falsch gemacht hatte. Zum einen mochte ich ihn so nicht besonders, und zum anderen hatte ich gedacht, wir wären … na ja, so etwas wie Freunde. Und nun kam er mir so.

»Nele!«, rief Claas. »Ob das klar ist?«

»Ja, Herrgott noch mal!«

»Okay«, sagte er und atmete tief aus.

Zum Glück waren wir bald darauf bei der Agentur angekommen. Ich schnallte mich so energisch ab, dass der Gurt gegen die Tür knallte, und hatte schon den Griff in der Hand, als Claas mich am Arm zurückhielt. »Warte mal.«

»Was?«, fragte ich gereizt.

»Es war zwar nicht deine Aufgabe, aber du hast diese Sache wirklich gut gemacht.« Sein Tonfall war wieder um einiges ruhiger geworden.

Nun wusste ich gar nicht mehr, woran ich war. »Danke.« Am besten, ich sah zu, dass ich aus seiner unmittelbaren Nähe wegkam. Also stieg ich aus und schlug die Tür hinter mir zu. Oben angekommen ging ich direkt an meinen Platz.

»Hey, Nele«, wurde ich von Linda begrüßt. »Die Fotos wurden ja immer besser. Zum Ende hin sah das richtig gut aus, das haben wir gleich überall verbreitet. Willst du es dir mal anschauen?«

»Sofort.« Ich wandte mich an Julius. »Claas hat herausbekommen, dass ich diesen Termin organisiert habe und nicht du. Nur, dass du vorgewarnt bist.«

»Verdammt«, stieß Julius hervor. »Hast du gepetzt, oder was?«

»Nein, natürlich nicht. Herr Dierksen hat sich in Claas' Gegenwart auf unsere gemeinsamen Telefonate bezogen.«

Julius stand hastig auf. »Okay, dann rede ich wohl mal besser mit ihm«, sagte er und marschierte davon.

Als er weg war, fragte Linda: »Claas war *not amused*, was?«

»Nein. War er nicht.«

Zehn Minuten später kam Julius wieder herein und sah mindestens ebenso sauer aus wie Claas vorhin. Er setzte sich wortlos an den Schreibtisch, knallte eine Schublade zu und hämmerte dann aggressiv auf seiner Tastatur herum.

Offensichtlich waren wir heute alle bestens gelaunt.

In den kommenden Tagen benahm ich mich Claas gegenüber betont höflich, denn ich hatte keine Lust, als unprofessionelle Zicke dazustehen. Dabei fuchste mich sein Anranzer enorm, und wenn er mich ungerechtfertigt anfuhr, wollte ich gefälligst zurückmotzen, Chef-Angestellten-Verhältnis hin oder her. Etwas Positives hatte das Ganze aber doch, denn seit unserem Nachmittag an der Elbe hatten wir keine zwei privaten Wörter mehr miteinander gewechselt. Allmählich fragte ich mich, ob das überhaupt passiert war oder ob ich es nur geträumt hatte. Es schien, als hätten wir eine stillschweigende Vereinbarung getroffen, so zu tun, als hätten wir nie stundenlang miteinander geredet und uns die persönlichsten Dinge anvertraut. Ich hätte vor Frustration heulen können, weil ich es ja eigentlich genau so wollte, aber es gleichzeitig überhaupt nicht wollte. Und dieser Zustand nervte mich so sehr, dass daraus das dringende Bedürfnis entstand, mich mit Claas zu streiten. Was ich nicht durfte, weil er mein Chef war, weswegen ich nur noch frustrierter wurde. Claas selbst wirkte bei all dem die meiste Zeit über vollkommen ungerührt. Ab und zu sah er mich zwar nachdenklich an, und ich meinte, über sein Gesicht immer mal wieder einen ärgerlichen Schatten huschen zu sehen, wenn ich ihm gegenüber besonders höflich und professionell war. Aber im Großen und Ganzen konnte ich nicht erkennen, dass ihm diese Situation etwas ausmachte.

Am Montagabend saßen nur noch Julius und ich in unserem Büro, als Claas seinen Kopf zur Tür hereinsteckte. »Die von Rieger haben angerufen. Sie brauchen bis morgen den Artikel über RHKs Besuch bei Hanse Seal.«

Ich seufzte. »Alles klar. Ich weiß zwar nicht …«

»Nicht von dir, Nele«, fiel Claas mir ins Wort. »Von Julius. Es war sein Termin. Er schreibt den Artikel.«

»Aber ich bin doch gar nicht dabei gewesen«, protestierte er. »Außerdem muss ich bis morgen die Entwürfe für die Ballerspiel-Banner fertigmachen, falls du dich erinnerst.«

»Ja, ich erinnere mich sehr gut«, erwiderte Claas ungerührt. »Also, bis morgen.« Dann verließ er unser Büro.

»Ich fasse es nicht«, stieß Julius aus. »Der lässt das ernsthaft *mich* machen?« Er warf den Kuli auf den Tisch und vergrub seinen Kopf in den Händen. »Das war es dann wohl mit dem Treffen mit meiner Schwester. Sie ist noch so labil, ich weiß gar nicht, wie ich ihr das beibringen soll.«

»Was hat deine Schwester denn? Darf ich das fragen?«

»Sie hat Magersucht.«

»Oh. Das tut mir leid.«

»Tja. Es ist schwierig für die ganze Familie. Ich versuche für sie da zu sein, so gut es geht.«

Ich nickte langsam. »Das ist nicht immer einfach. Ich kenne das.«

Julius druckste für ein paar Sekunden herum, dann sagte er: »Ich wage es kaum, dich das zu fragen, aber … du könntest mir nicht zufällig diesen Artikel schreiben?«

Ich zögerte. »Wenn Claas herausfindet, dass ich das für dich mache, bekomme ich richtig Ärger. Und du auch.«

»Ja, sicher bekomme ich Ärger. Aber meine Schwester ist es mir wert. Für sie nehme ich alles in Kauf.«

Claas würde weitaus mehr als *not amused* sein, wenn ich Julius diese Aufgabe abnahm. Aber dann dachte ich an seine Schwester, die krank war und die ihren Bruder bestimmt brauchte. »Also gut«, hörte ich mich schließlich sagen. »Ich schreibe den Artikel. Aber dafür bist du mir einen riesengroßen Gefallen schuldig.«

Julius atmete erleichtert auf. »Tausend Dank, Nele. Du hast einen gut bei mir, ganz bestimmt.«

»Im Grunde habe ich schon zwei bei dir gut«, sagte ich, und wir machten uns wieder an die Arbeit. Julius war nicht der Einzige, der viel zu tun hatte. Das hatte ich auch, alle in der Agentur waren momentan überlastet. Um sieben Uhr war Julius fertig mit seinen Entwürfen. Er packte seine Sachen zusammen und stand auf. »Ich muss leider los. Ach Mann, ich hab echt ein schlechtes Gewissen, dich hier allein weiterschuften zu lassen. Ich werde mich auf jeden Fall bei dir revanchieren.«

Nachdem er gegangen war, versuchte ich, mich auf den Artikel zu konzentrieren. Es war heiß und stickig im Büro, ich hatte Kopfschmerzen und brauchte mehrere Anläufe. Um neun Uhr war ich endlich fertig und schickte Julius die Datei per Mail, damit er sie an Claas weiterleiten konnte. Ich hatte ein verdammt schlechtes Gefühl bei der Sache. Andererseits hätte ich Julius in seiner Situation niemals im Stich lassen können. Ich fuhr den Rechner runter und verließ endlich die Agentur.

Am nächsten Morgen saßen Linda und ich mit Claas in seinem Büro, wo wir über den Fototermin an der Ostsee sprachen, auf den Linda und Claas in der nächsten Woche mit RHK und seiner Familie fahren würden. Mit einer halbstündigen Verspätung platzte endlich auch Julius rein.

»Überaus nett, dass du doch noch vorbeischaust«, meinte Claas mit erhobenen Augenbrauen.

»Tut mir leid, ich hatte einen Notfall.« So sah er auch aus. Dunkle Schatten lagen unter seinen Augen, die sonst so perfekt gestylten Haare standen ihm wild vom Kopf ab, und sein Hemd sah aus, als hätte er heute Nacht darin geschlafen. Automatisch malte ich mir aus, was vorgefallen sein musste. Dass seine Schwester ins Krankenhaus gekommen war und Julius die Nacht dort verbracht hatte, zum Beispiel.

Claas schien es allerdings nicht zu interessieren, was passiert war. Stattdessen sagte er, noch immer in diesem sarkastischen Ton: »Bist du denn trotz deines *Notfalls* dazu gekommen, den Artikel zu schreiben?«

»Natürlich. Ich hab ihn dir gerade gemailt.«

Claas nahm den Laptop, der auf dem Tisch vor dem Sofa stand, und öffnete den Artikel. Schon bald nachdem er angefangen hatte zu lesen, zog ein Unwetter in seinem Gesicht herauf. Seine Stirn legte sich in tiefe Falten, und in seinen Augen blitzte es gefährlich auf.

Hilfe, hatte ich einen derartigen Schwachsinn geschrieben? Ja okay, es war spät gewesen, aber ich hatte mir echt Mühe gegeben.

Julius schien ebenfalls zu bemerken, dass Claas nicht gerade zufrieden wirkte, denn er sagte entschuldigend: »Ich hatte natürlich nicht besonders viel Zeit für den Artikel.«

»Es war ja gestern auch …«, setzte ich an, doch Claas' scharfer Blick brachte mich sofort zum Schweigen.

»Okay, es ist nicht mein bestes Werk«, sagte Julius schnell. »Sorry, ich war halt gestresst.«

»Gestresst?«, fragte Claas mit mühsam beherrschter Stimme. »Du hast diesen Artikel überhaupt nicht geschrieben.« Jetzt wandte er sich an mich. »*Du* warst das.«

Verdammt. Woher bitte wusste er das? Ich äußerte mich nicht dazu, wich seinem Blick aber auch nicht aus.

»Richtig?«, bohrte Claas nach.

Noch immer sagte ich nichts, denn ich fand, dass es Julius' Job war, diese Sache aufzuklären.

Claas war deutlich anzusehen, dass er sich kaum noch unter Kontrolle halten konnte. »Ich hab dich was gefragt!«, schnauzte er mich an.

»Und ich antworte nicht darauf, schon gar nicht, wenn du in diesem Tonfall mit mir redest!«

»Wenn ihr euch äußern würdet, müsste ich nicht in diesem Tonfall reden!«

Sally, die bislang neben Claas auf dem Sofa gelegen hatte, sah ihn entrüstet an und verzog sich dann in ihr Körbchen.

Julius hob beide Hände. »Ich gebe es ja zu. Nele hat den Artikel für mich geschrieben. Ich hab es einfach nicht geschafft. Es tut mir sehr leid.«

»Verflucht noch mal, das glaube ich einfach nicht!«, polterte Claas los. »Das war *deine* Aufgabe, und du weißt, dass es mir momentan scheißegal ist, wie viel du zu tun hast! Und Nele – welchen Teil von ›ich will nicht, dass du Julius' Arbeit erledigst‹ hast du nicht verstanden?«

In den letzten Tagen hatte ich die Wut, die in meinem Bauch schwelte, immer unter Kontrolle gehalten. Aber jetzt konnte ich das einfach nicht länger. »Keine Ahnung, Claas, wahrscheinlich den Teil, bei dem ich mir dachte, dass es dir völlig egal sein kann, wer eine bestimmte Aufgabe erledigt. Hauptsache, sie wird erledigt! Und vor allem habe ich den Teil nicht verstanden, bei dem du mir einen Befehl erteilt hast, als wäre ich eine gottverdammte Bundeswehrsoldatin! Wenn du willst, dass alle vor dir strammstehen, dann werd gefälligst Oberleutnant!«

Für einen Moment herrschte absolute Stille im Raum. Linda, Julius und Sally schienen die Luft anzuhalten, während Claas und ich uns mit wütenden Blicken maßen. »Oberleutnant?«, fragte Claas schließlich.

»Ja, oder ein Fünfzigerjahre-Patriarch, falls dir das besser gefällt!«

»Du hältst mich allen Ernstes für einen Typen, der den ganzen Tag Befehle durch die Gegend bellt?« Seine Stimme wurde immer lauter. »Denkst du, es gäbe keinen Grund dafür, dass ich dir diesen *Befehl* erteilt habe?«

»Und denkst *du*, es gäbe keinen Grund dafür, dass Julius es nicht geschafft hat, den Artikel zu schreiben oder den Dichtungs-Termin zu organisieren? Er hat hier in der Agentur am meisten von allen zu tun. Und zusätzlich muss er sich um seine Schwester kümmern, also sei mal nicht so herzlos.« Ich hörte Julius aufstöhnen, doch ich redete unbeirrt weiter. »Seine Schwester ist nämlich psychisch krank, und wenn du kein Verständnis dafür hast, dann …«

Claas fiel mir rüde ins Wort: »Nele, es wäre für alle Beteiligten besser, wenn du jetzt ganz schnell die Klappe hältst.«

Empört schnappte ich nach Luft. »Bitte?«

»Es wäre besser, wenn du jetzt die Klappe hältst«, wiederholte Claas lauter. »Und ganz nebenbei: Du bist noch in der Probezeit, hältst du es da nicht eher für angezeigt, die Befehle des garstigen Oberleutnants zu befolgen, anstatt ihn anzuschnauzen?«

Ich ballte die Hände zu Fäusten wie ein Boxer, der sich für den Kampf bereit machte. Doch bevor ich etwas erwidern konnte, stand Linda auf und sagte: »Okay, das war mein Stichwort. Ich gehe dann mal und überlasse euch das Feld.«

»Nele, du kannst auch gehen«, sagte Claas.

Fassungslos schüttelte ich den Kopf. »Was?«

Er sah mich fünf volle Sekunden lang an. Schließlich fragte er: »Soll ich das ernsthaft wiederholen? Stimmt etwas nicht mit deinen Ohren?«

»Nein, aber ich …«

»Ich würde gern allein mit Julius reden, wenn du gestattest!«

Widerwillig stand ich auf und warf Claas einen letzten bösen Blick zu. Dann drehte ich mich um und verließ ohne ein weiteres Wort den Raum. Wutschnaubend stapfte ich über den Flur zu unserem Büro und knallte die Tür hinter mir zu.

»Was ist denn los?«, fragte Britt verwundert.

»Nele hat Julius Arbeit abgenommen, und Claas hat's rausgekriegt«, erklärte Linda, während sie sich an ihren Platz setzte.

Britt schnalzte mit der Zunge. »Ach du Schande. Nimm's nicht zu schwer, Nele, Julius hat uns alle schon …«

»Oh nein«, fiel Linda ihr ins Wort. »Nele ist nicht auf Julius sauer. Sondern auf Claas.«

»Auf Claas?« Britt sah mich an, als wäre ich ein Alien.

»Mhm. Sie hat sich übelst mit ihm angelegt. Von der sonst immer so lieben Nele war gerade nichts mehr zu sehen. Und ob du es glaubst oder nicht: Sie hat die Bestie in Claas geweckt. So habe ich ihn noch nie erlebt. Schlecht gelaunt oder einsilbig, okay. Aber so wie gerade eben … Das war wirklich großes Kino. Zum Schluss hat er sie aus seinem Büro rausgeworfen.«

»Und dann?«, fragte Britt mit angehaltenem Atem.

»Jetzt will er mit Julius allein reden, und ich glaube, Nele hat Claas richtig schön hochgefahren für dieses Gespräch.«

Je länger ich ihnen zuhörte, desto mehr dämmerte mir, dass ich mich Claas gegenüber ganz schön im Ton vergriffen hatte. Trotzdem, was Julius anging … »Mir tut Julius leid. Er hat es momentan echt nicht leicht, bei dem ganzen Stress, den er hat. Hier in der Agentur und privat mit seiner Schwester.«

»Mit seiner Schwester?«, hakte Britt nach.

»Ja, sie ist doch krank. Deswegen habe ich ihm ja geholfen. Damit er sie treffen konnte.«

Linda und Britt tauschten einen Blick. »Jetzt setz dich erst mal«, sagte Britt. »Es wird Zeit, dass wir dich aufklären.«

»Worüber?«, fragte ich und ließ mich auf meinen Stuhl fallen.

»Wir wollten nicht gleich zu Beginn mit Agenturklatsch loslegen, sondern dich erst mal deine eigenen Erfahrungen machen lassen«, sagte Linda. »Aber du bist jetzt schon ein paar Wochen hier, und ich hab das Gefühl, dass du ein bisschen zu leichtgläubig bist.«

»Was meinst du damit?«

»Julius hat keine Schwester. Sondern eine neue Freundin.«

Wie angenagelt saß ich da. »Aber wieso … ich meine …«

»Julius ist Einzelkind«, stellte Britt klar. »Und er hat hier auch nicht am meisten von allen zu tun. Er behauptet das gern, aber er arbeitet nicht mehr als jeder andere hier.«

Linda nickte ernst. »Im Gegenteil. Er kommt spät und geht früh. Die Millionen Überstunden, von denen er immer redet ... Ja, er macht ab und zu mal Überstunden, aber das tun wir alle.«

»Und wieso kommt er damit durch?«

»Olli ist ein Riesenfan von ihm«, meinte Linda. »Julius hat ja auch geniale Ideen, und ein paar der Preise haben wir seinetwegen gewonnen.«

»Das weiß er leider auch«, fügte Britt hinzu. »Ich glaube, Claas hat trotzdem keine Lust mehr, sich dieses Verhalten gefallen zu lassen. Vor allem, weil Julius in den letzten Monaten extrem die Diva raushängen lässt und ständig seine Arbeit delegiert. Das macht von uns aber keiner mehr mit, und dadurch baut er immer wieder Mist. Letzte Woche hat er die Entwürfe für die Ballerspiel-Kampagne verbummelt. Das hätte uns fast den Kunden gekostet. Claas war *so* kurz davor, ihn zu feuern.«

Deswegen war Claas also so übel gelaunt gewesen. Und deswegen hatte er mir gesagt, dass ich nicht weiter die Arbeit von Julius erledigen sollte. Völlig zu Recht. »Oh Mann. Also hat Julius mich die ganze Zeit angelogen und ausgenutzt? Und ich merke das nicht mal? Wie dumm kann ein Mensch eigentlich sein?«

»Wir hätten es dir früher sagen sollen«, meinte Britt. »Aber wir wollten nicht, dass du voreingenommen gegenüber Julius bist.« Sie holte eine Tüte Lakritz aus dem Schreibtisch, rollte mit ihrem Stuhl zu mir rüber und bot mir die Tüte an. »Auch wenn es jetzt vermutlich so rüberkommt – im Grunde ist Julius kein schlechter Kerl. Wenn du ihn zu nehmen weißt, kannst du eine Menge Spaß mit ihm haben.«

Ich zog eine Grimasse und griff in die Tüte. »Das kommt mir gerade sehr unglaubwürdig vor«, sagte ich und stopfte mir gleich drei Lakritzstücke in den Mund.

Für eine Weile schwiegen wir, und ich überlegte, wieso es

Julius gelungen war, mich derart hinters Licht zu führen. Wie kam es, dass ich keinen Lügen-Radar hatte, sondern gutmütig alles glaubte, was man mir auftischte?

Bald darauf kam Julius herein. Er sah ziemlich kleinlaut aus und trat gleich zu mir an den Schreibtisch. »Hör mal, ich …«

»Arschloch«, fiel ich ihm ins Wort. »Mehr habe ich zu dieser Sache nicht zu sagen.«

Julius sah zu Linda und Britt rüber. »Dann weißt du also, dass ich Einzelkind bin?«

»Ja, und dass du stinkfaul bist, weiß ich jetzt auch! Von wegen, du hast so viel zu tun und musst dich noch dazu um deine kranke Schwester kümmern.«

»Tut mir leid. Ich weiß nicht, wie ich das erklären soll.«

»Ich will überhaupt keine Erklärung hören«, sagte ich und wandte mich demonstrativ meinem Monitor zu.

»Was hat Claas denn gesagt?«, wollte Linda wissen.

Julius setzte sich auf seinen Platz. »Morgen habe ich ein Gespräch mit ihm und Olli. Ach so, Nele, du sollst zu ihm rein.«

Mein Herz setzte einen Schlag lang aus. »Zu Claas?«, fragte ich überflüssigerweise. Hoffentlich wollte er mich nicht feuern. Immerhin hatte er vorhin gesagt, dass ich gehen konnte. Was, wenn er mich nicht aus seinem Büro, sondern aus der Agentur rausgeworfen hatte?

»Ja, natürlich zu Claas.«

Ich überlegte kurz, was für Möglichkeiten ich hatte, dieses Gespräch zu umgehen, allerdings wollte mir beim besten Willen nichts einfallen. Also machte ich mich auf den Weg in Claas' Büro. Er saß am Schreibtisch und kramte in seinen Unterlagen. »Du wolltest mich sprechen?«, fragte ich.

»Ja. Mach doch mal bitte die Tür hinter dir zu.«

»Willst du mich feuern?«

Entnervt verdrehte er die Augen. »Mach einfach die Tür zu und setz dich!«

Schon wieder dieser Tonfall, der irgendetwas tief in mir anpiekste. Ich presste meine Lippen zusammen und gab mir alle Mühe, mich zu beherrschen. Doch dann platzte es aus mir heraus: »Kannst oder willst du nicht mehr normal mit mir reden?«

»Kannst oder willst du dich nicht mehr normal benehmen?«

»Ich benehme mich doch normal!«, rief ich, schloss die Tür und ließ mich auf einen der Besucherstühle fallen.

»Du benimmst dich überhaupt nicht normal, du zickst rum wie eine …« Mitten im Satz unterbrach er sich und fuhr sich müde mit der Hand durchs Gesicht. »Oh Mann«, stieß er aus und ließ sich an die Rückenlehne seines Stuhles sinken.

In dem Moment wurde ich abgelenkt von Sally, die mir ihre Stoffgiraffe auf den Schoß legte. Sie stupste mir mit ihrer kalten Nase an die Hand, trat einen Schritt zurück und sah mich fröhlich hechelnd an. Irritiert nahm ich das Kuscheltier. »Willst du damit spielen? Ich fürchte, es ist gerade ungünstig.« Ich hielt ihr die Giraffe hin, doch sie nahm sie nicht, sondern wedelte nur mit dem Schwanz.

»Das ist ein Geschenk«, erklärte Claas. »Bestimmt will sie dich beschwichtigen, weil sie merkt, dass du sauer bist.«

Ich strich Sally sanft über die Schlappohren. »Aber ich bin doch nicht sauer auf *dich*, Süße«, versicherte ich ihr. Dann blickte ich wieder zu Claas auf. »Linda und Britt haben mir gerade gesagt, dass Julius gar keine Schwester hat.«

Claas schüttelte langsam den Kopf. »Nein. Hat er nicht.« Seine Stimme klang überraschend weich. Er sah mich ernst an, das ärgerliche Flackern war aus seinen Augen verschwunden.

Ich spürte, wie auch meine Wut auf ihn verrauchte. Kurz zögerte ich noch, dann fasste ich mir ein Herz. »Es tut mir leid, dass ich dich wegen Julius angeschnauzt habe. Ich hab das alles komplett falsch eingeschätzt. Und mein Tonfall … der war ganz schön daneben.«

Claas schien sich meine Worte durch den Kopf gehen zu lassen. »Schon gut«, sagte er schließlich. »Das mit Julius konntest du ja nicht wissen. Und ich habe mich auch gewaltig im Ton vergriffen.«

Ich nickte. »Ja, hast du. Trotzdem möchte ich mich für den Fünfzigerjahre-Patriarch und für den Oberleutnant entschuldigen. Du bist eigentlich kein mieser Chef. Ich meine, du machst das alles hier schon ganz gut. Soweit.« Verlegen drehte ich Sallys Giraffe in den Händen.

Seine Mundwinkel zuckten. »Danke, es bedeutet mir viel, dass du das sagst. Übrigens nehme ich deine Entschuldigung an und möchte mich meinerseits für die Bemerkung mit der Probezeit und dem Befehle befolgen entschuldigen. Ich hoffe, du weißt, dass ich das nicht so gemeint habe.«

»Ja, das weiß ich. Und ich habe es nicht so gemeint, dass du herzlos bist.«

»Gut. Ich hätte dir außerdem nicht sagen dürfen, dass du die Klappe halten sollst. So was sage ich sonst nie.«

»Na ja, dafür hast du es ja vorhin gleich zwei Mal gesagt.«

Für eine Weile sahen wir uns schweigend an.

»Wenn ich schon dabei bin, entschuldige ich mich auch für die Bemerkung mit dem ›rumzicken‹«, meinte Claas schließlich.

»Ähm …« Ich überlegte, ob mir noch etwas einfiel, wofür ich mich entschuldigen sollte, aber da war nichts mehr. »Okay, du gewinnst.«

Ein Lächeln breitete sich auf Claas' Gesicht aus, und augenblicklich wurde mir warm ums Herz. In meinem Magen begann es zu kribbeln. »Dann willst du mich wohl nicht feuern?«

»Nein. Will ich nicht. Ich wollte das nur aus der Welt schaffen. Grundsätzlich hast du recht, ihr könnt euch gegenseitig Arbeit abnehmen, wie ihr lustig seid. Aber was Julius angeht – da wollte ich dir noch mal in einem vernünftigen Tonfall sagen, dass du dich bitte nicht von ihm ausnutzen lassen sollst. Okay?«

Ich nickte. »Okay. Das habe ich nicht vor.«

»Alles klar. Und wir beide sollten zukünftig nicht mehr so ... überreagieren. Ich meine, wie wir uns heute angeschnauzt haben, ging gar nicht. Und das auch noch vor den anderen.« Claas zögerte kurz, dann fuhr er fort: »Vielleicht sollten wir mal darüber nachdenken, warum wir überhaupt so furchtbar wütend aufeinander waren. Wäre es nicht möglich, dass es da um etwas anderes ging als um die Sache mit Julius?«

Er sah mich so eindringlich an, dass mein Herz ins Stolpern geriet. Ich wollte ihn fragen, was er damit meinte. Vielleicht war er ja auch frustriert, weil die Nähe, die sich am Elbstrand zwischen uns entwickelt hatte, verschwunden war. Und vielleicht fühlte er auch diese Sehnsucht und ärgerte sich gleichzeitig darüber, weil wir was auch immer zwischen uns gewesen war besser vergessen sollten. Aber kein Wort verließ meine Lippen.

Schließlich sagte Claas: »Na schön, ich muss gleich zu einem Termin und vorher noch diese E-Mail zu Ende schreiben, also ...« Er ließ den Satz unvollendet.

»Klar«, sagte ich und sprang auf. »Dann gehe ich mal.« Ich beugte mich zu Sally runter, um sie zum Abschied kurz zu streicheln. »Danke für das schöne Geschenk, Schatz.« Dann richtete ich mich auf und begegnete Claas' Blick. Ich fühlte mich so sehr zu ihm hingezogen, dass ich höllisch aufpassen musste, nicht alle Vorsicht über Bord zu werfen. Doch zum Glück schien ich noch einen Funken Restverstand zu besitzen, und so nickte ich Claas nur noch mal zu und ging, nein, rannte geradezu aus seinem Büro.

Neles derbe Heide-Jam

In den nächsten Tagen war die Stimmung in der Agentur angespannt. Julius bekam von Olli und Claas eine offizielle Abmahnung, was seinem übersteigerten Selbstbewusstsein offenbar einen Dämpfer verpasste. Vor allem mir gegenüber verhielt er sich nun sehr zurückhaltend, beinahe lauernd. Was mich noch misstrauischer ihm gegenüber machte. Immer wieder hatte ich das Gefühl, er würde mich heimlich beobachten – vor allem, wenn Claas in der Nähe war. Dabei gab es da gar nichts zu beobachten, denn wir beide gingen ausschließlich höflich und freundlich miteinander um. Sehr professionell und absolut … zum Kotzen. Die ganze Zeit überlegte ich, ob ich etwas hätte sagen sollen, als er mich gefragt hatte, warum wir so wütend aufeinander waren. Aber andererseits hatte ich auch keine Ahnung, wie es dann weitergegangen wäre.

Auch Claas und Julius gingen betont höflich miteinander um, und so kam im RHK-Team keine rechte Freude mehr auf. Linda, die mit keinem von uns ein Problem hatte, litt sehr darunter. Nach einem Meeting, das wir im Rekordtempo durchgezogen hatten, indem wir alle nur das Nötigste sagten, hob sie die Hand. »Stopp«, rief sie, da Julius und ich bereits aufgesprungen waren. »Setzt euch wieder.«

Verdattert ließ ich mich auf meinen Platz neben Claas auf dem Sofa sinken.

Linda sah mit ernster Miene von mir zu Claas und dann zu Julius. »Bislang war es doch immer nett in unserem Team. Oder nicht?« Sie sah uns herausfordernd an, und Claas, Julius und ich nickten zustimmend. »Gut. Daher muss ich euch jetzt ganz offen sagen, dass es mich komplett ankotzt – entschuldigt bitte die Wortwahl – wie wir neuerdings miteinander umgehen. Darauf habe ich absolut keinen Bock mehr. Und daher fordere ich einen Team-Abend.«

Julius, Claas und ich überschlugen uns nicht gerade vor Begeisterung. Ich konnte mir weiß Gott Schöneres vorstellen, als einen Abend mit Julius zu verbringen und mir irgendwelche Lügengeschichten anzuhören. Und Claas … mit ihm *wollte* ich meine Freizeit verbringen, und zwar mehr als alles andere auf der Welt. Aber zum einen waren wir in meinen Tagträumen dann immer allein, und zum anderen hatte ich es mir nun mal strengstens untersagt.

Claas schien das jedoch ganz anders zu sehen als ich. »Du hast recht, Linda, in letzter Zeit ist die Stimmung ganz schön angespannt. Ich finde die Idee mit dem Team-Abend gut.«

Julius und ich tauschten einen wenig euphorischen Blick, doch wir gaben ebenfalls unsere Zustimmung. Etwas anderes blieb uns ja kaum übrig, wenn wir nicht völlig unkollegial rüberkommen wollten.

»Na gut, und wo treffen wir uns?«, fragte ich.

Linda grinste mich an. »Wie wäre es bei dir?«

Gleichmütig hob ich die Schultern. »Okay, dann also bei mir.«

»Prima. Morgen Abend um acht. Und mach dir bloß nicht so viel Mühe mit dem Essen.«

»Äh … Moment mal. Morgen? Essen?«

Die anderen nickten. Da das Ganze nicht bei ihnen stattfand, war Spontanität ja auch kein Problem für sie. Ich hingegen wäre am liebsten sofort nach Hause gefahren, um die Bude auf links zu drehen. Doch ich hielt den Nachmittag irgendwie durch, schrieb Anni schon mal eine Vorwarn-Nachricht und machte mich um Punkt 18 Uhr auf den Heimweg. Wir verbrachten drei Stunden damit, aufzuräumen, gründlich zu putzen und hinterher wieder für geordnete Unordnung zu sorgen, damit man nicht sah, dass wir extra geputzt hatten. Bis spät in die Nacht hinein überlegte ich, was ich kochen sollte. Letzten Endes entschied ich mich für Pasta. Also nichts, womit man Eindruck schinden konnte, aber Eindruck schinden wollte ich ja auch gar nicht.

Am nächsten Tag hatte ich in der Agentur so viel zu tun, dass ich mir kaum einen Kopf um den bevorstehenden Team-Abend machen konnte. Ich hastete von einem Termin in den nächsten und hatte so viel auf meiner To-do-Liste stehen, dass ich eigentlich zwei Tage gebraucht hätte, um alles abzuarbeiten. Daher sah ich erst um fünf Uhr nachmittags die Nachricht, die meine Mutter mir geschickt hatte – in der ihr eigenen Schreibweise: *Ho Nwle, waren vei der Heide-oma, Papa jat dir Flirderbeersaft, Kockbirnem, Bohnen umd Öpfel gebracht, sorrx für die Schriebweise jabe es eilif Gruss Mama*

Das war doch mal nett. Ich liebte es, Obst und Gemüse von meiner Heide-Oma zu verarbeiten. Heute Abend würde es definitiv keine langweilige Pasta geben, sondern Birnen, Bohnen und Speck. Und zum Nachtisch Fliederbeersuppe mit Grießklößchen. Das perfekte norddeutsche August-Essen.

Um halb sechs packte ich meine Sachen zusammen. »Wir sehen uns um acht bei mir«, sagte ich zu Linda und Julius, dann machte ich mich auf den Weg.

Im Supermarkt besorgte ich alle Zutaten, die ich zum Kochen benötigte und entschied kurzerhand, vorweg einen Salat mit Ziegenkäse und Granatapfelkernen zu machen. Außerdem kaufte ich alles für Apfelmus und Apfelmarmelade sowie einen Kauknochen für Sally. Ich schleppte meine Einkäufe nach Hause, schlüpfte in mein neues selbstgenähtes Kleid und frischte mein Make-up auf. Anschließend machte ich mich daran, das Essen vorzubereiten. Während ich schnibbelte und in den Töpfen rührte, ließ ich das Radio laufen und summte leise die Musik mit. Kochen hatte schon immer eine beruhigende Wirkung auf mich gehabt, und allmählich ließ meine Nervosität nach. Mein Handy meldete eine eingegangene Nachricht. Sie war von Linda. ›Sorry, ich schaff es nicht, Mann und Kids wurden vom Norovirus heimgesucht. Viel Spaß euch! L‹

Oh je, das hörte sich nicht gut an. Norovirus, war das nicht so eine Magen-Darm-Sache? Wie fies. Im nächsten Moment wurde mir bewusst, dass ich den Abend nun mit Julius und Claas allein verbringen würde. Und das stellte ich mir ähnlich amüsant vor wie einen Abend mit dem Norovirus. Aber ändern konnte ich es nicht, also wünschte ich ihrer Familie gute Besserung und kümmerte mich wieder um das Essen. Im Radio lief *Photograph* von Ed Sheeran. Ich drehte die Musik lauter und sang mit: »So you can keep me inside the pocket of your ripped jeans …«. Die Kartoffeln blubberten fröhlich vor sich hin, also warf ich die Bohnen und das Bohnenkraut in den Topf mit dem Speck.

»Das Lied mochte ich auch immer«, hörte ich Claas' Stimme, die von der Tür zu kommen schien. Ich fuhr heftig zusammen und hätte beinahe den Kochlöffel fallenlassen. »Hilfe, hast du mich erschreckt!«, stieß ich aus und drehte mich zu ihm um.

»Tut mir leid«, sagte er, und dann breitete sich ein Grinsen auf seinem Gesicht aus. »Deine Mitbewohnerin ist mir im Treppenhaus über den Weg gelaufen und hat mich reingelassen.«

Hinter Claas entdeckte ich Anni, die so verzückt strahlte, als hätte sie soeben den Weihnachtsmann getroffen. Doch als sie mich sah, zog sie eine erschrockene Miene und deutete auf ihr Gesicht.

Ich hatte keine Ahnung, was sie mir damit sagen wollte. Außerdem wurde ich von Sally abgelenkt, die schwanzwedelnd auf mich zukam. Sie hatte ein dünnes, weiches Stirnband in Rosa um, auf dem eine Häkelblume befestigt war. Im Maul trug sie eine echte Sonnenblume. »Oh, mein Gott, Sally«, rief ich lachend und kniete mich zu ihr, um sie zu knuddeln. »Wie süß siehst du denn aus?«

»Ich konnte sie nicht davon abhalten, das Stirnband zu tragen, das meine Mutter ihr gehäkelt hat. Sie wollte sich unbedingt schick machen. Die Sonnenblume ist übrigens für dich.«

»Das ist aber lieb, vielen Dank«, sagte ich und nahm ihr die Blume aus dem Maul. Dann rückte ich ihr das Stirnband zurecht. »So sieht es ein kleines bisschen schicker aus, weißt du?«

Mein Blick fiel auf Anni, die mich mit aufgerissenen Augen ansah und immer wieder auf ihren Kopf deutete, als ob sie mir etwas signalisieren wollte. Unsicher griff ich mir ans Haar, doch mein Knoten schien ganz normal zu sitzen.

Claas hielt eine Flasche Wein hoch. »Die ist von mir.«

»Danke schön.« Ich nahm ihm die Flasche ab und stellte sie in den Kühlschrank.

»Gern geschehen.« Er grinste mich noch immer an. »Sag mal, stör ich dich eigentlich gerade beim Schlachten?«

»Wieso?«, fragte ich irritiert.

»Wie soll ich das sagen, du äh ...« Er deutete mit dem Finger auf mein Gesicht. »Hast da was.«

Ich tippte mir ans Kinn. »Wo, hier?«

Seine Lachfältchen vertieften sich. »Nee, es ist schon ein bisschen großflächiger.«

Ich drückte Anni die Sonnenblume in die Hand, ging ins Bad und blickte in den Spiegel. »Ach du Schande!« Mein Gesicht war über und über mit knallroten Granatapfelsaft-Flecken bedeckt. Hastig wusch ich mich mit kaltem Wasser, womit mein Make-up natürlich Geschichte war, aber egal. Dann ging ich in die Küche, wo Anni die Sonnenblume in eine Vase stellte und mit Claas plauderte.

»Ich hab einen Granatapfel entkernt«, erklärte ich. »Das ist ja immer so eine blöde Sauerei.«

»Es gibt ein YouTube-Video, da macht ein Typ das unter Wasser«, sagte Claas. »Scheint ganz gut zu funktionieren.«

In dem Moment spazierten Sebastian und Kai herein. »Hier bist du«, sagte Sebastian gespielt erstaunt zu Anni. »Ich wollte schon eine Vermisstenanzeige aufgeben.«

»Ich auch«, behauptete Kai.

Dabei waren sie garantiert nur rübergekommen, weil sie neugierig waren, und Anni selbst hatte bestimmt so lange im Flur gelauert, bis Claas aufgetaucht war.

Ich stellte die vier einander vor. Zum Glück benahmen sich meine Freunde bei Claas genauso wie bei jedem anderen. »Willst du ein Bier?«, fragte Sebastian ihn.

»Wir hätten alle gern eins, denke ich.« Ich füllte Wasser in eine Schüssel und stellte sie Sally hin. »Nur du natürlich nicht, Süße.« Dann kümmerte ich mich wieder um das Essen.

»Kann ich dir helfen?«, wollte Claas wissen.

»Nein, es ist fast fertig.« Ich schnitt den rosa durchgegarten Speck in dünne Scheiben und gab ihn zurück zu den Bohnen und den Birnen. Dann goss ich die Kartoffeln ab und rührte die Fliederbeersuppe noch mal um. Mehr konnte ich nicht tun. Es war so seltsam, dass Claas und Sally jetzt auf einmal hier waren – in meiner Welt. Sally schnüffelte sich durch die Küche und ging von einem zum anderen, um sich streicheln zu lassen, während Claas sich mit Anni, Sebastian und Kai unterhielt, als würde er sie schon ewig kennen. »Wie spät ist es überhaupt?«, erkundigte ich mich.

»Viertel nach acht. Linda kommt übrigens nicht.«

»Ja, sie hat mir schon geschrieben. Wie schade.«

Wir tauschten einen Blick, und ich ahnte, dass Claas ebenso wenig begeistert von der Idee war, den Abend allein mit Julius zu verbringen.

»Wollt ihr nicht zum Essen bleiben?«, fragte ich die anderen. »Es ist mehr als genug da.«

»Aber das ist doch euer Team-Abend«, wandte Anni ein. »Da wollen wir uns nicht reindrängen.«

Claas winkte ab. »Ach was, unser Team ist ohnehin nicht mehr vollzählig, da Linda nicht kommt.«

»Na schön«, meinte Anni schließlich. »Dann bleiben wir. Auf das Essen habe ich eh Lust, das hatte ich schon ewig nicht mehr.«

»Ist das eigentlich Birnen, Bohnen und Speck?«, wollte Claas wissen. »Es duftet so danach.«

Ich nickte. »Ich hoffe, das ist okay?«

»Natürlich ist das okay. Mehr als okay. Mir geht es nämlich genau wie Anni, ich habe das seit Ewigkeiten nicht mehr gegessen.«

Kai und Sebastian schafften noch zwei Stühle ran, und Anni, Claas und ich deckten den Tisch. Darunter lag Sally und war damit beschäftigt, mit den Pfoten das Stirnband von ihrem Kopf zu entfernen.

Mein Handy kündigte an, dass eine Nachricht eingegangen war, und kurz darauf piepte auch Claas' Handy. Julius hatte geschrieben: *›Hey Nele, sorry, ich schaff es nicht. Bin noch in der Agentur, wir haben eine echte Powerriegel-Krise. Wünsch euch viel Spaß.‹*

Oh verdammt. Jetzt waren es also nur noch Claas und ich? Ich sah auf und begegnete seinem Blick.

»Hat Julius dir auch gerade geschrieben, dass er nicht kommt?«, fragte Claas. Besonders zerknirscht wirkte er nicht gerade. Im Gegenteil, er sah ganz zufrieden aus.

»Ja, er kommt nicht.« Zum Glück waren Anni, Sebastian und Kai noch da! »Na gut, dann sind wir vollzählig und können essen.« Ich stellte jedem einen Teller mit Salat hin. »Haut rein. Es ist mehr als genug von allem da.«

Wir fingen an zu essen. Ich war ganz zufrieden mit dem Salat. Ziegenkäse kombiniert mit etwas Süßem ging ja immer, vor allem Granatapfelkerne passten wunderbar dazu.

»Schmeckt total lecker«, meinte Claas.

Anni nickte eifrig. »Allerdings. Das mit den Granatapfelkernen finde ich witzig. Übrigens Nele, wieso hast du eigentlich nicht meinen Granatapfelentkerner benutzt?«

»Weil ich keine Ahnung hatte, dass sich so etwas in deinem Regal der Schande befindet.«

»Na klar. Der ist genial, du musst einfach nur den Granatapfel halbieren, und dann …« Sie unterbrach sich mitten im Satz, legte ihre Gabel hin und machte Anstalten aufzustehen. »Wartet, am besten ich hole ihn, dann kann ich euch zeigen, wie er funktioniert. Hast du zufällig noch einen Granatapfel da, Nele?«

Sebastian zog sie zurück an ihren Platz. »Wir brennen zwar darauf, dieses Teil vorgeführt zu bekommen, aber könntest du das bitte verschieben? Es ist viel zu eng hier. Wenn du aufstehen willst, müssen wir anderen das auch alle tun.«

Ich wandte mich an Claas und erklärte: »Anni hat eine Leidenschaft für schwachsinnige Haushaltsartikel. Der Abstellraum ist inzwischen voll mit dem Plunder. Und dann benutzt sie ihn noch nicht mal.«

»Das stimmt so nicht«, protestierte Anni. »Es gibt nur viel zu wenige Gelegenheiten, um zum Beispiel den Granatapfelentkerner zu benutzen.«

»Dann ist doch die Frage, wieso du dir dieses Teil überhaupt gekauft hast«, meinte ich.

Claas piekste seine letzten Granatapfelkerne auf und steckte sie sich in den Mund. »Na, heute wärst du doch froh gewesen, wenn du einen Granatapfelentkerner zur Hand gehabt hättest, oder?«

Anni strahlte ihn an, und ich wusste, dass sie ab sofort bereit war, jederzeit für Claas in die Schlacht zu ziehen.

»Hey, so fällst du mir also in den Rücken?«, rief ich gespielt beleidigt. »Ich dachte, wir wären ein Team. Team M&T und so.«

»Sind wir doch auch. Ganz klare Sache. Aber es ist nun mal so, ähm … ich habe auch einen Granatapfelentkerner«, gestand Claas. »Allerdings funktioniert er nicht.«

Das Leuchten in Annis Augen verstärkte sich. Wahrscheinlich konnte sie sich nur mit Mühe davon abhalten, über den Tisch zu klettern, um Claas um den Hals zu fallen. »Das ist manchmal wirklich ein Problem bei diesen Geräten.«

Claas nickte. »Ja, ist es. Deswegen kaufe ich so was auch nicht mehr. Na ja, *fast* nicht mehr. Aber ich kann dich sehr gut verstehen. Hast du denn einen Thermomix?«

Anni ließ die Gabel sinken, und ihr Blick verklärte sich. Nachdem sie ein paar Sekunden lang versonnen ins Nichts geschaut hatte, flüsterte sie: »Einen Thermomix. Nein, ich habe keinen Thermomix. Dabei kann der doch einfach *alles*.«

»Das stimmt«, meinte Claas. »Ich bin fest davon überzeugt, dass er eines Tages für den Weltfrieden sorgen und die Klimaerwärmung stoppen wird.«

»Ach, ist das dieses Teil, bei dem man oben einen Sack

Kartoffeln, ein Schwein und zwei Äpfel reinschmeißt und unten kommt ein 3-Gänge-Menü raus?«, erkundigte sich Kai.

Claas lachte. »So in etwa.«

»Ich brauche einen Thermomix«, verkündete Anni. »Sofort.«

Sebastian sah sie so zärtlich an, als hätte sie etwas besonders Liebreizendes gesagt. »Natürlich brauchst du einen Thermomix.«

»Du förderst ihren Fimmel ja noch!«, schimpfte ich. »Ich finde, du lässt ihr viel zu viel durchgehen. Irgendwann passen wir vor lauter Elektroschrott nicht mehr in die Bude, und dann … dann guckt ihr aber alle blöd!«

Die anderen guckten alle blöd, ließen sich von meinen Worten allerdings nicht beeindrucken. »Wie bist du mit deinem Thermomix zufrieden?«, wollte Anni von Claas wissen.

Kopfschüttelnd stand ich auf und sammelte die Salatteller ein.

Claas erhob sich ebenfalls und half mir beim Abdecken. »Ich habe gar keinen. Aber wenn du dir einen kaufst, würde ich sehr gerne mal damit spielen.«

Sebastian horchte auf. »Falls du auch Interesse an einem Wischroboter hast, könnte ich dir meinen zeigen.«

»Ihr spinnt doch«, meinte ich lachend. Ich gab großzügig Birnen, Bohnen und Speck auf fünf Teller, und Claas verteilte sie auf dem Tisch. Schließlich setzten wir uns wieder und fingen an zu essen.

»Mmmh«, machte Anni. »Das ist echt lecker.«

»Stimmt«, sagte Claas. »Warum habe ich das eigentlich schon so lange nicht mehr gegessen?«

»Ich finde, mit Speck wird heutzutage viel zu memmenhaft umgegangen«, meinte Kai und schob sich eine Scheibe in den Mund.

Sebastian sagte gar nichts, sondern aß einfach schweigend.

Und auch ich konzentrierte mich auf mein Essen. Ich hatte die Kombination von dem salzig-deftigen Speck und den süßen Birnen, die erst durch das Kochen ihr Aroma entfalteten, schon immer geliebt. Und die Bohnen aus dem Garten meiner Heide-Oma waren die besten auf der ganzen Welt.

»Süß und salzig«, sagte Anni schwärmerisch, nachdem sie aufgegessen hatte. »Das ist es einfach.«

Wir anderen konnten ihr nur zustimmen und starteten eine längere Aufzählung, welche leckeren Dinge es noch in dieser Geschmackskombination gab. Auch die Fliederbeersuppe schien allen zu schmecken, obwohl mir die Grießklößchen missraten waren. Aber zum Glück hatte heute niemand etwas gegen Fensterkitt einzuwenden.

Nach dem Essen lehnten wir uns zurück und quatschten. Doch es fiel mir immer schwerer, mich auf das Gespräch zu konzentrieren, denn schon den ganzen Abend litt ich unter Herzklopfen, weichen Knien und einer Sehnsucht, die sich immer schwerer kontrollieren ließ. Und alles nur, weil Claas und ich in der winzigen Küche so eng nebeneinander saßen, dass wir uns ständig berührten. Unsere Hände, wenn wir beide nach dem Brot griffen, unsere Schultern und Oberarme, wenn wir mit dem Besteck hantierten, unsere Oberschenkel, wenn einer von uns seine Sitzposition änderte. Ich war heilfroh, dass Anni, Sebastian und Kai dabei waren.

Kaum hatte ich diesen Gedanken gedacht, machte Anni auch schon Anstalten aufzustehen. »So, wir gehen mal rüber. Sebastian muss morgen ja früh raus.«

Was?! Das konnten sie mir doch nicht antun! Ich versuchte, Anni mit meinem Blick zu hypnotisieren. ›Bleib hier, bleib hier, bleib hier‹, doch sie hatte den Empfang für meine Signale offensichtlich ausgeschaltet. Während Anni und Sebastian sich von Claas und Sally verabschiedeten, zischte ich Kai zu: »Bitte geh du nicht auch. Lass mich nicht allein.«

Er sah mich nachdenklich an, dann blickte er kurz zu Claas. »Okay. Wenn du meinst.«

Erleichtert atmete ich auf. »Danke.«

»Viel Spaß noch, Nele«, sagte Anni. Dann wandte sie sich an Kai. »Wolltest du nicht auch früh ins Bett?«

»Nein, eigentlich nicht. Ich bleib noch ein bisschen.«

Anni sah ihn auffordernd an, doch er reagierte nicht darauf. Nachdem Anni und Sebastian gegangen waren, machten Kai, Claas und ich uns an den Abwasch. Besser gesagt, ich wollte abwaschen, aber Claas bestand darauf, dass ich mich setzte, weil ich schließlich schon gekocht hatte. Ich ließ mich gern davon überzeugen und verzog mich unter den Tisch zu Sally, um mit ihr zu kuscheln, während die Männer sich um die dreckige Küche kümmerten. Irgendwann waren sie scheinbar fertig mit dem Abwasch, denn ich sah Claas' Beine auf den Tisch zukommen, und wenig später beugte er sich zu mir runter. »Leistest du uns wieder Gesellschaft, oder sollen wir zu euch kommen?«

»Nein, ich komme rauf.«

Ich ergriff die Hand, die er mir reichte, und augenblicklich prickelte es wie verrückt in meinen Fingern. Claas zog mich hoch, sodass ich dicht vor ihm zum Stehen kam. Er hielt meine Hand einen Moment länger als nötig fest und sah mir in die Augen.

»Wollt ihr noch ein Bier?«, fragte Kai.

Wir sagten beide Ja, und während Kai das Bier holte, fiel Claas' Blick auf die Pinnwand mit den Fotos, die neben der Balkontür hing. »Was sind das eigentlich für Bilder?«, wollte er wissen. »Darf ich mal gucken?«

»Klar.«

Wir traten beide an die Pinnwand, und ich deutete auf eins der Fotos. »Das bin ich mit meinen Eltern und Lenny in unserem letzten gemeinsamen Familienurlaub in Kalabrien.«

»Du siehst deinem Vater sehr ähnlich«, meinte Claas.

»Stimmt. Lenny kommt eher nach meiner Mutter.«

»Ach, guck mal«, sagte Claas plötzlich leise lachend. Er streckte den Arm aus und deutete auf ein Bild oben rechts. »Da hast du rote Haare.« Auf einmal wurde mir bewusst, wie eng wir beieinander standen. Ich konnte Claas' Atem in meinem Haar spüren, und ein angenehmer Schauer lief meinen Rücken hinab. »Ja, und wie du siehst, war ich nicht glücklich darüber.«

»Ich finde die roten Haare ganz süß«, meinte er, und ich konnte das Lächeln in seiner Stimme hören.

Mein Herz machte einen Salto. Ich wandte den Kopf zu Class um, was sich als Fehler erwies, denn jetzt waren wir uns so nah, dass wir uns problemlos hätten küssen können. Ich konnte mich gerade noch davon abhalten, die Arme um seinen Nacken zu legen und seinen Kopf zu mir herunterzuziehen. Schnell trat ich einen Schritt von ihm weg. »Und das da war auf dem Schlagermove«, sagte ich und deutete mit zitterndem Finger auf das Foto. »Ich finde, Kai steht sein Outfit besonders gut.«

Claas trat ebenfalls einen Schritt zurück und fuhr sich mit der Hand durchs Haar. »Ihr seht alle genial aus.«

»Nele hat uns dazu gezwungen, diese Outfits anzuziehen«, stellte Kai klar.

»Sie kann ganz schön überzeugend sein, was?« Claas nahm Kai die beiden Bierflaschen ab, die er uns hinhielt.

»Ja, es ist nicht leicht, ihr etwas auszuschlagen.« Kai sah nachdenklich von Claas zu mir. Dann sagte er entschlossen: »Wisst ihr was, Leute? Ich verabschiede mich mal. Es war ein langer Tag, und ich bin ganz schön kaputt.«

Nicht auch noch er. Das konnte er doch nicht machen! Doch bevor ich protestieren konnte, fragte Kai mich: »Gibst du mir noch kurz das letzte Kapitel wieder, das du gelesen hast?«

Ich wusste, dass das ein Vorwand war, um mit mir allein zu sprechen, und ich nutzte die Gelegenheit nur zu gern. »Klar.«

Kai verabschiedete sich von Claas, dann gingen wir in mein Zimmer. »Was soll denn das, dass du mich im Stich lässt?«, zischte ich. »Wir sind Freunde, du kannst doch nicht einfach abhauen.«

»Richtig«, erwiderte er ruhig. »Wir sind Freunde, Nele. Und *genau deswegen* haue ich ab. Jetzt geh zurück in die Küche und denk dran, dass das Leben nun mal keine Hüpfburg ist, hm?« Dann verließ er mein Zimmer, und kurze Zeit später fiel die Wohnungstür ins Schloss.

Für ein paar Sekunden blieb ich reglos stehen und konzentrierte mich auf das Hämmern meines Herzens. Claas und ich ganz allein in meiner Wohnung. Das konnte doch nur schiefgehen. Sally steckte ihren Kopf zur Tür herein, und als sie mich entdeckte, kam sie schwanzwedelnd auf mich zugelaufen. »Hallo, mein Schatz«, murmelte ich. Gut, dass wenigstens sie noch da war. Obwohl sie sich ja bereits als furchtbar schlechter Anstandswauwau erwiesen hatte.

»Hier seid ihr«, hörte ich Claas' Stimme von der Tür. »Ich dachte schon, ich wäre in einem von diesen Horrorfilmen gelandet, in denen einer nach dem anderen verschwindet. Und am Ende bleibt nur einer übrig, um gegen irgendein paranormales Geisterdings zu kämpfen.«

Obwohl ich so angespannt war, musste ich lachen. »Wusstest du, dass in diesen Filmen immer eine Frau zuerst stirbt?«

»Weil ihr aber auch nie im Wagen bleibt, wenn ihr im Wagen bleiben sollt«, grinste Claas. Er lehnte sich in den Türrahmen und sah sich um. »Also das ist dein Zimmer, ja?« Er ließ seinen Blick durch den Raum schweifen, und ich versuchte, alles durch seine Augen zu sehen. Die Wände waren blau gestrichen und die Möbel weiß lackiert oder in dunklem Holz. Ein bunter Flickenteppich lag auf dem Holzdielenfußboden, und in einer Ecke stand mein Nähtisch. Ilse-zwo war momentan bis auf eine Perlenkette nackt. Ich hatte mein Bett nicht gemacht, und mein Nachthemd lag zerknüllt auf dem Kopfkissen.

»Gefällt mir«, sagte Claas schließlich. »Ziemlich gut sogar. Vielleicht kommst du irgendwann mal zu mir, dann wirst du wissen, warum.«

Nervös knetete ich meine Hände. »Wollen wir wieder in die Küche gehen? Oder, keine Ahnung, vielleicht willst du ja auch nach Hause?«

»Eigentlich nicht. Aber du, willst du ... Ich meine, bist du müde oder so?«

Wir boten uns gegenseitig Gelegenheiten zum Rückzug an, auf dem Silbertablett. Doch genau wie Claas nahm ich das Geschenk nicht an. »Nein, bin ich nicht. Du kannst gerne noch bleiben.«

Ein Lächeln breitete sich auf seinem Gesicht aus. »Na dann ... gehen wir in die Küche.«

Ich folgte ihm auf den Flur. Sally machte keine Anstalten mitzukommen, sie lag vor meinem Bett, alle Viere von sich gestreckt, und wollte wahrscheinlich ein Nickerchen halten.

»Wahnsinn, was ist das denn?«, fragte Claas und deutete auf die Eimer mit Bohnen und Kochbirnen sowie den Korb voller Äpfel, die im Flur standen. »Hast du einen Nebenjob als Marktfrau?«

»Nein, das ist von meiner Heide-Oma. Sie hat einen sehr großen Garten, mit dem sie von April bis Oktober quasi eine Kleinstadt versorgen kann.«

»Und was hast du vor mit dem ganzen Kram?«

»Die Bohnen friere ich ein, und was ich mit den Birnen anstelle, weiß ich noch nicht genau. Aus den Äpfeln will ich Apfelmus und Marmelade machen.«

Claas betrachtete die Berge von Obst und Gemüse. »Ich könnte dir dabei helfen.«

»Ernsthaft? Du willst mit mir Apfelmus und Marmelade kochen?«

»Ja klar«, meinte er im Brustton der Überzeugung. »Ich bitte dich: Wenn man schon mal die Chance hat, Apfelmus und Marmelade aus *Bio*-Äpfeln zu machen, die aus einem Garten in der Lüneburger Heide stammen, dann nutzt man sie auch. Da dreht der geplagte Großstädter doch durch vor Glück!«

»Sicher? Es ist schon Viertel nach zehn. Fängt der geplagte Großstädter dann noch an, Marmelade und Apfelmus zu kochen?«

»Natürlich, wieso denn nicht?« Seine Augen leuchteten derart vor Begeisterung, dass ich lachen musste.

»Okay, ich merke schon, ich könnte dich sowieso nicht davon abhalten, mir zu helfen.«

»Auf keinen Fall.« Entschlossen hob er den Korb mit Äpfeln hoch und trug ihn in die Küche.

Ich suchte alles heraus, was wir zum Apfelmus kochen brauchten, und platzierte es auf dem Tisch. Während ich Marmeladengläser ausspülte, fing Claas schon mal an, Äpfel zu schälen und zu zerkleinern. »Ich hätte gar nicht gedacht, dass du so häuslich bist«, meinte ich, nachdem wir eine Weile einträchtig schweigend vor uns hingearbeitet hatten.

Claas stopfte sich ein Stück Apfel in den Mund. »Ich würde mich nicht unbedingt als häuslich bezeichnen«, erwiderte er mit vollem Mund. »Aber ich koche sehr gern. Es beruhigt mich irgendwie, und ich kann dabei abschalten.«

»Geht mir genauso.«

Inzwischen war ich mit den Gläsern fertig und gesellte mich zu ihm, um ihm beim Schälen und Schnibbeln zu helfen.

»Dir ist übrigens klar, dass man dieses Apfelmus richtig gut verkaufen könnte, oder?«, meinte Claas.

»Hm. Du meinst so was wie *Heide-Omas Gartenglück* – natürliches Apfelmus aus einem idyllischen Obstgarten in der Lüneburger Heide?«

»Ja, aber das ist mir noch nicht griffig genug. Wie heißt deine Oma?«

»Hermine. Aber wir nennen sie Minchen.«

»*Oma Minchens Gartenglück* – natürliches Apfelmus aus der Lüneburger Heide.«

Bedächtig wiegte ich den Kopf. »Da muss eigentlich das Zauberwörtchen ›bio‹ rein, dann verkauft es sich noch besser bei uns geplagten Großstädtern.«

»Klar, wie blöd sind wir denn? *Oma Minchens Gartenglück* – Bio-Apfelmus aus der Lüneburger Heide. Das ist es.«

»Also können wir in Produktion gehen?«, fragte ich.

»Auf jeden Fall.«

Wir schälten und schnibbelten noch eine ganze Weile weiter, während wir Radio hörten und uns schon mal ausmalten, wie das Label von *Oma Minchens Gartenglück* aussehen sollte. Schließlich warf ich einen Blick in den Topf. »Das reicht fürs Apfelmus. Aber du kannst schon mal für die Marmelade weiterschnibbeln.« Ich stellte den Herd an und gab etwas Wasser, Zitronensaft und Ahornsirup zu den Äpfeln. Während ich umrührte, wurden die Äpfel allmählich weich, und schon bald fing es im Topf an, gemütlich vor sich hin zu blubbern.

»Wie schmeckt es denn überhaupt?«, wollte Claas wissen.

Ich nahm einen Löffel und probierte. »Lecker.«

»Es riecht auch gut«, meinte er und stand auf, um sich dicht neben mich zu stellen.

Ich wandte den Kopf zur Seite und bemerkte, dass er einen Blick aufgesetzt hatte wie Sally, wenn sie Leberwurst roch. »Das ist ja eine ganz billige Nummer«, meinte ich lachend, tauchte den Löffel noch mal in das Apfelmus und führte ihn an seinen Mund, damit er probieren konnte.

»Mmh«, machte er. »Das schmeckt absolut nach *Oma Minchens Gartenglück*.«

»Perfekt. Also brauchen wir nur noch ein Konzept für die Marmelade. Vielleicht könnten wir das ein bisschen hipper anlegen? Also weg von der Wohlfühl-Familien-Schiene und eher ... urban, das Ganze.« Ich grinste Claas breit an.

»Also *Neles derbe Heide-Jam*?«

Ich prustete los. »Ungefähr so. Halt mal bitte den Trichter fest.« Gemeinsam füllten wir das fertige Apfelmus ab und drehten anschließend die Deckel auf die Gläser. »Fertig«, meinte ich zufrieden. »Aber an dem Marmeladen-Konzept müssen wir noch arbeiten, fürchte ich.« Ich ließ Wasser in die Spüle laufen, um den Apfelmustopf abzuwaschen.

Claas setzte sich wieder an den Tisch, um sich die Äpfel vorzunehmen. »Wir müssen die Marmelade erst mal *kochen*. Und ich hab so das Gefühl, dass mein kreatives Potenzial für heute erschöpft ist. *Oma Minchens Gartenglück* hat mir alles abverlangt«.

Ich drehte mich zu ihm um. »Du musst mir nicht beim Marmeladekochen helfen. Das ist völlig okay, wir können auch was anderes machen.«

»Ja? Was denn?« Claas sah mich interessiert an. Ein leichtes Lächeln umspielte seine Lippen, das äußerst sexy auf mich wirkte und mich automatisch auf sehr dumme Gedanken brachte. Ich spürte, wie die Hitze in meine Wangen stieg und wandte mich schnell wieder dem Apfelmustopf zu. »Nichts Besonderes, einfach nur …« Mist, jetzt fiel mir nichts ein.

»Einfach nur was?«, hakte Claas nach.

»Na, reden und so.«

Aufreizend langsam wiederholte er: »Und *so*?«

Ich drehte mich zu ihm um und zeigte mit der Spülbürste auf ihn. »Willst du mich eigentlich verarschen?«

Claas brach in Gelächter aus. »Ein bisschen vielleicht. Entschuldige. Ich mache übrigens gern Marmelade mit dir, du musst dir also keine Gedanken um ein Alternativprogramm machen.«

Das war wohl auch besser so. Inzwischen war der Topf bereit für die Marmelade, und ich setzte mich wieder zu Claas, um Äpfel zu schnibbeln. »Wie kann dein kreatives Potenzial für heute eigentlich schon erschöpft sein?«

Er hob die Schultern. »Das ist oft erschöpft. Ständig.«

»Das merkt man dir aber nicht an. Du hast echt gute Ideen.«

Claas schwieg eine Weile. Schließlich sagte er: »Fragst du dich nicht auch manchmal, ob das, was wir machen … na ja, ob das nicht ziemlich schwachsinnig ist?«

Überrascht sah ich auf. Claas machte nicht den Eindruck, als würde er scherzen. »Nein. Ich liebe meinen Job. Du nicht?«

Mit dem Messer spießte er den Apfel auf, der vor ihm lag. »Doch, schon. Das ist meine Agentur, zur Hälfte jedenfalls. Und ich bin stolz darauf, dass aus der fixen Idee, die Olli und ich hatten, ein ernstzunehmendes Unternehmen geworden ist. Die Agentur war nach Beas Tod mein Rettungsanker. Aber in letzter Zeit frage ich mich immer wieder, ob das beruflich wirklich schon alles für mich gewesen sein soll.«

Bestürzt sah ich ihn an. Dass es ihm so ging, hätte ich niemals gedacht. Ich nahm Müdigkeit in seinem Blick wahr und glaubte, dunkle Schatten unter seinen Augen zu erkennen. »Aber die Agentur braucht dich doch. Ich meine, du bist gut in dem, was du da machst. Und ich kann mir nicht vorstellen, dass der Laden ohne dich funktioniert.«

Claas stach nochmals in den Apfel. »Die ganze Branche geht mir manchmal unglaublich auf die Nerven. Und vieles von dem, was wir da verkaufen, *will* ich eigentlich gar nicht verkaufen. Searchlove zum Beispiel. Was für ein Unsinn. Oder dieser arme Rüdiger Hofmann-Klasing, den wir verbiegen, damit er den Leuten gefällt. Und wenn ich mir vorstelle, dass ich das noch dreißig Jahre lang weitermachen soll … dann ist das kein besonders schöner Gedanke.«

»Meiner Meinung nach ist Searchlove gar nicht so verwerflich. Außerdem, wenn wir den Absatz der Firmen steigern können und die Mitarbeiter dadurch ihre Jobs behalten, ist das doch was Gutes. Und findest du wirklich, dass wir RHK verbiegen? Ich finde, wir holen nur das Beste aus ihm raus.«

Claas spießte zum dritten Mal den Apfel auf.

»Hey!«, rief ich und nahm ihm das Messer aus der Hand. »Diese Gewalt gegen Oma Minchens Äpfel kann ich echt nicht gutheißen.«

»Entschuldige. Ich verspreche, dass ich ab jetzt nicht mehr so grob sein werde.« Er hielt seine Hand auf. »Darf ich weitermachen?«

»Na gut«, sagte ich gnädig und gab ihm das Messer zurück. Wir schälten munter weiter von uns hin, bis wir die Äpfel für die Marmelade zusammenhatten. Ich stellte den Topf auf den Herd und gab Gelierzucker hinein. Während ich im Topf rührte, bis die Äpfel weich wurden, räumte Claas die Apfelschalen und Gehäuse vom Tisch und entsorgte sie im Müll. »Übrigens, um noch mal auf deine Zweifel zurückzukommen«, sagte ich irgendwann unvermittelt. »Ich arbeite gern mit dir zusammen. Alle tun das. Als wir einander vorgestellt wurden, auf dieser Tagung in Berlin, weißt du noch?«

»Mhm.«

»Da dachte ich anfangs ›Du Arsch, ich habe euch bereits vier Bewerbungen geschickt, aber du hast nicht die geringste Ahnung, wer ich bin.‹ Und trotzdem …«

»Du *Arsch*?«, fiel Claas mir ins Wort. »Boah, Nele. Jetzt bin ich echt beleidigt. Als wären deine vier Bewerbungen die einzigen, die ich je auf dem Tisch liegen hatte.«

»Weiß ich doch. Ist ja schon gut. Ich verzeihe dir.«

Er hob eine Augenbraue. »Du bist wirklich ausgesprochen großmütig. Und wieso musstest du das jetzt erwähnen? Worauf wolltest du hinaus?« Er trat näher an mich heran, um einen Blick in den Topf zu werfen, wodurch ich einen Hauch seines Aftershaves wahrnahm. Dann nahm er mir den Löffel aus der Hand. Seine Finger streiften meine, und sofort fing es an zu kribbeln – auf meiner Haut, in meinem Bauch, überall. Wir tauschten einen Blick, und wie üblich konnte ich nicht mehr wegsehen. »Also?«, fragte Claas. »Wieso?«

»Wieso, was?«

»Wieso du unbedingt erwähnen musstest, dass du mich bei unserer ersten Begegnung für einen Arsch gehalten hast.«

Ich grub in meinem Hirn nach den Zusammenhängen, aber es war hoffnungslos. Claas' Nähe hatte mich völlig aus dem Konzept gebracht. »Ähm … ich weiß es nicht mehr. Irgendwie wollte ich dich damit aufmuntern.«

Er lachte leise. »Du hast eine originelle Art, mich aufzumuntern. Sind eigentlich nur Äpfel und Zucker in der Marmelade?«

»Ja, wieso?«

»Ich finde, du könntest sie noch ein bisschen pimpen.«

»Ach ja?«

Er nickte. »Sonst schmeckt sie doch wie Apfelmus. Und wer will sich schon Apfelmus aufs Brot schmieren?«

»Ich könnte mir vorstellen, dass es da viele Leute gibt«, sagte ich pikiert.

Claas probierte von der Marmelade, die allmählich anfing zu blubbern. »Hast du eine Vanilleschote?«

Ich riss ihm den Kochlöffel aus der Hand und übernahm wieder das Rühren. »Ach, so einer bist du also, ja?«

»Was für einer?«

»Du willst mir vorschreiben, wie ich zu kochen habe? In meiner Wohnung? In *meiner* Küche?«

Claas lachte. »Sagte die Frau, die sich beim Autofahren mehr einmischt als jedes Navi. Außerdem will ich dir keine Vorschriften machen, das ist nur ein liebgemeinter *Vorschlag*. Also, hast du eine Vanilleschote?«

Ich zeigte auf die mittlere Schublade. »Da drin.«

Er suchte und fand die Vanilleschote, nahm ein Messer, teilte sie und kratzte das Mark heraus. Dann gab er es zur Marmelade und warf gleich die ganze Schote hinterher. »Die kann mitkochen. Dann schmeckt's noch besser.«

»Nennst du das etwa einen Vorschlag machen? Du pfuschst mir einfach rein, ich hasse das.«

»Du kannst es wohl gar nicht ertragen, mal das Zepter aus der Hand zu geben, was?«

»Nein, nicht in *meiner* Küche! Da verbitte ich mir das.«

Claas nahm die Flasche Weißwein, die er mitgebracht hatte, um sie zu öffnen. »Es fällt mir irgendwie schwer, dich ernst zu nehmen, wenn ich dich im Kopf immer noch mit dem Gesicht voll Granatapfelsaft vor mir sehe«, sagte er und gab einen Löffel voll Wein in die Marmelade.

Mit offenem Mund starrte ich ihn an. »Ich *fasse* es nicht!«

»Stimmt. Warum so zögerlich?« Er goss einen großzügigen Schluck Wein in den Topf.

Wortlos nahm ich ihm den Wein aus der Hand, füllte den Löffel und bewegte ihn auf Claas' Gesicht zu.

Misstrauisch sah er mich an. »Das machst du doch sowieso nicht.«

Im nächsten Moment flippte ich eiskalt lächelnd mit dem Löffel den Wein mitten in sein Gesicht.

Für ein paar Sekunden stand er reglos da, als wüsste er nicht, wie ihm geschehen war. Dann wischte er mit der Hand den Wein weg. »Du bist gefeuert.«

Ich versuchte, schuldbewusst zu schauen, aber es war hoffnungslos. Er sah wirklich witzig aus, so komplett überrumpelt. »Völlig zu recht gefeuert.« Wahrscheinlich hätte ich das nicht machen dürfen. Nein, ganz sicher sogar. Aber obwohl wir auch über die Arbeit gesprochen hatten, war Claas heute Abend für mich nicht eine Sekunde lang mein Chef gewesen. Sondern einfach nur Claas. »Egal, das ist es mir wert«, meinte ich. »Das wollte ich nämlich immer schon mal machen.«

Claas trat einen Schritt näher. In seinen Augen flackerte etwas auf, und von einer Sekunde auf die nächste kippte die Stimmung. »Von allen Dingen auf der Welt, die du mit mir machen könntest, ist es ausgerechnet das?«, fragte er leise.

Es war mir ein Rätsel, wie er es hinbekam, dass seine Stimme so sexy klang. Mir fielen spontan noch viele andere Dinge ein, die ich gerne mit ihm machen würde, und zwar jetzt. Ich wandte den Kopf weiter in seine Richtung, sodass er nur noch seine Lippen auf meine zu senken brauchte. Claas' Blick wanderte zu meinem Mund, und ich wusste, dass er mich genauso gern küssen wollte wie ich ihn. »Nele?«, flüsterte er.

»Hm?«

»Ich glaube … die Marmelade brennt an.« Er wandte sich von mir ab und fing an, im Topf zu rühren. »Riechst du das nicht?«

Es kam mir vor, als hätte er mir einen Eimer eiskaltes Wasser über den Kopf gekippt. »Ähm, nein.«

Claas hielt den Löffel vor meinen Mund. »Probier mal, ist die noch genießbar?«

Ich probierte etwas von der Marmelade und fühlte mich augenblicklich getröstet. Sie schmeckte himmlisch. Fruchtig nach Äpfeln und nicht zu süß. Abgerundet wurde das Aroma durch die Vanille und einen Hauch von Weißwein, der für dieses gewisse Etwas sorgte. »Die ist mehr als genießbar.«

»Gut. Dann ist sie fertig, würde ich sagen.«

Wir füllten die Marmelade in die Gläser und räumten anschließend die Küche auf. Die angespannte Stimmung ließ allmählich nach, bis wir wieder ganz normal miteinander reden konnten. Aber ein Teil von mir war eindeutig enttäuscht über die verpatzte Chance. Beziehungsweise verstand ich nicht, warum Claas mich nicht geküsst hatte.

Irgendwann kam Sally in die Küche und schmiegte sich an seine Beine. »Na, mein Mädchen?«, sagte er und beugte sich zu ihr, um sie zu streicheln.

Sie gähnte so herzzerreißend, dass Claas und ich lachen mussten. »Ich glaube, sie will nach Hause«, meinte ich.

»Sieht ganz danach aus.«

Ich packte ein paar Gläser Marmelade und Apfelmus in eine Tasche und legte noch ein paar Äpfel obendrauf. »Bitteschön. Das ist dein Anteil.«

»Vielen Dank. Es war schön bei dir. Ich fand's auch gar nicht übermäßig schlimm, dass die anderen nicht da waren.«

Mein Herz machte einen freudigen Hüpfer. »Nein, das war auszuhalten.«

Ich brachte Claas und Sally zur Tür und öffnete sie. »Also dann. Gute Nacht.«

Er nickte, machte jedoch keine Anstalten zu gehen. Stattdessen trat er nah an mich heran. Mein Herz raste so sehr, dass ich das Bedürfnis hatte, mich an Claas festzuhalten, weil ich sonst womöglich hintenüber gekippt wäre. Als könnte er meinen Herzschlag hören oder spüren, lächelte Claas leicht, sodass diese süßen Fältchen um seine Augen erschienen. Er legte seine Hand in meinen Nacken und strich ganz sanft mit dem Daumen über meinen Hinterkopf. Dann beugte er sich im Zeitlupentempo zu mir herunter, und endlich spürte ich seine Lippen. Aber nicht auf meinem Mund, sondern auf meiner Wange. Seine Bartstoppeln kratzten leicht an meiner Haut, aber seine Lippen waren wunderbar weich und sanft, genau so, wie ich sie mir vorgestellt hatte.

»Den hatte ich noch gut bei dir«, flüsterte er in mein Ohr, und sein Atem ließ einen wohligen Schauer über meinen Rücken laufen. Ich wollte etwas erwidern, ein Zeichen geben, dass ich seine Anspielung auf meinen Kuss am Fähranleger verstanden hatte. Aber ich stand unter einem akuten Endorphinschock, und mein Gehirn verweigerte komplett den Dienst. Außerdem hätte meine Stimme ohnehin versagt, also nickte ich nur.

»Gute Nacht, Nele. Bis Montag«, sagte Claas leise, mit dieser leicht rauen Stimme, die mir direkt unter die Haut ging. Dann ging er zur Treppe und Sally trottete hinter ihm her.

Wie belämmert stand ich da und schaute den beiden nach, auch als sie schon längst aus meinem Blickfeld verschwunden waren. Erst als ich die Haustür ins Schloss fallen hörte, kam wieder Bewegung in mich. Ich schloss die Wohnungstür, ging in mein Zimmer und ließ mich wie erschlagen aufs Bett fallen. In meinem Kopf drehte sich alles, und meine Gefühle fuhren

Achterbahn. Ich konnte es beim besten Willen nicht mehr leugnen: Ich war so was von extrem, heftig und rettungslos in Claas verliebt! Und das, obwohl wir uns erst seit ein paar Wochen kannten. Diese Situation war von Anfang an außer Kontrolle gewesen, ich hatte nie den Hauch einer Chance gehabt, meine Gefühle aufzuhalten. Die große Frage war nur, was ich tun sollte. Und da hatte ich leider keinen blassen Schimmer.

Exklusiv, edel, exquisit

Um acht Uhr am nächsten Morgen klingelte bereits mein Wecker. An einem Samstag grenzte das an Folter. Schlaftrunken
schlug ich auf die Schlummertaste und drehte mich noch mal
um, doch da erschien schon Claas vor meinem inneren Auge.
Ich spürte seine Lippen auf meiner Wange, seinen Atem an
meinem Ohr. Bei diesem Gedanken wurden die Schmetterlinge in meinem Bauch augenblicklich hellwach, und mein
Herz machte einen aufgeregten Hüpfer. Na toll. Jetzt hatte
ich also den Salat. Ich war verliebt, und das, obwohl es tausend gute Gründe dagegen gab. Aber im Moment hatte ich
keine Zeit, mir eine Strategie zurechtzulegen, denn es nützte
alles nichts – ich musste aufstehen. Es war zwar Samstag, aber
meine Mutter hatte für heute um zehn Uhr einen Termin für
die Brautkleidsuche angesetzt. Auch Lenny und Mia wollten
kommen, sodass wir eine große, lustige Runde sein würden.
Das würde mich hoffentlich von diesem Gefühlschaos ablenken, in das ich mich hineingeritten hatte.

Ich sprang unter die Dusche und schlüpfte in ein luftiges
Sommerkleid. Es war jetzt schon heiß, und im Laufe des Tages wurden über dreißig Grad erwartet. Ich trank einen Kaffee und aß zwei Scheiben Toast mit der Apfelmarmelade, die
Claas und ich gestern gemacht hatten. Sofort musste ich daran denken, wie er Vanille und Weißwein in die Marmelade
gegeben hatte, und dann musste ich an seine schönen braunen Augen denken. An all seine Berührungen dachte ich, und
erst jetzt wurde mir bewusst, wie oft er mich gestern Abend

berührt hatte. An jeden einzelnen dieser Momente konnte ich mich genau erinnern. Mein Marmeladentoast wurde von Bissen zu Bissen leckerer, und ich seufzte tief. Alter Schwede, war ich verliebt.

Ich verschlang die letzten Bissen und machte mich auf den Weg. Um zehn vor zehn kam ich beim Kiosk auf dem Rathausmarkt an, wo ich mich mit Mama, Lenny und Mia treffen wollte. Meine Mutter saß mit einem Kaffee vor dem Kiosk und tippte mit angestrengtem Gesicht auf ihrem Handy-Display herum. Vermutlich schrieb sie gerade eine Nachricht. Lenny und Mia standen vor dem Fenster des Kiosks, und an der langen Schlange hinter den beiden konnte ich erkennen, dass Lenny sich Süßigkeiten für eine Naschitüte aussuchte. »Hallo Mama«, sagte ich, als ich bei ihr angekommen war.

Sie sah zu mir auf und legte ihr Handy achtlos auf den Tisch, um mich zu umarmen. »Hallo, Nele. Wie schön, dass du da bist.«

Ich setzte mich auf den Stuhl ihr gegenüber und deutete auf die Schlange vor dem Kiosk. »Lenny ist im Naschitüten-Fieber, was?«

Meine Mutter nickte. »Ja. Die nachfolgenden Aktivitäten verschieben sich also noch um ein paar Minuten.«

Lachend erwiderte ich: »Kein Problem.« Lennys Vorliebe für Naschitüten war mir nur zu gut bekannt. Er liebte es, sich die einzelnen Teile auszusuchen und selbst zusammenzustellen. Für ihn kam das allerdings einer Entscheidung auf Leben und Tod gleich. Bei jedem einzelnen Teil wägte er das Für und Wider sorgfältig ab und entschied sich auch gerne mehrmals um. Auch heute wählte er seinen Süßkram mit viel Bedacht. Doch irgendwann hatte Lenny es schließlich geschafft, denn er und Mia kamen zu uns.

»Hey, Lenny, das waren wieder ein paar schwere Entscheidungen am frühen Morgen, was?«, fragte ich, während ich ihn umarmte.

Er nickte. »Ich weiß immer noch nicht, ob ich eine rote oder eine grüne saure Gurke will.«

Mia knüllte ihre leere Papiertüte zusammen. Offenbar hatte sie ihre Süßigkeiten in der Zeit, in der Lenny ausgesucht hatte, schon aufgegessen. Sie legte ihm einen Arm um die Schulter und küsste ihn. »Du bist echt ein Naschitüten-Freak. Aber ich liebe dich trotzdem sehr.«

Lenny lächelte sie verliebt an. »Ich liebe dich auch sehr.«

Dann küssten die beiden sich ausgiebig.

Nach einer Weile schaute meine Mutter auf ihre Uhr. »Lenny! Mia!«, rief sie. »Könntet ihr später weitermachen? Wir müssen los.«

Die beiden trennten sich voneinander, waren aber offensichtlich gefangen im Moment, denn sie hielten sich noch immer umschlungen und schmachteten einander an. Hoffentlich hatte ich Claas gestern nicht auch so angesehen. Falls ja, wusste er definitiv Bescheid, denn dieser Blick ließ keine Fragen offen. Ich überlegte, ob Claas seinerseits mich angeschmachtet hatte. Er hatte mich jedenfalls nicht angesehen, als wäre ich ihm unsympathisch. »Hallo, ihr drei!«, hörte ich die Stimme meiner Mutter. »Allmählich wird es Zeit. Wenn wir uns beeilen, können wir hinterher noch an den Elbstrand.«

Ich zwang mich aus meinen Gedanken zurück in die Realität, und wir machten uns auf den Weg zum Brautmodengeschäft. Lenny und Mia gingen ein Stück voraus, Mama und ich folgten ihnen. »Wie sieht es denn bei dir aus, meine Große?«, fragte sie und hakte mich unter. »Macht der Job noch Spaß?«

»Klar. Es ist noch immer mein absoluter Traumjob.«

»Wie schön. Das freut mich. Lenny hat neulich ja sehr von

deinem Chef geschwärmt. Ihr wart zusammen am Elbstrand, hat er gesagt.«

Ich wich ihrem Blick aus. »Ja, wir haben ihn zufällig in der Agentur getroffen. Lenny und ich haben dort … äh, was nachgeschaut, und Claas war halt auch da. Zufällig.«

»Ah. Also alles ganz zufällig«, meinte meine Mutter.

»Ich finde Claas echt nett«, rief Lenny über die Schulter in unsere Richtung.

»Wer ist das denn?«, wollte Mia wissen.

»Das ist der mit dem Hund. Der, in den Nele verliebt ist.«

Vor lauter Schreck blieb ich kurz stehen. »Bitte *was* bin ich?«, japste ich und zwang mich dann weiterzugehen.

»Na, du bist doch verliebt in den. Du hast so geguckt«, sagte er und klimperte dabei übertrieben mit den Wimpern. »Das war echt ein bisschen peinlich, Nele. Wir sind viel cooler, oder Mia?«

Sie nickte und strahlte ihn verliebt an.

Oh mein Gott, war es denn wirklich so offensichtlich? Mir war es doch selbst erst seit gestern Abend bewusst. »Das ist Unsinn, Lenny. So habe ich nicht geguckt.«

»Doch, hast du«, erwiderte er, und ich wusste, dass er von seiner Ansicht nicht mehr abzubringen war.

»Ich habe nicht so geguckt«, informierte ich meine Mutter, obwohl ich eigentlich nicht mit ihr darüber reden wollte. Sie war noch nie meine erste Anlaufstelle bei Männerproblemen gewesen. Oder bei sonstigen Problemen, um genau zu sein. Es war gar nicht so, dass sie mir nicht zuhörte oder nicht fantastisch im Trösten war. Schließlich konnte niemand einen besser trösten als die eigene Mutter, egal wie alt man war. Ich wollte sie nur einfach nicht mit meinen Problemen belasten.

»Doch, hast du«, sagte Lenny.

»Mann, Lenny! Jetzt hör mal auf damit.«

»Lass sie doch«, sagte Mia. »Sie will nicht, dass du das sagst.«

Lenny hob die Schultern. »Na gut, dann lass ich es. Aber ich verstehe nicht, was daran schlimm ist. Verlieben ist doch was Schönes. Das ist so ein richtig schönes warmes Gefühl.«

Wo er recht hatte, hatte er recht. Nur war es bei mir eben alles ein bisschen komplizierter als bei ihm und Mia.

Ich spürte den Blick meiner Mutter auf mir. »Sag rechtzeitig Bescheid, wenn du zur Hochzeit in Begleitung kommst.«

»Boah Mama! Können wir bitte das Thema wechseln?

»Gerne«, erwiderte sie lachend. »Wie wäre es mit Hochzeitskram?«

»Oh, unbedingt. Ich habe nämlich gute Nachrichten. Nachdem du mir geschrieben hast, dass ihr den Termin beim Standesamt bekommen habt, habe ich mich bei verschiedenen Locations an der Elbe umgehört.«

»Ja, aber da war doch nichts mehr frei«, meinte meine Mutter.

»Nein, aber gestern habe ich eine Mail von einem der Restaurants bekommen. Da ist ein Paar abgesprungen, also hätten sie einen Raum für vierzig Personen. Dieser Raum hat direkten Strandzugang, das ist genial.«

Die Augen meiner Mutter begannen zu leuchten. »Das klingt traumhaft. Ach, das wäre ja zu schön, um wahr zu sein! Ich bespreche das gleich heute Abend mit deinem Vater.«

»Mach das. Ich hab den Raum vorläufig reserviert, sie halten ihn aber nur eine Woche frei. Ihr solltet ihn euch also schnellstmöglich anschauen.«

Inzwischen waren wir bei einem piekfeinen Brautmodeladen angekommen. ›Exklusiv, edel, exquisit‹ versprach ein Schild über der Tür, was Anni garantiert dazu veranlasst hätte, die Inhaber des Ladens darauf hinzuweisen, dass diese Wörter im Grunde alle das Gleiche aussagten und deshalb dreifach gemoppelt waren.

Meine Mutter atmete noch mal tief durch und ordnete sich das Haar. »Also gut. Dann kann es ja losgehen. Wer hätte gedacht, dass ich mit 58 Jahren noch mal ein Brautkleid kaufen würde. Für *mich*. Ihr versprecht mir, dass ihr mir die Wahrheit sagt, okay? Wenn ich bescheuert aussehe, dann sagt ihr mir das auch.«

»Na klar, Mama«, sagte Lenny.

»Gut.« Sie drückte die Klinke herunter und wir betraten den Laden. Sofort umgab uns eine angenehme Kühle und Ruhe. Im Hintergrund lief leise klassische Musik, an langen Kleiderstangen hingen Träume in Weiß, und alle paar Meter stand eine Schaufensterpuppe in voller Brautmontur.

Eine junge Frau im Hosenanzug trat auf uns zu. Sie ließ ihren Blick von einem zum anderen schweifen. »Hallo, die Damen und der Herr«, begrüßte sie uns mit freundlichem Lächeln. Dann wandte sie sich an mich. »Darf ich Ihnen gratulieren?«

»Klar«, erwiderte ich. »Es ist zwar schon eine Weile her, aber ich freue mich noch immer über den neuen Job.«

»Nein, ich meinte natürlich zur Verlobung.«

Meine Mutter trat einen Schritt vor. »Tja, da wäre ich die richtige Ansprechpartnerin.«

Für den Bruchteil einer Sekunde zeigte die Verkäuferin sich überrascht, doch sie hatte sich schnell wieder im Griff. »Entschuldigung. Und natürlich herzlichen Glückwunsch. Wann ist denn der große Tag?«

»Am 19. Oktober.«

»Oh, dann gehören Sie zu den Kurzentschlossenen, was?«

»Nun ja, in meinem Alter lässt man sich halt nicht mehr ewig Zeit«, witzelte meine Mutter.

»Natürlich nicht«, sagte die Verkäuferin ernst. »Wir werden schon etwas Passendes finden. Ich nehme an, Sie möchten kein weißes Kleid, sondern eher etwas Gedecktes, richtig? Vielleicht in einem schönen Petrolblau oder einem lebendigen Perlgrau?«

Lenny zog eine lange Miene. »Nee, Mama, du sollst ein weißes Kleid anziehen. Sonst ist es doch gar keine richtige Hochzeit.«

Die Verkäuferin ging gar nicht auf ihn ein. »Es wäre wirklich ungewöhnlich, wenn eine Frau gesetzteren Alters noch ein weißes Brautkleid tragen würde.«

Am liebsten hätte ich meine Mutter am Ärmel gepackt und mit ihr den Laden verlassen. Was fiel dieser Tussi überhaupt ein? »Meine Mutter ist nun mal nicht gewöhnlich, und sie hätte gerne ein weißes Brautkleid«, behauptete ich, auch wenn Mama und ich nie darüber gesprochen hatten.

Doch sie schien sich ebenfalls angestachelt zu fühlen, denn sie fügte hinzu: »Ein langes, bitte. Mit Schleppe, Schleier und Spitze. Herzogin Kate, nicht Queen Mum, wenn Sie verstehen.«

Die Verkäuferin verzog keine Miene. »Sehr gerne. Haben Sie denn schon genauere Vorstellungen? Soll es schlicht oder romantisch sein? Mit Reifrock? Stickereien, Perlen? Korsage? A-Linie, Meerjungfrauenschnitt, weit ausgestellt oder enganliegend?«

Meine Mutter, Lenny, Mia und ich schauten sie wortlos an. »Am besten von allem etwas«, antwortete meine Mutter schließlich.

Die Verkäuferin hob minimal eine Augenbraue, ansonsten behielt sie die Fassung. »Natürlich. Kommen Sie doch am besten mit, dann probieren wir ein paar verschiedene Stile aus.« Dann wandte sie sich an Lenny, Mia und mich. »Sie können so lange in unserer Sitzecke Platz nehmen. Und bitte nichts anfassen«, fügte sie streng hinzu.

Blöde Kuh. Wieder hatte ich das Bedürfnis, meine Familie einzupacken und diesen schrecklichen Laden zu verlassen. Meine Mutter und ich tauschten einen Blick, und ich konnte ihr ansehen, dass sie das Gleiche dachte. Doch dann ließ sie sich von der Verkäuferin mitziehen. Die beiden streiften durch den Laden, pickten mindestens zwanzig weiße Wolken heraus und verschwanden schließlich in der Umkleidekabine. Lenny, Mia und ich saßen solange auf dem weichen Sofa und warteten. Lenny sah sich ehrfürchtig in dem edlen Laden um, während Mia mit ihrem Handy daddelte.

»Hey, Nele«, flüsterte Lenny. »Willst du auch mal so ein Kleid anziehen?«

»Wieso flüsterst du?«, flüsterte ich.

»Das ist so schick hier. Und wir sollen ja nichts anfassen.«

»Das hat doch nichts mit Flüstern zu tun.«

»Also, willst du so ein Kleid anziehen?«, fragte er, inzwischen wieder in normalem Ton.

»Eher nicht.«

»Claas findet bestimmt so eins schön«, behauptete Lenny und zeigte auf einen weißen, mit Strasssteinchen besetzten Tüll-(Alb-)Traum, dessen Rock einen Umfang von fünf Metern haben musste.

»Das kann ich mir nicht vorstellen. Aber selbst wenn, was hat das mit mir zu tun?«

Lenny grinste. »Na, weil du verliebt bist.«

»Jetzt hör endlich auf damit«, zischte ich.

»Ja, hör auf damit«, mischte Mia sich ein, die inzwischen von ihrem Handy hochgesehen hatte und Lenny und mich beobachtete.

»Ich finde das Kleid sehr schön«, sagte Lenny. »Das ist doch toll, wenn Kleider so glitzern. Wie bei Helene Fischer.«

Mia sah unglücklich an sich herab. Klar, mit ihren dunklen Haaren, dem blutrünstigen Heavy-Metal-T-Shirt, schwarzen Röhrenjeans und Dr. Martens war sie das Gegenteil von Helene Fischer.

»Es läuft nun mal nicht jede Frau gern wie ein Weihnachtsbaum rum, Lenny«, sagte ich.

»Wie ein Weihnachtsbaum«, kicherte Lenny. »Du bist echt witzig, Nele.« Für eine Weile schaute er sich wieder um und wippte dabei nervös mit seinem Bein. »Das dauert aber ganz schön lange, oder? Soll ich mal gucken, was die machen?«

»Nee, lass mal. Es dauert halt seine Zeit, bis der Weihnachtsbaum geschmückt ist.«

Wieder prustete er los.

Hach, mein Bruder war wirklich ein so dankbares Publikum für meine Witze. Er hielt das Stillsitzen offenbar nicht mehr aus, denn er stand auf und ging im Laden herum. An einem Tresen mit Haarschmuck und anderen Brautaccessoires blieb er stehen. »Guckt mal, die haben hier Kronen.« Er zog ein pompöses Diadem hervor und setzte es sich auf den Kopf.

Mia und ich lachten bei Lennys Anblick los. »Wie siehst du denn aus?«, gackerte Mia.

Lenny trat an einen Spiegel und musste auch lachen.

Mia und ich gesellten uns zu ihm, und nun fingen wir alle munter an, Diademe, Schleier, und Haarreifen auszuprobieren.

»Das steht dir voll gut, Nele«, rief Mia. »Du siehst aus wie eine Prinzessin.«

»Findest du?« Kritisch sah ich in den Spiegel. Ich trug einen halblangen, fluffigen Schleier und ein Diadem. »Na ja. Wie Prinzessin Lillifee vielleicht.«

Ich steckte Mia ein Stirnband ins Haar, an dem seitlich eine zarte Stoffblume und ein paar Federn angebracht waren. »Süß«, sagte ich verzückt. »Das steht dir richtig gut.«

Mia betrachtete sich kritisch im Spiegel. Anfangs war sie wenig begeistert, doch dann zupfte sie an dem Stirnband herum. Ein Lächeln erschien auf ihrem Gesicht und wurde breiter und breiter. »Ich sehe echt voll schön aus.«

»Du siehst sehr, sehr schön aus«, stellte Lenny klar und küsste sie. Er trug inzwischen einen Schleier, und nun steckte er sich zusätzlich einen dicht mit Kunstblumen besetzten Haarreifen auf den Kopf. »Wie steht mir das?«, fragte er breit grinsend.

Wieder gackerten Mia und ich los. »Ich wäre so stolz auf dich, wenn du das an deinem großen Tag trägst, Lenny«, meinte ich. »Mia, darf ich mal dein Stirnband aufsetzen?«

Mia hielt es fest und schüttelte den Kopf.

»Ich möchte das hier auch gerne behalten«, sagte Lenny und zeigte auf seinen Schleier. »Wie viel kostet das denn wohl?«

Ich kam nicht dazu, ihm zu antworten, denn auf einmal erschien eine Verkäuferin wie aus dem Nichts. Nachdem sie uns einmal kritisch gescannt hatte, wandte sie sich an mich. »Hallo. Wann ist denn Ihr großer Tag?«

»Hmmm«, machte ich. »Wenn ich Geschäftsführerin in der Agentur werde, zum Beispiel. Das wäre auf jeden Fall ein heißer Anwärter auf den großen Tag. Oder wenn Eintracht Hamburg endlich Deutscher Meister wird. Oder wenn ich es schaffe, drei Monate hintereinander mein Abo im Fitnessstudio voll auszuschöpfen. Ein konkretes Datum gibt es allerdings für keinen dieser Anlässe. Bedauerlicherweise.«

»Verstehe«, erwiderte sie schmallippig. »Diese Accessoires sind exklusiv für unsere Kunden, also …«

»Wer sagt denn, dass wir keine Kunden sind? Diese Accessoires lassen sich doch auch ganz wunderbar mit Jeans kombinieren.«

Ohne mit der Wimper zu zucken erwiderte sie meinen Blick. »Natürlich. Das macht dann bitte insgesamt 350 Euro.«

»Oha«, sagte Lenny, entfernte hastig Schleier und Haarreifen und legte sie zurück auf den Tresen. »So viel haben wir nicht, oder, Nele?« Dann wandte er sich an die Verkäuferin und erklärte: »Wir sind mit unserer Mutter hier, die heiratet nämlich. Unseren Vater.« Auch Mia verabschiedete sich von ihrem geliebten Stirnband. Ich zögerte kurz, doch dann gab ich klein bei und entledigte mich ebenfalls meines Schleiers und des Diadems. »Wir überlegen es uns noch mal«, sagte ich, dann gesellte ich mich zu Lenny und Mia, die wieder auf dem Sofa Platz genommen hatten.

In diesem Moment wurde die Tür der Umkleidekabine geöffnet. Zuerst kam die Verkäuferin heraus und dann Mama. Ich hielt den Atem an. Sie trug ein schneeweißes Kleid mit eng anliegender Korsage und einem weit ausgestellten Rock aus Tüll. Es sah … ziemlich gewöhnungsbedürftig aus. Ich kannte meine Mutter fast ausschließlich in sportlichen Klamotten. In diesem weißen Ungetüm wirkte sie total verkleidet.

Lenny sprang vom Sofa auf. Er lief strahlend auf sie zu und fiel ihr um den Hals. Die Verkäuferin zuckte zusammen und streckte die Hand nach ihm aus, als wollte sie ihn zurückhalten, doch sie traute sich wohl nicht, ihn anzufassen. »Du siehst *sehr* schön aus!«, rief Lenny verzückt, und wie immer, wenn er gerührt war, liefen ihm ein paar Tränen die Wangen runter, die er mit der Hand wegwischte.

Meine Mutter erwiderte die Umarmung und gab ihm einen Kuss. Dann löste sie sich von ihm und strich sich unsicher über den weiten Rock. »Ich weiß auch nicht. Ist das nicht zu kitschig?«

»Nein, überhaupt nicht!«

»Mia und Nele? Was meint ihr?«

Mia zuckte mit den Schultern. »Ich find's ganz schön.«

Nun sah meine Mutter mich an.

»Was soll ich sagen? Es erinnert mich an einen Wattebausch. Du wirst den ganzen Tag lang nicht allein aufs Klo gehen können. Du wirst *gar nicht* aufs Klo gehen können, weil du in keine Kabine reinpasst. Generell solltest du mit dem Kleid Räume unter zwanzig Quadratmeter meiden.« Ich biss mir auf die Lippen. »Aber ansonsten ist es okay.«

»Alles klar, dann das nächste.«

Nun begannen zwei lange Stunden Brautkleidschau. Mama probierte enganliegende, weite, kurze, lange, pompöse, romantische mit Spitze, Strasssteinchen oder ganz schlichte Modelle – Lenny fand alle supertoll, Mia fand alle ganz schön, und ich fand alle unmöglich. Meine Mutter sagte jedes Mal: »Ich weiß auch nicht.« Als Letztes kam sie in einem schlichten Kleid mit U-Boot-Ausschnitt und dreiviertellangen Ärmeln aus der Kabine. Oben schmiegte der Stoff sich eng an, während der Rock weich und fließend ihre Beine umspielte. Lenny flippte vor Begeisterung aus, Mia fand es »ganz schön«, und ich sagte: »Von allen Kleidern, die du heute anhattest, gefällt mir das am besten.«

Meine Mutter drehte und wendete sich vor dem Spiegel, ging ein paar Schritte vor und wieder zurück, und je länger sie das tat, desto zufriedener wurde ihr Lächeln. »Stimmt. Ich sehe nicht schlecht aus.«

Die Verkäuferin schien einen Abschluss zu wittern, denn sie sagte eilfertig: »Ich hole schnell ein paar Accessoires.«

Als sie weg war, fotografierte ich Mama von allen Seiten

mit dem Handy. Dabei fiel mir das Preisschild ins Auge, und ich zog scharf die Luft ein. »Hast du gesehen, was der Fummel kostet?«, flüsterte ich.

»Nein.«

»Beträgt dein Brautkleid-Budget zufällig zweitausendfünfhundert Euro?«

»Was?«, schrie sie und fuhr dann leiser fort. »Das kann doch nicht deren verdammter Ernst sein!«

»Tja, exklusiv, edel und exquisit halt«, wandt ich ein.

Die Verkäuferin kam mit einem Haarband (Mias), einem Haarreifen mit Blumen (Lennys) und einem Schleier (meinem) zu uns zurück. »Ist etwas?«, fragte sie, als sie die entsetzte Miene meiner Mutter sah.

»Nein, nein.« Wehmütig betrachtete sie sich im Spiegel. »Das Kleid gefällt mir doch nicht so gut.«

In gedrückter Stimmung verließen wir den Laden. Nach der klimaanlagengekühlten Luft fühlte es sich an, als würde ich gegen eine Wand aus Hitze laufen. »Ich muss unbedingt ans Wasser!«

»Hier ist noch ein Laden in der Nähe«, sagte meine Mutter und schaute auf ihre Uhr. »Wenn wir uns beeilen, könnte ich dort noch ein oder zwei Kleider anprobieren. Dann ist der Tag vielleicht kein kompletter Reinfall.«

Ich packte sie an ihrer Umhängetasche und zog sie mit in Richtung Hafen. »Wir haben für heute genug Wattebäusche gesehen. Und im Grunde bin ich ganz froh, dass du in diesem Laden kein Kleid gekauft hast. Blöde Tussis. So, und jetzt setzen wir uns auf die Fähre nach Neumühlen und trinken was an der Strandperle.«

Eine halbe Stunde später saßen wir am Elbstrand. Lenny wollte natürlich zum Alten Schweden, also deckten wir uns bei der Strandperle mit Bratwurst und Alster ein und gingen dann weiter, bis wir bei dem riesigen Findling angekommen waren. Wir sicherten uns einen Platz im Schatten und ließen uns im weichen Sand nieder. Das letzte Mal war ich mit Claas, Lenny und Sally hier gewesen, und unwillkürlich hielt ich Ausschau nach einem großen dunkelhaarigen Mann und einem blonden Hund mit Schlappohren.

Wir aßen unsere Bratwürste und schauten auf die Elbe, die im Sonnenlicht glitzerte. Nach einer Weile sagte meine Mutter versonnen: »Was für ein Kleid. Zeig mir doch mal die Fotos, Nele.«

Ich rief auf meinem Handy die entsprechenden Bilder auf und reichte es meiner Mutter. Sie wischte mehrmals über das Display und ihre Miene verfinsterte sich zusehends. »Das ist doch lächerlich. *So* sehe ich im Brautkleid aus? Wieso sagt mir das denn keiner? Herrgott noch mal, ich bin achtundfünfzig Jahre alt, da werde ich garantiert nicht in einem Kleid heiraten, das selbst meiner Tochter zu mädchenhaft wäre.«

»Ich finde, du sahst sehr schön aus in den Kleidern«, sagte Lenny.

»Das ist lieb, Schatz. Aber ich denke, es wird auf ein Kostüm in gedecktem Perlgrau hinauslaufen. Oder in Petrol. Eigentlich mag ich diese Farbe nämlich.«

Nachdenklich sah ich sie an. »Ich könnte dir doch ein Kleid nähen.«

Meine Mutter reichte mir das Handy zurück. »Du?«

»Ja, ich nähe in letzter Zeit wieder sehr viel. Ein Brautkleid war bislang zwar noch nicht dabei, aber wenn es schlicht ist, werde ich das schon hinbekommen. Weißt du, was ich mir gut für dich vorstellen könnte? Ein Kleid im Fünfzigerjahre-Stil.«

»Mit Petticoat und Punkten?«

»Nein, keine Punkte und ohne Petticoat.« Ich holte mein

Notizbuch und einen Kuli aus der Tasche und fing an, eine Skizze zu zeichnen. »Der Rock sollte nur leicht ausgestellt und schön fließend sein. Im Grunde so wie der von deinem Lieblingsbrautkleid, nur in kurz. Das Oberteil enganliegend und mit U-Boot-Ausschnitt, aber die Ärmel nicht dreiviertellang, sondern …« Kurz dachte ich nach, dann entschied ich: »Wie ein Top mit ganz breiten Trägern. Siehst du?« Ich zeigte meiner Mutter die Skizze. »Und ich überziehe das Kleid mit einer Schicht aus transparentem Organza, dann bekommt es einen etwas weicheren Look und sieht ein bisschen … brautiger aus.«

Meine Mutter, Lenny und Mia betrachteten die Skizze. »Und in welcher Farbe?«, fragte meine Mutter.

»Das kannst du dir aussuchen. In einem gedeckten Perlgrau oder in Petrol. Oder aber in Weiß. Oh, warte mal.« Ich nahm mein Notizbuch wieder an mich und fügte der Zeichnung ein paar Striche hinzu. »Um die Taille kommt noch ein Band. Wenn das Kleid weiß wäre, könnte man das Band in Petrol machen.« Ich hielt meiner Mutter das Notizbuch wieder hin.

Sie nahm es mir aus der Hand und betrachtete eingehend die Skizze. »Das kann ich mir vorstellen. Ja, das kann ich mir richtig gut vorstellen. Das ist perfekt«, sagte sie und fing an zu strahlen. »Ach Nele, würdest du das wirklich für mich machen?«

»Natürlich. Am besten nehmen wir schnellstmöglich Maß und suchen Stoff aus.«

»Vielen Dank, meine Große«, rief Mama und fiel mir um den Hals. »Du bist meine Rettung. Ich kann mich wirklich glücklich schätzen, so eine fleißige und brave Tochter wie dich zu haben.«

Ich verzog das Gesicht. Fleißig, brav und niemals Ärger

machen, jaja, so war ich. Ich hatte nie rebelliert, sondern mich an alle Spielregeln gehalten. Schließlich hatte ich meinen Eltern keinen Kummer machen wollen. Sie hatten sich immer so viele Sorgen um Lenny gemacht, und ich ja auch. Also hatte ich mich nach Kräften bemüht, alles richtig zu machen.

»Hey, Mama, du bist aber auch glücklich, mich zu haben, oder?«, fragte Lenny.

»Natürlich, mein Schatz«, sagte sie und gab nun Lenny eine Umarmung und einen Kuss auf die Wange.

Nachdem wir noch eine Weile am Elbstrand gelegen und uns den Wind um die Nasen hatten wehen lassen, machten wir uns auf den Weg nach Altona zur Wohnung meiner Eltern. Während Papa den Grill anwarf und den Tisch auf dem Balkon deckte, nahm ich bei meiner Mutter Maß. Ich wiederholte die Prozedur zweimal, um ganz sicher zu gehen, dass alles stimmte. »Du solltest jetzt nach Möglichkeit nicht mehr übermäßig ab- oder zunehmen«, ermahnte ich sie, als ich die letzte Zahl aufschrieb. »Sonst haben wir ein Problem.«

»Alles klar. Und vielen Dank noch mal. Ich finde es toll, in einem Kleid zu heiraten, das meine Tochter genäht hat. Das macht den Tag noch schöner für mich.«

Den Abend verbrachte ich mit meiner Familie auf dem Balkon. Es war schon eine Weile her, dass wir das letzte Mal so viel Zeit miteinander gehabt hatten, und ich genoss es, endlich mal wieder ausführlich mit ihnen quatschen zu können. Als ich in die Küche ging, um neue Getränke zu holen, folgte Mia mir. »Du, Nele? Kannst du mir auch ein Kleid nähen?« Schüchtern blickte sie unter ihrem Pony hervor.

Oh je. Das artete allmählich in richtig viel Arbeit aus. Mir selbst wollte ich für die Hochzeit auch ein Kleid nähen, zusammen mit dem Brautkleid meiner Mutter wären das drei Kleider. Aber ich brachte es einfach nicht übers Herz, Nein zu Mia zu sagen. »Ja, klar. Das mach ich gerne. Was für eins hättest du denn gern? Lass mich raten … ein schwarzes?«

»Nein, ich will so was, was Lenny schön findet. So ein Weihnachtsbaum-Glitzerkleid wie von Helene Fischer.« Sie hob resignierend die Schultern und sah an sich herab. »Ich bin halt immer nur so.«

Es brach mir fast das Herz, Mia so verunsichert zu sehen. »Ja, aber Lenny mag dich doch genau wie du bist. So hat er sich in dich verliebt. Außerdem solltest du nicht wegen eines Typen deine Persönlichkeit verändern.«

Ha, das sagte ausgerechnet ich? Ich hatte bislang noch in jeder Beziehung (vergeblich) versucht, den jeweiligen Typen zu beeindrucken und dabei Teile meiner Persönlichkeit verleugnet. Oder etwas hinzuerfunden, das gar nicht meiner Persönlichkeit entsprach.

Mia nickte. »Weiß ich. Ich bleibe ja auch eine Rockerin. Aber ich würde gern wissen, wie das aussieht, wenn ich so ein Kleid anhabe. Nur ein einziges Mal. Es muss ja nicht unbedingt mit Glitzer sein. Was meinst du denn? Du kennst dich besser aus.«

Ich überlegte ein paar Sekunden, dann sagte ich: »Du bist so ein fröhlicher Mensch, also fände ich etwas Buntes, Freches schön für dich. Mit Punkten, und auch im Fünfzigerjahre-Stil.« Allmählich entstand ein Bild vor meinen Augen. Ich holte aus der Kramschublade einen Zettel und einen Stift und zeichnete eine Skizze. »Wie findest du das?«

»Richtig gut.«

»Und welche Farben gefallen dir?«

»Ähm … Rosa und Grün.«

»Okay, warum nicht? Dann bekommst du einen grünen Pünktchenrock und ein rosa Oberteil dazu. Ja?«

»Cool!« Mia fiel mir überschwänglich um den Hals. »Vielen Dank, Nele. Ich bin echt froh, dass du Lennys Schwester bist.«

Ich lachte und drückte sie an mich. »Und ich bin froh, dass du Lennys Freundin bist. Jetzt lass uns mal wieder rausgehen, okay? Die anderen fragen sich bestimmt schon, wo wir so lange bleiben.«

Um halb zwölf kam ich in unserer Wohnung an. Es war heiß und stickig hier drin, also setzte ich mich auf den Balkon. Vom nahen Park wehte gelegentlich Lachen zu mir herüber. Anni, Sebastian und Kai waren ausgeflogen, und plötzlich fühlte ich mich einsam. Meine Gedanken schweiften zu Claas, den ich, laut Lenny, immer so verliebt anguckte. Was er wohl gerade machte? Für einen Moment wünschte ich mir, ich könnte ihn einfach anrufen und fragen, ob er vorbeikommen wollte. Aber das konnte ich natürlich nicht machen, denn zum einen hatte ich seine Handynummer gar nicht, und zum anderen … ging es eben nicht. Wahrscheinlich wollte er es auch gar nicht. Immerhin hätte er mich gestern küssen können. Ich hätte mich ganz sicher nicht dagegen gewehrt, und das musste ihm klar gewesen sein. Okay, geküsst hatte er mich zwar, allerdings nur auf die Wange. Wahrscheinlich verteilte er diese Küsse geradezu inflationär. Wie norddeutsche Männer das nun mal machten, die galten ja gemeinhin als große Wangenküsser.

Es war ohnehin besser, dass er mich nicht richtig geküsst hatte. Eigentlich sollte ich dem Himmel dafür danken, dass gestern nichts zwischen uns passiert war.

Verdammt, was musste ich nur so dämlich sein, mich in Claas zu verlieben? Und wie sollte es jetzt weitergehen? Noch immer hatte ich keine Lösung. Also würde ich wohl bei der ›Nichts tun und abwarten‹-Strategie bleiben müssen. Damit war ich bislang ja total gut gefahren. Haha. Nicht.

Bürgermeister-Bullshit

Am nächsten Morgen fuhr ich nach einer Nacht mit äußerst wenig Schlaf ins Büro. Ich war todmüde, aber zugleich aufgekratzt und nervös. Kein Hund kam angerast, als ich die Tür öffnete: Also konnte ich davon ausgehen, dass Sally und Claas noch nicht im Büro waren. Ich stellte die Alarmanlage ab, ging an meinen Platz und fuhr meinen Rechner hoch. Zufällig sah ich im Outlook-Kalender, dass Claas einen Termin hatte. Also würde es noch etwas dauern, bis er hier auftauchte, und ich konnte aufhören, so nervös zu sein.

Dann endlich, um Viertel nach zehn – Britt, Linda und Julius waren schon längst da – hörte ich Hundekrallen auf dem Parkett. Kurz darauf kam Sally auch schon herein, um mich zu begrüßen.

Es dauerte nicht lang, bis Claas ihr folgte. Mein Herz machte einen Satz, und in meinem Bauch kribbelte es aufgeregt. »Moin zusammen«, sagte er fröhlich. Sein Blick streifte mich, aber ich hatte nicht das Gefühl, dass er mich anders ansah als die anderen. »Wie war euer Wochenende?«

»Ganz okay«, erwiderte Britt.

Julius nickte. »Bei mir auch.«

»Linda, wie geht's deiner Familie?«, wollte Claas wissen.

»Immer noch schlecht. Und dementsprechend war auch mein Wochenende.«

»Das tut mir leid.« Nun wandte er sich an mich. »Und was hast du so gemacht, Nele?«

Hilfe, schon allein ihn meinen Namen sagen zu hören, jagte

mir einen Schauer über den Rücken. »Ach, das Übliche. Ich war mit meiner Mutter Brautkleider gucken.«

»Das Übliche also«, sagte er grinsend. »Ja, etwas ganz Ähnliches habe ich auch gemacht.«

Ich wollte ihn gerade fragen, was er denn tatsächlich unternommen hatte, doch da war die Plauderstunde schon beendet. »Hört mal, wir müssen dringend wegen des RHK-Ostsee-Termins am Mittwoch sprechen. Die neuesten Umfrageergebnisse sind da.«

Julius, Linda und ich hielten gespannt den Atem an. »Und?«, fragte Linda schließlich.

»Sie sind besser, aber noch nicht so, wie wir uns das vorstellen. Daher ist dieses Familien-Shooting umso wichtiger.«

Am Mittwoch würden Linda und Claas mit RHK, seiner Frau und den Söhnen nach Zingst auf den Darß fahren, um dort Familienbilder am Strand zu schießen. Anschließend würden alle in Zingst übernachten, denn am nächsten Morgen ging es nach Berlin, wo RHK einen Business-Lunch mit dem Bundesvorstand der Durchschnittspartei hatte. Auch dieser Termin wurde natürlich medienwirksam inszeniert. Linda hatte alles organisiert und geradezu darum gebettelt, mit Claas mitfahren zu dürfen. Spätestens jetzt war ich auch ganz froh darüber, dass ich aus der Nummer raus war, denn die Kombination aus Strand und Claas hatte ja erfahrungsgemäß eine ziemlich gefährliche Wirkung auf mich. Selbst wenn es ein geschäftlicher Termin war – ich musste die Gefahr ja nicht herausfordern.

»Ach, wo wir gerade dabei sind«, sagte Linda jetzt mit beinahe ängstlicher Miene. »Ich weiß nicht, ob ich es packe, am Mittwoch nach Zingst zu fahren. Nicht, wenn meine gesamte Familie flachliegt. Tut mir wirklich sehr leid. Ehrlich, ich habe …«

»Jetzt beruhige dich mal, Linda«, sagte Claas. »Das kriegen wir schon hin. Entweder deine Familie ist bis Mittwoch wieder gesund, oder Nele kommt mit.«

Nele?! Ich versuchte, äußerlich vollkommen gelassen zu wirken, während ich innerlich ausflippte. Mit Claas nach Zingst zu fahren, wäre mein persönliches Armageddon! »Klar, kein Thema«, stieß ich hervor.

»Gut, dann sehen wir uns gleich beim Meeting.« Damit war er auch schon verschwunden.

Für den Rest des Tages beschränkten sich die Gespräche zwischen Claas und mir ausschließlich auf berufliche Themen. Doch es gab immer wieder diese kleinen Momente, wenn wir mal kurz allein miteinander waren. Wenn wir uns in der Küche oder auf dem Flur begegneten. Dann lächelte Claas mich auf diese besondere Art an, und seine Blicke sagten, dass er etwas anderes in mir sah als nur eine Mitarbeiterin. Aber mehr als diese kleinen Momente gab es nicht. Ich hatte das Gefühl, dass Claas genauso wenig wusste, wie es weitergehen sollte.

Am nächsten Morgen rief Linda im Büro an und teilte uns mit, dass sie sich mit dem Norovirus angesteckt hatte. Also musste ich mit Claas nach Zingst und Berlin reisen. Keine Ahnung, wie ich das überleben sollte. Ich legte mir Pläne und Strategien zurecht, überlegte hin und her, schwankte zwischen Herz und Kopf, Ja und Nein, ihm sagen, was mit mir los war, oder schweigen. Schließlich gab ich es auf. Die letzten Wochen hatten mir deutlich gezeigt, dass ich so viele Pläne schmieden und Strategien zurechtlegen konnte, wie ich wollte – es kam sowieso meistens anders als gedacht.

Am Mittwochmittag, kurz bevor Claas und ich losmussten, kam er in unser Büro, um ein letztes Mal mit Julius, mir und Britt, die für Linda einsprang, die Termine der kommenden zwei Tage zu besprechen. Er wirkte unruhig und blickte immer wieder auf sein Handy.

»Ist irgendwas?«, fragte ich, nachdem er zum zwölften Mal innerhalb von zehn Minuten sein Telefon gezückt hatte.

»Ich frage mich, wo mein Vater bleibt. Er wollte Sally abholen. Wir müssen gleich los, und ich …« In dem Moment klingelte sein Handy, und er ging vor die Tür. Kurz darauf kam er wieder herein, ziemlich blass um die Nase. »Sally kommt mit«, verkündete er.

Als Sally, die unter meinem Tisch lag, das hörte, wedelte sie freudig mit dem Schwanz.

»Ist was mit deinen Eltern?«, fragte ich.

Er atmete tief aus. »Meine Mutter hatte einen Fahrradunfall und hat sich am Arm verletzt. Es ist wohl nichts Schlimmes, aber sie sind zum Röntgen im Krankenhaus und wissen nicht, wie lange es noch dauert. So kurzfristig kriege ich niemanden mehr für Sally organisiert. Also, ich pack schnell das Nötigste für sie zusammen, dann können wir los.«

»Ich helfe dir.«

Claas und ich suchten Sallys Kram zusammen. Vollbepackt trafen wir uns kurz darauf im Flur. »Fehlen nur noch unsere Taschen und der Hund«, meinte er. »Ich die Taschen, du den Hund?«

Ich nickte und legte Sally ihre Leine an, während er nach unten ging, um den Wagen zu beladen. Mir fiel auf, dass Claas Sallys Kuschelgiraffe vergessen hatte, also ging ich schnell in sein Büro, um sie zu holen.

»Wie süß«, meinte Julius, der den Kopf zur Tür hereinsteckte. »Mama, Papa und Hundi auf dem Weg an die Ostsee für ein paar entspannte Stunden. Dann wünsche ich euch viel Spaß.«

In meinem Magen begann es zu brodeln, doch ich hielt

mich zurück. Mir anmerken zu lassen, dass ich mich ärgerte, wäre das Schlimmste, was ich machen könnte. »Vielen Dank, Julius. Wir schreiben dir eine Postkarte. Dir viel Spaß morgen beim entspannten Powerriegel-Essen und Mädchenfußball gucken.« Damit verließ ich das Büro und ging zum Auto.

Kurz darauf waren Claas und ich unterwegs. Als ich bemerkte, welche Richtung er einschlug, platzte es aus mir heraus: »Willst du nicht lieber nördlich der Alster lang fahren? Dann müssen wir nicht am Dammtor …« Mitten im Satz unterbrach ich mich.

Claas fing an zu lachen. »Was hast du nur immer mit dem Dammtor? Hattest du dort irgendwann mal ein traumatisches Erlebnis?«

»Beim letzten Mal hatte ich recht damit. Da standen wir im Stau. Aber egal, du fährst ja sowieso nicht, wie ich es will.«

»Stimmt«, meinte Claas, noch immer schmunzelnd.

Am Dammtor war zum Glück kein Stau, und überhaupt kamen wir überraschend gut durch. Unser Gespräch beschränkten wir auf arbeitsbezogene Themen, und nebenbei erledigten wir diverse Telefonate. Ich schrieb ein paar E-Mails, ansonsten schwiegen wir, hörten Radio oder plauderten über unverfängliche Dinge.

Als wir in Zingst angekommen waren, reckte und streckte ich meine Glieder. Claas ließ Sally aussteigen, die fast die gesamte Fahrt verpennt hatte. Nun war sie allerdings topfit und lief fröhlich zwischen Claas und mir hin und her.

Er warf einen Blick auf die Uhr. »Wir haben noch eine halbe Stunde bis zum Termin. Ich gehe eine Runde mit Sally an den Strand. Kommst du mit?«

Ich roch die frische Meeresluft, sah die Dünen, hörte die Möwen kreischen und die Wellen rauschen. »Auf jeden Fall. Ich muss unbedingt das Meer sehen.«

Wir schlenderten mit Sally in Richtung Strand. Für eine Weile hingen wir schweigend unseren Gedanken nach, doch dann sagte er: »Wir müssen heute darauf achten, das RHK …«

»Psst«, machte ich und hielt ihn am Arm fest, damit er stehenblieb. »Da ist es.« Claas und ich waren den Bohlenweg durch die Dünen inzwischen bis zum Ende gegangen. Vor uns erstreckte sich herrlich weißer Sand und tiefblaues Meer. Die meist zahme Ostsee wurde heute durch den Wind aufgepeitscht, sodass Wellen an den Strand schlugen und weiße Schaumkronen auf dem Wasser tanzten. Ich atmete tief ein und aus und konzentrierte mich auf das Rauschen des Meeres, die raue Luft und die Wärme auf meiner Haut.

Claas leinte Sally ab, die gleich darauf mit wehenden Ohren den Strand hinabwetzte, bis sie am Wasser angekommen war. Ausgelassen tobte sie durch den Sand, jagte die Wellen und schwelgte im Hundeglück.

»Die hat's gut«, kommentierte ich.

»Ja, da möchte man gerne mitmachen, oder?«

»Das würde ich auch, wenn wir nicht gleich den Termin hätten.«

Wir spazierten für ein paar Minuten über den Strand, doch viel zu früh war es Zeit, zum Hotel zu gehen, wo wir uns mit den Hofmann-Klasings, Herrn Fangmann und dem Fotografen treffen würden. Sehnsüchtig warf ich einen Blick zurück zum Meer und schwor mir, dass ich heute Abend nach dem Essen noch mal hierherkommen würde. Am Meer zu sein, ohne es auskosten zu können, war Folter.

In der Lobby des Hotels war von den anderen zum Glück noch nichts zu sehen, sodass ich schnell einchecken und meine Klamotten aufhängen konnte. Außerdem machte ich mir den Haarknoten neu, der vom Wind schon ein bisschen derangiert aussah.

Als ich zurück in die Lobby kam, war von Sally nichts mehr zu sehen, also hatte Claas sie wohl ins Hotelzimmer gebracht. Stattdessen waren die Hofmann-Klasings und Herr Fangmann eingetrudelt.

RHK saß neben seiner Gattin auf einem der Sofas. Beide hatten sich so gekleidet, wie ich es angefordert hatte: freizeitseriös in Jeans. In den Sesseln rechts und links des Sofas lümmelten zwei Teenie-Jungs und daddelten auf ihren Handys. Ihr Anblick ließ mich an zwei zu klein geratene Unternehmensberater am Casual Friday denken. Sie hatten mittelblonde Haare, perfekt zum Undercut mit Tolle gestylt und durch eine Menge Haargel in Schach gehalten. Beide trugen Hornbrillen, Jeans, pastellige Hilfiger-Poloshirts und Seglerschuhe. Das war also die glückliche Familie, die durch ihre lebenslustige Art und den liebevollen Umgang miteinander für Sympathiepunkte sorgen sollte. Leider hatte ich das Gefühl, dass hier etwas ganz und gar nicht stimmte. Mir wehte ein geradezu eisiger Wind entgegen, und wenn ich nicht gewusst hätte, dass es sich bei diesen vier Menschen um eine Familie handelte, hätte ich sie glatt für Fremde halten können. Alle vier würdigten sich gegenseitig keines Blickes. Na, das konnte ja ein interessantes Fotoshooting werden.

»Hallo«, sagte ich und begrüßte Sybille und Rüdiger Hofmann-Klasing mit Handschlag. »Da haben wir aber den perfekten Tag und den perfekten Ort für ein Fotoshooting ausgesucht, was?«

»Wie man es nimmt«, meinte RHK schmallippig. »Wir sind noch nie in Zingst gewesen, daher finde ich es wenig authentisch, dass wir ausgerechnet hier diese Fotos machen.«

»Aber Sie haben doch gesagt, dass Sie gern am Meer sind.«

»Ja, aber doch nicht an der *Ostsee*«, erklärte einer der beiden Mini-Unternehmensberater mit Todesverachtung. »Das ist ja wohl mega lame. Wir sind immer am Mittelmeer, in Positano.«

»Ruben, bitte«, zischte seine Mutter. Dann sah sie mich entschuldigend an. »Das sind unsere beiden Söhne, Ruben und Korbinian. Sie wissen ja, wie anspruchsvoll Teenager heutzutage sind.«

Eigentlich wusste ich das nicht, aber ich äußerte mich besser nicht dazu. Claas und Herr Fangmann traten zu uns. Claas warf mir einen Blick zu, der nur etwa eine Sekunde dauerte, aber das reichte schon, um zu erkennen, dass er genauso besorgt war wie ich. »Der Fotograf wartet vor der Eisdiele.«

»Alles klar.« Ich wandte mich an die Hofmann-Klasings. »Dann kann es losgehen.«

Herr und Frau Hofmann-Klasing sprangen auf, während Ruben und Korbinian sich widerwillig aus ihren Sesseln erhoben. Auf dem Weg zur Eisdiele, die nur ein paar Meter vom Hotel entfernt lag, erklärte ich kurz den Ablauf des Termins. »Als erste Location haben wir die Eisdiele eingeplant, an der Sie sich gemeinsam Eis holen werden und …«

»Wir holen uns nie gemeinsam Eis«, fiel Korbinian mir ins Wort. »Das hier ist doch wieder nur Bürgermeister-Bullshit.«

»Korbinian, *bitte*«, sagte Frau Hofmann-Klasing.

Ich beschloss, Korbinians Einwurf zu ignorieren und fuhr fort: »Und die zweite Location ist am Strand. Dort wird ein schöner Spaziergang gemacht.«

Die Jungs stöhnten auf. »Ein Spaziergang? Wie ätzend ist das denn?«

»Ruben und Korbinian, bitte!«, sagte RHK und allmählich fragte ich mich, ob die beiden Jungs jemals etwas anderes zu hören bekamen als ihre Vornamen und ›bitte‹.

In dem kleinen Fischerörtchen Zingst herrschte an diesem wunderschönen Sommernachmittag viel Trubel. Vor den zahlreichen Restaurants und Cafés waren alle Tische vollbesetzt, und es duftete nach Kuchen, Fisch und Bratkartoffeln. Vor der Eisdiele stand ein drahtiger kleiner Mann in den Fünfzigern, der eine Fototasche um den Hals hängen hatte. »Hallo, ich bin Bernd Lichtenstein«, stellte er sich vor. Er deutete auf einen fülligen Jungen, der mit einem großen Reflektor und einer weiteren Kameratasche bewaffnet war. »Das ist mein Assistent Rico.« Nachdem wir uns alle gegenseitig begrüßt hatten, konnte es endlich losgehen.

»Machen Sie einfach alles ganz natürlich«, instruierte Bernd Lichtenstein die Familie Hofmann-Klasing. »Einfach ein Eis kaufen, wie jeder andere auch. Dann machen wir ein paar Aufnahmen, wie Sie mit Ihrem Eis durch den Ort bummeln, und zwar dort.« Er deutete auf eine Reihe von alten Fischerhäusern. »Da ist es am idyllischsten. Aber jetzt holen Sie erst mal Eis. Ganz normal alles bitte.«

Die Hofmann-Klasings wollten sich gerade hinten in der Schlange anstellen, da rief Bernd Lichtenstein: »Aber ich bitte Sie! Sie sollen doch nicht wie der Pöbel Schlange stehen!« Mit einer wegwischenden Geste sagte er zu den ersten Wartenden in der Schlange: »Könnten Sie mal kurz beiseitetreten? Wir haben hier ein wichtiges Shooting.«

Die als ›Pöbel‹ bezeichneten Damen und Herren in der Schlange murrten empört, als die Hofmann-Klasings sich um Entschuldigung bittend an den ersten Platz in der Schlange mogelten. Und spätestens jetzt waren alle, aber auch wirklich alle auf die Hofmann-Klasings aufmerksam geworden. Köpfe wurden zusammengesteckt, es wurde geglotzt und eifrig gerätselt, wer diese Leute sein mochten.

Die Hofmann-Klasings brachten sich inzwischen mit Hilfe von Bernd Lichtenstein in Position. »Priiima« lobte er, als nach einigem Hin und Her endlich alle Familienmitglieder so positioniert waren, wie er es wünschte. »Gut, dann hätte ich hinter der Eistheke gerne die junge Verkäuferin mit den roten Haaren, nicht die alte, dicke.«

Die ›alte, dicke‹ Eisverkäuferin schnappte empört nach Luft. »Ey, hast du nich mehr alle Nadeln anner Tanne, oder was?«

»Tut mir leid, das war nicht so gemeint«, sagte ich schnell.

»Na, Sie haben ja auch nix gesagt«, murrte sie, übergab den Eisportionierer jedoch tatsächlich an ihre jüngere Kollegin. »Blöder Idiot.«

Ich konnte sie nur zu gut verstehen, dieser Fotograf war wirklich unter aller Kanone. Wo hatte Linda den denn ausgegraben?

»So, nun kauft ein Eis, ihr lieben Holthusen-Kerssings«, rief Bernd Lichtenstein. »Ganz natürlich.«

»Was denn für eins? In der Waffel, im Becher? Und welche Sorten?« RHK sah hilfesuchend zu Herrn Fangmann. »Was meinen Sie? Besser in der Waffel wegen der Müllvermeidung, denke ich. Und besser kein Milcheis, wegen der Veganer. Ich will ja niemandem auf den Schlips treten.«

Die ›alte, dicke‹ Eisverkäuferin schnaubte.

Herr Fangmann riet: »Und nicht zu viele Kugeln. Damit Sie nicht unbescheiden wirken.«

Gut, dass Herr Dr. Meier nicht hier war. Der hätte das Ganze garantiert wieder erst mal mit der Basis abstimmen wollen.

»Sehr richtig«, meinte RHK. Dann wandte er sich an seine Frau und seine Kinder. »Also nicht mehr als drei Kugeln, hört ihr? Und keine Sahne.«

»Ist dann alles geklärt? Wunderbar.« Bernd Lichtenstein hielt den Fotoapparat hoch und brachte sich in Position. »Rico, Licht bitte«, wies er seinen Assistenten an, der sich daraufhin mit dem riesigen runden Reflektor neben Rüdiger Hofmann-Klasing stellte.

Der griff sich an die nicht vorhandene Krawatte. »Ja, also«, wandte er sich an die junge rothaarige Eisverkäuferin. »Guten Tag. Ich möchte gerne ein Eis kaufen. Konkret geht es um drei Kugeln in der Waffel. Erdbeer, Schoko und …«

»Stopp!«, rief Bernd Lichtenstein. »Geht das mit ein bisschen mehr Begeisterung? Auch die Damen und Herren in der Schlange und jenseits des Tresens. Ich hätte gerne auf allen Seiten mehr Natürlichkeit und fröhliche Gesichter.«

»Wir sind der Pöbel, wir haben nix zu lachen«, rief eine Frau aus der Schlange, woraufhin die Umstehenden in Gelächter ausbrachen.

Die Hofmann-Klasings bemühten sich redlich um fröhlichere Gesichter, doch ihr Lächeln wirkte so gequält, als stünden sie allesamt unmittelbar vor einer Wurzelbehandlung.

»Lebendiger muss das sein«, feuerte Bernd Lichtenstein sie an, während er sich in Ekstase knipste. »Viel natürlicher. Priiima. Rico, das Licht muss mehr von links kommen.« Er fotografierte die Hofmann-Klasings von allen Seiten, während sie sich einer nach dem anderen ein Eis holten. »Lächeln nicht vergessen. Nicht zu viel, Sie haben ja nicht im Lotto gewonnen. Jetzt nehmen Sie das Eis in ihre linke Hand, Herr Holting-Kaasmann, und dabei den Kopf bitte leicht nach rechts und nach unten neigen und ein ganz kleines bisschen mehr Zähne zeigen. Ja, so ist es schön.« Für meine Begriffe sah RHK zwar eher aus wie der Wolf, der kurz davor war, die Großmutter zu verspeisen, aber Bernd Lichtenstein schien zufrieden zu sein. »Könnten Sie bitte alle mal an Ihrem Eis lecken? Sehr schön, *genau* so bleiben, bitte.«

Mit den Zungen am Eis standen die Hofmann-Klasings reglos da, und guckten den Fotografen abwartend an. »Die

Dame bitte nicht zu viel Zunge zeigen beim Eisessen, wir shooten hier ja schließlich keinen Porno. Ganz normal, ganz natürlich alles. Fein, fein«, sagte Bernd Lichtenstein schließlich. »So, das war's, jetzt rasch rüber zum Stadtbummel.« Damit eilte er auf die andere Straßenseite, zu den niedlichen Reetdachhäusern. »Kommen Sie, schnell, schnell, wir haben ja nicht ewig Zeit«, rief er uns zu und klatschte in die Hände. »Rico, hierher bitte!«

Rico und die Hofmann-Klasings liefen artig hinüber zu Bernd Lichtenstein.

»Ganz natürlich alles«, raunte ich Claas zu und deutete mit dem Kopf auf die Menschenmenge, die sich inzwischen versammelt hatte, um das Fotoshooting neugierig zu verfolgen. Überall wurde getuschelt: »Wer ist denn das? Kennt ihr die?«

»Ich bin heilfroh, dass der Fotograf sich RHKs Namen nicht merken kann«, sagte Claas. »Sonst hätten wir jetzt ein Problem.«

»Das mit den Social-Media-Fotos sollten wir dann wohl besser lassen, was? Zumindest was diese Bilder betrifft.«

Vor der hübschen Häuserzeile flanierten inzwischen die Hofmann-Klasings auf und ab, nach wie vor durch die strengen Anweisungen des Fotografen in Szene gesetzt. »So, und die Gattin jetzt bitte mal ganz neckisch vom Eis des Gatten naschen.«

Frau Hofmann-Klasing drehte ruckartig den Kopf zum Fotografen um. »Bitte?«

»Sie naschen von seinem Eis, und der Gatte freut sich. Ganz neckisch, ganz natürlich.«

»Iiiihh«, kommentierte Ruben. »Das ist derbe ekelig.«

»Echt mal«, meinte Korbinian. »Das geht gar nicht.«

»Ruben und Korbinian, bitte!«, zischte Sybille Hofmann-Klasing, doch sie selbst war auch nicht einverstanden mit diesem Vorschlag. »Ich würde niemals einfach so vom Eis meines Mannes probieren. Zumal er auch noch Erdbeer hat. Ich hasse Erdbeer.«

Rüdiger Hofmann-Klasing schnalzte missbilligend mit der Zunge. »Sybille, bitte! Nun nasch doch einfach mal neckisch von meinem Eis, so wie alle anderen Ehefrauen das auch bei ihren Männern tun. Ich brauche jetzt deine Unterstützung.«

»Als wüsste ich das nicht. Wie wäre es denn, wenn *du mich* mal unterstützt?«

»Jetzt geht das wieder los«, kommentierte Korbinian genervt. »Das kann dauern.« Er und Ruben setzten sich auf eine Bank und holten ihre Handys raus.

Die Umstehenden reckten neugierig ihre Hälse. »Also, ich nasche auch nie vom Eis meines Mannes«, kommentierte eine junge Mutter mit Kinderwagen.

»Ich auch nicht«, stimmte eine andere Dame zu. »Das würde sofort in Streit ausarten, wir sind doch beide so futterneidisch.«

Claas winkte entschlossen Bernd Lichtenstein heran. »Wir sollten das Shooting hier dringend abbrechen und an den Strand gehen. Das wird doch so nichts.«

Bernd Lichtenstein verdrehte genervt die Augen. »Die sind aber auch wirklich kaum zu knacken. So verkrampfte Menschen hab ich noch nie gesehen.«

»Mag sein, dass sie schwierig sind, aber es ist Ihre verdammte Aufgabe, für sympathische, nette Fotos zu sorgen, bei denen man das Gefühl bekommt, man wäre gern dabei«, sagte Claas leise, aber energisch.

Bernd Lichtenstein und er sahen sich für ein paar Sekunden in die Augen und maßen sich mit Blicken. »Na schön«, sagte der Fotograf schließlich. »Dann auf an den Strand.«

»Am besten gehen wir zum Hundestrand«, schlug ich vor. »Da ist es leerer.«

Frau Hofmann-Klasing saß inzwischen neben ihren Söhnen auf der Bank und starrte finster vor sich hin. RHK beugte sich mit Herrn Fangmann über einen Tablet-PC, und die beiden diskutierten leise. Bernd Lichtenstein klatschte in die Hände und rief: »So, ihr lieben Husmann-Kielings, wir haben ganz bezaubernde Fotos vom Eisessen geschossen. Da ist schon viel Schönes dabei. Jetzt geht's ab an den Strand!«

Unsere Truppe marschierte vorbei an den belebten Strandbars und der Seebrücke, um dann über den Deich in Richtung Hundestrand zu gehen. Nach einem fünfzehnminütigen Spaziergang waren wir dort angekommen. Zum Glück war dieser Strandabschnitt tatsächlich leerer als der rund um die Seebrücke.

»So, dann bitte alle in Position bringen«, ordnete Bernd Lichtenstein an. »Herr Hamann-Kauding, bitte in die Mitte und die beiden Sprösslinge rechts und links. Legen Sie ihre Hände auf die Schultern der Jungs. Priiima. Das wird jetzt ein Männergespräch, also die Mutti bitte beiseite.«

»Sollten sie nicht besser die Schuhe ausziehen?«, unterbrach ich den Fotografen. »Niemand geht in Schuhen am Strand spazieren. Jedenfalls nicht im Sommer.«

Er rieb sich nachdenklich das Kinn. »Sehr richtig, das ist vollkommen unnatürlich. Gut, dann bitte alle die Schuhe aus und die Hosen aufkrempeln.«

Die Hofmann-Klasings taten, was ihnen gesagt wurde. Neidisch beobachtete ich sie dabei.

»So, dann jetzt bitte die Männergesprächssituation. Wir müssen näher ans Wasser, und Sie gehen mit den Füßen rein. Und dabei ganz natürlich miteinander sprechen, wie sonst auch.«

Korbinian und Ruben tauschten einen Blick und verdrehten die Augen.

Bernd Lichtenstein bekam davon nichts mit, denn er fuhr fort: »Aber bitte nicht wirklich sprechen, das sieht auf Fotos *immer* furchtbar aus. Und lächeln, bitte.« Er führte die Kamera ans Auge und knipste. »Gut, das wäre im Kasten«, rief er nach ein paar Minuten. »Dann jetzt bitte mal das Ehepaar Hollmann-Kerssing ohne die lieben Kinder.«

»Hofmann-Klasing!«, donnerte RHK los. Alle rund um ihn herum, einschließlich mir, zuckten erschrocken zusammen. »Wir heißen Hofmann-Klasing! Ist dieser Name wirklich so schwer zu merken? Und falls ja, könnten Sie sich dann bitte wenigstens für *einen* Alternativnamen entscheiden?«

»Entschuldigung«, sagte Bernd Lichtenstein kleinlaut. »Mein Namensgedächtnis ist nicht so besonders.«

»Das merkt man«, sagte Sybille Hofmann-Klasing spitz und trat zu ihrem Mann. Ruben und Korbinian setzten sich in den Sand, holten ihre Handys hervor und klinkten sich aus.

»Gut, dann die Ham… äh, Eheleute bitte ins Wasser, den Blick auf den Horizont gerichtet. In die Zukunft schauend, voller Vertrauen … gemeinsam. Jetzt kein Lächeln, das ist sehr ergreifend. Ein großer Moment für Sie beide. Ja, sehr schön.«

Nicht lächeln und stocksteif dastehen war etwas, das den Hofmann-Klasings im Blut lag, daher war ich zuversichtlich, dass diese Paarfotos ganz gut werden würden. Dann ließ Bernd Lichtenstein die Kamera wieder sinken. »So, und jetzt würde ich gern noch mal Ihre Liebe dokumentieren. Rücken Sie doch bitte ein bisschen enger zusammen. Der Herr vielleicht mal hinter die Dame treten und die Arme um die Taille legen. Nicht so ängstlich gucken, bitte. Und die Gattin bitte nicht so gucken, als wollte sie ihn wegbeißen.« Er musterte die Hofmann-Klasings mit kritischer Miene. »Lachen Sie mal ein bisschen oder schauen Sie sich in die Augen und lächeln verliebt. Oder zumindest so, als hätten Sie was füreinander übrig. Und etwas mehr Körperkontakt bitte. Ziehen Sie Ihre Gattin richtig eng an sich heran.« Er knipste ein paar Bilder, dann brach er wieder ab. »Also bitte, nun langen Sie doch mal ordentlich hin. Nicht so schüchtern.« Wieder brach er nach ein paar Aufnahmen ab. »Nein, so wird das nichts. Sie beide«, sagte er zu Claas und mir. »Machen Sie es bitte mal vor.«

»Das kann ja wohl nicht Ihr Ernst sein«, sagte ich fassungslos.

Claas hingegen schien damit nicht so die Probleme zu haben. »Wenn es der Verdeutlichung dient …«, sagte er ernst, doch in seinen Augen blitzte es verdächtig auf. Er trat dicht hinter mich, legte die Arme um meinen Körper und zog mich an sich. »So in etwa?«

Mein Herz machte einen Satz, und auch die Schmetterlinge in meinem Bauch zuckten heftig zusammen bei dieser unverhofften Berührung. So nah war ich Claas noch nie gewesen. Ich spürte seinen festen, muskulösen Körper, und augenblicklich wurde ich wachsweich.

»Ja, sehr schön«, lobte Herr Lichtenstein. »Aber die Hände nicht so weit oben in unmittelbarer Brustnähe. Das hätten Sie wohl gern.«

Ja, ich allerdings auch. Was dann kam, war jedoch noch besser.

»Weiter runter die Hände«, ordnete der Fotograf an.

Claas ließ seine Hände sanft hinabgleiten, und ich zog scharf die Luft ein. Durch den Stoff meines Oberteils konnte ich die Wärme seiner Handflächen spüren.

Bernd Lichtenstein war immer noch nicht ganz zufrieden. »Noch weiter runter die Hände, bitte.«

Claas' Hände glitten aufreizend langsam noch weiter

hinab, bis sie auf meinem unteren Bauch lagen. Mein Atem ging schneller, und ich musste mich schwer zusammenreißen, nicht die Augen zu schließen.

»Sehr schön«, kommentierte der Fotograf.

Mhm, das war es. Und ich wollte gern mehr davon. Ohne mir dessen wirklich bewusst zu sein, legte ich meine Arme und Hände über seine. Doch dann bekam ich plötzlich Angst, dass er sich einfach nur einen Spaß aus dieser Sache machte. Also drehte ich den Kopf nach hinten, um in sein Gesicht sehen zu können. Aber in Claas' dunklen Augen war nichts von Belustigung zu sehen. Im Gegenteil, ich war mir sicher, dass diese Berührung auf ihn eine ebenso große Wirkung hatte wie auf mich, und wenn ich es mehr als schön fand, in seinen Armen zu liegen, dann genoss er es ebenso sehr, mich festzuhalten. Er zog mich noch enger an sich heran, falls das überhaupt möglich war, und sein Kopf bewegte sich im Zeitlupentempo zu mir herab. Ich wollte mich gerade ganz zu ihm umdrehen und meine Arme um seinen Nacken schlingen, als Bernd Lichtenstein rief: »Genauso soll es aussehen, also, wenn Sie das bitte nachmachen könnten?«

Mit einem Rumms landete ich auf dem Boden der Tatsachen. Claas schüttelte benommen den Kopf. Er schien sich noch nicht ganz damit abfinden zu können, dass dieser Moment nun vorbei war, denn er hielt mich weiterhin fest. Aber in der nächsten Sekunde klingelte Herrn Fangmanns Handy, Bernd Lichtenstein rief: »Ja, so sieht das doch schon eher nach Ehepaar aus«, und über uns lachte eine Möwe uns lauthals aus. Claas ließ mich los und trat zwei Schritte zurück. »Ähm, ja. So oder so ähnlich sollte es wohl aussehen.«

Ich nickte nur, weil ich meiner Stimme noch nicht ganz über den Weg traute.

Claas und ich konzentrierten unsere Aufmerksamkeit

wieder auf die Hofmann-Klasings, die sich alle Mühe gaben, ein verliebtes Ehepaar darzustellen. Nachdem die Paarbilder im Kasten waren, sollten noch mal Familienfotos geschossen werden. Nur äußerst unwillig trennten die Jungs sich von ihren Handys, und sie taten es erst, als Sybille Hofmann-Klasing zischte: »Ruben und Korbinian, bitte! Denkt an das iPhone.«

Aha, so hatten die Hofmann-Klasings also ihre Söhne zum Mitmachen gebracht: mit Bestechung. Doch nicht mal das neueste iPhone konnte die beiden Teenager davon überzeugen, fröhlich und glücklich auszusehen. Das Shooting dauerte nun schon anderthalb Stunden, und die gesamte Familie wirkte nur noch genervt. »Hör mal, ich frage mich, ob du Sally holen könntest«, raunte ich Claas zu.

Überrascht sah er mich an. »Wieso das denn?«

»Vielleicht kann sie die Hofmann-Klasings etwas auflockern. Wenn sie mit ihr spielen oder ein paar Bälle werfen, kommt mehr Bewegung in die Sache.«

Sein Blick wanderte für ein paar Sekunden zu den Hofmann-Klasings, dann nickte er. »Einen Versuch ist es wert. Ich bin gleich wieder da.« Damit drehte er sich um und stapfte über den Strand in Richtung Dünen.

Das Shooting ging unterdessen weiter, und irgendwann fingen die Hofmann-Klasings an, sich wieder gegenseitig anzuzicken. ›Wo bleibst du denn nur, Claas?‹, dachte ich, als könnte ich ihn dadurch schneller herbeiholen. Ich machte ein paar Bilder mit meinem Handy und schickte sie Britt. Bald darauf kam ihre Antwort: *Na ja. Besser als nichts. Aber ich hoffe, das war nicht alles.* Ich wollte gerade zurückschreiben, als sich von einer Sekunde auf die andere meine Welt auf den Kopf stellte. Irgendetwas prallte von hinten so heftig gegen meine Beine, dass ich einige Schritte nach vorne taumelte, das Gleichgewicht verlor und mit ausgestreckten Armen bäuchlings im Sand landete, mein Handy fest im Griff. Ich hatte keine Ahnung, was passiert war, aber im nächsten Moment tauchte Sally neben meinem Kopf auf, was den Verdacht nahelegte, dass sie etwas mit meiner misslichen Lage zu tun hatte. Besorgt beugte sie sich zu mir herunter, um an mir zu schnüffeln. Als sie merkte, dass ich noch lebte, schleckte sie mir freundlich übers Ohr und lächelte mich an. Kurz darauf kniete Claas neben mir. »Alles in Ordnung, Nele?«

»Ich glaube schon«, murmelte ich und richtete mich mit seiner Hilfe auf. Dabei flutschte mir etwa ein Kilo Sand in den Ausschnitt und munter durch, bis in die Hose hinein. Aber ich biss die Zähne zusammen und tat einfach so, als wäre nichts. Ich hielt mein Handy hoch und sagte: »Die Bilder hab ich gerettet.«

»Rette nächstes Mal lieber dich selbst, du verrücktes Huhn«, sagte er in so einem zärtlichen Tonfall, dass mir ganz komisch zumute wurde. Er strich mir eine Haarsträhne aus der Stirn. »Ist dir auch wirklich nichts passiert?«

Ich horchte in mich hinein. Abgesehen davon, dass ich überall, aber auch wirklich *überall* Sand hatte, ging es mir gut. »Nein, alles okay.«

»Kannst du aufstehen?« Claas umfasste meine Taille, um mir aufzuhelfen.

Für einen Moment überlegte ich, ob ich mir nicht irgendeine Verletzung ausdenken sollte, um länger in seinen Armen bleiben zu können. Doch dann verwarf ich den Gedanken wieder, denn die Nummer wäre mir viel zu blöd gewesen. »Ja, klar«, erwiderte ich und machte mich von Claas los.

Sally schien inzwischen der Überzeugung zu sein, dass mit mir alles in Ordnung war, denn sie drehte sich um und nahm geradewegs Kurs aufs Meer, wo sie sich eine kleine Abkühlung gönnte. Fröhlich und tollpatschig, wie sie nun mal war, sprang sie durchs Wasser, ging eine Runde schwimmen und lief dann klatschnass auf die Hofmann-Klasings zu, die immer noch am Ufer ausharrten und von Bernd Lichtenstein Anweisungen bekamen.

»Bringen Sie sich in Sicherheit«, rief ich, doch es war zu spät. Sally schüttelte sich beherzt das Wasser aus dem Fell – und zwar direkt vor der Familie Hofmann-Klasing. Bernd Lichtenstein war klug genug, zu knipsen, was das Zeug hielt. Denn was jetzt passierte, war grandios. Im ersten Moment reagierten die Hofmann-Klasings geschockt und riefen »Iiihhh«, doch dann taten sie, was wohl fast jeder Mensch in dieser Situation tun würde: Sie lachten. Zum ersten Mal am heutigen Tag lachten sie echt und unverkrampft. Schnell zückte ich mein Handy und knipste ebenfalls, und auch Herr Fangmann gab alles mit seinem Tablet.

Claas holte Sallys Lieblingsball aus der Hosentasche und warf ihn mitten zwischen die Hofmann-Klasings. Ruben bückte sich danach und beförderte ihn in hohem Bogen ins Wasser. Begeistert stürmte Sally hinterher und brachte den Ball zurück. Wie ich aus eigener Erfahrung wusste, konnte man ihrem flehendem Blick, der sagte ›Wirf den Ball, mein Leben hat sonst keinen Sinn‹ nicht widerstehen. Also warf Korbinian, und Sally war so aus dem Häuschen, dass sie einen kleinen Freudensprung machte, woraufhin die Hofmann-Klasings wieder lachten. Es dauerte nicht lang, bis die ganze Familie mit Sally in der Brandung tobte. Und endlich, endlich waren sie einfach nur eine fröhliche Familie am Strand.

»Für die Idee sollte dir das Bundesverdienstkreuz verliehen werden«, meinte Claas leise.

»Ja, ich muss schon zugeben, dass das ziemlich genial war«, sagte ich selbstzufrieden.

»Falsche Bescheidenheit ist nicht so deins, was?«

»Nö.«

In dem Moment klatschte Bernd Lichtenstein in die Hände. »Danke, danke, ihr lieben Haffmann-Kollings. Wir haben es im Kasten. Es war mir eine Freude.«

»Wir haben Ihnen zu danken, Herr Luxemburg«, meinte Sybille Hofmann-Klasing, ohne eine Miene zu verziehen.

»Es war uns auch eine Freude, Herr Langenstein«, sagte Ruben artig und warf den Ball weit hinaus ins Wasser, um Sally zum etwa zweihundertsten Mal heute schwimmen zu schicken.

Korbinian grinste. »Ja, vielen Dank, Herr Lechtenbrink.«

RHK ging mit ausgestreckter Hand auf den Fotografen zu. »Herr Luchterfeld, ich habe auch zu danken.«

Bernd Lichtenstein sah zunächst beleidigt aus, doch dann ergriff er die dargebotene Hand und grinste. »Sie sind mir schon so welche. Aber gut, das habe ich wohl verdient. Mein Namensgedächtnis ist wirklich katastrophal.« Dann trat er auf Claas und mich zu, um sich zu verabschieden. »Die Idee mit dem Hund war wirklich super. Das wird auf den Bildern sehr natürlich wirken.«

»Sie schicken uns dann spätestens morgen früh eine Vorauswahl?«, fragte ich.

»Natürlich. Alles wie besprochen.« Er reichte Claas und mir die Hand, und schließlich verschwanden Rico und er in Richtung Parkplatz.

Ich warf einen Blick auf die Uhr. »Es ist sechs«, informierte ich Claas. »Um sieben ist der Tisch reserviert. Ich muss dringend duschen.« Der Sand in meinen Klamotten scheuerte wie verrückt, und ich konnte mich kaum noch davon abhalten, mir vor allen Leuten in den BH zu fassen.

»Na dann sehen wir uns in einer Stunde«, meinte Claas. »Treffen wir uns in der Lobby?«

»Kann ich dich denn hier allein lassen?«

Er grinste. »Ungern, aber irgendwie werde ich es schon ohne dich aushalten.«

»Aber ich meinte doch … Ach, egal.«

Mannomann, Claas war heute ganz schön flirty drauf. Und wenn er mich dabei so ansah, wie er es jetzt gerade tat, fiel es mir schwer, nicht darauf einzugehen. Obwohl, wem wollte ich hier eigentlich was vormachen? Es war mir *unmöglich*, nicht darauf einzugehen.

Also vergessen wir das Ganze

Ich riss mich von Claas' Anblick los und lief ins Hotel. Im Zimmer zog ich meine sandigen Klamotten aus und stellte mich endlich, endlich unter die Dusche. Ich wusch meine Haare und benutzte großzügig das duftende Hotel-Duschgel. Als ich fertig gestylt war, betrachtete ich mich kritisch im Spiegel. Hm. Mit diesem Make-up sah Claas mich jeden Tag. Also legte ich kurzerhand eine Schippe drauf. Dann schlüpfte ich in eine leichte schwarze Stoffhose und ein schwarzes, hochgeschlossenes Top, das ich selbst genäht hatte. Ich probierte mehrere Hochsteckfrisuren aus, doch letzten Endes ließ ich meine Haare einfach offen über die Schultern fallen. Etwas, das ich ihnen nicht oft erlaubte, zumindest nicht, wenn ich bei der Arbeit war. Schließlich schlüpfte ich in schwarze, flache Riemchensandalen. Ein Blick auf die Uhr zeigte mir, dass es zehn vor sieben war. Vielleicht konnte ich noch schnell ans Meer gehen, fünf Minuten nur. Ich steckte mein Handy in die Tasche, nahm meine Schlüsselkarte aus dem Schlitz und trat hinaus auf den Flur. Im gleichen Moment kam Claas aus seinem Zimmer, das direkt neben meinem lag. Wir blieben beide stehen und starrten uns an.

Claas trug eine Jeans, ein weißes, relativ eng anliegendes T-Shirt und einen dunkelblauen Blazer – eine Kombination, die ich schon immer gemocht hatte, und ihm stand sie ganz besonders gut. Seine dunklen Haare waren noch nass vom Duschen, und ich hätte gerne an ihm geschnuppert, um zu überprüfen, ob er wieder nach seinem Aftershave duftete.

Nach einer Weile wurde mir bewusst, dass einer von uns beiden mal etwas sagen sollte. Da er keine Anstalten machte, räusperte ich mich. »Hallo«. Nicht gerade der Bringer, aber immerhin ein Anfang. Claas schwieg sich aus, also fragte ich in möglichst plauderhaftem Ton: »Na? Willst du auch noch kurz an den Strand?«

Noch immer stand er wie zur Salzsäule erstarrt da und sah mich an, als hätte er noch nie im Leben eine Frau gesehen. »Was?«, fragte er, viel zu spät, als hätten meine Worte auf dem Weg zu seinem Hirn ein paar Umwege genommen.

»Ob du auch noch kurz an den Strand willst?«

»Nein, eigentlich wollte ich nur in der Lobby warten.«

Wir gingen langsam in Richtung Aufzug. Dort angekommen beugte ich mich vor, um den Knopf zu drücken.

»Warte mal«, sagte Claas. »Der Knopf an deinem Oberteil ist auf.«

»Ist nicht schlimm, der kann ruhig offen bleiben.« Mein Top konnte im Nacken mit einem winzigen Knopf geschlossen werden, den ich allerdings immer offen ließ.

»Ach was. Ich dachte, das wäre einer der Gründe, warum ihr Frauen euch Männer haltet. Damit wir Knöpfe und Reißverschlüsse auf- und zumachen können.«

»Das schaffen wir im Regelfall auch allein.«

»Ja, und für den Ausnahmefall habt ihr uns. Jetzt halt doch mal still.« Claas trat dicht hinter mich und strich sanft mein Haar zur Seite. Ein wohliger Schauer lief mir über den Rücken, und beinahe unbewusst schloss ich die Augen. Ich spürte seine Finger in meinem Nacken, als er sich mit der widerspenstigen Schlaufe abmühte, die ich viel zu klein gemacht hatte. Zum Glück. Denn dadurch dauerte diese Prozedur deutlich länger. Der Aufzug kam, und mit einem ›Ping‹ öffnete sich die Tür, doch Claas und ich rührten uns nicht von der Stelle. Ich kostete das Gefühl seiner Berührung voll aus, und genoss dieses Prickeln, das sich von meinem Nacken nach und nach auf den ganzen Körper ausbreitete.

»Was für ein kleines Mistding von Knopf«, murmelte Claas. »So einer sollte mir beim Ausziehen besser nicht in die Quere kommen.«

Ich hielt den Atem an, und in diesem Moment wäre mir nichts lieber gewesen, als gemeinsam mit Claas in meinem Zimmer zu verschwinden. Doch dann sagte er: »Fertig« und schob mein Haar zurück in den Nacken.

Unsere Blicke begegneten sich im Spiegel des Fahrstuhls, vor dem wir noch immer standen. Wir öffneten beide den Mund, um etwas zu sagen, doch dann machte es wieder ›Ping‹ und die Fahrstuhltür schloss sich. Im letzten Moment hielt Claas seine Hand dazwischen und brachte die Tür dazu, sich wieder zu öffnen. Er machte eine einladende Geste und ließ mich als Erste eintreten. Beide gleichzeitig wollten wir auf die 0 drücken, und zogen dann gleichzeitig unsere Hände zurück. Dann standen wir für drei Sekunden reglos da, und sahen uns an, bis schließlich Claas den Fahrstuhl nach unten fahren ließ. »Die anderen warten bestimmt schon«, sagte er leise.

Ich nickte und versuchte, meine zittrigen Knie und das Herzrasen zu ignorieren.

Unten angekommen gingen Claas und ich zur Sitzgruppe in der Lobby, wo wir mit unseren Kunden verabredet waren. Doch dort saß nur Herr Fangmann, mit dem unvermeidlichen Tablet in der Hand. »Ach, dann sind wir ja vollzählig«, sagte er.

»Kommen die Hofmann-Klasings nicht?«, fragte ich überrascht.

»Nein, sie haben sich spontan dazu entschieden, in ein Fischrestaurant am Hafen zu gehen.«

Die Glücklichen. Da wäre ich gerne mitgegangen. Wir mussten im piekfeinen Hotelrestaurant essen, in dem Linda reserviert hatte. Andererseits tat es der Familie wahrscheinlich ganz gut, mal einen netten Abend miteinander zu verbringen, ohne dass Politiker oder PR-Leute dabei waren.

Wir gingen ins Restaurant, das zu meinem Bedauern keinen freien Tisch draußen hatte. So saßen wir den ganzen Abend drinnen und aßen einen schicken Gang nach dem anderen. Es war ja auch alles köstlich und sehr nobel, und unter anderen Umständen hätte ich dieses Essen bestimmt genossen. Nur war mir gerade nach etwas völlig anderem. Mir war nach Draußensein, am Strand spazieren gehen, nach frischer Luft, Möwengekreische, und mir war nach Claas. Der saß zwar direkt neben mir, aber mir war nun mal nach Claas und sonst niemandem. Mit einiger Mühe gelang es mir, mich auf das Gespräch mit Herrn Fangmann zu konzentrieren, in dem es den ganzen Abend lang ausschließlich um Geschäftliches ging. Um den heutigen Fototermin, die neuesten Umfrageergebnisse und die Aktionen, die noch geplant waren, wie Fernsehauftritte, Besuche in Krankenhäusern und Schulen.

Unmittelbar nach dem Essen stand Herr Fangmann auf. »Nichts für ungut, aber ich habe noch ein paar Telefonate zu erledigen. Also, wir sehen uns spätestens morgen früh um zehn hier in der Lobby?« Dann zog er sich zurück, und Claas und ich fanden uns plötzlich allein wieder.

»Und du?«, fragte er. »Hast du auch noch ein paar Telefonate zu erledigen?«

»Nee. Du?«

»Auch nicht. Was hältst du davon, wenn wir noch an den Strand gehen?«

Beinahe erleichtert sah ich ihn an. »Eine ganze Menge.«

Nachdem Claas Sally für einen Abendspaziergang geholt

hatte, verließen wir das Hotel und fanden uns kurz darauf in den Dünen wieder. Es war inzwischen fast dunkel, doch ein letzter Rest Orange leuchtete noch am Himmel. Vor mir erstreckte sich der breite Sandstrand, der im Dämmerlicht hell leuchtete, und dahinter lag das Meer. Ich sah die weißen Schaumkronen auf den Wellen und hörte das Rauschen, das für mich eines der schönsten Geräusche überhaupt war. Tief holte ich Luft und schloss die Augen. Der raue Seewind spielte mit meinen Haaren, und es duftete nach Meer und Freiheit. »Endlich«, stieß ich aus. Ich zog meine Sandalen aus und rannte los in Richtung Wasser. Nach wenigen Metern entdeckte ich Sally, die neben mir herlief. Im Gegensatz zu ihr stürzte ich mich jedoch nicht voller Wonne bis zur Nasenspitze in die Fluten, sondern beschränkte mich auf die Füße. Ich zog meine Hose bis zu den Knien hoch und plantschte im Meer. Claas, der seine Schuhe ebenfalls ausgezogen hatte, gesellte sich zu uns.

»Darauf habe ich schon den ganzen Tag gewartet«, meinte ich. »Wenn ich am Strand bin, muss ich immer rennen, du nicht auch?«

»Bislang nicht, aber ich könnte mich dran gewöhnen.«

Nachdem wir noch eine Weile mit den Füßen im Wasser geplanscht hatten, ließen wir uns in den weichen Sand fallen. »Ich bin heilfroh, dass Linda diesen Ort für die Fotos ausgesucht hat. Es ist so schön hier.« Ich bohrte die Zehen in den Sand. »Hättest du heute eigentlich auch so gern ein Eis gehabt?«

Claas brach in Gelächter aus. »Ja, aber auf keinen Fall mehr als drei Kugeln.«

»Sehr richtig. Sonst wirkt das immer so unbescheiden. Übrigens bin ich eine, die sehr wohl vom Eis anderer Leute nascht.«

»Hab ich's mir doch gedacht. Ich bin übrigens einer, den das nicht sonderlich stört.«

»Nur kann ich ab jetzt leider nie wieder unbelastet in der Öffentlichkeit Eis essen«, kicherte ich. »Ich werde immer Angst haben, dass ich zu viel Zunge zeige.«

Nun fingen wir beide an zu lachen, und die nächsten Minuten verbrachten wir damit, uns gegenseitig die eindrücklichsten Momente des Tages und die besten Sprüche von Bernd Lichtenstein und den Hofmann-Klasings zu erzählen. Je mehr wir darüber sprachen, desto mehr wurde uns bewusst, wie absurd dieses Fotoshooting gewesen war. Irgendwann liefen mir die Tränen über die Wangen, und mein Bauch schmerzte vor lauter Lachen. »Die Hofmann-Klasings taten mir echt leid«, meinte ich schließlich. Ich trocknete mir mit den Händen die Wangen und ließ mich nach hinten in den Sand sinken.

»Warte mal.« Claas breitete sein Sakko neben sich aus. Einladend deutete er darauf. »Bitte sehr, die Dame.«

»Oh, vielen Dank. Das ist aber nett.« Ich rutschte rüber zu ihm, um es mir auf dem Sakko bequem zu machen.

Nachdem Sally sich ein bisschen mit Buddeln beschäftigt hatte, gesellte sie sich zu Claas und mir und quetschte sich zwischen uns. Ich fuhr mit der Hand durch ihr seidiges Fell, und Claas tat zeitgleich genau das Gleiche, an genau derselben Stelle. Unsere Finger berührten sich, und ich wusste, dass ich meine Hand besser wegziehen sollte, aber ich tat es nicht. Ich genoss dieses Prickeln viel zu sehr. Für einen Moment hielten wir beide ganz still, nur das Rauschen des Meeres war zu hören. Dann griff Claas nach meinen Fingern, so sanft und vorsichtig, dass ich mich nicht gegen die Berührung wehrte. Zärtlich strich er mit dem Daumen über die Innenfläche meiner Hand. Mein Atem beschleunigte sich, und ich erwiderte seine Berührung.

»Nele?«, sagte Claas leise. »Kann ich dich mal was fragen?«

»Mhm.«

»Es ist vielleicht eine seltsame Frage, aber ich weiß es wirklich nicht, beziehungsweise manchmal glaube ich es zu wissen, und dann wieder ...«

»Frag einfach«, unterbrach ich seinen Redeschwall.

»Das zwischen uns – das spürst du doch auch. Das geht doch nicht nur mir so. Oder?«

Mein Herz raste so schnell, dass ich froh war, bereits zu sitzen. Sonst wäre ich womöglich hintenüber gekippt. Ich überlegte, ob ich mich blöd stellen oder es schlichtweg leugnen sollte. Doch im selben Moment wurde mir klar, dass ich Claas niemals belügen könnte. »Ja, natürlich spüre ich das auch. Und wie. Ich war mir nur nicht sicher, ob du es spürst.«

»Ich?«, fragte Claas erstaunt. Er führte meine Finger an seinen Hals. Sein Puls raste genauso wie meiner.

»Oh«, flüsterte ich. »Das kommt mir sehr bekannt vor. Aber du hast dich immer wieder zurückgezogen. Zum Beispiel als du bei mir zum Essen warst, da ...«

»... hätte ich mir in den Hintern treten können«, beendete er meinen Satz. »Es ist schon eine ganze Weile her, dass ich so empfunden habe. Ich bin völlig aus der Übung, und war mir nicht sicher, wie du dazu stehst.«

»Das weiß ich selbst im Grunde auch nicht. Es ist einfach eine saublöde Situation. Ich meine, das mit uns. Es spricht so viel dagegen, und ...« Hilflos brach ich ab.

»Weil du für mich arbeitest?«

Ich nickte unglücklich.

»Das ist wirklich eine blöde Situation. Für mich auch. Glaub mir, ich wollte nie so für eine Mitarbeiterin empfinden. Das ist ein totales No-Go für mich.«

»Ein No-Go ist es für mich auch. Ich will Karriere machen, da kann ich doch nicht mit meinem Chef ... Ich meine, wir können doch nicht ...« Hilflos brach ich ab.

»Nein«, sagte Claas leise. »Vielleicht nicht.«

Für eine Weile saßen wir still da. Das dunkle Meer glitzerte im Mondlicht, der Wind fuhr mir durchs Haar, und es duftete nach Salz und Sommernacht. Unsere Finger waren fest miteinander verschränkt, obwohl unsere Worte etwas ganz anderes sagten. In seinem Gesicht konnte ich erkennen, dass er genauso ratlos war wie ich. Mir stiegen Tränen in die Augen, als mir bewusst wurde, wie verfahren das alles war. »Was machen wir denn jetzt?«, flüsterte ich. Ohne seine Antwort abzuwarten, fuhr ich fort: »Es wäre vernünftiger und einfacher, wenn wir das Ganze vergessen, oder?« Als ich es aussprach, zog mein Herz sich schmerzhaft zusammen.

Claas schüttelte den Kopf. »Einfacher ist es ganz sicher nicht. Vernünftiger ... ja, wahrscheinlich. Nur hat das hier mit Vernunft nicht viel zu tun.«

»Nein, aber wenn man öfter vernünftig wäre, könnte man sich so manche Verletzung ersparen.«

»Also sind wir vernünftig?«, fragte Claas nach einer Weile. »Wir vergessen das Ganze?«

Mein Herz tat furchtbar weh, und meine Kehle wurde so eng, dass ich keinen Ton hervorbrachte. Ich nickte nur, und war froh, dass es dunkel war. Denn so konnte er meine Tränen nicht sehen.

Stumm saßen wir da, und unsere Hände standen noch immer im Widerspruch zu dem, was wir sagten, denn sie hielten sich nach wie vor aneinander fest. »Wollen wir reingehen?«, fragte ich mit zitternder Stimme.

Claas nickte, und wir standen auf. Ich nahm meine Sandalen in die Hand und wollte schon losstapfen, um für möglichst viel Abstand zwischen uns zu sorgen. Doch das ließ er nicht zu, denn er umschlang mich von hinten und zog mich eng an sich.

Wie jedes Mal, wenn Claas mich berührte, reagierte mein Körper heftig und unmittelbar. »Das macht es nicht gerade einfacher«, sagte ich, und hätte mich am liebsten schluchzend an seiner Brust verkrochen.

»Einfach ist es ja auch nicht«, murmelte Claas dicht an meinem Ohr. »Es ist scheiße schwer. Und es wird auch immer scheiße schwer bleiben, weil du direkt vor meiner Nase bist, und ich dich trotzdem nicht haben kann.« Abrupt ließ er mich los und trat einen Schritt zur Seite. »Wir sollten besser reingehen.«

Kaum hatte er mich losgelassen, wurde mir kalt, und ich fühlte mich furchtbar einsam. Doch ich nickte, und gemeinsam mit Sally stapften wir über den weichen Sand durch die Dünen, zurück auf den Deich. Hier zogen wir unsere Schuhe wieder an und gingen zum Hotel. Vor meinem Zimmer blieben wir beide stehen. Ich suchte seinen Blick und erkannte darin dieselbe Traurigkeit, die ich fühlte.

»Es tut mir leid«, flüsterte ich. »Ehrlich.«

»Mir auch.« Er nickte mir noch mal zu und verschwand mit Sally in seinem Zimmer.

Mit zitternden Händen holte ich die Schlüsselkarte aus der Hosentasche und ging ebenfalls in mein Zimmer. Ich machte das Licht nicht an, sondern zog einfach nur meine Schuhe aus und ließ mich aufs Bett fallen. Mit den Händen bedeckte ich mein Gesicht, und jetzt endlich konnte ich meinen Tränen freien Lauf lassen. Was für ein Riesenschlamassel. Nein, der Ausdruck war viel zu harmlos. Nannten wir es doch beim Namen, es war eine Riesenscheiße. Ich wünschte, ich hätte mich niemals bei M&T beworben und niemals den Job angenommen. Dann hätte ich Claas nicht näher kennengelernt und mich nicht in ihn verliebt. Und in mir würde jetzt nicht dieses Gefühlschaos toben. Doch im gleichen Moment wusste ich, dass das Blödsinn war. Ich war heilfroh, dass ich den Job angenommen hatte, denn Claas und auch Sally hätte ich nie im Leben verpassen wollen. Sie waren nämlich die mit Abstand zauberhaftesten Lebewesen, die auf diesem Planeten herumliefen.

Ich putzte mir ausgiebig die Nase, nur um gleich darauf wieder in Tränen auszubrechen. Wenn es vernünftig war, das mit Claas und mir zu vergessen, und wenn vernünftig sein bedeutete, sich Verletzungen zu ersparen, dann gab es irgendwo einen ganz gewaltigen Fehler in der Gleichung. Denn wenn ich mir Verletzungen erspart hätte, würde ich doch jetzt nicht heulend hier sitzen, und mir würde nicht alles wehtun. Vor allem nicht mein Herz. Ich dachte an Knut, den Taxifahrer, der mir gesagt hatte, das Leben sei keine Hüpfburg und dass man nun mal nicht immer eine dicke Matte unter dem Hintern hatte, die einen vor Verletzungen schützte. Und genau das war der Punkt. Ich konnte mich nicht vor Verletzungen schützen, weil die Liebe so nun mal nicht funktionierte. Die spielte nach ihren eigenen Regeln. Außerdem war es ohnehin viel zu spät für dicke Matten und andere Sicherheitsvorkehrungen, denn ich war längst in Claas verliebt. Wie hatte unser Gespräch am Strand überhaupt zu diesem Ergebnis führen können? Waren wir denn beide völlig vernagelt gewesen? Alles in mir rebellierte gegen die Vorstellung, das mit uns zu vergessen. Nein, das konnte ich einfach nicht.

Entschlossen griff ich nach dem Telefon neben meinem Bett und wählte die 285 – Claas' Zimmernummer. Es klingelte nur einmal, dann meldet er sich: »Ja?«

»Hier ist Nele.« Ich räusperte mich, denn ich hatte einen

dicken Kloß im Hals und mein Herz schlug so laut, dass ich es hören konnte. »Ähm, ich … wollte fragen, ob du das mit uns schon vergessen hast.«

Für einen Moment war es still am anderen Ende der Leitung. »Nein, habe ich nicht. Und du?«

»Ich auch nicht. Und ich frage mich die ganze Zeit, wie ich das mit uns vergessen soll, wenn ich so extrem verliebt in dich bin, wie ich es nun mal bin. Das war wohl eine ziemlich blöde Idee.«

Als Claas antwortete, war seine Stimme so weich, wie ich sie noch nie gehört hatte. »Ich habe ein ganz ähnliches Problem. Ich will dich, und daran wird sich auch nichts ändern, egal, wie vernünftig wir sind. Ich bin nämlich auch extrem verliebt in dich, Nele.«

Ich spürte, wie sich ein Strahlen auf meinem Gesicht ausbreitete. »Echt? Du bist auch in mich verliebt?«

Claas lachte. »Ach komm, das kannst du unmöglich *nicht* gemerkt haben.«

Ich wickelte das Telefonkabel um meinen Finger. »Gedacht habe ich mir so was schon, aber sicher war ich mir nicht. Also nur mal, um das ganz klarzustellen: Wir vergessen das mit uns nicht. Richtig?«

»Wir vergessen das mit uns so was von überhaupt nicht«, sagte er entschieden.

Mein Herz quoll über vor lauter Glück, doch ich bemühte mich um einen sachlichen Tonfall. »Und jetzt? Ich meine, wie gehen wir weiter vor?«

»Wie wäre es, wenn wir uns zusammensetzen und das ganz vernünftig und in Ruhe ausarbeiten?«

Ich war mir sicher, dass ich noch nie in meinem Leben so breit gegrinst hatte. »Das klingt nach einem guten Plan. Am besten machen wir das sofort, oder?«

»Ich hab gerade nichts Besseres vor, also …«

»Okay, bis gleich«, sagte ich und legte den Hörer auf. Dann sprang ich vom Bett, zog meine Schlüsselkarte aus dem Schlitz und verließ mein Zimmer, nur um zwei Sekunden später bei Claas anzuklopfen. Sofort ging die Tür auf, und bei seinem Anblick schlug mein Herz noch schneller als sowieso schon. Ohne ein Wort zu verlieren packte er mich am Arm, zog mich in sein Zimmer und schlug die Tür zu. Dann nahm er meinen Kopf in die Hände, drängte mich mit dem Körper gegen die Tür und küsste mich stürmisch. In dem Moment, in dem seine Lippen meine berührten, setzte bei mir der letzte Rest von Verstand aus. Noch nie war ich so geküsst worden, und wenn ich schon bei einer einfachen Berührung von Claas so weich wie Wachs wurde, dann bei diesem Kuss erst recht. Ich schlang meine Arme um seinen Nacken, schmiegte mich eng an ihn und erwiderte seinen Kuss mit der gleichen Leidenschaft, die Claas mir entgegenbrachte. Seit Wochen schon hatte sich dieses Verlangen in uns beiden aufgestaut, so viel war klar. Und es war auch klar, dass es nicht bei einem Kuss bleiben würde. Mein ganzer Körper bestand nur noch aus Kribbeln und Prickeln, meine Haut schien geradezu überempfindlich zu sein, so sehr reagierte ich auf seine Berührungen. Wir wollten beide mehr, und es dauerte nicht lang, bis wir das einander deutlich zeigten. Claas umfasste meinen Hintern und presste mich an sich, um die empfindliche Stelle hinter meinem Ohr zu küssen. Hörbar schnappte ich nach Luft und schmiegte mich noch enger an ihn. Ich schob die Hand unter sein T-Shirt und ließ meine Finger seine Brust hinabgleiten, über seinen Bauch, bis an den Bund der Jeans. Jetzt war er an der Reihe, scharf einzuatmen, was mich dazu animierte, ihm sein T-Shirt kurzerhand auszuziehen. Claas hauchte Küsse meinen Hals hinab, doch weit kam er nicht, da mein Top hochgeschlossen war. Mit fahrigen Bewegungen machte er sich an dem kleinen widerspenstigen Knopf meines Oberteils zu schaffen. Schon nach kürzester Zeit ging ihm die Geduld aus und er riss heftig am Kragen, sodass der Knopf absprang. »Sorry«, murmelte er heiser, und dann hob er mich hoch, um mich zum Bett zu tragen und darauf abzulegen. Gleich darauf war er über mir und zog mein Top ein Stückchen hoch, um mit den Fingern über meinen Bauch zu streichen. Ich schloss die Augen und kostete die Schauer, die durch meinen Körper jagten, voll aus. Und jetzt gab es kein Halten mehr. Wir fielen geradezu übereinander her, konnten es kaum erwarten, dem anderen näher zu kommen. Ich genoss jede einzelne Berührung, wollte jeden einzelnen Millimeter seines Körpers kennenlernen, und als wir endlich, viel, viel später, schwer atmend und verschwitzt nebeneinander lagen und uns noch immer küssten, wusste ich, dass ich niemals genug von Claas bekommen konnte.

Nachdem wir wieder einigermaßen bei Sinnen waren und es ertragen konnten, uns für eine längere Zeit als drei Sekunden nicht zu küssen, sahen wir uns an. Ein Lächeln erschien auf Claas' Gesicht, das nach und nach zu einem breiten Grinsen wurde. »Ich würde sagen, das mit dem vernünftigen Ausarbeiten unseres weiteren Vorgehens hat ganz gut geklappt.«

Ich lachte. »Ja, mit dem Ergebnis kann ich leben. Wenn das die grobe Marschrichtung ist, soll es mir recht sein.«

Er gab mir einen Kuss, dann stand er auf und holte eine Flasche Wasser aus der Minibar. »Durst?«

»Und wie.« Gierig trank ich von dem Wasser und gab die Flasche dann Claas. Nachdem auch er seinen Durst gestillt hatte, drehte er sich auf die Seite und stützte seinen Kopf ab, um mich anzusehen. Mit seiner freien Hand griff er in mein Haar und wickelte sich eine Strähne um den Finger. »Seit ich dich an dem Sonntag in der Agentur mit offenen Haaren gesehen hab, hab ich mir jeden Morgen gewünscht, dass du dir keinen Zopf und keine Hochsteckfrisur machst.« Er seufzte tief. »Vergebens. Und du nennst *mich* herzlos.«

»Damit lag ich falsch, und ich habe mich ungefähr fünf Minuten, nachdem ich es gesagt habe, dafür bei dir entschuldigt«, stellte ich klar.

»Aber du hast dich nicht dafür entschuldigt, dass du mich bei unserer ersten Begegnung auf der Marketing-Tagung für einen Arsch gehalten hast.«

»Hab ich doch gar nicht! Beziehungsweise, doch habe ich, aber das ist total aus dem Zusammenhang gerissen.« Ich robbte näher zu Claas, weil er für meinen Geschmack viel zu weit weg war. Als wir wieder Körperkontakt hatten, küsste ich ihn und sagte: »Na schön, dann erzähle ich die Geschichte jetzt zu Ende. Als du bei mir zum Essen warst, bin ich irgendwie davon abgekommen, weil du … Na ja, ich war da nervös und außerdem schon heftig in dich verliebt. Ach, ist ja auch egal.«

»Nein, erzähl ruhig mehr. Das höre ich ganz gern.«

»Das glaub ich dir.«

»Ich war da übrigens auch schon heftig in dich verliebt.«

»Echt?«, fragte ich und strahlte ihn an.

Claas fing an, zu lachen. »Nele, wenn du jetzt jedes Mal ganz erstaunt ›echt?‹ fragst, wenn ich dir sage, dass ich verliebt in dich bin, krieg ich 'ne Krise.«

»Ich will dich doch nur dazu bringen, dass du es noch mal sagst.«

»Wie durchtrieben.« Sanft strich Claas mir mit dem Daumen über die Lippen. Er wollte mich gerade küssen, doch ich zog meinen Kopf zurück. »Nein, warte. Ich will diese Sache jetzt aus der Welt schaffen.«

In gespielter Verzweiflung stöhnte er auf. »Okay. Lass es raus.«

»Erst mal musst du wissen, dass du und Olli immer so etwas wie Idole für mich wart. Also, keine richtigen Idole, aber … Ich fand eure Kampagnen, über die in der Fachpresse berichtet wurde, immer genial. Ich hab euren Weg mitverfolgt, seit ihr die Agentur gegründet habt, und wenn ihr mal wieder einen Preis abgesahnt habt, hab ich mich für euch gefreut. Von Anfang an wollte ich bei M&T arbeiten. Ich hab unglaublich viel Zeit und Mühe in meine Bewerbungen gesteckt, und mir jedes Mal wieder Hoffnungen gemacht. Aber nie kam irgendeine Reaktion von euch, nicht mal eine Absage. Und als wir uns dann auf dieser Tagung vorgestellt wurden, da war mir natürlich klar, dass du dich nicht an jeden Lebenslauf erinnern kannst, der mal auf deinem Tisch lag. Trotzdem habe ich tief im Inneren so sehr gehofft, dass du dich auch nur ansatzweise an eine meiner Bewerbungen erinnerst. Aber das hast du nicht. Und da dachte ich: ›Du Arsch, ich habe euch bereits vier Bewerbungen geschrieben, und du hast nicht die geringste Ahnung, wer ich bin.‹ Trotzdem konnte ich dir das nicht übelnehmen. Nicht ernsthaft. Ich war so aufgeregt, als du da auf einmal vor mir standst, und wollte unbedingt einen guten Eindruck auf dich machen. Ich hatte befürchtet, dass du arrogant sein würdest und mich von oben herab behandelst. Aber du warst einfach nur nett und charmant, weshalb ich mir noch mehr gewünscht habe, für M&T zu arbeiten. Doch dann musstest du nach etwa fünf Minuten auch schon weiter, und ich dachte ›Auf den habe ich offenkundig so gar keinen Eindruck gemacht. Der wird auch in zwanzig Jahren noch nicht wissen, wer ich bin‹. Also, so geht die Geschichte aus. Ich hoffe, du bist jetzt zufrieden und kannst damit abschließen.«

Claas lächelte mich so zärtlich an, dass mein Herz wieder

schneller schlug. »Aber so geht die Geschichte ja gar nicht aus. Es ist nicht mal ein Jahr seitdem vergangen, und ich weiß jetzt ganz gut, wer du bist.«

Ich lachte. »Stimmt. Wieso habt ihr mich denn eigentlich beim fünften Mal dann doch eingestellt?«

Claas machte eine zerknirschte Miene. »Ich glaube, jetzt muss ich dir mal eine Geschichte erzählen.«

»Aha? Da bin ich ja gespannt.«

Gedankenverloren griff er nach meiner Hand und spielte mit meinen Fingern. »Ich hab dich auf dieser Tagung gesehen, noch bevor wir uns vorgestellt worden sind. Bei dem Sektempfang bist du mir schon aufgefallen. Du hast gelacht, was erzählt und dabei mit Händen und Füßen gestikuliert, wobei du gar nicht gemerkt hast, dass du einem Kellner fast das Tablett aus der Hand gestoßen hättest. Und dann habe ich dafür gesorgt, dass wir uns vorgestellt werden.«

Fassungslos starrte ich ihn an. »Ernsthaft?«

»Ja, ernsthaft. Dass du dich schon mehrfach bei M&T beworben hast, wusste ich tatsächlich nicht. Du kamst mir vage bekannt vor, aber ich hatte keine Ahnung, wohin mit dir. Dann sind wir uns vorgestellt worden, und ich fand dich, äh …« Ein Lächeln huschte über sein Gesicht. »Ziemlich gut. Und ich hätte dich liebend gern nach deiner Telefonnummer gefragt oder ob du Lust hast, nach dem Event noch was trinken zu gehen. Aber dann wurde mir klar, dass du mit dem Typen neben dir zusammen warst.«

»Mit Tobi.«

»Ja, mit diesem Typen halt. Also habe ich den Rückzug angetreten. Aber ich hab danach immer wieder an dich gedacht, du bist mir ständig im Kopf herumgegeistert. Dann komme ich eines Tages nichtsahnend aus dem Urlaub, und wer steht da frühmorgens barfuß in der Küche der Agentur, singt ein furchtbares Lied furchtbar schief, flirtet mit Sally und ist so durch und durch … hinreißend, dass ich sie am liebsten sofort geküsst hätte? Und ich kann sie wieder nicht nach ihrer Telefonnummer fragen, weil sie möglicherweise immer noch mit diesem Typen zusammen ist, und zu allem Überfluss jetzt auch noch für mich arbeitet?«

»Ich weiß es nicht«, sagte ich mit angehaltenem Atem. »Wer denn?« Claas sah mich streng an, und ich musste lachen. »Du hast dir deine Gefühle kein bisschen anmerken lassen. Wahnsinn. Aber wenn ihr mich eingestellt habt, musst du doch darauf vorbereitet gewesen sein, dass ich irgendwann in der Agentur stehen würde.«

Er schüttelte bedauernd den Kopf. »Nicht ›ihr‹. *Ich* hab dich überhaupt nicht eingestellt. Damit hatte nichts zu tun. Ich bin gleich nach unserer Begegnung in der Küche zu Olli gegangen und habe ihn angefahren, wieso er jemanden einstellt, ohne dass ich die Bewerbung zu sehen bekomme. Ihm war nicht ganz klar, warum ich mich so darüber aufrege. Er meinte, du würdest dich gut machen in der Agentur. Ich habe erwidert, dass ich das nicht bezweifle, dass du dich aber auch sehr gut in meinem Leben machen würdest.«

Erschrocken zog ich die Luft ein. »Das hast du gesagt? Dann weiß er also Bescheid?«

»Ja, natürlich. Er ist mein Partner, so was muss ich ihm doch sagen. Olli hat übrigens behauptet, ich hätte deine Bewerbung sehr wohl auf dem Tisch gehabt. Aber ich schwöre bei allem, was mir heilig ist, dass ich sie *nicht* gesehen habe. Nie im Leben hätte ich gewollt, dass du für mich arbeitest.«

»Tja. Und jetzt haben wir den Salat.«

Claas lachte leise. »Ja. Jetzt haben wir den Salat. Und ich bin heilfroh, dass es so gekommen ist. Denn wenn ich deine Bewerbung auf dem Tisch gehabt hätte, wäre der Agentur eine ziemlich gute Mitarbeiterin durch die Lappen gegangen. Und wir beide wären jetzt nicht hier. Und ich könnte *das* nicht machen.« Er küsste mich zart und langsam, beinahe träge. Ich schlang meine Arme um seinen Hals und mein Bein um seine Hüfte, um ihm noch näher zu sein. Schon bald wurde sein Kuss fordernder, und unsere Hände gingen auf Wanderschaft. Dieses Mal ließen wir uns Zeit, wir liebten uns langsam und zärtlich, aber wieder mit einer Leidenschaft, die meine Welt völlig auf den Kopf stellte. Und als ich sehr viel später in seinen Armen lag, sein ruhiger Atem durch mein Haar strich und das Mondlicht durch das geöffnete Fenster hereinschien, spürte ich ganz deutlich, dass ich noch nie in meinem Leben so verliebt gewesen war. Was bedeutete, dass Claas mir mehr wehtun konnte, als mir je zuvor wehgetan worden war. Ich hatte versucht, mich davor schützen, aber es war nun mal alles anders gekommen. Und ich war glücklich darüber, denn dieses Gefühl hätte ich um nichts in der Welt verpassen wollen. Also hieß es jetzt munter weiter, ohne dicke Matte, Netz und doppelten Boden. Schließlich war das Leben keine Hüpfburg. Und Claas war es auf jeden Fall wert.

Verhaltensregeln

Am nächsten Morgen drangen das Kreischen der Möwen und das Rauschen der Wellen durch das geöffnete Fenster an mein Ohr. Noch im Halbschlaf wurde mir bewusst, dass ich mich wohl fühlte, geradezu unfassbar wohl. Und glücklich. ›Ich will weiterschlafen, dieser Traum soll bitte nie zu Ende gehen‹, dachte ich. Doch dann spürte ich einen Arm, der mich umfing und einen warmen, festen Körper, der sich an meinen schmiegte. Das hier war also gar kein Traum. Ich war wirklich und wahrhaftig so glücklich. Und zwar wegen Claas. Mein Herz machte einen freudigen Hüpfer, und ein Lächeln breitete sich auf meinem Gesicht aus. Vorsichtig, um Claas nicht zu wecken, lehnte ich meinen Kopf zurück, um mich an ihn zu schmiegen. Ich hielt meine Augen geschlossen, atmete tief ein und versuchte diesen Moment voll und ganz auszukosten: Claas' ruhiger Atem an meinem Ohr, sein Körper an meinem. Dieses kribbelige, warme Gefühl in meinem Bauch und meinem Herzen, der Duft in diesem Zimmer – eine Mischung aus Meeresluft, Liebe und Claas. Ich wollte mir diesen Moment einprägen, ihn sicher in meinem Gedächtnis verstauen und immer gut darauf aufpassen, damit ich ihn wieder hervorholen konnte, wenn die Zeiten mal finster waren.

Dann regte Claas sich langsam. Er rückte noch etwas enger an mich heran, auch wenn ich nicht gedacht hätte, dass das überhaupt möglich war. Zärtlich küsste ich seine Hand, denn das war der einzige Teil von ihm, an den ich in dieser Position herankam.

»Hmmm«, machte er schlaftrunken. Er entließ mich aus seinem Klammergriff, fuhr mit der Hand über meinen Bauch an meine Hüfte und küsste mich auf die empfindliche Stelle unter meinem Ohr. »Ich dachte erst, ich träume, aber es ist wohl doch wahr.«

Beim Klang seiner Stimme schlug mein Herz wieder schneller, und das Kribbeln in meinem Bauch verstärkte sich. Ich drehte mich zu ihm um, und als ich sein verpenntes Gesicht sah, flippten meine Endorphine völlig aus. Ich küsste ihn, und fühlte geradezu Erleichterung, weil ich ihn schon seit schätzungsweise drei Stunden nicht mehr geküsst hatte.

Etwa eine halbe Stunde später ließen wir atemlos und verschwitzt voneinander ab. Es dauerte eine Weile, bis wir wieder im Hier und Jetzt angekommen waren, doch irgendwann beruhigte sich unser Atem.

Claas stützte sich auf dem Ellbogen ab und sah mich zärtlich an. »Guten Morgen erst mal.«

»Guten Morgen. Hast du gut geschlafen?«

»Mhm. Aber ich bin auch sehr gut aufgewacht.«

»Ich auch. Wie spät ist es eigentlich?«

Bevor Claas dazu kam, meine Frage zu beantworten, war zu hören, wie Sally sich ausgiebig schüttelte. »Es ist ›Sally ist wach und will in spätestens drei Sekunden bespaßt werden‹-Zeit«, meinte er. »Also etwa halb sieben.«

Und tatsächlich tauchte gleich darauf Sallys Kopf neben Claas' Bettseite auf. Freudig wedelte sie mit dem Schwanz und stupste mit der Nase vorsichtig an seinen Arm.

»Guten Morgen, Sally«, sagte er und strich ihr über den Kopf.

»Von mir auch guten Morgen.« Ich langte mit meinem Arm über seine Brust, um Sally ebenfalls zu kraulen.

Beim Klang meiner Stimme guckte sie zunächst völlig

verdutzt, dann bellte sie einmal und flippte anschließend vor Freude beinahe aus. Unter wildem Schwanzwedeln raste sie einmal ums Bett herum, um auf meine Seite zu kommen, und stützte sich mit den Vorderpfoten auf der Bettkante ab. Sie sprang jedoch nicht hoch, obwohl ihr anzusehen war, dass sie liebend gerne ins Bett gehüpft wäre, um mich zu begrüßen.

»Ich freu mich doch auch, dich zu sehen. Aber du willst mir doch nicht ernsthaft weismachen, dass du nicht mitbekommen hast, dass ich hier bin.«

»Sie hat es wohl vergessen. Und sie ist es halt nicht gewöhnt, dass du morgens da bist«, meinte Claas. »Ich hab mich doch ganz ähnlich gefreut, als ich wach geworden bin und mir bewusst wurde, dass du in meinen Armen liegst.«

Ich brach in Gelächter aus. »Das stimmt natürlich.«

»Du und Sally«, meinte er. »Sie war ja vom ersten Augenblick an völlig begeistert von dir.«

»Wahrscheinlich, weil sie von Anfang an gemerkt hat, dass ich genauso heftig in ihr Herrchen verknallt bin wie sie selbst.«

»Oh, genauso heftig? Das muss dann aber ganz schön doll sein.«

»Du hast ja keine Ahnung.«

Er zog mich an sich. »Aber vielleicht war sie auch deswegen von Anfang an so begeistert von dir, weil sie gespürt hat, wie begeistert *ich* von dir war.«

»Einigen wir uns auf eine Mischung aus beidem?«

»Mhm«, machte er und vergrub seine Hand in meinem Haar.

»Sag mal, wollen wir nicht aufstehen, frühstücken und noch mit Sally an den Strand?«

Claas schüttelte den Kopf. »Wo nimmst du bloß um diese Uhrzeit all die Energie her?«

»Darf ich dich daran erinnern, dass du heute Morgen auch schon äußerst aktiv gewesen bist?«

»Das ist etwas anderes«, behauptete er. »Ich muss die Zeit mit dir allein voll auskosten, schließlich müssen wir den ganzen Tag mit diesen nervigen Leuten …«

»Unseren Kunden«, korrigierte ich ihn.

»Also gut, unseren *Kunden* rumhängen. Und heute Abend kann ich dich auch nicht sehen, weil ich meinem Vater versprochen habe, anstelle meiner Mutter mit ihm zu diesem Konzert in die Elbphilharmonie zu gehen.«

»Und ich hab heute Mädelsabend.«

»Also ist es amtlich: Wir sehen uns heute Abend nicht. Und ich gehe davon aus, dass wir im Büro besser noch keinen wilden Sex auf meinem Schreibtisch haben, richtig?«

»Auf gar keinen Fall.« Nach einer kurzen Pause fügte ich hinzu: »Ich finde, wir sollten es im Büro überhaupt noch nicht an die große Glocke hängen.«

Claas sah mich nachdenklich an. »Nein, wahrscheinlich nicht. Ich muss es Olli natürlich sagen. Aber da das mit uns gerade erst ein paar Stunden alt ist, sollten wir uns ansonsten tatsächlich besser erst mal etwas zurückhalten.«

»Das würde ohnehin nur ein furchtbares Gerede geben«, meinte ich finster.

Er gab mir einen Kuss auf die Stirn. »So schlimm wird es schon nicht werden. Nach drei Tagen haben sich bestimmt alle dran gewöhnt, und dann ist es gut.«

»Nach drei Tagen? Im Leben nicht! Jedes Mal, wenn du mir einen tollen Auftrag gibst oder wenn ich befördert werde oder … Na ja, du musst wissen, dass ich vorhabe, Karriere bei M&T zu machen. Ich finde, da sollte ich von Anfang an mit offenen Karten spielen, und …« Ich hielt inne, denn Class fing an zu lachen.

»Und ich finde, wir sollten jetzt mal besser das Thema wechseln.«

»Aber ich ...«

»Nein«, sagte er entschieden. »Du kannst mir gerne im Büro von deinen Karriereplänen erzählen, montags bis freitags von acht bis achtzehn Uhr, aber ganz sicher nicht im Bett.«

Erschrocken schlug ich meine Hand vor den Mund. »Ich wollte doch gar nicht ... Und gestern habe ich dir schon erzählt, dass ich ... Ich hoffe, du denkst jetzt nicht ...«

»Natürlich denke ich das nicht«, unterbrach er mein Gestammel. »Nicht für eine Sekunde. Aber wir sollten besser gleich von Anfang gewisse Verhaltensregeln festlegen. Es wird sich nicht verhindern lassen, dass wir in unserer Freizeit auch über die Arbeit reden. Aber bitte niemals im Bett.«

»Okay. Akzeptiert.«

»Und noch was. Dieser Claas«, er zeigte mit dem Finger auf sich, »ist ein ganz anderer als der bei der Arbeit. Es gibt zwar Überschneidungen, ich werde schließlich auch in der Agentur verliebt in dich sein. Aber ich werde dich niemals bevorzugen oder dir einen tollen Auftrag geben, weil du so hübsch bist oder weil ich verliebt in dich bin. Genauso, wie ich dir niemals einen Auftrag *nicht* geben werde, nur weil ich nicht will, dass es Gerede gibt. Und wenn du jemals das Gefühl hast, dass ich dich bevorzuge oder benachteilige, dann musst du es mir auf jeden Fall sagen.«

»Okay. Deal.« Ich hielt ihm meine Hand hin, und er schüttelte sie feierlich. »Und du musst es mir sagen, wenn ich dich im Büro anzicke, weil ich wegen irgendwas Privatem sauer auf dich bin. Das Problem ist nämlich, dass es mir nicht ganz leicht fällt, den privaten und den Büro-Claas auseinanderzuhalten. Und das wird jetzt wahrscheinlich noch schwieriger für mich sein. Neulich, als du mich wegen der Sache mit Julius angefahren hast, da war ich wirklich wütend, weil ich es nicht auf die Reihe gekriegt habe, dass du so mit mir redest. So herrisch und zynisch und … keine Ahnung, einfach ätzend.«

»Ich weiß«, sagte er zerknirscht. »Ich benehme mich normalerweise nie so.«

»Das haben wir doch geklärt, und darauf will ich auch gar nicht hinaus. Aber du hast hinterher gesagt, dass es bei dem Streit eigentlich um etwas völlig anderes ging. Und damit hattest du recht. Ich hätte Olli im gleichen Fall niemals so angeschnauzt. Und er mich wohl auch nicht. Wir waren einfach genervt voneinander. Stimmt's? Weil wir beide nicht damit klargekommen sind, wie es privat zwischen uns gelaufen ist.«

»Ich war tatsächlich genervt von dir. Und frustriert.«

Ich nickte. »Siehst du. Wir müssen also zukünftig beide aufpassen, dass wir den Ärger, den wir möglicherweise privat miteinander haben, nicht auf die Arbeit übertragen.«

Jetzt hielt Claas mir seine ausgestreckte Hand hin. »Deal.«

Ich ergriff seine Hand, um sie zu schütteln. »So, und jetzt gehen wir mit Sally an den Strand, okay?«

»Okay. Dann raus aus dem Bett.«

Schweren Herzens löste ich mich von Claas und stand auf, um in meine Klamotten zu schlüpfen, die auf dem Boden lagen. Wir küssten uns noch mal, und dann ging ich auf sehr wackligen Knien nach nebenan in mein Zimmer.

Claas und ich brachten den Tag mit überraschend viel Anstand über die Bühne. Nachdem wir mit Sally vom Strand wieder da waren und uns auf den Weg nach Berlin gemacht hatten, gab es ohnehin so viel zu tun, dass uns keine Zeit blieb, einander anzuschmachten. Das Treffen mit dem Bundesvorstand der Durchschnittspartei fiel zwar in erster Linie in das Aufgabengebiet von Rieger, aber trotzdem waren Claas und ich dafür verantwortlich, dass unser Schützling möglichst medienwirksam inszeniert wurde. Wir passten auf, dass RHK stets im Zentrum der Aufmerksamkeit stand, verschafften ihm Interviews und versorgten Britt mit Live-Fotos, damit sie sie in die sozialen Netzwerke einspeisen konnte. Zwischendurch sichteten wir die Fotos, die Bernd Lichtenstein uns zugeschickt hatte. Sie waren überraschend gut geworden, und zwar nicht nur die Fotos mit Sally. Auch aus den anderen Situationen hatte er das Beste herausgeholt, und es war ihm gelungen, etwas hervorzuzaubern, das gar nicht da gewesen war. Die Bilder mit Sally waren allerdings mit Abstand die lebendigsten und sympathischsten, und wir beschlossen, diese sowie ein Bild von RHK und seiner Frau an die Presse zu schicken. Außerdem war ich zwischendurch immer wieder damit beschäftigt, mir Tobi vom Hals zu halten, der zusammen mit Herrn Rieger angereist war. Ich hatte keine Ahnung, was in ihn gefahren war, aber er fing allen Ernstes an, mit mir zu flirten.

»Hey, wie wäre es, wenn wir mal wieder was trinken gehen?«, fragte er, als wir im Vorraum standen und warteten, während die Parteispitze sich mit RHK zum Gespräch zurückgezogen hatte. »Einfach mal über alte Zeiten quatschen.«

Claas, der direkt neben uns stand, hob eine Augenbraue.

»Nein, lass mal, Tobi«, erwiderte ich. »Da besteht bei mir überhaupt kein Bedarf.«

»Schade. Irgendwas ist anders an dir.« Er trat vor und musterte mich intensiv. »Hast du eine neue Frisur?«

Ich sorgte für mehr Abstand zwischen uns. »Nein, habe ich nicht.«

»Gefärbte Kontaktlinsen? Deine Augen sind so anders.«

Claas schnaubte, und ich konnte ihm an der Nasenspitze ansehen, dass er liebend gern etwas gesagt hätte, doch er hielt die Klappe. Stattdessen suchte er das Weite und gesellte sich zu Herrn Fangmann, um mit ihm die Fotos noch mal durchzugehen.

Ich warf Tobi einen hochmütigen Blick zu. »Möglicherweise liegt es daran, dass ich sehr, sehr glücklich bin. So kennst du mich nicht.« Damit ließ ich ihn stehen und gesellte mich zu Claas und Herrn Fangmann. Claas lächelte mich an und berührte mich unauffällig an der Taille. Es war eine winzig kleine Berührung und sie dauerte nur etwa eine Sekunde, aber das reichte schon, um mich sofort wieder an gestern Nacht denken zu lassen und den Wunsch in mir zu wecken, das baldmöglich zu wiederholen. Doch ich hatte mich schnell wieder im Griff und konzentrierte mich auf das Gespräch.

Um sechs Uhr waren wir wieder in Hamburg und Claas setzte mich vor meiner Haustür ab. Nachdem er den Motor ausgestellt hatte, saßen wir für ein paar Sekunden schweigend nebeneinander im Auto. »Willst du noch mit raufkommen?«, fragte ich, weil mir der Abschied so schwerfiel und ich ihn noch etwas hinauszögern wollte.

»Das schaffe ich leider nicht.« Er lehnte sich zu mir rüber, nahm meinen Kopf in beide Hände und sah mich eindringlich an. »Hey, Nele? Hast du eigentlich was mit deinen Augen gemacht? Die sind so anders als sonst.«

Ich fing an zu lachen und schlug ihm spielerisch gegen die Schulter. »Neuerdings trage ich gefärbte Kontaktlinsen. Der Farbton heißt übrigens ›Claas‹.«

»Gefällt mir. Ich kann einfach nicht fassen, dass wegen diesem Typen alles so anders gelaufen ist zwischen uns.«

»Ach, wir haben uns doch gekriegt. Ein paar Monate später zwar, aber was sind schon ein paar Monate?«

»Ein paar Monate können verdammt viel sein«, sagte er ernst.

Ich dachte an seine Frau, die innerhalb kurzer Zeit gestorben war und sich so sehr noch ein paar Monate mehr gewünscht hatte. Sanft strich ich Claas über die Wange und nahm ihn dann fest in den Arm. Er erwiderte die Umarmung und vergrub den Kopf in meinem Haar. »Ist es komisch für dich?«, fragte ich. »Jetzt mit mir? Ich meine, wegen Bea?« Ich hatte ihren Namen noch nie ausgesprochen, und es fühlte sich seltsam an, das zu tun.

Claas löste sich von mir, um mich ansehen zu können. »Nein, es ist nicht komisch. Ich hab in letzter Zeit immer wieder an sie gedacht, was damit zu tun hatte, dass ich mich in dich verliebt habe. Anfangs hatte ich den Anflug eines schlechten Gewissens, aber das hat sich schnell gegeben. Dafür ist es einfach schon zu lange her. Und wo auch immer Bea jetzt ist – ich glaube, dass sie das mit uns ganz gut findet.«

»Okay. Wenn du mit mir über sie reden möchtest, dann machst du das, ja? Ich kann mir nicht vorstellen, wie sich das anfühlt oder was jetzt in dir vorgeht. Aber ich möchte es gerne verstehen, und ich bin für dich da.«

»Ich glaube, du stellst dir das schlimmer vor als es ist. Hätten wir beide uns vor vier oder fünf Jahren kennengelernt … das wäre wahrscheinlich ein Drama geworden. Aber heute ist alles gut. Und ich bin wirklich glücklich, dass ich dich habe.«

Er schaffte es immer wieder, mein Herz Freudensprünge machen zu lassen. »Ich auch«, sagte ich und küsste ihn. »Doch du musst jetzt los, fürchte ich.«

»Das fürchte ich auch. Also, dann sehen wir uns morgen im Büro?«

Ich nickte.

»Darf ich dich denn wenigstens küssen, wenn wir schon keinen wilden Sex auf meinem Schreibtisch haben können?«

»Nein, natürlich nicht«, erwiderte ich im strengen Tonfall,

obwohl ich grinsen musste. »Aber wir könnten uns ein Wort überlegen, und immer wenn einer von uns das sagt, ist es, als würden wir uns küssen.«

Für ein paar Sekunden sah Claas mich verdattert an, dann fing er an zu lachen. »Okay. Dann sollte es aber nicht zu ausgefallen sein.«

»Wie wäre es, wenn wir uns beim Vornamen nennen? Also wenn ich sage ›Claas, ich habe hier die neuen Entwürfe von xyz‹, dann habe ich dich geküsst.«

»Geniale Idee, Nele.«

»Ja, nicht wahr, Claas?«

»Nele, die Leute werden uns für bescheuert halten, wenn wir uns andauernd mit unserem Vornamen anreden.«

»Dann, lieber Claas, sollten wir es nicht zu oft tun.«

»Ich sollte jetzt vor allem endlich mal den Absprung schaffen, Nele. Oh warte, eins noch. Darf ich dich denn morgen nach der Arbeit zu einem Date ausführen und richtig küssen?«

Unglücklich sah ich ihn an. »Eigentlich liebend gerne. Lenny und ich wollen allerdings zu dieser Wohneinrichtung und danach Bewerbungen schreiben. Aber du könntest vorbeikommen. Du musst natürlich nicht, ich meine, so hast du dir unser Date bestimmt nicht vorgestellt.«

»Das klingt nach einem perfekten Date. Außerdem habe ich doch versprochen, Lenny bei den Bewerbungen zu helfen. Also, bis morgen. Viel Spaß bei deinem Mädelsabend.«

»Dir viel Spaß in der Elphie.«

Wir stiegen beide aus, und er öffnete den Kofferraum, um mir meine Tasche zu geben.

»Tschüs, Sally«, sagte ich und streckte meine Hand durch die Box, um sie zu streicheln. »Bis morgen.«

Claas gab mir einen langen und zärtlichen Abschiedskuss,

dann stieg er ins Auto, winkte mir durchs geöffnete Fenster zu und fuhr davon. Ich sah ihm nach, bis er verschwunden war. Mir wurde bewusst, dass ein breites Lächeln auf meinen Lippen lag, und mir war sehr danach, die mir völlig unbekannte ältere Dame zu umarmen, die gerade mit ihrem Hackenporsche an mir vorbeischob. Doch ich wollte sie nicht erschrecken, also lächelte ich sie nur freundlich an und ging rauf in die Wohnung.

»Jemand zu Hause?«, rief ich, als ich eintrat.

»Ja, hier«, hörte ich Annis Stimme aus der Küche.

Sie saß dort mit Sebastian und Kai am Tisch. Die drei hatten eine Riesenschüssel Salat und ein Baguette vor sich, und es duftete herrlich nach Pinienkernen und gebratenem Bacon. »Mmmh«, machte ich. »Habt ihr zufällig noch was für mich übrig?«

»Klar.« Kai griff hinter sich, um mir einen Teller und Besteck aus dem Schrank zu holen. »Bitte schön.«

»Vielen Dank.« Ich setzte mit zu den dreien und lud meinen Teller voll. »Hach, so ein Salat ist jetzt genau das Richtige.«

Anni sah mich aus zusammengekniffenen Augen an. »Du strahlst ja so. Dann war es wohl ein erfolgreicher Geschäftstermin, was?«

»Ja, wir haben sehr schöne Fotos gemacht.« Ich schob mir eine Gabel Salat in den Mund. »Unsere Kunden werden zufrieden sein.«

»Schön. Und Claas ist auch zufrieden mit dem Ergebnis?«

»Ja, natürlich. Wieso denn auch nicht?«

Für eine Weile aß ich schweigend und hörte Kai zu, der von dem miesen Tag erzählte, den er gehabt hatte.

Dann fragte Anni völlig aus dem Blauen heraus: »Sag mal, Nele, kann ich mir ein Glas von der Marmelade mopsen, die du mit Claas gemacht hast? Ha!«, rief sie unvermittelt. »Jedes Mal, wenn ich den Namen Claas sage, grinst du noch breiter. Da, schon wieder!«

Ich versuchte, meine Gesichtszüge unter Kontrolle zu halten. »Das könnte daran liegen, dass ich ganz schön verliebt in ihn bin. Und wie sich jetzt herausgestellt hat, er auch in mich.«

»Also, da brat mir doch einer einen Storch«, sagte Sebastian trocken. »Wer hätte das gedacht?«

»Und?«, fragte Anni und hing geradezu an meinen Lippen. »Was jetzt?«

Ich konnte es einfach nicht länger zurückhalten. Dieses wunderschöne, warme Glücksgefühl musste einfach raus, also erlaubte ich dem breiten Grinsen auf meinem Gesicht, noch breiter zu werden. »Und jetzt sind wir so was wie offiziell frisch verliebt oder ›seit noch nicht mal vierundzwanzig Stunden zusammen‹ oder ein Fast-Paar oder Paar. Ach, ich weiß nicht, wie man das definiert, was wir jetzt sind, aber auf jeden Fall sind wir glücklich.«

»Yaaay!«, rief Anni und streckte die Fäuste in die Luft, nur um mich dann stürmisch zu umarmen. »Das ist so schön, Nele! Dir wäre auch echt nicht mehr zu helfen gewesen, wenn du dir Claas durch die Lappen hättest gehen lassen. Da, jetzt hast du schon wieder so gestrahlt, weil sein Name gefallen ist. Ist das süß!«

»Und die ganzen Einwände, die du hattest?«, fragte Sebastian. »Sind die jetzt einfach so vom Tisch?«

»Nein, sind sie nicht. Es gibt vieles, was dagegen spricht, und es wird wohl auch nicht immer ganz einfach werden.«

»Wenn's einfach wär, würd's ja auch jeder machen«, warf Anni ein.

»Stimmt. Mir ist das alles auch ein bisschen unheimlich, und ich hab Angst, dass es nicht hinhaut. Aber ich kann und will meine Gefühle nicht ignorieren. Ich muss das einfach versuchen. Wenn man verliebt ist, ist man verliebt. Nützt ja nix.«

Anni lachte. »Da hast du recht. Und ich finde Claas supernett. Ihr beide passt großartig zusammen, das merkt man sofort.«

»Anni, du findest jeden nett, der deine Freunde mag.«

»Ja, aber Claas finde ich besonders nett«, behauptete sie. »Oh mein Gott, dieses Grinsen. Mir geht das Herz auf.«

Kai schob seinen leergegessenen Teller weg. »Ich finde ihn auch nett. Und ich freu mich für dich, Nele.« Damit stand er auf und quetschte sich an mir vorbei. »Mir fällt gerade ein, dass ich noch verabredet bin. Also mache ich mich mal besser auf den Weg. Bis später.«

Völlig verdattert saßen Anni, Sebastian und ich da und sahen Kai nach. Kurz nachdem er die Küche verlassen hatte, fiel die Wohnungstür ins Schloss, und dann war alles still.

»Er benimmt sich ganz schön seltsam in letzter Zeit«, sagte ich.

Anni runzelte die Stirn. »Ja, das war schräg.«

»Vielleicht hat er tatsächlich nur eine Verabredung vergessen«, warf Sebastian ein. »Oder ihm ist einfach nicht danach, sich Neles Schwärmerei anzuhören. Da muss man doch nicht gleich so viel reininterpretieren.«

»Ich schwärme doch gar nicht von Claas«, protestierte ich und musste schon wieder lächeln.

Anni seufzte verzückt, und Sebastian verdrehte lachend die Augen.

Später brezelten Anni und ich uns gemeinsam für unseren Mädelsabend auf. »Ich muss Kai dringend auf sein komisches Verhalten ansprechen«, sagte ich entschlossen, während ich Anni eine Flechtfrisur machte. »Ich weiß, dass ihn etwas bedrückt, aber er sagt nicht, was. Ich frage mich, was so schlimm

sein kann, dass er es mir nicht erzählt. Wir sind doch Freunde.«
Ich steckte die letzte Strähne fest. »Fertig«, sagte ich zufrieden.

»Manchmal gehen einem Dinge im Kopf rum, über die man nicht unbedingt sprechen möchte«, sagte Anni. »Ich kann das schon verstehen.«

»Ich ja auch. Aber ich mach mir halt Sorgen.«

Um halb acht trafen wir uns mit Gülcan und Lisa im Schanzenviertel. Da es so ein schöner, warmer Sommerabend war, setzten wir uns an eine der Bierzeltgarnituren vor den Bars am Schulterblatt und genossen kühle Gin Tonics. Und nun konnte ich endlich auch Gülcan und Lisa von Claas erzählen.

Gülcan zückte umgehend ihr Handy, um eine Nachricht zu schreiben. »Dann muss ich meinen netten, gutaussehenden Anwalts-Cousin Cano wohl anderweitig vermitteln. Aber egal, den bringe ich schon noch an die Frau.«

»Meinst du nicht, dass er sich lieber selbst jemanden suchen möchte?«, fragte ich. »Singles werden nicht so gern verkuppelt.«

Sie winkte ab. »Ach, Unsinn. Kein Single ist gerne Single.«

»Also, ich finde, dass es sehr guttut, eine Weile allein zu sein und Zeit für sich zu haben«, verkündete ich gewichtig. »Es ist wahnsinnig wertvoll für einen selbst, einfach mal …«

»Bla, bla, bla«, unterbrach Lisa mich lachend. »Wie lange ist es her, dass Tobi Schluss mit dir gemacht hat? Drei Monate? Vier?«

»So in etwa«, erwiderte ich kleinlaut.

»Aha. Und jetzt hast du eine heiße Affäre mit deinem Chef, weil es so wahnsinnig wohltuend ist, Single zu sein?«

»Ich wollte mich doch überhaupt nicht verlieben, das stand als Allerletztes auf meinem Plan. Außerdem würde ich das, was Claas und ich haben, auch nicht als Affäre bezeichnen.«

Anni stieß Gülcan in die Seite. »Guck mal, wie sie immer lächelt, wenn sie Claas sagt. Das ist *so* süß.«

»Unsere Nele ist verliebt.« Gülcan kniff mir liebevoll in die Wange. »Das ist doch schön. Und ich freu mich für dich. Aber als wir neulich telefoniert haben, hast du mir doch etwa eine halbe Stunde lang erzählt, wie schwierig das alles ist, weil er dein Chef ist. Das ist er doch immer noch, oder?«

»Ja, ist er. Und das ist auch nach wie vor schwierig. Aber wir haben ein paar Verhaltensregeln aufgestellt, damit wird es schon funktionieren. Im Büro wollen wir es ohnehin erst mal nicht an die große Glocke hängen.«

Lisa und Anni tauschten einen Blick. »Das heißt, ihr wollt es verheimlichen?«, fragte Lisa.

Ich nickte und nahm noch einen Schluck von meinem Gin Tonic. »Ja, klar. Wir sind keine vierundzwanzig Stunden zusammen, natürlich gehen wir damit noch nicht hausieren. Irgendwann, wenn wir uns daran gewöhnt haben und wenn … ich weiß auch nicht, *irgendwann* werden wir es schon noch öffentlich machen.« Ich rührte mit dem Strohhalm in meinem Glas. »Oder auch gar nicht. Es gibt bestimmt viele funktionierende Beziehungen, die man verheimlicht.«

»Klar«, sagte Lisa ernst. »Gesunde, glückliche Beziehungen werden immer verheimlicht.«

Ihre Worte trafen irgendetwas tief in mir, und ich musste schwer schlucken. »Wir verheimlichen es doch nur im Büro.«

»Jetzt lass Nele doch mal in Ruhe frisch verliebt sein, Lisa«, mahnte Gülcan. »Ich finde es verständlich, dass die beiden in der Agentur noch nicht die Pferde scheu machen wollen. Außerdem kann das doch aufregend sein. Ich hatte noch nie eine heimliche Affäre.«

»Es ist keine Affäre«, betonte ich.

»Tut mir leid, Nele«, sagte Lisa zerknirscht. »Ich will dir das nicht mies machen, nur riecht das Ganze irgendwie nach etwas Kompliziertem. Und ich wünsche mir so für dich, dass du endlich das große Los gezogen hast.«

»Lern ihn erst mal kennen«, mischte Anni sich ein. »Er ist total nett, und die beiden passen toll zusammen. Wenn du mich fragst, ist er das große Los.«

Dankbar sah ich Anni an. »Ja, und im Übrigen ist es eh zu spät, denn ich bin nun mal verliebt. Was soll ich machen? Ich hab ja versucht, es zu verhindern. Ging halt nicht.«

Lisa, Gülcan und Anni brachen in Gelächter aus.

»Los, sag noch mal ›Claas‹, Nele.« Anni sah mich erwartungsvoll an.

»Jetzt sei nicht so albern«, schimpfte ich, doch ich musste dabei lachen. »Erzähl lieber, was die Bankenkrise macht, Lisa. Willst du jetzt den Job wechseln?«

Für den Rest des Abends redeten wir nicht mehr über Männer – oder nur noch am Rande. Und auch wenn ich immer wieder an Claas denken musste und es schön gefunden hätte, jetzt bei ihm zu sein, genoss ich den Abend mit meinen Freundinnen.

Als ich im Bett lag, konnte ich es dann aber doch nicht lassen, Claas eine Nachricht zu schreiben: *Wahrscheinlich schläfst du schon, trotzdem wollte ich dir unbedingt Gute Nacht sagen. Also: Gute Nacht. Schlaf gut und träum was Schönes.* Ich rechnete nicht mit einer Antwort, aber kurz darauf bekam ich eine Nachricht: *Gute Nacht. Ich träume bereits was sehr Schönes, Nele. Nele Nele Nele.*

Hui, das waren gleich vier Küsse. Ich schrieb zurück: *Dann träum schön weiter, Claas Claas Claas Claas Claas Claas Claas Claas Claas.*

Du musst immer noch einen draufsetzen, was?, antwortete er kurz darauf, und ich konnte sein Lachen förmlich hören.

Ja, daran kannst du dich schon mal gewöhnen. Also dann, Gute Nacht. Bis morgen.

Bis morgen.

Ich kuschelte mich in meine Decke, schaute in den Nachthimmel, an dem ein paar Sterne leuchteten, und konnte gar nicht fassen, wie verliebt ich war. Was für ein Glück, dass Linda das Norovirus erwischt hatte! Ohne den Tag und vor allem die Nacht in Zingst hätten Claas und ich womöglich noch ewig herumgeeiert.

Sehr romantisch

Am nächsten Morgen fuhr ich mit klopfendem Herzen ins Büro. Einerseits freute ich mich darauf, Claas wiederzusehen, andererseits wusste ich nicht, wie wir das mit dem Geheimhalten hinbekommen würden. Zuversichtlich stimmte mich nur, dass wir den Tag in Berlin auch über die Bühne gebracht hatten, ohne alle fünf Minuten übereinander herzufallen. Warum also sollte es im Büro anders sein?

Ich schloss die Tür auf und prüfte vorsichtig, ob Sally mich auf der anderen Seite erwartete. Doch sie war nicht da, was bedeutete, dass ich die Erste im Büro war. Ich holte mir einen Kaffee und ging an meinen Platz. Das Franzbrötchen, das ich mir gekauft hatte, war noch warm, und ich wollte gerade mit geschlossenen Augen hineinbeißen, als ich hörte, wie die Tür zur Agentur geöffnet wurde. Aber da waren keine kratzenden Hundekrallen auf dem Parkett, also konnten es nicht Claas und Sally sein. Stattdessen kam Julius in unser Zimmer. Bald darauf trudelte auch Britt ein. Verdammt. Sonst ließen meine Kolleginnen und Kollegen sich nie vor neun Uhr blicken, und ausgerechnet heute, wenn ich mich über ein klitzekleines bisschen Zeit allein mit Claas gefreut hätte, tauchten sie schon in aller Herrgottsfrühe hier auf.

Ich stand gerade neben Britt, die mir auf ihrem PC ein paar Logo-Entwürfe zeigte, als wieder die Bürotür aufging. Nun hörte ich endlich das Geräusch von Sallys Krallen, und gleich darauf kam sie in unser Zimmer gestürmt. Mit wackelndem Hintern lief sie auf meinen Platz zu, erkannte, dass ich nicht dort saß und machte eine Vollbremsung. Dann drehte sie sich einmal um ihre Achse, entdeckte mich, bellte kurz und war in zwei großen Sprüngen bei mir. »Hallo, du Verrückte«, sagte ich und kraulte ihre Ohren. Innerlich wappnete ich mich für ihr Herrchen und versuchte, mein Gesicht bereits jetzt unter Kontrolle zu halten, obwohl mein Herz laut pochte und die Schmetterlinge in meinem Bauch schon mal ihre Hochsteckfrisuren öffneten und die Haare schüttelten.

»Guten Morgen allerseits«, erklang die tiefe Stimme, die ich wahrscheinlich noch in der größten Menschenmenge heraushören würde. Augenblicklich jagte mir ein Schauer über den Rücken. Ich hörte die Dinge, die er in unserer gemeinsamen Nacht zu mir gesagt hatte, spürte seine Hände auf meinem Körper und seine Lippen auf meinem Mund. Und so sehr ich auch dagegen ankämpfte – ich war machtlos gegen das Lächeln, das sich auf meinem Gesicht ausbreitete.

»Guten Morgen, Julius, Guten Morgen, Britt«, fing er an, aufzuzählen. »Guten Morgen … Nele.«

»Guten Morgen, Claas«, erwiderte ich, und ich hoffte, dass die anderen nicht merkten, wie hell vor Aufregung meine Stimme klang.

Zum Glück schaltete Britt sich ein, denn es hätte nicht viel gefehlt, und ich wäre ihm um den Hals gefallen. »Ich hab hier die Entwürfe für das neue Searchlove-Logo. Willst du mal sehen?«

»Unbedingt.« Claas trat neben mich, um ebenfalls auf Britts Monitor zu schauen. Ich nahm einen Hauch seines Aftershaves wahr, und ich fragte mich, ob ich mich jemals daran gewöhnen würde, ihm so nah zu sein, und ihn nicht berühren zu können. Britt redete und redete und zeigte auf ihren Bildschirm. Ich sah durchaus hin und hörte zu, aber im Moment war ich leider absolut nicht aufnahmefähig. Alles, worauf ich mich konzentrieren konnte, war der Mann, der neben mir stand, und zwar so dicht, dass ich meinen Kopf an seine Schulter hätte lehnen können.

»Das sieht super aus«, sagte ich und flüchtete an meinen Schreibtisch, bevor noch ein Unglück passierte.

Julius musterte mich befremdet, was wohl dafür sprach, dass ich gerade etwas auf die Situation völlig Unpassendes gesagt hatte.

Claas blieb noch eine Weile und besprach mit uns, was in der nächsten Zeit anlag. Ganz allmählich entspannte ich mich, weil ich merkte, dass er entspannt war. Außerdem rief ich mich selbst zur Ordnung, denn das hier war meine Arbeit. Und die war mir verdammt wichtig. Also würde ich mich zusammenreißen und wie eine erwachsene Frau benehmen, die eine steile Karriere vor sich hatte. Ich würde es ja wohl aushalten, Claas acht bis zehn Stunden am Tag nicht zu küssen. Bevor er das Büro verließ, sagte er: »Also dann. Britt, Julius. Nele.« Dann lächelte er mir kurz zu und verließ das Büro.

Beim Montags-Meeting war alles ganz normal, und weder er noch ich nannten uns beim Vornamen. Stattdessen diskutierten wir über die Searchlove-Logos und sammelten Ideen für einen neuen Kunden, den Olli und Claas an Land ziehen wollten.

›Gott sei Dank‹, dachte ich, als ich nach dem Meeting zurück an meinen Platz ging. ›Mein Verstand funktioniert also noch.‹

Doch dann höre ich Claas' Stimme hinter mir: »Nele, hast du mal fünf Minuten?«

Sofort machte mein Herz einen Satz. »Ja, klar.«

Ich folgte ihm in sein Büro, wo er ohne Umschweife die Tür hinter uns schloss, mich an sich zog und stürmisch küsste. Und obwohl es absolut gegen die Spielregeln war, konnte ich nicht anders. Ich schlang meine Arme um seinen Nacken, schmiegte mich an ihn und erwiderte seinen Kuss so hingebungsvoll, als wäre es die letzte Gelegenheit in meinem Leben, Claas zu küssen. Doch viel zu schnell zog er den Kopf wieder zurück. »Ich weiß, eigentlich küssen wir uns hier nicht, aber ich dachte, nur ganz kurz zählt vielleicht nicht.«

Ich versuchte, meinen rasenden Atem wieder unter Kontrolle zu bekommen. »Nein, ganz kurz zählt ausnahmsweise nicht.«

»Ich freue mich schon drauf, wenn wir das ganz lang machen können. Es ist gar nicht so einfach, oder?«

»Allerdings nicht. Aber ich finde, dafür, dass das alles neu für uns ist, sind wir gar nicht so schlecht.«

»Finde ich auch. Beim Meeting waren wir voll da. Heute Morgen vielleicht nicht ganz so.« Er zog eine Grimasse. »Ich habe keine Ahnung, wovon Britt überhaupt geredet hat.«

»Ich auch nicht. Aber wir hatten uns doch gut im Griff.«

»Absolut. Das war fantastisches Teamwork«, meinte er und hob seine Hand, damit ich ihm Fünf geben konnte.

»Du spinnst ein bisschen, oder?«, fragte ich lachend, als ich einschlug.

»Ich bin sehr froh, dass du das jetzt erst merkst, wo es zu spät ist«, grinste er. »Also, sehen wir uns heute Abend bei dir?«

»Ja, um sechs haben Lenny und ich den Termin bei der Beratungsstelle, also sind wir wahrscheinlich gegen halb acht bei mir. Aber ich melde mich noch mal.« Ich strich am Kragen von Claas' T-Shirt entlang. »Ich freu mich auf dich.«

Er zog mich an sich und küsste mich so intensiv, dass ich alles um mich herum vergaß. »Ich freu mich auch auf dich«, flüsterte er mir ins Ohr. Dann ließ er mich los und rückte mein etwas in Mitleidenschaft geratenes Kleid zurecht.

»Bis später«, sagte ich mit heiserer Stimme, dann schaffte ich endlich den Absprung und schwebte wie auf Wolken an meinen Platz.

Den Rest des Tages gelang es mir tatsächlich, mich auf meine Arbeit zu konzentrieren. Die Begegnungen mit Claas waren zwar zunächst etwas schwierig, doch wir bekamen sie immer besser in den Griff. Um fünf Uhr konnten wir dann schon ganz entspannt in der Küche mit Britt, Olli und Boris einen Kaffee trinken und dabei plaudern, als wäre nie etwas zwischen uns gewesen. Abgesehen von dem einen oder anderen Blick vielleicht, aber man würde ja wohl noch mal gucken dürfen. Und wenn Claas mir zum Abschied: »Schönen Abend, Nele« wünschte, und ich »Dir auch, Claas« erwiderte, verstand ja niemand außer uns, was das bedeutete. Also, alles in allem war es doch ganz einfach, heimlich mit seinem Chef zusammen zu sein.

Um Punkt halb sechs ging ich runter, um Lenny zu treffen. Wie üblich war er bereits da und schaute ungeduldig auf die Uhr. »Ich warte schon seit zehn Minuten. Du musst echt mal pünktlich sein.«

»Ich bin doch pünktlich. Es ist halb sechs, und wir sind um halb sechs verabredet. Jetzt drück mich erst mal, Lenny-Baby«, sagte ich und breitete meine Arme aus.

Lenny verdrehte die Augen, aber einer Umarmung konnte er nun mal nicht widerstehen. »Los, Nele, wir haben es eilig«, sagte er, als er mich losgelassen hatte. »Wir wollen doch nicht zu spät kommen.«

Die Behindertenorganisation war nur zwei Haltestellen entfernt und wir hatten mehr als genug Zeit. Aber gut, ich kannte es ja nicht anders. Mit Lenny war man immer mindestens zwanzig Minuten zu früh. »Hey, schicke Kappe«, sagte ich auf dem Weg zur U-Bahn und deutete auf die schwarze Baseballmütze, die er verkehrt herum trug, und die super zu seiner neuen schwarzen Hornbrille passte.

»Hat Mia mir geschenkt«, erwiderte er stolz und drehte sich um. »Guck mal hinten. Cool, oder?«

Ich musste lachen, denn auf der Vorderseite der Kappe, die bei Lenny gerade hinten saß, war eine Hand abgebildet, die das Rock-'n-Roll-Zeichen machte. »Und das geht nicht gegen deine Schlager-Ehre?«

»Quatsch. Das ist ein Geschenk von Mia. Außerdem will ich eh cooler sein, weil sie doch Rocker gut findet.«

Mir fiel Mia ein, die für Lenny ein Schlager-Glitzerkleid tragen wollte. »Du magst Mia doch so frech wie sie ist, mit ihren Rocker-Klamotten und der Musik. Oder?«

»Na klar, sonst wäre ich ja nicht in sie verliebt, Nele«, sagte Lenny in einem Ton, als würde er mich für ein bisschen dumm halten. »Ich bin in sie verliebt, weil sie Mia ist.«

»Aber meinst du nicht, dass sie dich auch so liebt, wie du bist? Mit deiner Schlagermusik und deinen normalen Klamotten?«

Lenny überlegte für eine Weile. »Doch, vielleicht schon.«

»Ganz sicher sogar.«

Inzwischen waren wir an der U-Bahn-Station angekommen und nur zehn Minuten später standen wir bei der Behindertenorganisation vor der Tür. Lenny hatte hier einen Beratungstermin abgemacht, denn zu dieser Organisation gehörte die Wohngemeinschaft in Eimsbüttel, in die er unbedingt ziehen wollte.

»Meinst du, ich lerne heute schon die anderen kennen, die in der Wohnung wohnen?«

Lenny schien davon auszugehen, dass das alles wie am Schnürchen laufen würde und nur eine Formsache war. Aber da ich aus Erfahrung wusste, dass in seinem Leben selten etwas völlig reibungslos lief, war ich vorsichtiger. »Vergiss nicht, dass wir uns heute erst mal nur informieren, okay? Es ist nicht gesagt, dass du in genau diese Wohngemeinschaft einziehen kannst. Wir sind jetzt bei den allerersten Planungen und fragen nach, wie das Bewerbungsverfahren abläuft, welche Genehmigungen, Bewilligungen und Einstufungen du brauchst und so weiter und so fort. Das wird wieder mit einer Menge Behördenkram verbunden sein. Du kennst das doch.«

»Das nervt«, maulte Lenny.

»Ich weiß. Aber so ist es nun mal. Und wenn Mama und Papa sehen, dass du dich informiert und Unterlagen besorgt hast, merken sie, wie ernst es dir ist. Dann hast du sie bestimmt auf deiner Seite.«

Lenny schaute auf seine Uhr. »Es ist schon Viertel vor sechs, Nele. Wollen wir reingehen?«

»Alles klar. Warten können wir auch drinnen.«

Wir betraten die Räume der Organisation, die in einem schönen Jugendstilbau mit Parkettböden und Stuckdecken lagen. Zum Glück mussten wir nicht lange warten, denn die nette Frau, die für Lennys Anfrage zuständig war, hatte gleich Zeit für uns. Sie war um die fünfzig, sehr zierlich und hatte dunkle Haare.

»Hallo«, sagte sie und begrüßte Lenny mit Handschlag. »Ich bin Maria Oschmann. Schön, dass wir uns auch mal persönlich kennenlernen. Und Sie haben heute Verstärkung mitgebracht?« Sie wandte sich an mich.

»Hallo, ich bin Nele Wilkens«, sagte ich und schüttelte ihre Hand. »Lennys ältere Schwester.«

»Ah ja, sehr schön.« Sie lächelte uns freundlich an und ging uns voraus in ein kleines Besprechungszimmer. »Setzen Sie sich doch. Möchten Sie was trinken?« Sie deutete auf die Getränke in der Mitte des Tisches.

Lenny nahm sich ein Wasser und ich schenkte mir einen Kaffee ein.

»Da haben Sie sich heute aber einen besonders warmen Abend ausgesucht«, meinte sie.

In dem kleinen Raum war es tatsächlich furchtbar heiß und stickig. »Ja, aber in diesem Sommer fällt es ja schon fast schwer, einen Tag zu finden, an dem es nicht heiß ist.«

»Psst.« Frau Oschmann legte einen Finger auf die Lippen. »Sagen Sie es nicht zu laut, sonst verjagen Sie das schöne Wetter noch.«

»Ich gehe heute Abend mit meiner Freundin in den Planten-un-Blomen-Park«, informierte Lenny Frau Oschmann. »Ich habe nämlich eine Freundin. Wir gucken uns ein Wasserlichtkonzert an. Das ist *sehr* romantisch.«

»Wie schön«, meinte sie. »Bei einem der Wasserlichtkonzerte war ich noch nie, obwohl ich es mir jedes Jahr wieder vornehme.«

Wir hielten noch ein bisschen Smalltalk, doch dann kramte Frau Oschmann ein paar Unterlagen hervor. »Also, Herr Wilkens. Sie haben mir gesagt, dass Sie gerne in unsere Wohngemeinschaft in Eimsbüttel ziehen möchten. Aber ich würde Ihnen gerne erst mal alle Wohnformen vorstellen. Wir haben Wohngemeinschaften, Wohngruppen und Hausgemeinschaften im Angebot. Sie wohnen aktuell bei Ihren Eltern, richtig?«

Lenny nickte. »Ja. In Altona.«

»Und sind Ihre Eltern als rechtliche Betreuer bestellt?«

»Genau.«

»Auch in Wohnungsangelegenheiten?«, wollte Frau Oschmann wissen.

Ich antwortete für Lenny. »Ja, unter anderem.«

»Okay. Also, Sie brauchen in dieser Sache auf absehbare Zeit natürlich Ihre Eltern, Herr Wilkens. Aber Sie machen es schon ganz richtig, dass Sie sich erst mal umschauen, ob unsere Einrichtungen Ihnen überhaupt gefallen.«

Lenny schien glatt um ein paar Zentimeter zu wachsen. »Ja, oder?«

»Natürlich.« Dann stellte Frau Oschmann uns die verschiedenen Wohnangebote vor und zeigte Bilder von den Zimmern und Gemeinschaftseinrichtungen. Sie berichtete über die Unterstützung, die Lenny im Alltag bekommen konnte, zum Beispiel beim Einkaufen oder bei Behördengängen. Zum Schluss stellte sie noch ein Projekt vor, bei dem das Alleinleben trainiert wurde. »Da lernen Sie, wie Sie Ihren eigenen Haushalt führen. Zum Beispiel einen Einkaufszettel schreiben, Ihr Geld einteilen, Ihre Wohnung sauberhalten und so weiter und so fort.«

»Das ist doch super zur Vorbereitung«, meinte ich und ließ mir von Frau Oschmann gleich die E-Mail-Adresse und Telefonnummer der zuständigen Sachbearbeiterin geben.

Lenny war jedoch weniger begeistert. »Das muss ich nicht lernen. So was kann doch jeder.«

»Sie können es sich ja noch mal überlegen«, meinte Frau Oschmann. »Ich gebe Ihnen hier eine Liste mit, da steht drauf, was alles geklärt werden muss, bevor Sie in eine unserer Wohnungen ziehen können.« Und nun ging es los. Etwa eine halbe Stunde berichtete sie über die verschiedenen Formulare, Anträge, Bewilligungen und Einstufungen, die Lenny benötigte. Sein Weg in die Selbstständigkeit würde gepflastert sein von Papierkram und Bürokratie – wie eigentlich Lennys ganzes Leben. Und es wurde bestätigt, was mir ohnehin schon klar gewesen war: Das Ganze war definitiv nicht ohne meine Eltern möglich.

»Wir können das Bewerbungsformular so weit wie möglich gemeinsam ausfüllen«, sagte Frau Oschmann zum Schluss. »Und dann sollten Sie schnellstmöglich die erforderlichen Anträge stellen, damit wir Sie auf die Warteliste setzen können. Von heute auf morgen geht leider auch hier nichts, aber das kennen Sie ja.«

»Wie lange dauert es denn ungefähr, bis alles durch und ein Platz frei ist?«, wollte ich wissen.

»Je nachdem für welche Wohnform und welchen Stadtteil Sie sich entscheiden, kann das ein paar Monate dauern. Oder mehr.«

»Was, so lange?«, fragte Lenny entsetzt.

»Ja, wir haben leider mehr Bewerber als Plätze. Überlegen Sie sich das mit dem Wohntraining doch noch mal. Dann können Sie die Wartezeit sinnvoll nutzen.«

Gemeinsam mit Frau Oschmann gingen wir das Bewerbungsformular durch, und auch hierbei zeigte sich, dass viele Informationen benötigt wurden, die nur meine Eltern hatten.

»Vielen Dank, dass Sie sich die Zeit für uns genommen haben«, sagte ich, als wir uns von der netten Dame verabschiedeten. »Ihre Liste zum Abarbeiten ist superhilfreich.«

»Gern geschehen. Viel Spaß heute Abend beim Wasserlichtkonzert.«

Als wir vor dem Büro standen und langsam zurück in Richtung U-Bahn schlenderten, ließ Lenny seinem Unmut freien Lauf. »Das finde ich scheiße! Wieso dauert das denn so lange?«

»Du hast doch gehört, was Frau Oschmann gesagt hat. Die haben aktuell keinen Platz frei. Außerdem dauert der Behördenkram doch immer ewig.« Aufmunternd stieß ich Lenny in die Seite. »Hey, jetzt sei nicht traurig. Die Zeit wird so schnell vorbeigehen. Und bis dahin konzentrieren wir uns erst mal auf deinen Job, okay?«

Lenny lehnte den Kopf an meine Schulter und atmete tief durch. »Na gut.«

»Wann bist du denn heute mit Mia verabredet?«

»Um halb neun.«

»Ich dachte, wir kümmern uns noch um deine Bewerbungen.«

»Können wir doch auch.«

Ich warf einen Blick auf meine Uhr. »Jetzt ist es schon sieben. Heute schaffen wir das nicht mehr.«

»Dann müssen wir das wann anders machen«, meinte Lenny. »Heute muss ich echt zum Konzert.«

»Na schön, machen wir es wann anders. Und jetzt? Gehen wir noch was essen, bevor du Mia triffst?«

»Klar. Das machen wir.«

Ich suchte in meiner Handtasche nach meinem Handy. »Sag mal, hättest du was dagegen, wenn Claas auch kommt?«

Ein Grinsen breitete sich auf seinem Gesicht aus. »Nele ist verliehiebt, Nele ist verliehiebt«, sang er laut lachend und hörte nicht mehr auf damit. Allmählich fingen die Leute schon an zu gucken.

»Lass das, Lenny!«

Doch er dachte gar nicht daran, er sang weiter und weiter, und dann umarmte er mich auch noch und zwang mich zu einem kleinen Tänzchen. Inzwischen hatten wir die Aufmerksamkeit von ganz Eimsbüttel auf uns gezogen. Manche Leute machten befremdete Gesichter, andere grinsten, wieder andere schauten pikiert zu uns rüber. »Nele ist verliehiebt, Nele ist verliehiebt, Nele ist ...«

»Ja, okay, ich bin verliebt. Bist du jetzt zufrieden?«

»Ich hab dir das gesagt, oder? Hab ich dir das nicht gesagt?«

»Mhm. Du hast es mir gesagt. Darf ich jetzt kurz Claas anrufen?«

»Darfst du.«

Wir setzten uns auf eine Bank in der Nähe, und ich wählte endlich Claas' Nummer. Schon nach zweimal Klingeln ging er ran. »Nele«, sagte er zur Begrüßung.

Augenblicklich musste ich lächeln. »Claas. Hör mal, Lenny ist heute sehr busy und schon um halb neun mit Mia verabredet. Wir schaffen das also nicht mehr mit den Bewerbungen.«

»Schade.« Er machte eine kurze Pause. »Können wir uns denn trotzdem sehen?«

»Ja, natürlich. Lenny und ich gehen noch was essen. Hast du Lust vorbeizukommen?«

»Klar. Wo seid ihr denn?«

»Haltestelle Osterstraße. Auf dem Platz vor diesem Bio-Supermarkt.«

»Okay, ich bin spätestens in fünfzehn Minuten da.«

Er hielt Wort, denn schon nach zehn Minuten entdeckte ich in der Ferne einen hochgewachsenen dunkelhaarigen Mann, von dem ich sofort wusste, dass es meiner war. Okay, er hielt einen Hund an der Leine, das machte es etwas einfacher, aber ich hätte ihn auch ohne Sally erkannt. Mein Herz reagierte auf seinen Anblick wie üblich mit einem gewaltigen Claas-Hopser. Es war echt erstaunlich, wie sehr ich mich jedes Mal darüber freute, ihn zu sehen. Wir waren uns heute etwa fünfzehnmal in der Agentur begegnet, und jede einzelne Begegnung war ein Fest für mich gewesen. Verrückt. Ich winkte ihm zu, und kurz darauf stand er vor uns. Es schien, als könnten wir beide nicht anders, als uns breit anzugrinsen.

»Nele. Schön dich zu sehen«, sagte er. Dann wandte er sich an meinen Bruder. »Hi, Lenny, wie geht's?«

»Sehr gut«, erwiderte er und hielt ihm total cool eine Ghetto-Faust hin. Claas schlug seine Faust ab, und Lenny sagte in gönnerhaftem Tonfall: »Du darfst Nele ruhig küssen. Ich weiß, dass sie in dich verliebt ist. Ich hab nichts dagegen.« Dann streichelte er Sally, die ihn begeistert begrüßte.

»Na, wenn das so ist …« Claas legte seine Hand an meinen Hinterkopf und gab mir einen absolut jugendfreien, aber dafür sehr sanften und zärtlichen Kuss auf den Mund. Dann strich er mir mit dem Daumen über die Lippen, und sah mich so süß an, dass ich förmlich dahinschmolz. »Ich bin übrigens auch in Nele verliebt«, sagte Claas zu Lenny. »Nicht nur sie in mich.«

»Weiß ich doch schon längst.«

»Gut. Und was wollt ihr essen?«

»Wir sind uns nicht ganz einig«, meinte ich. »Ich würde gern diese leckeren Mazza im L'Orient essen, aber da will Lenny nicht hin.«

»Ich weiß nicht, was das sein soll.« Lenny zog eine angewiderte Miene. »Ich will Burger. Aber die will Nele ja mal wieder nicht. Nie will Nele Burger essen.«

»Nein, will ich auch nicht, aber trotzdem essen wir *immer* Burger! Was willst du denn essen?«, wandte ich mich an Claas. »Die Mehrheit entscheidet.«

Lenny und ich sahen ihn erwartungsvoll an. Claas blickte zwischen uns hin und her, dann sagte er: »Wie wäre es mit Pizza?«

»Feigling«, meinte ich.

Letzten Endes gingen wir in ein wenig sympathisches Hipster-Burger-Restaurant. Natürlich hatte ich mal wieder nachgegeben, schließlich war ich ja die Ältere, hatte Lenny argumentiert. Von seinem Essen war er dann zu allem Überfluss nicht sonderlich begeistert. »Ich mag meine Süßkartoffelfritten nicht. Wollen wir tauschen, Nele?«

»Auf gar keinen Fall.«

Nun schielte Lenny auf Claas' Teller, aber der hatte keine Pommes zu seinem Burger bestellt, sodass nichts zum Tauschen da war. »Es ist echt schade, dass ich meine Pommes nicht mag«, meinte Lenny mit einem Seitenblick auf mich. »Ich hab mich schon so darauf gefreut. Ich hatte heute nämlich einen doofen Tag, Claas.«

»Wieso denn?«

»Weil ich noch nicht in die Wohnung einziehen kann. Das dauert alles ewig, und ohne Mama und Papa kann ich mal wieder gar nichts machen.«

»Das ist ja schade.«

»Hey, Lenny, sei nicht traurig.« Ich schob ihm meine Pommes rüber. »Hier, die schenk ich dir.«

Claas lenkte das Gespräch in eine andere Richtung, und zum Glück ließ Lenny sich darauf ein. »Und du bist gleich noch mit deiner Freundin verabredet?«

»Ja, wir gehen zum Wasserlichtkonzert in Planten un Blomen. Das ist nämlich *sehr* romantisch.«

Claas nickte anerkennend. »Nicht schlecht. Ich bin da noch nie gewesen.«

Lenny überlegte kurz, dann sagte er: »Ihr könnt ruhig mitkommen, wenn ihr da noch nie wart. Ihr seid ja schon ganz schön alt. Der Eintritt ist auch kostenlos.«

»Dann sollten wir unbedingt mitgehen«, meinte Claas. »Einverstanden, Nele?«

»Okay. Ein bisschen Romantik kann ja nicht schaden bei unserem ersten Date.«

»Aber es ist schon Viertel vor acht.« Lenny sah auf die Uhr. »Wir müssen los, sonst kriegen wir den Platz nicht mehr, den ich haben will.«

Wir machten uns auf den Weg, und zwanzig Minuten später trafen wir Mia vor dem Eingang des Dammtor-Bahnhofs. Sie winkte schon von Weitem mit beiden Händen und strahlte über das ganze Gesicht.

»Hallo, mein Sonnenschein«, sagte Lenny und nahm sie in den Arm, um sie stürmisch zu küssen.

»Die nachfolgenden Aktivitäten verschieben sich um etwa zwanzig Minuten«, raunte ich Claas zu.

»Tse, die Jugend heutzutage« erwiderte er kopfschüttelnd.

»Schlimm, oder? Aber wir sollten nicht vergessen, dass wir auch mal jung waren.«

»Stimmt.« Claas legte einen Arm um meine Taille, wobei seine Hand wahrscheinlich nicht ganz unabsichtlich meinen Hintern streifte.

Unwillkürlich wünschte ich mir, ich wäre jetzt mit ihm allein, statt an einem belebten Bahnhof zu stehen, vor dem wie üblich Stau war. »Siehst du.« Ich deutete auf die Kreuzung vor uns. »Hier ist *immer* Stau.«

Claas lachte und zog mich an sich, um mich – nicht mehr ganz so jugendfrei – zu küssen. »Aber du kannst hier trotz deines Dammtor-Traumas noch frei atmen, oder?«

»Jetzt gerade nicht«, flüsterte ich.

Er sah mich eindeutig interessiert an, doch in dem Moment gesellten Lenny und Mia sich zu uns.

»Hi, Nele«, sagte Mia. Ihre Wangen waren vom Küssen gerötet, und ihre Augen glänzten. Vermutlich sah ich ganz ähnlich aus.

»Hallo, Mia.« Ich umarmte sie, dann sage ich: »Das ist Claas.« Mit Schrecken stellte ich fest, dass ich nicht wusste, als was ich ihn vorstellen sollte. War er schon ganz offiziell mein Freund? Oder waren wir jetzt in so einer Art Beziehungs-Vorstufe? Doch niemand schien zu erwarten, dass ich Claas'

Beziehungsverhältnis zu mir näher definierte. Lenny erklärte: »Nele ist in Claas verliebt.«

Mia lachte. »Umgekehrt nicht?«

»Doch, umgekehrt auch.« Claas hielt Mia die Hand hin, und sie schüttelte sie feierlich. »Du bist Metallica-Fan?« Er deutete auf ihr T-Shirt. »Ich war 2017 beim Konzert in Köln.«

Mia starrte Claas geradezu ehrfürchtig an. »Du warst auf einem Konzert? Bist du auch Fan?«

»Ja, natürlich. Gibt es jemanden, der nicht Metallica-Fan ist?«

»Ich«, meldete sich Lenny.

»Ich auch nicht«, sagte ich.

Lenny warf einen ungeduldigen Blick auf die Uhr. »Wir müssen los. Sonst kriegen wir den Platz nicht mehr.«

»Na dann, los.« Wir durchquerten den Dammtor-Bahnhof und waren schon fast auf der anderen Seite, als Lenny stehenblieb. »Oh, da vorne in dem Kiosk kann man sich Naschitüten machen. Ich hol mir schnell eine.«

»Schnell?«, meinte ich zweifelnd.

»Ja, ganz schnell. Dann ist es viel gemütlicher beim Konzert.«

Wir gingen in den Kiosk, bewaffneten uns mit Körbchen und Zangen, und dann plünderten wir die Naschi-Bar. Claas nahm sich zielstrebig fünf weiße Mäuse heraus. »Ich hab schon seit Ewigkeiten keine Naschitüte mehr gehabt. Im Grunde hatte ich schon fast vergessen, dass es die gibt.«

»Wieso das denn?«, fragte Lenny entsetzt.

»Weiß ich auch nicht. Irgendwann hab ich sie wohl aus dem Blick verloren.«

»Naschitüten sind essentiell«, meinte ich. »Zumindest für Lenny und mich.« Ich nahm mir zwei Frösche, eine weiße Maus sowie eine saure Gurke und überlegte, ob ich lieber eine

Kirsche oder zwei Colafläschchen wollte. Ach, warum nicht beides?

Lenny stand derweil vor der alles entscheidenden Frage, ob er einen grün-orangen oder lila-gelben Schnuller nehmen sollte. »Ich weiß es echt nicht, Nele.«

»Nimm doch beide«, schlug Claas vor.

»Nein, ich nehme immer nur einen Schnuller.«

»Dann sei doch heute mal ganz verrückt und nimm zwei.«

Lenny rieb sich das Kinn. »Puh, ich weiß nicht. Ich weiß echt nicht.«

»Vertage die Entscheidung doch und nimm dir erst mal, was du sonst noch willst«, sagte ich.

»Ja. So mache ich das.«

Mia war inzwischen schon fertig mit ihrer Auswahl, hatte bezahlt und fing an, aus ihrer Tüte zu naschen.

Auch Claas machte keine Anstalten mehr, sich noch etwas einzupacken. Ich schielte in sein Körbchen, in dem sich nach wie vor fünf weiße Mäuse befanden. »Ist das etwa schon alles?«

»Ja.«

»Fünf weiße Mäuse, und sonst nichts?«, fragte ich, während ich zwei Salinos zu meiner Auswahl hinzufügte.

»Ja, ich mag die am liebsten, und mehr will ich nicht.«

Lenny sah von den Lakritzschnecken auf. »Das geht aber nicht.«

Ich nickte. »Stimmt. Naschitüten müssen einen Euro kosten. Was du da hast, entspricht nur fünfzig Cent.«

Claas schüttelte verständnislos den Kopf. »Wieso müssen die einen Euro kosten? Du kannst dir doch auch nur ein einziges Teil aussuchen. Oder zwei Körbchen vollladen.«

»Boah!«, rief Lenny lachend. »So viel kann man gar nicht kaufen, oder Nele? So viel Geld hat kein Mensch.«

»Der Wert von einem Euro ist gesetzt, weil das die Frei-bad-Währung ist«, belehrte ich Claas. »Man hatte damals im Freibad nun mal einen Euro für Süßes dabei. Beziehungsweise eine Mark. Oder warst du etwa so ein Bonzenkind, das Kohle für Pommes und zehn Naschitüten dabei hatte?«

»Nein!«, rief Claas empört. »Ich war überhaupt kein Bon-zenkind. Aber ich habe immer nur fünfzig Pfennig für eine Naschitüte ausgegeben.«

»Hä?«, machte Lenny, der so etwas Verrücktes offenbar noch nie im Leben gehört hatte.

Und ich war auch ratlos. »Wieso das denn?«

»Weil ich immer nur fünf weiße Mäuse genommen habe, die mag ich nämlich am allerliebsten. Und für die anderen fünfzig Pfennig ...«, an dieser Stelle legte er eine dramatische Pause ein, »... habe ich mir einen Flutschfinger gekauft. Das nennt man optimale Vermögensverwertung. Ich habe eine Mark und bekomme dafür eine Naschitüte *und* ein Eis. Und warum? Weil ich strategisch denke. So, und jetzt kommt ihr mit euren lumpigen paar Gummiteilen.«

Lenny sah nachdenklich in seinen Korb, und auch mir kam meine Naschitüte auf einmal sehr viel weniger erstrebenswert vor. »Dafür ist meine Tüte viel bunter als deine«, sagte ich, doch ich wusste, dass das ein schwaches Argument war.

Claas ging auch gar nicht weiter darauf ein. »Ich habe übri-gens im Freibad nie Pommes gekauft, weil die Schlange da viel länger war als bei den Naschitüten und beim Eis.«

»Stimmt«, meinte Mia und nahm sich ein saures Stäbchen aus ihrer Tüte. »Die Pommes-Schlange dauert ewig.«

Lenny war inzwischen wieder mit der Auswahl beschäf-tigt. »Nehme ich eine Erdbeere oder eine Banane? Wenn ich beides will, muss ich einen Salino zurücklegen.« Unglücklich sah er mich an.

»Da wird nix wieder zurückgelegt!«, rief der Kioskbesitzer prompt, der uns mit Argusaugen beobachtet hatte.

»Du musst auch bedenken, dass du noch einen Schnuller willst«, sagte ich.

Lenny kratzte sich unter seinem Baseballcap und sah geradezu verzweifelt aus. »Ich weiß echt nicht, was ich jetzt machen soll! Am besten, ich fang noch mal ganz von vorne an.«

»Oh nee, Lenny«, sagte Mia.

Ich warf einen Blick auf die Uhr. »Allmählich sollten wir mal weitergehen. Sonst verpassen wir noch das Konzert.«

Lenny stöhnte auf. »Mann! Das macht mir echt Stress, Nele!«

Mia stopfte sich das letzte Teil aus ihrer Naschitüte in den Mund und knüllte sie zusammen. »Ich hab nichts mehr.«

»Wie wäre es, wenn du heute tatsächlich mal zwanzig Cent mehr für die Naschitüte ausgibst? Ausnahmsweise?«

Lenny rang schwer mit sich, doch schließlich sagte er. »Okay« und packte die gewünschten Teile ein. Wir traten an den Tresen, um zu bezahlen, und ich kaufte noch eine Tafel Schokolade für uns alle. »Was ist eigentlich mit deinem Flutschfinger?«, fragte ich Claas. »Nimmst du gar keinen?«

»Gibt es Flutschfinger überhaupt noch?«

»Natürlich gibt es die noch.« Kurz entschlossen holte ich vier Flutschfinger aus der Eistruhe und gab jedem einen. »Bitte sehr«, sagte ich zu Claas. »Jetzt hast du beides, weiße Mäuse und Flutschfinger. Genau wie im Freibad.«

Claas starrte verdattert auf sein Eis, dann sah er mich mit einem Blick an, als hätte ich ihm einen Porsche geschenkt. »Vielen Dank.«

»Gern geschehen.«

Endlich konnte es weitergehen. Es dämmerte schon, doch der Weg durch die Wallanlagen bis zu Planten un Blomen war zum Glück gut beleuchtet. Lenny und Mia gingen ein Stück vor uns, hielten sich an den Händen, aßen ihr Eis und quatschten. Zwischen den beiden trottete Sally, die jedes Mal über den Boden schleckte, wenn ein Tropfen von Mias Eis fiel.

Ich wollte gerade zu ihnen aufschließen, als Claas mich am Arm festhielt und an sich zog. »Weißt du eigentlich, dass ich dich absolut hinreißend finde?«, sagte er leise in mein Ohr. Ein angenehmer Schauer lief über meinen Rücken, und wie immer, wenn Class mit seiner sexy Stimme sprach, wurden meine Knie weich. »Ich habe dieses Wort noch nie benutzt, aber bei dir fällt es mir sofort ein. Ich bin völlig hingerissen von dir.«

Ich spürte, wie die Hitze in meine Wangen stieg. Wahnsinn. So was Schönes hatte mir bislang noch niemand gesagt. »Vielen Dank.«

Daraufhin küsste er mich, und er schmeckte nach Flutschfinger, weißen Mäusen und Claas, und ich musste feststellen, dass das eine geradezu berauschende Wirkung auf mich hatte. Doch dann rief Lenny »Wir müssen weiter!«, und ich musste mich schweren Herzens von Claas lösen.

Wir setzten den Weg fort, vorbei an den Gewächshäusern des botanischen Gartens und am Japanischen Teehaus.

»Eigentlich war es doch viel schöner, als noch die Kioskbesitzer einem die Naschis zusammengestellt haben«, meinte Claas, als er eine weiße Maus aus seiner Tüte zog. »Und man hat ausgesucht: einen davon, zwei davon ...«

»Hach ja. Those were the days, my friend«, meinte ich und grinste ihn an.

Er erwiderte das Grinsen. »Ich bin jedenfalls froh, dass ich das dank dir und Lenny wiederentdeckt habe. Es ist, als hättet ihr mir ein Stück Kindheit zurückgegeben.«

»Man sollte das Kind, das irgendwo noch in einem schlummert, nie vergessen«, sagte ich gewichtig. »Sonst ist man innerlich bald tot.«

Schließlich kamen wir am Parksee an, und obwohl wir noch immer relativ früh dran waren, war es schon ganz schön voll hier.

Lenny steuerte zielstrebig die Holzterrasse mit dem kleinen Pavillon an, an dem Getränke verkauft wurden. Vor einer Holzbank, die wie ein Segelboot aussah, blieb er stehen. »Oh, na toll«, sagte er laut und zeigte auf das Rentnerehepaar, das darauf saß. »Das ist ja echt ganz toll, Nele. Ich hatte genau diese Bank ausgesucht, und jetzt sitzen *die* schon da. Dann hat sich das Ganze hier erledigt. Ich hab doch gesagt, dass wir uns beeilen müssen.«

»Aber *du* hast doch so lange gebraucht bei der Naschitüte«, wandte Mia ein. »Wir setzen uns woanders hin, ja?«

Lenny ignorierte sie einfach und echauffierte sich weiter über das Rentnerpaar, das ziemlich betreten aus der Wäsche guckte. »Die machen sich da jetzt breit, dabei wollte ich die Bank, weil die am Kiosk ist und weil die Klos in der Nähe sind, und weil genau diese Bank sehr romantisch ist. Aber mit mir kann man das ja machen. Bei mir läuft ja nie was, wie ich das will!«

»Lenny, jetzt reicht es aber«, sagte ich. »Du hast die Bank doch nicht reserviert. Es ist halt Pech, dass wir zu spät sind. Die Leute haben genauso ein Recht da zu sitzen wie du.«

»Aber ich habe einen Schwerbehindertenausweis!«, rief Lenny.

»Ich auch«, sagte der ältere Herr.

Lenny starrte ihn für eine Weile stirnrunzelnd an, dann fragte er: »Welcher Grad?«

»Lenny, es reicht! Komm jetzt, wir suchen uns woanders einen schönen Platz.«

»Ich hab mir das aber anders vorgestellt.«

»Wir haben uns auch so manches anders vorgestellt im Leben, junger Mann«, sagte die ältere Dame.

»Komm, Lenny.« Ich zog ihn am Ärmel und wandte mich an das Ehepaar. »Tut mir leid.«

Der ältere Mann winkte versöhnlich ab. »Macht doch nichts. Aber ich hatte mir diese Bank nun mal auch ausgesucht.« Zu Lenny sagte er: »Beim nächsten Mal sitzt du hier.«

Lenny zögerte kurz, dann atmete er tief durch und hielt ihm die ausgestreckte Hand hin. »Ist gut. So machen wir das. Viel Spaß beim Konzert. Das ist ja immer sehr romantisch.«

Der Mann ergriff seine Hand und schüttelte sie. »Das will ich doch auch hoffen. Dir auch viel Spaß.«

Wir gingen zu Mia und Claas, die ein Stück weiter weg auf uns warteten. Claas machte ganz den Anschein, als würde er sich köstlich amüsieren. »Seid ihr euch doch noch einig geworden?«

»Ja, beim nächsten Mal sitze ich auf der Bank.«

»Super. Schaut mal, Mia und ich haben entdeckt, dass man da vorne auf dem Rasen direkt am See sitzen kann. Von da sieht man sogar noch viel besser als von der Bank.«

Lenny zog einen Flunsch. »Aber die Bank ist so romantisch.«

Ich zog ihn kurz an mich. »Ach Lenny, ob nun auf einer Bank, auf dem Boden, im Hellen oder im Dunklen, zu früh oder zu spät – romantisch ist es überall.«

Claas lachte. »Das ist ein heißer Anwärter auf die Weisheit des Tages, würde ich sagen.«

Lenny hatte sich inzwischen mit seinem Schicksal abgefunden und setzte sich mit Mia auf den Rasen. »Wir werden aber einen nassen Mors kriegen, Nele.«

»Stimmt.« Ich kramte meinen Einkaufsbeutel aus meiner

Handtasche und gab ihn Lenny. »Hier, setz dich mal drauf, damit du keine Blasenentzündung kriegst.«

Lenny schnappte empört nach Luft, während Mia kicherte.

Claas legte mir einen Arm um die Taille und nahm mir den Einkaufsbeutel aus der Hand. »Es ist noch total warm, also stehen die Chancen gut, dass wir alle heil aus dieser Nummer rauskommen.«

Schließlich saßen wir alle auf dem Rasen, Sally legte sich in unsere Mitte und sah sehr zufrieden dort aus. Inzwischen war es schon ganz schön voll, und wir konnten froh sein, dass wir noch einen Platz so nah am Wasser erwischt hatten. Ich betrachtete die Leute rings um uns. Die meisten waren Pärchen oder Familien, viele hatten Decken und Picknickkörbe dabei. Direkt hinter uns spielten zwei Jungs, die wahrscheinlich etwa zehn und dreizehn Jahre alt waren. Sie stießen sich immer wieder an, zeigten auf Lenny und Mia und feixten. Sofort gingen die Alarmglocken in mir los, und ich sah mir die Eltern an. Sie waren scheinbar mehr mit sich selbst als mit ihren Kindern beschäftigt. Lenny und Mia bekamen zum Glück nichts davon mit, denn sie unterhielten sich miteinander und steckten die Köpfe zusammen.

»Ist was?«, fragte Claas und sah mich prüfend an.

Die Jungs hingen nun über ihren Handys und kümmerten sich nicht mehr um Lenny und Mia. »Nein, alles okay.«

Kurz darauf ging das Konzert los. Eine weibliche Stimme hieß alle herzlich willkommen zum Wasserlichtkonzert, das allabendlich im Sommer von einem Musiker am Lichtklavier und einem an der Wasserorgel vorgeführt wurde.

»›Lichtklavier‹ und ›Wasserorgel‹ – ich glaube, das sind meine neuen Lieblingswörter«, meinte Claas. »Dicht gefolgt von ›Naschitüte‹.«

»Kanntest du das Wort ›Naschitüte‹ nicht?«

»Doch, aber mir ist nie aufgefallen, wie großartig es ist.«

Die ersten Töne erklangen, es waren Fanfarenklänge. Dazu tanzten Wasserfontänen auf dem See, die in den buntesten Farben angestrahlt wurden. Sie drehten sich, schossen in die Höhe, wirbelten von rechts nach links – es wirkte wie ein perfekt synchronisiertes Ballett.

»Wow, ist das romantisch, oder Mia?«, rief Lenny begeistert.

»Ja, das ist sehr romantisch, Lenny.« Schon nach drei romantischen Minuten ließen sie das Wasserlichtkonzert ein Wasserlichtkonzert sein. Stattdessen knutschten sie lieber.

Claas und ich betrachteten weiterhin die bunte Licht- und Wassershow, die von klassischer Musik begleitet wurde. Die Fontänen wirbelten immer kunstvoller durcheinander, und alle Farben des Regenbogens waren zu sehen.

»Ein klitzekleines bisschen kitschig ist es aber schon, oder?«, fragte Claas leise.

Ich wiegte den Kopf und machte eine abwägende Handgeste. »Vielleicht ein ganz klitzekleines bisschen. Aber ich find's schön. Ich hab so was noch nie gesehen.«

»Ich auch nicht.«

»Und es ist sehr romantisch«, stellte ich fest.

Claas lachte. »Stimmt. Meinst du, wir müssen auch knutschen?«

Ich tat so, als würde ich nachdenken. »Keine Ahnung. Macht man das hier so?«

»Ja, die knutschen alle«, log er. »Uns wird wohl nichts anderes übrig bleiben, als uns anzupassen.«

»Na schön, von mir aus. Sonst wird man ja nur blöd angeguckt.«

»Es nervt mich total, dass ich das jetzt tun muss, aber nützt ja nix.« Er rückte ein Stück näher an mich und legte seinen Arm um meine Schulter. Sein Gesicht wurde erhellt von den bunten Lichtstrahlen, und ich erkannte, dass das süßeste Lächeln überhaupt darauf lag. Ich schlang meine Arme um seinen Nacken und zog seinen Kopf zu mir herunter, um ihn zu küssen. Claas erwiderte den Kuss voller Leidenschaft, und innerhalb von drei Millisekunden hatte ich alles um mich herum vergessen. Dieser Kuss war definitiv *nicht* jugendfrei und in der Öffentlichkeit nur mit dem sehr schummrigen Licht zu rechtfertigen. Während er mich küsste, fuhr Claas mit der Hand meinen Unterschenkel hinauf bis an den Saum meines Kleides und noch ein kleines Stückchen weiter rauf. Nicht so weit, dass es wirklich unanständig war, aber es reichte schon, um eine heftige Sehnsucht nach mehr in mir zu wecken. Doch dann hörte ich wie von weitem Lennys Stimme: »Lasst uns in Frieden«, und abrupt tauchte ich aus meiner Claas-Glücks-Blase wieder auf. Ich zog meinen Kopf zurück und sah, wie die beiden Jungs hinter uns Lenny und Mia nachäfften, ihre Zungen weit heraushängen ließen, Fratzen zogen und spastische Anfälle simulierten. »Guck mal, da sind Behindis«, sagte der größere der beiden Jungs in ätzendem Tonfall. »Voll ekelig seid ihr!«

»Sagt mal, habt ihr sie noch alle?«, rief ich.

»Lass uns in Ruhe, du Blödmann!«, rief Mia.

»Halt die Fresse, du Behindi, dich versteht man sowieso nicht! Du kannst ja nicht mal richtig sprechen!« Dann ließ er seine Zunge wieder heraushängen.

»Hey!« Claas stand auf, um rüberzugehen, doch bevor er angekommen war, riss der Junge Lenny die Baseballkappe vom Kopf, hielt sie hoch und schwenkte sie in der Luft.

»Verdammt!«, rief ich und sprang ebenfalls auf, doch da trat Sally auf den Plan, die bei Lenny an der Leine war. Sie stellte sich schützend vor ihn und bellte den Jungen aufgebracht an.

»Sally!«, rief Claas. Daraufhin hörte sie zwar auf zu bellen, schaute ihr Herrchen aber empört an, als würde sie nicht verstehen, warum Claas nun ausgerechnet *sie* angefahren hatte. Nun wandte Claas sich an den Jungen. »Gib ihm die Kappe zurück«, forderte er in einem Tonfall, der mir das Blut in den Adern gefrieren ließ.

Jetzt machte diese kleine Ratte auch noch einen auf Opfer. »Mama!«, rief er weinerlich. »Der Mann bedroht mich, und der Hund beißt mich gleich!«

Das Blut rauschte nur so in meinen Ohren, und in meinem Magen braute sich eine derartige Wut zusammen, dass ich rot sah. »Sag mal hast du sie noch alle, du widerlicher, kleiner Dreckskerl?«, fuhr ich ihn an, und riss ihm die Kappe aus der Hand.

»Was fällt Ihnen eigentlich ein, so mit meinem Sohn zu reden, und Ihren Hund auf ihn zu hetzen?«, trat nun der Vater des Jungen auf den Plan, der seine Frau im Schlepptau hatte.

»Der hat richtig fiese Sachen zu Mia und mir gesagt!«, protestierte Lenny. »Und mir meine Kappe weggenommen.«

»Das stimmt nicht, ich hab überhaupt nichts gemacht, und der Behinderte wollte mich schlagen.«

»Was für ein Schwachsinn, das ist die größte Lüge, die ich je gehört habe«, rief Claas mit so wütender Miene, wie ich sie noch nie an ihm gesehen hatte.

»Das ist tatsächlich gelogen«, bestätigten ein paar der Leute, die um uns herum saßen. Natürlich hatten wir inzwischen die Aufmerksamkeit des halben Parks auf uns gezogen. Auf das Wasserlichtkonzert achtete niemand mehr. Nun mischte sich eine ältere Dame ein und wandte sich an die Eltern. »Allerdings. Ihre Söhne haben die beiden geärgert, das können wir alle hier bezeugen.«

»Meine Söhne sind die liebsten Jungs der Welt«, behauptete die Mutter. »So etwas würden die nie tun.«

Ich schnaubte. »Ihre Söhne sind alles andere als lieb. Es ist erschreckend, wie wenig lieb die sind. Und ich möchte mal wissen, was *Ihnen* überhaupt einfällt, dass Sie Ihren Kindern nicht beibringen, respektvoll mit anderen Menschen umzugehen!« Jetzt wandte ich mich an die beiden Jungs. »Ihr solltet euch echt schämen. Was ihr gemacht habt, ist absolut gemein und widerlich, und ich kann nur für euch hoffen, dass ihr das ganz tief in euch drin auch wisst!«

Ein paar der Umstehenden klatschten Applaus.

»Ihr solltet euch entschuldigen«, sagte die ältere Dame zu den beiden Jungs.

»Das wollen wir überhaupt nicht«, sagte Mia mit Tränen in den Augen, aber sehr stolz gerecktem Kinn. »Die würden das ja eh nicht so meinen.«

Ich sah die beiden Jungs an, und der Kleinere der beiden schien sich tatsächlich zu schämen. Er wagte es kaum, vom Boden aufzublicken. Bei dem Älteren war allerdings Hopfen und Malz verloren, denn ihn schien das alles nicht im Mindesten zu berühren. Er machte ein breites Kreuz, hob den Kopf und sagte: »Ich hätte mich eh nicht entschuldigt.«

»Sag mal, meinst du nicht, dass das Maß allmählich voll ist?«, sagte Claas scharf.

Die Eltern der Jungs schienen es für besser zu halten, den Rückzug anzutreten. »Kommt, wir gehen«, sagte der Vater mit einem Seitenblick auf Claas und Sally, die er offenbar als ernst zu nehmende Gefahr einstufte. »Das müssen wir uns nicht länger anhören.« Sie packten schnell ihre Sachen zusammen, und dann marschierten sie ohne ein weiteres Wort davon.

»Unglaublich, was für Leute es gibt«, sagte die ältere Dame und ein paar andere Parkbesucher stimmten ihr zu.

»Macht euch nichts draus, ihr beiden«, sagte ein junger Mann zu Lenny und Mia. »Idioten gibt es leider überall.«

Mia nickte stumm, und Lenny wischte sich über die Wange. Ich ging zu ihm und gab ihm seine Baseballkappe wieder. »Hier« sagte ich, legte ihm einen Arm um die Schulter und drückte ihn an mich. »Alles gut, mein Lenny-Herz?«, fragte ich leise, sodass nur wir beide es hören konnten.

»Geht so. Das war fies, oder?«

»Ja, das war richtig fies.«

»Wieso gibt es Menschen, die so sind? Ich verstehe das nicht.«

Ich legte das Kinn auf seinen Kopf und schloss die Augen. Ich konnte Lennys Schmerz so unmittelbar spüren, als wäre ich selbst verletzt worden. »Das weiß ich nicht. Ich werde das auch nie verstehen. Manche Menschen sind wahrscheinlich einfach frustriert und unglücklich, und lassen das an anderen aus.«

Lenny machte sich von mir los. »Aber warum denn an uns, wir haben doch keinem was getan.«

Sally schnüffelte an Lennys Hand, woraufhin er sich zu ihr hockte, um sie ausgiebig zu knuddeln. »Du hast sehr gut auf mich aufgepasst. Danke schön.« Sally schleckte ihm zärtlich einmal durchs Gesicht, und da musste Lenny schon wieder lachen. »Ih, ein Hundekuss. Ich will lieber einen Kuss von Mia.« Die hatte in der Zwischenzeit mit Claas gesprochen, doch nun hockte sie sich zu Lenny und Sally auf den Boden. »Geht's dir gut, mein Sonnenschein?«, fragte Lenny sie.

»Ja, mir geht's gut. Und dir?«

»Mir auch. Wir lassen uns von diesen blöden Typen nicht den romantischen Abend verderben, oder? Ich finde dich sehr schön, Mia.«

Sie schlang die Arme um seinen Hals. »Ich dich auch.«

Nach und nach ließ die angespannte Stimmung nach, und obwohl Lenny und Mia noch anzusehen war, dass sie traurig waren, blieben sie stark und versuchten, das Ganze zu verdauen. Sie konzentrierten sich wieder auf das Konzert und hielten sich fest umschlungen. Sally hatte sich eng an Lenny geschmiegt und schien ihn momentan für sehr schutz- und liebesbedürftig zu halten.

Für den Rest des Konzerts sahen wir einfach nur den Wasserfontänen zu, die ihre Choreographie aufführten, untermalt von der wunderschönen Musik und beleuchtet von den buntesten Farben. Warum konnte das Leben kein Wasserlichtkonzert sein, voll mit Lichtklavieren, Wasserorgeln und Naschitüten?

Nach dem Konzert gingen wir gemeinsam zum Dammtor-Bahnhof, von wo aus Lenny und Mia die Bahn nach Hause nehmen wollten.

»Tschüs, ihr beiden«, sagte ich, als ich sie oben auf dem Gleis zum Abschied umarmte. »Kommt gut nach Hause, und passt auf euch auf. Sollen wir euch wirklich nicht begleiten?«

Lenny verdrehte die Augen. »Jetzt behandle mich doch nicht immer wie ein kleines Kind.« Er wandte sich an Claas und gab ihm eine coole Ghetto-Faust, doch dann schob er noch eine Umarmung hinterher.

Mia und Lenny stiegen in ihre Bahn. Durch die geschlossenen Türen winkten sie uns noch mal zu, dann fuhren sie davon, und bald war die Bahn aus meinem Blickfeld verschwunden. Ich seufzte tief.

»Hey«, sagte Claas. »Was ist los?«

»Ach, nichts.«

Er sah mich prüfend an, und ich hatte das Gefühl, er könne auf den Grund meiner Seele blicken. »Und abgesehen von dem *nichts*?«

»Es ist nur … ich hätte besser auf Lenny aufpassen müssen. Ich hab die Jungs von Anfang an im Auge gehabt, ich hab den Ärger förmlich gerochen. Ich hätte mich nie ablenken lassen dürfen.«

»Glaubst du wirklich, dass du diese Situation hättest verhindern können?«

»Ja, natürlich, und ich hätte sie auch verhindern müssen!« Ich spürte, dass meine Augen feucht wurden und verbarg meinen Kopf an Claas' Schulter. Er nahm mich in den Arm und drückte mich fest an sich. »Wie können Menschen so grausam sein, das will mir einfach nicht in den Kopf.«

Claas strich mir sanft durchs Haar. »Ich weiß es auch nicht.« Die nächste S-Bahn fuhr herein, und allmählich wurde mir bewusst, dass wir in einem belebten Bahnhof voller Menschen standen.

Claas schien den gleichen Gedanken gehabt zu haben, denn er löste sich von mir. »Willst du auch nach Hause?«

»Nein, eigentlich nicht.« Ich zögerte kurz, dann sagte ich leise: »Jedenfalls nicht ohne dich.«

»Geht mir genauso.«

»Also gehen wir zu mir oder zu dir?«, fragte ich grinsend.

»Wir könnten zu mir gehen. Ist das okay?«

»Ja, klar ist das okay. Also, gehen wir.«

Wir verließen den Bahnhof und gingen durch die nächtlichen Straßen Hamburgs. Die Luft war noch immer mild, und am Himmel leuchteten ein paar Sterne. Ich musste wieder an Lenny und Mia denken und daran, dass ich heute versagt hatte.

»Dich lässt das immer noch nicht los, oder?«, fragte Claas in die Stille hinein, und allmählich war es mir schon fast unheimlich, dass er immer zu wissen schien, was gerade in mir vorging.

»Ich ärgere mich einfach, weil das direkt vor meiner Nase passiert ist. Und überhaupt. In letzter Zeit stößt Lenny immer wieder an Grenzen. Was für andere Menschen selbstverständlich ist, muss er sich hart erkämpfen. Manchmal frage ich mich ... Ich weiß, dass ich so nicht denken dürfte, und dass das ganz furchtbar ist, aber manchmal fragte ich mich, wie Lenny wohl wäre, wenn er nicht dieses eine Chromosom mehr hätte. Was würde er dann jetzt machen? Würde er studieren? Oder eine handwerkliche Ausbildung machen? Oder etwas ganz anderes? Vielleicht würde er mit dem Rucksack um die Welt reisen oder ... ach, keine Ahnung. Ich hasse mich dafür, dass ich mich das frage.«

Claas blieb stehen und zog mich an sich. »Es ist nur menschlich, sich manchmal zu fragen, was wäre wenn. Aber eins kann ich dir aus eigener Erfahrung sagen: Wenn du keine Chance hast, an einer Situation etwas zu ändern, dann gibt es nichts Sinnloseres und Gefährlicheres, als sich in Überlegungen darüber zu verlieren, wie es wäre, wenn alles anders wäre. Oder was alles hätte sein können. Das bringt dich keinen Millimeter weiter.«

Ich seufzte tief. »Das weiß ich im Grunde ja. Lenny wäre nicht er, wenn er nicht das Down-Syndrom hätte, und ich würde ihn gegen keinen anderen Menschen eintauschen wollen.«

»Ich weiß, dass du das weißt«, meinte Claas und ließ mich los. »Aber ich wollte diesen Spruch unbedingt loswerden, weil ich ihn auch für einen heißen Anwärter auf die Weisheit des Tages halte.«

»Das ist er. Aber du musst zugeben, dass mein ›romantisch ist es überall‹-Spruch wesentlich mehr Tiefe hatte.«

»Ja, das ist natürlich wahr.«

Wir setzten uns wieder in Bewegung. Es war noch immer

einiges los in der Stadt. Ständig kamen uns Leute entgegen, die vermutlich auf dem Weg in die Kneipe oder den Park waren.

»Du hast das auf deine Frau bezogen, oder?«, fragte ich unvermittelt. »Das mit dem ›was wäre, wenn …‹.«

»Ja, habe ich. Als sie krank wurde, haben wir beide uns das ständig gefragt, und damit so viel kostbare Zeit verschwendet. Und als sie tot war, konnte ich gar nicht mehr damit aufhören, mir in den schillerndsten Farben auszumalen, wie unser Leben hätte laufen können.«

»Und fragst du dich heute auch noch manchmal, was wäre, wenn …?«, fragte ich leise.

»Nein. Das frage ich mich schon lange nicht mehr. Du machst dir da ziemlich viele Gedanken drüber, oder?«

»Ja, klar. Tut mir leid, ich bin heute eine richtige Stimmungskillerin. Und das bei unserem ersten Date.«

»Macht doch nichts. Ich war nicht davon ausgegangen, dass du 24/7 gut drauf bist.«

Bald darauf waren wir bei seinem Wohnhaus angekommen. Wir stiegen die knarzigen Holztreppen rauf in die zweite Etage, wo er eine der Türen aufschloss und Sally und mich eintreten ließ. Sally lief gleich durch den Flur und verschwand in einem der Räume, wo sie dem Geräusch nach zu urteilen Wasser schlabberte. Kaum hatte Claas die Tür geschlossen, zog er mich an sich, um mich zu küssen. Endlich waren wir nicht in der Agentur oder in der Öffentlichkeit, und ich musste mich nicht mehr zurückhalten. Ich schlang meine Arme um seinen Nacken, schmiegte mich an ihn und erwiderte seinen Kuss hingebungsvoll. Meine Hände machten sich schon bald auf den Weg zu seinem Hintern, doch Claas bremste mich aus, indem er sie festhielt und seinen Kopf zurückzog. »Was ist denn?«, fragte ich atemlos.

Auch er atmete schwer, und seine Pupillen waren erweitert. Trotzdem sagte er: »Willst du nicht erst mal die Wohnung sehen? So viel Zeit und Anstand muss schon sein, finde ich. Ich bin in deiner Wohnung schließlich auch nicht gleich über dich hergefallen.«

»Erstens war die Situation da ja auch noch eine ganz andere, und zweitens bin nicht *ich* über *dich* hergefallen.«

»Naaa ja«, meinte er mit erhobener Augenbraue. Dann zog er mich an der Hand hinter sich her.

Auf dem Weg über den Flur bewunderte ich den Parkettboden und die hohen Stuckdecken seiner Altbauwohnung. »Das hier ist die Küche«, erklärte Claas und ging mir voraus in den Raum, in dem soeben Sally verschwunden war. Er machte das Licht an, und Sally begrüßte uns schwanzwedelnd. Man sah gleich, dass hier jemand gern und viel kochte. Überall standen Töpfe mit Kräutern, Flaschen mit verschiedenen Essig- und Ölsorten, Kochbücher, Schneidbretter und Messer herum. Von der Küche ging ein Balkon ab. »Darf ich mal?«, fragte ich und deutete auf die Tür.

»Ja, klar.«

Ich öffnete die Tür und trat hinaus. Sally kam hinter mir her und sah mich an, als wollte sie sagen: ›Super Balkon, oder?‹

Und er war tatsächlich toll. Zwar klein und zur Straße raus, aber man konnte hier bestimmt wunderbar die Abend- und Nachtstimmung genießen.

Claas stellte sich neben mich ans Balkongeländer. »Willst du was trinken? Wir können uns nach draußen setzen.«

»Ja, später. Erst würde ich gern den Rest der Wohnung sehen.«

Claas und Sally führten mich durch Bad und Wohnzimmer und schließlich ins Schlafzimmer. Die Wohnung war kleiner, als ich angenommen hatte. Irgendwie hatte ich mit einer Zweihundert-Quadratmeter-Luxuswohnung gerechnet, aber sie hatte etwa sechzig Quadratmeter und war wunderbar gemütlich. Sehr interessant war auch die Einrichtung. Denn wenn ich es nicht besser gewusst hätte, hätte ich gedacht, sie würde von mir höchstpersönlich stammen. »Jetzt weiß ich, was du meintest, als du in meinem Zimmer warst. Du hast auch eine Vorliebe für die Farben Weiß und Blau, und für Antiquitäten.

»Ja, wobei ich mir bei dem Schrank da zum Beispiel nicht sicher bin, ob er tatsächlich antik ist oder ob der Flohmarkthändler mich übers Ohr gehauen hat.«

»Ich habe auf einem meiner Flohmarktschätze mal einen ›Made in Taiwan‹-Stempel entdeckt.«

Claas lachte. »Das könnte mir auch passieren. Deswegen schaue ich lieber gar nicht so genau nach.«

Ich schielte auf sein Bett, das ungemacht war und sehr bequem aussah. Doch dann richtete ich meinen Blick schnell auf sein Fenster. »Du hast weiße Vorhänge.«

»Ja, die nützen zwar nicht viel gegen das Licht, aber ich lasse sie ohnehin meistens offen. Wenn ich aufwache, weiß ich gern sofort, ob die Sonne scheint.«

Ich starrte ihn sprachlos an.

»Was ist?«, fragte er irritiert. »Hab ich was Falsches gesagt? Sind Vorhänge ein ähnlich heikles Thema bei dir wie Stau am Dammtor-Bahnhof? Wir können sie natürlich schließen, wenn dir das lieber ist.«

»Nein. Es ist nämlich so, dass ich zu Vorhängen genau die gleiche Einstellung habe wie du.«

Ein sehr weicher, zärtlicher Ausdruck trat in seine Augen. Er überbrückte die Distanz zwischen uns mit zwei Schritten und umschlang meine Taille. »Dann passt das ja, was?«

Ich legte meine Arme um seinen Nacken. »Ja. Das passt.«

»Und ähm … möchtest du jetzt raus auf den Balkon?«

»Nein, eigentlich nicht«, erwiderte ich und drängte mich etwas enger an ihn.

»Möchtest du nach Hause?«, fragte er, doch um seine Mundwinkel zuckte es, und es war klar, dass er mich hochnahm.

»Du weißt doch genau, was ich will.«

»Nein, ich hab keine Ahnung. Hast du Hunger? Ich könnte dir …«

Weiter kam er nicht, denn ich stellte mich auf die Zehenspitzen und küsste ihn stürmisch. Und es dauerte nicht lang, bis ich herausfand, dass sein Bett nicht nur bequem aussah, sondern es auch war.

Ehrenhafte Absichten

Wir verbrachten einen faulen Samstagvormittag im Bett (wobei, so faul war der streng genommen nicht) und fuhren anschließend mit Sally an den Elbstrand, wo wir spaziergingen und mit ihr durch den Sand tobten. Anschließend stärkten Claas und ich uns bei einem Fischbrötchen, während Sally Löcher buddelte, bis sie mehr aus Sand als aus Fell bestand.

Nachmittags fuhren wir in meine Wohnung, weil ich dringend an dem Brautkleid für meine Mutter weiternähen musste. Anni, Sebastian und Kai waren ausgeflogen, daher machten Claas und ich es uns abends zu zweit mit Essen vom Asiaten auf dem Balkon gemütlich. Ich hatte gerade den Mund voll mit gebratenen Nudeln, als meine Mutter anrief. »Hallo, Mama, igg esche gerade«, nuschelte ich.

Aber meine Mutter hatte mit unverständlichem Genuschel noch nie ein Problem gehabt. »Oh, dann guten Appetit. Lenny hat mir gerade erzählt, dass da gestern irgendwas beim Wasserlichtkonzert passiert ist, aber ich werde nicht schlau daraus. Er wurde angegriffen, und ein Hund hat ihn verteidigt?«

»Ja, das stimmt.« Ich erzählte ihr kurz, was passiert war.

»Diese Rotzlöffel. Ich fasse es nicht«, stieß meine Mutter aus, als ich geendet hatte. »Und die Eltern erst. Dass es in der heutigen aufgeklärten Zeit noch immer solche unfassbaren … Ignoranten gibt, die sich derart respektlose Kinder heranziehen, ist mir unbegreiflich.«

»Mir auch. Das habe ich ihnen auch gesagt.«

»Ich weiß nicht, was Lenny gemacht hätte, wenn er allein

gewesen wäre. Wir haben so oft darüber gesprochen, aber …
ich glaube, er lässt sich viel zu viel gefallen.«

»Ich hatte schon den Eindruck, dass er sich wehren wollte.
Aber ich bin froh, dass ich dabei war.«

»Allerdings. Gut, dass auf dich immer Verlass ist, meine
Große. Auf dich und auf diesen Hund, wie mir scheint.«
Nach einer kurzen Pause fuhr Mama fort: »Lenny sagte, dein
Chef war auch da?«

Ich verdrehte die Augen. Natürlich. Wahrscheinlich war
das der Hauptgrund für ihren Anruf. »Ja, Claas war auch dabei.«

Claas, der sich gerade einen Riesenlöffel Curry in den
Mund schob, zeigte auf seine Brust. Ich nickte und grinste ihn
an.

»Also du und dein Chef, ja? Ihr habt eine Affäre?«

»Eine Affäre? Na ja …«

Claas schüttelte entschieden den Kopf und tippte sich an
die Stirn.

Mein Herz machte gleich zwei Freudensprünge. »Ich
würde es nicht unbedingt eine Affäre nennen«, sagte ich, und
er hob den Daumen.

»Na gut, aber hältst du es für so klug, mit deinem Chef
etwas anzufangen?«

»Nee, Mama, das halte ich überhaupt nicht für klug. Aber
es gibt nun mal keine Alternative, weil ich verliebt in ihn bin.
Und er in mich.«

Claas reckte die Arme in die Luft, als hätte er soeben eine
olympische Goldmedaille gewonnen, und ich konnte mir
kaum das Lachen verkneifen.

»Pass auf dich auf, Nele«, mahnte meine Mutter. »Ehrlich,
ich habe momentan schon mehr als genug Sorgen, bitte mach
du mir nicht auch noch welche.«

Ihre Worte versetzten mir einen Stich, denn ich gab mir nun wirklich alle Mühe, niemandem Sorgen und Kummer zu machen. Schon gar nicht meinen Eltern. »Ich hab alles im Griff, Mama. Übrigens nähe ich gerade dein Kleid. Du solltest bald mal zum Abstecken vorbeikommen.«

»Das mache ich. Ach, Nele, was ich dir noch erzählen wollte: Wir haben die Location gebucht, die du gefunden hast.«

»Hey, das freut mich!«

Claas, der zu merken schien, dass es nicht mehr um ihn ging, wandte sich wieder seinem Curry zu.

»Der Ort ist traumhaft. Ich bin gerade mit den Einladungen beschäftigt. Und ich hätte eine riesige Bitte: Könntest du dich um die Menü- und Tischkarten kümmern?«

»Ja klar, das mach ich gern. Ich schicke dir mal ein paar Entwürfe, okay? Ihr könnt euch einen aussuchen, und ich kümmere mich um alles Weitere.«

»Vielen Dank. Du bist ein Schatz. Ich hab momentan so viel um die Ohren im Büro, ich weiß gar nicht, wo mir der Kopf steht. Und Lenny schießt ständig quer mit seiner Berufsbildung in der Werkstatt. Keine Ahnung, was mit ihm los ist. Es ist, als wäre er in der zweiten Pubertät.«

»Ich rede mal mit ihm. Er kommt bald vorbei, dann wollen wir … frühstücken.« Hilfe, fast hätte ich mich verquatscht. Ich steckte mir eine Stäbchenladung gebratene Nudeln in den Mund und musste feststellen, dass sie schon deutlich abgekühlt waren. »Ich muss mal weiteressen, Mama.«

»Mach das. Dann viele Grüße an deinen Claas, unbekannterweise. Wenn du ihn zur Hochzeit mitbringen willst, sag rechtzeitig Bescheid.«

»Alles klar. Denk dran, dass du bald zum Abstecken vorbeikommst.«

Wir legten auf, und endlich konnte ich mich wieder voll und ganz meinen Nudeln widmen. »Viele Grüße von meiner Mama.«

»Oh, vielen Dank. Sie denkt also, wir hätten eine schmutzige Affäre, ja?«

Ich nickte. »Mhm. Meine Freundinnen Lisa und Gülcan haben es auch schon so bezeichnet.«

»Du kannst deiner Mutter, deinen Freundinnen und allen anderen, die es eine Affäre nennen, von mir ausrichten, dass ich dir gegenüber nur ehrenhafte Absichten habe.«

Ich lachte und gab ihm einen Kuss. »Das freut mich. Meine Absichten sind auch nur ehrenhaft.«

»Schön. Dann sind wir uns ja einig.«

Den Sonntag verbrachten wir zur Hälfte mit Anni und Sebastian und zur anderen in Claas' Wohnung. Vorsorglich packte ich frische Unterwäsche und eine Zahnbürste ein, und wie sich herausstellte, war das genau die richtige Idee. Denn natürlich schaffte ich es am Sonntagabend nicht, mich von Claas zu trennen, sondern blieb die Nacht über bei ihm. Am Montagmorgen fuhren wir gemeinsam ins Büro, doch als wir in die Straße einbogen, in der die Agentur lag, hielt ich Claas am Arm zurück. »Warte mal, meinst du nicht, die werden alle misstrauisch, wenn wir morgens gemeinsam auftauchen?«

»Erstens sind wir beide morgens im Regelfall immer die Ersten, und zweitens hätten wir uns doch auch auf dem Weg treffen können. Beim Bäcker oder in der U-Bahn oder sonst wo.«

»Aber wir kommen doch eigentlich aus unterschiedlichen Richtungen.«

»Also müssen wir jetzt getrennt ins Büro gehen?«

»Wahrscheinlich wäre das besser, oder?«

»Besser? Nee, ganz bestimmt nicht. Aber gut, dann drehe ich mit Sally noch eine kleine Runde.«

»Okay. Also, bis gleich.«

Ich wollte schon gehen, doch da hielt Claas mich am Arm zurück und küsste mich. »Bis gleich«, sagte er grinsend.

»Wenn du mich auf offener Straße küsst, ist das getrennt ins Büro gehen eine komplett überflüssige Nummer, oder?«

»Ich weiß. Tut mir leid. Darf ich dich eigentlich nie auf offener Straße küssen? Dafür ist es allerdings schon zu spät, weil ich dich am Wochenende ziemlich häufig an belebten Orten geküsst habe. Und du mich auch.«

Das war tatsächlich ganz schön riskant gewesen, wenn ich jetzt so darüber nachdachte. Ich hatte mich einfach mitreißen lassen und sicher gefühlt, schließlich war die Wahrscheinlichkeit, in Hamburg jemand Bekanntem zufällig über den Weg zu laufen, nicht besonders hoch. Trotzdem wollte ich es zukünftig besser nicht riskieren, von einem Kollegen, Kunden oder ganz allgemein jemandem aus der Branche mit Claas erwischt zu werden. Zumindest nicht knutschend. »Vielleicht sollten wir zukünftig an belebten Plätzen besser erst mal schauen, ob wir jemanden kennen«, meinte ich schließlich. »Und rund um die Agentur küssen wir uns besser gar nicht, da ist das Risiko viel zu hoch. Was meinst du?«

Claas nickte langsam. »Wir sollten zur Visualisierung auf einem Stadtplan den Radius abstecken.«

»Du nimmst das gar nicht ernst«, meinte ich pikiert.

»Doch, ich nehme das sehr ernst. Keine Knutschereien in der Öffentlichkeit, es sei denn, wir haben vorher die Umgebung gescannt. Nicht gemeinsam ins Büro gehen, und auch nicht gemeinsam Feierabend machen, logischerweise.«

»Genau. Ist doch ganz einfach. Also, dann gehe ich jetzt, ja?«

»Ja, bitte. Sonst kommst du noch zu spät, und dann gibt's mächtig Ärger. Dein Chef ist ja so ein herzloser Oberleutnant.«

Ich streckte ihm die Zunge raus und drehte mich um. Im Weggehen konnte ich ihn lachen hören.

In den folgenden Wochen stellte sich heraus, dass es doch gar nicht so einfach war, heimlich mit seinem Chef zusammen zu sein, wie ich es mir anfangs gedacht hatte. Schließlich waren Claas und ich noch in der Sturm-und-Drang-Phase, und es fiel uns manchmal schwer, uns in der Öffentlichkeit oder in der Agentur zurückzuhalten. Zweimal schon wären wir fast erwischt worden. Seitdem gab es keine heimlichen Küsse in Claas' Büro mehr. Nur wenn wir ganz sicher allein in der Agentur waren, wagten wir es, unvorsichtig zu sein.

Abgesehen von der erzwungenen Zurückhaltung in der Öffentlichkeit war diese Sturm-und-Drang-Phase unserer Beziehung aber wunderschön. Wobei wir noch immer nicht definiert hatten, was wir nun füreinander waren. Das, was wir hatten, fühlte sich für mich nach einer Beziehung an, und zwar nach einer ziemlich guten. Nur hatten wir uns noch nie gegenseitig als Freund und Freundin bezeichnet, und so ganz sicher war ich mir nicht, ob wir das nun waren. Aber ich traute mich nicht, das Thema anzusprechen, denn wenn es etwas gab, das ich überhaupt nicht wollte, dann war es, Claas zu verjagen, indem ich rumnervte. Also hielt ich mich zurück und genoss einfach das, was wir miteinander hatten, was auch immer es nun war. Es war ja alles so schnell gegangen, dass ich mich manchmal selbst verwundert zwicken musste. Wir hatten uns innerhalb kürzester Zeit verliebt und waren holterdipolter zusammengekommen. Es hatte kein vorsichtiges Abtasten gegeben, kein längeres Daten und keinen ›Drei Tage warten bis zum nächsten Anruf‹-Quatsch. Claas und ich waren gemeinsam durchgestartet, und zwar von null auf hundert.

Wir verbrachten unsere gesamte Freizeit miteinander, es sei denn, Claas musste abends noch auf PR-Events oder er war mit Bekannten aus der Branche verabredet. Da wollte und konnte ich natürlich nicht mitkommen. Olli wusste zwar, dass wir zusammen waren, aber im Büro ließ er sich absolut nichts anmerken und behandelte mich zum Glück genauso wie vorher.

Ansonsten stellte Claas mich seinen Freunden vor (allerdings immer nur als ›Nele‹, nie als seine ›Freundin‹). Ich fühlte mich wohl mit ihnen, und sie gaben mir das Gefühl, dass sie sich freuten, mich nun in ihrer Runde dabeizuhaben. Claas lernte auch meine Freunde kennen. Nachdem Lisa sich einen ganzen Abend lang in der Kneipe mit ihm unterhalten hatte, nahm sie mich zur Seite und flüsterte mir zu: »Ich nehme alles zurück, Nele. Er ist wahnsinnig nett, und ihr passt toll zusammen.« Somit war sie also von Claas' ehrenhaften Absichten überzeugt. Claas hatte sogar schon meine Eltern kennengelernt, denn Lenny hatte ihn zu seinem einundzwanzigsten Geburtstag eingeladen. Mir war ein bisschen mulmig vor diesem Zusammentreffen gewesen, aber es lief alles gut. Meine Mutter beobachtete Claas zunächst mit Argusaugen, doch dann ließ sie sich schnell von seinem Charme und seiner unkomplizierten Art überzeugen. Am Ende des Tages fraß sie ihm dann förmlich aus der Hand. Tja, ich war wohl nicht umsonst die Tochter meiner Mutter. Mein Vater kommandierte ihn gleich zum Grillen ab und fragte ihn anschließend um Rat bei der Reparatur einer Schreibtischlampe. Claas hatte keine Ahnung, mein Vater auch nicht, aber sie konnten immerhin eine Stunde lang schlau darüber schnacken, was man tun musste, um diese Lampe wieder in Gang zu bringen. Papa war schwer beeindruckt von ihm, obwohl die Lampe am Ende des Tages entsorgt werden musste.

Kurz nach Lennys Geburtstag war Sally den Tag über bei Claas' Eltern, und als wir sie abends abholten, fragte er, ob ich nicht mit raufkommen wollte. Ich schob wirklich Panik, weil ich das Gefühl hatte, noch nicht bereit für die komplette Maurien-Familienpackung zu sein. Andererseits war es nur fair, denn Claas hatte meine Sippe auch schon getroffen, und außerdem wäre es doch affig gewesen, wenn ich im Auto gewartet hätte. Also ging ich mit rauf, und rein zufällig waren nicht nur Claas' Eltern, sondern auch seine Schwester Freya mit Ehemann und beiden Söhnen anwesend, die rein zufällig gerade den Grill angeworfen und rein zufällig viel zu viele Steaks gekauft hatten. Es war Claas mehr als unangenehm, aber aus der Nummer kamen wir nicht mehr raus. Es war dann auch gar nicht schlimm, ganz im Gegenteil. Ich kam ganz gut klar mit den Mauriens. Sie waren offensichtlich wahnsinnig neugierig auf mich, aber mir gegenüber auch sehr herzlich und aufgeschlossen. Als Claas und ich nach dem Essen im Auto saßen, sagte er: »Tut mir leid, dass da so eine große Grill-Familienparty draus geworden ist. Ich hatte keine Ahnung.«

»Kein Problem. Zugegeben, ich war erst schockiert, aber zum Glück ist deine Familie genauso unkompliziert wie du. Ich mag sie.«

Claas lächelte erfreut. »Wie schön. Sie mögen dich auch. Puh, meine Freundin und meine Familie mögen einander. Das muss gefeiert werden.«

Mein Herz machte einen riesigen Satz. »Deine Freundin? Dann bin ich also deine Freundin?«

Verblüfft sah er mich an. »Ja, natürlich bist du meine Freundin. Was hast du denn gedacht?«

»Na, ich war mir halt nicht sicher, weil wir das bislang

noch nie ausgesprochen haben. Es hätte ja sein können, dass wir in so einer Art Dating-Phase oder Beziehungs-Vorstufe sind.«

»Beziehungs-Vorstufe? Was soll das denn sein? Wir verbringen jede Nacht und fast jede freie Minute miteinander, wir kennen unsere Freunde und Familien, und wir fangen allmählich an, uns zu kabbeln wie ein altes Ehepaar. Was wir haben, kann man doch gar nicht anders nennen als Beziehung. Das ist es schon, seit wir an der Ostsee waren. Für mich zumindest.«

Ein Strahlen breitete sich auf meinem Gesicht aus, und ich zog ihn an mich, um ihn ausgiebig zu küssen. Noch immer löste das einen überwältigenden Gefühlsrausch in mir aus, und ich konnte kaum genug davon bekommen.

Als ich von ihm abgelassen hatte, sagte Claas: »Okay, also von dir kommen eindeutig keine Einwände zu der Beziehungssache.«

»Nein, auf keinen Fall«, erwiderte ich lachend. »Du bist mein Freund, ganz eindeutig. Ich habe mich nur bislang nicht getraut, das anzusprechen, weil ich nicht nerven wollte.« Ich nestelte am Knopf seines Hemdes. »Schließlich will ich dich ja nicht verjagen«, fügte ich leise hinzu.

Claas umfasste mein Kinn und zwang mich dazu, ihn anzusehen. »Das ist totaler Blödsinn, und ich würde mich auch gar nicht verjagen lassen, selbst wenn du mich verjagen wolltest. Außerdem nervst du mich ganz sicher nicht, wenn du mit mir über unsere Beziehung reden willst.«

»Das ist schön.«

»Mhm. Und darf ich dich denn irgendwann auch in der Öffentlichkeit als meine Freundin bezeichnen und überallhin mitnehmen? Ich will nicht ständig allein auf PR-Events gehen. Außerdem fände ich es echt schön, wenn ich irgendwann mal mit dir gemeinsam im Büro auftauchen könnte. Es wird allmählich ein klitzekleines bisschen nervig, morgens diese Extrarunden mit Sally zu drehen und abends noch zehn Minuten Solitär zu spielen, bevor ich dich an der U-Bahn treffen kann.«

In gespielter Empörung schnalzte ich mit der Zunge. »Claas, bitte! Hast du nichts Besseres zu tun, als Solitär zu spielen?«

»Nein, ich hab doch meine Leute, die für mich arbeiten.« Er startete Agnetha, und wir machten uns auf den Weg zu mir in die WG. Seine Frage hatte ich unbeantwortet gelassen, und mir war klar, dass ihm das durchaus bewusst war. Aber ich wollte nun mal nicht, dass alle über uns Bescheid wussten. Dass Claas das nicht so optimal fand, konnte ich schon verstehen. Aber er steckte nicht in meiner Haut und war von uns beiden in der sehr viel einfacheren Position.

Was mich wirklich traurig machte, war, dass Kai sich noch mehr zurückzog. Seit ich mit Claas zusammen war, unternahm er fast gar nichts mehr mit mir, sondern war ständig unterwegs mit Freunden, die ich nicht kannte. Als Claas und ich ihn an einem Sonntagnachmittag mal zufällig im Treppenhaus erwischten, nagelte ich ihn gleich fest. »Hey, Kai, wollen wir heute Abend nicht endlich mal wieder *Tatort* gucken und was vom Asiaten bestellen? Das haben wir schon ewig nicht mehr gemacht.«

Kai fuhr sich über seine kurzen Haare. »Tut mir leid, Nele, aber ich hab noch so viel zu tun. Ich muss unbedingt mal wieder schreiben.«

Und wieder mal ließ er mich abblitzen. »Du machst dich ganz schön rar in letzter Zeit. Meinst du nicht, dass du mir allmählich mal sagen solltest, was los ist?«

Er sah zwischen mir und Claas hin und her und schien zu überlegen, ob er mit der Sprache herausrücken sollte. Schließlich sagte er: »Es ist nichts, ich hab nur einfach gerade keinen Kopf für *Tatort*.«

Damit nickte er uns noch mal zu und wollte hinter seiner Wohnungstür verschwinden, doch ich hielt ihn am Arm zurück. »Sag mir wenigstens, ob es an mir liegt. Bist du sauer auf mich?«

»Nein, es hat nichts mit dir zu tun. Okay?« Seine grauen Augen blickten mich beinahe flehend an.

Ich schluckte den dicken Kloß in meinem Hals weg. »Ja, okay. Aber dir ist hoffentlich klar, dass ich mir allmählich Sorgen mache. Also bitte, wenn es irgendwie geht, dann spann mich nicht mehr allzu lang auf die Folter.« Damit drehte ich mich um und schloss meine Wohnungstür auf.

Claas folgte mir in die Küche, wo ich mich an die Arbeitsfläche lehnte und finster vor mich hin starrte. »Ich verstehe nicht, wieso er mir nicht sagen kann, was ihn bedrückt. Wir waren in den letzten Monaten so wichtig füreinander und haben so viel Zeit miteinander verbracht. Er kann mir doch nicht einfach so die kalte Schulter zeigen. Blödmann!«

Claas kam zu mir und nahm mich in den Arm. »Ach, Süße. Das wird sich bestimmt wieder einrenken, hm?«

»Allmählich fange ich echt an zu denken, dass er jemanden umgebracht hat.«

Claas wiegte bedächtig den Kopf. »Gut möglich. Deswegen will er auch nicht *Tatort* gucken. Es würde ihn an seine Tat erinnern.«

»Er schafft es jedes Mal, den Fall nach acht Minuten zu lösen. Das spricht doch Bände.«

»Willst du gleich die Polizei rufen?«

»Nein. Erst will ich mit ihm sprechen, und er soll mir sagen, warum er es getan hat.« Ich stellte mich auf die Zehenspitzen und gab Claas einen Kuss. »Versprich mir, dass du nie so blöd zu mir bist. Wenn du ein Problem hast, sagst du es, okay?«

»Versprochen.«

Wir machten uns einen Kaffee, und dann setzte ich mich wieder an das Brautkleid für meine Mutter. In letzter Zeit hatte ich wahnsinnig viel zu tun und meine To-do-Liste wurde länger und länger. Im Büro war die Hölle los, denn die Kampagne für Rüdiger Hofmann-Klasing trat in die heiße Phase. Aber auch privat hatte ich alle Hände voll zu tun, denn ich musste die Kleider für meine Mutter, Mia und mich nähen, eine PowerPoint-Präsentation mit Familienfotos für die Hochzeit machen und *Vivo per lei* umtexten, damit Lenny und ich es vorsingen konnten. Was ich noch immer für eine Schnapsidee hielt, aber Lenny war einfach nicht davon abzubringen. Ich machte Entwürfe für Menü- und Tischkarten, die ich mit Mama absprach und kümmerte mich um die Druckerei. Außerdem hatte ich Robert vom Frisörsalon meine Hilfe zugesichert, und natürlich wollte ich mein Wort halten. Gemeinsam bastelten wir an seiner Website und seinem Social-Media-Auftritt. Ich entwarf Flyer, die er im Viertel verteilen konnte, und außerdem sorgte ich für neue Kundschaft. Inzwischen hatte ich etliche meiner männlichen Bekannten und Verwandten zu Robert geschickt, was mir im Gegenzug einige herrliche Mittagspausen mit Kopfmassagen verschafft hatte. Hinzu kam noch mein Freund (hach, es war noch so neu und aufregend für mich, Claas als ›meinen Freund‹ zu bezeichnen), den ich möglichst oft sehen wollte und von dem ich gar nicht genug bekommen konnte. Meine Freunde wollte ich auch nicht vernachlässigen, und natürlich sollte auch meine Familie nicht zu kurz kommen. Mein Leben war also ganz schön turbulent geworden, und meine Tage hatten viel zu wenig Stunden.

»Meinst du nicht, dass das alles ein bisschen viel ist?«, fragte Claas eines Abends, als er kochte und ich meiner Mutter gerade eine neue Hochzeitsplanungsaufgabe abgenommen hatte – den Blumenschmuck im Restaurant.

»Die Hochzeit ist ja bald vorbei, dann wird es ruhiger.«

»Das will ich hoffen.«

»Fühlst du dich vernachlässigt?«, fragte ich besorgt.

Claas sah von der Artischocke auf, deren Blätter er beschnitt. »Nein, ich fühle mich nicht vernachlässigt. Ich kann mich auch mal einen Abend oder einen Samstag allein beschäftigen. Ich mache mir nur Sorgen, dass du irgendwann den Überblick verlierst. Du würdest dich ja am liebsten zwölfteilen, habe ich das Gefühl.«

»Ich habe es nun mal versprochen. Mama hat so viel um die Ohren, sie braucht meine Hilfe. Schließlich bin ich Trauzeugin.«

»Bei dir ist es doch momentan aber auch stressig.«

»Ja, aber ich denke an meine Mutter und Lenny und Robert und ...«

»Und ich denke an *dich*«, fiel Claas mir ins Wort. »Das ist alles. Als dein Freund ist es doch mein Job, mich um dein Wohlergehen zu sorgen. Und wenn ich das Gefühl habe, dass du es mit irgendwas übertreibst, dann sage ich dir das. Es ist übrigens kein Verbrechen, auch mal Nein zu sagen. Nur so als Gedankenansatz.« Damit wandte er sich wieder den Artischocken zu.

Ich starrte auf meine To-do-Liste, die vor mir auf dem Tisch lag. Sagte ich wirklich nie Nein? Ich bemühte mich, freundlich und hilfsbereit zu sein, und konnte daran auch nichts Verwerfliches entdecken. Außerdem konnte man mir kaum vorwerfen, meiner Mutter zu helfen. Schon gar nicht, wenn ich Trauzeugin war.

In der Woche darauf wollten wir uns endlich an die Praktikumsbewerbungen für Lenny setzen. Abschicken wollten wir sie natürlich noch nicht, denn erst mal mussten wir Mama und Papa ins Boot holen. Claas und ich trafen uns nach Feierabend mit Lenny an der U-Bahn und fuhren gemeinsam zu meiner Haltestelle. In der Bahn war es ziemlich voll, sodass wir stehen mussten. Ich warf einen schnellen Blick auf die Umstehenden, um zu überprüfen, ob es Ärger geben könnte, so wie beim Wasserlichtkonzert. Aber alle starrten nur vor sich hin, und niemand schien sich für Lenny zu interessieren. Der betrachtete Claas und mich gedankenverloren und verkündete aus heiterem Himmel: »Wenn ich Tierpfleger bin, heirate ich Mia.«

»Ach, Lenny«, seufzte ich. »Du willst in letzter Zeit alles auf einmal.«

»Willst du nicht, dass ich Mia heirate?«

»Glaub mir, ich wäre die glücklichste Schwester und Schwägerin der Welt. Ich finde nur, dass es nicht sofort sein muss.«

»Soll ich warten, bis ich so alt bin wie du? Dann bin ich echt alt. Und Claas ist schon *richtig* alt.«

Der setzte eine schmerzverzerrte Miene auf und fasste sich an die Brust. »Das tat weh, Lenny.«

Ihn kümmerte das allerdings nicht sonderlich. »Willst du denn Nele gar nicht heiraten?«

»Lenny«, zischte ich. Ich wäre beinahe im Boden versunken.

»Was ist?«

»So was fragt man nicht.«

»Wieso nicht?«

»Ja, wieso nicht?«, meinte Claas. »Das ist doch eine berechtigte Frage. Also Lenny, was das Heiraten angeht – da würde ich gern als Erstes mit Nele drüber sprechen. Allein. Einverstanden? Du hast doch bestimmt auch zuerst mit Mia über dieses Thema gesprochen.«

»Nein, mit Mama. Mit Mia habe ich noch nicht darüber geredet.«

»Na, dann solltest du das aber dringend tun. Ohne Braut wird das mit dem Heiraten schwierig.«

Es war schon seltsam, Claas so unbefangen übers Heiraten sprechen zu hören. Er hatte zwar nicht gesagt, dass er mich heiraten wollte, sondern nur, dass ich die Erste wäre, mit der er über dieses Thema sprechen würde. Trotzdem wurde ich seltsam nervös bei dem Gedanken, dass er mich das tatsächlich fragen könnte. Unsere Beziehung steckte doch noch in den Kinderschuhen. Vom Heiraten konnte überhaupt keine Rede sein. Erst mal musste ich mich um meine Karriere kümmern, mindestens Senior in der Agentur werden. Gleichzeitig merkte ich aber auch deutlich, dass der Gedanke, Claas niemals zu heiraten, mir nicht besonders gefiel.

An meiner Haltestelle stiegen wir aus und gingen beim Supermarkt vorbei, um ein paar Einkäufe zu machen. Während Claas und ich am Milchprodukteregal debattierten, ob wir kalorienreduzierten oder vollfetten Mozzarella nehmen sollten, schaute Lenny sich bei den Joghurts um. Er hatte schon immer eine Vorliebe für Joghurt gehabt, ganz besonders für einen bestimmten. »Cool, es gibt eine neue Sorte vom Frughi«, rief er begeistert. Mit angestrengt gerunzelter Stirn las er. »Pampelmuse-Kumquat. Das klingt sehr lecker.«

Claas nahm mir den Light-Mozzarella aus der Hand, um ihn gegen vollfetten auszutauschen. »Dieser Light-Schwachsinn kommt mir nicht ins Haus.«

»Aber es ist ja immer noch *mein* Haus.«

»Ja, aber ich koche. Und ich rede dir auch nicht rein, wenn du kochst.«

»Äh … hallo? Du würzt ständig nach und veränderst alles! Hiervon noch ein bisschen, davon noch ein bisschen … als wärst du der große Maestro, der zum Abschmecken kommt, wenn sein Arbeitsbienchen ihr niederes Werk getan hat.«

Claas lachte. »Ich bin froh, dass du die Situation so gut erfasst hast.«

Lenny holte derweil zwei Viererpacks von dem Joghurt aus dem Kühlregal, legte sie in den Wagen und betrachtete dann weiter seinen geliebten Frughi. Ein junger Typ mit Vollbart und Hornbrille öffnete die Tür und holte den Joghurt seiner Wahl hervor. Doch Lenny hatte da ganz andere Vorstellungen. »Nee, den würde ich nicht nehmen. Sie müssen den Frughi nehmen. Haben Sie den schon mal probiert?«

Der junge Mann sah ihn verwundert an. »Äh … nein.«

»Der schmeckt *sehr* gut«, informierte Lenny ihn und zeigte auf das Regal. »Den gibt es in verschiedenen Sorten, ich nehme immer Erdbeer. Aber Kirsche schmeckt auch sehr gut.« Er holte die beiden Sorten hervor und drückte sie dem jungen Mann in die Hand.

»Lenny«, sagte ich mahnend, doch Claas raunte mir zu: »Lass ihn doch.«

»Und jetzt gibt es eine neue Sorte, Pampelmuse-Kumquat. Schmeckt spitzenmäßig«, behauptete Lenny.

»Ja, dann … bin ich mal gespannt«, meinte der junge Mann.

Lenny hob den Finger. »Frughi Joghurt, müssen Sie sich merken. Gibt's überall sehr kostengünstig zu kaufen.«

Claas lachte und sagte leise: »Ich könnte deinen Bruder manchmal echt knutschen. Und ich muss ihn dringend einstellen.«

Der junge Mann salutierte grinsend. »Alles klar. Schönen Abend noch. Und danke für den Tipp.«

»Bitte schön.« Nun wandte Lenny sich an Claas und mich. »Können wir weiter?«

Wir bezahlten und wurden draußen stürmisch von Sally in Empfang genommen, die es hasste und als totale Frechheit empfand, dass sie vor Supermärkten immer warten musste. Auf dem Weg nach Hause kamen wir an einem #wirsindhamburg-Plakat vorbei. Darauf war ein Rentner zu sehen, der neben einer Punkerin auf einer Parkbank saß. Die beiden unterhielten sich lachend.

»Guckt mal.« Lenny deutete auf das Plakat. »Schon wieder keiner mit Behinderung. Das ist doch ätzend.« Erklärend wandte er sich an Claas. »Bei den #wirsindhamburg-Plakaten sind nie Menschen mit Behinderung dabei. Wir sind nämlich nicht Hamburg.«

»Echt?«, fragte Claas. »Auf keinem der Plakate? Davon gibt es doch etliche. Das ist ja mal ein heftiger Fauxpas. Und das von so offizieller Stelle.«

»Die haben uns vergessen. Oder die wollen nicht, dass wir dazugehören. Dabei wohnen wir doch auch hier. Wir gehen zur Schule und arbeiten. Genau wie die auf den Plakaten.«

»Das ist wirklich unfair«, meinte Claas. »Ich kann verstehen, dass dich das aufregt.«

»Ich habe deswegen einen Brief an den Bürgermeister geschrieben«, berichtete Lenny.

»Wie cool!«, rief ich. »Das wusste ich ja gar nicht.«

»Aber ich hab keine Antwort gekriegt. War ja klar.«

Für eine Weile gingen wir schweigend nebeneinander her, dann sagte Lenny unvermittelt: »Wenn Frauen Babys kriegen, dann treiben neunzig Prozent ab, wenn ihr Baby das Down-Syndrom hat. Wusstet ihr das?«

Ich hatte es gewusst, aber Claas sah geschockt aus.

»Wieso will uns denn keiner haben? Wir sind doch auch Menschen.«

Ich legte ihm einen Arm um die Schulter und drückte ihn an mich. »Natürlich seid ihr auch Menschen, genauso wie alle anderen. Ich glaube, viele werdende Mütter und Väter machen sich einfach Sorgen, weil sie nicht wissen können, wie stark ausgeprägt das Down-Syndrom ist. Und sie haben große Angst, dass ihr Kind leiden würde und Schmerzen hätte, wenn sie es bekommen.«

»Aber ich leide doch gar nicht. Und meine Freunde auch nicht.«

»Nein, aber das können diese Eltern doch nicht wissen. Sie machen sich einfach ganz große Sorgen, dass sie es nicht schaffen, ein Kind mit Down-Syndrom großzuziehen.«

»Dann muss einer von uns denen sagen, dass das gar nicht schlimm ist, und dass wir auch lachen und weinen können. Und liebhaben können wir auch.«

»Ach Lenny, das ist ganz schwer zu erklären. Es hat viel mit Angst und Sorge zu tun. Für diese werdenden Eltern ist so eine Abtreibung ganz, ganz schwer, und sie sind dann furchtbar traurig. Sie machen das bestimmt nicht einfach so.«

»Das verstehe ich nicht. Dann sind die Eltern traurig und ihr Baby ist tot. Das ist doch bescheuert.«

Ich sagte nichts dazu, weil mir nichts einfiel, was Lenny hätte trösten können.

Er sah für eine Weile zu Boden und rieb sich die Nase, wie immer, wenn er nachdachte. »Wusste Mama, dass ich das Down-Syndrom habe?«

»Nein, sie wusste es nicht.«

»Hätte sie mich denn abgetrieben, wenn sie es gewusst hätte?«

»Quatsch, Lenny. Niemals«, behauptete ich, obwohl ich keine Ahnung hatte. Aber der Gedanke war unvorstellbar.

»Und wenn du ein Baby mit Down-Syndrom kriegst, treibst du das dann ab?«

»Auf keinen Fall. Aber ich habe auch großes Glück, weil ich dich und deine Freunde kenne, und weil ich mit euch aufgewachsen bin.«

Nun wandte Lenny sich an Claas. »Und wenn Nele dein Baby kriegt, und das hat das Down-Syndrom. Muss sie das Baby dann abtreiben?«

Claas sah ihn entsetzt an. »Nein, natürlich nicht, Lenny. Was denkst du denn nur? Nele *muss* gar nichts. Und ich glaube nicht, dass ich so einen tollen Kerl wie dich oder so ein tolles Mädchen wie Mia verpassen wollen würde.«

Bei seiner Antwort stiegen mir Tränen in die Augen. Und in diesem Moment wusste ich ganz genau, dass ich nicht nur verliebt in Claas war. Ich liebte ihn.

Lenny schien durch die Antworten von Claas und mir etwas beruhigt zu sein, aber er war immer noch nachdenklich, als wir in der Wohnung ankamen. Claas und ich packten die Lebensmittel aus, während Lenny einen seiner geliebten Frughis aß. »Pampelmuse-Kumquat schmeckt spitzenmäßig«, sagte er zufrieden, und dann, völlig zusammenhanglos: »Ich finde, niemand darf ein Baby mit Down-Syndrom abtreiben. Das muss man verbieten.«

»Du kannst das nicht verbieten, Lenny«, meinte ich. »Und man darf das auch nicht verbieten, genauso wenig wie man jemandem verbieten darf, ein Baby mit Down-Syndrom zu bekommen. Jedes Elternpaar muss das selbst bestimmen dürfen.«

»Aber dann müssen alle besser Bescheid wissen über uns. Wir müssen wir ihnen sagen, dass sie keine Angst haben brauchen. Ich schreibe eine Liste mit allem, was man machen muss«, sagte Lenny entschlossen.

»Ich finde die Idee super. Aber erst mal sollten wir uns um deine Bewerbungen kümmern, okay?«

Nach dem Abendessen setzten Lenny, Claas und ich uns gemeinsam an den Küchentisch und bastelten Lennys Lebenslauf. Dabei war Claas eine besonders große Hilfe, denn er hatte ja ständig Lebensläufe und Bewerbungsanschreiben auf dem Schreibtisch. »Wenn du dich für Praktika bewerben willst, ist es gar nicht so schlecht, wenn du die Bewerbungen vorbeibringst«, meinte er, als wir den Lebenslauf und das erste Anschreiben fertig hatten. »Eigentlich rate ich davon ab, aber in deinem Fall finde ich es gut, wenn du Initiative zeigst, damit die Leute wissen, wie engagiert du bist und wie viel Lust du darauf hast.«

»Und was sage ich, wenn ich die Bewerbung da hinbringe?«

»Du bist doch sonst auch nicht auf den Mund gefallen«, erwiderte Claas. »Was würdest du mir denn sagen? Tu einfach so, als wäre ich derjenige, bei dem du dich bewerben willst.«

»Aber ich will doch gar nicht im Büro arbeiten.«

»Du sollst ja auch nur so tun. Oder stell dir vor, ich wäre einer der Mitarbeiter im Tierheim.«

»Jetzt mal eins nach dem anderen«, mahnte ich. »Wir haben den Lebenslauf und das erste Anschreiben. Wenn wir heute noch zwei weitere machen, haben wir so weit alles vorbereitet. Mehr wollten wir doch gar nicht. Wir müssen sowieso erst mal mit Mama und Papa sprechen, Lenny kann sich doch nicht hinter ihrem Rücken bewerben.«

»Wann wollt ihr euren Eltern die Pläne denn überhaupt vorlegen?«, erkundigte sich Claas.

»Nach der Hochzeit«, entschied ich. »Momentan haben sie noch viel zu viel mit der Organisation um die Ohren.«

»Aber das dauert doch noch ewig«, beschwerte sich Lenny.

»Es sind nur noch ein paar Wochen. Und wir müssen übrigens bis dahin dringend an unserer *Vivo per lei*-Nummer arbeiten. Ich bin fertig mit dem Umtexten.« Ich holte mein Notizbuch und las mein Werk vor. Das Lied erzählte nun die Kennenlerngeschichte unserer Eltern und vor allem unsere Familiengeschichte.

Als ich geendet hatte, rief Lenny: »Das ist sehr schön geworden. Das hat sie gut gemacht, oder, Claas?«

»Allerdings. Wie geht dieses Lied denn überhaupt? Singt es doch mal. Ich würde es echt gerne hören.«

»Du willst dich nur über mich lustig machen.«

»Ich? Das würde ich niemals tun!«

»Ich möchte es singen«, sagte Lenny.

»Also schön«, gab ich nach. »Am besten lassen wir die Musik im Hintergrund laufen, dann ist es einfacher.«

Ich stellte das Lied an, und schon nach kürzester Zeit war eins mal wieder bestätigt worden: Lenny und ich waren musikalisch gesehen absolut talentfreie Zone. Es klang in etwa so, als würden zwei Raben mit Mandelentzündung ein Duett singen. Selbst Sally war irritiert, denn sie kam unter dem Tisch hervor, setzte sich mit schiefgelegtem Kopf vor uns und schien nicht einordnen zu können, was wir da für Geräusche von uns gaben. Wir waren gerade beim dritten Versuch, als Anni und Sebastian reinkamen.

»Anni!«, rief Lenny und stürmte auf sie zu, um sie zu umarmen.

»Hey, Lenny, wie geht's?« Anni drückte ihn an sich.

»*Sehr* gut. Wir haben die Bewerbungen fertig und ich bringe sie bald zum Tierheim.«

»Nachdem wir mit Mama und Papa gesprochen haben«, erinnerte ich ihn.

»Und was war das für ein schreckliches Geräusch?«, wollte Sebastian wissen, als er Lenny eine Ghettofaust gab. »Habt ihr Kreissägen getestet?«

Lenny sah ihn verwundert an. »Nein, wieso?«

Ich erklärte Anni und Sebastian kurz, dass wir das Lied für die Hochzeit übten. »Könntest du uns vielleicht helfen, Anni? Ich weiß, dass du viel um die Ohren hast, aber …«

»Natürlich!«, rief sie begeistert. Ihre Augen strahlten, und ihre Wangen färbten sich rot vor Freude. »Ich helfe euch total gerne!«

Den Rest des Abends verbrachten wir in Annis Zimmer, wo sie mit uns am Klavier die Melodie einstudierte. Sie bewies eine Engelsgeduld und lobte uns ständig, obwohl wir gar kein Lob verdient hatten. Selbst Sally ließ sich von ihrer Begeisterung anstecken. Sie setzte sich neben Lenny und mich und sang voller Inbrunst die dritte Stimme, indem sie wie ein Wolf heulte.

Claas sah sich das Ganze amüsiert an, während Sebastian nach kürzester Zeit aufgab. »Es tut mir sehr leid, ich weiß, ihr gebt euch große Mühe, aber … ich kann nicht mehr. Es ist, als würdet ihr mit Kreide über eine Tafel kratzen.«

Anni sah ihren Freund strafend an. »Ein kluger Mensch hat mal gesagt: Es wäre sehr still im Wald, wenn nur die begabtesten Vögel singen dürften.«

Sebastian lachte und beugte sich zu ihr, um sie zu küssen. »Du bist schon genau richtig, da, wo du bist, hm? Nehmt's mir nicht übel, aber ich warte nebenan, bis ihr fertig seid.« Dann wandte er sich an Claas. »Kommst du mit?«

Er schüttelte den Kopf. »Du kannst die kleine Wölfin mitnehmen, wenn du willst. Aber ich bleibe bei Al Bano und Romina.«

»Dich hat's ganz schlimm erwischt, was?«

Claas lachte. »Allerdings.« Sein Blick fiel auf mich, und sofort schlug mein Herz schneller. Nur mit Mühe konzentrierte ich mich wieder auf das Lied und meinen Gesangseinsatz. Ich liebte Claas so sehr, und das schon nach so kurzer Zeit. Nur hoffte ich, dass ich mich nicht einfach so von unserer stürmischen Liebe mitreißen lassen würde und dabei über meine eigenen Ziele und Pläne hinwegfegte. Passieren konnte mir das leicht. Und bei aller Liebe machte mir das Angst.

Win-win

Ein paar Tage später zitierte Claas Linda, Julius und mich zu einem dringenden Gespräch in sein Büro.

»Ich habe gerade die neuesten Umfrageergebnisse bekommen«, sagte er mit ernstem Gesicht. »Und wir haben ein Problem. RHKs Werte sind deutlich angestiegen, aber leider noch nicht genug. Bis zur Wahl wird die Zeit allmählich knapp.«

Julius trommelte mit dem Kuli auf seinem Notizblock herum. »Ich fürchte, das Einzige, was wir jetzt noch tun können, ist auf die Tränendrüse zu drücken.«

Claas seufzte. »Ich fürchte auch. Es widerstrebt mir enorm, und es ist die unterste Schiene, aber es geht nicht anders.«

»Also packen wir eine senile Mutter oder Großmutter aus, die er bei sich zu Hause aufopfernd pflegt?«, fragte Linda. »Oder ein farbiges Waisenkind, das er adoptiert, eine Kindertagesstätte, die er vor der Schließung rettet?«

Ich schnaubte. »Das ist doch viel zu dick aufgetragen. Und dann auch noch so kurz vor der Wahl. Die Leute lassen sich doch nicht verarschen.«

»Doch, Nele«, widersprach Julius. »Die Leute *wollen* sogar verarscht werden.«

»Er fühlt sich doch schon unwohl, wenn er ein Kind, einen Rentner oder seine eigene Frau umarmen soll«, protestierte ich. »Und jetzt soll er ihr vor laufender Kamera eine Niere spenden?«

Linda rieb sich das Kinn. »Die Idee gefällt mir. Da ist von allem was dabei. Liebe, Drama, Blut, Schmerz, Tränen …«

»Das ist doch lächerlich. Wenn wir in diese Richtung gehen wollen, kann es nur funktionieren, wenn er sich dabei wohlfühlt.«

»Ich fürchte, er wird seine Komfortzone mal verlassen müssen«, meinte Claas. »Denn gerade was das Zwischenmenschliche betrifft, hapert es mit den Werten noch immer. Wir müssen zwangsläufig noch einen drauflegen.«

Wir überlegten hin und her, kramten Ideen hervor, verwarfen sie wieder, weil sie entweder so kurzfristig nicht realisierbar oder einfach absurd waren. Schließlich sah Julius mich nachdenklich an. »Ich hätte da noch eine Idee. Du wirst mir dafür ins Gesicht springen, aber bitte lass mich erst mal ausreden. Okay?«

Misstrauisch sah ich ihn an. »Wieso, worum geht es denn?«

»Dein Bruder«, setzte er an und fuhr nach einer kleinen Pause fort: »Ist doch behindert. Richtig?«

»Äh …« Stocksteif saß ich da. Auch Linda und Claas rührten sich nicht. Man hätte eine Stecknadel fallen hören können. »Ja?«, sagte ich schließlich langgezogen.

»Ich frage mich, ob man daraus nicht was machen könnte. Zum Beispiel …«

»Ob man daraus etwas machen könnte, dass mein Bruder behindert ist? Mein *Bruder*, der zu meinem Privatleben gehört? Wir sollen seine Behinderung für unsere Kampagne ausnutzen?«

Julius hob abwehrend die Hände. »Hey. Du hast gesagt, dass du mich ausreden lässt.«

»Nein, das habe ich nicht gesagt! Und ich habe auch nicht vor, mir das noch länger anzuhören, weil es das Allerletzte ist!«

Linda zupfte nachdenklich an ihrem Ohrläppchen. »Es kann nicht schaden, sich das anzuhören.«

»Stimmt«, meinte Claas. »Ich finde, wir sollten das wenigstens mal zu Ende denken.«

Ich konnte einfach nicht fassen, was er da sagte. Am liebsten hätte ich ihn angeblafft, aber das ging vor Julius und Linda natürlich nicht. Julius musterte Claas und mich ohnehin schon öfter mit so einem seltsam lauernden Blick. Ich sprang auf und tigerte in Claas' Büro herum. »Habt ihr allen Anstand verloren? Ihr wollt eine rührselige Geschichte um Lenny herum erfinden, die ausgeschlachtet wird, nur damit RHK zeigen kann, wie toll er im Umgang mit Behinderten ist?«

»Jetzt hör mir doch mal zu, Nele«, sagte Julius. »Wir müssen keine Geschichte erfinden. RHK könnte ihn in seiner Werkstatt besuchen und sich von ihm herumführen lassen. Dabei erzählt Lenny, mit welchen Schwierigkeiten und Problemen er zu kämpfen hat, und RHK kann darauf eingehen. Ich glaube, dass er eine Menge Sympathiepunkte sammeln kann, wenn er sich für die Belange von Behinderten einsetzt.«

»Pff, klar. Und ich *weiß*, dass die Belange von Menschen mit Behinderung einem Großteil der Bevölkerung komplett am Hintern vorbeigehen.«

»Ja, und genau das ist der Punkt«, warf Claas ein. »Daran könnte so eine Aktion doch etwas ändern. Dadurch bekommen Menschen mit Behinderung Aufmerksamkeit und werden in den Mittelpunkt gerückt. Lenny könnte RHK und diese Kampagne genauso für seine eigenen Zwecke nutzen. Für mich ist das eine Win-win-Situation.«

»Es liegt Lenny aber fern, jemanden für sich zu instrumentalisieren. Dieses Denken ist ihm völlig fremd, und …«

»Mit Verlaub, aber …« Er hielt kurz inne und schien seine Worte mit etwas mehr Bedacht zu wählen. »Könnte es nicht sein, dass Lenny durchaus weiß, wie er andere für sich instrumentalisiert? Vielleicht solltest du ihn nicht immer als Opfer sehen. Ich bin der Meinung, dass es sein gutes Recht ist, selbst zu entscheiden, ob er mitmachen möchte.«

Ich wanderte von Claas' Schreibtisch zum Fenster. Es stimmte schon, Lenny hatte durchaus Dinge zu sagen, die ihm wichtig waren. Er könnte beispielsweise seinen Unmut über die #wirsindhamburg-Kampagne ansprechen. Außerdem brauchte er einflussreiche Verbündete für seinen Plan, Tierpfleger zu werden, und selbst wenn RHK nicht Bürgermeister werden würde, blieb er aller Wahrscheinlichkeit nach ein Abgeordneter der Bürgerschaft. Somit hatte er definitiv mehr Einfluss als jeder andere Mensch, den ich kannte. »Okay«, sagte ich schließlich und drehte mich wieder um. »Wir fragen ihn, ob er das machen möchte. Wir sagen ihm ehrlich, welche Vor- und Nachteile das für ihn haben kann. Aber meine Eltern müssen zustimmen. Bevor wir Lenny fragen, fragen wir sie.« Claas sah mich stirnrunzelnd an, aber wenigstens bei dieser Sache wollte ich meine Eltern mit im Boot haben. Vor allem, da Lenny und ich momentan schon so viele andere Dinge hinter ihrem Rücken aushecken. »Und die Person, die Lenny den Vorschlag macht, muss jemand sein, der ihm absolut nichts bedeutet. Denn wenn jemand Lenny um Hilfe bittet, den er liebt und dem er vertraut, würde er alles für ihn tun. Er würde mir womöglich zwei Nieren spenden, wenn ich ihm sage, dass mir das eine große Hilfe wäre.« Mit dem Finger zeigte ich auf Julius. »Du wirst ihn fragen.«

»Okay«, meinte er gelassen. »Jetzt gleich?«

»Nein«, erwiderte Claas. »Wir müssen das erst besser ausarbeiten.«

»Na gut, ich setze mich an das Konzept«, sagte Julius. »Es war ja meine Idee, also …«

Claas nickte zustimmend. »Ja, das sehe ich auch so. Aber ich möchte, dass Nele dabei ist. Es geht um ihren Bruder, da muss sie ein Mitspracherecht haben. Außerdem hat sie ein gutes Händchen für RHK.«

»Na, was für eine Überraschung«, sagte Julius in eindeutig spitzem Tonfall.

»Ist irgendwas?«, fragte ich. Schon wieder so ein Pfeil, der in meine Richtung zielte, schon wieder so ein Hackenbiss.

»Nein, gar nichts. Ich freu mich, dass wir das zusammen machen.«

Ich spürte deutlich den eiskalten Wind, der mir entgegenwehte. Doch ich spielte mit und lächelte ihn an. »Ich freu mich auch.«

Linda sah uns kopfschüttelnd an, und auch Claas runzelte die Stirn. Julius und ich taten jedoch, als wäre alles in bester Ordnung. Wir wollten uns gerade auf den Weg zurück in unser Büro machen, und ich war schon fast zur Tür raus, als Claas sagte: »Bleib doch bitte noch mal für fünf Minuten, Nele. Und mach die Tür hinter dir zu.«

Julius drehte sich noch mal zu mir um und hob die Augenbrauen, sagte aber nichts, sondern ging einfach raus.

Ich schloss die Tür und blieb zögernd im Raum stehen. »Was ist?«

Claas deutete auf einen der beiden Sessel. »Setz dich.«

»Wird das ein offizielles Gespräch?«

»Das wird ein Chef-Angestellten-Gespräch, ja.«

Claas sah so ernst aus, dass mir mulmig wurde. »Hab ich was falsch gemacht?«

»Nein, du hast nichts falsch gemacht. Ich würde dir gerne nur grundsätzlich etwas sagen. Du hast von Anfang an deutlich gezeigt, dass du hier weit kommen willst. An deinem Einsatz und an deiner Kreativität und Begeisterung besteht überhaupt kein Zweifel. Sowohl Olli als auch ich arbeiten sehr gern mit dir zusammen. Du bist ziemlich gut in deinem Job.«

Das war zwar ein großes Kompliment, und ich fühlte mich sehr geschmeichelt. Allerdings sah Claas unverändert ernst aus, und da waberte ein dickes, fettes ›aber‹ im Raum. »Aber?«

Claas schien nach den richtigen Worten zu suchen. »Aber ich fürchte, wenn du es weit bringen willst, dann wirst du früher oder später auch mal Ellenbogen zeigen müssen, so leid es mir tut. Du musst lernen, dich mehr durchzusetzen, Nele. Zum Beispiel Julius gegenüber – da wäre das dringend nötig.«

Ich knibbelte an meinem Daumennagel. Ellenbogen zeigen, der hatte gut reden. Das lag mir nun mal nicht. Es musste doch auch möglich sein, es weit zu bringen, ohne sich mit Kollegen anzulegen und die harte Linie zu fahren. Was Julius anging … okay, vielleicht ließ ich mir tatsächlich zu viel von ihm gefallen. Aber wir saßen in einem Büro und arbeiteten eng zusammen, da war es doch wichtig, dass man miteinander klarkam. Außerdem war es doch viel souveräner, wenn ich *nicht* auf seine ständigen Spitzen einging, oder?

Claas musterte mich eindringlich. »Alles okay?«

Ich nickte. »Ja, klar.«

»Wahrscheinlich wäre es besser gewesen, wenn Olli mit dir geredet hätte, richtig? Es passte nur gerade so gut, und ich dachte mir …«

»Es ist alles gut«, beruhigte ich ihn. »Allerdings werde ich mich heute Abend wahrscheinlich ein bisschen bei dir über meinen Chef auskotzen.«

»Das geht in Ordnung«, lachte er. »Wenn er blöd zu dir war, kriegt er es aber mit mir zu tun.«

»Nein, so richtig blöd war er nicht. Er hat mir nur was zum Nachdenken gegeben. Übrigens – ein bisschen schockiert bin ich schon, dass du mit dieser RHK-Aktion auf Julius' Seite warst.«

»Das habe ich gemerkt. Glaub mir, mich kotzt diese Aktion

auch an, und es stinkt mir, dass wir zu solchen Mitteln greifen müssen. Aber ich denke dabei wirklich auch an Lenny.«

»Ja, ich weiß. Also, ich setz mich mal wieder an die Arbeit. Julius und ich haben ja noch einiges zu tun.«

»Alles klar. Dann bis später. Nele.«

Obwohl es gegen die Spielregeln war, sah ich mich schnell nach rechts und links um, ging zu ihm und gab ihm einen schnellen ›richtigen‹ Kuss. »Hat keiner gesehen«, flüsterte ich.

Claas verdrehte in gespielter Verzweiflung die Augen. »Ich wünschte, jemand würde es endlich sehen. Dieses Versteckspiel wird ganz schön anstrengend auf Dauer. Wir müssen dafür mal eine Lösung finden. Bislang verschieben wir es immer nur, aber das kann doch nicht ewig so weitergehen.«

»Jetzt gerade muss ich es leider verschieben. Ich hab nämlich noch was zu tun. Und du doch wohl auch.«

Claas packte mich am Arm, zog mich zu sich herunter und küsste mich auf eine Art, die ganz eindeutig gegen die Spielregeln war. »Ich werde ganz sicher auf das Thema zurückkommen«, flüsterte er mir ins Ohr.

Mit weichen Knien ging ich zurück an meinen Platz. Mir war schon klar, dass Claas auf das Thema zurückkommen würde. In letzter Zeit sprach er es immer häufiger an, und ich wusste, dass er genervt war. Aber ich hatte eben noch keine andere Lösung für dieses Problem, als alles so weiterlaufen zu lassen wie bisher. Es funktionierte doch ganz gut, wieso also etwas daran ändern?

»Na?«, begrüßte Julius mich. »Hattet ihr noch ein bisschen was zu … besprechen?«

»Ja. Hatten wir«, erwiderte ich und setzte mich an meinen Schreibtisch.

»Ich hoffe, für dich ist nur Positives dabei herausgekommen. Aber davon ist ja eigentlich auszugehen.«

»Mhm, genau. Könnten wir uns jetzt bitte um den Termin kümmern?«

Für den Rest des Tages hatte Julius seine Zickigkeit mir gegenüber im Griff und war sogar regelrecht nett zu mir. Gemeinsam arbeiteten wir an dem Projekt und kamen dabei schnell voran. Das war ja das Seltsame an Julius. Wenn er nicht gerade blöde Sprüche abließ, war er ein guter Kollege.

Abends fühlten Claas und ich gemeinsam bei meinen Eltern vor, wie sie zu der PR-Aktion für RHK standen. Wie erwartet, reagierten sie zunächst genauso geschockt wie ich. Doch als wir ihnen die Vorteile für Lenny darlegten, zeigten sie sich schon aufgeschlossener. Und als Claas dann noch versprach, dass alle respektvoll mit Lenny umgehen würden, sagte meine Mutter schließlich: »Na schön. Wir vertrauen euch. Aber keiner von euch beiden wird ihn fragen. Er würde euch nie etwas abschlagen.«

»Nein, ein Kollege von mir fragt ihn«, beruhigte ich sie. »Wie läuft es denn eigentlich mit den Hochzeitsplanungen?«

Meine Mutter blähte die Wangen auf und pustete langsam aus. »Da denkt man, man heiratet ganz entspannt mit der engsten Familie und den besten Freunden, und dann wird es auf einmal doch zum Mammutprojekt. Wir haben noch keinen Fotografen, und die Mix-CDs habe ich auch noch nicht zusammengestellt. Hätten wir bloß einen DJ engagiert.«

»Dafür ist es jetzt zu spät, vermute ich. Aber nicht so schlimm, Mama, das kriegen wir auch so hin. Du musst keine Mix-CDs machen, das macht man heutzutage mit Playlists. Ich kümmere mich darum, okay? Und einen Fotografen finde ich auch.«

Meine Mutter drückte mich fest an sich. »Würdest du das wirklich tun? Du machst schon so viel für uns.«

»Hey, ich bin Trauzeugin. Das ist doch Ehrensache.«

»Du bist ein Schatz, meine Große. Vielen Dank.«

Als wir nach dem Besuch bei meinen Eltern auf dem Weg nach Hause waren, sagte Claas: »Warum willst du dich zusätzlich noch um die Musik und den Fotografen kümmern? Du hast doch so schon mehr als genug zu tun.«

»Ich bin nun mal die Trauzeugin, es ist meine Aufgabe, bei der Hochzeitsplanung zu helfen. Du merkst doch, wie gestresst Mama ist.«

»Ich merke vor allem, wie gestresst *du* bist. Und ich bin der Meinung, dass du auch mal etwas Aufmerksamkeit einfordern könntest. Es geht immer nur um Lenny oder die Hochzeit.«

»Tja, so ist das nun mal. Das ist der Deal, den ich mit ihm gemacht habe, als er geboren wurde. Ich habe keine Behinderung, dafür bekommt er alle Aufmerksamkeit, die er braucht und einfordert.«

»Und das ist okay für dich?«

»Natürlich ist das okay für mich. Ich sage doch, dass *ich* diesen Deal gemacht habe. Anders würde ich es nicht wollen.«

»Das heißt, du stellst dich schon dein Leben lang freiwillig in die zweite Reihe?«

»So könnte man das ausdrücken, ja.«

Claas schwieg für eine Weile. Schließlich sagte er: »Jetzt wird mir einiges klar.«

»Was denn? Ist das was Gutes oder was Schlechtes?«

Er griff nach meiner Hand, führte sie an seinen Mund und küsste sie, ohne den Blick von der Fahrbahn zu wenden. »Das ist nichts Schlechtes. Ich lerne dich einfach nur besser kennen. Das lässt sich wohl nicht vermeiden nach einem Monat Beziehung.«

»Einen Monat sind wir schon zusammen? Und wir feiern das gar nicht.«

Claas lachte. »Es ist halt schon Routine geworden.«

An dem Abend kümmerte ich mich um einen Fotografen, während Claas so nett war, mir die Hochzeits-Playlists abzunehmen. Anschließend feierten wir unseren Einmonatigen bei Pizza, Bier und ... na ja ... im Bett. Und wir fanden das sehr romantisch.

Am nächsten Tag fuhren Claas, Julius und ich zu Lenny in die Werkstatt, um mit ihm Mittag zu essen. Julius erklärte, was wir vorhatten, und fragte Lenny, ob er Lust hatte, RHK die Werkstatt zu zeigen.

Lenny kratzte sich an der Nase und rührte in seinem Schokopudding. »Wieso will der die Werkstatt sehen? Was will der denn von mir?«

»Ihr beide könntet eine Art Handel eingehen«, sagte Julius. »Du zeigst ihm die Werkstatt und hilfst ihm dabei, dass in der Presse über ihn berichtet wird. Und dafür kannst du ihm alles erzählen, was dich so ärgert. Zum Beispiel über die #wirsindhamburg-Plakate. Darüber schreiben die Zeitungen dann auch, und alle erfahren es.«

Lenny aß noch einen Löffel Schokopudding. Dabei bekleckerte er sich das Kinn, also nahm ich meine Serviette und wischte den Pudding weg.

Genervt schob Lenny meine Hand zur Seite. »Mann, Nele, lass das doch mal! Das ist oberpeinlich!«

»Tut mir leid, aber du hattest da nun mal Schokopudding.«

»Na und? Ich find das okay mit Schokopudding am Kinn.«

»Das kannst du doch unmöglich ...«

»Nele, lass es gut sein.« Claas legte eine Hand auf meinen Arm. Gleich darauf nahm er sie jedoch hastig wieder weg, als hätte er sich die Finger verbrannt.

»Ooookay«, sagte Julius langgezogen. Dann wandte er sich

an Lenny: »Also Lenny, das Ganze wird groß in den sozialen Netzwerken thematisiert, und wenn wir Glück haben, kommt sogar ein Kamerateam von den Lokalnachrichten.«

Nun sah Lenny eindeutig interessiert aus. »Dann komm ich ins Fernsehen?«

»Wie gesagt, mit Glück.«

Ein Grinsen breitete sich auf Lennys Gesicht aus. »Das wäre ja ein Ding, oder, Nele? Dann kann ich im Fernsehen mit einem Politiker reden und ihm sagen, was ich will.«

»Wenn es dich nicht stört, dass Rüdiger Hofmann-Klasing auch einen Nutzen davon hat.«

»Das stört mich nicht«, sagte Lenny großzügig. »Dann haben wir beide was davon, oder Nele?« Als ich nicht antwortete, wandte er sich an den Nächstwichtigen. »Claas? So machen wir das, oder?«

»Möchtest du das denn so machen?«, fragte Claas.

Lenny nickte. »Ja, das will ich.«

»Na dann sind wir im Geschäft.«

Die beiden gaben sich eine Ghettofaust, und ich bemerkte, dass Julius sie interessiert beobachtete.

Als Nächstes sprachen wir mit Herrn Keller, dem Leiter der Werkstatt, der sich damit einverstanden erklärte, einen Politiker und ein paar Presseleute hereinzulassen und herumzuführen. »Das ist doch nicht schlecht. Ein bisschen mediale Aufmerksamkeit kann ja nie schaden. Und wann bekommt man schon mal die Gelegenheit, Kontakt zu einem Mann aufzubauen, der vielleicht Bürgermeister wird?«

Nachdem alles geklärt war, fuhren wir zurück in die Agentur. Ich machte mit RHKs Assistentin den Termin ab, während Julius sich um die Presseteams kümmerte. Lenny schrieb mir ständig Nachrichten und rief mich abends zweimal an, weil er so aufgeregt war und überlegte, was er alles sagen wollte.

»Am besten schreibst du es dir vorher auf«, riet ich. »Und geh es ein paarmal durch. Üb es, als würdest du Theater spielen. So mach ich das jedenfalls immer. Sollst mal sehen, das wird schon.«

Schon zwei Tage später fand der Termin mit Rüdiger Hofmann-Klasing statt. Julius und Linda saßen im Büro parat, um die Social-Media-Offensive zu starten, während Claas und ich uns auf den Weg in die Werkstatt machten. Mein Herz klopfte unangenehm schnell, und meine Handflächen waren feucht. Die ganze Zeit dachte ich darüber nach, was alles schiefgehen konnte. Vielleicht würde jemand sich über Lenny lustig machen auf irgendeiner Internetplattform oder in einem YouTube-Video. Oder ein Pressemensch würde etwas Negatives schreiben. Ich überlegte, ob RHK und seine Frau der Begegnung mit Lenny und seinen Freunden gewachsen waren. Der Schuss konnte ja auch nach hinten losgehen, wenn sie sich steif und unnahbar geben würden.

»Alles okay?«, fragte Claas, als er vor der Werkstatt geparkt hatte.

»Ich hoffe, das läuft planmäßig heute.«

»Glaub mal an deinen Bruder. Er wird das toll machen.«

»Und die Hofmann-Klasings? Was, wenn sie es verbocken?«

»Es wird alles gutgehen, Nele.«

Wir stiegen aus und gingen in die Werkstatt, wo wir bereits von Lenny erwartet wurden. Er hatte sich heute besonders schick gemacht. Seine Haare waren perfekt gestylt, er trug Jeans und eins der T-Shirts mit coolem Aufdruck, die wir zusammen gekauft hatten. »Hey, mein Nele-Herz«, rief er und fiel mir um den Hals, und danach war Claas an der Reihe. Dann zeigte er uns das Notizbuch, das er in der Hand hielt.

»Hier hab ich alles aufgeschrieben, was ich sagen will. Ich hab alles geübt.«

»Super, Lenny«, lobte ich. »Und denk dran, schön langsam und deutlich zu sprechen. Auch wenn du aufgeregt bist. Dann verstehen die Leute dich besser.«

»Jaha.«

Claas und ich gingen den Ablauf des Termins nochmal mit Lenny und Herrn Keller durch. Anschließend begrüßten wir die Vertreter der Presse, und es waren tatsächlich auch ein Kamerateam sowie ein Redakteur von den Lokalnachrichten gekommen. Bald darauf trafen RHK und seine Frau ein. Zum Glück erwies sich eine meiner Sorgen als ungerechtfertigt, denn die beiden kamen nicht ängstlich oder unsicher rüber.

»Ich bin froh, dass wir diesen Termin haben«, meinte Frau Hofmann-Klasing, als ich sie in Empfang nahm. »Meine Cousine hat Trisomie 21, und eine Freundin von mir hat eine blinde Tochter. Ich freue mich schon drauf, die Mitarbeiter der Werkstatt kennenzulernen.«

Mein Herz flog ihr zu, als ich den aufrichtig freundlichen Ausdruck in ihren Augen wahrnahm. »Das müssen Sie unbedingt noch mal erwähnen, wenn die Kamera läuft«, raunte ich ihr zu.

Wie aufs Stichwort brachten die Presseleute sich in Stellung und auch der Kameramann nahm seine Position ein. Ich ging mit den Hofmann-Klasings zu Lenny und Herrn Keller und stellte sie einander vor.

Lenny begrüßte Herrn und Frau Hofmann-Klasing ganz weltmännisch mit Handschlag. »Schönen guten Tag, mein Name ist Lenny Wilkens. Das Wetter ist heute super, oder?«

»Allerdings«, meinte RHK. »Nur sollten wir es lieber nicht zu laut sagen. Sonst verschwindet das schöne Wetter noch.«

Lenny lachte, schlug RHK auf die Schulter und sagte: »Ja,

das wäre blöd. Ich zeige Ihnen jetzt die Werkstatt, und ich habe auch schon etwas vorbereitet, das ich Ihnen gerne sagen möchte.«

»Schön«, sagte RHK freundlich. »Da bin ich sehr gespannt.«

Dann führten Lenny und Herr Keller die Hofmann-Klasings durch die Werkstatt. Dabei wurden sie geradezu belagert von den Presseleuten und dem Kamerateam, die sich bislang im Hintergrund gehalten hatten. Lenny wirkte ungewöhnlich schüchtern. Er sah immer wieder unsicher zum Kameramann, seine Stimme zitterte, und er redete schnell und unverständlich.

Ich wollte gerade einschreiten, als Frau Hofmann-Klasing Lenny eine Hand auf die Schulter legte. »Hier ist ein ganz schöner Rummel, was?«

»Warum gehen wir nicht zwei Schritte vor?«, meinte RHK. »Dann sind wir ein bisschen mehr für uns.«

Lenny sah ihn dankbar an. »So machen wir das.«

Die Hofmann-Klasings nahmen ihn in ihre Mitte und marschierten los. Alle anderen folgten in respektvollem Abstand.

Lenny steuerte nun seinen Arbeitsplatz in der Tischlerei an. »Hier arbeite ich jeden Tag. Ganz normal.« Und dann erklärte er in aller Ausführlichkeit, was er in jeder Minute seines Arbeitstages so machte. Anfangs sprach er noch zögerlich, doch je länger sein Bericht andauerte, desto mehr taute er auf. Nach etwa einer Viertelstunde hatte er ihnen jeden einzelnen Handgriff erklärt. »Ja, und das war es auch schon. Aber eigentlich mache ich noch viel mehr. Zum Beispiel …«

»Ist schon gut, Lenny«, sagte ich schnell. »Wie wäre es, wenn wir weitergehen? Eure Besucher wollen bestimmt noch mehr sehen.«

Er hob die Schultern. »Okay. Dann gehen wir weiter.«

Die Hofmann-Klasings folgten Lenny durch die Schlosserei, die Küche und ins Lager. Überall wurden ihnen Mitarbeiterinnen und Mitarbeiter vorgesellt, die RHK Löcher in den Bauch fragten. »Was macht man eigentlich so den ganzen Tag als Politiker?«, wollte Nick, ein guter Kumpel von Lenny, wissen.

»Die reden immer ganz viel«, kicherte Greta, die ich schon kannte, seit Lenny in den Kindergarten gekommen war.

RHK lachte. Ich traute meinen Augen kaum, aber er lachte tatsächlich. Das machte er fast nie! »Das stimmt, wir reden viel. Darüber, was für neue Gesetze man machen kann, die den Menschen etwas Gutes bringen. Und wir versuchen zu verhindern, dass Gesetze gemacht werden, die nicht gut für die Menschen sind.«

»Wissen Sie, was wir uns alle fragen?« Lenny sah RHK ernst an.

»Nein, was denn?«

»Es gibt doch überall diese Plakate. #wirsindhamburg heißen die, und die sind von der Stadt.«

»Das stimmt.«

»Da sind ganz viele verschiedene Menschen drauf, die alle Hamburg sind. Aber auf keinem Plakat sind Menschen mit Behinderung«, sagte Lenny mit roten Wangen. »Aber wir sind doch auch Hamburg. Wir gehen in die Schule und haben Arbeit, genau wie alle anderen. Wir gehen einkaufen, ins Kino und essen. Wir fahren mit der U-Bahn, machen Sport und alles, was Menschen, die keine Behinderung haben, auch machen. Aber auf den Plakaten sind wir nicht dabei, und das gibt uns das Gefühl, dass wir ausgeschlossen werden. Und das finden wir echt scheiße.«

Lennys Freunde und Kollegen brachen in Applaus aus, und auch ein paar der Presseleute klatschten. Wie ernst und energisch er diese Rede gehalten hatte. Am liebsten hätte ich ihn geknutscht, aber das ging natürlich nicht.

RHK und seine Frau sahen ernsthaft betroffen aus. »Ich gebe Ihnen vollkommen recht, Herr Wilkens«, sagte er.

Sybille Hofmann-Klasing fügte hinzu: »Ich auch. Das geht wirklich gar nicht, und wir können sehr gut verstehen, dass Sie sich ausgeschlossen fühlen. Meine Cousine hat Trisomie 21. Ich kann mich also ansatzweise in Ihre Lage versetzen.«

»Für die #wirsindhamburg-Kampagne ist die aktuelle Regierung verantwortlich«, ergriff RHK wieder das Wort, »und ich verspreche Ihnen, dass ich den amtierenden Bürgermeister höchstpersönlich darauf ansprechen werde. Selbstverständlich sind Sie ein Teil dieser Stadt. Und ich werde dafür sorgen, dass Sie in die Kampagne integriert werden.«

Lenny und seine Freunde tauschten einen Blick. Schließlich nickten Sie. »Ja gut«, sagte Lenny. »So machen wir das.«

RHK hielt ihm die Hand hin, und Lenny ergriff sie.

»Gibt es denn noch mehr, was Sie sagen möchten, Herr Wilkens?«, fragte der Redakteur der Lokalnachrichten. »Jetzt, wo Sie schon mal einen Politiker und die Presse dahaben?«

Lenny nickte ernst. »Ja, ich möchte noch sehr viel sagen.« Er holte sein Notizbuch hervor, und räusperte sich, wohl, weil er sich auf eine längere Rede einstellte.

»Wir sollten aufpassen, dass RHK sich nicht wieder die Show stehlen lässt«, flüsterte ich Claas zu, doch er schüttelte den Kopf. »Lass Lenny nur, er hat sich diesen Moment verdient. Win-win, du weißt schon.«

Nun wandte Lenny sich direkt an die Kamera. »Also, was ich noch sagen möchte ist, dass wir Sie alle sehr herzlich einladen möchten, mal vorbeizukommen, wenn wir Theater spielen oder unsere Gedichte und Geschichten vorlesen. Sie können auch in die Freizeitzentren kommen, da sind auch immer

Leute ohne Behinderung, und dann machen wir was zusammen. Wenn wir Tag der offenen Tür haben in den Werkstätten, können Sie auch einfach kommen. Da gibt es Kuchen, der schmeckt immer *sehr* gut. Und dann lernen Sie uns kennen und wissen: Wir sind auch ganz normal. Wir leben eigentlich genau so ein Leben wie Sie. Und Sie können uns Arbeit geben, und wir können auch alle zusammen zur Schule gehen. Das fänden wir gut. Dafür müssen Sie aber bessere Schulen bauen.« Den letzten Satz sagte er zu Rüdiger Hofmann-Klasing.

Dieses Mal brachen alle in Applaus aus, auch die Hofmann-Klasings und Claas und ich. Verstohlen wischte ich mir eine Träne aus dem Augenwinkel, so unglaublich stolz war ich auf meinen Bruder. Seine Wangen waren gerötet, und er strahlte von einem Ohr zum anderen. Er entdeckte mich in der Menge und winkte. Ich winkte zurück und warf ihm eine Kusshand zu.

RHK wartete, bis es wieder etwas ruhiger geworden war. Dann sagte er: »Das ist eine tolle Einladung, und ich hoffe sehr, dass viele Menschen ihr folgen werden. Meine Frau, meine Söhne und ich werden das ganz bestimmt tun. Und was die Schulen angeht, gebe ich Ihnen völlig recht. Deswegen setzt die Durchschnittspartei sich sehr ein für den Ausbau von integrativen Kindergärten und Schulen, und …« Es folgte ein bisschen Politiker-Blabla, aber das hatte RHK sich nun wirklich verdient. Deswegen waren wir letzten Endes ja auch hier. Und vor allem kaufte ich ihm tatsächlich ab, was er da sagte. Zum ersten Mal, seit ich ihn kannte, hatte ich das Gefühl, dass er voll und ganz er selbst war. Ich wusste nicht, wieso Julius diesen Riecher gehabt hatte, vielleicht war es Zufall gewesen. Aber diese Aktion konnte man definitiv als Volltreffer bezeichnen.

Die Hofmann-Klasings unterhielten sich noch eine ganze

Weile mit Lenny und seinen Freunden, beantworteten Fragen der Redakteure und nahmen sogar eine Einladung zu Kaffee und Kuchen in der Küche der Werkstatt an. Die beiden waren in den letzten Wochen viel lockerer und vor allem sicherer geworden. Natürlich lag das zu einem Großteil auch an dem fantastischen Coach, den Claas für sie gefunden hatte. Aber es kam mir so vor, als würden sie sich inzwischen einfach wohler fühlen in ihrer Rolle.

Doch nicht nur die Hofmann-Klasings zu beobachten, war eine Freude. Auch Lenny hatte die Lage voll im Griff. Die Presseleute fraßen ihm aus der Hand, und die Hofmann-Klasings sowieso. Ich freute mich so sehr für ihn, dass er diesen Moment genießen durfte.

Dann waren die geplanten dreißig Minuten auch schon zu einer Stunde geworden, und die Hofmann-Klasings brachen auf. »Es war mir eine riesengroße Ehre«, sagte RHK zu Lenny. »Und ich verspreche Ihnen, dass ich mich wegen der #wirsindhamburg-Kampagne bei Ihnen melde.«

»Das ist sehr gut. Wissen Sie was, Sie sind der erste Politiker, den ich kenne.«

»Mein Mann hat Sie hoffentlich nicht enttäuscht«, sagte Sybille Hofmann-Klasing lachend.

»Nein, gar nicht. Er hat viel geredet, aber ich rede ja auch viel, oder? Und irgendwann bin ich der erste Bundeskanzler mit Down-Syndrom«, verkündete Lenny gewichtig.

RHK gab Lenny zum Abschied die Hand. »Daran habe ich keinen Zweifel.«

Dann begleiteten wir die Hofmann-Klasings zurück zum Wagen. Während Claas und RHK etwas wegen eines Termins in der kommenden Woche klärten, unterhielt ich mich mit Sybille Hofmann-Klasing.

»Sie haben einen bemerkenswerten Bruder«, sagte sie.

»Ich weiß. Er ist toll. Aber Sie und Ihr Mann haben Ihre Sache ebenfalls sehr gut gemacht.«

»Das hätten Sie uns gar nicht zugetraut, was?«, fragte sie, und ein leichtes Lächeln lag um ihre Lippen. Bevor ich antworten konnte, fuhr sie fort: »Wir sind in unsere Rollen hineingewachsen. Das Coaching hat geholfen. Und unserer Familie hat der Tag an der Ostsee gutgetan. Wir haben endlich mal wieder miteinander gesprochen und einen Schlachtplan erstellt, wie wir diesen Wahnsinn miteinander durchstehen können. Es ist alles nicht so einfach für uns als Familie, wissen Sie.«

Mir fiel auf, dass ich nie versucht hatte, mich in ihre Lage zu versetzen oder die Menschen hinter der Politikerfassade zu sehen. Aber jetzt, wo ich darüber nachdachte … »Ich kann mir vorstellen, dass das eine schwierige Situation ist.«

Schließlich verabschiedete sich auch RHK von mir. »Tschüs, Frau Wilkens. Sie können stolz auf Ihren Bruder sein«, sagte er, und zum ersten Mal fand ich seine grauen Augen gar nicht mehr so leblos.

Bald darauf waren sowohl die Hofmann-Klasings als auch die Presseleute verschwunden, und jetzt konnte mich nichts mehr davon abhalten, endlich meinen Bruder in den Arm zu nehmen. »Hey, mein Lenny-Herz. Ich bin unglaublich stolz auf dich.«

Er erwiderte meine Umarmung so heftig, dass mir fast die Luft wegblieb. »Der war ganz nett, oder, Nele?«

»Ja, aber *du* warst großartig. Ich kann es kaum erwarten, dich im Fernsehen und in der Zeitung zu sehen. Mama und Papa werden auch wahnsinnig stolz auf dich sein.«

»Und Mia auch.«

»Klar, Mia auch.«, sagte Claas, der sich zu uns gesellt hatte. »Du hast das wirklich toll gemacht.«

Lennys Augen strahlten. »Ich kann alles schaffen, was ich

nur will. Und wenn ich Tierpfleger bin, werde ich danach auch noch der erste Bundeskanzler mit Down-Syndrom.«

»Wenn ich könnte, würde ich dich auf jeden Fall wählen«, sagte Claas.

Als wir auf dem Rückweg im Auto saßen meinte ich: »Das ist ziemlich gut gelaufen, was?«

»Doch, ja.«

Ich zog eine Grimasse. »Und ich muss jetzt wohl leider sagen: Du hattest recht, ich hatte unrecht.«

»Mhm«, machte er nur.

Mir fiel auf, dass er das Lenkrad fester als nötig umfasste. Seine Kiefermuskeln waren angespannt. »Ist irgendwas?«

Er ließ sich Zeit mit der Antwort, und ich dachte schon, er würde sich gar nicht mehr äußern. Doch dann sagte er: »Dieser Termin heute ... Ich weiß auch nicht, aber in letzter Zeit merke ich immer wieder, dass mir solche Inszenierungen zuwider sind.«

Verdutzt sah ich ihn an. »Okay, der Termin war inszeniert, aber die Emotionen waren doch echt.«

»Ich weiß. Nur habe ich grundsätzlich Zweifel daran, dass es richtig ist, Emotionen zu inszenieren. Selbst wenn sie echt sind.«

Ich ließ mir seine Worte durch den Kopf gehen. »Zugegeben, Inszenierungen zählen auch nicht zu meinen Lieblingsaufgaben. Aber sie gehören nun mal dazu und sind doch nur ein kleiner Teil vom großen Ganzen. Und mir liegt wirklich was daran, dass RHK Bürgermeister wird. Er hat uns um Hilfe gebeten, und ich möchte ihm helfen.«

»Ja, ich weiß.« Claas blickte mit finsterer Miene auf die Straße.

Ich streckte die Hand aus und strich ihm über die Wange. »Hey. Nicht gut drauf heute?«

Wortlos griff er nach meiner Hand und schmiegte seine Wange hinein.

»Ich würde dich nachher wirklich gern trösten, aber ich hab Mädelsabend.«

Claas ließ meine Hand los, um den Wagen am Straßenrand zu parken. Irritiert sah ich mich um. Wir waren noch nicht mal ansatzweise an der Agentur angekommen.

»Dann tröste mich doch jetzt«, schlug er vor, nachdem der Motor aus war.

Ohne Umschweife nahm ich ihn in den Arm. Zärtlich ließ ich meine Hand über seinen Rücken gleiten und küsste seine Stirn. Eine ganze Weile saßen wir stumm da, dann löste Claas sich von mir. »Das war doch schon mal ein guter Anfang«, murmelte er und strich mit dem Daumen sanft über meine Wange.

In seinem Blick lagen so viel Zärtlichkeit und Leidenschaft, dass ich ihn einfach küssen musste. Ich schlang meine Arme um seinen Hals, und als unsere Lippen sich berührten, lief mir ein wohliger Schauer über den Rücken. Der Kuss wurde schon bald ziemlich intensiv, und wenn wir uns nicht am helllichten Tag am Rand einer belebten Straße befunden hätten, wäre es sicher nicht bei einem Kuss geblieben. Doch bevor Claas' Hand unter meiner Bluse verschwinden konnte, ertönte ganz in unserer Nähe ein lautes Hupen. Unwillkürlich fuhren wir auseinander und sahen uns atemlos an.

»Verdammt«, stieß Claas aus.

»Mhm.« Ich lehnte meine Stirn an seine Schulter.

»Du könntest nach deinem Mädelsabend noch zu mir kommen«, sagte er in diesem Tonfall, der mich eines Tages noch um den Verstand bringen würde.

»So machen wir das.« Ich küsste ihn noch mal und sagte: »Ich liebe dich.« Kaum hatte ich es ausgesprochen, erstarrte ich. Oh Hilfe, wir hatten noch nie das L-Wort gesagt. Es war mir einfach so herausgerutscht, und ich hatte es auch ganz genau so gemeint. Aber ich hatte eigentlich darauf gewartet, dass er es zuerst sagte, verdammt noch mal! »Ähm, na ja, ich meine, ich …«

Claas legte seine Hand unter mein Kinn und zwang mich dazu, ihn anzusehen. »Nee, nee, nee. Gesagt ist gesagt. Aus der Nummer kommst du nicht mehr raus.« Er lächelte mich an, mit diesen Lachfältchen und Grübchen, und seine Augen glänzten verdächtig. »Ich liebe dich auch, Nele.«

Mein Herz machte einen riesigen Freudensprung. »Echt?«

Er brach in Gelächter aus, dann küsste er mich stürmisch. »Willst du, dass ich es noch mal sage? Ich liebe dich. Und ich wünschte, wir könnten jetzt angenehmere Dinge tun, aber ich fürchte, wir müssen ins Büro.«

Ich winkte ab. »Ach, ich schlafe mit dem Chef, ich kann da kommen und gehen, wie ich will.«

Für drei Sekunden sah Claas mich verblüfft an. »Du spinnst wohl«, meinte er und startete den Wagen.

»Ich dachte, vielleicht verliert es seinen Schrecken, wenn ich blöde Witze darüber mache.«

»Wenn es dir hilft, mach so viele blöde Witze, wie du willst.«

Ich kuschelte mich in Agnethas gemütlichen Sitz und schaute durch das Fenster auf die spätsommerliche Stadt. Noch immer war mir wunderbar warm ums Herz, mein ganzer Körper war erfüllt von diesem Glücksgefühl. Wenn da nur nicht diese ständigen blöden Zweifel gewesen wären, die mich davon abhielten, voll und ganz glücklich zu sein. Diese dumme Sache, dass Claas mein Chef war. Denn egal, wie viele blöde Witze ich machte – ich bezweifelte, dass es mir dabei helfen würde, diese Bedenken aus dem Weg zu räumen.

Nach der Arbeit traf ich mich mit Anni, Gülcan und Lisa. Wir wollten den schönen warmen Abend noch mal genießen, denn es war bereits Ende September. Wenn man genau darauf achtete, konnte man den Herbst schon riechen. Die Tage waren deutlich kürzer, und sobald die Sonne untergegangen war, wurde es kühl. Also beschlossen wir, ins Portugiesenviertel am Hafen zu gehen, uns vor eins der zahlreichen Restaurants zu setzen und vielleicht zum letzten Mal in diesem Jahr maritimes Lebensgefühl im hohen Norden zu zelebrieren.

Im Portugiesenviertel war es immer voll, weil nicht nur Hamburger, sondern auch Touristen sehr gern hierherkamen. Wir schoben uns über die engen Bürgersteige, vor denen Tische und Stühle standen und suchten verzweifelt nach einem freien Platz. Es wurde gelacht und geredet, und überall duftete es köstlich nach gegrilltem Fisch. Schließlich konnten wir mit viel Glück einen Vierertisch ergattern. Wir studierten die Speisekarte, gaben unsere Bestellungen auf und wurden schon bald darauf vom Kellner mit kühlem Vinho Verde, Brot und Oliven versorgt. Der Wein schmeckte fantastisch. »Ich find's gut, so verwöhnt zu werden«, meinte ich und steckte mir ein Stück von dem knusprigen Brot in den Mund.

»Du wirkst ohnehin recht zufrieden«, stellte Anni fest.

»Bin ich auch. Der Termin heute ist super gelaufen. Mein Kollege hatte den richtigen Riecher. Und Claas auch.«

Lisa grinste. »Du lächelst immer noch, wenn du seinen Namen sagst.«

»Ja, ich … Ach, ihr wisst schon.«

Gülcan lachte. »So in etwa.«

»Wie läuft es denn bei euch?«, erkundigte ich mich bei den anderen.

Anni drehte ihr Weinglas in den Händen. »Mir fällt auf,

dass ich mir für dieses Jahr doch ganz schön viel vorgenommen habe.«

»Ach was.«

»Ja, ich weiß nicht, wie ich das alles auf die Reihe kriegen soll. Zumal die Kids sich für das Musical mal wieder ganz besonders heftige Songs rausgesucht haben. Und die Geschichte ist völlig abgefahren. Es geht um Geister und Zeitreisen.«

»Klingt tatsächlich abgefahren«, meinte Gülcan. »Wenn wir euch wieder mit einer Spende unterstützen können, sag Bescheid.«

»Bescheid.«

»Alles klar. Notiert«, lachte Gülcan.

»Sagt mal, erinnert ihr euch an Heaven-Tanita?«, fragte Anni in die Runde.

»Die Kleine, die im letzten Jahr die Schwangere gespielt hat? Und die vorher diese rührende Rede gehalten hat?«, fragte Lisa. »Ich glaube, keine von uns wird sie jemals vergessen.«

Anni grinste. »Nein, und das zu Recht. Sie ist ja auch cool. Und in diesem Jahr hat sie die Hauptrolle bekommen.«

»Hey, das ist ja toll!« Lisa hob ihr Glas. »Auf Heaven-Tanita!«

Wir stießen alle miteinander an und nahmen einen Schluck.

»Es gibt noch einen Grund zum Anstoßen«, fuhr Anni fort. »Ich habe eine E-Mail von einem ehemaligen Schüler bekommen, der die Schule im letzten Jahr von einem Tag auf den anderen verlassen musste.«

Ich erinnerte mich noch gut an diese Sache. Es hatte Anni komplett aus der Bahn geworfen, und sie hatte sich riesige Vorwürfe gemacht. »Und? Wie geht es ihm?«

»Sehr gut. Seiner Mutter und seinem kleinen Bruder auch. Er hat unser Musicalvideo auf YouTube gesehen und geschrieben, dass er sehr stolz auf uns alle ist. An seiner neuen Schule macht er bei einer Theater-AG mit. Er hat sich richtig glücklich angehört.«

Ihre Augen strahlten, und ich wusste, dass ihr ein riesengroßer Stein vom Herzen gefallen war. »Das freut mich total für dich. Und für den Jungen natürlich.«

Nachdem wir alle uns nochmals zugeprostet hatten, steckte Gülcan sich eine Olive in den Mund. »Diese Oliven könnten gerne leckerer sein. Ich werde am besten meine Karte dalassen.« Dann wandte sie sich an mich. »Was ist eigentlich mit dir und Claas, Nele? Ich meine, mit dieser Geschichte, dass ihr es im Büro und in der PR-Branche geheim haltet?«

Ach, verdammt. Ausgerechnet über dieses Thema wollte ich am allerwenigsten reden. »Wir halten es immer noch für besser, es niemandem zu sagen.«

»Ihr?«, hakte Lisa nach.

»Okay, also ich.« Ich nahm ein Stück Brot und presste es zu einem Kügelchen zusammen.

Lisa sah mich nachdenklich an. »Meinst du nicht, dass es sowieso schon jeder weiß? Wenn man euch zusammen sieht … ihr kommt ziemlich paarmäßig rüber.«

Gülcan nickte. »Es ist ohnehin ein Wunder, dass ihr noch von niemandem erwischt worden seid.«

»Ja, aber im Büro legen wir einen Schalter um, dann ist es, als würden wir uns gar nicht näher kennen. Wir haben das wirklich gut im Griff.«

Lisa und Gülcan tauschten einen Blick, sagten aber nichts dazu.

»Ich weiß, ihr versteht das nicht. Aber ich will nun mal nicht, dass es heißt, ich würde mich hochschlafen.«

»Wie lange soll das denn noch so weitergehen?«, fragte Lisa.

Ich warf das Brotkügelchen auf meinen Teller. »Notfalls für immer.«

»Und das findet Claas okay?«

»Wir sind da noch in Verhandlungen.«

»Also nicht«, stellte Lisa fest.

Zum Glück bekamen wir in diesem Moment unsere Hauptspeisen, sodass alle von dem unliebsamen Thema abgelenkt wurden. Nach dem Essen wandte unser Gespräch sich anderen Dingen zu. Lisa hatte tatsächlich in der Bank gekündigt und wollte eine Ausbildung zur Erzieherin machen.

»Hey, das finde ich großartig«, rief Gülcan. »In letzter Zeit warst du ja kaum zu ertragen mit deinen regelmäßigen ›Ich habe meine Seele verkauft‹-Anfällen.«

»Na, vielen Dank auch.«

Den Rest des Abends genossen wir unseren Wein, die guten Gespräche und vor allem das Zusammensein. Die Zeit mit meinen Freundinnen war einfach unbezahlbar. Und auch wenn sie mir manchmal Dinge sagten, die ich nicht hören wollte, hätte ich niemals auf meine Mädels verzichten wollen. Umso schmerzlicher wurde mir bewusst, wie sehr ich Kai vermisste. Er hatte sich so weit von mir zurückgezogen, dass wir kaum noch miteinander redeten. Inzwischen hatte ich aufgegeben, mich um ihn zu bemühen, denn er hatte mich wieder und wieder abblitzen lassen. Und ich verstand einfach nicht, was ich falsch gemacht hatte.

Die Schlimmste von allen

Der Besuch von Rüdiger Hofmann-Klasing in Lennys Werkstatt stellte sich als voller Erfolg heraus. Die Beiträge in der Presse und das Feedback in den sozialen Medien waren äußerst positiv. Für noch mehr Furore als RHK sorgte allerdings mein kleiner Bruder. Die Lokalnachrichtenredaktion hatte einen kleinen Clip von Lenny auf YouTube eingestellt, in dem er seinen Unmut über die #wirsindhamburg-Kampagne kundtat. Dieses Video ging tatsächlich viral. Innerhalb von vierundzwanzig Stunden hatte es bereits an die 40.000 Klicks bekommen, und die Zahlen stiegen rasant an. Für Lenny war das großartig, denn seine Botschaft verbreitete sich, und alle waren auf seiner Seite. Für RHK war es ebenfalls eine ziemlich gute Sache, denn das Video zeigte auch seine Ankündigung, den amtierenden Bürgermeister zur Rede stellen zu wollen. Auf dessen Mist war die #wirsindhamburg-Kampagne zwar aller Wahrscheinlichkeit nach gar nicht gewachsen, aber so funktionierte das Spiel nun mal. Wer auch immer den Fauxpas zu verantworten hatte – RHK wusste ihn geschickt für sich zu nutzen. Er sprach das Thema in der Bürgerschaft an, und da das Interesse der Medien bereits geweckt war, wurde darüber in den Lokalnachrichten berichtet. Inzwischen hatte RHK auch gelernt, wie man mit Social Media umging (da hatte Linda ganze Arbeit geleistet), und er forderte auf seinem Twitter-Account den Bürgermeister dazu auf, neue Plakate drucken zu lassen. Linda postete das Gleiche auf RHKs Facebook-Seite, während Herr Fangmann dafür sorgte, dass die Durchschnittspartei auf den

Zug aufsprang. Diese Beiträge wurden von hunderten und tausenden von Usern geteilt. Lenny lief ein Woche lang mit stolzgeschwellter Brust durch die Gegend und schrieb mir mindestens sechsmal am Tag den neuesten Stand der Klickzahlen des YouTube-Videos. »Ich bin jetzt ein Star«, sagte er, als wir noch eine Bewerbung zusammen schrieben.

»Ja, du bist ein Superstar.«

»Alle halten zu mir und finden auch, dass Menschen mit Behinderung zu Hamburg dazugehören. Ich kann alles schaffen, was ich will. Und ich kann auch eine eigene Wohnung haben und Tierpfleger werden.«

»Wir reden nach der Hochzeit mit Mama und Papa, okay, Lenny?«

Er sagte nichts dazu, sondern tippte weiter mit seinem Zwei-Finger-Suchsystem das Anschreiben.

Ich hoffte sehr, dass Lenny nicht bitter enttäuscht werden würde. Es gab viel zu viele Unwägbarkeiten, zu viele Menschen, die ein Wörtchen mitzureden hatten. Ämter und Behörden, Wohneinrichtungen, die potenziellen zukünftigen Arbeitgeber. Und natürlich meine Eltern.

Am Samstag war es endlich so weit: Meine Mutter konnte ihr Brautkleid anprobieren. Auch Mias knallgrüner Pünktchenrock mit dem rosa Oberteil war inzwischen fertig, sodass ich sie ebenfalls zur Anprobe bestellt hatte. Um Punkt zehn Uhr morgens klingelten sie an der Tür. Wir gingen in mein Zimmer, wo meine Mutter und Mia sich auf mein Bett setzten und mich erwartungsvoll ansahen. »Also, wer von euch zuerst?«, fragte ich.

»Erst Mia, dann ich«, beschloss Mama. Dabei machte sie allerdings einen sehr zappeligen Eindruck. Offenbar fiel es ihr verdammt schwer abzuwarten.

»Dann mach dich bereit, Mia. Jetzt kommt dein Kleid.« Ich holte es aus dem Schrank und präsentierte es feierlich. »Tadaaa!«

Mia bekam riesengroße Augen und lief knallrot an. Sie sprang vom Bett auf, kam zu mir und berührte vorsichtig den Stoff des grünen Rocks mit den weißen Punkten. »Das ist ja cool.« Dann nahm sie das Oberteil in die Hand. »Und rosa.«

Ich lachte. »Ja, ein bisschen rosa. Das Kleid ist süß und frech, und damit passt es genau zu dir.«

Mia strahlte mich so sehr an, dass es in ganz Hamburg heller wurde. Sie fiel mir um den Hals, um mich fest an sich zu drücken. »So ein schönes Kleid hatte ich noch nie. Danke, Nele!«

»Gern geschehen. Jetzt probier es doch mal an.«

Sie zog das Kleid an, ging zum Spiegel und schlug die Hände vor den Mund. »Krass! Wie seh ich denn aus?« Laut lachend drehte sie sich nach rechts und links, wobei der Rock mitschwang und ihre Beine umspielte. »Das bin echt ich.«

»Ja, das bist du«, bestätigte ich lachend. Sie war es, aber sie war es auch wieder nicht. Die sonst immer in Schwarz gekleidete Mia wirkte viel weicher und weiblicher. Trotzdem wurde auch ihre witzige Seite herausgekitzelt, und die Farben passten wunderbar zu ihr. Ich fasste ihre langen dunklen Haare zu einem hohen Pferdeschwanz zusammen. Ihren Pony zupfte ich zurecht, sodass er lockerer und fransiger fiel. »Jetzt noch Ballerinas dazu, und das Outfit ist perfekt.«

Mias Augen strahlten. »Wie schön. Meine Rockerklamotten gefallen mir aber auch gut. Bin ich nun Rocker-Mia oder Pünktchen-Mia?«

»Na, ganz einfach. Du bist beide«, sagte meine Mutter. »Wir haben doch alle ganz verschiedene Seiten.«

»Lenny mag bestimmt Pünktchen-Mia lieber.«

»Ach Schätzchen, ich bin zwar Lennys Mutter, aber trotzdem muss ich dir sagen, dass es nur darauf ankommt, was *du* schöner findest.«

»Hm. Ich glaub, ich weiß es noch nicht so genau.«

»Musst du ja auch nicht«, erwiderte ich. »Ich bin achtundzwanzig und weiß manchmal noch nicht, wer ich eigentlich bin. So, Mama. Jetzt kommt dein großer Augenblick.« Ich zog Ilse-zwo den Plastiküberzieher aus.

»Oh, Nele«, rief meine Mutter, als das schlichte, aber weich fließende weiße Kleid zum Vorschein kam. »Wie wunderschön.«

»Na ja, eigentlich kennst du es ja schon. Ich hoffe, du hast in letzter Zeit nicht großartig zu- oder abgenommen?«

»Ich hab's versucht. Und im Übrigen habe ich das Kleid noch nie ohne irgendwelche Stecknadeln gesehen.« Sie zog Jeans und Bluse aus, und ich half ihr dabei, ins Kleid zu schlüpfen. Nachdem ich den Reißverschluss zugemacht hatte, band ich ihr das petrolblaue Band um die Taille und tüdelte ihr ein weiteres Band ins Haar. Anschließend fasste ich sie an den Schultern, schob sie vor den Spiegel und summte dazu den Hochzeitsmarsch.

»Oh mein Gott«, stieß sie hervor, als sie ihr Spiegelbild erblickte. »Ich sehe aus wie eine Braut.«

»Das bist du ja auch.«

»Ach herrje.« Sie betrachtete sich von links und von rechts, berührte das Band in ihrem Haar und den weichen, fließenden Stoff. »Ich bin eine Braut.« Allmählich erschien ein breites Lächeln auf ihrem Gesicht. »Da muss ich fast sechzig Jahre alt werden und schon die Hälfte meines Lebens mit diesem Spinner verbracht haben, um eine Braut zu sein. Dabei wollte ich das eigentlich nie. Aber wenn ich mich jetzt so ansehe … Doch, es steht mir.«

»Ja, du siehst superschön aus«, sagte Mia ehrfürchtig.

Liebevoll kniff ich meiner Mutter in die Wange. »Endlich kommst du unter die Haube. Das wurde aber auch Zeit.«

Sie knuffte mir in die Seite. »Ach, hör doch auf. Der Tag kommt schon noch, an dem ich das zu dir sagen werde.« Dann betrachtete sie sich wieder im Spiegel. »Sehe ich nicht lächerlich aus? Bin ich nicht viel zu alt, um im Brautkleid herumzulaufen? Die werden sich doch alle das Maul zerreißen.«

»Lass sie doch. Es kommt nur darauf an, was *du* schön findest«, sagte Mia.

Mama und ich fingen an zu lachen. »Stimmt. Und ich finde mich schön. Sehr schön sogar. Vielen, vielen Dank, meine Große.«

»Es war mir eine Ehre. Passt und sitzt alles? Zeig mal.« Ich ging einmal um sie herum, hob ihre Arme, fühlte ihre Taille und überprüfte den Sitz. »Perfekt. Herzlichen Glückwunsch, du hast deine Figur im Griff wie sonst niemand.«

Ich wollte ihr gerade zeigen, wie ich am Tag der Hochzeit ihre Haare stylen wollte, als ihr Handy klingelte. Sie kramte es aus der Handtasche. »Es ist dein Vater«, informierte sie mich. Dann drückte sie auf das Display und hielt sich das Telefon ans Ohr. »Du ahnst nicht, was ich gerade anhabe und wie absolut spitzenmäßig ich …« Mitten im Satz hielt sie inne, vermutlich, weil mein Vater ihr ins Wort gefallen war. Sie hörte kurz zu, und dann wurde sie von einem Moment auf den anderen kreidebleich. »Was?«

Mein Herz setzte für ein paar Schläge aus, und augenblicklich machte sich ein ungutes Gefühl in meinem Bauch breit. »Ist was passiert?«, fragte ich mit seltsam hoher Stimme. Aber im Grunde war klar, dass etwas passiert sein musste.

Meine Mutter wankte zum Schreibtisch und hielt sich daran fest. »Oh mein Gott. Wie schlimm ist es?« Sie schloss die

Augen und verzog das Gesicht, als würde sie Schläge erwarten. Doch während sie zuhörte, entspannte sie sich minimal. »Wo seid ihr? ... Okay, wir kommen da hin. Bis gleich.« Sie legte auf, warf ihr Handy auf den Schreibtisch und bedeckte ihr Gesicht mit den Händen.

»Was ist denn?«, wollte ich wissen.

Meine Mutter sah auf. Ihre Augen glänzten vor Tränen, und ein geradezu panischer Ausdruck lag in ihnen. »Lenny ist im Krankenhaus.«

Es fühlte sich an, als hätte mir jemand einen Schlag in die Magengrube verpasst. Sofort sah ich ihn vor mir, nach seiner ersten Herz-OP als winzig kleiner Säugling, wie all die Schläuche aus ihm herausgeguckt hatten. Ich sah, wie nach seiner letzten OP der Arzt zu uns auf den Flur gekommen war und uns mit ernster Miene gesagt hatte, es hätte Komplikationen gegeben. Lenny hatte so lange gebraucht, um ganz gesund zu werden, und nun ging alles von vorne los? »Ist es sein Herz? Sag doch was, Mama.«

»Nein, es ist nicht sein Herz.«

In diesem Moment hörte ich ein Wimmern, und ich schaute rüber zu Mia. Sie stand wie eingefroren da, in ihrem frechen bunten Kleid, doch alles Glück war aus ihrem Gesicht gewichen. Stattdessen runzelte sie die Stirn, als würde sie versuchen zu verstehen, was hier gerade vor sich ging. »Was ist mit Lenny?«

Ich ging zu ihr und legte ihr einen Arm um die Schulter.

Meine Mutter atmete tief durch und rieb sich mit Zeigefinger und Daumen die Nasenwurzel. Mit ebenso zittriger Stimme, wie Mia und ich sie hatten, sagte sie: »Lenny ist in der Notaufnahme. Er wurde von einem Hund gebissen. Zum Glück ist es nicht lebensbedrohlich, er läuft herum und ist bei Bewusstsein.«

Mia brach in Tränen aus. Während ich versuchte, sie zu trösten, dachte ich über die Worte meiner Mutter nach, aber sie ergaben einfach keinen Sinn. »Von was für einem Hund denn?«

»Ich habe keine Ahnung.« Sie zog das Brautkleid aus, warf es achtlos aufs Bett und schlüpfte in ihre Straßenklamotten. »Papa hat kaum was gesagt, ich glaube, er weiß es selbst noch nicht. Ich fahre sofort ins Krankenhaus.«

»Ich komme mit«, sagte ich entschieden.

»Sollen wir dich nach Hause bringen, Mia?«

»Nein«, schluchzte sie laut. »Ich muss doch bei meinem Lenny sein. Stirbt er jetzt?«

Meine Mutter kam zu uns rüber und strich Mia übers Haar. »Nein, Mia. Er stirbt nicht.«

Ich fühlte mich ganz ähnlich wie Mia, nur zeigte ich es nicht. Schon immer hatte ich mich bemüht, nicht zu viel zu weinen und mir meine Angst nicht anmerken zu lassen, wenn es Lenny schlecht ging oder er im Krankenhaus war. Schließlich wollte ich stark sein für Mama und Papa, die sich ja schon genug Sorgen machten, ohne dass ich ihnen auch noch zur Last fiel.

Eine halbe Stunde später kamen wir im Wartebereich der Notaufnahme des AK Altona an. Hektisch scannte ich alle Menschen, die hier waren, doch weder Lenny noch mein Vater waren zu sehen. Meine Mutter wandte sich an die Dame an der Aufnahme. »Hallo, ich möchte gerne zu meinem Sohn. Lenny Wilkens. Und mein Mann müsste hier auch irgendwo sein, aber ich …«

»Mama!«, hörten wir in dem Moment Lennys Stimme.

Mia, meine Mutter und ich drehten uns um. Er kam über den Flur auf uns zu, mein Vater war an seiner Seite. Lenny schien etwas wacklig auf den Beinen zu sein, denn er hielt sich an Papas Arm fest. Als mein Blick auf sein T-Shirt fiel, zog mein Herz sich schmerzhaft zusammen. Es war über und über von Blutflecken bedeckt. Er hielt seine rechte Hand hoch, die dick verbunden war.

Meine Mutter schnappte nach Luft. Dann lief sie zu Lenny und nahm ihn fest in den Arm. »Was machst du denn für Sachen?«, sagte sie mit tränenerstickter Stimme. »Mein armer Schatz.«

Lenny schmiegte sich an sie und weinte jetzt ebenfalls. »Das war echt ätzend, Mama. So ein blöder Hund. Der war überhaupt nicht so lieb wie Sally, dabei hab ich dem gar nichts getan. Ich wollte ihn nur streicheln.«

Ich strich Lenny über die Schultern. »Du kannst uns doch nicht so erschrecken.«

»Wieso denn ich?«, fragte er noch immer schniefend, aber ihm stand die Empörung deutlich ins Gesicht geschrieben. »Der Hund hat *mich* erschreckt.«

Meine Mutter wollte Lenny zu einer der Bänke führen, doch da entdeckte er Mia, die ein Stück abseits stand und bitterlich weinte. Er machte sich von Mama los und ging zu ihr, um ihre Hände zu nehmen. »Wein doch nicht, mein Sonnenschein. Das ist nicht mal genäht worden.«

»Aber nur, weil das Infektionsrisiko bei Bisswunden zu groß ist.« Papa sah ganz schön blass um die Nase aus.

Meine Knie zitterten heftig, und ich hätte mich liebend gern hingesetzt. Lenny konnte gehen, sprechen, sich aufregen und andere trösten. Seine Hand war zwar verbunden, aber er lebte.

»Darfst du denn jetzt nach Hause, Lenny?«, fragte meine Mutter.

»Klar darf ich nach Hause. Ich muss eine Medizin einnehmen«, sagte er und holte eine Packung Tabletten aus seiner Hosentasche. »Dreimal am Tag. Da musst du dran denken, Mama.«

»Natürlich denke ich daran. Wie ist das überhaupt passiert?«

»Lasst uns nach Hause fahren, okay?«, sagte mein Vater. »Wir müssen das nicht hier besprechen.«

Wir nahmen uns ein Taxi und kamen kurz darauf in der Wohnung meiner Eltern an. Ich kochte uns allen eine Kanne Tee und legte ein paar Kekse auf einen Teller. Ein bisschen Zucker konnte ja nie schaden. Ich nahm mein Handy, um Claas anzurufen. Und jetzt, als ich seine Stimme hörte, brach die ganze Panik aus mir hervor, die ich in der vergangenen Stunde unterdrückt hatte. Ich redete so schnell, dass ich kaum noch Luft bekam, und wahrscheinlich ergab keiner meiner Sätze einen Sinn. »Versuch mal, dich zu beruhigen, Nele«, sagte Claas. »Wo bist du jetzt?«

»Bei meinen Eltern in der Küche.«

»Dann setz dich hin und atme tief ein und aus. Okay?«

Ich nickte, was ziemlich dämlich war, weil er das ja am Telefon nicht sehen konnte.

»Sitzt du?«

Wieder nickte ich, doch dieses Mal sagte ich dazu: »Ja. Und ich atme.«

»Sehr gut. Also Lenny konnte mit euch nach Hause kommen?«

»Ja. Es scheint ihm ganz gut zu gehen. Seine Hand wurde verbunden, und er hat Antibiotika und ein Schmerzmittel bekommen.«

»Gott sei Dank«, stieß Claas aus. »Ich mach mich jetzt auf den Weg zu euch. In zwanzig Minuten bin ich da. Okay?«

»Okay.«

»Bis gleich. Ich liebe dich.«

»Ich dich auch.«

Nachdem ich aufgelegt hatte, atmete ich noch ein paarmal tief durch. An der Spüle ließ ich mir etwas kaltes Wasser über die Arme laufen und klatschte mir eine Handvoll ins Gesicht. Anschließend streckte ich den Rücken durch, nahm das Tablett mit dem Tee und den Keksen und ging ins Wohnzimmer.

Lenny saß neben Mia auf dem Sofa. Zu seiner Rechten saß Mama und hielt seine Hand, während Papa auf einem der beiden Sessel Platz genommen hatte. Ich verteilte den Tee und setzte mich in den anderen Sessel. »Tut es weh?«, fragte ich und deutete mit dem Kopf auf Lennys Hand.

»Quatsch. Das tut nicht weh.«

Mein Vater sah Lenny ernst an. »Möchtest du jetzt nicht deiner Mutter erzählen, wie das passiert ist?«

Lenny pustete eine halbe Ewigkeit in seine Tasse, bevor er ein paar Schlucke Tee trank.

»Lenny?«, hakte mein Vater nach.

»Was?« Es war offensichtlich, dass er versuchte, Zeit zu schinden.

»Ob du deiner Mutter nicht erzählen möchtest, was passiert ist.«

»Nein, eigentlich nicht.«

»Lenny!«, sagte mein Vater streng.

»Ja, ist ja gut!«, erwiderte er genervt. Dann wandte er sich an meine Mutter. »Ich war nur im Tierheim, das ist alles.«

Ach, du Schande.

»Und was hast du dort gemacht?«, fragte Mama irritiert.

Ich wusste genau, was er dort gemacht hatte. Lenny war allerdings noch nicht bereit, diese Frage zu beantworten. »Ich hab meine Hand in den einen Käfig gesteckt, weil der Hund da drin geknurrt hat. Der hatte bestimmt Angst, also wollte

ich ihn streicheln. Und da hat er mich gebissen. Fies, oder?«
Er sah Verständnis heischend in die Runde. Als niemand reagierte, sagte er: »Das ist fies, oder, Nele?« Doch ich brachte
keinen Ton hervor.

»Was hattest du denn nun überhaupt im Tierheim zu suchen?«, wiederholte Mama ihre Frage.

Lenny kratzte sich an der Nase und druckste noch etwas
herum, dann antwortete er: »Ich wollte da meine Bewerbung
abgeben. Aber dann hat mich schon der Hund gebissen.«

Verdammt noch mal, Lenny. Wie konnte er nur so blöd
sein? Wir hatten das doch besprochen, hundertmal, nein tausendmal!

»Du wolltest *was*?«, hakte meine Mutter nach.

»Ich habe mit Nele und Claas zusammen Bewerbungen
geschrieben. Weil ich ja Tierpfleger werden möchte. Und
dann wollte ich die Bewerbung vorbeibringen, weil Claas gesagt hat …«

»Moment mal, Lenny«, fiel ich ihm ins Wort. »Lass Claas
da raus. Und ich habe dir etliche Male gesagt, dass wir das
alles nur *vorbereiten* und dann mit Mama und Papa darüber
sprechen.«

Meine Mutter sah fassungslos zwischen Lenny und mir
hin und her. Auch mein Vater, der sonst der gutmütigste
und freundlichste Mensch der Welt war, hatte die Augen zu
Schlitzen zusammengekniffen, und sein Mund bildete eine so
schmale Linie, dass er kaum noch zu sehen war.

Mama sprach betont ruhig. »Wir hatten doch aber gesagt,
dass wir das mit dem Tierpfleger-Job nicht möchten. Dass
Lenny erst mal die Berufsbildung in der Werkstatt zu Ende
machen soll. Haben wir uns da nicht deutlich genug ausgedrückt?« Sie sah meinen Vater an. »Oder haben wir vergessen,
es zu sagen, ich weiß es nicht mehr.«

Ich spielte nervös an meiner Halskette. »Nein, ihr habt es gesagt. Es tut mir leid, dass wir das hinter eurem Rücken gemacht haben. Wir wollten euch nach der Hochzeit einweihen, weil wir dachten, dass ihr momentan zu viel um die Ohren habt. Und ich habe es für eine gute Idee gehalten, dass Lenny und ich schon mal alles Nötige in Erfahrung bringen und vorbereiten, um euch seine Pläne dann zu präsentieren. Damit ihr wisst, dass es ihm wirklich ernst damit ist.«

»Seine *Pläne*?«, hakte mein Vater nach. »Plural? Ist da noch was?«

Ich sah Lenny an, dessen Aufgabe es meiner Meinung nach gewesen wäre, meinen Eltern davon zu erzählen. Doch er machte keine Anstalten, also sagte ich: »Wir haben uns bei einer Organisation beraten lassen, die verschiedene Wohnprojekte im Angebot hat.«

»*Was*?« Die Stimme meiner Mutter überschlug sich beinahe. »Wie können die einen Jungen mit Down-Syndrom über seine zukünftige Wohnsituation beraten, ohne dass die Eltern dabei sind?«

»Na ja, ich bin doch dabei gewesen. Es war nur ein Informationsgespräch, und die Dame von der Organisation meinte, dass ihr natürlich auf jeden Fall auch …«

»Ich bin kein Junge mehr, Mama!«, fiel Lenny mir ins Wort. »Ich bin einundzwanzig, und ich will allein wohnen und nicht mehr in der blöden Werkstatt arbeiten! Ich will raus und ganz normal arbeiten, wie alle anderen! Ich kann das nämlich!«

»Oh ja, es ist eindeutig, dass du das kannst«, rief meine Mutter. »Guck dir deine Hand doch mal an, und dann sag mir noch mal, dass du Tierpfleger werden willst!«

Lenny blickte auf seine Hand, und dann sah er mit Tränen in den Augen und wutverzerrtem Gesicht wieder auf. »Ich kann sehr gut mit Hunden umgehen, oder, Nele? Mit Sally kann ich richtig gut umgehen!«

Mein Vater schnaubte. »Jeder kann mit Sally umgehen. Deswegen kannst du doch nicht davon ausgehen, dass das für *alle* Hunde gilt. Du hast überhaupt keine Erfahrung, Lenny.«

»Na und, ich kann das ja lernen.«

Meine Mutter stand auf und knallte ihre Teetasse auf den Tisch, sodass der Inhalt überschwappte. »Du bist einfach noch nicht so weit, dass du Tierpfleger werden oder von zu Hause ausziehen könntest! Merkst du das denn immer noch nicht, Lenny?«

»Ich will das aber, ich will so sein wie alle anderen!« Inzwischen war auch er aufgesprungen und vor Wut hochrot angelaufen.

»Du bist aber nicht wie alle anderen!«

»Und warum nicht?«

»Weil du behindert bist, Herrgott noch mal!«

Ich zuckte zusammen. Noch nie hatte meine Mutter so mit Lenny geredet. Für einen Moment herrschte Totenstille im Raum. Dann fuhr Mama sich mit beiden Händen durchs Gesicht und atmete laut aus. »Es tut mir leid, Lenny. Ich mach mir einfach Sorgen, und …«

»Nein!«, schrie Lenny. »Nele kann auch arbeiten, was sie will und wohnen, wo sie will. Um Nele macht ihr euch nie Sorgen, *nie*. Immer nur um mich. Aber ich will gar nicht, dass ihr euch Sorgen macht. Ihr sollt mich genauso liebhaben wie Nele! Ihr habt mich ganz anders lieb. Immer bin ich nur anders, anders, anders!« Die Tränen liefen ihm in Strömen über das Gesicht.

»Lenny«, sagte mein Vater ruhig. »Ich kann verstehen, dass du raus willst und die Welt entdecken möchtest. Aber lass dir doch noch ein bisschen Zeit. Bleib erst mal in der Werkstatt und …«

»Nein, das will ich aber nicht!« Nun wandte er sich hilfesuchend an mich. »Sag was, Nele, bitte.«

Ich sah Lenny da vor mir stehen, mit seinen mandelförmigen blauen Augen und dem blonden Haar, das ihm wirr vom Kopf stand. Mit den Blutflecken auf dem T-Shirt und der bandagierten Hand. Es war meine Schuld, dass er sich verletzt hatte, denn wenn ich ihm nicht geholfen hätte, wäre er nie im Tierheim bei diesem bissigen Hund gelandet. Und wenn ich ihn nicht zum Medienstar gemacht hätte, hätte er wohl auch nie dieses übersteigerte Selbstbewusstsein gehabt und geglaubt, dass einfach alles möglich war. »Lenny, es tut mir leid, aber ich glaube, wir haben einen Fehler gemacht. Vielleicht brauchst du wirklich noch etwas Zeit. Du kannst es doch in ein paar Jahren noch mal versuchen. Du bist nun mal behindert, und …«

»*Ihr* behindert mich!«, rief Lenny verzweifelt. »Weil ihr mir nichts zutraut. Ihr denkt, dass ich dumm bin. Deswegen lasst ihr mich nicht so leben, wie ich will! Ich soll immer nur leben, wie ihr wollt!« Dann zeigte er mit dem Finger auf mich. »Und du hast mich im Stich gelassen, Nele. So richtig im Stich gelassen. Dich will ich nie wiedersehen!« Er stürmte in Richtung Wohnzimmertür. »Ich packe jetzt meine Sachen, und dann zieh ich zu Mia.« Damit ging er aus dem Zimmer und knallte die Tür hinter sich zu. Mia, die die ganze Zeit über keinen Ton gesagt hatte, stand auf und folgte ihm.

Meine Eltern und ich blieben stumm sitzen. Schließlich sackte meine Mutter in sich zusammen und verbarg den Kopf in den Händen. »Soll ich ihm nachgehen?«

»Nein, lass ihn«, erwiderte Papa. »Ein bisschen Abstand wird ihm vielleicht ganz guttun. Ich rufe Mias Eltern an und frage, ob es okay ist, wenn Lenny für ein paar Tage dort übernachtet.« Er stand auf und ging nach nebenan.

Meine Mutter und ich blieben allein zurück. Ich wagte es kaum, sie anzusehen, und auch sie starrte stur aus dem Fenster, tief in Gedanken versunken.

»Es tut mir leid, Mama«, sagte ich schließlich leise.

Sie lachte humorlos auf. »Wie kommst du nur auf die Idee, Lenny einzureden, er könnte das alles allein schaffen?«

»Das habe ich doch gar nicht. Ehrlich nicht. Ich wollte ihm nur helfen, weil ich gesehen habe, wie groß sein Wunsch ist. Aber ich habe immer gesagt, dass wir euch auf jeden Fall erst fragen müssen. Ich dachte, wenn wir euch einen ausgearbeiteten Plan vorlegen und wenn ihr seht, wie sehr Lenny sich gekümmert hat, dann wisst ihr, wie ernst es ihm ist.«

»Ja, nur hat nicht er sich gekümmert. Richtig? Das hast du gemacht.«

»Wir haben es zusammen gemacht. Lenny hat allein den Termin bei der Wohneinrichtung ausgemacht. Er hat allein versucht zu klären, ob er Tierpfleger werden kann. Aber dazu gab es natürlich keine Infos, und …«

»Ist ja gut, Nele«, sagte meine Mutter gereizt. »Ich sehe schon, Lenny hat sich gekümmert. Aber das Allermeiste hast trotzdem du gemacht. Wir reden mit Engelszungen auf ihn ein, wir erklären ihm wieder und wieder, wieso wir es für richtig halten, dass er sich noch ein paar Jahre Zeit lässt. Und du machst all das kaputt und schiebst uns den Schwarzen Peter zu.«

»Was? Nein, das mach ich doch gar nicht.«

»Doch, natürlich! Du konntest dir doch denken, wie unsere Antwort lauten würde. Wir stehen jetzt wie die fiesen Eltern da, die ihren Down-Sohn nicht sein Leben leben lassen, während du die tolle große Schwester bist, die ihn in allem unterstützt. Wir sind diejenigen, die sich sein Leben lang um ihn gekümmert haben. Wir haben ihn immer gefördert und gefordert, wir *wollen* doch, dass er selbstständig wird! Aber bis vor anderthalb Jahren lag er noch mindestens einmal jährlich im Krankenhaus, weil er einen extrem seltenen Herzfehler hatte, verdammt noch mal!« Schwer atmend hielt sie inne.

Mein Vater kam herein und setzte sich wieder. »Mias Eltern sind einverstanden. Lenny und Mia sind schon abgezischt.« Er sah unsicher zwischen meiner Mutter und mir hin und her.

»Dass du uns so hintergehst, Nele«, setzte meine Mutter ihre Rede fort. »Dass du all das hinter unserem Rücken einfädelst. Du hast Lenny völlig überzogene Hoffnungen gemacht, die wir jetzt zerstören müssen. Das ist nicht fair.« Sie schüttelte langsam den Kopf. »Du warst immer die Vernünftigste von uns allen und hast uns mit Lenny so toll unterstützt. Dass du jetzt so was tust, hätte ich nicht gedacht. Du hast uns enttäuscht, Nele. Bitter enttäuscht.«

Ihre Worte versetzten mir einen heftigen Stich, und mir schossen die Tränen in die Augen. »Ich wollte euch doch überhaupt nicht in den Rücken fallen! Aber ich konnte Lenny diesen Wunsch nun mal nicht abschlagen.«

»Das wissen wir doch«, sagte mein Vater beschwichtigend. »Ich glaube, wir stehen alle noch etwas unter Schock, und …«

»Nein, Papa«, sagte ich mit zittriger Stimme. Ich konnte meine Tränen kaum noch zurückhalten, aber vor meinen Eltern wollte ich auf keinen Fall weinen. »Ich brauche auch etwas Abstand.« Ohne ein weiteres Wort stand ich auf, nahm meine Tasche und verließ die Wohnung.

Beinahe blind vor Tränen taperte ich durchs Treppenhaus und lief geradewegs Claas in die Arme.

»Nele?« Mehr sagte er nicht, aber beim Klang seiner vertrauten Stimme brachen die Tränen endgültig aus mir hervor.

Er legte seine Arme um mich und zog mich fest an sich. »Hey«, sagte er leise. »Was ist denn los?«

Ich versuchte zu antworten, doch ich konnte vor lauter Schluchzen nicht sprechen. Claas führte mich nach draußen und schließlich waren wir bei Agnetha angekommen. Wir setzten uns ins Auto, und sofort nahm er mich wieder in den Arm, um mich zu trösten. Und auch wenn durch seine Gegenwart die Probleme nicht verschwanden, wurden sie immerhin erträglicher. Allmählich übertrug seine Ruhe sich auf mich, und meine Tränen ließen nach. Schließlich hatte ich mich so weit beruhigt, dass ich mir die Nase putzen konnte. Claas sah mich so besorgt an, dass mir trotz all des Ärgers warm ums Herz wurde. »Was ist denn passiert?«

Endlich war ich in der Lage, wieder zu sprechen, und während Claas uns zu sich nach Hause fuhr, erzählte ich ihm alles.

»Früher oder später musste es ja mal rauskommen«, sagte er schließlich. »Ihr hättet es euren Eltern längst erzählen müssen.«

»Das weiß ich. Aber wir haben es nun mal nicht gemacht.«

In Claas' Wohnung setzten wir uns aufs Sofa, und ich erlaubte Sally, auf meinen Schoß zu klettern – und das, obwohl sie eigentlich keine Schoßhundgröße hatte. Aber Sally konnte fast genauso gut trösten wie Claas, daher ließ ich es mir gern gefallen, dass sie sich an mich schmiegte. Ich verbarg mein Gesicht in ihrem weichen, seidigen Fell. »Ich hab echt Mist gebaut. Ich hätte meine Eltern nicht so hintergehen dürfen.«

Sally dachte sich vielleicht ihren Teil, äußerte sich aber nicht dazu. Claas hatte aber schon etwas dazu zu sagen. »Ja, okay, das war vielleicht nicht so toll. Aber auch nicht so dramatisch, dass du dich deswegen jetzt selbst geißeln musst. Wer hier wirklich der Leidtragende ist, ist Lenny. Es muss schlimm sein, wenn man selbstständig sein will, aber ständig an seine Grenzen stößt. Und dann auch noch von der eigenen Familie begrenzt wird.«

Ich nahm meinen Kopf aus Sallys Fell und sah ihn ungläubig an. »Wie meinst du das?«

Claas presste kurz die Lippen zusammen, als würde er sich darüber ärgern, dass er das gesagt hatte. Doch dann fuhr er fort: »Ich habe das Gefühl, dass ihr nicht so ganz einsehen wollt, dass Lenny kein Kleinkind mehr ist. Ihr verhätschelt und betüdelt ihn, dass ich an seiner Stelle schon viel früher ausgerastet wäre.«

Jetzt fiel Claas, ausgerechnet Claas, mir in den Rücken? »Er hatte nun mal diesen Herzfehler, und man kann sein Down-Syndrom auch nicht einfach übergehen. Es ist doch klar, dass meine Eltern besorgt um ihn sind.«

»Nicht nur deine Eltern. Du auch. Und manchmal glaube ich, dass du die Schlimmste von allen bist.«

Für einen Moment blieb mir die Sprache weg. »Ich bin was?«

»Ja, achte doch mal selbst darauf. Du bist permanent damit beschäftigt, ihn zu erziehen. Du wischst ihm Pudding aus dem Gesicht, legst ihm eine Tüte unter den Hintern, damit er keine Blasenentzündung bekommt, ermahnst ihn, deutlich zu sprechen. Und das sind nur ein paar Beispiele. Lenny geht das ganz, ganz furchtbar auf die Nerven, Nele, und du merkst es noch nicht mal.« Claas sprach ganz ruhig, freundlich sogar, aber auch sehr nachdrücklich. Und obwohl ich ihm gerne ins Wort gefallen wäre, weil seine Worte verdammt unangenehm waren, hörte ich ihm zu. »Du bist komplett verkrampft und

448

unentspannt in seiner Nähe. Weil du immer auf der Hut bist und die Umgebung scannst, ob irgendwo Menschen sind, die Lenny etwas Böses wollen.«

»Ich versuche einfach nur, eine gute ältere Schwester zu sein. Und ich muss doch auf ihn aufpassen.«

»Vielleicht musst du das aber auch nicht. Vielleicht solltest du ihm zutrauen, auf sich selbst aufzupassen. Es kann doch ohnehin nicht immer einer von euch in seiner Nähe sein.« Claas nahm meine Hand, und obwohl ich gerade wirklich große Lust hatte, sie wegzuziehen, konnte ich es nicht. »Lenny ist übrigens genauso unentspannt in deiner Nähe, weil er komplett fixiert auf dich ist. Er ist gedanklich die ganze Zeit bei dir, er spricht dich unentwegt an: Nele, Nele, Nele. Selbst wenn Mia dabei ist. Lenny vergöttert dich, du bist sein größtes Idol, und er vergleicht sich permanent mit dir. Und ich glaube, dass es euch beiden guttun würde, wenn ihr euch gegenseitig etwas mehr Luft zum Atmen lasst.«

»Was soll das heißen, dass wir uns Luft zum Atmen lassen sollen?«, begehrte ich auf. »Wir stehen uns nun mal sehr nah. Lenny braucht mich, ich kann ihn doch nicht wegstoßen!«

»Das sagt doch auch niemand.«

»Und überhaupt – du kennst meine Familie erst seit ein paar Wochen. Vielleicht kannst du das ja gar nicht so gut beurteilen, wie du glaubst.«

Claas sah mich ruhig an. »Ich habe schon das Gefühl, euch ganz gut zu kennen. Vor allem dich, Nele. Aber davon mal abgesehen: Manchmal kann ein Außenstehender sich ein besseres Urteil bilden als jemand, der schon sein Leben lang mittendrin steckt.«

Mir rauschte der Kopf von all dem Input, und ich schwankte zwischen Wut und dem blöden Gefühl, dass Claas recht haben könnte. Ich änderte meine Sitzposition, wodurch es Sally ungemütlich wurde. Sie sprang vom Sofa und rollte sich in ihrem Körbchen zusammen.

»Alles okay?«, fragte Claas nach einer Weile und musterte mich aufmerksam.

»Nein. Es ist überhaupt nichts okay. Und das gerade war echt harter Tobak.«

Er sah ehrlich bedrückt aus. »Ich weiß, und es tut mir leid. Aber ich beobachte das schon eine ganze Weile, eigentlich von Anfang an. Wahrscheinlich hätte ich dir das früher sagen sollen. Und es ist ja nur eine Beobachtung. Ein Gedankenanstoß.«

»Ich liebe Lenny, und zwar so sehr, dass ich alles für ihn tun würde.«

»Das weiß ich doch.«

»Und ich kann einfach nicht anders, ich muss auf ihn aufpassen. Wenn ich daran denke, wie viel Mist er schon erlebt hat, was er alles schon mitmachen musste, während ich es so einfach hatte. Ich weiß, dass er sich andauernd mit mir vergleicht, und mir ist mehr als bewusst, wie frustrierend es für ihn sein muss, dass ich anders leben kann als er.«

»Ja, das ist es bestimmt. Aber ich glaube auch, dass deine Eltern, oder ihr alle, ihm momentan Grenzen setzt, die nicht unbedingt nötig wären. Aber da werde ich mich nicht einmischen. Ich wollte dir nur sagen, wie ich das sehe. Und ich hoffe, das ist okay.«

Ich seufzte tief. »Ja, du darfst durchaus mal anderer Meinung sein als ich.« Für eine Weile starrte ich nachdenklich vor mich hin. »Lenny hat heute zu uns gesagt, dass *wir* ihn behindern«, sagte ich schließlich.

Ein Lächeln flog über Claas' Gesicht. »Er ist wirklich großartig. Und sehr klug.«

»Dass er heute diesen Hund streicheln wollte, war allerdings nicht so klug.«

»Nein, aber unter normalen Umständen wäre das auch nicht passiert. Mich würde interessieren, wieso er da überhaupt unbeaufsichtigt rumlaufen konnte. Im Übrigen werden selbst ausgebildete Tierpfleger mal gebissen.«

»Darüber brauchen wir gar nicht mehr nachzudenken. Lenny will mich nie wiedersehen.« Ich lehnte meinen Kopf an Claas' Schulter. »Unsere komplette Familie ist zerstritten. Wahrscheinlich fällt auch noch die Hochzeit ins Wasser.«

»Ach, Nele.« Claas zog mich an sich und gab mir einen zarten Kuss. »Jetzt steigere dich da mal nicht rein. Das kommt schon alles wieder in Ordnung.«

Ich ließ mich noch eine ganze Weile von Claas trösten, der das wirklich ausgesprochen gut konnte. Das ganze Wochenende über hatte ich den Streit im Kopf. Er tauchte immer wieder in meinen Gedanken auf, hielt mich vom Schlafen ab und sorgte dafür, dass ich mich furchtbar fühlte. Darüber hinaus musste ich andauernd an das denken, was Claas mir gesagt hatte. Lenny und ich hatten ein enges Verhältnis, ja. Das war doch auch gut. Genauso hatte ich es immer gewollt. Mir war nie die Idee gekommen, dass unser Verhältnis vielleicht *zu* eng sein könnte. Aber jetzt musste ich mich zwangsläufig fragen, ob es nicht doch so war.

Meistens kommt es anders, wenn man denkt

Am Donnerstag musste Claas in aller Herrgottsfrühe auf einen Kongress nach München, sodass ich ihn erst Freitagmorgen wiedersehen würde. Auch wenn es lächerlich klang, lag mir der Gedanke an diese Mini-Trennung ganz schön auf der Seele. Momentan war ich nämlich ziemlich anlehnungsbedürftig. Am Mittwoch fiel es mir daher umso schwerer, im Büro in Claas' Nähe zu sein, ohne ihn berühren zu können. In unserem Meeting wegen des neu akquirierten Banken-Kunden erwischte ich mich dabei, wie mein Blick die ganze Zeit an Claas klebte, der am Smartboard stand und etwas notierte. Okay, um ganz ehrlich zu sein, klebte mein Blick an seinem Hintern und ich konnte mich kaum auf das konzentrieren, was er sagte. Das war mir schon lange nicht mehr passiert, also war heute wohl eindeutig nicht so mein Tag, was die Fokussierung auf den Job anging. Sein Hintern war allerdings auch …

»Nele?«

Ich zuckte zusammen und zwang mich dazu, mich wieder auf das Meeting zu konzentrieren. »Ja?«

Claas drehte sich zu mir um und sah mich mit erhobenen Augenbrauen an. »Ich habe gesagt, dass ich es gut fände, wenn du dich um das Dritte-Welt-Mikrokredit-Projekt kümmerst.«

»Klar, das mach ich gerne.« Innerlich führte ich einen Freudentanz auf, aber äußerlich gestattete ich mir nur ein breites Grinsen. Auf diese Aufgabe war ich schon scharf gewesen, seit ich die Idee eingebracht hatte. Das Projekt polierte das angeschlagene Image unseres Bankenkunden auf, und die

Frauen in der Dritten Welt kamen zu sehr günstigen Konditionen an Kleinkredite, mit denen sie sich selbstständig machen konnten. Inspiriert zu dieser Idee hatte mich der Besuch von RHK in der Behindertenwerkstatt, von dem auch alle Seiten profitiert hatten.

»War ja klar«, raunte Julius mir zu.

Irritiert sah ich ihn an. Er hatte es so leise gesagt, dass nur ich ihn hören konnte. »Was meinst du?«, flüsterte ich zurück, doch er schüttelte nur den Kopf und beachtete mich nicht weiter.

Um halb sieben hatten wir endlich alles besprochen, was zu besprechen gewesen war. In der Agentur waren bis auf unser Banken-Team bereits alle gegangen. Claas verschwand in seinem Büro, und auch Julius, Britt und ich gingen zurück an unsere Plätze, um noch ein paar E-Mails zu beantworten.

Bald machte auch Britt sich auf den Weg, und kaum waren Julius und ich allein, konnte ich endlich ansprechen, was schon seit dem Meeting an mir nagte. »Sag mal, wie hast du das vorhin eigentlich gemeint? Dieses ›War ja klar‹, als es darum ging, dass ich das Mikrokredit-Projekt übernehme?«

Julius zuckte mit den Schultern. »Na ja. Du weißt schon.«

»Nein, weiß ich nicht, sonst würde ich doch nicht fragen.«

»Tja.« Er lehnte sich in seinem Schreibtischstuhl zurück und sah mich abschätzig an. »Ich weiß nicht, ob es so schlau wäre, mich mit dir anzulegen. Daher halte ich lieber meine Klappe.«

»Du hältst deine Klappe doch gar nicht. Du machst ständig komische Andeutungen und bescheuerte Bemerkungen, und das geht mir allmählich ganz gewaltig auf die Nerven. Also, was zur Hölle meinst du damit?«

»*Du* gehst mir ebenfalls ganz gewaltig auf die Nerven, Nele«, stieß er verächtlich hervor. »Und zwar schon von Anfang an. Du kommst hier hereinspaziert, als hätte die Welt nur auf dich gewartet. Du schleimst dich bei den Chefs ein, dass es einfach nur peinlich ist, und benimmst dich wie die allerschlimmste Streberin. Aber natürlich kommt das bei Olli und Claas an, gar keine Frage. Also gelingt es dir innerhalb kürzester Zeit, dich hochzuschleimen. Andere mussten dafür jahrelang hart arbeiten, aber du schaffst das in nur drei Monaten. Meinen Glückwunsch.« Er legte eine kurze Pause ein, dann fügte er leise hinzu: »Übrigens, geschickter Schachzug von dir, mit einem der Chefs zu vögeln. Da hat man als Frau natürlich einen deutlichen Vorteil, was die Aufstiegschancen angeht, was?«

Wie vom Schlag getroffen saß ich da und starrte ihn an. In meinem Kopf drehte sich alles, und ich war völlig unfähig, in irgendeiner Form zu reagieren. »Was?«

»Ich *freu* mich so für dich, ganz ehrlich. Als ich euch neulich im Auto knutschen gesehen hab, dachte ich mir, wie schön es für dich ist, dass du deiner Karriere diesen Kick geben kannst. Dass Claas dich jetzt so pusht, ist doch toll.« Aus Julius' Augen sprach pure Gehässigkeit, und jedes einzelne Wort fühlte sich an wie ein Kinnhaken.

»Glaubst du wirklich, dass ich deswegen mit Claas zusammen bin?«

»Natürlich bist du deswegen mit ihm zusammen. ›Vögeln für die Karriere‹ nennt man das. Ich gehe davon aus, dass unsere Kolleginnen und Kollegen es ebenso definieren würden. Aber hey, ins Gesicht sagen würde es dir natürlich niemand.«

In meinen Ohren rauschte es, und in meinem Hirn wirbelten die Gedanken umher wie in einer Schneekugel. »Heißt das, du hast keinem etwas gesagt?«

»Nein.« Julius sah mich nachdenklich an. »Aber, wer weiß? Vielleicht ist mir ja irgendwann danach.«

»Was willst du damit sagen?« Erst jetzt fiel mir auf, wie schnell mein Herz schlug.

»Das weiß ich selbst noch nicht.« Julius klopfte mit beiden Händen auf die Tischplatte und stand auf. »Ich würde mal sagen, je mehr du mir auf den Sack gehst, indem du hier rumschleimst und dir die besten Projekte unter den Nagel reißt, desto höher ist die Wahrscheinlichkeit, dass mir den Kollegen gegenüber was rausrutscht.«

Es lief mir eiskalt den Rücken runter. »Willst du mich etwa erpressen, Julius?«

»Ich? Nein, wie kommst du darauf? Also, ich bin weg. Schönen Feierabend.« Er lächelte mich so falsch an, wie nur er es konnte, und dann verließ er das Zimmer.

Ich saß stocksteif da. Noch nie war mir jemand mit so offener Feindseligkeit begegnet, und ich war hoffnungslos überfordert damit. War das Erpressung gewesen? Wenn ich nicht wollte, dass er es rumerzählte, sollte ich aufhören zu ›schleimen‹, sprich: Ich sollte mich künftig bei der Arbeit zurückhalten? Tolle Aufgaben und Projekte ablehnen? Keine Ideen mehr einbringen? Das war doch völlig unmöglich. Ich stand auf und ging auf zittrigen Knien ans Fenster. Ich hatte keine Ahnung, was ich tun sollte.

»Wollen wir allmählich los?«, hörte ich Claas' Stimme von der Tür. Außer uns war ja niemand mehr hier, also konnten wir es uns erlauben, unvorsichtig zu sein. »Ich will dir doch dieses köstliche Zitronenhuhn machen. Und damit du mich auch ganz sicher vermisst, hab ich anschließend noch ein, zwei Dinge mit dir vor, die …« Mitten im Satz hielt er inne, denn ich drehte mich um und sah zu ihm auf. Ein beunruhigter Ausdruck trat in seine Augen. »Was ist los? Ist was passiert?«

»Julius weiß über uns Bescheid.«

»Bitte?«

»Er hat es mir gerade gesagt. Offenbar hat er gesehen, wie wir uns geküsst haben, irgendwo im Auto, ich habe keine Ahnung, wo und wann das gewesen sein soll, und er hat gesagt …« Ich spürte, wie meine Kehle immer enger wurde.

»Hey.« Claas umfasste meine Schultern. »Jetzt beruhige dich mal, hm?«

»Ich kann mich jetzt nicht beruhigen«, rief ich verzweifelt. »Es ist genau das passiert, was ich immer befürchtet habe! Er hat mir unterstellt, dass ich mir etwas davon verspreche, mit dir zusammen zu sein, beziehungsweise, mit dir zu vögeln, wie er sich ausgedrückt hat.«

Claas' Miene wurde steinhart. »Ich schmeiße ihn raus. Mir reicht's, endgültig. Ich klär das sofort mit Olli, und …«

»Nein! Dann wird er denken, dass du ihn feuerst, weil ich meine Angelegenheiten nicht selbst regeln kann und gepetzt habe.« Und genau das tat ich ja auch, wie mir in diesem Moment bewusst wurde. Besser, ich erzählte Claas erst gar nichts von der unterschwelligen Erpressung, falls es überhaupt eine gewesen war.

»Nein, er wird wissen, dass ich ihn feuere, weil er ein Arsch ist und weil er mir seit drei Jahren auf den Sack geht!«, rief Claas wutschnaubend.

»Bitte, Claas. Ihn zu feuern wäre das Schlimmste, was du tun könntest.«

Er atmete tief durch. »Na schön. Ich überlege es mir noch mal.« Ich wusste, dass das so viel wie ›Ich mach's nicht‹ hieß und atmete erleichtert auf.

»Also, wenn Julius es weiß, gehe ich davon aus, dass alle anderen es auch wissen?«

»Nein, er hat es niemandem gesagt.«

»Noch nicht, aber das kann ja nur noch eine Frage der Zeit

sein«, meinte er. »In diesem Fall halte ich es für das Beste, die Flucht nach vorne anzutreten. Wir machen es offiziell. Gleich am Freitag sagen wir es allen.«

»Aber man kann doch jetzt schon sehen, wie die anderen reagieren werden. Guck dir doch Julius' Reaktion an. Niemand wird mehr meine Leistung sehen, wenn ich mit dem Chef zusammen bin. Alle werden denken, ich hätte eine Sonderstellung. Die werden mich für die Büroschlampe halten, die es weit bringen will und sich dafür den richtigen Mann gesucht hat.«

Claas trat ein paar Schritte von mir weg und fuhr sich mit beiden Händen durchs Haar. »Nur mal zur Info: Das ist ganz schön beleidigend für mich. Vielleicht kann sich der eine oder andere auch vorstellen, dass du aus anderen Gründen mit mir zusammen sein willst.«

»Natürlich, und so war das doch auch gar nicht gemeint. Ach Mann, du weißt doch genau, wie toll ich dich finde.«

»Du findest mich offensichtlich nicht toll genug, um es in unserem Arbeitsumfeld offiziell zu machen! Und selbst wenn alle denken, dass du nur für deine Karriere mit mir zusammen bist, und sie dich dann weniger liebhaben als vorher: Scheiß doch drauf! Scheiß drauf, was die denken!«

Claas wurde selten laut, aber jetzt war er fuchsteufelswild. Und ich verstand ja auch, dass er sauer war. Aber mir ging hier auch einiges gegen den Strich. »Du hast leicht reden, du bist in einer wesentlich einfacheren Lage als ich. Was wird man von dir im Zweifelsfall schon denken? Pff, mein Gott, du vögelst halt eine deiner Angestellten, was soll's, so ist das halt. Keiner wird deswegen an deiner Kompetenz zweifeln, du musst dich vor niemandem rechtfertigen. Ich schon!«

»Nein, verdammt noch mal, du musst dich genauso wenig rechtfertigen wie ich!«

»Wieso müssen wir es denn jetzt schon allen sagen? Wir sind erst seit sechs Wochen zusammen, ich kann es selbst noch gar nicht richtig glauben. Ich brauche noch Zeit, also hör auf, so einen Stress zu machen!« Meine Stimme war immer lauter geworden, bis ich die letzten Worte beinahe schrie.

Claas blickte entnervt an die Decke. »Ja, aber wie viel Zeit brauchst du denn noch? Und was bringt dir das Warten? An der Situation wird sich doch nichts ändern. Ich bin nun mal dein Chef, und der bin ich auch noch nächste Woche, in drei Monaten und wahrscheinlich auch noch in zwei Jahren! Wie lange willst du das mit uns noch geheim halten?«

Ich schwieg, weil ich keine Antwort darauf wusste. Oder besser gesagt – die einzige Antwort, die mir momentan darauf einfiel, würde Claas nicht gefallen.

Er kam ein paar Schritte auf mich zu und blieb dicht vor mir stehen, womit er mich zwang, zu ihm aufzusehen. »Du willst es nicht sagen, weil du insgeheim davon ausgehst, dass das mit uns nicht hält. Stimmt's? Dann hätten wir in der Agentur die Pferde umsonst scheu gemacht, und es würde erst recht Gerede geben.«

»Nein, so ist das überhaupt nicht!«, rief ich, doch im gleichen Moment wurde mir klar, dass er recht hatte. Im Grunde hatte ich von Anfang an den Haken an unserer Beziehung gesucht, und ihn auch gefunden: Claas war mein Chef. »Also gut, vielleicht ist es auch deswegen. Ich habe einfach nicht so besonders tolle Erfahrungen gemacht. Wie kann ich denn davon ausgehen, dass ausgerechnet du nicht mit mir Schluss machst oder mich betrügst? Wieso solltest ausgerechnet du derjenige sein, der bleibt, wenn ich bislang noch jeden Mann verjagt habe?«

»Das ist kompletter Schwachsinn!«, rief Claas. »Du verjagst die Männer doch gar nicht. Weißt du, was du machst?

Du suchst dir von vornherein Männer aus, bei denen du davon ausgehst, dass es nicht hält. Und auch bei mir hast du nie damit gerechnet, dass dauerhaft etwas aus uns wird, weil ich dein Chef bin. Das war von Anfang an dein Schleudersitz, dein Notausgang oder wie auch immer man es bezeichnen soll.«

Ungläubig sah ich ihn an. »Du denkst, ich verliebe mich, weil ich will, dass mir das Herz gebrochen wird?«

In Claas' Blick lag keine Wut mehr, sondern Resignation. Und das war noch viel schlimmer. »Ich denke, du verliebst dich nur, wenn du dir sicher bist, dass du nicht dauerhaft glücklich werden kannst.«

»Und warum sollte ich das tun?«

»Es gibt eine Antwort darauf, Nele. Das ist das zentrale Thema in deinem Leben, im Grunde die Antwort auf alles. Lenny. Du hast ihm gegenüber permanent ein schlechtes Gewissen, weil du dein Leben anders leben kannst als er und Dinge haben kannst, die er nicht haben kann. Und ein Teil von dir glaubt, dass du es deswegen nicht verdienst, vollkommen glücklich zu sein.«

»Das ist doch lächerlich. Also verdammen sich alle Geschwister von Menschen mit Behinderung dazu, unglücklich zu sein, oder was?«

»Nein, natürlich nicht. Ich rede doch gar nicht davon, dass alle das machen. Ich sage, dass *du* das machst. Das hier ist deine Geschichte. Dein Problem. Und solange du dieses schlechte Gewissen Lenny gegenüber nicht ablegst, wird sich daran auch nie etwas ändern.«

Ich wandte mich von ihm ab, weil mir die Tränen mit aller Macht in die Augen schossen. Dass ausgerechnet er mir so in den Rücken fiel, hätte ich nie erwartet.

»Nur du hast einen Fehler in der Gleichung«, fuhr Claas

fort. »Nämlich mich. Und ich möchte jetzt wissen, was du vorhast. Willst du, dass wir es im Büro sagen, oder nicht?«

Allmählich kam ich mir vor wie ein Fuchs, der unbarmherzig gejagt wurde und sich nun in einem Erdloch verkrochen hatte, im irrigen Glauben, dort sicher zu sein. Ich drehte mich wieder zu ihm um. »Was ist, wenn ich jetzt noch keine Entscheidung treffen will? Wenn ich dich darum bitte, dass wir noch warten und erst mal alles so lassen, wie es ist?«

»Ich will nicht mehr warten, denn dieses Spielchen stinkt mir inzwischen ganz gewaltig!«, rief er. »Ich will jetzt eine Entscheidung von dir!«

»Also stellst du mir ein Ultimatum, oder was? Es passt dir nicht, dass ich mich querstelle, stimmt's? Das passt dir gar nicht. So wie es meinen Eltern auch nicht passt, wenn ich mal etwas tue, das nicht artig und vernünftig ist. Ich soll ständig nach der Pfeife von anderen tanzen, und das stinkt *mir* allmählich! Vielleicht habe ich genau darauf überhaupt keinen Bock mehr, weil ich das bislang in all meinen Beziehungen getan habe!«

Claas wurde weiß im Gesicht. Als er sprach, tat er das mit so gefährlich ruhiger Stimme, dass mir eiskalt wurde. »Ich will jetzt eine Entscheidung von dir.«

»Ich entscheide mich jetzt aber nicht!« Ich spürte das starke Bedürfnis, irgendetwas über seinem Kopf auszukippen. Claas hatte sich also auch als Arschloch im Netter-Kerl-Pelz herausgestellt. Meine Theorie war mal wieder bestätigt worden: Die Netten waren die Gefährlichsten. Doch was er dann tat, hätte ich niemals von ihm erwartet, und ich konnte es einfach nicht fassen. Ohne ein weiteres Wort drehte er sich um und verließ den Raum. Er ging. Er ging, weil ich nicht auf sein Ultimatum eingestiegen war, weil ich nicht nachgegeben hatte. Ein kleiner Teil von mir hoffte darauf, dass er zurückkommen und mich fragen würde, ob wir los konnten, schließlich wollte er mir doch noch Zitronenhuhn machen. Aber er kam nicht zurück. Stattdessen hörte ich bald darauf seine Schritte und Sallys Krallen auf dem Parkett, und dann fiel die Tür ins Schloss.

Ich stand still da, und je klarer mir wurde, was hier gerade passiert war, desto mehr verrauchte meine Wut. Stattdessen zog mein Herz sich so schmerzhaft zusammen, dass ich es kaum aushielt. Ich wollte heulen, um diesem Schmerz irgendwie Luft zu machen. Aber es ging nicht. Stattdessen kam nur ein kümmerliches Wimmern aus mir hervor. Claas war abgehauen und hatte mich im Stich gelassen. Die ganze Zeit über hatte ich versucht, mich vor genau dieser Situation zu schützen, aber ich hatte mich wider besseren Wissens auf Claas eingelassen. Das war ein Fehler gewesen, ein furchtbarer Fehler. Denn ich liebte ihn so sehr, wie ich noch keinen Mann zuvor geliebt hatte. Und mein Herz tat so weh wie noch nie zuvor.

Zum Glück hatte ich Übung darin, meine Tränen zurückzuhalten und mir meinen Kummer nicht anmerken zu lassen. Sonst hätte ich auf dem Weg nach Hause in der U-Bahn wahrscheinlich Rotz und Wasser geheult. Doch als ich an meiner Haltestelle ausstieg, kullerten die ersten Tränen über meine Wangen, und auf dem Weg zur Wohnung liefen sie dann in Strömen. Kaum hatte ich die Wohnungstür hinter mir geschlossen, brach ich zusammen und weinte, wie ich schon ewig nicht mehr geweint hatte. Ich ließ mich an der Tür herabgleiten und setzte mich auf den Boden, verbarg mein Gesicht in den Händen und war völlig hilflos gegen diesen Schmerz.

»Nele?«, hörte ich Sebastians Stimme. Kurz darauf hockte er sich neben mich und fasste mich vorsichtig an der Schulter. »Was ist denn los?«

Doch an Sprechen war nicht zu denken, und Sebastian verstand ja ohnehin kein Weinerlich, wie er immer sagte.

»Ist was Schlimmes passiert?«

Ich nickte.

»Mit deiner Familie?«

Ich nickte und dann schüttelte ich den Kopf. Ich wollte, dass er ging und mich in Ruhe heulen ließ, aber Sebastian war sehr hartnäckig.

»Ja und Nein? Was heißt das denn? Es ist deine Familie und noch etwas anderes?«

»Claas«, stieß ich hervor, denn sonst würde er wohl nie Ruhe geben. Dann wurde ich von einer neuen Heulattacke gepackt.

»Ach, Nele«, sagte Sebastian leise und legte seinen Arm um meine Schulter. »Willst du nicht wenigstens von der Wohnungstür wegkommen?« Ohne meine Antwort abzuwarten zog er mich hoch und dirigierte mich in mein Zimmer. Ich warf mich auf mein Bett, vergrub mich unter der Decke und erklärte dieses Gespräch somit für beendet. Sprechen konnte ich ja ohnehin nicht. Daraufhin hörte ich, wie er zur Tür hinausging. Wieder gab ich mich voll und ganz meinem Kummer hin. Ich wusste nicht, wie lange ich in meinem Bett gelegen und geheult hatte, als ich schon wieder gestört wurde. »Nele?« Dieses Mal war es Kais Stimme. Ausgerechnet Kai, der sich seit Wochen nicht für mich interessierte.

»Können wir dir irgendwie helfen?« Jetzt sprach Sebastian. Also hatten sich wohl beide Jungs dazu entschlossen, bei mir Wache zu halten, bis Anni von der Musical-Probe wieder da war.

»Nein«, schniefte ich mit tränenerstickter Stimme. »Könnt ihr mich bitte allein lassen? Ich muss jetzt echt für mich sein.«

»Quatsch, wir bleiben bei dir«, sagte Kai. »Und wenn du reden willst, sind wir für dich da.«

Ich spürte, wie sich jemand auf mein Bett setzte und unbeholfen meine Schulter tätschelte. Mir wurde klar, dass ich nichts daran ändern konnte, dass Kai und Sebastian da waren. Dabei wollte ich überhaupt nicht reden. Dafür war mein Kummer viel zu groß, und die Tränen ließen einfach nicht nach. Irgendwann drang durch mein halbersticktes Wimmern die Titelmusik von *Doctor Who* in mein Ohr. Woraus ich schloss, dass Kai wohl langweilig geworden war und er auf seinem Handy eine Folge anschaute. Ich streckte meine Nase unter der Bettdecke hervor, und tatsächlich entdeckte ich Kai, wie er am Fußende meines Bettes saß und auf sein Handy starrte. Auch Sebastian war mit dem Handy beschäftigt, allerdings tippte er auf seinem Display herum, also schrieb er wahrscheinlich eine Nachricht.

»Sagt mal, geht's noch?«, fragte ich mit zittriger Stimme. »Könnt ihr mich nicht einfach allein lassen?«

Kai hielt mir eine Packung Taschentücher hin. »Nein, leider nicht.«

»Es ist Ehrensache, dass wir eine heulende Freundin nicht allein lassen«, fügte Sebastian hinzu.

»Ich heule aber lieber allein«, sagte ich, doch ich nahm ein Taschentuch und putzte mir ausgiebig die Nase. »Also wenn ihr bitte so freundlich wärt?«

»Nein. Ist nicht drin«, entgegnete Kai entschieden. Dann hielt er mir sein Handy hin. »Willst du mitgucken? Es ist eine alte Folge mit David Tennant als Doctor.«

Kai und ich hatten seit Ewigkeiten nicht mehr zusammen *Doctor Who* geschaut, und auch wenn mir eigentlich in diesem

Moment absolut nicht der Sinn danach stand – ich empfand es als seltsam tröstlich, dass da offenbar noch ein Rest dieser Gemeinsamkeit vorhanden war. Außerdem mochte ich David Tennant als Doctor unheimlich gern, und ich wurde Kai und Sebastian offenbar ohnehin nicht los. Also robbte ich näher an Kai ran, um mit ihm gemeinsam auf den Handy-Bildschirm zu starren.

»David Tennant ist einfach der beste Doctor«, stellte ich nach einer Weile fest. Daraufhin brachen wieder ein paar Tränen aus mir hervor, denn ich musste an Claas denken, obwohl ich ihn überhaupt nicht mit *Doctor Who* verband. Er sah auch nicht aus wie David Tennant. Aber er war halt auch der Beste. Wahrscheinlich deswegen.

Kai nickte. »Und die zweite Staffel mit David Tennant ist meine Lieblingsstaffel.«

»Wenn nur diese nervigen Daleks nicht wären«, schniefte ich.

»Ach, wenn man den Ton ausmacht, sind sie doch gar nicht so schlimm. Diese Folge ist eh ohne Daleks.«

Dann schmachtete Rose den Doctor an, und ich musste noch heftiger weinen, weil sie ihn so sehr liebte, aber nicht haben konnte. Genau wie ich mit Claas. Ich hatte ihn bestimmt ganz ähnlich angehimmelt, früher, am Anfang. Damals. Vor etwa drei Monaten.

»Ach, Nele.« Kai legte das Handy zur Seite, um mich in den Arm zu nehmen. Und obwohl seine abweisende Art mich in den letzten Wochen verletzt hatte, war ich froh, ihn jetzt an meiner Seite zu haben. Ich lehnte meinen Kopf an seine Schulter und lauschte seinen tröstenden Worten. Irgendwann hatte ich alle Tränen geweint, die mein Körper zu produzieren in der Lage war. Allmählich beruhigte sich mein Atem, und ich putzte mir erneut die Nase.

Sebastian gesellte sich zu uns aufs Bett und hielt uns jeweils eine Flasche Astra hin.

Ich nahm sie dankbar und trank ein paar Schlucke.

»Ist es ein bisschen besser?«, fragte Sebastian und sah mich besorgt an.

»Nein. Aber da sind keine Tränen mehr, also ...«

»Was genau ist eigentlich passiert?«

Bevor ich darauf antworten konnte, kam Anni ins Zimmer gestürmt. Sie war hochrot im Gesicht und völlig außer Atem, was wohl bedeutete, dass sie den Weg von der Bahn bis zur Wohnung gelaufen war. »Nele«, stieß sie hervor. »Was ist los? Mach mal Platz, Kai.«

Kai rückte folgsam zur Seite, und nun war Anni neben mir und zog mich in ihre Arme. »Du hattest einen Streit mit Claas?«, fragte sie. »Sebastian war am Handy so spärlich mit Infos.«

»Mehr als ›Claas‹ hat Nele ja auch nicht gesagt. Und dieses Mal hat sie definitiv nicht dabei gelächelt.«

»Er hat mich abgeschossen«, sagte ich dumpf.

»*Was*?«, rief Anni entgeistert. »Ach, Quatsch. Hör auf.«

»Doch.«

»Niemals.«

»Äh ... hallo?«

Sie hielt kurze inne, dann sagte sie zerknirscht: »Entschuldige, es ist nur ... Weswegen denn?«

Ich löste mich von Anni und putzte mir noch mal die Nase. »Ach, du weißt doch, dass er in letzter Zeit immer unzufriedener damit geworden ist, dass ich unsere Beziehung im Büro geheim halten wollte.«

»Ja, ich weiß.«

»Er hat immer wieder darauf gedrängt, dass wir es öffentlich machen, aber ich wollte nun mal nicht die kleine Agenturschlampe sein, die mit dem Chef vögelt, um Karriere zu machen.«

Für eine Weile schwiegen wir, dann hakte Anni noch mal nach. »Also hat er sich von dir getrennt, weil du es nicht öffentlich machen wolltest?«

»Ja. Auch. In erster Linie. Irgendwie kam eins zum anderen, und er hat mir tausend Dinge an den Kopf geworfen, auch wegen Lenny. Er hat mich richtig abgekanzelt.«

»Hm«, machte Anni. »Klingt, als wäre er extrem stinkig gewesen. So ist er doch sonst nicht.«

»Tja, früher oder später stellen die Netten sich halt doch immer als die Schlimmsten heraus. Jedenfalls hat Claas mir die Pistole auf die Brust gesetzt und verlangt, dass ich mich *jetzt* entscheide. Mir war das einfach alles zu viel in dem Moment. Ich habe gesagt, dass ich mich jetzt nicht entscheiden will, und dann ist er gegangen. Ende.«

»Es ist sicherlich nicht schön, die Pistole auf die Brust gesetzt zu bekommen, aber … hast du dir denn ernsthaft vorgestellt, dass ihr eure Beziehung im Büro für immer verheimlichen werdet?«

»Keine Ahnung«, sagte ich unwillig. »Jetzt ist es eh zu spät.« Ich versuchte, meine Gedanken zu ordnen, aber in meinem Hirn drehte sich alles. Außerdem tat es so weh, an Claas zu denken.

Für eine Weile saßen wir stumm da und nippten an unseren Bieren. Bis auf mein Schniefen war nichts zu hören.

»Hey, Nele, wie wäre es, wenn wir noch ein bisschen ausgehen. Hm?«, schlug Anni schließlich vor. »Wir könnten uns auf die Stufen vor der Elbphilharmonie setzen oder an die Landungsbrücken. Oder wir gehen auf den Kiez. Aber davon, dass du hier rumhängst und weinst, wird es nicht besser. Glaub mir.«

»Ich bin aber echt nicht Kiez-fähig.«

»Wir helfen dir da durch, okay?«, sagte Anni aufmunternd.

»Wenn du heulst, werden wir einfach allen erzählen, das wäre nur deine Bierallergie«, schlug Sebastian vor.

Ich versuchte ein Lächeln, aber wahrscheinlich geriet es sehr kümmerlich. »Na schön. Wenn es gar nicht geht, fahre ich einfach nach Hause.«

Wir standen von meinem Bett auf, und ich wollte gerade ins Bad gehen, um mein Gesicht zu waschen, als Kai verkündete: »Ich geh dann mal wieder rüber, okay?« Damit drehte er sich um und marschierte Richtung Tür.

Das setzte diesem miesen Tag die Krone auf. »Hey!«, rief ich scharf. »Hiergeblieben!«

Kai zuckte zusammen und drehte sich zu mir um.

»Es reicht, Kai. Ich hab die Schnauze gestrichen voll davon, dass du ewig abhaust, uns ausweichst und nur noch dein eigenes Ding machst! Und ich lasse mich nicht mehr abspeisen, ich will wissen, was mit dir los ist. Was auch immer es ist – nichts kann so schlimm sein, wie das, was ich mir ausmale.«

Kai wich meinem Blick aus. »Da bin ich mir nicht so sicher.«

»Aber ich bin mir da ganz sicher. Anni, Sebastian und ich sind doch gute Freunde von dir, oder nicht?«

»Die besten«, sagte Kai leise.

»Na also. Wir setzen uns jetzt an den Küchentisch, trinken ein Bier, und dann redest du. Und wir versprechen dir, dass wir dich nicht verpfeifen, wenn du jemanden abgemurkst hast.«

Kai atmete laut aus. »Na schön«, sagte er schließlich. »Okay, irgendwann muss ich es ja mal sagen.«

Wir gingen in die Küche, wo ich vier neue Biere aus dem Kühlschrank holte und wir uns um den Tisch herum setzten. »Also?«, fragte ich Kai. »Was ist los mit dir?«

Er fuhr sich über sein kurzes Haar, das Robert richtig nett in Form gebracht hatte (die Danke-für-den-Kunden-Kopfmassage war himmlisch gewesen). »In den letzten Wochen hat mich etwas sehr belastet. Im Grunde hat sich mein ganzes Leben auf den Kopf gestellt. Okay, ich mach's kurz: Ich hab mich verliebt.«

Anni schüttelte ratlos den Kopf. »Das ist alles?«

»Es ist nicht so einfach, wie du denkst.«

»Wer ist es denn?«, fragte ich. »Kenne ich sie?«

Kai nickte, ohne von seiner Bierflasche aufzusehen. »Ja, Nele«, sagte er leise. »Du kennst … ihn.«

Anni, Sebastian und ich saßen wie eingefroren da und starrten Kai an. Ich war mir nicht sicher, ob ich ihn richtig verstanden hatte. Hatte er wirklich gesagt, was ich glaubte, dass er gesagt hatte? »Ich kenne *ihn*?«, hakte ich sicherheitshalber nach.

»Tja.« Endlich sah Kai auf. Seine Augen blickten unruhig von einem zum anderen, vor allem Sebastian sah er geradezu ängstlich an. Dann wedelte Kai albern mit seinen Händen und flötete: »Überraschung!«

Anni sah ihn mit schiefgelegtem Kopf an. »Das heißt, du bist schwul?«

Er hob die Schultern. »Wie es aussieht, ja.«

»Seit wann denn?«, platzte es aus mir heraus. »Sorry, blöde Frage«, fügte ich gleich darauf hinzu.

»Nein, die Frage ist doch berechtigt. Es ist ziemlich neu für mich, weil ich bislang noch nie … ich hab mich noch nie zu einem Mann hingezogen gefühlt. Obwohl, nein, das stimmt so nicht. Es gab da schon Situationen, aber …« Hilflos brach er ab. Schließlich atmete er tief durch und fuhr fort: »Ich hab mich auch nicht übermäßig zu Frauen hingezogen gefühlt, nur dachte ich halt, es liegt daran, dass ich die Richtige noch nicht gefunden habe. Aber vor ein paar Monaten hat es angefangen, dass ich einen bestimmten Mann nicht mehr aus dem Kopf gekriegt habe.«

»Wen denn überhaupt?«, wollte ich wissen. »Du sagtest doch, dass ich ihn kenne.«

»Ja. Es ist Max.«

»LARP-Max?«, quiekte ich. »Der gnadenlose, brutale Herrscher der Ushuli, Ganas, also *mein* Erzfeind?! Der Max?« Nach einer kurzen Pause fügte ich hinzu: »Ja, der ist nett. Und süß.«

Kai verzog das Gesicht. »Mhm. Ich wollte erst nicht wahrhaben, dass ich ihn mag, und ich hab alles versucht, das wegzuerklären. Und ich war so damit beschäftigt, das für mich klar zu kriegen, dass ich mich zurückgezogen habe. Ich musste erst mal eine Weile für mich sein.«

»Aber du hättest doch mit uns darüber reden können«, sagte ich. »Ich bin echt ein bisschen traurig, dass du uns nicht genug vertraut hast.«

»Ja, ich weiß. Aber du kannst mir glauben, dass das alles nicht einfach für mich war. Ich bin zweiunddreißig Jahre alt, wer wird denn mit zweiunddreißig noch schwul?«

»Oh, da gibt es bestimmt viele«, meinte Anni. »Ich könnte einen Ratgeber zu dem Thema aus der Schulbibliothek für dich ausleihen, und meine Mutter hat mal eine Unterrichtseinheit …«

»Anni«, unterbrach ich sie ungläubig. »Nicht dein Ernst.«

»So dumm ist die Idee gar nicht.« Ein Grinsen erschien auf Kais Gesicht, aber als er Sebastian ansah, verschwand es wieder.

Der saß noch immer stocksteif da und starrte ihn an. Er hatte noch keinen Ton gesagt.

»Ist dieser Max denn überhaupt schwul?«, fragte Anni.

»Ja«, erwiderte Kai. »Ist er.«

»Und weiß er von seinem Glück?«

»Nein, bist du verrückt? Ich bin mir doch immer noch nicht sicher, ob ich das weiterverfolgen soll!«

»Hä?«, machte ich. »Das Schwulsein? Das kannst du doch nicht einfach wieder abstellen.«

»Aber ich muss es ja nicht ausleben. Es war nie mein Plan, schwul zu sein.«

»Na und? Ich wollte mich nie in Claas verlieben.«

»Und ich wollte eigentlich gar nicht Lehrerin werden, sondern Konzertpianistin«, sagte Anni.

Nun schauten wir Sebastian an, doch der rührte sich immer noch nicht. Stattdessen starrte er stirnrunzelnd vor sich hin. Schließlich stand er auf und ging, ohne einen Ton zu sagen.

Fassungslos schaute ich ihm nach. »Was ist denn heute nur mit den Typen los?«

»Genau das habe ich befürchtet«, sagte Kai unglücklich.

»Er kriegt sich schon wieder ein«, meinte Anni. »Jetzt ist er halt mal für eine halbe Stunde geschockt, und dann ist alles wieder in Ordnung.«

Wie sich nur eine Minute später herausstellte, kannte Anni ihren Freund ziemlich gut, denn Sebastian kehrte mit einer Flasche Schnaps und vier Gläsern zurück und schenkte uns allen ein. »Wenn dein bester Freund dir plötzlich sagt, dass er sich in einen Typen verknallt hat, ist das definitiv einen Korn wert.«

Kai war deutlich anzusehen, dass ihm eine ganze Wagenladung Steine vom Herzen fiel. »Dann ist es okay für dich, dass ich schwul bin?«

Sebastian gab ihm ein Schnapsglas in die Hand. »Ja, natürlich, was ist denn das für eine Frage? Ist es okay für dich, dass ich hetero bin? Ich gebe zu, die Überraschung ist dir gelungen. Aber gut. Dann ist es jetzt eben so.«

Kai lachte. »Wie es aussieht, ist es tatsächlich so.«

Wir hoben unsere Gläser. »Auf dich, Kai.«

»Warte mal, trinkst du jetzt überhaupt noch Schnaps und Bier?«, fragte Sebastian. »Oder gibt's für dich nur noch Prosecco?«

»Also echt, Sebastian«, sagte Anni strafend.

»Was denn? Ist es noch zu früh, blöde Witze darüber zu machen?«

Kai zögerte kurz, dann sagte er: »Ach, was soll's, wieso nicht? Nein, mach ruhig blöde Witze.«

Nun kippten wir endlich unseren Schnaps runter. Ich schüttelte mich und spülte mit meinem Bier nach, denn wenn es etwas gab, das ich nicht ausstehen konnte, dann war es Korn. »Und ich hab die ganze Zeit gerätselt, was wohl mit dir los ist. Ich hab schon überlegt, ob es an Claas liegen könnte.« Schon allein seinen Namen auszusprechen tat weh und löste Sehnsucht in mir aus. »Ich dachte, du magst ihn nicht.«

»Nein, Quatsch. Es lag überhaupt nicht an Claas. Tut mir leid, wenn das so rüberkam. Und es tut mir auch leid, dass ich dich so auf Abstand gehalten hab in den letzten Wochen. Euch alle«, sagte er mit einem Blick auf Anni und Sebastian. »Mein Gott, ich wünschte, ich hätte schon viel früher mit euch gesprochen.«

Für eine Weile saßen wir schweigend da. Schließlich fragte Anni: »Und wie geht es jetzt weiter?«

Kai drehte sein Schnapsglas in den Händen. »Ich habe keine Ahnung. Es wird wohl kaum einen VHS-Kurs ›Schwulsein für Anfänger‹ geben. Und ich kann auch nicht in eine Schwulenbar gehen und sagen ›Hallo, ich bin der Neue‹.«

Sebastian seufzte. »Wie wäre es, wenn du diesen Max einfach fragst, ob er einen Kaffee mit dir trinken will? Dann ergibt sich alles Weitere vielleicht von selbst.«

Kai rieb sich die Stirn. »Du meinst, ich soll ihn anrufen?«

Sebastian nickte. »In der Regel funktioniert das so. Egal, ob homo oder hetero, vermute ich. Es sei denn, man verliebt sich in seine Nachbarin. Da läuft das etwas anders.«

Anni lachte und beugte sich über den Tisch, um ihn zu küssen.

»Wenn man sich in seinen Chef verliebt, läuft es auch anders«, sagte ich. Vor allem, wenn man sich Hals über Kopf in seinen Chef verliebte und er das Gleiche fühlte. Ich dachte daran, wie wir uns das erste Mal geküsst hatten, in seinem Hotelzimmer in Zingst, und sofort zog mein Herz sich wieder schmerzhaft zusammen vor Trauer und Sehnsucht. Aber jetzt ging es um Kai. Und es war gut, mich für eine Weile von Claas abzulenken.

»Na schön.« Kai stellte mit einem Knall sein Schnapsglas auf dem Tisch ab. »Ich mach's. Aber ganz sicher nicht vor euch.«

»Schade«, sagte Anni enttäuscht.

Kai verzog sich, und während er telefonierte hatten Anni, Sebastian und ich Gelegenheit, ungefähr tausendmal ›Krass! Das hätte ich nie gedacht! Du?‹ – ›Quatsch, auf keinen Fall!‹ zu sagen. Als Kai zurückkam, grinste er so breit, dass wir gar nicht nach Max' Antwort fragen mussten.

»Er hat Ja gesagt«, klärte Kai uns trotzdem auf, und seine Augen strahlten dabei so sehr, dass mein Herz trotz des Kummers ein bisschen leichter wurde. »Er wollte mich das auch schon fragen, aber er war sich nicht sicher, wie ich reagieren würde. Oh Mann, mir geht der Arsch echt auf Grundeis.«

Nachdem Kai sein Date geregelt hatte, machten wir uns endlich auf den Weg zum Kiez. Mir war eigentlich gar nicht nach Kneipenbummel zumute, aber allein sein wollte ich jetzt auch nicht. Und Kai hatte sich eine Party nun wirklich verdient.

Bald darauf saßen wir im Kiezhafen, wo an diesem Mittwochabend nicht allzu viel los war. Als ich an der Theke eine Runde holen wollte, erkannte Irina, die Kiezkönigin, mich zu meiner Überraschung gleich wieder. »Hey, du und deine Freunde wart doch neulich schon mal da. Knut hat gesagt, ihr wolltet den Mexikaner mal auf Nudeln ausprobieren.«

»Jein. Nur Kai wollte das.«

»Ich hab's gemacht. Schmeckt nicht schlecht«, informierte Irina mich strahlend. »Was darf es denn sein?«

Ich gab meine Bestellung auf, und bald darauf händigte sie mir die Getränke aus. Wir plauderten noch ein bisschen, und dann ging ich zurück zu meinen Freunden. Kai war total durch den Wind. Er machte sich Sorgen, wie seine Eltern und seine übrigen Freunde reagieren würden, nur um gleich darauf vor Freude über das Date mit Max fast auszuflippen. Dann machte er sich Sorgen, weil er sich nicht sicher war, ob Max ihn so sehr mochte wie er ihn, zwei Minuten später freute er sich darauf, ihn zu sehen, um sich gleich wieder Sorgen zu machen, weil er noch nie einen Mann geküsst hatte, und so weiter und so fort.

Je länger ich hier in der Kneipe saß, desto deutlicher spürte ich, wie fertig ich war. Die Musik und das Stimmengewirr waren mir viel zu laut, das Bier schmeckte mir nicht. Mir tat alles weh, und trotz der Ablenkung durch meine Freunde musste ich die ganze Zeit an Claas denken. Obwohl ich gern für Kai dagewesen wäre, konnte ich mich nicht mehr auf seine Worte konzentrieren. »Nehmt es mir nicht übel, aber ich mach mich auf den Weg«, sagte ich schließlich und stellte mein noch fast volles Bier auf den Tisch. »Ich bin todmüde und heute echt nicht partytauglich.«

Kai sah mich bestürzt an. »Tut mir leid, jetzt hab ich die ganze Zeit geredet, dabei wolltest du doch bestimmt über Claas sprechen.«

»Schon gut. Ich freu mich für dich.«

Anni sah mich nachdenklich an. »Dann komm gut nach Hause. Nimm dir ein Taxi, ja?«

Ich nickte. »Mach ich.«

»Wir sprechen morgen in aller Ruhe.« Sie nahm mich zum Abschied fest in den Arm. »Mach dich nicht verrückt, okay? Ich weiß, das ist leicht gesagt, aber versuch es.«

»Ist gut, ich versuch's«, sagte ich, obwohl ich mich schon längst verrückt machte. Dann winkte ich Kai und Sebastian zu, nahm meine Tasche und ging hinaus. Fröstelnd zog ich meine Strickjacke enger um mich, und kaum hatte ich die Kneipe verlassen, fing es auch noch an zu regnen. Noch immer drehte sich alles in meinem Kopf. Ich warf einen Blick auf mein Handy (zum etwa vierhundertsten Mal heute Abend), um zu sehen, ob Claas geschrieben oder angerufen hatte. Aber Fehlanzeige.

Ich steckte gerade mein Telefon zurück in die Tasche, als ich von einem alten Taxi überholt wurde. Es stammte vermutlich original aus den Achtzigerjahren und hatte die besten Tage eindeutig hinter sich. Sofort musste ich an Agnetha denken. War ich jetzt dazu verflucht, in sämtlichen Situationen gedanklich immer irgendwie bei Claas zu landen? Ein paar Meter weiter hielt das altersschwache Taxi an. Der Fahrer stieg aus und winkte mir zu. »Moinsen!«

Ich erkannt ihn sofort wieder. Die langen, dunklen Haare, die er zu einem Pferdeschwanz zusammengebunden hatte, die Lederweste, das Totenkopf-T-Shirt. Das fröhliche Grinsen. »Knut! Schön, dich zu sehen.«

»Ebenso. Was treibst du dich denn nachts so ganz allein in den Straßen rum?«

»Ich wollte zum Taxistand am Spielbudenplatz gehen.«

Knut breitete einladend die Arme aus. »Na so was. Wie es der Zufall will ... Soll ich dich fahren?«

»Ja, gerne.«

»Na denn. Spring man rein.«

Ich nahm auf dem Vordersitz Platz, während Knut sich hinters Lenkrad setzte. »Wo soll's denn hingehen, junge Dame?«

Ich nannte Knut meine Adresse, und er brauste los. Wobei brausen vielleicht untertrieben war. Er bretterte durch die nächtlich beleuchteten Straßen Hamburgs, als wäre ihm der Teufel auf den Fersen. Geschwindigkeitsbegrenzungen hielt er offensichtlich nur für liebgemeinte Vorschläge und Straßenschilder für hübsche bunte Verzierungen. Trotzdem fühlte ich mich seltsam sicher bei ihm. Wahrscheinlich war ich viel zu traurig, um mir einen Kopf über seinen Fahrstil zu machen. Im Übrigen musste ich wieder an Claas denken, denn er war ja auch ein sehr ... durchwachsener Fahrer.

»Na? Nich so 'n guder Tach heude, wa?«, fragte Knut und sah mich prüfend an. Und zwar eindeutig viel zu lange, dafür, dass er Auto fuhr.

Ich deutete nach vorne. »Die Ampel ist rot.«

»Oha.« Er machte eine Vollbremsung und kam mit quietschenden Reifen etwa einen Zentimeter vor der Stoßstange seines Vordermanns zum Stehen. »Klei mi an'n Mors, das war 'ne Reaktion, nä?«, fragte er mich stolz.

»Mhm. Nicht schlecht.«

»Weißte was, mir fällt grad ein, dass ich besser andersrum fahr. Is verkehrstechnisch ja immer günstiger, das Dammtor möglichst weiträumich zu umfahren.«

Mein Herz zog sich schmerzhaft zusammen. »Ja, das sage ich auch immer.«

Als die Ampel wieder grün wurde, machte Knut einen halsbrecherischen U-Turn, wobei er mindestens sechs andere Autofahrer dazu zwang, ebenso hart in die Eisen zu treten, wie er es gerade vor der roten Ampel getan hatte. Die Fahrer hinter ihm fanden das nicht so witzig, doch Knut hupte zurück und rief: »Jaja, nu macht euch mal logger!« Nachdem die Situation sich geklärt hatte, wandte Knut sich wieder an mich. »So, nu aber noch mal. Wie isses bei dir? Biste immer noch am Zaudern wegen deinem Chef?«

»Das weißt du noch?«

»Na klar.« Knut tippte an seine Stirn. »Hier oben is alles abgespeichert. Ich hab geahnt, dass du mir noch mal über den Weg läufst. Ich sach ja immer, wer mich braucht, findet mich.«

Ich seufzte tief. »Mit meinem Chef ist das ein riesengroßer Mist.« In groben Zügen berichtete ich Knut, was sich bei Claas und mir abgespielt hatte. »Tja, dann ist er gegangen. Nun sitze ich hier und mein Herz tut so weh wie noch nie. Und schuld daran bin nur ich, weil ich so dämlich war, mich auf diese Sache einzulassen. Obwohl ich wusste, wie das enden würde.«

»Hm«, machte Knut und rieb sich nachdenklich das Kinn. Er griff in die Brusttasche seiner Lederweste und fummelte eine Zigarette hervor. »Stört dich ja nich, wenn ich rauche, nä?«

»Es geht. Ich kann ja das Fenster aufmachen.« Ich betätigte die Kurbel, während Knut sich seine Kippe ansteckte und einen tiefen Zug nahm. »Is 'ne blöde Angewohnheit. Fang bloß nich damit an.«

»Das hatte ich nicht vor.«

»Gut. Also, ich glaub mit deinem Chef … da stellste dich

einfach nur 'n büschn bengelig an. Du wolldest heude nich nachgeben, weil er Druck gemacht hat. Schön is das ja auch nich. Aber er soll sich wohl gedacht haben ›Meine Güde, wie oft soll ich denn noch rumbeddeln, bis ich allen Leuden sagen darf, dass die Lüdde zu mir gehört?‹ Is doch prima, dass er klar Schiff machen will. Das is 'n guder Typ, und das weißte auch. Machst mir doch 'n plietschen Eindruck.«

»Ja, ich weiß, dass er nicht der schlechteste Mensch auf der Welt ist.« Für eine Weile dachte ich nach. »Wobei … wie er mich heute einfach stehengelassen hat, war nicht so toll. Ganz im Gegenteil.«

Knut nahm noch einen Zug von seiner Zigarette. »Na, denn schmollt ihr heude beide mal 'n büschn und morgen habt ihr euch wieder beruhigt. Und denn entschuldicht ihr euch und vertracht euch wieder. Is doch wohl 'n Klacks.«

»Ja, aber das Problem bleibt doch. Er bleibt mein Chef. Der Job ist mir echt wichtig, und es war mein Plan, in genau dieser Agentur Karriere zu machen. Das ist meine Traum-Agentur, da wollte ich immer hin. Und ich arbeite dort sehr gerne, weißt du?«

Wieder tauchte eine rote Ampel vor uns auf, aber dieses Mal bretterte Knut gnadenlos rüber. »Hat keiner gesehen«, informierte er mich.

»Schon gut. Das ist wohl wie die Drei-Sekunden-Regel, wenn was auf den Boden fällt.«

Vergnügt schlug er mit den Händen auf das Lenkrad. »Genau. So, und was du mir da erzählst mit deinem Plan und bla-blablupp, das is doch ganz großer Käse. Das kannste so was von knicken.« Er schüttelte den Kopf, als würde er Pläne für etwas vollkommen Absonderliches halten. »Du bist 'n Kopfmensch, weißte? Du bist eine, die zu viel denkt. Denken is ja grundsätzlich keine schlechte Sache. Nich, dass wir uns falsch verstehen. Man sollde immer auch sein Köpfchen benutzen. Aber wennde zu viel denkst, is das Mist. Du kannst Pläne machen, wie du willst, da lacht das Leben drüber und sacht: ›Du, das is vom Ding her 'ne hübsche Idee, aber ... nee. Mach ich alles ganz anders.‹ Stimmt doch, oder nich?«

»Ich fürchte ja.«

»Na, denn denk nich so viel. Es is doch so: Meistens kommt es anders, wenn man denkt. Und Pläne sind nu mal dafür da, über den Haufen geworfen zu werden.« Knut bog beherzt verkehrtherum in eine Einbahnstraße ein. »Is nur 'n kurzes Stück, das zählt nich.«

Ich winkte ab. »Kein Problem. Also bist du der Ansicht, ich sollte meine Karrierepläne über den Haufen werfen? Das kann ich nicht. Und das will ich nicht.«

»Nee, natürlich nich. Mach deine Karriere, ich find das gut. Aber vielleicht musste 'n Tick flexibler werden. Muss es denn unbedingt die Agentur von deinem Freund sein? Gibt es keine andere? Oder kannste nich selbst eine gründen? Es gibt so viele Wege, nich nur den einen. Das is doch grad das Schöne am Leben. Und das Beängstigende, nebenbei bemerkt.«

»Wenn du das sagst, klingt es so einfach.«

Knut nahm noch einen letzten Zug von seiner Zigarette und drückte sie im Aschenbecher aus. »Ich weiß. Einfach isses aber nich. Das Leben is vieles, aber nu mal leider nich einfach. Und die Liebe erst recht nich. Aber da darfste dich nich von feddichmachen lassen, hörste? Weißt ja: Das Leben is keine Hüpfburg. Digge Madden unterm Mors gibt's nich.«

Inzwischen waren wir vor meinem Wohnhaus angekommen, und Knut hielt den Wagen an. Nachdenklich kaute ich an meinem Daumennagel. Seine Worte hatten mich mitten ins Herz getroffen. »Da hast du mir aber echt Einiges zum Nachdenken untergejubelt, Knut.«

Er grinste breit. »Tja, das is meine Spezialität.«

Ich suchte das Geld für die Fahrt heraus und gab es ihm. »Vielen Dank. Für alles.«

»War mir ein Vergnügen. Sollst mal sehen, wenn ich dich das nächste Mal fahr, strahlste über beide Backen.« Er hielt mir die Hand hin. »Abgemacht?«

Ich ergriff sie und schüttelte sie feierlich. »Abgemacht. Ich gebe mein Bestes.« Dann stieg ich aus, und ging zum Haus. Als ich an der Tür angekommen war und aufgeschlossen hatte, hupte Knut noch zweimal und brauste mit Volldampf davon.

In der Wohnung stellte ich mich unter die heiße Dusche und verkrümelte mich anschließend ins Bett. Mein Kopf dröhnte, und ich fühlte mich, als hätte ich einen Boxkampf über zehn Runden hinter mir. Während ich Knuts Worte im Geist rekapitulierte, fielen mir die Augen zu, und ich glitt in einen unruhigen Schlaf.

Mitten in der Nacht wachte ich auf. Noch ehe ich die Augen aufgeschlagen hatte, machte es bämm, und der Streit mit Claas war wieder da. Auf einmal war ich hellwach. Ich erinnerte mich an jeden einzelnen Satz, an jeden Blick. Vor allem erinnerte ich mich ganz deutlich daran, wie Claas am Ende einfach ohne ein Wort gegangen war. Ich machte das Licht an und setzte mich im Bett auf. An Schlaf war nicht mehr zu denken. Die widersprüchlichsten Gefühle tobten in mir. Ich war traurig, verzweifelt und immer noch fassungslos. Aber ich spürte auch, dass sich allmählich ein anderes Gefühl einstellte. Und zwar Wut darüber, dass Claas mich einfach stehenlassen hatte, ohne auch nur ein Wort zu sagen. Ich griff nach meinem Handy, um zu checken, ob er sich gemeldet hatte. Aber nichts. Keine Nachricht, kein Anruf. Dieser blöde Idiot, er machte echt ernst.

Ich hatte keine Ahnung, was ich jetzt tun sollte. Es war

einfach alles zu viel gewesen in den letzten Tagen. Erst der riesige Streit mit meinen Eltern und Lenny, dann diese schreckliche Drohung von Julius, und als Krönung wurde ich auch noch von Claas in den Wind geschossen. Es kam mir so vor, als würde mein Leben nur noch aus Baustellen bestehen. Irgendwie musste ich wieder klar sehen und dieses Chaos in meinem Kopf und meinem Herzen beseitigen. Auch wenn Knut mir gesagt hatte, ich würde zu viel denken – es war jetzt leider dringend nötig.

Ich stand auf und setzte mich an meinen Schreib- beziehungsweise Nähtisch. Hier lag immer noch alles wild durcheinander von der Arbeit an den Kleidern für meine Mutter und Mia. Mein Blick fiel auf Ilse-zwo, die Mias Pünktchenrock und das rosa Top trug. Mamas Brautkleid hing in einer Schutzhülle an meinem Kleiderschrank. Ohne mir dessen wirklich bewusst zu sein, fing ich an, für Ordnung auf dem Tisch zu sorgen. Ich sammelte Stoffreste und Schnittmuster zusammen, um sie in Aufbewahrungskisten zu sortieren. In nicht mal zwei Wochen war die Hochzeit meiner Eltern, und unsere Familie redete kein Wort miteinander. War ich auf die Feier überhaupt noch eingeladen? Fand sie überhaupt statt? Vielleicht hatten meine Eltern nach all dem Stress mit ihren Kindern gar keine Lust mehr zu heiraten. Wieder plagte mich das schlechte Gewissen, weil ich sie hintergangen hatte. Hätte ich mich nicht über ihren Willen hinweggesetzt und Lenny geholfen, wäre es nie zu diesem Streit gekommen. Dann wären meine Eltern und Lenny jetzt nicht so furchtbar wütend auf mich. Und Lenny wäre nicht gebissen worden. Ich hatte allen Menschen, die ich liebte, Kummer gemacht, nur weil ich nicht vernünftig gewesen war. Doch noch während ich es dachte, rebellierte etwas in mir. Wieso nur hatte ich dieses Bedürfnis, immer vernünftig zu sein, zu tun, was man mir sagte, und es jedem recht zu machen? Mein Leben lang hatte ich mich angestrengt, anderen zu gefallen. Meiner Familie, aber auch den Männern, mit denen ich zusammen gewesen war, meinen Arbeitskollegen, einfach allen.

Während ich die Schneiderkreide einsammelte, die überall auf dem Tisch herumflog, kamen mir Claas' Worte in den Sinn. Und mir wurde klar, dass er recht gehabt hatte: Es hing alles mit Lenny zusammen. Für mich hatte er immer die Nummer eins in unserer Familie sein sollen. Alles sollte sich um ihn drehen, damit er es gut hatte und die bestmögliche Unterstützung bekam. Dieses Verhalten hatte ich im Lauf der Zeit unbewusst auf alle anderen Lebensbereiche übertragen. Ich fühlte mich für sämtliche Mitmenschen verantwortlich und trat freiwillig einen Schritt zurück, damit es allen anderen gut ging. Es war mir schon immer leichtgefallen, für andere einzutreten und mich für andere stark zu machen. Nur für mich selbst hatte ich nie gekämpft.

Aber es wurde höchste Zeit, endlich damit anzufangen. Und jetzt dämmerte mir, dass das, was ich Claas vorhin in einem Anfall von Wut gesagt hatte, voll und ganz zutraf: Ich hatte keine Lust mehr, die brave Nele zu sein und es jedem recht zu machen. Angefangen bei meinen Eltern, für die ich nicht mehr die große, stets vernünftige Tochter sein wollte, die sich nicht traute, Fehler zu machen und ihre Meinung zu vertreten. Auch was Lenny anging, musste ich aufhören, mich selbst ständig zurückzunehmen. Claas hatte gesagt, dass ich es mir nicht erlaubte, glücklich zu sein, weil ich Lenny gegenüber ein schlechtes Gewissen hatte. Es gefiel mir zwar nicht – aber es stimmte. Dabei war diese Einstellung vollkommen unfair, wenn nicht sogar respektlos. Denn wenn ich mir selbst nicht erlaubte, vollkommen glücklich zu sein, weil Lenny nicht das Leben führen konnte, das ich führte – dann unterstellte ich doch, dass er mit seiner Art zu leben nicht glücklich werden konnte. Dabei lag es nicht an mir, zu entscheiden, ob er glücklich war und was ihn glücklich machte. Sondern ganz allein an ihm. Klar, er hatte einen seltenen Herzfehler gehabt. Aber jetzt war da nur noch das Down-Syndrom, nur ein einziges, winziges Chromosom mehr. Das war nicht immer einfach. Doch es war kein Grund, ihn permanent zu beglucken und ihn zu behandeln wie ein Kleinkind. Auch wenn es wehtat – ich musste Lenny loslassen. Für uns beide war das Leben keine Hüpfburg. Lenny hatte das gleiche Recht auf blaue Flecken wie jeder andere. Es wurde höchste Zeit, dass ich das akzeptierte. Und meine Eltern auch. Gleich morgen würde ich zu Lenny und meinen Eltern gehen, um diesen Streit aus der Welt zu schaffen. Von jetzt an würde ich kämpfen.

Nachdem ich die Schneiderkreide sortiert hatte, nahm ich mir die Bleistifte vor, die auf meinem Tisch herumflogen. Einen nach dem anderen spitzte ich sie an. Der Entschluss, für mich selbst einzustehen, fühlte sich so gut an. Mir wurde immer klarer, wie satt ich es hatte, lieb zu sein. Mein Ziel war immer gewesen, von allen gemocht zu werden. Auch in der Agentur hatte ich auf keinen Fall anecken wollen. Sogar meine Beziehung mit Claas hatte ich verleugnet, weil ich davon ausgegangen war, dass meine Kollegen ein Problem damit haben würden. War ich denn eigentlich völlig bescheuert? Und was bitte hatte ich mir dabei gedacht, mir von Julius wochenlang in die Wade beißen zu lassen? Nur, weil ich mich gescheut hatte, den Konflikt offen auszutragen. Wenn so ein Widerling wie Julius daherkam und mir in die Wade biss, dann würde ich ab jetzt verflucht noch mal zurückbeißen!

Ich sortierte die angespitzten Stifte der Größe nach in den Stifthalter. Aber nicht nur Julius konnte sich schon mal warm anziehen. Sondern auch Claas. Denn diese Nummer mit der

Trennung konnte er vergessen. Es war höchste Zeit, mit alten Verhaltensmustern aufzuräumen. Bislang hatte ich mich immer abservieren und betrügen lassen? Okay, schön blöd. Von Claas würde ich mir das nicht bieten lassen! Denn eins stand für mich fest: Wenn es jemanden gab, der mich so glücklich machte, wie sonst nichts und niemand, dann war er es. Ja, er war mein Chef, das war ungünstig, und ich hatte ganz sicher nie geplant, mich in meinen Vorgesetzten zu verlieben. Aber wie hatte Knut noch gesagt? Pläne waren dazu da, um über den Haufen geworfen zu werden. Niemand kannte mich so gut wie Claas, niemand brachte mich so zum Lachen oder verursachte dieses unglaubliche Glücksgefühl in mir. Dieses Glück würde ich mir ganz sicher nicht kaputtmachen lassen, nur weil ich so ein Feigling war und bei meinen Kollegen nicht anecken wollte. Ich wollte mit Claas zusammen sein, und zwar immer und überall – auch in unserer Arbeitswelt. Und ich wollte und würde Karriere machen, darauf konnten sich alle schon mal einstellen. Was die anderen dachten, würde mich von jetzt an nicht mehr interessieren. Ich würde mir Claas zurückholen!

Ich sortierte den letzten Stift ein und sah mich auf meinem Nähtisch um. Es war alles dort, wo es sein sollte, und ich hatte Platz geschaffen für Neues. Genauso sah es in meinem Kopf aus. Am liebsten hätte ich mich sofort auf den Weg zu Claas gemacht, aber es war schon vier Uhr. Um fünf musste er los zum Flughafen, da er die erste Maschine nach München nehmen würde. Ob ich ihn anrufen sollte? Doch auch diese Option verwarf ich wieder. Das, was mir auf dem Herzen lag, wollte ich definitiv nicht am Telefon loswerden. Wenn Claas wieder da war, würde mein Weg mich als allererstes zu ihm führen. Es fiel mir zwar wahnsinnig schwer, so lange zu warten, aber irgendwie würde ich es schon aushalten.

Mit mir nicht!

Ich arbeitete an meinem Kleid, bis es Zeit wurde, mich für die Agentur fertigzumachen. Immer wieder fiel mein Blick aufs Handy, doch Claas meldete sich nicht. ›Mit mir nicht, mein Freund‹, dachte ich grimmig. ›Mit *mir* nicht!‹

Völlig übermüdet quälte ich mich zur Arbeit. Nur die Tatsache, dass Julius heute den ganzen Tag auf einem Termin war, konnte mich aufheitern. Denn so musste ich sein blödes Gesicht nicht sehen. Auch ich selbst war heute unterwegs, denn es stand ein Termin mit RHK im Seniorenheim an. Wieder machte unser Schützling deutlich, dass er unsere Hilfe eigentlich gar nicht mehr brauchte, und ich war stolz darauf, mitverantwortlich dafür zu sein. Er wusste sich gut in Szene zu setzen, zeigte aufrichtiges Interesse an den Menschen, und konnte seine Ideen und Vorstellungen viel besser zum Ausdruck bringen als noch zu Anfang. Inzwischen hoffte ich wirklich, dass Rüdiger Hofmann-Klasing unser neuer Bürgermeister werden würde.

»Wie geht es eigentlich Ihrem Bruder?«, fragte er mich, als wir nach dem Termin zurück zu den Autos gingen.

»Ganz gut, Danke. Er hat sich neulich ein bisschen verletzt. Es ist zwar nicht so schlimm, aber ein Schreck war es trotzdem.«

»Ach herrje.« Er sah ernsthaft betroffen aus. »Wie ist das denn passiert?«

»Er möchte gern ein Praktikum in einem Tierheim machen, also ist er vorbeigegangen, um seine Bewerbungsunterlagen dort abzugeben. Dabei ist er gebissen worden.«

»Verstehe. Hat er den Praktikumsplatz denn bekommen?«

»Das wissen wir noch nicht. Dieser Beißvorfall war wahrscheinlich nicht gerade förderlich. Aber ich hoffe, dass es klappt. Es ist sein größter Traum, mit Tieren zu arbeiten.«

»Ja, das hat er mir erzählt. Grüßen Sie ihn ganz herzlich von mir, ich drücke ihm die Daumen. Und wie ich höre, wird der amtierende Bürgermeister sich bei ihm melden.« RHK zwinkerte mir zu. »Wollen wir doch mal sehen, ob nicht bald auch Menschen mit Behinderung bei der #wirsindhamburg-Kampagne dabei sind.«

»Das wäre großartig!«

RHK sah mich nachdenklich an. »Sagen Sie, hätte Ihr Bruder vielleicht auch Interesse an einem Praktikum in einer Revierförsterei? Beziehungsweise im Wildgehege einer Revierförsterei?«

Ich stutzte. Auf die Idee waren wir gar nicht gekommen. Aber es klang, als könnte es genau das Richtige für Lenny sein. »Ja, ganz sicher sogar.« Doch dann fiel mir ein, dass ich erst mal noch ein paar Dinge mit Lenny und meinen Eltern klären musste. Außerdem war nicht ich diejenige, die zu entscheiden hatte, welche Arbeit für Lenny die richtige war. »Aber ich muss ihn natürlich erst mal fragen«, setzte ich daher hinzu.

»Tun Sie das, und dann geben Sie mir Bescheid. Falls er Interesse hat, werde ich mal ein paar Telefonate führen. Ich hatte ohnehin überlegt, ein Projekt anzuschieben, gemeinsam mit der Werkstatt Ihres Bruders und den Hamburger Revierförstereien. Natürlich kann ich nicht versprechen, dass es klappt, und es kann noch ein, zwei Wochen dauern, bis ich dazu komme. Sie wissen schon, da steht diese Wahl an. Aber ich kümmere mich drum. Einverstanden?«

Ich wäre ihm am liebsten um den Hals gefallen, doch stattdessen beschränkte ich mich darauf, ihm kräftig die Hand zu drücken. »Einverstanden. Und vielen Dank.«

Er nickte mir lächelnd zu, dann eilte er los zum nächsten Termin.

Nach Feierabend machte ich mich sofort auf den Weg zu Mia. Ich hatte ihr eine Nachricht geschrieben und wusste daher, dass Lenny noch bei ihr und ihren Eltern wohnte. Mit klopfendem Herzen klingelte ich an der Haustür. Kurz darauf öffnete Mia mir. Sie trug heute ein vergleichsweise harmloses Mötley-Crüe-T-Shirt und ihre üblichen Röhrenjeans und Dr. Martens. »Na endlich«, meinte sie mit leicht strafendem Unterton. »Lenny fragt andauernd, wann du kommst.«

»Ist er nicht mehr böse auf mich?«

»Doch, klar. Komm mit, er ist oben.«

Sie führte mich die Treppen hinauf und öffnete eine der Türen im oberen Stockwerk. »Hey, Lenny, du hast Besuch«, sagte sie, dann nickte sie mir noch mal zu und ging. Nun waren Lenny und ich allein. Er saß auf einem Sofa, seine rechte Hand war noch immer verbunden. In der linken hielt er eine CD-Hülle. Aus den Boxen der Anlage erklang *Ich liebe das Leben* von Vicky Leandros. Lenny sah stirnrunzelnd zu mir auf. »Was willst du denn hier? Ich bin sauer auf dich.«

»Ja, ich weiß.« Ich trat ein paar Schritte näher an ihn heran. »Und zwar zu Recht. Ich hab versprochen, dir zu helfen, und dann, als es am meisten darauf ankam, hab ich dich im Stich gelassen. Das war gemein von mir, und es tut mir wirklich leid.«

Die Falten auf seiner Stirn vertieften sich. »Und was soll ich jetzt machen, Nele?«

»Wie wäre es, wenn du mir verzeihst?«

Lenny atmete schwer. »Ja, toll. Das denkst du dir wohl so.

Dass ich immer mache, was ihr alle wollt.« Sein Kinn begann zu zittern, und zwei Sekunden später stürzte er auf mich zu, um mir weinend um den Hals zu fallen. »Mann, Nele. Wir dürfen nicht so lange böse miteinander sein. Das kann ich gar nicht gut haben.«

»Ich kann das auch nicht gut haben, Lenny.« Ich drückte ihn fest an mich und schloss die Augen. Er roch nach Lenny, aber auch nach einem Aftershave. Diesen Duft hatte ich noch nie an ihm wahrgenommen. Lenny wurde erwachsen, ganz allmählich, sodass es anfangs einfach an mir vorbeigegangen war. Bei Lenny dauerte eben manches ein bisschen länger, egal ob es das Laufen- und Sprechenlernen, ein Schulabschluss oder das Erwachsenwerden war. Wie hatte unser Vater noch mal gesagt? Lenny folgte in seinem Leben nicht der kürzesten oder praktischsten, sondern der landschaftlich schönsten Route. Aber auch wenn das Erwachsenwerden bei ihm länger dauerte, war es nicht zu leugnen, dass es passierte. Und es war höchste Zeit, dass wir das akzeptierten.

Als Lenny sich wieder beruhigt hatte, setzten wir uns nebeneinander auf das Sofa. »Also bist du jetzt doch auf meiner Seite?«, schniefte er. »Mit der Wohnung und der Arbeit?«

»Ja, bin ich. Wir beide müssen gleich zu Mama und Papa fahren und noch mal mit ihnen reden. Aber erst muss ich dir noch was Wichtiges sagen: Ich hab dich lieb, mein Lenny-Herz. Ich hab dich richtig, richtig doll lieb.«

Ein Lächeln breitete sich auf Lennys Gesicht aus. »Weiß ich doch.«

»Gut. Und du musst auch wissen, dass ich mir immer Sorgen um dich machen werde. Das ist einfach so, und daran wird sich nie etwas ändern. Und zwar, weil du mein kleiner Bruder bist, und ich bin deine große Schwester. Ich will, dass es dir gutgeht, verstehst du?«

»Ja. Ich will ja auch, dass es dir gutgeht.«

»Ich weiß aber auch, dass ich es übertrieben habe, und dass ich irgendwie verpasst habe, dass du erwachsen wirst. Ich behandele dich immer noch wie ein kleines Kind, und das will ich nicht mehr.« Ich holte tief Luft und fuhr dann fort: »Ich glaube, es ist gut für uns beide, wenn ich dich ein wenig loslasse. Aber du musst mich auch loslassen, Lenny. Du darfst dich nicht immer mit mir vergleichen. Immer sagst du mir, was ich alles kann und darf und dass ich mein Leben leben kann, wie ich will, und du nicht.«

»Das stimmt aber.«

»Es stimmt, aber es stimmt auch nicht. In letzter Zeit bist du so oft traurig, weil bei dir manches nicht so einfach klappt, wie du es gerne hättest. Aber jeder Mensch stößt an Grenzen. Auch Menschen mit nur 46 Chromosomen. Ich kann auch nicht jeden Job und jede Wohnung bekommen und machen, was immer ich will. Es gibt auch für mich Türen, die immer verschlossen bleiben werden, und ich muss das Beste daraus machen. Verstehst du?«

Lenny kratzte sich an der Nase, und ihm war deutlich anzusehen, wie es hinter seiner Stirn ratterte. »Da haste recht. Du kannst gar nicht alles machen, was du willst.«

»Nein. Keiner kann das.«

»Mich nervt das manchmal, dass ich 47 Chromosomen habe«, meinte Lenny nachdenklich. »Aber es ist auch gut. Sonst wäre ich ja nicht ich. Und ich will gar nicht ein anderer sein.«

»Das ist schön, Lenny. Ich will auch nicht, dass du ein anderer bist.«

Er grinste mich breit an. »Ja, und ich bin echt glücklich, dass du meine Schwester bist.«

»Ich auch«, meinte ich und zerwuschelte ihm das Haar.

»Jetzt lass das doch mal.« Unwillig stieß er meine Hand weg.

»Tut mir leid. Wird nicht wieder vorkommen.«

»Wird es wohl.«

»Okay, ich will ehrlich sein. Es wird wieder vorkommen.« Kaum hatte ich es gesagt, zerwuschelte ich ihm noch mal das Haar.

»Nele!«

Ich zog Lenny lachend an mich. »Entschuldige.«

Für eine Weile saßen wir still da und lauschten dem Schlager-Mix, den Lenny zusammengestellt hatte. »Was wollen die denn ausgerechnet in Amarillo?«, fragte ich nach einer Weile.

»Weiß ich nicht. Aber das Lied ist spitzenmäßig, oder?«

»Geht so.«

»Meinst du, das können wir auf Mamas und Papas Hochzeit hören?«

»Bestimmt. Aber erst mal müssen wir uns mit Mama und Papa wieder vertragen. Am besten fahren wir gleich dorthin.«

»Wieso können die nicht zu uns kommen?«

»Einer von uns muss doch den ersten Schritt machen. Die Klügeren geben nach, also komm.«

Eine halbe Stunde später standen Lenny und ich vor dem Wohnhaus meiner Eltern. Wieder klopfte mein Herz unangenehm, aber ich war den ersten Schritt gegangen, also würde ich auch den nächsten gehen. Ich drückte auf den Klingelknopf, und kurz darauf erklang die Stimme meines Vaters kratzig aus der Gegensprechanlage. »Hallo?«

»Hallo, Papa. Hier sind Nele und Lenny. Lasst ihr uns rein?«

Statt einer Antwort erklang der Summer, und ich drückte die Tür auf. Wir stiegen die Treppen hoch, und als wir auf dem

Stockwerk angekommen waren, in dem unsere Wohnung lag, wurden wir bereits auf dem Flur von unseren Eltern erwartet. Für ein paar Sekunden standen wir vier schweigend voreinander und sahen uns gegenseitig an. Noch nie waren wir im Streit auseinandergegangen und hatten so lange nicht miteinander gesprochen. Das hier war absolutes Neuland für uns. Ich konnte nicht sagen, wie genau es dazu kam, aber auf einmal lagen wir uns gegenseitig in den Armen.

»Ach, ihr schrecklichen Kinder«, schniefte meine Mutter und drückte Lenny so fest an sich, dass ich befürchtete, er würde gleich blau anlaufen. »Was macht ihr nur für Sachen mit uns? Jetzt pubertiert ihr auf einmal, oder was? So hatten wir uns das aber nicht vorgestellt. Wir dachten, ihr seid aus dem Gröbsten raus.«

»Tja, meistens kommt es anders, wenn man denkt«, meinte ich. Ich löste mich aus der Umarmung meines Vaters, um mich gleich darauf in die Arme meiner Mutter zu stürzen.

Nachdem wir uns alle gegenseitig gedrückt hatten, gingen wir ins Wohnzimmer. Ich spielte nervös an meiner Halskette, dann sagte ich: »Okay, dann fange ich mal an. Es war Mist, dass wir das alles hinter eurem Rücken gemacht haben. Aber wir hatten wirklich vor, es euch nach der Hochzeit zu sagen. Und wir dachten, es wäre eine gute Idee, schon mal alles vorzubereiten und Informationen zu sammeln, damit ihr seht, wie ernst es Lenny ist.«

»Ja, mir ist das echt ernst«, sagte er. »Ich will unbedingt Tierpfleger werden und eine eigene Wohnung haben. Und ich finde es fies, dass ihr das überhaupt nicht versteht.«

»Wir verstehen das doch, Lenny«, sagte mein Vater. »Aber es kann auch nicht schaden, wenn du dir noch ein bisschen Zeit lässt. Nur ein paar Jahre.«

Meine Mutter fügte hinzu: »Wir dachten, es wäre gut,

wenn du die Berufsbildung in der Werkstatt zu Ende machst und danach schaust, ob du immer noch versuchen willst, Tierpfleger zu werden. Und wenn du den Job hast, könntest du irgendwann in eine eigene Wohnung ziehen. Ein Schritt nach dem anderen.«

»Aber ich will nicht mehr warten«, rief Lenny. »Ich will *jetzt* Tierpfleger werden und ausziehen. Wieso traut ihr mir das denn nicht zu? Nur, weil ich das Down-Syndrom habe?«

Meine Eltern tauschten einen Blick. Schließlich seufzte meine Mutter. »Ach, Lenny. Es liegt doch nicht nur daran. Du hattest auch noch diesen blöden Herzfehler und warst als Kind und Jugendlicher so oft im Krankenhaus. Kannst du dir vorstellen, wie schlimm es für uns war, als die OP beinahe schiefgelaufen wäre und der Arzt uns gesagt hat, dass du fast gestorben wärst? Das sind Ängste, die vergisst man nie mehr. Wahrscheinlich sind wir deswegen jetzt ein bisschen übervorsichtig und wollen dich noch immer in Watte packen.«

Ich konnte ihr da nur zustimmen. Auch mich hatte dieses Erlebnis während Lennys letzter OP geprägt, und ich würde mich noch in fünfzig Jahren lebhaft an diese Angst und diesen Schmerz erinnern.

Meine Mutter nahm Lennys Hand. »Ich wollte nie so eine Glucke sein. Aber wie es aussieht, bin ich das doch.«

»Wir wollten nur sicherstellen, dass es dir gut geht, Lenny«, sagte mein Vater. »Aber Mama und ich haben in den letzten Tagen intensiv über alles nachgedacht. Also, wenn du unbedingt Tierpfleger werden willst, dann unterstützen wir dich. Wir gucken mal zusammen, ob wir das hinbekommen, hm? Oder ob wir eine schöne Alternative finden, die dir genauso gut gefällt.«

Lennys Augen wurden riesengroß. »Ehrlich?«

Meine Mutter nickte. »Ja. Ehrlich.«

Lenny streckte beide Fäuste in die Luft. »Wie cool!«, rief er und fiel meiner Mutter stürmisch um den Hals. Gleich darauf war mein Vater dran, und dann ich. »Wir haben es geschafft, Nele! Ich werde Tierpfleger!«

Lachend erwiderte ich seine Umarmung. »Ja, das wäre toll. Und eventuell gibt es da eine Möglichkeit.« Ich erzählte Lenny alles über das Gespräch mit Rüdiger Hofmann-Klasing, und er war hellauf begeistert.

»Das kann ich mir total gut vorstellen«, sagte er mit leuchtenden Augen. »Ich mag Rehe, Vögel und Kaninchen und so. Im Wald bin ich auch gern. Wär doch cool, wenn das klappt, oder?«

»Ja, klar«, bestätigte ich.

Nun wandte Lenny sich an unsere Eltern. »Und was ist mit der Wohnung?«

Mama und Papa tauschten noch einen Blick. »Wie wäre es, wenn wir in den nächsten Tagen mal zusammen zu der Organisation gehen und alles ganz in Ruhe besprechen?«, fragte mein Vater schließlich.

»So machen wir das«, erwiderte Lenny zufrieden, obwohl ›ganz in Ruhe‹ ja eigentlich nicht so sein Ding war. »Das muss ich sofort Mia erzählen.« Er holte sein Handy aus der Tasche und verschwand damit in seinem Zimmer.

Für eine Weile sahen meine Eltern und ich uns schweigend an. Jetzt war ich wohl an der Reihe. »Hört mal, ich muss euch unbedingt etwas sagen.« Ich holte noch mal tief Luft. »Ihr haltet mich scheinbar für diese perfekte Tochter aus dem Lehrbuch, die immer tut, was sie soll. Die immer vernünftig ist, und bei der alles wie am Schnürchen läuft. Dabei stimmt das überhaupt nicht. Ich wollte euch nur nicht mit meinem Kram zur Last fallen, also habe ich mich zurückgenommen und alles versucht, um möglichst perfekt zu sein. Aber darauf habe ich keine Lust mehr, und ich kann einfach nicht mehr hören, wie verlässlich und toll ich bin! Ich mache auch Fehler, verflucht noch mal, bei mir geht auch vieles schief, und ich bin gar nicht so vernünftig. Also hört auf, mich auf dieses Podest zu stellen!« Schwer atmend hielt ich inne. Mein Herz fühlte sich unendlich viel leichter an. Erst jetzt, wo ich es losgeworden war, merkte ich, wie schwer diese Last mir auf der Seele gelegen hatte.

»Ach, Nele!«, rief meine Mutter bestürzt. »Ich hab darüber nie nachgedacht. Aber du warst tatsächlich immer … Du warst eben die Große, und du hast uns so toll unterstützt. Ich dachte nicht, dass es dich derart unter Druck setzt, wenn ich dir das sage.« Ihr Kinn fing an zu zittern, und sie räusperte sich, bevor sie weiterredete. »Du musstest Lenny zuliebe oft zurückstecken und auf etwas verzichten, aber du hattest so viel Verständnis und eine Engelsgeduld. Wir dachten, wir haben das alles im Griff und schenken euch beiden genug Aufmerksamkeit, aber … Ach, verdammt, da liest man all diese Bücher und denkt, man macht alles richtig, aber dann macht man doch alles verkehrt.«

Ich legte ihr eine Hand auf den Arm. »Ist doch okay, Mama. Ihr habt mir genug Aufmerksamkeit geschenkt.«

»Nein, verflixt, jetzt habe ich es schon wieder gemacht! Ich sage dir, wie verständnisvoll und geduldig du bist, und jammere dich gleichzeitig voll. Da muss man sich doch fragen, wer hier eigentlich die Mutter ist.«

Mir traten Tränen in die Augen und gleichzeitig musste ich lachen. Ich schlang meine Arme um ihren Nacken und zog sie an mich. »Du bist die Mutter. Gar keine Frage. Es ist alles gut, Mama. Ich musste das nur unbedingt loswerden. Aber ich habe euch sehr lieb, und ich würde meine Familie um nichts auf der Welt tauschen wollen.«

Mein Vater tätschelte meinen Oberschenkel. »Wir haben dich auch lieb, Nele.«

Für den Rest des Abends saßen Lenny, meine Eltern und ich zusammen, redeten über alte Zeiten und schmiedeten Pläne für das, was da noch kommen sollte. Wahrscheinlich würden wir in den nächsten Wochen und Monaten noch oft über Dinge sprechen, die bislang ungesagt gewesen waren. Ich war mir sicher, dass Mama da noch viel Klärungsbedarf hatte. Aber jetzt mussten wir erst mal Hochzeit feiern. Und mit Lenny über seine Zukunft sprechen.

Am nächsten Morgen fuhr ich mit wild klopfendem Herzen in die Agentur. Claas hatte sich seit unserem Streit nicht bei mir gemeldet. Keine Nachricht, kein Anruf, gar nichts. Damit hatte ich fast gerechnet, trotzdem hatte ich wieder und wieder auf meinem Handy nachgesehen, ob er nicht doch was von sich hatte hören lassen. Ich wusste, dass er heute mit der ersten Maschine aus München eingetroffen war und auf dem Weg in die Agentur Sally bei seinen Eltern abholen wollte. Gut möglich, dass Claas und Sally noch gar nicht da waren. Mein Magen flatterte nervös, und meine Hände zitterten, als ich die Tür der Agentur aufschloss. Kaum hatte ich den Flur betreten, stürzte auch schon Sally aus Claas' Büro und rannte mit wehenden Ohren auf mich zu. In der ihr typischen Art legte sie eine Vollbremsung ein und schlitterte übers Parkett, bis sie kurz vor mir zum Stehen kam. Mit heftig wedelndem Schwanz tänzelte sie fröhlich um mich herum und schmiegte sich an meine Beine. »Ach Süße, ich hab dich doch auch so doll vermisst«, murmelte ich und beugte mich zu ihr herunter, um sie zu kraulen. »Aber jetzt muss ich dringend was mit deinem Herrchen klären. Okay?«

Ich ging den Flur runter zu Claas' Büro, dicht gefolgt von

Sally. Noch war kein anderer da, aber es konnte nicht mehr lange dauern, bis die ersten eintrudeln würden. Innerlich wappnete ich mich für Claas' Anblick und ermahnte mich, cool zu sein. Doch als ich ihn dann an seinem Schreibtisch sitzen sah, machte mein Herz einen gewaltigen Claas-Hopser, und in meinem Bauch fing es an zu kribbeln. Ich wollte nicht, dass das mit uns vorbei war. Das mit uns durfte nicht vorbei sein!

Für ein paar Sekunden starrten wir uns stumm an. Seine Augen waren dunkel umschattet und ein abwartender, zurückhaltender Ausdruck lag in ihnen. Eine Strähne seines Haars stand ihm vom Kopf ab, und ich konnte mich kaum davon abhalten, zu ihm zu gehen, um sie mit meiner Hand zu bändigen. ›Konzentrier dich, Nele‹, forderte ich mich innerlich auf. ›Reiß dich zusammen.‹ »Ich muss dringend mit dir sprechen«, sagte ich schließlich.

Forschend sah er mich an. »Okay.«

Ich schloss die Tür hinter mir und trat an seinen Schreibtisch. Nervös knetete ich meine eiskalten Hände. »Da sind ein paar Dinge zwischen uns ungeklärt, die ich nicht so stehen lassen will. Erst mal vorweg: Du kannst nicht mitten in einem Streit wortlos abhauen und dich danach einfach nicht mehr melden. So einen Scheiß kannst du nicht machen, Claas! Du solltest es wenigstens mit Anstand zu Ende bringen!«

Er wollte etwas erwidern, doch ich fuhr unbeirrt fort. »Gut, das war das. Aber ich muss zugeben, dass du auch mit ein paar Dingen recht hattest. Okay, mit relativ vielen Dingen. Was du über mich und Lenny gesagt hast, stimmt. Ich habe mir selbst nicht erlaubt, glücklich zu sein, weil ich ihm gegenüber ein schlechtes Gewissen hatte. Deswegen habe ich bei dir das Haar in der Suppe gesucht, und es ja auch gefunden. Aber was *ich dir* gesagt habe, stimmt auch: Ich habe mein Leben lang versucht, es jedem recht zu machen. Doch darauf habe ich keinen Bock mehr. Ich will so leben, wie ich es für richtig halte. Genau wie Lenny. Wenn mein kleiner Bruder den Mut hat, sich gegen Widerstände durchzusetzen und sein Ding zu machen, dann werde ich das doch wohl auch schaffen.« Ich hielt kurz inne, dann holte ich noch mal tief Luft und fuhr fort: »Bislang habe ich es immer klaglos hingenommen, wenn die Typen in meinem Leben mich verlassen haben. Aber jetzt tue ich etwas, was ich noch nie getan habe: Ich kämpfe um einen Mann. Nämlich um dich.

Claas stutzte. »Also, du …«

Abwehrend hob ich die Hände. »Bitte, das ist mir echt wichtig. Ich lasse mir von *niemandem* mehr alles gefallen. Auch von dir nicht. Und diese Nummer mit dem Schlussmachen akzeptiere ich nicht. Das kannst du vergessen. Ich lasse mich von dir nicht einfach abschießen!« Damit hielt ich inne und sah Claas kämpferisch an.

Claas war deutlich anzusehen, dass es in seinem Hirn ganz gewaltig arbeitete. »Äh … Also, ich … Tut mir leid, ich bin nur gerade etwas verwirrt, weil …« Er unterbrach sein eigenes Gestammel und schloss für einen Moment die Augen. »Welche Nummer mit dem Schlussmachen?«, fragte er schließlich.

Ich starrte Claas mehrere Sekunden lang völlig perplex an. Meine Knie wurden so wacklig, dass ich mich in einen der Besucherstühle sinken ließ. »Na … du hast doch gesagt, dass ich mich entscheiden soll, und ich habe gesagt, dass ich mich jetzt *nicht* entscheide. Und dann bist du gegangen und hast dich nicht mehr gemeldet.«

»Ja, weil ich sauer war, und zwar extrem sauer! Und weil ich Zeit brauchte, um nachzudenken. Aber ich habe doch nie gesagt …« Auf einmal wurde seine Miene ganz weich, ebenso wie seine Stimme. »Ach, Nele. Hast du wirklich gedacht, ich hätte mich von dir getrennt?«

Ich nickte stumm, und konnte nicht glauben, was hier gerade passierte. Auf einmal fiel meine ganze Anspannung und Nervosität in sich zusammen. »Oh Mann«, stieß ich aus und verbarg mein Gesicht in den Händen.

Claas stand auf, kam festen Schritts um den Tisch herum und zog mich vom Stuhl hoch, um mich in den Arm zu nehmen. Mein Körper reagierte automatisch. Ich schlang meine Arme um seinen Nacken und klammerte mich an ihm fest, als würde er mich vor dem Ertrinken retten. Meine Augen füllten sich mit Tränen, und ehe ich es verhindern konnte, fing ich an zu heulen. »Also hast du gar nicht mit mir Schluss gemacht, oder was?«

»Nein, natürlich nicht, du Spinnerin.« Er streichelte sanft meinen Hinterkopf und legte seine Wange auf mein Haar.

»Kannst du so was bitte mal dazusagen? Das ist doch wohl eine nicht ganz unerhebliche Info für mich.«

Claas drückte mich noch fester an sich. »Dann soll ich zukünftig nach jedem Streit sagen, dass ich mich übrigens nicht von dir trenne? Okay.«

Ich schlug ihm leicht gegen die Schulter. »Und jetzt auch noch blöde Witze machen«, schniefte ich.

Claas dirigierte mich zum Sofa, setzte sich und zog mich auf seinen Schoß. »Tut mir leid, aber der Gedanke, mich von dir zu trennen, ist einfach so absurd für mich.« Er wischte mir die Tränen von den Wangen, und in seinen Augen lag wieder diese Zärtlichkeit, die ich so vermisst hatte. Er nahm mein Gesicht in beide Hände und sah mich ernst an. »Jetzt mal in aller Deutlichkeit: Ich werde dich weder verlassen noch lasse ich mich von dir verjagen.«

Ich holte Luft, um etwas zu sagen, doch Claas fuhr unbeirrt fort. »Nein, jetzt möchte ich ausreden. Du gehst mir manchmal ganz gewaltig auf die Nerven, du bist unfassbar stur, und ich bin weiß Gott nicht immer einer Meinung mit dir. Aber ich liebe dich, und wenn es schwierig wird, dann gebe ich nicht auf, sondern will mich mit dir gemeinsam da durchboxen. Selbst wenn ich mal eine Denkpause brauche und mich nicht bei dir melde.« Ein zerknirschter Ausdruck trat in sein Gesicht. »Aber ich verspreche dir, dass ich dich nie wieder mitten in einem Streit einfach stehen lasse. Ich hab überhaupt nicht darüber nachgedacht, wie das auf dich wirken muss. Das war eine ziemlich dämliche Aktion von mir.«

»Allerdings«, meinte ich und kuschelte mich eng an ihn.

»Der Witz ist, dass ich eigentlich die ganze Zeit gehofft habe, dass du dich bei *mir* meldest. Aber klar, du wiederum dachtest ich hätte mich von dir getrennt.« Claas schüttelte den Kopf. »Was für ein Missverständnis.«

Inzwischen hatte ich mich so weit von dem Schock erholt, dass ich die Komik dieser Situation erkannte. »Wer weiß, ob mir das schon öfter passiert ist. Vielleicht sollte ich mal ein paar meiner Exfreunde anrufen und fragen.«

Claas nickte ernst, doch um seine Mundwinkel zuckte es. »Mach das. Das würde mich auch interessieren.« Er wollte mich an sich heranziehen, um mich zu küssen, doch ich legte die Hände auf seine Brust und hielt ihn zurück. »Warte, da gibt es noch etwas, das ich dir sagen muss. Am besten unmissverständlich. Ich liebe dich, und ich will mit dir zusammen sein. Es ist mir egal, dass du mein Chef bist. Und es ist mir auch egal, was alle anderen darüber denken, dass wir zusammen sind. Das Einzige, was zählt, ist, dass ich ohne dich unglücklich bin. Und ich kann beim besten Willen nicht einsehen, wieso ich mich selbst unglücklich machen sollte.«

Seine braunen Augen begannen zu leuchten, und er lächelte mich an, wodurch diese wunderschönen Lachfältchen und Grübchen in seinem Gesicht hervorgezaubert wurden. Bei diesem Anblick war ich ja schon immer schwach geworden, und ich spürte, wie sich auch jetzt ein Strahlen auf meinem Gesicht ausbreitete. Mir blieb gar nichts anderes übrig, als ihn stürmisch zu küssen, und so stürzte ich mich förmlich auf ihn. Er erwiderte den Kuss ebenso leidenschaftlich, und schon bald darauf hatte ich alles um mich herum vergessen. Ich zog ihn am Nacken mit mir, sodass wir auf dem Sofa lagen, er mit seinem vollen Körpergewicht auf mir. Seine Hände wanderten unter mein Kleid, und hinterließen eine prickelnde Spur auf meiner Haut. Ich umschlang seine Hüfte mit meinen Beinen, weil ich mehr wollte, und zwar sofort. Doch bevor das Ganze völlig außer Kontrolle geriet, gelang es mir mit größter Mühe, mich zusammenzureißen. Ich löste mich von ihm, und Claas sah mich schwer atmend an. »Diese verdammten Büro-Spielregeln.«

»Ich weiß«, sagte ich heiser. Aber selbst wenn alle wissen konnten, dass ich mit Claas zusammen war – übertreiben mussten wir es ja auch nicht.

Wir setzten uns hin und brachten unsere Kleidung in Ordnung. Nachdem Claas' Atem sich wieder etwas beruhigt hatte, räusperte er sich und sagte: »Übrigens würde ich dir gerne noch erzählen, was in meiner Denkpause herausgekommen ist.«

»Was denn?«

Er nahm meine Hand und spielte gedankenverloren mit meinen Fingern. »Du hast mir vorgeworfen, dass ich dir Stress mache, weil ich dich immer wieder gedrängt habe, allen zu sagen, dass wir zusammen sind. Und damit hast du recht. Aber … nach der Sache mit Bea fällt es mir sehr schwer, den Gedanken zuzulassen, dass wir beide alle Zeit der Welt haben.

Du hast mir klargemacht, dass ich das lernen muss, denn ich will dich nicht unter Druck setzen.«

Ich führte seine Hand an meinen Mund und küsste sie. »Hätte ich mir denken können, dass es mit Bea zu tun hat.«

»Wenn du das mit uns noch nicht öffentlich machen willst, dann ist das okay. Ich will dich ganz sicher nicht dazu zwingen. Du bestimmst den Zeitpunkt.«

»Du bist großartig, weißt du das?«

Er lachte. »Ach, na ja. Oh, und mir ist übrigens noch etwas klar geworden. Das Allerwichtigste in meinem Leben bist du. Ich weiß, du willst bei M&T hoch hinaus und eines Tages möglicherweise auch die Weltherrschaft an dich reißen.« Er lächelte mich liebevoll an. »Und ich stehe voll und ganz hinter dir, ich werde dich immer unterstützen. Als dein Freund, Partner, Mann, Vater deiner Kinder oder was auch immer. Aber nicht als dein Chef.« Er hielt kurz inne, dann sagte er: »Du weißt ja, dass ich in letzter Zeit immer wieder Zweifel hatte, ob ich hier überhaupt noch richtig bin. Also habe ich mich ganz ernsthaft gefragt, ob ich das noch dreißig Jahre lang weitermachen möchte. Und das möchte ich nicht.«

»Was?«, fragte ich fassungslos. »Das heißt, du steigst aus?«

Er nickte. »Ja. Das kann natürlich nicht von heute auf morgen passieren, so einfach ist es nicht. Aber in einem Jahr oder in zweien dürfte ein realistischer Zeitrahmen sein.«

»Und was willst du dann machen?«

»Ich kann mir gut vorstellen, für eine Stiftung zu arbeiten. Oder für eine gemeinnützige Organisation.« Er grinste. »Da werde ich nicht viel verdienen, also musst du für die Brötchen sorgen. Ist das okay für dich?«

»Das ist total okay für mich«, erwiderte ich lachend. »Ich finde, es passt perfekt zu dir, in einer Stiftung zu arbeiten. Auch wenn ich dich hier sehr vermissen werde. Ich arbeite nämlich gern mit dir zusammen.« Dann musste ich ihn ganz dringend noch mal küssen, und schon wieder leisteten wir uns grobe Verstöße gegen die Spielregeln. Doch leider hörte ich schon nach viel zu kurzer Zeit, wie die ersten Kollegen eintrudelten. Auch Claas schien es gehört zu haben, denn er löste sich von mir und murmelte: »Wir müssen arbeiten, Nele.«

»Mhm«, machte ich, denn ich war noch ein bisschen benommen von seinem Kuss und von all der Liebe und dem Glück. Doch dann atmete ich tief durch, ordnete meine Haare und mein Kleid und stand auf. »Diese verdammten Büro-Spielregeln.«

»Ich frage mich, wer sich die ausgedacht hat«, meinte Claas.

»Keine Ahnung«, seufzte ich. »Wir sehen uns gleich im Meeting, okay?« Ich hauchte ihm noch einen zarten Kuss auf den Mund, dann ging ich zur Tür. Dort angekommen, drehte ich mich zu ihm um. »Oh, wie wäre es, wenn du mir heute Abend das Zitronenhuhn machst, das du mir noch schuldest? Und irgendwas hattest du noch mit mir vor, damit ich dich auch auf jeden Fall vermisse. Vielleicht könnten wir das nachholen?«

Claas lachte. »Mal gucken. Eigentlich hatte ich das für Mittwoch geplant, ob mir heute noch danach ist ...«

Ich winkte ab. »Ach. Pläne sind dazu da, um über den Haufen geworfen zu werden.« Dann ging ich zurück an meinen Platz und konnte mich gerade noch davon abhalten zu tanzen. Ich war so glücklich, dass es mir nicht mal etwas ausmachte, Julius zu sehen.

Im Freitagsmeeting präsentierte ich im Namen von Team RHK die neuesten Umfrageergebnisse, die heute Morgen eingetroffen waren. Sie sahen ziemlich gut aus. Wenn im Endspurt nichts mehr schiefging, bestand eine reelle Chance, dass die Durchschnittspartei die Wahl gewinnen und Rüdiger Hofmann-Klasing somit Bürgermeister werden würde. Als ich fertig war, wollte ich mich schon wieder setzen, doch dann fiel mein Blick auf Julius, der mich mit abfälligem Gesichtsausdruck musterte und bedeutungsvoll zu Claas hinüber sah. ›Nicht mit mir‹, dachte ich. ›Von dir lasse ich mir nichts mehr gefallen.‹ Ich räusperte mich und sagte: »Ach so, wo ich schon mal dabei bin, hätte ich euch allen noch etwas mitzuteilen.« Ich zögerte kurz, dann straffte ich die Schultern und verkündete: »Claas und ich sind zusammen. Nur, dass ihr Bescheid wisst. Und … nein, mehr nicht. Wir sind zusammen, das ist alles.« Ich sah in die Runde und scannte schnell die Gesichter meiner Kolleginnen und Kollegen. Manch einer grinste, andere zeigten gar keine Regung, einige wenige blicken überrascht. Olli sah geradezu erleichtert aus. Julius versuchte offensichtlich, mich mit seinem Blick zu töten, aber das prallte einfach an mir ab. Denn Claas lächelte mich so zärtlich und liebevoll an, dass alles andere egal war und ich sein Lächeln schamlos erwiderte. Das war doch eigentlich nicht so schwer gewesen. Und wieder hatte ich das Gefühl, als wäre mir eine riesige Last von den Schultern gefallen. Ich fühlte mich so leicht und unbeschwert wie noch nie. Und vor allem: Niemand machte einen übermäßig schockierten Eindruck. Natürlich würde es Gerede geben, da machte ich mir nichts vor. Aber wenn ich in Claas' Gesicht sah, war mir klar, dass er es wert war.

Nach dem Meeting nahm ich Julius zur Seite und zog ihn zurück in den inzwischen leeren Besprechungsraum. »Mir war einfach danach, es den anderen selbst zu sagen, anstatt dir das zu überlassen«, sagte ich leise. »Und jetzt hör mir mal gut zu, Julius: Ich werde hier so lange die Streberin raushängen lassen und dir auf den Sack gehen, wie es mir passt. Es ist mir vollkommen egal, was du von mir hältst, und wenn du in mir eine Konkurrentin siehst, die du wegbeißen musst, dann bitte. Ich habe keine Angst vor dir und werde diesem Kampf ganz sicher nicht aus dem Weg gehen.«

Julius sah mich mit zusammengepressten Lippen an, und seine Kiefermuskeln zuckten heftig. Er öffnete den Mund, doch ich hob meine Hand in einer energischen Geste und brachte ihn damit zum Schweigen. »Ich werde mir keinen einzigen blöden Spruch mehr von dir anhören. Glaub mir, du wirst überrascht sein, wie unangenehm ich werden kann.« Ich hob die Schultern. »Wir können Krieg führen oder gut zusammenarbeiten. Die Entscheidung liegt bei dir.« Damit ließ ich ihn stehen und ging an meinen Platz.

Britt und Linda begrüßten mich breit grinsend.

»Soso, also du und Claas, was?«, sagte Linda. »Wer hätte das gedacht?«

Ich zog eine Grimasse. »Keiner?«

Britt lachte. »Fast alle. Sagen wir, für die meisten dürfte diese Eröffnung keine allzu große Überraschung gewesen sein.«

»Ich hoffe nur, ihr knutscht jetzt nicht andauernd vor uns rum«, meinte Linda. »Ich will im Büro echt keine Zungenküsse und Hinterngrabscher sehen.«

»Nein!«, rief ich. »Auf keinen Fall. Das läuft alles weiter wie bisher. Nur wissen jetzt halt alle Bescheid, und Claas und ich können morgens zusammen kommen und abends zusammen gehen. Und wenn wir mittags zusammen Pause machen wollen, müssen wir uns nicht mehr heimlich an der Straßenecke treffen.«

»Apropos Mittag.« Linda schaute auf die Uhr. »Ich könnte allmählich einen Happen vertragen. Wie sieht's aus, gehen wir einen Crêpe essen?«

»Klar.«

Zu dritt machten wir uns auf den Weg, und ich war so erleichtert und überglücklich, dass ich kaum etwas essen konnte. Wie sehr hatte ich mich vor diesem Schritt gefürchtet, und wie einfach war er letzten Endes gewesen. Claas und ich waren zusammen, ganz offiziell, ohne Wenn und Aber. Und wenn es nach mir ging, würde sich daran auch nie etwas ändern.

Wird schon

Meine Eltern heirateten an einem herrlichen Oktobertag. Die Sonne tauchte alles in ein goldenes Licht, und der Himmel war verführerisch blau. Aber das i-Tüpfelchen auf allem waren meine Eltern, die gar nicht mehr aufhören konnten, einander glücklich anzulachen. Meine Mutter war die schönste Braut, die es je gegeben hatte, da war ich mir sicher. Und auch Mia sah besonders hübsch aus in ihrem grünen Pünktchenrock und dem rosa Top.

Meinem Vater und Lenny waren beinahe die Augen aus dem Kopf gefallen. »Ihr seht aber toll aus!«, rief Lenny.

»Dem kann ich mich nur anschließen«, meinte mein Vater, obwohl er wahrscheinlich außer Mama nichts und niemanden wahrnahm.

Lenny fasste Mia an den Händen. »Das Kleid gefällt mir total gut. Aber ich finde dich genauso schön in deinen anderen Klamotten.«

Mia wurde ganz rot vor Freude und gab ihm einen Kuss. »Ich finde dich auch schön in deinen anderen Klamotten.«

Auch meine Eltern himmelten einander an wie Frischverliebte. Im Laufe der Jahre hatten sie so manche Klippe umschifft und gegen Widerstände gekämpft, und ich freute mich unglaublich für sie, dass sie heute diesen Tag miteinander erleben durften. »Ich bin so stolz auf euch«, sagte ich und umarmte beide. Lenny, der keiner Umarmung widerstehen konnte, gesellte sich gleich dazu, sodass wir ein regelrechtes Wilkens-Familienknäuel bildeten.

»Tut mir leid, wenn ich für Stress sorge«, meinte Claas und warf einen Blick auf die Uhr. »Aber wir müssen los.« Er hielt Sally an der Leine, die zur Feier des Tages wieder ihr rosafarbenes Blumen-Stirnband trug. Um den Hals hatte ich ihr dazu passend eine rosa Schleife gebunden.

Erst jetzt fiel meinen Eltern auf, dass sie sich nicht die Frage gestellt hatten, wie wir zum Standesamt kommen sollten. Kurzfristig brach Panik aus, aber schließlich schlug Lenny vor, wir sollten doch einfach die Bahn nehmen. Und warum auch nicht?

Dieser Tag war so voll von Glücksmomenten, dass ich gar nicht mehr aus dem Strahlen herauskam. Als wir in das Trauzimmer einziehen konnten, geleitete ich meinen Vater und Lenny meine Mutter nach vorne, sodass wir gewissermaßen als Familie vor den Standesbeamten traten. Es war zwar nicht das Altonaer Standesamt geworden, aber dieses Trauzimmer im 9. Stockwerk mit bestem Blick über die Stadt musste sich wirklich nicht verstecken. Wobei, meinen Eltern wäre in diesem Moment womöglich auch ein Baucontainer recht gewesen – Hauptsache, sie heirateten.

Mein Blick wanderte immer wieder zu Claas, den ganzen Tag über. Ständig musste ich ihn ansehen und anlachen, ihn berühren und küssen. Ich schwebte wie auf Wolken.

Die Location am Elbstrand war toll und das Essen köstlich, auch wenn während des Desserts meine Aufregung stieg. Schließlich mussten Lenny und ich gleich singen. »Versprich mir, dass du auch dann noch zu mir stehst, wenn alle mit dem Finger auf mich zeigen und lachen«, flüsterte ich Claas zu.

»Dann erst recht«, erwiderte er und drückte sanft meine Hand. »Aber mach dir mal nicht ins Hemd. So schlecht seid ihr nun auch wieder nicht.«

Mit klopfendem Herzen bereitete ich nach dem Essen alles

für die PowerPoint-Präsentation mit den Familienfotos vor. Dann traten Lenny und ich vor das Publikum und wandten uns an unsere Eltern. »Hallo, liebe Gäste, Hallo, Mama und Papa«, sagte Lenny. »Wir sind heute nicht nur eure Kinder, sondern auch eure Trauzeugen. Darauf sind wir sehr stolz. Und wir sind auch stolz auf euch. Und wir haben euch lieb.«

Das Publikum klatschte, und meine Mutter wischte sich eine Träne der Rührung aus dem Augenwinkel.

»Oh, und das muss ich euch noch allen erzählen«, fügte Lenny aufgeregt hinzu. Ich wusste genau, was jetzt kam, denn er hatte es bereits jedem Einzelnen erzählt. Mehrfach. »Der Bürgermeister von Hamburg hat mich angerufen, also der richtige. Es gibt nämlich bald ein Plakat mit mir für die #wirsindhamburg-Kampagne. Er wollte, dass ich mit ihm zusammen aufs Bild gehe, aber das wollte ich nicht. Ich kenne den ja gar nicht. Ich bin lieber vorhin vor dem Standesamt fotografiert worden, mit Mama, Papa, Nele, Claas und Sally. Und natürlich mit meinem Schatz Mia.«

Wieder klatschten alle, und auch ich stimmte mit ein und wo-hoote ein bisschen. Ich würde meinen kleinen Bruder bis an mein Lebensende dafür feiern, dass er dem amtierenden Bürgermeister eiskalt einen Korb gegeben hatte. Nun wandte ich mich an meine Eltern. »Papa hat mal gesagt, dass Lenny bei vielem in seinem Leben nicht die kürzeste oder praktischste Route nimmt, sondern die landschaftlich reizvollste. Bei der ist man zwar länger unterwegs, und sie ist auch manchmal mühsamer, aber auf der Strecke erlebt und sieht man so viel mehr. Und das gilt nicht nur für Lenny, sondern auch für euch, Mama und Papa, als Paar. Denn um hier und heute zu landen, habt ihr manchen gewundenen Feldweg genommen. Und es gilt für uns als Familie. Auch wenn bei uns manchmal alles drunter und drüber gegangen ist, wart und seid ihr tolle

Eltern, und Lenny und ich sind wahnsinnig froh, dass wir von allen Eltern auf der Welt ausgerechnet euch erwischt haben.«

Jetzt heulte meine Mutter Rotz und Wasser, und auch mein Vater rieb sich die Augen.

Nun war Lenny wieder an der Reihe. »Und deshalb singen wir jetzt für euch ein Lied. Es ist ein italienisches, weil wir immer in Italien zusammen im Urlaub waren. Also, jetzt wird es sehr romantisch.«

Da war ich mir allerdings nicht so sicher. Aber egal, Augen zu und durch. Ich gab Claas ein Zeichen, der am Laptop saß. Er startete die PowerPoint-Präsentation, und gleich darauf wurde das erste Familienfoto auf eine Leinwand projiziert. Außerdem ließ er das Playback von *Vivo per lei* laufen. Dann hob er den Daumen und lächelte mir aufmunternd zu.

Als das Intro des Liedes erklang, hätte ich mich am liebsten irgendwo verkrochen. Was hatte ich mir eigentlich dabei gedacht, vor allen Leuten zu singen? Singen war das, was ich am allerwenigsten konnte. Und nun stand ich hier mit Lenny, der etwa ebenso talentiert war wie ich, und musste diesen Song mit dem furchtbar kitschigen Refrain ›Wir singen für euch‹ zum Besten geben.

Lenny war als Erster dran, und eins musste man ihm lassen: Was die Mimik anging, konnte er locker mit den ganz Großen mithalten. Allerdings sang er schief, so furchtbar schief. Und ich sang noch schiefer. Der Unterschied war nur, dass er den Spaß seines Lebens hatte, während ich mich äußerst unwohl fühlte. Aber wie so oft ließ ich mich mehr und mehr von Lenny mitreißen, der schon immer der Mutigere von uns beiden gewesen war. Und je länger die Show ging, desto gleichgültiger wurde es mir, wie schief wir sangen. Dass ich hier überhaupt stehen konnte, vor meinen Eltern an ihrem Hochzeitstag, mit meinem Bruder, der noch vor anderthalb Jahren zwischen Leben und Tod geschwebt war – das machte jeden schiefen Ton wett. Und Claas, der Mann, den ich über alles liebte, sah mich trotz des schrecklichen Gesangs an, als wäre ich das wundervollste Wesen auf Erden. Ich kam mehr und mehr in Schwung, sang lauter und noch schiefer, gestikulierte theatralisch wie Lenny. Wir tanzten ein paar Schritte, sangen einander an, sangen unsere Eltern an, vergaßen den Text und den Einsatz, aber egal. Und dann passte Mia, die Sally festhielt, für einen Moment nicht auf. Sally kam zu uns gelaufen, um inbrünstig die dritte Stimme zu heulen, wie sie das während der Proben auch schon so oft gemacht hatte. Meine Eltern lachten und weinten, und als wir das Lied beendet hatten, ertönte frenetischer Beifall. Lenny und ich fielen uns um den Hals, und dann waren auch schon unsere Eltern bei uns.

»Das war unglaublich schön«, schniefte meine Mutter. »Ich wusste gar nicht, dass ihr so toll singen könnt.«

Ich lachte laut. »Das wusste ich allerdings auch noch nicht.«

»Das haben wir echt gut gemacht«, sagte Lenny hochzufrieden.

»Ja, das habt ihr, Lenny«, bestätigte mein Vater und nahm ihn in den Arm.

Gegen ein Uhr löste die Party sich allmählich auf, und nur unsere Familie war noch da. Lenny und Mia spielten mit Sally, während meine Eltern an der Theke saßen und ein Bier zusammen tranken. Claas und ich bewegten uns zu *Can't help falling in love* von Elvis über die Tanzfläche. Claas hielt mich fest in seinen Armen, wobei seine rechte Hand vielleicht etwas näher an meinem Hintern lag als es die offizielle Tanzposition vorschrieb. Und dass ich mich ganz so eng an ihn schmiegte, war wahrscheinlich auch gegen die Regeln, aber wen interessierte das schon? »Das Lied ist aber doch ein ganz kleines bisschen kitschig, oder?«, fragte ich und nahm meinen Kopf von seiner Brust, um zu Claas aufzusehen.

»Es ist extrem kitschig«, meinte er unbekümmert. »Aber ich muss dabei immer an dich denken, also liebe ich diesen Song.«

Mein Herz machte einen freudigen Hopser, und ich strahlte Claas an. »Ach, ein bisschen Kitsch kann ja auch eigentlich nie schaden.«

Für eine Weile tanzten wir schweigend und lauschten der süßen Melodie und der tiefen Stimme. Claas war ein ebenso schlechter Tänzer wie ich, aber das war uns völlig egal. Wir schoben uns einfach gegenseitig ein bisschen übers Parkett und genossen es, einander so nah zu sein. Wir standen noch ganz am Anfang, es waren noch so viele Fragen offen. Ob die Durchschnittspartei die morgige Wahl gewinnen und Rüdiger Hofmann-Klasing bald Bürgermeister von Hamburg sein würde, ob Lenny Tierpfleger oder ich Geschäftsführerin in der Agentur werden würde? Wer wusste das schon? Keiner konnte sagen, wohin der Weg uns führte. Aber das machte nichts, solange wir die landschaftlich reizvollste Strecke nahmen, und nicht die einfachste, kürzeste oder praktischste. Jetzt und hier zählte nur, dass ich mit dem Mann tanzte, den ich liebte, und zwar auf der Hochzeit meiner Eltern. Und dass ich so glücklich war wie noch nie. Endlich, endlich hatte ich keine Zweifel mehr. Da war kein *Aber* mehr, kein *Was wäre, wenn ...*, sondern einfach nur ein *Wird schon*.

Neles derbe Heide-Jam
(influenced by Claas)

1,5 kg Äpfel (säuerliche Sorte), geschält und in Stücke geschnitten
500 g Gelierzucker 3:1
1 Vanilleschote
1 guter Schuss Weißwein

- Apfelstücke in einem hohen Topf mit dem Gelierzucker vermischen und auf den Herd stellen.
- Vanilleschote der Länge nach aufschlitzen, das Mark herauskratzen und zusammen mit der Schote zu den Apfelstücken geben.
- Die Äpfel unter Rühren weich werden lassen, zerstampfen oder pürieren und zum Kochen bringen.
- Marmelade sprudelnd kochen lassen (Dauer wie auf der Packung des Gelierzuckers angegeben).
- Marmelade während des Kochens nicht zu zögerlich mit Weißwein abschmecken. Vorsicht vor ärgerlichen KochpartnerInnen!
- Marmelade in Gläser abfüllen, Gläser mit Deckeln verschließen, umdrehen und für ein paar Minuten auf dem Kopf stehen lassen.

Fertig ist Neles derbe Heide-Jam. Schmeckt besonders gut auf Pfannkuchen.